U0164104

唐宋賦學新探

廖國棟　李立信　詹杭倫 ◎ 著

出版說明

　　我前此曾出版《清代賦論研究》（臺北：學生書局，2002年）和《清代律賦新論》（北京：燕山出版社，2002 年）二書，早有心轉到唐宋賦學研究。這個心願近年在臺灣得到實現。

　　二〇〇二年五月至六月，我赴臺灣成功大學作訪問教授，與廖國棟教授合作，執行「中華發展基金研究計劃」，進行「宋代辭賦學研究」；二〇〇三年九月至二〇〇四年七月，我在臺灣逢甲大學擔任客座教授，與李立信教授合作，執行「國科會教學與研究計劃」，進行「唐代辭賦學研究」和其他教學工作。本書中的論文，一部分是多年的積累，大多數是與二位學者精誠合作的結果，故聯名出版。我在逢甲大學博士班開設有「唐宋辭賦學研究」課程，博士生周安邦、石櫻櫻分別完成白居易和蘇軾律賦的研究報告，經我修訂，收入本書，以見教學相長的成效。最後一篇〈論《雨村賦話》對《律賦衡裁》的沿襲與創新〉，已涉清代賦論，但因其與唐宋賦學關係甚大，故亦收入本書。

　　本書的研究重點在唐宋律賦，相信已經為唐宋賦學，尤其是唐宋律賦研究，拓展開一片廣闊的前景。書中所展示的研究方法和分析模式，可以為選擇有關唐宋律賦作研究題目者提供幫助，也可以為愛好律賦者提供欣賞乃至寫作的門徑。筆者曾

用律賦的標準格式寫成〈逢甲大學校慶賦〉、〈四川師大新開湖賦〉等文，證明律賦的體裁仍然具有鮮活的生命力，可以如律詩一樣抒寫現代題材，展現出舊瓶裝新酒的典雅風姿。

成功大學張高評教授、逢甲大學簡宗梧教授，對本書撰寫和研究非常關切；文化大學黃水雲教授熱心幫忙聯繫出版事宜。在本書初稿即將完成之際，得葉君遠教授幫助，將本項目列入中國人民大學「二一一工程」研究計劃，令作者深受鼓舞。一併致以最高的敬意！

詹杭倫

目　錄

第一章

唐宋賦學研究之我見

引言：研究唐宋賦學的意義

（一）檢討「一代有一代之文學」的觀念

　　在中國古代文學之中，詩、詞、曲、賦是具有並稱地位的四種主要韻文體裁，然而，在四種文體中以賦的研究較爲薄弱。一九九〇年以來，國際漢學界對賦學研究日益重視，迄今已召開過五次國際性賦學會議[1]，辭賦研究正在得到愈來愈多的學者關注。但是，在辭賦的研究中，一般較重視漢代及六朝，唐代以後的辭賦研究相對薄弱；在唐宋辭賦中，一般較重視宋代文賦，對律賦之研究較爲薄弱。造成這種狀況的原因，也許與王國維觀點的影響有關。王國維在《宋元戲曲史・序》中說：「楚之騷，漢之賦，六代之駢語，唐之詩，宋之詞，元之曲，皆所謂一代之文學。」[2]王氏這一觀點對後世之文學史研究影響很大，不但造成了文學史編寫中對「所謂一代之文學」的偏重現象，而且影響到文學研究者選題的相對狹窄化。但仔細考究起來，王氏這一觀點並非放之四海而皆準的普遍真理，實有加以商榷之必要。

　　首先，這一觀點雖然自有其價值，但並非王氏之所獨創。早在金末元初，文學家劉祁（1203－1250）在《歸潛志》中已

經談到：「夫詩者，本發其喜怒哀樂之情，如使人讀之無所感動，非詩也。予觀後世詩人之詩，皆窮極辭藻，牽引學問，誠美矣，然讀之不能動人，則亦何貴哉？故嘗與亡友王飛伯言：『唐以前詩在詩，至宋則多在長短句，今之詩在俗間俚曲也，如所謂源土令之類。』飛伯曰：『何以知云？』予曰：『古人歌詩皆發其心所欲言，使人誦之至有泣下者，今人之詩惟泥題目事實句法，將以新巧取聲名，雖得人口稱，而動人心者絕少，不若俗謠俚曲之見其真情而反能盪人血氣也。』飛伯以為然。」[3]後來，明代文學家胡應麟（1551－1602）也說：「若夫漢之史，晉之書，唐之詩，宋之詞，元之曲，則皆代專其至，運會所鍾；無論後人踵作，不過緒餘。即以馬班而造史於唐，李杜而挍詩於宋，吾知有竭力而亡全能矣。」[4]由上述兩則材料可知，王氏之說，確有所本。然而劉祁是由金入元的遺民作家，由於對現實不滿，發語常帶憤激之氣；胡應麟是明代崇唐黜宋的代表論家之一，他們「一代之文學」的觀點本身就有偏激之處。這種觀點得到王氏的肯定和張揚，盛名之下，其偏激處容易得到掩蓋而產生流弊。

其次，對王氏之觀點不能作狹隘之理解，「一代之文學」只是後人認可的代表性文學樣式，而不是當朝當代的人便自以為如此；即使在宋代或元代，當時人所認可的主流文學樣式並非是詞曲，而是詩賦或者詩文，也是不爭的事實。

第三，從研究者的角度講，詩與賦都是貫穿歷朝歷代的文學樣式，要理清詩史、賦史的發展脈絡，絕不能只注意它們表現輝煌業績的某一個朝代。因此，如果不突破「一代有一代之文學」觀念的束縛，就有「一葉障目，不見泰山」的危險，不能客觀地反映各種文體在當時的本來面貌和地位成就，也不能

完整地展示文體發展演變的歷史。

（二）賦學在唐代的重要地位

進士在唐代各類科舉考試中地位最高，五代王定保撰《唐摭言‧散序進士》條稱：「進士科始於隋大業中，盛於貞觀、永徽之際。搢紳雖位極人臣，不由進士者，終不爲美。以致歲貢常不減八九百人，其推重謂之白衣公卿，又曰一品白衫，其艱難謂之三十老明經，五十少進士。」[5]唐封演撰《封氏聞見記》記載：「進士張繟，漢陽王柬之曾孫也。時初落第，兩手奉《登科記》頂戴之，曰：『此千佛名經也。』其企羨如此。」[6]唐代的進士考試一般分爲三場，第一場詩賦，第二場帖經，第三場策文，場場定去留，首場是關鍵。中唐以後，以詩賦考試（即「雜文試」）爲首場，正如牛希濟在《貢士論》中所說：「大率以三場爲試，初以詞賦謂之雜文，復對所通經義，終以時務爲策。」[7]試賦一般採用律賦，以便統一標準。律賦在唐代、宋代和清代都曾經作爲科舉考試文體之一，發揮過重要的歷史作用。由唐至清的文學家留下大量辭賦作品和評論，這一大筆珍貴的文學遺產值得我們重視和研究。宋元以後，唐賦長期不受重視。明代文學家李夢陽在《潛虬山人記》中曾有「唐無賦」之論[8]，何景明在〈雜言十首〉中也說：「經亡而騷作，騷亡而賦作，賦亡而詩作，秦無經，漢無騷，唐無賦，宋無詩。」[9]清代文學家程廷祚也有「唐以後無賦，其所謂賦者，非賦也」之論[10]。在這種觀點影響下，當代賦學研究大都集中在漢魏六朝，對唐宋律賦，往往不屑一顧。然而，學術研究的真知灼見，總會被它的知音同調所發現。清代乾隆年間，李調元出版《雨村賦話》，此書於各朝賦中偏重唐賦，於

各種賦體中偏重律賦。《新話》部分以近五卷的篇幅來描述
唐、宋律賦的形成、發展、演變狀況；並標舉代表作家作品，
予以比較評析。在李調元《雨村賦話》出版之後不久，王萱孫
在《讀賦巵言》中也鮮明地表達了重視唐賦的觀點，他說：
「詩莫盛於唐，賦亦莫盛於唐。緫魏、晉、宋、齊、梁、周、
陳、隋八朝之衆軌，啓宋、元、明三代之支流。踵武姬漢，蔚
然翔躍，百體爭開，昌其盈矣！」[11]與此同時及後世，一些賦
學家編著了一批律賦選本。如乾隆年間，浦銑曾「選刻《唐宋
律賦》，評注精詳，世推善本」[12]。嘉慶年間，顧蓴評選《律
賦必以集》，所選亦多爲唐宋律賦。道光年間，潘遵祁編《唐
律賦鈔》，全選唐賦。同治年間，馬傳庚選注《六朝唐賦》，其
用意也在展示從六朝小賦到唐代律賦的發展歷程。可以說，這
些賦學家都同李調元一樣，把唐代律賦擺在了非常重要的地
位。當代賦學家要研治律賦，也不得不利用《雨村賦話》。比
如李曰剛先生的《辭賦流變史》、馬積高先生的《賦史》，其中
論及唐代律賦的章節，基本上都是依據《雨村賦話》寫成的。
檢討迄今爲止的研究成果，可以毫不誇張地說，當代賦學界對
唐宋辭賦的研究仍然處於起步的階段，唐宋賦學中的許多問題
還沒有得到深入的研究。

（三）研究唐宋賦學的目的

　　開展唐宋辭賦學研究，其目的在於彌補唐代以後賦學研究
之不足，豐富我們對賦體文學的認識，開拓文學史研究的薄弱
領域。律賦之類科舉考試文體，應在傳統文學的研究範圍之
內，我們不能以今天的所謂「純文學」觀念來以今律古。研究
歷史上的科舉考試文體與方法，也可以爲當今的公務員考試提

供借鑒。唐代以後的賦學研究，除了幾部通史類著作有概括的描述之外，斷代的專著較少，個別作家和個別著作的重點研究就更少，研究生考慮作唐代以後賦學的選題是大有可為的。

一、關於唐代律賦形成的新觀點

句式、平仄、限韻是律賦的三大特徵，以下分別論之：

（一）律賦句式之形成

關於中國詩歌如何走上格律的道路，已有許多研究成果。而辭賦如何演變為律賦，則很少有人加以研究。一般認為，律賦的形成是賦體「詩化」的結果[13]。根據我的研究，這一觀點值得商榷。我認為，律賦句式之形成，不是賦體的「詩化」，而是賦體的「駢文化」的結果，表述如下：

駢賦＋駢文的隔句對偶句式＋限韻＝律賦

所謂「駢賦」之駢，是兩馬並肩奔跑的意思，六朝以來的駢賦，大多數是兩兩相對的句式，如庾信〈哀江南賦〉，其正文云：

　　粵嵩華之玉石，潤河洛之波瀾。居負洛而重世，邑臨河而晏安。逮永嘉之艱虞，始中原之乏主。民枕倚於牆壁，路交橫於豺虎。值五馬之南奔，逢三星之東聚。彼凌江而建國，始播遷於吾祖。分南陽而賜田，裂東嶽而胙土。誅茅宋玉之宅，穿徑臨江之府。水木交運，山川崩

竭。家有直道，人多全節。

而隔句對偶的句式，則見於駢文的「賦序」之中：

> 潘岳之文彩，始述家風；陸機之詞賦，先陳世德。
> 畏南山之雨，忽踐秦庭；讓東海之濱，遂飧周粟。
> 荊璧睨柱，受連城而見欺；載書橫階，捧珠盤而不定。
> 孫策以天下爲三分，衆才一旅；項籍用江東之子弟，人唯八千。
> 併吞六合，不免軹道之災；混一車書，無救平陽之禍。
> 陸士衡聞而撫掌，是所甘心；張平子見而陋之，固其宜矣。

庾信〈哀江南賦〉的正文是駢賦，而序言是駢文。在六朝時期，駢賦中很少有隔句對，駢文中則頗多[14]。在初唐，駢賦與駢文在句式上交融起來，就形成了律賦的句式。我們看唐代典型的律賦，正是由壯句、緊句、長句和隔句對等主要句式構成的。如唐代白居易〈賦賦〉，以「賦者古詩之流」[15]爲韻，賦云：

> 賦者，古詩之流也（漫句）。始草創於荀宋，漸恢張於賈馬（長句）。冰生於水，初變本於典墳；青出於藍，復增華於風雅（隔句對）。而後諧四聲，去八病（壯句），信斯文之美者（漫句）。

　　我國家恐（起寓）文道寖衰，頌聲凌遲（緊句）。乃舉多士，命有司（壯句）。酌遺風於三代，明變雅於一時（長句）。全取其名，則號之爲賦；雜用其體，亦不違乎詩（隔句對）。四始盡在，六藝無遺（緊句）。是謂（提引）藝文之警策，述作之元龜（長句）。

　　觀夫（原始）義類錯綜，詞彩分布（緊句）。文諧宮律，言中章句（緊句）。華而不豔，美而有度（緊句）。雅音瀏亮，必先體物以成章；逸思飄飄，不獨登高而能賦（隔句對）。其工者，究精微，窮旨趣，何慚兩京於班固；其妙者，抽秘思，騁妍詞，豈謝三都於左思（股對）。掩黃絹之麗藻，吐白鳳之奇姿；振金聲於寰海，增紙價於京師（平隔）。則長楊羽獵之徒，胡可比也；景福靈光之作，未足多之（重隔）。

　　所謂（提引）立意爲先，能文爲主（緊句）。炳如繢素，鏗若鐘鼓（緊句）。郁郁哉，溢目之黼黻；洋洋乎，盈耳之韶武（雜隔）。信可以（提引）凌轢風騷，超軼今古（緊句）者也（送句）。

　　今吾君（起寓）網羅六藝，澄汰九流（緊句）。微才無忽，片善是求（緊句）。況賦者（起寓）雅之列，頌之儔（壯句）。可以潤色鴻業，可以發揮皇猷（長句）。客有自謂握靈蛇之珠者，豈斯文而不收（漫句）。

　　白氏此賦凡分六段，首段論述賦之起源，認爲賦爲古詩之流，「始草創於荀宋，漸恢張於賈馬」。次段謂當時朝廷重視賦學，認爲賦爲「藝文之警策，述作之元龜」。三四段論述律賦的特色和價值，認爲唐代律賦「義類錯綜，詞彩分布。文諧宮

律，言中章句。華而不豔，美而有度」，並對其工者妙者作了
高度評價，以爲成就不減兩漢魏晉的名賦。第五段論述律賦的
寫作要求，主張「立意爲先，能文爲主」，既要有思想，又要
有文采，且富於聲律音韻之美。末段頌揚當時皇帝重視文學，
認爲士人生逢其時，應該在「潤色鴻業，發揮皇猷」方面有所
貢獻。此賦在句式和押韻上也頗有特色，每一韻構段多由單句
對和隔句對交錯而成，全篇共有七聯隔句對。尤其是在三四段
之間，設計一聯隔句股對「其工者，究精微[16]，窮旨趣，何慚
兩京於班固；其妙者，抽秘思，騁妍詞，豈謝三都於左思」，
分押上下兩段之韻，承上啓下，鉤連緊密，這種方法似爲白氏
的獨特創造。

由上可知，律賦之形成，是由駢賦的句式加上駢文的句
式，再加上限韻而構成的。詩、賦皆屬於「有韻之文」，而
「格律」是詩、文皆有的形式特徵，律賦講究格律，不是賦體
「詩化」的現象，而是賦體引進駢文質素的現象；換言之，律
賦是賦體本身格律化的結果，而不是「律詩化」的結果。以上
所論爲句式，下面再比較律詩和律賦的平仄格律特點。

（二）律賦與律詩平仄節奏點之差異

節奏點是律句音節或音步的重音所在之處，一般五言律詩
（絕句）音節爲二二一，節奏點在二四五字上，如：

> 白日依山盡，黃河入海流（詩句）
> ＋仄＋平仄，＋平＋仄平（節奏點，二四五）
> 欲窮千里目，更上一層樓（詩句）
> ＋平＋仄仄，＋仄＋平平（節奏點，二四五）

　　而律賦五字句音節的重音所在之處，一般在三字五字或二字五字上，如：

　　　　石以表其貞，變以彰其義（賦句，白行簡〈望夫化爲石〉）
　　　　＋＋仄＋平，＋＋平＋仄（節奏點，三五）
　　　　幷天下之田，比民居之域（賦句，〈聲律關鍵〉）
　　　　＋＋仄＋平，＋＋平＋仄（節奏點，三五）
　　　　藏器以待時，躬耕而樂道（賦句，〈聲律關鍵〉）
　　　　＋仄＋＋平，＋平＋＋仄（節奏點，二五）

六言絕句，王維〈閒居〉，節奏點在二字四字六字：

　　　　桃紅復含宿雨，柳綠更帶春煙（詩句）
　　　　＋平＋平＋仄，＋仄＋仄＋平（節奏點，二四六）
　　　　花落家僮未掃，鶯啼山客猶眠（詩句）
　　　　＋仄＋平＋仄，＋平＋仄＋平（節奏點，二四六）

六言賦句，張說〈進白烏賦〉，節奏點在三字六字：

　　　　感上仁於孝道，合中瑞於祥端（賦句）
　　　　＋＋平＋＋仄，＋＋仄＋＋平（節奏點，三六）

七言絕句，節奏點在二字四字六字七字：

　　　　朝辭白帝彩雲間，千里江陵一日還（詩句）

＋平＋仄＋平仄，＋仄＋平＋仄平（節奏點，二四六七）

七言賦句，節奏點在二字四字七字，第六字非節奏點：

至威無恃於張皇，大智不資於恢詭（賦句）
＋平＋仄＋＋平，＋仄＋平＋＋平（節奏點，二四七）

　　從賦句平仄聲律的角度分析，律賦之平仄與駢體文相近，而與律詩、絕句之平仄不類。清代賦論家徐斗光在《賦學仙丹‧律賦秘訣》中曾引王勃的〈滕王閣序〉來講律賦的平仄[17]，說明僅從句法平仄角度來看，律賦也就是一種押韻的駢文。而五七言律詩的平仄節奏點與律賦是有所不同的。如五律之平平仄仄平，仄仄平平仄，其節奏點在二、四、五字之上；七律之平平仄仄平平仄，仄仄平平仄仄平，其節奏點在二、四、六、七字之上。而賦句之五言兩截句，節奏點在二、五字上，或三、五字上；賦句之七言三截句，節奏點在二、五、七字或二、四、七字之上。因此，由句子之平仄節奏點差異，可以區分出何為賦句、何為詩句。這應該就是徐斗光在《賦學仙丹‧律賦秘訣》中「論句法」所說的：「凡五字七字句法，不可數成詩體。」同時，筆者還聯想到王茝孫在《讀賦卮言‧審體》中所說的「七言五言，最壞賦體」，在某種意義上恐怕也是告誡賦家不要用五、七言詩句的平仄格律破壞賦句的平仄格律。

（三）唐代最早限韻的律賦

　　律賦是唐宋科舉考試中使用的文體之一，其最顯著的特點就是題目之下加以限韻。清代賦論家王葑孫說：「官韻之設，所以注題目之解，示程式之意，杜抄襲之門，非以困人而束縛之也。」[18]可見限韻的目的可以包括三個方面：一是解釋題目，二是立下行文的格式規範，三是爲了防止科場作弊和統一錄取標準。第一個方面不是必需的，因爲有的限韻有解題的作用，有的則與題目無關；第二、第三方面則是限韻應有的功用。由於韻腳的限制，考生必須戴著鐐銬跳舞，在有限的韻腳之下，盡量發揮才情，以營造出精緻逎美的篇章。

　　唐人律賦從何時開始限韻，並且有八字韻腳呢？宋人吳曾《能改齋漫錄・試賦八字韻腳》條說：

>　　賦家者流，由漢晉歷隋唐之初，專以取士，止命以題，初無定韻。至開元二年，王邱員外知貢舉，試〈旗賦〉，始有八字韻腳，所謂「風日雲浮軍國清肅」。見偽蜀馮鑒所記《文體指要》。[19]

　　這個論斷恐怕太晚，鄭健行先生認爲，吳曾的說法並不準確，實際的情況是：「早在律賦始創的初唐，從現存的十三首作統計，八字韻腳的共十一首，當中包括劉知幾的試賦和可能模仿試賦的梁獻〈大閱賦〉。這麼看來，以八字爲韻早就接近常態或者就是常態。」[20]有學者指出，初唐四傑之一王勃〈寒梧棲鳳賦〉，以「孤清夜月」爲韻[21]，是現在可見到的最早的一篇律賦[22]。我發現《全唐文》中署名王勃的〈釋迦佛賦〉[23]

也已經是八字韻腳，儘管此賦限韻失去，仍然可以通過檢查各段押韻之字推測出來：

之、師、隨
土、護、步
圖、無、虞、樞
廣、響、相
驚、生、明
滅、訣、別
聞、兵、雲
跡、伏、寂

此賦可能以「隨土圖相，明滅聞跡」爲韻，這不僅是八字韻腳，而且符合四平四仄，相間而行的規定。而這種規定是晚唐五代才有的，到宋代科舉考試中予以明確化[24]。加之此賦不見於《王子安集》和《文苑英華》[25]，也許不是王勃的作品；如果真是王勃的作品，律賦的八字韻腳就要推到初唐去[26]。

二、唐代賦格著作《賦譜》的發現與意義

（一）何為「賦格」？

在中國賦學史上，賦格是著重探討律賦格式、作法和評價標準的著作。唐、宋和清代是中國歷史上採用律賦作爲科舉考試文體的三個時期，不少賦格著作應運而生，但大多數年久失傳。保存至今的賦格著作，唐代以唐抄本《賦譜》爲代表，宋

代以鄭起潛《聲律關鍵》爲代表，清代以余丙照《賦學指南》
爲代表。長期以來，由於資料難覓等原因，學術界對於賦學理
論批評著作研究不多，尤其是賦格一類著作，更少有學者涉
獵。即使是像何新文的《中國賦論史稿》[27]這種專門研究歷代
賦論的著作，對《賦譜》、《聲律關鍵》、《賦學指南》之類現存
的著作皆未能予以置評，這不能不說是一個遺憾。筆者近十年
來從事這方面的研究，希望能起到一點拾遺補缺的作用。

（二）唐代賦格著作

　　唐五代賦格著作，見於《新唐書・藝文志》和《宋史・藝
文志》著錄的，有張仲素《賦樞》三卷、范傳正《賦訣》一
卷、浩虛舟《賦門》一卷、白行簡《賦要》一卷、紇干俞《賦
格》一卷、和凝《賦格》一卷。這些著作今皆不存，惟有唐抄
本《賦譜》一卷，由入唐求法的僧人帶回日本，保存至今。筆
者前此曾發表〈唐抄本《賦譜》初探〉一文[28]，對唐代的賦格
作了一些探討。《賦譜》作於中唐時期，作者佚名。全文大約
二千五百字，可分爲三大部分：第一部分討論「賦句」的種類
名稱，賦句有「壯、緊、長、隔、漫、發、送」各類名稱。第
二部分討論「賦體」段落結構以及押韻等問題，唐抄本《賦
譜》云：「近來官韻多勒八字，而賦體八段，宜乎一韻管一
段，則轉韻必待發語，遞相牽綴，實得其便，若〈木雞〉是
也。」〈木雞賦〉是中唐浩虛舟登第的應試之作，其賦以「致
此無敵，故能先鳴」爲韻，闡述「以靜制動，以逸待勞」的道
理，可視爲唐代律賦押韻的正格。第三部分討論「賦篇」，包
括賦篇的審題構思以及用事修辭等問題。每篇律賦大約在三百
六十字，由各種賦句錯綜交織構成。《賦譜》曾將各類賦句的

用途用人的身體作了一個形象的比喻：「凡賦以隔（隔句對）為身體，緊（四字句）為耳目，長（五字至九字句）為手足，發（句首語）為唇舌，壯（三字句）為粉黛，漫（首尾不對之句）為冠履。苟手足護其身，唇舌協其度，身體在中而肥健，耳目在上而清明，粉黛待其時而必施，冠履得其美而即用，則賦之神妙也。」《賦譜》全文按照句→段→篇的順序，由小到大，從局部到整體地展開論述，構成一個有機的整體。《賦譜》在當時的主要用途是為應舉士子提供寫作律賦的格式和方法；流傳到日本後，不僅為日本文人寫作漢文辭賦提供指導，而且成為日本僧人寫作駢文的借鑒；在今天，它則成為我們解析唐代律賦的最佳鑰匙。

　　為了理論與作品互證，我們試根據《賦譜》的提示來閱讀一篇唐代律賦。《賦譜》對律賦段落結構解說道：

　　　　凡賦體分段，各有所歸。……至今新體分為四段：初三、四對、約三十字為頭；次三對、約四十字為項；次二百餘字為腹；最末約四十字為尾。就腹中更分為五：初約四十字為胸，次約四十字為上腹，次約四十字為中腹，次約四十字為下腹，次約四十字為腰。都八段，段轉韻、發語為常體。

　　這段話把新體律賦的結構表述得非常清楚。下面即以浩虛舟〈行不由徑賦〉為例，作一具體剖析：

　　據徐松《登科記考》考證，浩虛舟是唐長慶二年（822）進士[29]。他的〈行不由徑賦〉本事出自《論語》：「子游為武城宰。子曰：『女得人焉耳乎？』曰：『有澹臺滅明者，行不由

徑，非公事，未嘗至於偃之室也。』」³⁰這個故實的意思是說，孔子問子游在武城宰任上是否遇到過德行高超的人，子游回答有一位姓澹臺，名滅明的人，如果不走大道，不爲公事，從來不到子游的私宅造訪。這個人正直方正，不走歪門邪道，的確是一位有德行的人。這是一個「反腐倡廉」的說理題目，《歷代賦彙》按照內容性質選入卷六十七《性道類》。

此賦以「處心行道，有如此焉」爲韻。首段「行」字韻寫道：

> 澹臺滅明，幽棲武城（緊句）。感樸質之風散，惡奸邪之徑生（長句）。苟正其身，寧偏僻而是履；不以其道，故斯須而不行（隔句對）。

以上爲「賦頭」，凡四十字，包括緊、長、隔三種句式。首段破題，直接點出人物、居所和品行。

次段「處」字韻寫道：

> 想乎（原始）塵滿荊扉，草迷荒野（緊句）。追遊不慎其經歷，咫尺固難於出處（長句）。鍾山石上，杖藜之意殊乖；蔣氏庭中，攜手之期頓阻（隔句對）。

以上爲「項」，凡四十四字，包括原始和緊、長、隔三種句式。這一段推原爲人出處之艱難，爲下文蓄勢。

三段「如」字韻寫道：

> 牢落幽居，交從日疏（緊句）。顧履危之若是，將苟且其焉如（長句）。訪野徑以閒遊，恐穿松竹；出衡門而

獨步，不繞園廬（隔句對）。

以上爲「胸」，凡四十字，包括緊長隔三種句式。這一段轉到題目的「徑」字上，寫澹臺之行爲，漸入正題。

四段「有」字韻寫道：

嘉夫（提引）礪志草茅，規性畎畝（緊句）。避幽隱以不到，視崎嶇而何有（長句）。蕪城獨賞，寧遊舊井之間；山館時歸，肯逐樵人之後（隔句對）。

以上爲「上腹」，凡四十二字，包括提引和緊、長、隔三種句式。這一段表彰澹臺的高潔志趣，由外在行爲描寫進入揭示其內心世界。

五段「心」字韻寫道：

至若（提引）草樹沈沈，幽芳阻尋（緊句）。絡野之茅陰自合，緣溪之苔色空深（長句）。以遨以遊，見徇公滅私之志；一動一息，有去邪崇正之心（隔句對）。

以上爲「中腹」，凡四十六字，包括提引和緊長隔三種句式。這一段續寫澹臺心理，點出「徇公滅私」四字，讓題蘊畢宣。

六段「道」字韻寫道：

是以（提引）蕭索鄉閭，虛閒襟抱（緊句）。優游多轍之窮巷，來往疏槐之古道（長句）。花間絕跡，念蹊樹

之徒芳；原上無人，惜皋蘭之暗老（隔句對）。

以上爲「下腹」，凡四十四字，包括提引和緊、長、隔三種句式。這一段用宕開之筆，再寫澹臺的瀟灑情懷。

七段「焉」字韻寫道：

　　且（提引）尊道如砥，持心若弦（緊句）。信無私以白首，將抱直以窮年（長句）。顏生負郭之田，有時窺矣；謝氏登山之屐，無所用焉（隔句對）。

以上爲「腰」，凡四十一字，包括提引和緊、長、隔三種句式。這一段用引證陪襯之法，舉出歷史上正反例證，表彰無私無畏、直道而行的節操。

八段「此」字韻寫道：

　　既而（提引）披蔓草之荒涼，見遊人之邐迤（長句）。方檢身於邪正，寧繫懷於遠近（長句）。楊朱悲道，喪事亦如斯；阮籍哭途，窮意殊若此（隔句）。當舉直以錯枉，冀風行而草靡（長句）。苟非賢智之爲心，孰能若是（漫句）。

以上爲「賦尾」，凡六十七字，包括提引和長、隔、長、漫等句式。以上總結，希望賢智之人發揚光大澹臺滅明直道而行的風氣。

全賦大約三百六十字，符合試賦要求[31]。從立意方面來看，浩虛舟賦塑造了一位正直無私的人物形象，這位人物外在

行爲如同高潔的隱士，內在心理秉持正直無私的主見，形象生動；從技法錘煉方面來看，此賦善於運用虛字鈎勒，每段的起手都用虛字領起，形成環環相扣，自然流走的語體風範；此賦在押韻上符合《賦譜》「宜乎一韻管一段，則轉韻必待發語」的規定，但並未按照限韻依次用韻，這是唐代律賦相對於宋代、清代律賦押韻規定較爲自由寬鬆的體現。

根據《賦譜》剖析唐代律賦，可以給我們兩點啓示：其一、律賦這種體裁，無論其煉字造句，還是構段結體，都有一定的規範可以遵循。弄明白這種規範，對於律賦的寫作與欣賞，大有裨益。其二、《賦譜》以「近取諸身」的譬喻來解說律賦。此一「身體思維」方法早在先秦時期便已用來闡明治國原理[32]，劉勰也曾以之論文章作法[33]。《賦譜》同樣藉「人體」來說明律賦的段落組織，並暗示了律賦爲一具有內在整合性的有機體[34]。過往人們對律詩研究很多，早就熟悉了律詩首聯、頷聯、頸聯（腹聯）、尾聯等各種名目，也熟悉了律詩平仄黏對的各種規律。相信借助《賦譜》的幫助，人們對律賦也會像對律詩那樣慢慢熟悉起來。

三、宋代賦學研究面對的問題

（一）文賦評價的古今差異

宋代文賦經歐陽修提倡而大行於世，但文賦在歷史上屢屢受到賦評家的非議。元人祝堯評〈秋聲賦〉云：「此等賦，實自〈卜居〉、〈漁父〉篇來，迨宋玉賦〈風〉與〈大言〉、〈小言〉等，其體遂盛，然賦之本體猶存。及子雲〈長楊〉，純用

議論說理，遂失賦本真。歐公專以此爲宗，其賦全是文體，以掃積代俳律之弊，然於『三百五篇』吟詠情性之流風遠矣。《後山談叢》云：『歐陽永叔不能賦。』其謂不能者，不能進士律賦爾，抑不能風所謂賦邪！」[35]祝堯《古賦辨體・論宋體》又云：「至於賦，若以文體爲之，則專尙於理，而遂略於辭、昧於情矣。非特此也，賦之本義，當直述其事，何嘗專以論理爲體邪？以論理爲體，則是一片之文，但押幾個韻爾，賦於何有？今觀〈秋聲〉、〈赤壁〉等賦，以文視之，誠非古今所及；若以賦論之，恐（教）坊雷大使舞劍，終非本色。」[36]明人徐師曾《文體明辨・敍說》云：「文賦尙理而失於辭，故讀之者無詠歌之遺音，不可言麗矣。」[37]清人李調元《賦話》亦云：「〈秋聲〉、〈赤壁〉，宋賦之最擅名者，其原出於〈阿房〉、〈華山〉諸篇，而奇變遠弗之逮，殊覺剗而不留。陳後山所謂『一片之文，但押幾個韻者』耳。朱子亦云：『宋朝文章之勝前世，莫不推歐陽文忠公、南豐曾公，與眉山蘇公，相繼迭起，各以文擅名一世。獨於楚人之賦，有未數數然者。』蓋以文爲賦，則去風雅日遠也。」[38]由上述諸人的見解可以歸納出，他們認爲，賦這種文體需要採用直述其事的寫作方法，而且要尙辭、尙情，而不能以議論爲主，專尙於理。

　　與前代賦論家不同，當代學者大都讚賞歐陽修倡導文賦的新變之功。鈴木虎雄《賦史大要》第六篇特立〈文賦時代〉一目，並以「散文風氣勢之有無」，作爲判定是否爲文賦之標準[39]。張宏生在〈文賦的形成及其時代內涵——兼論歐陽修的歷史作用〉一文中指出：「文賦主要淵源於古賦，又吸取俳賦和律賦的某些形式，相鄰文體如散文的一些方法，經綜合提升而成，散意和論理是其基本內涵。」[40]許結在《中國辭賦發展

史》中指出:「從歐陽修辭賦創作實踐來看,他的文賦名篇〈秋聲賦〉已初步具備宋代辭賦卓越特色的三大藝術形態,即以文爲賦,擅長議論的審美特徵,平易曉暢、不事雕琢的審美風格和損悲自達、尙理造境的審美趣味。」[41]

造成文賦評價古今差異的原因,主要有兩點,一是在於古今學者關注的重點有所不同,二是在於宋代辭賦文體分類相當混亂。古代賦論家關注的重點在於辨體,正如祝堯所說:「宋時名公,於文章必辨體,此誠古今的論。」[42]當代學者關注的重點則在於新變,正如錢鍾書所說:「名家名篇,往往破體,而文體亦因以恢弘焉。」[43]然而,一種文體自有其基本質素,如果新變過頭,則毫無規範可言,令學者無從掌握,那樣的話,這種新變文體的生命就很可能是曇花一現了。陳韻竹在《歐陽修蘇軾辭賦之比較研究》一書中敏銳地指出:「由於文賦不講究形式,不限用官韻,句法長短參差,完全掙脫了一切束縛生命的羈勒,故較之形式板滯的律賦更爲生動活潑。然而,相反的,也正因爲毫無格式可以依循,故文章所著重的便完全在於內容,在於意境。作者若沒有卓越的才華,深厚的學涵,則無法駕控驅遣,故往往旁牽遠摭,片辭而衍半篇,此段不殊彼段,言之無物,或者筆力不堅整,氣勢不條貫,而流於粗野鄙俗,索然無味。」[44]因此,儘管〈秋聲〉〈赤壁〉新奇出色,炫人眼目,但後繼者殊感乏人。

不僅宋代文賦如同陳韻竹所云「毫無格式可以依循」,自然難以辨認,而且宋代其他的賦體也常常難以辨認體裁。如秦觀〈浮山堰賦〉,郭維森、許結認爲是「散體」,本書則定爲「騷體」[45]。造成宋代辭賦文體分類混亂的原因,追溯起來,恐怕首先要怪罪宋人自己對賦體就沒有清晰的分類,如范仲淹

編有一部《賦林衡鑒》，該書已經失傳，據〈序〉言，其書的體例是按照分類編排，分成敍事、頌德、記功、贊序、緣情、明道、祖述、論理、詠物、述詠、引類、指事、析微、體物、假像、旁喻、敍體、總數、雙關、變態等二十類。其分類的依據何在？是按照題材分類，還是按照寫作方法分類？不得其詳 [46]。其次，應該要追查到對今人影響最大的明人徐師曾《文體明辨》的賦體分類。

（二）徐師曾《文體明辨》賦體分類之檢討

明人徐師曾《文體明辨・序說》闡述歷代賦體流變，將賦分爲四體。首先敍述漢賦，即所謂「古賦」：

> 兩漢而下，作者繼起，獨賈生以命世之才，俯就騷律，非一時諸人所及。他如相如長於敍事，而或昧於情。揚雄長於說理，而或略於辭。至於班固，辭理俱失。若是者何，凡以不發乎情耳。然〈上林〉〈甘泉〉，極其鋪張，終歸於諷諫，而風之義未泯；〈兩都〉等賦，極其炫耀，終折以法度，而雅頌之義未泯；〈長門〉〈自悼〉等賦，緣情發義，託物興詞，咸有和平從容之意，而比興之義未泯。故雖詞人之賦，而君子猶取焉，以其爲古賦之流也。

再次敍述三國至宋朝的「俳賦」、「律賦」和「文賦」：

> 三國、兩晉以及六朝，再變而爲俳，唐人又再變而爲律，宋人又再變而爲文。夫俳賦尚辭而失於情，故讀之者無興起之妙趣，不可以言則矣。文賦尚理而失於辭，故讀

之者無詠歌之遺音，不可以言麗矣。至於律賦，其變愈
下，始於沈約四聲八病之拘，中於徐、庾隔句作對之陋，
終於隋唐宋取士限韻之制，但以音律諧協對偶精切爲工，
而情與辭皆置弗論。嗚呼，極矣！數代之習，乃令元人洗
之，豈不痛哉！

最後將賦體分爲四種：

故今分爲四體：一曰古賦，二曰俳賦，三曰文賦，四
曰律賦。[47]

徐氏的賦體分類說明儘管洋洋灑灑，但是並未能理清賦體
分類的源流正變，反而造成了兩點混淆：一是徐氏所謂的「古
賦」，包括三種賦體：賈誼的騷體賦，司馬相如、揚雄的文體
大賦，〈長門〉、〈自悼〉之類文體抒情小賦，若混合不分，不
免將騷體賦與文體賦混爲一談；二是按照徐氏的分類法，我們
需要在古賦、俳賦、律賦之外，來找文賦，這就給宋賦辨體造
成很大的困惑。考察起來，徐氏的這種分法，其實是對元祝堯
《古賦辨體》之誤讀。祝堯撰《古賦辨體》卷七〈唐體〉：「嘗
觀唐人文集及《文苑英華》所載唐賦，無慮以千計，大抵律多
而古少。夫古賦之體其變久矣，而況上之人選進士以律體，誘
之以利祿耶？蓋俳體始於兩漢，律體始於齊梁，俳者律之根，
律者俳之蔓。後山云：四六之作始自徐庾，俳體卑矣而加以
律，律體弱矣而加以四六，此唐以來進士賦體所由始也。」這
一段話中出現了「古賦」、「俳體」、「律體」三個概念，爲徐師
曾賦體分類所本。祝堯《古賦辨體》卷八〈宋體〉還說：「宋

時名公於文章必辨體，此誠古今的論，然宋之古賦往往以文為
體，則未見其有辨其失者。」祝堯這段論述便把所謂宋人以文
為體之賦列入古賦之中，徐師曾便視而不見，反而另外列出
「文賦」的名稱。我們需要明白，祝堯其實是把俳賦和律體以
前的賦體，皆稱古賦，這就像詩歌中有古體和近體的稱呼一
樣。古賦實際上包含了俳體以前的騷體和文體，而不能與文體
並列。換言之，宋代的「文體」有一條從先秦以來一直發展演
變的脈絡，而不是一種在律體之後突然出現的新賦體。

　　當代賦學研究者不滿徐師曾之說，各自對賦體作了新的分
類嘗試。馬積高《賦史》按照賦的來源，將賦體分為騷體賦、
文體賦、詩體賦。在文體賦中又依其形體特徵再分為逞辭大賦
（兩漢）、駢體（南北朝）、律體（唐宋清）、新文體（唐
宋）[48]。曹明綱《賦學概論》則依賦與詩文關係之深淺，首
先將賦分成詩體賦與文體賦兩大類，然後在詩體賦中再分騷
體、詩賦、律體，在文體賦中再分辭賦、俳賦、文體[49]。兩家
的分類對當代賦學界影響頗大，但是仍然不能令人滿意。馬積
高將駢體、律體都納入文體之中，不便於辨析文體與駢體各自
的特點。曹明綱將辭與騷分開，讓律體屬於詩體，俳賦屬於文
體，也並不合理。這不僅因為辭、騷一體，難以分割；而且律
體就其本質來講，是一種限韻的駢體，沒有理由讓二者分屬
詩、文兩體。

　　最近，臺灣的蔡梅枝完成碩士論文《唐代古文家賦研
究》，把馬積高所謂的「詩體賦」另命名為「齊言體」[50]。蔡
氏的命名固然頗有新意，但是仍然有兩個問題需要注意：一是
「齊言體」稟承了「詩體賦」的分類，難以體現出賦體早已與
詩劃境、蔚成大國的特徵；二是所謂的「齊言體」的賦，基本

上可以分別派到騷體、駢體、文體中去，不必單獨分類。比如
某些六言的「齊言體」賦作，多數是騷體賦省略了「兮」字而
構成，可以讓其回到騷體中去；又如某些四言的「齊言體」賦
作，如果對仗工穩者，可以列入駢體；如果基本不對，則可從
屬於文體。至於個別模仿六朝、初唐小賦，夾雜五、七言詩句
的賦作，一般屬於駢賦之特例，不必認定是賦體的詩化。

（三）賦體的重新歸類

　　筆者主張按照「約定俗成」的學術傳統，不必要另立新名
詞，只需要改造徐師曾的賦體分類，回歸祝堯的賦體分類，就
可以把賦體作一個重新歸類。簡言之，辭賦可以分成騷體賦、
文體賦、駢體賦、律體賦四種體裁，這四種體裁在歷朝歷代有
著源遠流長的發展脈絡。用列表形式把賦體分類源流展示如
下：

騷體賦：先秦（屈賦）—漢朝（擬騷，下同）—六朝—唐朝—宋金—元明清
文體賦：先秦（屈原〈卜居〉、〈漁父〉、荀賦、宋玉）—漢代文體大賦—漢末文體小賦—六朝文體小賦—唐朝仿漢大賦、文體小賦—宋朝仿漢大賦、一般文體賦、歐蘇新文體賦—元明清文體賦
駢體賦：六朝—唐—宋—元明清
律體賦：唐—宋金—清

　　由上表可見，騷體賦從先秦到清代源流不斷，只是有屈原
楚辭體和後世擬騷體的區別；文體賦從先秦到清代也是源流不

斷的，不是到宋代才突然出現一種文體賦；駢體賦從六朝誕
生，其發展史一直貫通到清朝；律賦與科舉考試制度內容變化
相關聯，出現在唐朝、宋金和清朝三個時段。

（四）宋代文賦的三種體式

宋代文體賦也不能一概論之，可以將其分成三種：仿漢文
體大賦，一般文體小賦，歐蘇式新體文賦。列表如下：

仿漢文體大賦	一般文體小賦	歐蘇式新體文賦
張耒〈大禮慶成賦〉	張耒〈吳故城賦〉	張耒〈秋風賦〉、〈鳴蛙賦〉

例如：蘇門學士張耒有〈大禮慶成賦〉，這是一篇仿漢式
的文體大賦。祝堯《古賦辨體》卷三〈子虛賦〉評語云：「此
賦雖兩篇，實則一篇。賦之問答體，其原自〈卜居〉〈漁父〉
篇來，厥後宋玉輩述之，至漢此體遂盛。此兩賦及〈兩都〉
〈二京〉〈三都〉等作皆然，蓋又別為一體。首尾是文，中間乃
賦。世傳既久，變而又變。其中間之賦以鋪張為靡而專於辭
者，則流為齊梁唐初之俳體；其首尾之文以議論為駛而專於理
者，則流為唐末及宋之文體。性情益遠，六義漸盡，賦體遂
失。然此等鋪敍之賦，固將進士大夫於臺閣發其蘊而驗其用，
非徒使之賦詠景物而已。須將此兩賦及揚子雲〈甘泉〉〈河東〉
〈羽獵〉〈長楊〉，班孟堅〈兩都〉，潘安仁〈藉田〉，李太白
〈明堂〉〈大獵〉〈圜丘〉，張文潛〈大禮慶成〉等賦並看。」這
段話充分說明了張耒此賦與漢代以來散體大賦一脈相承的關
係。張耒另有二十多篇文體小賦，則與漢式大賦或歐蘇式新文

體賦關係不大，因其在〈吳故城賦〉後有一段跋文：「予近讀曹植諸小賦，雖不能縝密工緻，悅可人意，而文氣疏俊，風致高遠，有漢賦餘韻。是可矜尙也，因擬之云。」[51]充分證明張耒的文體小賦自有所本，並不一定都是學歐蘇文體賦的。至於歐蘇式文體賦，則是以散文的方法寫賦，脫離了賦鋪敍和言情的本質特點，專門以說理議論爲主，成功的範例，〈秋聲〉〈赤壁〉之外，有黃庭堅〈苦筍賦〉、張耒〈秋風賦〉、〈燔薪賦〉、〈鳴蛙賦〉之類，差可比擬，其他則罕見其匹。

四、宋代賦格著作《聲律關鍵》的意義

宋代的賦格著作，見於《宋史・藝文志》的有馬偁《賦門魚鑰》十五卷[52]、吳處厚《賦評》一卷[53]等，今存者爲《聲律關鍵》[54]。此書是繼唐抄本《賦譜》之後，今存的一部完整的賦格專書，對於研究唐宋律賦是一部非常重要的著作；只是未經整理，錯簡缺字情況嚴重；加之所引賦句，未能注明出處，故難以卒讀。亟須整理研究，重新刊布。二〇〇二年五月至七月，我與臺灣成功大學廖國棟教授合作申請到臺灣中華發展基金會研究計劃《宋代辭賦學研究》，得以在成功大學作兩個月的合作研究，於是決定將《聲律關鍵》一書整理出版，以適應研究唐宋以後賦學研究的迫切需要。

（一）《聲律關鍵》介紹

《聲律關鍵》爲南宋鄭起潛所撰。鄭起潛是宋末朝廷的一位大臣，可是元人修撰《宋史》時，沒有爲他立傳。查考明人撰修的地方志《姑蘇志》，爲其列有一小傳，讓我們可以大致

瞭解他的生平。鄭起潛，字子升，吳縣（今江蘇蘇州）人。舉宋寧宗嘉定十六年（1223）進士。曾任吉州州學教授。宋理宗淳祐年間，官朝奉郎、祕書省著作郎、兼權考功郎官、兼權國子司業、兼史館檢討官、兼崇政殿說書。官至直學士、權兵部尚書。以事得罪，貶贛州而卒[55]。

　　《聲律關鍵》一書，爲鄭起潛任職吉州州學教官時所作，後經尚書省批准，作爲國子監教材。鄭起潛在〈上尚書省札子〉中說：「起潛屢嘗備數考校，獲觀場屋之文，賦體多失其正。起潛初任吉州教官，嘗刊賦格，自《三元》、《衡鑒》、二李及乾淳以來諸老之作，參以近體，古今奇正，粹爲一編。總以五訣，分爲八韻，至於一句，亦各有法，名曰《聲律關鍵》，建寧書肆亦自板行。欲望朝廷札下吉州，就學取上《聲律關鍵》印板，付國子監印造，分授諸齋誦習，庶還前輩典刑之舊。其於文治，不爲無補。」[56]可見《聲律關鍵》在當時是一部指導考生寫作律賦的教科書。

（二）《聲律關鍵》的價值

　　《聲律關鍵》在今天的價值首先是幫助我們閱讀和欣賞律賦。《聲律關鍵》全書的結構是「總以五訣，分爲八韻」，即首列作賦五訣，一認題，二命意，三擇事，四琢句，五壓韻；然後分八韻，詳細舉例說明律賦各段作法。根據《聲律關鍵》的指引，我們可以將一首律賦分句分韻解析開來，欣賞它細微末節的妙處，也可以將分韻編排的律賦按照八韻組合起來，總體觀察它的渾厚神韻。毫無疑問，它也是我們研究律賦和宋代科舉考試制度不可多得的資料和重要指南。

　　《聲律關鍵》在賦學文獻的整理彙編方面也有一定的作

用。鄭起潛此書所收錄的都是宋代律賦，而清人所編選的《歷代賦彙》，收錄宋代律賦尤其是南宋律賦甚少，今人彙編《全宋文》在收錄南宋律賦方面，也有文獻不足的困惑。而《聲律關鍵》收採全賦，雖然只有〈金城圖上方略〉一篇，但如果將其八韻分載之同題賦句集中，便可恢復數十篇律賦的大致面貌。

（三）《聲律關鍵》整理方法

《聲律關鍵》一書今天可見的有三種抄本：一是臺北國家圖書館善本書室所藏舊抄本。二是一九三五年上海商務印書館影印《宛委別藏》本，今有臺灣商務印書館重印本，精裝一冊。三是臺北藝文印書館影印《叢書集成三編》本，線裝三冊。其實，經過比對，三種抄本內容形式無別，都出自同一底本。因此，整理本書，並無版本校勘的便利；必須另闢蹊徑，以識為主，運用「理校法」來解決問題。

筆者在校勘本書時，以臺灣商務印書館影印《宛委別藏》本為底本，作了以下幾個方面的工作：

1. 糾正卷首〈五訣〉部分的錯簡，將影印本第四頁與第九頁相接，將第五頁至第八頁移至第十一頁之後。

2. 將句法部分的後置題目，移至賦句之前，以適應今人的閱讀習慣。

3. 將清人抄寫本書時，有意迴避的「胡、虜、夷狄、戎」等字空格，盡量以意補足，以利觀瞻[57]。

4. 根據前後所引同題賦句，改正訛脫衍倒，比如〈渾天儀〉賦題，有衍作〈渾天一儀〉者，有訛作〈渾天義〉者，則統一改為〈渾天儀〉。

5. 根據律賦句式和押韻規律，改正錯字，補足缺字，盡量使賦句讀來怡然理順。

6. 某些無根據校改者，姑存其舊，但加上注腳，提示讀者注意。

7. 某些異體字，如「于」與「於」之類；或易錯字，如「毋」誤作「母」之類，一般逕行改正，而不一一注明。

8. 全部加上新式標點，書名用雙引號，賦篇用單引號，小標題換用不同字型大小，庶幾眉目清楚。

由於《全宋文》之類書籍尚未出齊，校點者無從核對本書所引錄的豐富賦句，因而本書的整理工作只能是初步的。校點者的意圖是將一本難以卒讀的手抄本古書整理成一本基本可以閱讀使用的賦學要籍，全面的整理和研究，則留待賦學界同仁的共同努力。

小結：對唐宋賦學研究的幾點建議

本文從國際漢學研究學術前沿角度揭示研究唐宋賦學的意義，介紹唐代律賦形成的新觀點，分析賦格著作《賦譜》和《聲律關鍵》在賦學研究上的價值，評判宋代文賦評價的古今差異，並對賦體分類作出重新檢討和定位。現在對唐宋賦學研究提出四點建議：

其一、在中國古代文學研究中，要重視對唐宋辭賦研究；在辭賦研究中，要盡量做到對騷賦、文賦、駢賦、律賦等各類賦體之研究並重。這種研究符合中國文學研究回歸本體，注重文體特徵研究的發展趨勢。

其二、辭賦辨體，是賦學研究的基礎工程，也是培養賦學

者研究能力的基本功。建議從事唐宋以後賦學研究的學者，無論是研究一家的賦作，還是研究一代的賦作，首先都作一番辨體的工作，以使研究的對象眉目清楚。否則，就容易出現討論宋代文賦那樣各執一端的情形。

其三、建議重視對賦格著作的研究。由於中國在元明兩代科舉廢棄律賦取士，講述律賦格法的著作流傳很少，代表性的著作是唐抄本《賦譜》，宋鄭起潛《聲律關鍵》和清代道光年間余丙照《賦學指南》。《賦學指南》一書，詳論律賦格法，可以視爲唐宋賦格著作的嗣響。律賦在唐代、宋代和清代都被列爲科舉考試文體，頗受古人的重視。今存的清代律賦就有一萬多篇，是一宗我們應該認真研究的文學遺產。筆者亦曾撰寫《清代賦格著作余丙照〈賦學指南〉考論》一文，對《賦學指南》一書的版本和內容特色作過一番考查[58]。總之，《賦譜》、《聲律關鍵》、《賦學指南》三書是閱讀和研究歷代律賦的指南和門徑。

其四、建議年輕一代研究者把握文壇大勢，掌握國際漢學的發展研究動態，抓住時機，在辭賦研究的選題方向上開拓進取。辭賦學研究是國際漢學的一個重要分支，全世界主要的辭賦研究者集中在美國、日本、韓國、新加坡和中國兩岸三地（臺灣、香港和大陸），希望加強國際辭賦學界的交流與合作，希望年輕一代學者加入辭賦研究陣營，開創辭賦研究的新局面。

注 釋

1 第一次在山東（1990年），第二次在香港（1992年），第三次在臺北（1996

年），第四次在南京（1998年），第五次在漳州（2000年），第六次於
2004年在成都舉行。

2 王國維：《宋元戲曲史》（上海：上海古籍出版社，1998），頁3。

3 劉祁：《歸潛志》（《四庫全書》本）卷十三。

4 胡應麟：《少室山房集》（《四庫全書》本）卷九十八。

5 王定保：《唐摭言》（《四庫全書》本）卷一。

6 封演：《封氏聞見記》（《四庫全書》本）卷三。

7 見《全唐文》（北京：中華書局影印本，1983）卷八四六，頁 8891
　下。

8 李夢陽：《空同集》（《四庫全書》本）卷四十八。

9 何景明：《大復集》（《四庫全書》本）卷三十八。

10 程廷祚：〈騷賦論〉中，《青溪集》（《金陵叢書》本）卷三。

11 見王　孫：《讀賦卮言》（《淵雅堂全集》本，清嘉慶九年，1804）〈審
　體〉。

12 見孫福清：《復小齋賦話》（《檇李遺書》本，清光緒六年，1880）
　〈跋〉。

13 參見尹占華：《唐宋賦的詩化與散文化》，《西北師大學報》（社會科學
　版）第36卷第1期，1999年。

14 鈴木虎雄早已觀察到這種現象，其〈賦中隔句對〉云：「此期文章，駢
　文中主四六體，多用隔對；然賦於初則四字六字之單對爲多，隔對則
　否。至梁時曾入北周之庾信，始見賦中用四六隔對。以齊梁四六文之
　盛，謂於賦亦多四六對者，恐止想像之詞。」見《賦史大要》（臺
　北：正中書局，1976）第二章，頁107。

15 《歷代賦彙》（日本：中文出版社影印清康熙刊本，1974）和《賦海大
　觀》（清光緒刊本，1893）都標注白居易此賦「以賦者古詩之風爲
　韻」，但是檢查賦韻未見「風」字韻，當本《白居易集》（北京：中華

書局版顧學頡校點本，1979）作「以賦者古詩之流爲韻」。

16 「精微」，《白居易集》作「筆精」，此從《歷代賦彙》本。

17 參見詹杭倫：〈清代律賦平仄論〉（臺灣：《中國古典文學研究》第 2 期，1999 年），頁 19－36。

18 見王　孫：《讀賦卮言》（《淵雅堂全集》本，嘉慶九年，1804）〈官韻例〉。

19 吳曾：《能改齋漫錄》（《四庫全書》本）卷二。

20 見廖健行：〈初唐題下限韻律賦形式的審查及引論〉，載《科舉考試文體論稿》（臺北：臺灣書店，1999），頁 48。

21 載李昉等編：《文苑英華》（《四庫全書》本）卷一三五。

22 郭維森、許結：《中國辭賦發展史》（南京：江蘇教育出版社，1996），頁 356。

23 見《全唐文》卷一七七，頁 1800 下－1801 上。

24 《舊五代史》（《四庫全書》本）卷九十三〈盧質傳〉：「質以『後從諫則聖』爲賦題，以『堯舜禹湯，傾心求過』爲韻，舊例賦韻四平四側，質所出韻乃五平三側，由是大爲識者所誚。」宋人王楙《燕翼詒謀錄》（《四庫全書》本）卷五：「國初進士詞賦押韻不拘平仄次第，太平興國三年九月，始詔進士律賦平仄次第用韻；而考官所出，官韻必用四平四仄。詞賦自此整齊，讀之鏗鏘可聽矣。」

25 阮元：《揅經室外集》（《四部叢刊》本）卷二〈古清涼傳二卷廣清涼傳三卷續清涼傳二卷提要〉：「若王勃〈釋迦如來成道記〉〈釋迦佛賦〉，今《四傑集》、《文苑英華》俱無之。」可見〈釋迦佛賦〉乃阮元補入。

26 參見本書〈釋迦佛賦作者考辨〉。

27 何新文：《中國賦論史稿》（北京：開明出版社，1993）。

28 參見詹杭倫：《唐抄本〈賦譜〉初探》（成都：《四川師大學報增刊》第

7 期，1993），頁 46－53。《賦譜》今有校注本，載張伯偉：《全唐五代
詩格校考》（陝西：人民教育出版社，1996）附錄。

29 《全唐詩》卷四七二：「浩虛舟，隰州刺史，軍之子，中宏詞科。詩一
首：〈賦得琢玉成器〉。」《唐摭言》卷十三：「李繆公（程）貞元中試
〈日有五色賦〉及第，最中的者賦頭八字，曰：『德動天鑒，祥開日
華。』後出鎮大梁，聞浩虛舟應宏詞，復賦此題。頗慮浩賦逾己，專
馳一介取本，既至，啓緘，尚有憂色；及觀浩破題云：『日麗焜煌，中
含瑞光。』程喜曰：李程在裡。」可見浩虛舟在當時以賦知名。

30 見《論語・雍也》。

31 關於試賦字數，宋承唐制。《宋史》卷一五六〈選舉二〉：「翰林學士洪
邁言：貢舉令賦限三百六十字，論限五百字。」

32 此即所謂「身體政治學」（Body Politics）。「身體政治學」是指「以人
的身體作爲隱喻，所展開的針對諸如國家等政治組織之原理及其運作
之論述」。其「將身體以及作爲身體的延伸或擴大的國家，視爲一個具
有內在整合性的有機體」，及「將身體當作隱喻或符號來運用，以解釋
國家的組織與發展」這兩項特徵，與六朝人視文學作品如同人體、有
機體的想法十分類似。以上關於「身體政治學」的解說，引自黃俊
傑：《中國古代思想史中的「身體政治學」：特質與含義》，《歷史月
刊》1999 年 10 月號。

33 劉勰：《文心雕龍・附會》：「以情志爲神明，事義爲骨鯁，辭采爲肌
膚，宮商爲聲氣。」

34 參見簡宗梧、游適宏：《律賦在唐代「典律化」之考察》（臺中：《逢甲
人文社會學報》第 1 期，2000 年 11 月），頁 1－16。

35 祝堯：《古賦辨體》（《四庫全書》本）卷八。

36 祝堯：《古賦辨體》（《四庫全書》本）卷八。

37 徐師曾：《文體明辨・序說》（臺北：大安出版社，1998），頁 101。

38 此引陳後山語，或爲祝堯語。參見詹杭倫、沈時蓉：《雨村賦話校證》卷五，注 15。

39 鈴木虎雄：《賦史大要》（臺北：正中書局，1976），頁 260。

40 張宏生：《文賦的形成及其時代內涵》，載《辭賦文學論集》（南京：江蘇教育出版社，1998），頁 607。

41 郭維森、許結：《中國辭賦發展史》，頁 553。

42 祝堯：《古賦辨體》（《四庫全書》本）卷八。

43 錢鍾書：《管錐篇》（北京：書林出版公司，1990）第 3 冊，頁 890。

44 陳韻竹：《歐陽修蘇軾辭賦之比較研究》（臺北：文史哲出版社，1986），頁 78。

45 參見郭維森、許結：《中國辭賦發展史》，頁 581；本書第九章。

46 參見《范文正公別集》（《四部叢刊》本）卷四《賦林衡鑒·序》。

47 徐師曾著、羅根澤校點：《文體明辨序說》（北京：人民文學出版社，1998），頁 100－101。

48 馬積高：《賦史》（上海：上海古籍出版社，1998 年 2 刷），頁 4－9。

49 曹明綱：《賦學概論》（上海：上海古籍出版社，1998），頁 59。

50 蔡梅枝：《唐代古文家賦研究》（國立中正大學中文系碩士論文，民國 89 學年度）第一章第四節之二〈賦體判定〉。

51 張耒：《柯山集》（《四庫全書》本）卷二。

52 陳振孫：《直齋書錄解題》（《四庫全書》本）卷二十二：「《賦門魚鑰》十五卷，進士馬偁撰。編集唐蔣防而下至本朝宋祁諸家律賦格訣。」

53 樓昉編：《崇古文訣》（《四庫全書》本）卷五〈班固兩都賦序〉注云：「讀〈兩都賦序〉，則知詞賦之作亦可以觀世變，非一切鋪張誇大之謂也。本朝吳處厚《賦評》、唐說齋《中興賦序》亦得此意。」

54 鄭起潛：《聲律關鍵》八卷，黃虞稷《千頃堂書目》卷十五著錄，今通

行《宛委別藏》本（臺北：商務印書館，1981）。

55　王鏊等：《姑蘇志》（臺灣學生書局影印國立中央圖書館藏本，1965）
卷五十一：「鄭起潛，字子升。父時發，閩縣人，遊學吳中，寓居天心
橋，生起潛。起潛篤志力學，長通《易》。寧宗朝登甲第。累遷崇政殿
說書，侍讀、侍講，爲大禮執綏官，除禮部侍郎，遷中書起居舍人。
轉直學士，權兵部尚書。貶贛州。起潛好浮圖說，以端午日坐逝。有
旨歸葬陽山。」又據范成大：《吳郡志》（北京中華書局《叢書集成初
編》本，1985）卷二十八〈進士題名〉載：「嘉定十六年蔣重珍榜，鄭
起潛，上舍甲科。」

56　鄭起潛：《上尚書省札子》，載《聲律關鍵》（《宛委別藏》本）卷首。

57　據《四庫全書總目》（《四庫全書》本）卷首刊載乾隆四十二年十一月
十四日諭旨：「『夷狄』二字屢見於經書，若有心改避，轉爲非理。」
因知清人刻書、抄書時，常將「夷狄」等字改寫或空格。蓋清朝統治
者乃是以少數民族入主中原，刻書抄書者唯恐觸犯忌諱，故盡量迴避
也。此種情況甚至引起乾隆皇帝的關注，足見十分嚴重。

58　該文曾經在漳州舉行的第五屆國際賦學會議宣讀，後刊載於臺灣成功
大學《中文學報》2002年第10期，頁131-148。

第二章

唐抄本《賦譜》初探[1]

引　言

　　日本平安朝（794－1186）收藏手抄本《賦譜》一卷[2]，它是我國中唐時期一位佚名文人的作品，可能是由晚於空海入唐的另一日本名僧圓仁（796－864）帶回日本的[3]，現作為日本國寶珍藏在東京五島美術館。最近，筆者承美國華盛頓大學康大維（David R. Knechtges）教授和印第安那大學柏夷（Stephen R. B. Kenkamp）教授的慷慨相助，得到了《賦譜》原件的複印本。研讀之後，頗有感想，草成此文。擬先從公私目錄書的著錄考察一下我國唐宋時期賦格類著作的情況，以確定《賦譜》寫作的大致年代，然後分三個方面對《賦譜》的內容和價值作一番初步的探索。

一、目錄書著錄的唐宋賦格類著作

　　在唐、宋兩代的大部分時間裡，我國實行以詩賦取士的科舉制度[4]。為適應科舉考試的需要，士人們創作了大量的律賦，同時社會上出現了一大批指導律賦寫作的賦格類著作，見於公私目錄書著錄的這類著作有下列九種：

1・張仲素《賦樞》三卷（見《新唐書・藝文志》，
《宋史・藝文志》作一卷）。

2・范傳正《賦訣》一卷（見《新唐書・藝文志》、
《宋史・藝文志》）。

3・浩虛舟《賦門》一卷（見《新唐書・藝文志》、
《宋史・藝文志》）。

4・白行簡《賦要》一卷（見《宋史・藝文志》）。

5・紇干俞[5]《賦格》一卷（見《宋史・藝文志》、《崇
文總目》）。

6・和凝《賦格》一卷（見《宋史・藝文志》）。

7・宋祁《賦訣》二卷（見《宋四庫闕書目》）。

8・吳處厚《賦評》一卷（見《宋史・藝文志》）。

9・馬偁《賦門魚鑰》十五卷（見《直齋書錄解題》、
《宋史・藝文志》）。

以上九種，前五種是唐人的著作，第六種是五代人的著
作，後三種是北宋人的著作。由於中國在元朝廢除了以律賦取
士的制度，改用古賦，所以這些著作在中國本土已全部蕩然無
存，惟有《賦譜》在日本完整地保存下來，真是中日文化交流
史上的一個奇蹟！

探討目錄書著錄的賦格類著作與《賦譜》的關係，首先值
得注意的一點是，馬偁的《賦門魚鑰》與其他八種不同，它不
是個人的專著，而是編集而成的賦格總集。陳振孫《直齋書錄
解題》卷三十三著錄：「《賦門魚鑰》十五卷，進士馬偁撰。編
集唐蔣防而下至本朝宋祁諸家律賦格訣。」這說明馬偁所彙集
的賦格書，遠遠不止上述目錄書所著錄的八種；另外蔣防等數

家的著作，由於目錄書沒有著錄，所以連書名也湮晦不彰，《賦譜》，當是這些未予著錄的賦格著作之一。

值得注意的另一點是，今所知名的唐代賦格作者，都是貞元、元和、長慶年間登第的文士。據徐松《登科記考》考證，范傳正是貞元十年（794）進士，張仲素是貞元十四年（798）進士，白行簡是元和二年（807）進士，紇干俞是元和十年（815）進士。蔣防登第年份，《登科記考》不載，然可考知。按《唐摭言》卷二明言趙蕃元和「十三年方及第」，《文苑英華》卷六十三載趙蕃與蔣防、楊弘貞同題所作〈螢光照字賦〉三首，當爲是年進士賦題，則蔣防與楊弘貞皆爲元和十三年（818）進士。年代最晚的賦格作者是浩虛舟，他是長慶二年（822）進士，是年進士賦題爲〈木雞賦〉。《賦譜》凡四處徵引〈木雞賦〉，可知其必定作於浩虛舟登第的八二二年之後。若《賦譜》確係由圓仁帶回日本，則其必定作於圓仁歸國的八四七年（當唐宣宗大中元年、日本仁明天皇承和十四年）以前。柏夷教授曾精闢地指出：「供場屋士子用的論賦之作，必須跟上時代，必須涉及考試的最新趨勢與規程。從《賦譜》中可以看出這一點，即論及具體規誡時，常有『近來』、『至今』等語。一旦過時，多少要按『考試指南』的要求重寫一番。這一類『指南』，很有可能是中試不久士子所撰。……《賦譜》即便不是浩虛舟所作，撰成年代也不會晚於八五〇年，因爲此譜若是要有用處，一定不可過時。」（見其所撰〈賦譜略述〉[6]）筆者完全贊同他的看法。

《賦譜》作於中唐時期，它在當時的主要用途是爲應舉士子提供寫作律賦的格式和方法。流傳到日本後，它不僅爲日本文人撰寫漢文辭賦提供了指導，而且成爲日本僧人學習駢體文

的指南。在今天，它則成爲我們解析唐人律賦的一把最佳鑰匙。

《賦譜》全文可分爲三大部分，第一部分討論「賦句」的種類，第二部分討論「賦體」段落的構成以及押韻等問題，第三部分討論「賦題」，包括賦篇的審題構思以及用事修辭等問題。全文按照句→段→篇的程序，由小到大，從局部到整體地展開論述，有倫有脊，構成一個有機的整體。即使從寫作藝術角度來看，也不失爲一篇邏輯連貫，結構合理的作品。以下即按原文的三個部分逐一評述。

二、《賦譜》論賦句術語

《賦譜》起首，列出了描述各類賦句的術語：「凡賦句有壯、緊、長、隔、漫、發、【送】[7]，合織成，不可偏捨。」所謂「壯」，指三字句，如「悅禮樂，敦詩書」（黎逢〈人不學不知道賦〉）。所謂「緊」，指四字句，如「方以類聚，物以群分」（楊炯〈渾天賦〉）。所謂「長」，指五字至九字句，五字句如「石以表其貞，變以彰其義」（白行簡〈望夫化爲石賦〉）；六字句如「感上仁於孝道，合中瑞於祥經」（張說〈進白烏賦〉）；七字句如「因依而上下相遇，修久而貞剛失全」（楊弘貞〈溜穿石賦〉）；八字句如「設薦舉爲教化之本，致朝見爲榮貴之因」（黎逢〈貢舉人見於含元殿賦〉）；九字句如「笑我者謂量力而徒爾，見機者料成功之遠而」（楊弘貞〈溜穿石賦〉）。所謂「隔」，指隔句對；隔句對又可細分爲「輕、重、疏、密、平、雜」六種；「輕隔」，指上四字，下六字的對句，如「器將導志，五色發而成文；化盡歡心，百獸舞而叶曲」

（裴度〈蕭韶九成賦〉）。「重隔」，指上六字，下四字的對句，如「化輕裾於五色，獨認羅衣；變纖手於一拳，以迷紈質」（白行簡〈望夫化爲石賦〉）。「疏隔」，指上三字，下不限字數的對句，如「俯而察，煥乎呈科斗之文；靜而觀，炯爾見雕蟲之藝」（蔣防〈螢光照字賦〉）。「密隔」，指上五字以上，下六字以上的對句，如「徵老聃之說，柔弱勝於剛強；驗夫子之文，積善由乎馴致」（楊弘貞〈溜穿石賦〉）「平隔」，指上下句都是四字或五字的對句，如「進寸而退尺，常一以貫之；日往而月來，則就其深矣」（同上）。「雜隔」，指上四字，下五七八字；或下四字，上五七八字的對句。如「悔不可追，空勞於駟馬；行而無跡，豈繫於九衢」（陳忠師〈駟不及舌賦〉；又如「及素秋之節，信謂逢時；當明德之年，何憂掩望」（楊弘貞〈月中桂樹賦〉）。《賦譜》還指出，隔句對是律賦中運用頻率最高的賦句：「此六隔皆爲文之要，堪常用，但務量淡耳，就中輕、重爲最，雜次之，疏、密次之，平爲下。」所謂「漫」，指不對之句，常常用在賦頭或賦尾，如「賢哉南容」（張仲素〈三復白圭賦〉）、「我聖上之有國」（王履貞〈太學觀春宮齒冑賦〉），即用在賦之起首；又如「守靜勝之深誠，冀一鳴而在此」（浩盧舟〈木雞賦〉）、「誠哉性習之說，我將爲教之先」（白居易〈性習相近遠賦〉），即用在賦之煞尾。所謂「發」，指發端之辭。《賦譜》云：「發語有三種：原始、提引、起寓。」「起寓」，指「士有、客有、儒有、我皇、國家、嗟乎、至矣哉、大矣哉」之類，用在賦的頭、尾部位。「原始」，指「原夫、若夫、觀夫、稽其、伊昔、其始也」之類，用在賦的第二段「項」的部位。「提引」，指「洎夫、且夫、然後、然則」等表示轉折、遞進或結果的連詞，用在賦的中間部位。所謂

「送」，指語終之詞，如「也、而已、哉」之類用於煞尾的語氣詞。

　　以上的各類賦句，是組合成一首律賦的基本元件，其中隔句對用得最多，而其他各類句式亦各有各的用處，不可偏廢，《賦譜》將各類賦句的用途用人的身體作了一個形象的比喻：「凡賦以隔爲身體，緊爲耳目，長爲手足，發爲唇舌，壯爲粉黛，漫爲冠履。苟手足護其身，唇舌叶其度，身體在中而肥健，耳目在上而清明，粉黛待其時而必施，冠履得其美而即用，則賦之神妙也。」這是主張各種賦句錯綜交織，位置得當，形成一個有機的整體，給人以暈淡相間、協調自然的美感。

　　《賦譜》所列出的賦句術語，爲研習辭賦和駢文提供了一套概念工具，這對日本漢文學產生了極大的影響。日本平安朝中期的作家都良香於八九〇年前所輯的《都氏文集》中，已有隔句對、限韻的律賦，如〈洗硯賦〉，以「池水爲之黑」爲韻。平安末期作家藤原宗忠（1062－1141）所著《作文大體》中，即引用《賦譜》的例句作爲日本漢文寫作的示範。更爲特別的是，日僧了尊在其所著佛學論著《悉曇輪略圖鈔》卷七中討論「文筆事」，全面沿用了《賦譜》的句式術語，但將例句全部換成了日本人「筆」類作品中的句子[8]。二者相較，僅有兩點不同：一是了尊將《賦譜》中原屬發語的「提引」，改稱「傍字」；二是《賦譜》以五字至九字句，作爲「長句」，而了尊在說明中以九字至十一字爲「長句」；不過，了尊的「文筆事」，列有「詩圖」和「筆圖」，「筆圖」中的長句，實際上列出了從五字到十一字的示例。了尊的創造性引用啓示我們：《賦譜》的句式術語，不局限於賦，還可以運用在「詔、策、

移、檄、章、奏、書、啓」等「筆」類文體中（參見《文鏡秘府論》西卷引《文筆式》）；再者，了尊的「筆圖」非常直觀清晰，據稱是抄自《裡書》，這又啓示我們：《賦譜》之所以稱爲「譜」，可能它最早也是可以用圖譜的形式表列出來的，而今存的《賦譜》，只不過是其文字說明部分。茲將「筆圖」過錄於下，以便參證，原圖是直行，現改爲橫排。

發			•			•	•	•
（　壯　）	•		•	• （平） （仄）	•		•	• （仄） （平）
緊	•	•	•	•	•	•	•	•
長	•	•	•	•	•	•	•	•
長	•	•	•	•	•	•	•	•
長	•	•	•	•	•	•	•	•
長	•	•	•	•	•	•	•	•
長	•	•	•	•	•	•	•	•
輕（隔）	•		•		•			（平） （仄）
		•	•			•	•	
重（隔）	•	•	•	•	•	•	•	•
	•	•	•	•	•	•	•	•
疏（隔）	•		•	•	•			—
	•		•	•	•			—
密（隔）			—		•		•	•
			—		•			•
平（隔）	•		•	—	•		•	—
		•	•	—		•	•	—
雜（隔）	•			—	•			—
	•			—	•			—
傍（起寓）	•		•	•				
	•		•	•				
送					•			•
（　漫　）	•	•	•	•	—	•	•	• • —

　　從這幅「筆圖」可以看出，《賦譜》用於律賦賦句的術語，已經完全被用來描述「筆」類作品的句式[9]。了尊在「筆圖」後曾引《文鏡秘府論・文筆式》（今本見「西卷」）云：「製作之道，唯筆與文。文者，詩、賦、銘、頌、箴、贊、布（當作「弔」）、誄是也；筆者，詔、策、移、檄、章、奏、書、啓等也。即而言之，韻者爲文，非韻爲筆，文以兩句而會，筆以四句而成。」在這裡，我們發現了一種有趣的文學現象，即「文」和「筆」的句式可以互換，「筆」也可以兩句而會，「文」也可以四句而成，關鍵的區別在於押韻與否，「韻者爲文，非韻爲筆」。由於《賦譜》的賦句術語進入日本古代漢文學的「文」、「筆」兩個領域，被各種著作展轉徵引而產生訛脫，因而在近代的著作中產生了一些混亂。如鈴木虎雄在一九三六年出版的《賦史大要》中，便將三字句稱爲「緊句」，四字句稱爲「壯句」，並認爲「長句」僅指八字以上句，更不知「隔句」有「輕隔」、「重隔」、「雜隔」之分。凡此，皆可用《賦譜》予以糾正。

　　此外，《賦譜》在解釋五字句、六字句時談到：「上二字下三字句也，其類又多上三字下三字。」這種「上、下」的區分，實際上是指句子內部音步的區分，可以與《文鏡秘府論》天卷所載「詩章中用聲法式」結合起來研究。又如《賦譜》將「發語」分爲「原始、提引、起寓」三種，這種對虛詞的分類和用途的說明，具有相當的合理性，可與《文鏡秘府論》北卷所載的「句端」說結合起來研究。正如郭紹虞先生所說：「《文鏡秘府論》這部書，不僅對研究中國文學有所貢獻，即對研究漢語語言學，也同樣是有貢獻的。」（周維德點校本〈前言〉）對《賦譜》，也當作如是觀。

三、《賦譜》論賦體分段

《賦譜》在描述賦句後，進而討論賦體分段云：「凡賦體分段，各有所歸。但古賦段或多或少，若〈登樓〉三段（「登樓」原作「發樓」，蓋形近而訛。按王粲〈登樓賦〉凡三轉韻，故可分爲三段），〈天臺〉四段（當指孫綽〈遊天臺山賦〉，以上二賦並載《文選》卷十一）之類是也。至今新體分爲四段：初三四對，約三十字爲頭；次三對，約四十字爲項；次二百餘字爲腹；最末約四十字爲尾。就腹中更分爲五：初約四十字爲胸，次約四十字爲上腹，次約四十字爲中腹，次約四十字爲下腹，次約四十字爲腰。都八段，段轉韻發語爲常體。」這段話把新體律賦的結構表述得非常清楚。下面即以浩虛舟登第的〈木雞賦〉爲例，作一具體剖析（錄自《文苑英華》卷一三八）：

> 惟昔有人，心至術精，得雞之情。情可馴而無小無大，術既盡而不飛不鳴。對勍敵以自恃，堅如挺直；登廣場而莫顧，混若削成。

以上爲賦頭。包括發語和漫、長、隔三種句式。

> 初其敎以自然，誘之不懼。希漸染而能化，將枯槁而是喻。質殊樸斲，用明不競之由；狀非雕鏤，蓋取無情之故。

以上爲項。包括原始和緊、長、隔三種句式。

　　然則飲喙必異，嬉遊每殊。佇棲心而自若，期顧敵而如無。日就月將，功盡而稍同顛枌；不震不悚，性成而漸若朽株。

以上爲胸。包括提引和緊、長、隔三種句式。

　　已而芥羽詎設，雕龍莫閑。卓然之至全變，兀若之姿已致。首圓脛直，輪桷之狀俱呈；嘴利距鈷，枳枸之芒並利。

以上爲上腹。包括提引和緊、長、隔三種句式。

　　是以縱逸情絕，端良氣全。臆離披而踵附，眸眩耀而節穿。驚被文而錦翼蔚矣，迷搴木而花冠爛然。虛憍者懷不才之虞，安能自恃；賈勇者有攻堅之懼，莫敢爭先。

以上爲中腹。包括提引、緊句、兩個長句和一個隔句。

　　故能進異激昂，處同虛激。郢工誤起乎心匠，邱氏徒驚乎目擊。淡然無撓，子綦之質方儔，確爾不回，周勃之強未敵。

以上爲下腹。包括提引、緊、長、隔三種句式。

其喻斯在，其由可徵。馴致已忘乎力制，積習潛通乎
性能。是則語南國者，未足與議；鬥東郊者，無德而稱。

以上爲腰。包括緊、長、平隔三種句式。本段特殊的一點
是，提引語「是則」放在中間。

士有特力自持，端然不倚。塊其形而與木無二，灰其
心而顧雞若是。彼靜勝之深誠，冀一鳴而在此。

以上爲賦尾。包括起寓和緊、長、漫三種句式。
「木雞」的典故出自《莊子・達生》，說是有一個名叫紀渻
子的人，是訓練鬥雞的高手。他訓練的雞參加決鬥時，神態鎮
定，望若木雞；其他雞不敢應戰，倉皇逃走。白居易有一道
〈禮部試策〉說：

事有躁而失，靜而得者，故木雞勝焉。(《白氏長慶
集》卷三十)

浩虛舟的〈木雞賦〉正是從「以靜勝躁」的角度立論。賦
頭引出古人馴雞的故事，賦項敍述馴雞之方法，賦腹五段則從
各個角度描述鬥雞的姿態及其以靜制躁的本領，賦尾以木雞比
喻士人的操行，也暗示出自己一舉成功的希望。
〈木雞賦〉在押韻上也很有特色，它以「致此無敵故能先
鳴」八字爲韻，每段押一韻，但不依次序。《賦譜》云：「近來
官韻多勒八字，而賦體八段，宜乎一韻管一段，則轉韻必待發
語，遞相牽綴，實得其便，若〈木雞〉是也。」可見，〈木雞

賦〉實是律賦的正格。掌握一種文體的正格，對於研究這種文體無疑是大有幫助的。《賦譜》啓示我們，律賦這種體裁，無論其煉字造句，還是構段結體，都有其一定的規律可循。人們對律詩研究很多，早就熟悉了律詩首聯、頷聯、頸聯（腹聯）、尾聯等各種名目，也熟悉了律詩平仄黏對的各種規律；借助《賦譜》的幫助，相信人們對律賦也會像律詩一樣慢慢熟悉起來。熟悉了律賦，才能對唐代科舉考試的文體規範加深瞭解。當然，律賦有正格，也有變格，正如《賦譜》所說：「若韻有寬窄，詞有長短，則轉韻不必待發語，發語不必由轉韻，逐文理體制以綴屬耳。比如陳忠師的〈駟不及舌賦〉[10]以「是故先聖予欲無言」爲韻，其中的「欲」和「言」兩韻較窄，故陳忠師作了巧妙地處理：「嗟夫，以駁駁之足，追言言之辱，豈能之而不欲；蓋喋喋之喧，喻駿駿之奔，在戒之而不言。」[11]在上面這個對句中，作者用「足」、「辱」叶「欲」韻，用「喧」、「奔」叶「言」韻，這樣，就用一個對句解決了兩個韻字。這種處理辦法是一種權宜之計，在賦學中稱爲「解鐙」。《賦譜》云：「如此之輩，賦之解鐙，時復有之，必巧乃可；若不然者，恐識爲亂階。按「解鐙」之說，出自《文鏡秘府論》西卷引《文筆十病得失》：「賦頌有第一、第二、第三、第四或至第六句相隨同類韻者，如此文句，倘或有之，但可時時解鐙耳，非是常式；五三文內，時一安之，亦無傷也。」足見《賦譜》在律賦的正格之外，也允許變格合理存在，並非死究格法而不知變通的迂腐之作。

四、《賦譜》論審題、用事及修辭

　　《賦譜》在討論賦體分段後，進而探討賦題的有關問題云：「凡賦題有虛實、古今、比喻、雙關，當量其體制，乃裁製之。」

　　「虛」的賦題，要求闡發形而上的抽象事理。《賦譜》云：「無形象之事，先敍其事理，令可以發明。」如白居易應舉的〈性習相近遠賦〉，便是一個「虛」題。作者處理得很好，賦頭云：「噫！下自人，上達君，咸德以慎立，而性由習分。習而生常，將俾乎善惡區別；慎之在始，必辨乎是非糾紛。」這一破題，受到時人的高度稱讚，《唐摭言》卷三記載：「白樂天省試〈性習相近遠賦〉，攜之謁李涼公逢吉。公時爲校書郎，於時將他適。白遽造之，逢吉行攜行看，初不以爲意，覽賦頭曰云云，逢吉大奇之，遂寫二十餘本，其日十七本都出。」

　　「實」的賦題，要求描狀具體事物形態。《賦譜》云：「有形象之物，則究其物像，體其形勢。」例如：蔣防《隙塵賦》云：「惟隙有光，惟塵是依。」陳忠師〈土牛賦〉云：「服牛是比，合土成美。」楊弘貞〈月中桂樹賦〉云：「月滿於東，桂芳其中。」都是這種描狀事物的「實」題。《賦譜》還提到另外一種「實」題，「雖有形象，意在比喻」，那就需要「引其物以證事理」。例如：〈如石投水賦〉云：「石至堅兮水至淸。堅者可投而必中，淸者可受而不盈。」用以比喻：「義兮如君臣之叶德，事兮因諫納而垂名。」[12] 又如李程〈竹箭有筠賦〉云：「喻人守禮，如竹有筠。」再如陳忠師〈駟不及舌賦〉云：「甚哉言之出口也，電激風趨過於馳驅。」以上三賦中，

水、石、竹、馴都是實物，而納諫、守禮、慎言等都是虛理，作者意在「引實以證虛」。

另一些賦題要求詠歎古事，《賦譜》云：「古昔之事則發其事舉其人。」例如：通天臺爲漢武元封二年所建（見《漢書・武帝紀》），大曆十二年（777）以〈通天臺賦〉爲進士試題，有舉子寫道：「咨漢武兮恭玄風，建曾臺兮冠靈宮。」[13] 又如周穆王曾會於群玉之山（見《穆天子傳》卷二），喬潭〈群玉山賦〉寫道：「穆王與偓佺之倫，爲玉山之會。」上述這兩首賦都是「發其事舉其人」的成功之作。也有相反的例子，如劉義慶《幽明錄》載：「武昌北山有望夫石，狀若人立。古傳云，昔有貞婦，其夫從役，遠赴國難，攜弱子餞送北山，立望夫而化爲立石。」而白行簡的〈望夫化爲石賦〉未能引述，故《賦譜》作者批評其賦：「無切類石事者，惜哉！」若賦題要求詠歎今事，則與詠古之作寫法不同。《賦譜》云：「今事則舉所見，述所感。」如白居易〈泛渭賦〉云「亭亭華山，下有渭」之類即是。另一種情況是，賦題從表面上看來是今事，但其中暗含古事，那就需要「如賦今事，因引古事以證之」。例如〈冬日可愛賦〉，可以直接「舉所見，述所感」；但須引述《左傳・文公七年》所載的故事：「趙衰，冬日之日也；趙盾，夏日之日也。」杜《注》：「冬日可愛，夏日可畏。」因爲這是「冬日可愛」一語的出處所在。然而有些作者卻忽略了這個以古證今的要領，如「獸炭」的典故出自《晉書・羊琇傳》，而蔣防的〈獸炭賦〉未及羊琇；「鶴處雞群」的典故出自《世說新語・容止》「嵇延祖（紹）卓卓如野鶴之在雞群」，而皇甫湜的〈鶴處雞群賦〉卻好像忘記了嵇紹事，所以《賦譜》作者爲之遺憾，稱其：「實可爲恨。」

　　有一些賦題中包含比喻，《賦譜》對此有非常精彩的論述，其云：「比喻有二：曰明、曰暗。若明比喻，即以被喻之事爲幹，以爲喻之物爲枝，每幹、枝相含至了爲佳。不以雙關，但頭中一對敍比喻之由，切似雙關之體可也，至長三四句不可用。」例如師貞〈秋露如珠賦〉，「露」是被喻之物，「珠」是爲喻之物，故云：「風入金而方勁，露如珠而正團，映蟾輝而迴列，疑蚌剖而俱攢。」《賦譜》又論暗比喻云：「若暗比喻，即以爲喻之事爲宗，而內含被喻之事，亦不用爲雙關。如〈朱絲繩〉、〈求玄珠〉之類，是『絲』之與『繩』、『玄』之與『珠』，並得雙關；『絲繩』之與『直』、『玄珠』之與『道』，不可雙關。」〈朱絲繩賦〉是貞元十年（794）的博學宏詞科題，《文苑英華》卷七十七載有庾承宣、王太真二人之作。庾作賦頭云：「絲之爲體兮，柔以順德；絲之爲用兮，施之則直。從其性而不改，成其音而不忒。故君子體直以爲象，履中而立身。豈委曲而取媚，將勁挺而惟新。」此賦的意旨無疑是用朱絲繩來比喻君子當直道而行，但題面上「直」字沒有出現，所以必須從爲喻之物（朱絲繩）的性質著手，自然引出被喻之事（君子直道而行）來，而不能一開始便二者並舉。〈求玄珠賦〉是白居易的名作，其賦頭云：「至乎哉！玄珠之爲物也，淵淵綿綿，不知其然。存乎視聽之表，出乎天地之先。亙古不改，與道相全。」這樣寫，便符合暗比喻之法，即以寫求玄珠爲宗，而暗含求道之事。另一些賦家則對此類暗比喻題不善於把握，如喬琳〈炙輠賦〉云：「惟輠以積膏而潤，惟人以積學而才；潤則浸之所致，才則厥修乃來。」「炙輠」典出《史記・荀卿傳》，指給車轂加油。它雖然可以暗中比喻人的學養，但題面上炙輠與學養二者並不相關，所以像喬琳這樣直接

以騏之「積膏」與人之「積學」雙起，便令人感到突兀而不自然。值得注意的是，像《賦譜》這樣明白地論述「明比喻」與「暗比喻」的要領，在我國修辭學史上是十分罕見的。當代最具權威性的修辭學著作是陳望道先生的《修辭學發凡》，陳先生在書中將比喻辭格分爲「明喻」、「隱喻」、「借喻」三類。陳先生明言，他所說的「明喻」，便是宋人陳騤（1128—1203）所說的「直喻」（見《文則》卷上丙節條所舉十種「取喻之法」）；他所說的「借喻」，便是陳騤《文則》所說的「隱喻」[14]。陳騤的《文則》闡述「直喻」和「隱喻」，並不比《賦譜》講「明比喻」、「暗比喻」更清晰，而《文則》的成書已比《賦譜》晚了大約三百年，由此可見，《賦譜》在修辭學上也是很有價值的。不過，需要提請注意的是，《賦譜》所講的「雙關」，指賦題中二者互相關聯，與修辭學上講的「雙關」辭格不是一碼事（修辭上的「雙關」，可參見《修辭學發凡》第五篇第七節）。《賦譜》未舉出「雙關」的賦例，我們可試作補充。如李程〈金受礪賦〉，「金」與「礪」雙關，故其賦頭云：「惟礪也，有克剛之美；惟金也，有利用之功。利久斯克，猶或失其鉆銳；剛固不磷，是用假於磨礱。」李調元《雨村賦話》卷三評云：「唐李程〈金受礪賦〉，雙起雙收，通篇純以機制勝，骨節通靈，清氣如拭，在唐賦中又是一格。」又如白居易〈動靜交相養賦〉，「動」與「靜」雙關，故其賦頭云：「天地有常道，萬物有常性。道不可以終靜，濟之以動；性不可以終動，濟之以靜。養之，則兩全而交利；不養之，則兩傷而交病。」可見，這類「雙關」的賦題，與明、暗「比喻」賦題皆不相同，其格式即以雙起、雙承、雙收爲特徵。

《賦譜》最後還談到，律賦的敍述層次與古賦有所不同，

律賦往往採用倒敘法，具體而言即：「新賦之體項者，古賦之頭也。」例如謝惠連〈雪賦〉云：「歲將暮，時既昏，寒風積，愁雲繁。」這是典型的古賦頭，欲述雪，先敘時候物候，完全按照自然的時間順序依次敘述。而律賦的敘述程序則與此不同，《賦譜》引〈瑞雪賦〉云：「聖有作兮德動天，雪爲瑞而表豐年。匪君臣之合契，豈感應之昭宣？若乃玄律將暮，曾冰正堅。」可見律賦是先述瑞雪，入項以後，再敘述時令氣候。這是因爲寫作律賦需要精心設計「破題」，以造成先聲奪人的效果，這就同現代新聞類文體，需要精心設計「導語」，然後再交代背景材料及事情經過是一個道理。

小　結

綜上所述，《賦譜》的內容的確是豐富而且實在的，它對於唐代律賦的研究有無與倫比的重大價值，同時對一般文論的研究，對我國科舉史、語言修辭學史的研究也有不少可取之處。對這份珍貴的唐代文獻，海外漢學界相當重視。日本學者中澤希男早在一九六七年已著有《賦譜校箋》（載《群馬大學教育部紀要》卷十七[15]）。近年美國學者柏夷又以《賦譜研究》作爲他的博士論文（已發表《賦譜略述》等章節，全文正在修訂）。現在，這份文獻傳回了故國，相信通過中日美三國學者的共同努力，一定會使《賦譜》以及唐代律賦的研究呈現出一個嶄新的局面。

附錄：日本友人關於《賦譜》的來函

詹杭倫先生：

　　大作拜讀，敬佩考證之詳，立論之高，相信對賦學界大有裨益。

　　所託之事，並無障礙。中澤論文、鈴木著書，我校都有，但因我性懶惰，身邊又多瑣事，遲延答覆，請您原諒。鈴木先生《賦史大要》是三百多頁的大著，篇幅甚大，今將有關部分複印一份，以備參考。中澤希男《賦譜校箋》文字不多，奉寄全篇。此篇校注部分，均爲日文，若有翻譯之要，樂於效勞。

　　今按原書，中澤《校箋》確乎刊登於《群馬大學教育學部紀要》第十七卷，但發表年度以一九六七年爲正。

　　至於《賦史大要》，問題較多。該書第七十頁說：「前人稱三字句爲緊句，四字句爲壯句」不合乎《賦譜》的說法。但著者鈴木先生在一九六○年寫的《駢文史序說》（未嘗公開出版，只有油印本）中論各種對句甚詳，其中以三字單句爲壯句，以四字單句爲緊句，卻合於《賦譜》。對於這個矛盾，可以設想爲兩個原因：第一是，他在出版《賦史大要》之後，才發現「三字爲壯句，四字爲緊句」之說，後來寫《駢文史序說》時予以糾正。第二是，兩種說法中的一種屬於著者的疏忽，或是編輯印刷工程中的錯誤，並非他的本意。愚按：《駢文史序說》定稿雖晚，其內容爲著者在京都大學執教時——就是寫《賦史大要》的時期——的手稿。不過因戰時戰後的經濟困難未能出版而已。由是觀之，第一個設想不大可能。而《駢

文史序說》論句式甚有系統，不會有疏忽之處；看其行文，校對也沒有問題。著者之說，當是如此，初無「三字爲緊句，四字爲壯句」之說。不知鈴木先生寫《賦史大要》時粗心地一轉，還是編輯印刷有毛病？

關於「長句」，《賦史大要》第七十四頁說：「長句之例，有自八字至九、十、十一字者。」但是，這並不意味著鈴木先生認爲「長句」僅指八字以上句。首先要說明的是，這一段不是論唐代律賦的，而是論漢代古賦的。再者，著者在前一段論漢賦的三、四、五、六、七字句，尋其來源，認爲漢賦的三、四字句打破騷體六字句的單調，給以新的活力。上承這一段，他要論八字以上句。這樣來看，這裡的「長句」並不是與「壯句」、「緊句」對立的概念，只是「很長的句子」的意思。他在《駢文史序說》中系統地論「壯句」、「緊句」、「長句」三個概念，這裡的「長句」就是五字以上句。

關於「輕隔」、「重隔」，《賦史大要》二百二十三頁有「晚唐律賦的特性，頻繁用重隔」一節。在這裡，輕隔的定義是「字數上少下多的隔句對」，重隔就是「字數上多下少的隔句對」，與《賦譜》稍有不同，而不見「雜隔」之語。著者所舉的例子，既有上六下四的隔句對，又有上七下四的隔句對，即《賦譜》所謂「雜隔」。但他並非不知輕隔、重隔、雜隔之分，這在《駢文史序說》中有明證。想來，《賦史大要》的用意在於說明晚唐律賦句法上的變化，而不在於輕隔、重隔的定義。當然，這些詞語用得不夠嚴格，未嘗沒有問題（輕隔、重隔有廣義、狹義之分與否？這一點還值得研究），但我們不能以此爲概念混亂的證據。

總之，鈴木先生對賦句術語的理解完全正確。顧名思義，

「史」（《賦史大要》）要闡明某一物件的衍變，「序說」（《駢文史序說》）以概念的系統性說明爲任務。目的既異，個別術語的用法雖有所不同，並不足爲怪。在古代，《賦譜》的術語經過多次引用而產生訛脫，引起概念的混亂，是大有可能的，可是，鈴木先生以完善的資料與科學的態度，避免了這種混亂。

以上所說，均爲高論中的枝葉，我並無貶低高論的意圖。但是，鈴木虎雄是代表近代日本漢學界的碩學，《賦史大要》一書是馬積高先生《賦史》問世之前最完善的一部賦史，到現在還是治賦者必讀之書，所以不得不辯的。若有非禮，請您原諒。

我在武漢時，到日本致信大概要一個星期。恐怕日本到成都也要一個星期吧。不知此信能否在過年之前到蓉城？

敬祝

身體健康，萬事如意！

谷口洋謹啓
一九九四年立春

杭倫按：谷口洋（Taniguchi Hiroshi, 1965- ）先生，日本知名中國辭賦研究學者，現任日本奈良女子大學文學部副教授。我在成都時，承蒙他惠寄中澤希男《賦譜校箋》複印本。從他的來信中可以見出日本當代學者對前輩學者尊敬的態度，也可以看出其嚴謹而堅持的治學精神。

注 釋

1 原載《四川師範大學學報（社會科學版）增刊》總第 7 期，1993 年 9月。

2 據親赴日本訪書的柏夷教授說：「這篇作品書於數紙黏合而成的手卷之上，紙高二十七‧四公分，全長五十六‧八公分。全文一百五十七行，每行十七至二十字不等，總共字數在二千五百以上。正文之前及之後都有『賦譜一卷』字樣。在卷頭的錦緞之上，橫書日文草字『可秘之』。此卷在《賦譜》之後，另錄有杜正倫《文筆要訣》，出於同一抄寫者之手。」（見《賦譜略述》）

3 圓仁在 838 至 847 年間（當唐文宗開成二年至宣宗大中元年）入唐求法，返日後所著《入唐求聖教目錄》著錄：「詩、賦格一卷。」可能正是指錄有《賦譜》和《文筆要訣》的這一手卷（參見中澤希男《賦譜校箋》）。

4 參見傅璿琮：《唐代科舉與文學》、鄺健行：《唐代律賦對科舉考試的黏附與偏離》、《宋史‧選舉志》。

5 紇干俞，又作「紇干臬」，據岑仲勉《元和姓纂四校記》考證，當以作「臬」爲是。

6 柏夷（S. Kenkamp）：《賦譜略述》，《中華文史論叢》第 49 輯，頁 149－161，1992 年。

7 「送」字原脫，據《賦譜》下文補。

8 見《大正新修大藏經》第八十四冊，頁 694。

9 《悉曇輪略圖鈔》中有「文筆事」，是由王利器先生首先發現的，見其所著《文筆新解》。《筆圖》中的符號，疑已有錯訛，如「長句」的上、下句應字數相同，但圖中十字以上一欄上、下符號不一致：又如

「平隔」的四句字數應一樣，但圖中的符號卻不相同，更明顯的是「疏隔」和「密隔」符號應正好相反，但圖中的符號卻不是這樣。凡此問題，皆予以校正，引用者請複查原書。另外圖中的「壯」、「漫」、「平」、「仄」等字，都是筆者加的，原圖中仄聲用「他」字。

10 載《文苑英華》卷九十二。

11 引句文字據《賦譜》。《文苑英華》作：「嗟夫，駪駪足追言之速，豈能之而不欲，蓋窒喋喋之喧，喻駪駪之奔，在誠之而不言。」

12 《文苑英華》卷三十二有劉開、盧肇、白敏中三人〈如石投水賦〉，劉賦以「信義忠信公平能諫」爲韻，盧、白二人賦以「聖獎忠直從諫如流」爲韻，三賦非同時之作，皆無《賦譜》所引的數句。

13 《文苑英華》卷五十載黎逢、任公叔、楊系三人所作〈通天臺賦〉，皆無《賦譜》所引二句。此賦《文苑英華》及《全唐文》皆不載。按：《賦譜》所引賦句大約涉及到四十篇唐賦，其中約三十五篇可以在《文苑英華》中找到，字句不同之處，可以互相勘正。

14 見《陳望道文集》卷二，頁 312。

15 日本學者谷口洋來函稱此書 1967 年出版。

第三章

《賦譜》校注

引　言

　　唐抄本《賦譜》在我國早已失傳，自中唐傳自日本後，得以完整保存。一九六七年，日本學者中澤希男發表《賦譜校箋》[1]，標誌《賦譜》得到當代學術界的關注。一九九二年，美國學者柏夷（Stephen R. B. Kenkamp）又以《賦譜研究》作爲他的博士論文，他的論文《賦譜略述》由嚴壽澂先生譯成中文，在中國發表[2]。一九九三年，筆者承美國華盛頓大學康大維（David R. Knechtges）教授和印第安那大學柏夷教授的慷慨相助，得到《賦譜》原件的複印本。研讀之後，頗有感想，隨即撰成《唐抄本〈賦譜〉初探》一文發表[3]。是爲中國學者研究《賦譜》的第一篇論文。一九九六年，張伯偉出版《唐五代詩格校考》，附錄《賦譜》全文[4]。此後，《賦譜》逐廣爲學界所知。一九九九年，香港學者陳萬成發表《〈賦譜〉與唐賦的演變》一文[5]；二〇〇〇年，簡宗梧、游適宏發表《律賦在唐代「典律化」之考察》一文[6]，皆是利用《賦譜》研究唐代律賦的重要成果。筆者的《〈賦譜〉校注》在一九九三年已經完成初稿，藏之筴笥，未嘗發表。後見張伯偉教授發表全文校注，本以爲適得我心，拙著可以束之高閣矣；然仔細研讀伯偉兄大作，知其有所洞見亦有所不見，爲給學界提供多一份研究

資料，筆者將《賦譜校注》修訂發表。伯偉兄注本之發現和瑕疵皆予以注明，既免奪美之嫌，亦免後學以訛傳訛之虞。

正文校注

　　凡賦句，有壯、緊、長、隔、漫、發、「送」【一】，合織成【二】，不可偏捨。

　　【一】「發」字下脫「送」字，據下文補。藤原忠尚《作文大體》「漫句」下亦有「送句」。
　　【二】織成：徐幹《中論‧爵祿》：「聖人踏機握杼，織成天地之化。」

壯，三字句也【一】。
　　若「水流濕，火就燥」【二】、「悅禮樂，敦詩書」【三】、「萬國會，百工休」【四】之類，綴發語之下爲便，不要常用。

　　【一】「三字句也」乃注文，比正文字體略小，下同。藤原忠尚《作文大體》「壯句」注：「三字，有對，發句之次用之，但賦及序未必用之，可調平、他聲。」杭倫按：「他聲」，謂平聲之外的上、去、入三聲，即仄聲也。
　　【二】上二句，語出《易經‧乾卦》九五「曰：飛龍在天，利見大人，何謂也？子曰：同聲相應，同氣相求。水流濕，火就燥。雲從龍，風從虎。聖人作，而萬物覩。本乎天者親上，本乎地者親下，則各從其類也。」白居易《白氏長慶集》卷六十三〈策林〉二十七〈請以族類求

賢〉：「夫必以族類者，蓋賢愚有貫，善惡有倫；若以類求，必以類至。此亦猶水流濕，火就燥，自然之理也。」

【三】上兩句原出《左傳》僖公二十七年。黎逢〈人不學不知道賦〉：「君子之為道也，敦詩書，說禮樂。」見《全唐文》卷四八二。杭倫按：《文苑英華》卷六十二亦有此賦，但題下無主名，作「閱禮樂」。

【四】上兩句未見今存賦作採用，惟見劉肅撰《大唐新語》卷八載李嶠詩：「何如萬國會，諷德九門前。」白居易《白氏長慶集》卷十二〈江南遇天寶樂叟〉詩亦有「千官起居環佩合，萬國會同車馬奔」之句；《禮記·月令》季秋之月：「是月也，霜始降則百工休。」《山堂肆考》卷二三二：「唐制：二月初旬，令百官休日選勝行樂，選勝，言選擇其勝概之所在也。」可見「萬國會，百官休」兩句亦唐時常用語。

緊，四字句也【一】。
若「方以類聚，物以群分」【二】、「四海會同，六府孔修」【三】、「銀車隆代，金鼎作國」之類，亦綴發語之下為便。至今所用也。

【一】《作文大體》緊句：「四字，有對。或施胸，或施腹，賦多可施胸。可調平、他聲。」

【二】上二句，語出《易經·繫辭上》。楊炯〈渾天賦〉用之，見《文苑英華》卷十八，《全唐文》卷十九。

【三】上二句，語出《尚書·禹貢》。上句，趙自勤《空賦》用之，云：「當今四海會同，群方清晏。」見《文

苑英華》卷二十（闕名），《全唐文》卷四〇六。下句，侯喜〈中和節百辟獻農書賦〉用之，云：「虔考令辰。實當四仲之首；敬舉彝典，庶爲六府孔修。」見《文苑英華》卷二十二，《全唐文》卷七三二。又柳宗元〈披沙揀金賦〉用之，云：「沙之爲物兮，視汙若浮；金之爲物兮，恥居下流。沈其質兮，五材或闕；耀其德兮，六府孔修。」見《柳河東外集》卷上。

長，上二字下三字句也，其類又多上三字下三字【一】。

若「石以表其貞，變以彰其異」【二】之類，是五也。「感上仁於孝道，合中瑞於祥經」【三】，是六也。「因依而上下相遇，修久而貞剛失全」【四】，是七也。「當白日而長空四朗，披青天而平雲中斷」【五】，是八也。「笑我者謂量力而徒爾，見機者料成功之遠而」【六】，是九也。六、七者堪常用，八次之，九次之。其者時有之得【七】，但有似緊體，勢不堪成緊，則不得已而施之必也，不須綴緊，承發下可也【八】。

【一】杭倫按：此所謂上二字下三字句，以及上三字下三字句，指句子內部音節的區分，與《文鏡秘府論》天卷「詩章中用聲法式」所述「上二字爲一句，下三字爲一句，五言」意近。《作文大體》長句：「從五字至九字用之，或云十餘字，有對，可調平、他聲。或施頭，或施腹，賦或尤見可施腹也。」中澤希男云：《類聚》本作：「從五字至九字或十餘字，有對，可調平他聲也。或施頭，或施腰，賦或尤見施腹。」

【二】上二句，出白行簡〈望夫化爲石賦〉，見《文苑

英華》卷三十一，《全唐文》卷六九二。

【三】上二句，出張說〈進白烏賦〉，見《張說之文集》卷一，《文苑英華》卷十四，《全唐文》卷二二一。「仁」字，《文苑英華》作「人」。

【四】上二句，出楊弘貞〈溜穿石賦〉，見《文苑英華》卷八十九，《全唐文》卷七二二。「悠久」原訛作「修分」，據上二書改正。「楊弘貞」，《全唐文》作「楊宏真」，蓋避清帝諱改也。

【五】上二句，出處未詳。「披青天」句旁有紅筆原注云：「今按：此體似隔句，常不可用。」中澤希男云：「常不」是「不常」之訛。杭倫按：「常不可用」，即「不可常用」也。

【六】上二句，出楊弘貞〈溜穿石賦〉。

【七】中澤希男云：「『其者』，爲『其餘者』之訛，謂九字以上句。」又云：「『時有之得』爲『時得有之』之訛，或是下句『但得』之誤倒。」

【八】杭倫按：以上數句意味九字以上句從音節上常可分爲兩截，容易與四字對四字的緊句相混淆，因此不宜按照常規連綴在緊句之後，可以直接與發語相承。

隔【一】

隔句對者，其辭云隔【二】。體有六：輕、重、　、密、平、雜【三】。

　　【一】《作文大體》：「隔句有六體，輕、重、疏、密、平、雜也。輕重爲勝，疏密次之，六體同可調平他聲。」

【二】謂如其辭所云，乃隔句作對者。

【三】「密」字原訛作「蜜」，據《作文大體》改正。

輕隔者，如上有四字，下六字。若「氣將導志，五色發以成文；化盡歡心，百獸舞而協曲」【一】之類也。

【一】此隔句對，出自裴度〈蕭韶九成賦〉，見《文苑英華》卷七十五，《全唐文》卷五三七。「氣」字原作「器」，乃音近而訛。按《孟子‧公孫丑上》「氣壹而動志也」，是裴賦用典所本；且《文苑英華》、《全唐文》皆作「氣」，據改。「導」字原作「道」，旁有小注「導」字，據改。「舞」字，《文苑英華》與《全唐文》皆作「率」。按：《竹書紀年》有云：「擊石拊石，以歌九韶，百獸率舞。」是「率」、「舞」二字皆有所本，宜兩存之。

重隔，上六下四【一】。如「化輕裾於五色，獨認羅衣；變纖手於一拳，以迷紈質」【二】之類是也。

【一】《作文大體》：「重隔句，上六下四。」

【二】此隔句對，出自白行簡〈望夫化爲石賦〉。「裙」字原作「裾」，「獨認」原作「尤忍」，「已迷」原作「以迷」，據《文苑英華》及《全唐文》改正。

隔，上三，下不限多少【一】。若「酒之先，必資於麴蘗；室之用，終在乎戶牖」【二】。「儵而來，異綠蛇之宛轉。忽而往，同飛燕之輕盈。」【三】「俯而察，煥乎呈科斗之文；

靜而觀，炯爾見雕蟲之藝」【四】等是也。

【一】《作文大體》：「疏隔句，上三，下不限多少。」「隔」字原本無，據《作文大體》補。

【二】此隔句對，出處未詳。戴侗《六書故》卷二十八：「甘酒少麴多米，並茜飲之曰醴，醴爲酒之先，飲之不至甚醉。」唐郝名遠〈大廈賦〉：「當其無而有室之用。」（《文苑英華》卷五十二）是「酒之先、室之用」之類詞語，唐人常用。

【三】此隔句對，出處未詳。「倏」字原作「條」，按謝良輔〈秋霧賦〉」「倏而來，比君子之道廣；忽而逝，侔至人之性空」，句式與此相同，據改。

【四】此隔句對，出自蔣防〈螢光照字賦〉，見《文苑英華》卷六十三，《全唐文》卷七一九。「俯」字原作「府」，據上二書改正。

密隔，上五以上，下六以上字【一】。若「徵老聃之說，柔弱勝於剛強；驗夫子之文，積善由乎馴致」【二】、「詠團扇之見託，班姬恨起於長門；履堅冰以是階，袁安歎驚於陋巷」【三】等是也。

【一】「下六以上」以上，原作「下亦已上」，按《作文大體》引作「密隔句，上五以上，下六以上」，據改。

【二】此隔句對，出自楊弘貞〈溜穿石賦〉，「老聃之」下原衍一「之」字，據《文苑英華》、《全唐文》刪。

【三】此隔句對，出自崔損〈霜降賦〉，見《文苑英

華》卷十六,《全唐文》卷四七六。「袁安」原訛作「表
安」,據上二書改正。又二書此聯作「詠團扇而見託,班
姬豈恨於長門;履堅冰以是階,袁安欲驚於陋巷」,亦文
從字順,與《賦譜》引文可兩存之。袁安之事,見《後漢
書・袁安傳》章懷太子注引《汝南先賢傳》。

平隔者,上下或四或五字等【一】。若「小山桂樹,權奇
可比;上林桃花,顏色相似」【二】、「進寸而退尺,常一以貫
之;日往而月來,則就其深矣」【三】等是也。

　　【一】《作文大體》:「平隔句,上下或四或五或六。」
中澤希男云:「《類聚》本作『平隔句,上下或四或五或
六,去聲,又不去。』」
　　【二】此隔句對,未見今存賦作使用,惟唐人詩中有
之,喬知之〈羸駿篇〉:「小山桂樹比權奇,上林桃花況顏
色。」(《文苑英華》卷三四四,《全唐詩》卷八十一)。
「權奇」原訛作「摧奇」,按《漢書・禮樂志》「志俶儻,
驚權奇」,王先謙《補注》:「權奇者,奇譎非常之意。」
據改。「上林桃花」原作「丘林花」,據《作文大體》所引
改正。
　　【三】此隔句對,出自楊弘貞〈溜穿石賦〉。《文苑英
華》與《全唐文》所引,無兩「而」字。「進寸而退尺」,
《作文大體》(類聚本)引作「寸進而尺退」。

雜隔者,或上四,下五、七、八;或下四,上亦五、七、
八字【一】。若「悔不可追,空勞於駟馬;行而無跡,豈繫於

九衢」【二】、「孤煙不散,若襲香於爐峰之前;團月斜臨,似
對鏡於廬山之上」【三】、「得用而行,將陳力於休明之世;自
強不息,必苦節於少壯之年」【四】、「及素秋之節,信謂逢
時;當明德之年,何憂掩望」【五】、「採大漢強幹之宜,裂地
以爵;法有周維城之制,分土而王」【六】、「虛憍者懷不材之
疑,安能自持;賈勇者有攻堅之懼,豈敢爭先」【七】等是
也。

　　【一】《作文大體》:「雜隔句,或上四,下五七八;或
下四,上五七八。」
　　【二】此隔句對,出自陳忠師〈駟不及舌賦〉,見《文
苑英華》卷九十二,《全唐文》卷七一六,二書「悔」字
作「逝」,「跡」字作「蹤」。
　　【三】此隔句對,出自白行簡〈望夫化爲石賦〉。「孤
煙」之間,原衍一「雲」字,據《文苑英華》、《全唐文》
刪。「團月」,《文苑英華》、《全唐文》作「圓月」。「襲
香」之下、「對鏡」之下,《文苑英華》、《全唐文》多一
「以」字。
　　【四】此隔句對,出自黎逢〈人不學不知道賦〉。
「世」字,《文苑英華》作「代」,蓋避唐帝諱改也。
　　【五】此隔句對,出自楊弘貞〈月中桂樹賦〉。見《文
苑英華》卷七、《全唐文》卷七二二。「掩望」原作「淹
望」,據二書改。
　　【六】此隔句對,出自崔損〈五色土賦〉。見《文苑英
華》卷二十五,《全唐文》卷四七六。「採」字二書作
「采」。

【七】此隔句對，出自浩虛舟〈木雞賦〉。見《文苑英華》卷一三八、《全唐文》卷六二四。「虛憍」原作「虛矯」，《文苑英華》作「虛嬌」，《全唐文》作「虛憍」。按《莊子‧達生》：「紀渻子爲王養鬥雞，十日而問：雞已乎？曰：未也，方虛憍而恃氣。」是以作「虛憍」爲正。又，「疑」字，《文苑英華》、《全唐文》作「虞」；「持」字二書作「恃」；「豈敢」二書作「莫敢」，可兩存之。

此六隔皆爲文之要，堪常用，但務暈澹耳【一】。就中輕、重爲最，雜次之，疏、密次之，平爲下【二】。

【一】「暈澹」，本指濃淡相間之繪畫技法，郭若虛《圖畫見聞志》卷四引徐熙〈翠微堂記〉：「落筆之際，未嘗以傅色暈澹細碎爲功。」此指各種賦句搭配使用，形成錯綜協調的審美效果。

【二】「密」字原訛作「蜜」，據上文改正。《作文大體》引作「輕重爲最，雜次之，疏密次之，平爲下」。

漫

不對合，少則三四字，多則二三句【一】。若「漢武」【二】、「賢哉南容」【三】、「我聖上之有國」【四】、「甚哉言之出口也，電激風趨，過乎馳驅」【五】、「守靜勝之深誠，冀一鳴而在此」【六】、「歷歷遊遊，宜乎涼秋」【七】、「誠哉性習之說，我將爲教之先」【八】等是也。漫之爲體，或奇或俗【九】。當時好句，施之尾可也，施之頭亦得也，項腹不必用焉【十】。

【一】《作文大體》：「漫句，不對合，不調平他聲，或四五字、七八字，或十餘字也。」

【二】「漢武」，王起〈漢武帝遊昆明池見魚銜珠賦〉有「漢武帝出咸京，遊昆明」之句，見《文苑英華》卷一三九。張友正〈請長纓賦〉：「昔漢武志關中原，謀綏遠裔。」王起〈昆明池習水戰賦〉：「伊昔漢武，將吞遠戎。」並見《文苑英華》卷六十六。

【三】「賢哉南容」，出張仲素〈三復白圭賦〉，見《文苑英華》卷九十二，《全唐文》卷六四四。「南容」上原衍一「南」字，據刪。

【四】「我聖上之有國」，出王履貞〈太學觀春宮齒胄賦〉，見《文苑英華》卷六十一。《全唐文》卷九六〇載此賦，作者闕名。杭倫按：據《文苑英華》體例，同卷收錄同一作者數篇作品，只在首篇署名；本篇當從其例，定爲王履貞作。「聖上」，二書作「聖人」。

【五】「甚哉」二句，出陳忠師〈駟不及舌賦〉（見前）。

【六】「守靜」二句，出浩虛舟〈木雞賦〉（見前）。《文苑英華》、《全唐文》「守」作「彼」，「誠」作「誠」。

【七】「歷歷」二句，出楊弘貞〈月中桂樹賦〉（見前）。「歷歷遊遊」，《文苑英華》、《全唐文》作「悠悠歷歷」。「楊弘貞」，張伯偉《校考》誤作「楊真弘」。

【八】「誠哉」二句，出白居易〈性習相近遠賦〉，見《文苑英華》卷九十三，《全唐文》卷六五六。「性習」，《文苑英華》作「習性」。「爲教之先」，《文苑英華》、《全唐文》作「以爲教先」。

【九】「或奇或俗」，「奇」字原壞，張伯偉《校考》云：「此字原本難辨，柏夷氏讀作『異』，不可從。王利器氏疑爲『奇』，姑從之。」杭倫按：讀爲「奇」字是，但張本正文「或奇或俗」作「或奇或異」，則爲新增之誤字矣。

【十】《作文大體》：「或施頭，或施尾，或代送句。」

發【一】

發語有三種：原始【二】、提引【三】、起寓【四】。若「原夫」、「若夫」、「觀夫」、「稽其」【五】、「伊昔」、「其始也」之類，是原始也【六】。若「洎夫」、「且夫」、「然後」、「然則」、「豈徒」、「借如」、「則曰」、「僉曰」、「矧夫」、「於是」、「已而」、「故是」、「是故」、「故得」、「是以」、「爾乃」、「知是」、「徒觀夫」之類，是提引也【七】。「觀其」、「稽其」等也或通用之。如「士有」、「客有」、「儒有」、「我皇」、「國家」、「嗟乎」、「至矣哉」、「大矣哉」之類，是起寓也【八】。原始發項【九】，起寓發頭尾，提引在中。

【一】《作文大體》：「發句施頭，夫、夫以、原夫、夫惟、於是、方今、竊以、伏惟、觀夫、於時、蓋聞、汝當知、所以者何，如此類言，皆發句也。或一字二字，或三字四字，無對。」杭倫按：本節論述虛詞在賦中之運用，六朝人已注意及此。如陸雲〈與兄平原書〉云：「文中有於是、爾乃，於轉句誠佳，然得不用之更快。」又如《文心雕龍·章句》云：「至於夫、惟、蓋、故者，發端之首唱；之、而、於、以者，乃札句之舊體；乎、哉、矣、

也，亦送末之常科。」唐人則研究更精，如杜光庭《道德真經廣聖義‧天下皆知章》：「夫惟者，發句之語也。」又如《儀禮‧士冠禮》賈公彥疏：「伊、惟、也者，助語辭，非爲義也。」論述最爲集中者，則推遍照金剛《文鏡秘府論》北卷引杜正倫《文筆要訣‧句端》之說。杜氏彙錄句端語凡二十六類，前有小序論述句端語之作用甚詳（參見王晉光《文鏡秘府論探源》，香港天地圖書公司，1980）。

【二】「原始」，探索事物起源。《易經‧繫辭上》：「原始反終，故知死生之說。」王充《論衡‧實知》：「揆端推類，原始見終。」

【三】「提引」，承上啓下之意。即杜正倫《文筆要訣‧句端序》所謂：「屬事比辭，皆有次第。每事至科分之別，必立言以間之，然後義勢可得相承，文體因而倫貫也。」

【四】「起寓」，開啓下文，總結上文，直抒胸臆。即杜正倫《文筆要訣‧句端序》所謂「發端置辭」與「要會所歸總上義」也。

【五】「稽其」，張伯偉校改爲「稽夫」，並謂：「原本作『稽其』，下文列之於可通用之發語，此處似不應復列之。」杭倫按：張說不可從，下文在「提引」後謂「觀其、稽其等也或通用之」，乃指「觀其、稽其」不僅用作「原始」，亦可用作「提引」語，即「觀其、稽其」在「原始」與「提引」兩類發語中通用，因而不必更改。

【六】「原始」類虛詞用例，唐律賦中屢見，茲據《文苑英華》僅各舉一例：

原夫：紇干俞〈海日照三神山賦〉：「原夫出巨浸以貞明，次崇岡而久照。」（《文苑英華》卷四）

若夫：謝偃〈塵賦〉：「若夫陰風發，陣雲屯；鼉鼓震，紅旗翻。」（《文苑英華》卷四）

觀夫：李程〈月照寒泉賦〉：「觀夫彼浚者泉，彼高者月。」（《文苑英華》卷六）

稽其：張勝之〈湛露晞朝陽賦〉：「稽其順陽之心，既且周而復始。」（《文苑英華》卷十五）

伊昔：李夷亮〈南風之薰賦〉：「伊昔虞帝君臨，憂勞是切。」（《文苑英華》卷十三）

其始也：許堯佐〈日載中賦〉：「其始也升扶桑以昭晰，拂若木兮氛氳。」（《文苑英華》卷五）

【七】「提引」類虛詞，亦據《文苑英華》各舉一用例：

洎夫：王起〈登天壇山望海日初出賦〉：「洎夫出溟渤，照戎夏；升九天，辭午夜。」（《文苑英華》卷四）

且夫：湛賁〈日五色賦〉：「且夫德惟純一，瑞符祚九。」（《文苑英華》卷五）

然後：鄭式方〈中和節百辟獻農書賦〉：「然後邦國知息節之宜，象魏識勸農之術。」（《文苑英華》卷二十二）

然則：張仲素〈管中窺天賦〉：「然則固知事不可以近圖遠，物不可以小謀大。」（《文苑英華》卷一）

豈徒：王起〈披霧見青天賦〉：「豈徒卷冥冥之淨綠，覿昭昭於上玄。」（《文苑英華》卷一）

借如：林琨〈象賦〉：「借如玉京上天，具關中海。其

名可識，其象安在。」（《文苑英華》卷二十）

則曰：仲子陵〈五絲續寶命賦〉：「微臣敢問天寶之建元，則曰甘露黃龍之年紀。」（《文苑英華》卷一二〇）李華〈含元殿賦並序〉：「如山之壽，則曰蓬萊；如日之升，則曰大明。」（《文苑英華》卷四十八）

僉曰：侯喜〈中和節百辟獻農書賦〉：「僉曰國以人為本，人以食為儲。」（《文苑英華》卷二十二）

勑夫：獨孤受〈清簟賦〉：「勑夫畏日赫赫，蒸雲爍石。」（《文苑英華》卷一〇九）

於是：范榮〈殘雪賦〉：「於是出野而萬頃連縞，晞日而千峰合璧。」（《文苑英華》卷十六）

已而：浩虛舟〈陶母截髮賦〉：「已而輾轉增思，佪回向隅。」（《文苑英華》卷九十六）

故是：唐賦中未見用例。或當作「故是以」，見唐闕名〈天行健賦〉：「故是以為君為首，為金為冰。」（《文苑英華》卷一）

是故：趙蕃〈月中桂樹賦〉：「是故邀彼輕霄，呈茲永夕。」（《文苑英華》卷七）

故得：陶拱〈天晴景星見賦〉：「故得為帝王之美，作祥符之首。」（《文苑英華》卷九）白行簡〈鬥為帝居賦〉：「故得四時式序，九有皆臨。」（《文苑英華》卷十）

是以：李子蘭〈景星見賦〉：「是以垂一星而呈萬國，其明孔彰，其儀不忒。」（《文苑英華》卷九）

爾乃：劉元淑〈夏雲賦〉：「爾乃含精飄揚，逐吹低舉。」（《文苑英華》卷十二）

知是：未見唐賦用例，疑當作「是知」。丘鴻漸〈愚公移山賦〉：「是知山之大，人之心亦大。」（《文苑英華》卷二十九）

徒觀夫：「徒」字，中澤希男《賦譜校箋》、柏夷《賦譜略述》、張伯偉《賦譜校考》皆認作「從」字，張本且在「乃」下以意補一「乃」字。杭倫按：此字與上文「豈徒」之「徒」字結構相同，當認作「徒」字，且「徒觀夫」在唐賦中用例甚多，如韋展〈日月如合璧賦〉：「徒觀夫炳煥可嘉，毫釐靡差。」（《文苑英華》卷三）陳章〈腐草爲螢賦〉：「徒觀夫從微知著，出死入生。」（《文苑英華》卷一四一）。

觀其：盧景亮〈初日照露盤賦〉：「觀其巃嵸雙立，岩嵒上鷲。輕靄不飛，纖雲不度。」（《文苑英華》卷十六）

【八】「起寓」類虛詞，亦據《文苑英華》各舉一則：

士有：杭倫按：「士」字，柏夷《賦譜略述》誤作「土」。王起〈元日觀上公獻壽賦〉：「士有觀國之光，賡歌大賊。」（《文苑英華》卷二十一）

客有：何類瑜〈查客至牛斗賦〉：「客有遠人裏，家海沆。」（《文苑英華》卷十）

儒有：趙自勵〈寒賦〉：「儒有討混元，搜綿祀。既覯寒暑之終，亦測興伏之始。」（《文苑英華》卷二十四）

我皇：陶拱〈天晴景星見賦〉：「我皇以化洽四夷，德應昌期。」（《文苑英華》卷九）

國家：韋展〈日月如合璧賦〉：「國家纂弘天統，紹啓王跡。」（《文苑英華》卷三）

　　嗟乎：白行簡〈望夫化爲石賦〉:「嗟乎貞節可佳,高
節惟亮。」(《文苑英華》卷三)

　　至矣哉：蔣防〈聚米爲山賦〉:「至矣哉,曲盡人謀,
詳觀地險。」(《文苑英華》卷二十九)

　　大矣哉：符子璋〈漏賦〉:「大矣哉,聖人資之以瑞
拱,日月順之以行藏。」(《文苑英華》卷二十四)

　　【九】張伯偉《賦譜校考》云:「『項』疑當與下
『頭』字互乙。」又於下文「頭」下注云:「『頭』字疑當
與上『項』字互乙。」杭倫按:「原始發項,起寓發頭
尾」,正確無誤,伯偉乃於無疑之處生疑也。

送【一】
送語者,「也」、「而已」、「哉」之類也【二】。

　　【一】《作文大體》:「送句,施尾者也,而已、者歟、
哉、也、耳,次等類皆名送句也。或一字、或二字,無
對。」

　　【二】張伯偉《校考》斷作「送語,者也、而已、哉
之類也」,亦通。

　　凡句,字少者居上,多者居下。緊、長、隔以次相隨
【一】。但長句有六七字者、八九字者。相連不要以八九字者,
似隔故也【二】。自餘不須【三】。且長隔雖遙相望,要異體爲
佳【四】。其用字「之、於、而」等,暈澹爲綺矣【五】。

　　【一】「緊長隔以次相隨」:例如湛賁〈日五色賦〉:

「聖日呈貺，至德所加。布璀璨之五色，被輝光於四遐。
纖塵乍收，爛彼雲間之彩；清漣既動，煥乎川上之華。」
（《文苑英華》卷五）一二句爲緊句，三四句爲長句，以下
爲隔句對。

【二】「似隔故也」：謂八九字的長句，以其近似隔句
對之緣故，應盡量避免兩組連用。如前引《賦譜》長句
「當白日而長空四朗，披青天而平雲中斷」，似可讀成「當
白日，而長空四朗；披青天，而平雲中斷」，這便與隔句
對近似，若兩組相連，則不合句法。

【三】「自餘不須」：謂八九字長句之外，字少的長句
可以兩組相連。如李程〈日五色賦〉：「首三光而效祉，彰
五色而可佳。驗瑞典之所應，知純風之不遐。」即爲兩個
六言長句相連。

【四】「異體爲佳」：指一首賦中，輕、重、疏、密、
平、雜各體隔句對，宜交錯使用，避免單調板滯。「佳」
字原訛作「住」，從柏夷《賦譜略述》校改。

【五】指賦句中的「之、於、而」等字，宜交錯變換
使用。如上引李程〈日五色賦〉前一長句中用「而」字，
後一長句便用「之」字，以求錯綜之妙。

凡賦以隔爲身體、緊爲耳目、長爲手足、發爲唇舌
【一】、壯爲粉黛、漫爲冠履【二】。苟手足護其身，唇舌叶其
度【三】，身體在中而肥健，耳目在上而清明【四】，粉黛待其
時而必施，冠履得其美而即用，則賦之神妙也【五】。

【一】「發爲唇舌」：「爲」字原誤作「口」，與上下文

不協調，茲從柏夷《賦譜略述》改正。

　　【二】簡宗梧、游適宏《律賦在唐代「典律化」之考察》：「此即所謂『身體政治學』（bodypolitics）。「身體政治學」是指「以人的身體作爲隱喻，所展開的針對諸如國家等政治組織之原理及其運作之論述」。其「將身體以及作爲身體的延伸或擴大的國家，視爲一個具有内在整合性的有機體」，及「將身體當作隱喻或符號來運用，以解釋國家的組織與發展」這兩項特徵，與六朝人視文學作品如同人體、有機體的想法十分類似。（《逢甲人文社會學報》第1期，頁1-16，2000年11月）

　　【三】「唇舌叶其度」：指發語運用得當，將賦分成協調勻稱的段落。

　　【四】「在上」，原訛作「上在」，從中澤希男《賦譜校箋》改正。

　　【五】「賦之神妙」：指上乘賦作。以「神、妙」分品，源於唐張懷瓘《畫斷》。張彥遠《歷代名畫記》云：「神者爲上品之中，妙者爲上品之下。」此用「神妙」一詞，泛指賦作高妙而已。

　　凡賦體分段，各有所歸。但古賦段或多或少，若〈登樓〉三段【一】、〈天臺〉四段【二】之類是也。至今新體【三】分爲四段：初三四對，約三十字爲頭；次三對，約四十字爲項；次二百餘字爲腹；最末約四十字爲尾。就腹中更分爲五：初約四十字爲胸，次約四十字爲上腹，次約四十字爲中腹，次約四十字爲下腹，次約四十字爲腰。都八段，段轉韻發語爲常體【四】。

【一】「登樓」：原作「發樓」。中澤希男《賦譜校箋》云：「『發樓』乃『登樓』之訛。」據改。魏王粲〈登樓賦〉分三段，自「登茲樓以四望兮」至「曾何足以少留」，爲第一段；自「遭紛濁而遷逝兮」至「豈窮達而異心」，爲第二段；自「惟日月之逾邁兮」至結束，爲第三段（載《文選》卷十一）。

【二】「天臺」：晉孫綽有〈天臺山賦〉，分四段（載《文選》卷十一）。

【三】「新體」：《賦譜》所謂之「新體」、「新賦」，均指律賦而言。「律賦」唐人稱爲「新賦」或「甲賦」。五代以後，始以「律賦」相稱。王定保《唐摭言》卷九〈好知己惡及第〉條：「鄭隱者，其先閩人，徙居循陽，因而耕焉，少爲律賦，詞格固尋常。」

【四】「段轉韻」，張伯偉《賦譜校考》作「段段轉韻」，乃以意增字，而未出校語。「常體」，指新體律賦之正體。

其頭初緊，次長，次隔。即項，原始、緊。若〈大道不器〉【一】云：「道自心得，器因物成。將守死以爲善，豈隨時而易名。率性而行，舉莫知其小大；以學而致，受無見於滿盈【二】。稽夫，廣狹異宜，施張殊類【三】」之類是也。次長，次隔。即胸、發、緊、長、隔至腰如此。或有一兩個以壯代緊，若居緊上【四】，及兩長連續者【五】，鮮也【六】。

【一】〈大道不器〉：此賦不載《文苑英華》和《全唐文》。《宣和書譜》卷二載宋御府藏有徐鉉篆書〈大道不器

賦〉上下。賦題出自《禮記・學記》:「君子曰:大德不官,大道不器,大信不約,大時不齊,察於此四者,可以有志於本矣。」

【二】以上為賦頭,包含緊、長、隔三種句式。

【三】以上為賦項,包含發語和緊句。

【四】「以壯代緊」:一般律賦於「接引」後接緊句,個別接以壯句。如張勝之〈湛露晞朝陽賦〉:「忽其陽氣匝,晴風扇。」(《文苑英華》卷十五)即於提引語「忽其」之後,接以三字壯句。「若居緊上」:謂好似以壯句位於緊句之上。

【五】「兩長連續」:指接連排列兩個長句。如師貞〈秋露如珠賦〉:「風入秋而方勁,露如珠而正團。映蟾輝而迥列,疑蚌剖而俱攢。」

【六】「仇」:中澤希男《賦譜校箋》云:「仇,音凡,輕薄之意。」柏夷《賦譜略述》、張伯偉《賦譜校箋》皆認作「仇」。杭倫按:中澤說是也。揚雄《方言》卷十:「仇、儒,輕也。楚凡相輕薄謂之相仇,或謂之儒也。」意味上兩種句法(指「以壯代緊」和「兩長連續」)給人以輕佻之感,不夠莊重。

夫體相變互【一】,相暈澹,是為清才【二】。即尾起寓,若長、次隔,終漫一兩句,若〈蘇武不拜〉【三】云「使乎使乎,信安危之所重」之類是也,得全經為佳【四】。

【一】「變互」字原作「變牙」,中澤希男《賦譜校箋》云:「『牙』為『互』之訛。」柏夷云:「『變牙』當作

『變雅』。」張伯偉云:「『牙』即爲『互』字,劉攽《中山詩話》引劉道原云:唐人書『互』爲『孓』,因訛爲『牙』。」杭倫按:張伯偉說可從。周祈撰《名義考》卷五:「《貨殖傳》駔儈注:會二家交易者,如今度市。師古曰:駔者其首率,即今所謂牙行。牙本作互,以交互爲義。互與牙字相近,因訛爲牙。」

【二】「清才」:清俊傑出之才。《三國志‧魏志‧孔融傳》裴注:「融有高名清才。」

【三】「蘇武不拜」,賦名,《文苑英華》、《全唐文》不載。唐李匡乂撰《資暇集》卷上:「近代浩虛舟作〈蘇武不拜單于賦〉,爾來童稚時便熟諷詠,至於垂白,莫悟賦題之誤。抑皆詮寫,升在甲等。何不詳《史》《漢》正傳,『不拜單于』是鄭衆,非蘇武也。」

【四】「得全經」:中澤希男以爲,「得全經」即「壯、緊、長、隔、漫、發、送,合織成」之意。杭倫按:此處「得全經」似僅指結尾漫句而言,非謂全賦;其意蓋指漫句引用經書之原句;如〈蘇武不拜單于賦〉結句之「使乎使乎」,即出自《論語‧憲問》。

約略一賦內用六七緊、八九長、八隔,一壯、一漫,六、七發【一】。或四、五、六緊,十二、三長,五、六、七隔,三、四、五發,二、三漫、壯【二】。或八、九緊,八、九長,七、八隔,四、五發,二、三漫、壯【三】。或八、九長【四】,三漫、壯,或無壯,皆通。計首尾三百六十左右字。但官字有限,用意折衷耳【五】。

　　【一】此例爲中唐以後律賦正格，浩虛舟賦作，如〈木雞賦〉、〈行不由徑賦〉等，皆基本符合此例。

　　【二】李程〈日五色賦〉，基本符合此例。見《文苑英華》卷五。

　　【三】蔣防〈隙塵賦〉，基本符合此例，見《文苑英華》卷二十六。「壯」下原有「長」字，移下。

　　【四】「長」字原在上文「壯」字下，據文意似當移於此。張伯偉《校考》未作移動，另以意補「隔」字於此。

　　【五】「官字有限」：唐科舉考試，律賦有限定的字數。如白居易〈宣州試射中正鵠賦〉原注：「以『諸侯之誠衆士知訓』爲韻，任不依次用韻，限三百五十字已上。」又〈省試性習相近遠賦〉原注：「以『君子之所慎焉』爲韻，依次用，限三百五十字已上成。」（見《四部叢刊》初編《白氏長慶集》卷二十一）「用意折衷」：多者減之，少者加之，使之符合官定字數限制。

　　近來官韻多勒八字【一】，而賦體八段，宜乎一韻管一段，則轉韻必待發語，遞相牽綴，實得其便。若〈木雞〉是也【二】。若韻有寬窄，詞有長短，則轉韻不必待發語，發語不必由轉韻。逐文理體制以綴屬耳。若「泉泛珠盤」韻是寬，故四對中含發。「用」韻窄，故二對而已，下不待發之類是也【三】。又有連數句爲一對，即押官韻兩個盡者，若〈駟不及舌〉云：「嗟夫，以駸駸之足，追言言之辱，豈能之而不欲；蓋喋喋之喧，喻駿駿之奔，在戒之而不言。」【四】是則「言」與「欲」並官韻，而「欲」字故以「足」、「辱」協，即與「言」爲一對。如此之輩，賦之解鐙【五】。時復有之，必

巧乃可。若不然者，恐職爲亂階【六】。

【一】「近來官韻多勒八字」：吳曾《能改齋漫錄》卷二〈試賦八字韻腳〉條：「賦家者流，由漢晉歷隋唐之初，專以取士，止命以題，初無定韻。至開元二年，王邱員外知貢舉，試〈旗賦〉，始有八字韻腳。所謂『風日雲浮，軍國清肅』。見偽蜀馮鑒所記《文體指要》。」又徐松《登科記考》卷五引《永樂大典》「賦」字韻注：「開元二年，王邱員外知貢舉，始有八字韻腳。是年試〈旗賦〉，以『風日雲野，軍國清肅』爲韻。」唐律賦用韻之例，可參見洪邁《容齋續筆》卷十三、彭叔夏《文苑英華辨證》卷一。

【二】〈木雞〉：浩虛舟〈木雞賦〉全文分八段，以「致此無敵，故能先鳴」爲韻，見《文苑英華》卷一三八。

【三】「韻寬」：韻書中字數較多的韻部爲寬韻，如「泉泛珠盤」的「盤」字在《廣韻》屬於上平聲二十六「桓」韻，與上平聲二十五「寒」韻同用，屬於寬韻。「韻仄」：韻書中字數較少的韻部爲窄韻，如「用」韻爲《廣韻》去聲第三，屬窄韻。歐陽修《六一詩話》：「聖俞戲曰：前史言退之爲人木強，若寬韻可自足，而輒傍出；窄韻難獨，用而反不出。豈非其拗強而然歟？」

【四】〈駟不及舌〉：陳忠師賦，見《文苑英華》卷九十二。《文苑英華》載此賦文字與《賦譜》略有不同，云：「嗟夫，以駸駸之足，追言言之迹，豈能之而不欲；蓋室喋喋之喧，喻駿駿之奔，在誠之而不言。」杭倫按：

此賦以「是故先聖予欲無言」爲韻,「欲」爲窄韻,故本聯上用「足」叶「欲」,下用「喧」叶「言」,以一聯隔句對解決了兩個限韻字。

【五】「解鐙」:謂押韻取巧之隨機應變方法。《文鏡秘府論》西卷引《文筆十病得失》:「賦頌有第一、第二、第三、第四,或至第六句相隨同類韻者,如此文句,倘或有焉,但可時時解鐙耳,非是常式,五三文內,時一安之,亦無傷也。」張伯偉《校考》誤作「解證」。

【六】「職爲亂階」:語出《詩經・小雅・巧言》:「無拳無勇,職爲亂階。」鄭箋:「言亂由之來。」

凡賦題有虛實【一】、古今【二】、比喻【三】、雙關【四】,當量其體勢,乃裁製之【五】。

【一】虛實:《作文大體》:「題有虛實,出於經籍奧理者,謂之實題;懸於風花雪月者,謂之虛題。」杭倫按:《賦譜》所謂「虛實」題,與《作文大體》旨趣不同,乃謂闡發形而上之抽象事理者爲虛題,謂描狀具體事物形態者爲實題。

【二】古今:指詠歎古事或賦陳今事之賦題,也包括「以古事如今事」之賦題。

【三】比喻:指包含明比喻或暗比喻之賦題。此所謂「明比喻」,相當於宋人陳騤《文則》卷上所謂「直喻」,其文云:「一曰直喻,或言猶,或言若,或言如,或言似,灼然可見。《孟子》曰:『猶緣木而求魚也。』《書》曰:『若朽索之馭六馬。』《論語》曰:『譬如北辰。』《莊

子》曰：『淒然似秋。』此類是也。」此所謂「暗比喻」，近似於陳騤所謂「隱喻」，其文云：「二曰隱喻，其文雖晦，義則可尋。《禮記》曰：『諸侯不下漁色。』《國語》曰：『殽平公軍無秕政。』又曰：『雖蠆譖焉避之。』《左氏傳》曰：『是崤吳也夫。』《公羊傳》曰：『其諸爲其雙雙而俱至者與。』此類是也。」杭倫按：明比喻包含本體、比喻詞、喻體三者，暗比喻則只有喻體，本體和比喻詞俱不出現。而陳騤所謂「隱喻」引例之中，出現本體和喻體，如「秕政」，「政」爲本體，「秕」爲喻體；故《賦譜》之「暗比喻」與陳騤之「隱喻」只是近似，而非完全吻合。陳望道《修辭學發凡》別立「借喻」一目，始與「暗比喻」完全吻合。

【四】雙關：指賦題中兩件事物互相關聯。如李程〈金受礪賦〉，題中「金」與「礪」二者相關，故其賦頭云：「惟礪也有克剛之美，惟金也有利用之功。利久斯克，猶或失其銛銳；剛固不磷，是用假於磨礱。」見《文苑英華》卷一三八。李調元《雨村賦話》卷三評云：「唐李程〈金受礪賦〉，雙起雙收，通篇純以機制勝，骨節通靈，清氣如拭，在唐賦中又是一格。」又如白居易〈動靜交相養賦〉，題中「動」與「靜」二者相關，故其賦頭云：「天地有常道，萬物有常性。道不可以終靜，濟之以動；性不可以終動，濟之以靜。養之則兩全而交利，不養之則兩傷而交病。」可見，這類「雙關」賦題與明、暗比喻題皆不相同，其格式即以雙起、雙承、雙收爲特徵。

【五】「裁」，原作「栽」，乃形近而訛，茲依從張伯偉《校考》改正。

虛

無形象之事，先敘其事理，令可以發明。若〈大道不器〉云：「道自心得，器因物成。將守死以爲善，豈隨時而易名。」【一】〈性習相近遠〉云：「噫！下自人，上達君。咸德以慎立，而性由習分，習而生常，將俾乎善惡區別。慎之在始，必辨乎是非糾紛」【二】之類也。

　　【一】〈大道不器〉：已見前注。
　　【二】〈性習相近遠〉，白居易賦名，出處見前。「咸德」原作「感德」，「俾夫」原作「俾乎」，據《文苑英華》改正。「習而生常」，《文苑英華》作「習則生常」。

實

有形象之物，則究其物像，體其形勢。若〈隙塵〉云：「惟隙有光，惟塵是依。」【一】〈土牛〉云：「服牛是比，合土成美。」【二】〈月中桂〉云：「月滿於東，桂芳其中」【三】等是也。雖有形象，意在比喻，則引其物像，以證事理。〈如石投水〉云：「石至堅兮水至清。堅者可投而必中，清者可受而不盈。」比「義兮如君臣之叶德，事兮因諫納而垂名。」【四】〈竹箭有筠〉云：「喻人守禮，如竹有筠。」【五】〈駟不及舌〉云：「甚哉言之出口也，電激風趨過於馳驅。」【六】〈木雞〉云：「昔人有心至術精，得雞之情」【七】等，是「水」、「石」、「雞」、「駟」者實，而「納諫」、「慎言」者虛，故引實證虛也。

　　【一】〈隙塵〉：蔣防賦，出處見前。「惟隙有光」，《文

苑英華》、《全唐文》作「惟隙有輝」。

【二】〈土牛〉：陳忠師賦，見《文苑英華》卷二十五、《全唐文》卷七一六。

【三】〈月中桂〉：楊弘貞〈月中桂樹賦〉，出處見前。

【四】〈如石投水〉：劉闢、白敏中、盧肇三人皆有〈如石投水賦〉，見《文苑英華》卷三十二，皆無此引數句。劉闢爲貞元二年進士，其賦以「仁義忠信，公平能諫」爲韻。《賦譜》所引賦句中「清、盈、明」韻腳皆與「平」字同韻，可能是同題共作。「以石投水」賦題，出自李康〈運命論〉，見《文選》卷五十三。

【五】〈竹箭有筠〉：李程賦，見《文苑英華》卷一四六、《全唐文》卷六三二。

【六】〈馴不及舌〉：陳忠師賦，出處見前。「馳驅」，原訛作「駟駈」，據《文苑英華》、《全唐文》改正。

【七】〈木雞〉：浩虛舟賦，出處見前。「昔人有」，《文苑英華》、《全唐文》作「惟昔有人」。

古昔之事，則發其事，舉其人。若〈通天臺〉云：「諮漢武兮恭玄風，建曾臺兮冠靈宮。」【一】〈群玉山賦〉云：「穆王與偓佺之倫，爲玉山之會。」【二】〈舒姑化泉〉云：「漺水之上，蓋山之前，昔有處女」【三】之類是也。而白行簡〈望夫化爲石〉，無切類石事者【四】，何哉？

【一】〈通天臺〉：爲大曆十二年（777）進士賦題，以「洪臺獨存，浮景在下」爲韻。《文苑英華》卷五十載黎逢、任公和、楊系三人之作，皆無此引二句。

【二】〈群玉山賦〉：喬潭作，見《文苑英華》卷二十九、《全唐文》卷四十五。

【三】〈舒姑化泉〉：浩虛舟賦，見《文苑英華》卷三六、《全唐文》卷六二四。「漂水」原作「注水」，據二書改正。舒姑化泉，事見《文選》卷四十三劉孝標〈重答劉秣陵書〉「蓋山之泉」注引《宣城記》。

【四】白行簡〈望夫化爲石賦〉：出處見前。《初學記》卷五引劉義慶《幽明錄》：「武昌北山有望夫石，狀若人立。古傳云：昔有貞婦，其夫從役，遠赴國難，攜幼子餞送北山，立望夫而化爲立石。」白氏之賦未能引用此典，故《賦譜》譏其無切類石事者。

今事則舉所見，述所感【一】。若〈太史頒朔〉云：「國家法古之制，則天之理。」【二】〈泛渭賦〉云：「亭亭華山，下有渭」【三】之類是也。又有以古如今事者，即須如賦今事。因引古事以證之。若〈冬日可愛〉引趙衰【四】，〈碎琥珀枕〉引宋武【五】之類。近來題目多此類，而〈獸炭〉未及羊琇【六】，〈鶴處雞群〉如遺乎嵇紹【七】，實可爲恨【八】。

【一】「述所感」：原誤倒作「述感所」，但「感」字上原有小圈，旁有豎線，說明原抄者已發現誤倒，故加上標誌，今據以乙正。

【二】〈太史頒朔〉：《新唐書》卷一九九〈張齊賢傳〉：「周太史頒朔於邦國。」此賦《文苑英華》、《全唐文》皆不載。

【三】〈泛渭賦〉：白居易作，見《文苑英華》卷一二

八、《全唐文》卷六五六。「下有渭」，二書作「下有人」。

【四】〈冬日可愛〉：《文苑英華》卷五載齊映、席夔二賦，席夔賦中有云「就之稱堯帝之聖，比之成晉臣之德」，是用趙衰之事。「趙衰」，原訛作「趙襄」，按：《左傳》文公七年：「趙衰，冬日之日也；趙盾，夏日之日也。」杜注：「冬日可愛，夏日可畏。」據改。

【五】〈碎琥珀枕〉：獨孤鉉賦，見《文苑英華》卷十九、《全唐文》卷七二二。賦中有云：「況將展轉之狀，用救通中之痾。分好惡於千歲之姿，定剛柔於一人之捶。」是用宋武帝碎琥珀枕事。《南史》卷一〈宋武帝紀〉：「寧州嘗獻虎魄枕，光色甚麗，價盈百金。時將北伐，以虎魄療金創。上大悅，命碎分賜諸將。」「琥珀」，《賦譜》原從《南史》作「虎魄」，今據《文苑英華》、《全唐文》改爲通行字。

【六】〈獸炭〉：蔣防賦，見《文苑英華》卷一二三、《全唐文》卷七一九。《晉書·羊琇傳》：「琇性豪侈，費用無復齊限，而屑炭和作獸形以溫酒，洛下豪貴咸競效之。」蔣賦未引羊琇之事，故《賦譜》譏之。

【七】〈鶴處雞群〉：皇甫湜賦，見《文苑英華》卷一三八、《全唐文》卷六八五。「嵇紹」原作「稽紹」，按：《世說新語·容止》云：「有人語王戎曰：嵇延祖（紹）卓卓如野鶴之在雞群。」據改。

【八】「恨」：遺憾，後悔。《史記·商君傳》：「寡人恨不用公叔痤之言也。」

比喻【一】有二：曰明、曰暗。若明比喻，即以被喻之事

爲幹，以爲喻之物爲枝。每幹枝相含至了爲佳，不似雙關
【二】。但頭中一對，敍比喻之由，切似雙關之體可也。至長
三、四句不可用。若〈秋露如珠〉【三】，「露」是被喻之物
【四】，「珠」是爲喻之物。故云：「風入秋而方勁，露如珠而正
團。映蟾輝而迴列，疑蚌剖而俱攢。」【五】「磨南容之詩，可
復千嗟【六】；別江生之賦，斯吟是月。」【七】月之與珪雙
關，不可爲準【八】。

　　【一】「比喻」原訛作「此喻」，據張伯偉《校考》改
正。
　　【二】「雙」字原稿誤寫爲「錐及」二字，抄寫者已發
現其誤，故在左邊用兩點減掉，右邊添寫一「雙」字。
《作文大體》：「或可有雙關之題，一題之中，二物相關
也，上下分作，謂之雙關也。」白居易〈酬牛相公二十四
韻〉「白老忘機客，牛公濟世賢」自注：「每對雙關，分敍
兩意。」（《白氏長慶集》卷六十六）范仲淹〈賦林衡鑒
序〉：「兼明二物謂之雙關。」（《范文正公別集》卷四）
　　【三】〈秋露如珠〉：師貞賦，見《文苑英華》卷十
五、《全唐文》卷九四六。
　　【四】「露」字原脫，據中澤希男《校箋》補足。
　　【五】「風入秋」原作「風入金」，「疑蚌剖」原作「凝
蚌割」，據《文苑英華》、《全唐文》校改。
　　【六】「磨南容之詩」：柏夷《略述》以爲當作「磨芙
蓉詩」，並引陸雲〈芙蓉詩〉爲證。張伯偉《校考》認爲
是用《論語・先進篇》「南容三復白圭」事。杭倫按：張
說是也。魏何晏集解、宋邢昺疏《論語注疏》卷十一「南

容三復白圭」注：「孔曰：詩云：『白圭之玷，尚可磨也；斯言之玷，不可爲也。』南容讀詩至此，三反復之，是其心愼言也。孔子以其兄之子妻之。」張仲素有〈三復白圭賦〉，見《文苑英華》卷九十二。

【七】「別江生之賦」：「別」上原本衍一「千」字，據張伯偉《校考》刪。「吟」字，張伯偉《校考》讀作「冷」，不可從。梁江淹〈別賦〉：「至乃秋露如珠，秋月如珪。明月白露，光陰往來；與之之別，思心徘徊。」

【八】「月之與珪雙關」：杭倫按：此聯賦句採用雙關的格式，上聯寫「白圭」，下聯寫「明月」；其實「南容三復白圭」之典是用「白圭」比喻「愼言」，江淹〈別賦〉「秋月如珪」之句亦是比喻用法；《賦譜》作者認爲，雙關題與比喻題不可混淆，故謂此聯「不可爲準」。

若暗比喻，即以爲喻之事爲宗，而內含被喻之事。亦不用爲雙關。如〈朱絲繩〉【一】、〈求玄珠〉【二】之類，是「絲」之與「繩」，「玄」之與「朱」，並得雙關。「絲繩」之與「直」【三】，「玄珠」之與「道」【四】，不可雙關。而〈炙輠〉云：「惟輠以積膏而潤，惟人以積學而才。潤則浸之所致，才則修之乃來。」【五】〈千金市駿〉【六】或廣述物類【七】，或遠徵事始【八】，卻似古賦頭【九】。

【一】〈朱絲繩〉：爲貞元十年（794）博學宏詞科賦題。《文苑英華》卷七十七收有王太真、虞承宣二人之作。王賦頭云：「達者覩物而自識，眷繩而象直。白能受彩，知成用而可修；樂匪在音，遂執中而有得。諒絲繩之

為物，類託質以自植。幸操張以一伸，任縱橫而取則。」
虞賦頭云：「絲之為體兮，柔以順德；絲之為用兮，施之
則直。從其性而不改，成其音而罔忒。故君子體直以為
象，履中而立身。豈委曲而取媚，將勁挺而惟新；既端懿
以難匹，想高張而莫倫。」按：此二賦皆「以爲喻之事爲
宗，而內含被喻之事」，符合暗比喻之法。《四庫全書》本
《文苑英華》以王太真賦爲「佚名」之作。

　　【二】〈求玄珠〉：《文苑英華》卷一二五收有白居易、
趙宇二人之賦。白賦以「玄非智求，珠以真得」為韻，賦
頭云：「至乎哉，玄珠之為物也，淵淵綿綿，不知其然。
存乎視聽之表，生乎天地之先。互古不改，與道相全。求
之者剖其心，俾損之又損；得之者反其性，乃玄之又玄，
玄無音，聽之則希；珠無體，摶之甚微。」趙賦以「道德
非智，求珠以真」為韻，賦頭云：「玄者道之真宗，珠者
物之至寶。南華醜去聖之昏惑，因立言以探討。將依物以
見真，故假名以喻道。豈不以精理冥默，妙體希微。任玄
覽而自契，運無涯而返違。共趣於真，所觀皆指；齊軀於
苟，何適不非。」按：白賦符合「暗比喻」之法，趙賦則
雙起雙承，近似《賦譜》所議之「雙關」。

　　【三】「絲繩之與直」：「直」字原作「真」，杭倫按：
「朱絲繩」賦題，出自鮑照〈代白頭吟〉詩：「直如朱絲
繩，清如玉壺冰。」唐人薄芬有〈直如朱絲繩賦〉，見
《文苑英華》卷一二〇。王太真〈朱絲繩賦〉所謂「眘繩
而象直」、虞承宣〈朱絲繩賦〉所謂「君子體直以爲象」，
皆以「朱絲繩」暗中比喻「君子當直道而行」。故據以改
「真」字作「直」字。

【四】「玄珠之與道」：道家以「玄珠」比喻「道」之本體。《莊子・天地》云：「黃帝遊乎赤水之北，登乎崑崙之丘，而南望還歸，遺其玄珠。」陸德明《釋文》云：「玄珠，司馬云『道真』也。」白居易〈求玄珠賦〉有云：「與道相全。」趙宇〈求玄珠賦〉有云：「假名以見道。」

【五】「炙輠」：喬琳賦，見《文苑英華》卷一二一（張伯偉《校考》誤注出處為「卷二十九」）、《全唐文》卷三五六。「潤則浸之所致」原作「潤則浸之益」；「才則修之乃來」原作「才則厥修乃來」，茲據上二書改正。「炙輠」也作「炙轂」，典出《史記》卷七十四〈荀卿傳〉：「談天衍，雕龍奭，炙轂過髡。」司馬貞《索隱》：「按劉向《別錄》『過』字作「輠」。輠，車之盛膏器也，炙之雖盡，猶有餘津，言髡智不盡如炙輠也。」杭倫按：「炙輠」固然可以比喻人之學養，但題面上「炙輠」與「學養」二者並無雙關，喬琳賦直接以輠之「積膏」與人之「積學」雙起，未免令人感覺突兀而不自然，故《賦譜》譏之。

【六】「千金市駿」：張仲素有〈千金市駿骨賦〉，見《文苑英華》卷一三二、《全唐文》卷六四四。《賦譜》原無引文，柏夷《略述》補引賦頭：「良金可聚，駿骨難遇。傳名豈限乎死生；賈價寧視乎金具。」杭倫按：「千金市駿骨」典出《戰國策・燕策》卷一，暗中比喻國君若能禮賢下士，則賢士定會望風而至。張賦以「千金」與「駿骨」雙起，入項以後，始點出「求賢」主旨：「賢為國寶，昔見載之於經；馬以龍名，後亦表之於賦。」符合暗

比喻之法。

【七】「或廣述物類」：《文苑英華》卷一三二載韋執誼〈市駿骨賦〉云：「代有良驥，勤求可致。上心好也，固有開而必先；朽骨沽諸，蓋有不期而自至。於是搜延廐，發屠肆，出千金而易之，獲一骼而無棄。」此即所謂「廣述物類」也。

【八】「或遠徵事始」：《文苑英華》卷一三二載闕名〈燕王市駿骨賦〉云：「昔燕王思良馬以扶輈，搜揚未獲，寤寐而求。以為激貪可以動物，明誠可以感幽。乃市乎死駿之貴，比飛黃與駬駰。」此即所謂「遠徵事始」也。

【九】「古賦頭」：杭倫按：此「古賦」與「新體」律賦相對而言，與後世賦論家所稱「古賦」有別。如徐師曾《文體明辨》將賦體分為四種：「一曰古賦，二曰俳賦，三曰文賦，四曰律賦。」其「古賦」主要指漢賦。《賦譜》所謂「古賦」則指律體以前之賦，包括徐氏所列之「古賦」與「俳賦」。《賦譜》認為，在賦體結構上，古賦一般採用順序方式，律賦則採用倒敘方式。律賦開頭先概括賦題要旨，入項始遠徵事物原始。若律賦頭從原始說起，則易與古賦頭相混淆。

〈望夫化為石〉云：「至堅者石，最靈者人。」【一】是破題也【二】。「何精誠之所感，忽變化也如神。離思無窮，已極傷春之目。貞心彌固，俄成可事之身。」是小賦也【三】。「原夫念遠增懷，憑高流眄。心搖搖而有待，目眇眇而不見。」是事始也【四】。又〈陶母截髮賦〉項：「原夫蘭客方來，蕙心斯至。顧巾橐而無取，俯杯盤而內愧。」【五】是頭既盡截髮之

義，項更徵截髮之由來【六】。故曰新賦之體項者，古賦之頭也。借如【七】謝惠連〈雪賦〉云：「歲將暮，時既昏，寒風積，秋雲繁。」【八】是古賦頭，欲近雪，先敍時候物候也。〈瑞雪賦〉【九】云：「聖有作兮德動天，雪爲瑞而表豐年【十】。匪君臣之合契，豈感應之昭宣【十一】。若乃玄律將暮【十二】，曾冰正堅【十三】。」是新賦先近瑞雪了，項敍物類也。入胸已後，緣情體物【十四】，縱橫成綺，六義備於其間【十五】。至尾末舉一賦之大統而結之【十六】，具如上說。

【一】〈望夫化爲石〉：白居易賦，出處見前。

【二】「破題」：唐人試賦，一般起首用兩個四字緊句點破題意，謂之破題。《唐摭言》卷八：「貞元中，李繆公（試〈日五色賦〉），先牓落矣。先是出試，楊員外於陵省宿歸第，遇程於省司，詢之所試，程探鞹中得賦稿示之，其破題曰：『德動天鑒，祥開日華。』於陵覽之，謂程曰：『公今年須作狀元。』」李調元《雨村賦話》卷一：「唐人試賦，極重破題。白居易〈性習相近遠賦〉云：『下自人，上達君，咸德以甚立，而性由習分。』李涼公逢吉大奇之，爲寫二十餘本。」（參見《唐摭言》卷三）浦銑《復小齋賦話》卷上：「律賦最重破題。李表臣〈日五色賦〉，人知之矣。宋惟鄭毅夫〈圜丘象天賦〉一破可以抗行。外此，若黃御史滔〈秋色賦〉『白帝承乾，乾坤悄然』，能摹題神；范文正公〈鑄劍戟爲農器賦〉『兵者凶器，食爲民天』，善使成語，亦其亞也。」趙翼在《陔餘叢考》卷二十二論證「破題不始於八股文」云：「今八股起二句曰破題，然破題不始於八股也。李肇《國史補》：

李程試〈日五色賦〉，既出圍，楊於陵見其破題云『德動天鑒，祥開日華』，許以必擢狀元。是唐人於作賦起處已曰破題。《劉貢父詩話》：有閩士作〈清明象天賦〉破題云：『天道如何，仰之彌高。』《瑩雪雜說》：俞陶作〈天之歷數在舜躬賦〉，破題云：『神聖相授，天人會同。何謳歌不之堯子，蓋歷數在於聖躬。』（中略）是皆賦之破題也。」

【三】「小賦」：此指賦頭開宗明義，盡題之蘊，導語先行，相當於該賦之縮影。

【四】「事始」：推原事物之由來、起始。按照《賦譜》之說，律賦之第二段爲賦之項，多遠徵事始。《舊唐書‧經籍志》著錄《事始》三卷，蓋即詩賦家漁獵之資。

【五】〈陶母截髮賦〉，浩虛舟作，見《文苑英華》卷九十六、《全唐文》卷六二四。「蘭客」原作「蘭容」，「巾褚」原作「中褚」，據上二書改正。杭倫按：陶母截髮的典故出自《晉書》卷九十六〈陶侃母湛氏傳〉：「鄱陽孝廉范逵寓宿於侃，時大雪，湛氏乃徹所臥新薦，自剉給其馬，又密截髮賣與鄰人，供肴饌。逵聞之歎息曰：『非此母不生此子。』侃竟以功名顯。」

【六】「頭既盡截髮之義」：〈陶母截髮賦〉云：「陶家客至兮，方此居貧。母氏心恥兮，思無饌賓。斷鬒髮以將貿，庶珍饈而具陳。欲明理內之心，不求盡飾；庶使趨庭之子，得以親仁。」杭倫按：以上爲頭，已盡陶母截髮之意義。「原夫蘭客方來，蕙心斯至。顧巾褚而無取，俯杯盤而內愧。啜菽飲水，念雞黍而何求；捨己從人，雖髮膚而可棄。」杭倫按：以上爲項，更徵陶母截髮之由來。

【七】「借如」：即如。元稹〈遣病〉詩：「借如今日死，亦足了此生。」（《元氏長慶集》卷七）

【八】謝惠連〈雪賦〉：見《文選》卷十三。

【九】〈瑞雪賦〉：此賦未見《文苑英華》、《全唐文》登載。

【十】「豐年」：柏夷《略述》、張伯偉《校考》皆認作「豐季」，非是。杭倫按：「年」字之草書近「季」，以下文賦句押韻判斷，必是「豐年」無疑。

【十一】「昭宣」原作「昭室」，杭倫按：此引數句賦文皆押平聲「仙」韻，若作「室」，則是入聲不入韻，當是形近而誤；再者，「昭宣」乃賦中常用詞，如王儲〈寅賓出日賦〉：「萬物之初生，始昭宣於東作，終協贊於西成。」（《文苑英華》卷三）錢起〈象環賦〉：「覩妙用之昭宣，知前哲之舒捲。」（《文苑英華》卷一一二）故「昭室」必爲「昭宣」之誤。柏夷《略述》以爲當是「照室」之誤，張伯偉《校考》作「昭室」，皆不可從。

【十二】「玄律將暮」：謝惠連〈雪賦〉：「玄律窮，嚴氣升。」李善注：《禮記》曰：季冬之月，日窮於次，月窮於紀。又曰：孟冬之月，天地始肅。鄭玄曰：肅，嚴急之氣也。孟冬之月，天氣上騰。夏侯孝若〈寒雪賦〉曰：嚴氣枯殺，玄澤閉凝。」呂延濟注：「玄律窮，十二月也。嚴氣，寒氣也。升，上也。」（《文選六臣注》卷十三）

【十三】「曾冰」：同「層冰」，重重疊疊之冰。唐吳筠撰〈思還淳賦〉：「譬曾冰之堅積，非陽春不能使之剖泮。」（《宗玄集》卷中）

【十四】「緣情體物」：陸機〈文賦〉曾言：「詩緣情而綺靡，賦體物而瀏亮。」後世論者或以「緣情」、「體物」爲詩、賦之分界。其實「緣情」、「體物」自可理解爲互文見義，詩有體物之什，賦亦有「緣情」之作，故《賦譜》將「緣情、體物」一併屬之於賦。清王　孫《讀賦卮言》云：「賦自不關妙悟，然詩曰言志，賦亦詩餘，是必眆以懸解。」此亦賦可言志緣情之說也。

【十五】「六義」：《毛詩序》：「故詩有六義焉，一曰風、二曰賦、三曰比、四曰興、五曰雅、六曰頌。」白居易〈賦賦〉：「全取其名，則號之爲賦；雜用其體，亦不出乎詩。四始盡在，六義無遺。是謂藝文之儆策，述作之元龜。」（《白氏長慶集》卷三十八）

【十六】「大統」：大旨、要義，猶言「旨統」。《晉書·向秀傳》：「莊周著內外數十篇，歷世方士雖有觀者，莫適論其旨統也。」

自宋玉〈登徒〉【一】、相如〈子虛〉【二】之後，世相仿效，多假設之詞。貞元以來，不用假設。若今事必頒，著述則任爲之。若元稹〈郊天日五色祥雲賦〉【三】是也。

【一】〈登徒〉：原作〈登樓〉，按：宋玉有〈登徒子好色賦〉，見《文選》卷十九，據改。《文選》李善注：「此賦假以爲辭，諷於淫也。」

【二】〈子虛〉：司馬相如賦，見《文選》卷七。按：此賦有「楚使子虛」、「烏有先生」等假設角色。

【三】元稹〈郊天日五色祥雲賦〉：見《文苑英華》卷

十一、《全唐文》卷六四七。「五色」與「祥雲」二字原誤倒，據上二書改正。李調元《雨村賦話》卷二云：「唐元稹〈郊天日五色祥雲賦〉，以題爲韻。其起句云：『臣奉某日詔書曰：惟元祀月正之三日將有事於南郊。』中云：『載筆氏書百辟之詞曰』、『象胥氏譯四夷之歌曰』，後云：『帝用愀然曰』。皆以古賦爲律賦。至押『五』字韻云：『當翠輦黃屋之方行，見金枝玉葉之可數。陋泰山之觸石方出，鄙高唐之舉袂如舞。昭示於公侯卿士，莫不稱萬歲者三；並美於麟鳳龜龍，可以與四靈爲五。』純用長句，筆力健舉，帖括中絕無僅有之作。」

注 釋

1　載日本《群馬大學教育部紀要》卷十七。

2　載上海《中華文史論叢》第 49 輯，頁 149-161，1992 年。

3　載成都《四川師範大學學報增刊》，1993 年 9 月。

4　西安：陝西人民教育出版社，頁 531－548，1996 年。

5　載南京大學中文系編：《辭賦文學論集》（南京：江蘇教育出版社，1999），頁 559。

6　載逢甲大學編：《逢甲人文社會學報》第 1 期，頁 1－16，2000 年 11月。

第四章
〈釋迦佛賦〉作者考辨

引　言

　　清人董誥等編撰的《全唐文》卷一七七收錄有署名王勃的〈釋迦佛賦〉，張金吾編撰的《金文最》卷一收錄有署名丁暐仁的〈釋迦成道賦〉，這二賦其實是同一篇作品，分別冠在唐代和金代不同作者的名下。《全唐文》中張冠李戴的情況所在多有，我曾寫過《〈全唐文〉誤收失收文二題》一文，考察《全唐文》失收孫逖文、誤收李純甫文的情況[1]。無獨有偶，署名王勃的〈釋迦佛賦〉是一篇八字韻腳限韻的律賦，這篇賦是否爲王勃所作，牽涉到唐代佛學史、科舉史和律賦發展史中的重要問題，因此有必要再撰文作一番考辨。

　　爲了說明問題，我先根據《全唐文》把署名王勃的〈釋迦佛賦〉過錄於下，並用《金文最》中署名丁暐仁的〈釋迦成道賦〉（以下簡稱「丁賦」）作一個簡要的校勘。

　　王勃〈釋迦佛賦〉（丁賦題作〈釋迦成道賦〉）
　　原夫佛者覺也，神而化之。修六年而得道，統三界以稱師（「師」字，丁賦作「尊」，今按：「師」字押韻，「尊」字非是）。帝釋梵王，尚猶飯口（《全唐文》注：「缺一字」，丁賦作「敬」，可據補）；老聃宣父，寧不參隨？

昔如來下兜率天，生中印土。降神而大地搖動（「降神」，丁賦作「降身」），應跡而諸天擁護。九龍吐水，滿身而花落紛紛；七寶祥雲，舉足而蓮生步步。

蓋以玉輦呈瑞，金輪啓圖。恩沾九有，行洽三無。寶殿之龍顏大悅，春閣之鳳德何虞？方知灌頂之靈心，與王後嗣；必爲萬類之化主，作帝中樞。

豈不知海量無邊，天情極廣？厭六宮珠翠之色，惡千妃絲竹之響。雪山深處，全抛有漏之身心；海月圓時，頓悟無爲之法相。

莫不魔軍振動，法界奔驚，覺閻浮之日出，睹優缽之華生（「華生」，丁賦作「花生」，是，可據改）。十方調御，皆來圓光自在；六趣含霧（「霧」字，丁賦作「靈」），盡喜金色分明。

暨乎（「暨」字，丁賦作「既」）萬法歸空，雙林告滅。演摩訶般若之教，示阿耨多羅之訣。普光殿裡，會十地之華嚴；耆闍山中，投三乘之記別。

是知靈覺無盡，神理莫聞。芥子納三千之國，藕絲藏百萬之兵（「兵」字，丁賦作「軍」，依韻似可從）。目容修廣於青蓮，寒生定水；毫相分明於皓月，照破迷雲（「破」字，丁賦作「彼」，與上聯失對，不可從）。

群機而不睹靈蹤，萬世而空留聖跡。嗟釋迦之永法將盡（「永法」，丁賦作「末法」），仰慈氏之何日調伏？我今回向菩提（「回」字，丁賦作「迴」），一心歸命圓寂。（底本載《全唐文》卷一七七，校本載《金文最》卷一）

由上兩篇賦的比對可見，這兩篇賦雖然名稱略有不同，個

別字句也小有差異，但內容則幾乎完全一樣，可以肯定是同一篇作品。那麼，這篇賦到底是誰的作品呢？

一、王勃作〈釋迦佛賦〉的疑點之一

王勃（650-676）是初唐時期重要的詩人、辭賦家。《舊唐書》卷一九〇上和《新唐書》卷二〇一都有他的傳記。當代學者論及王勃賦，多稱其存賦十二篇。如郭維森、許結稱：「勃賦今存十二篇，其〈春思賦〉頗具特色。」[2]曹明綱稱：「在現存十二篇賦中，以〈澗底寒松〉一篇最能反映他懷才不遇的身世感慨。」[3]所謂王勃現存的十二篇賦，見載於《全唐文》[4]卷一七七，篇目如下：

〈九成宮東臺山池賦並序〉，頁 1798 上[5]；

〈春思賦並序〉，頁 1798 下；

〈釋迦佛賦〉，頁 1800 下；

〈寒梧棲鳳賦〉，頁 1801 上；

〈七夕賦〉，頁 1801 下；

〈遊廟山賦〉，頁 1802 下；

〈馴鳶賦〉，頁 1803 上；

〈採蓮賦並序〉，頁 1803 上；

〈江曲孤鳧賦並序〉，頁 1805 下；

〈澗底寒松賦並序〉，頁 1806 上；

〈青苔賦並序〉，1806 上；

〈慈竹賦並序〉，1806 下。

　　以上十二篇賦作是否全都是王勃的作品，首先有一個疑點，因爲這十二篇賦作，只有十一篇見載於《四部叢刊》本的《王子安集》，它們是卷一的〈春思賦（並序）〉、〈七夕賦〉、〈九成宮東臺山池賦（並序）〉、〈廟山賦（並序）〉、〈寒梧棲鳳賦〉、〈江曲孤鳧賦（並序）〉、〈馴鳶賦〉，卷二的〈採蓮賦（並序）〉、〈澗底寒松賦（並序）〉、〈慈竹賦（並序）〉、〈靑苔賦（並序）〉；而〈釋迦佛賦〉一篇，在《王子安集》中卻不見蹤影。不僅王勃本集未收，而且收採唐代律賦很多的《文苑英華》也未見收錄，說明〈釋迦佛賦〉有可能出現較晚。這是王勃作〈釋迦佛賦〉的疑點之一。

二、王勃作〈釋迦佛賦〉的疑點之二

　　《全唐文》中署名王勃的〈釋迦佛賦〉是一篇按照八字韻腳限韻，而且依照四平四仄，平仄相間格式的典型律賦。儘管〈釋迦佛賦〉題下沒有標注限韻，但我們可以根據各段押韻的情況，把這篇賦的限韻推測出來，試列韻字如下：

　　　之、師、隨（平聲）
　　　土、護、步（去聲）
　　　圖、無、虞、樞（平聲）
　　　廣、響、相（去聲）
　　　驚、生、明（平聲）
　　　滅、訣、別（入聲）
　　　聞、兵、雲（平聲）
　　　跡、伏、寂（入聲）

由上可見，〈釋迦佛賦〉很有可能是以「隨步圖相，明滅聞跡」為韻，完全遵守四平四仄，相間而行的規範。在律賦發展史上，一般認為這種規範的律賦出現在晚唐五代，到宋代才完全定型化。請看唐宋賦論家的有關論述：

（一）唐抄本《賦譜》

《賦譜》云：「近來官韻多勒八字，而賦體八段，宜乎一韻管一段，則轉韻必待發語，遞相牽綴，實得其便，若〈木雞〉是也。」[6]〈木雞賦〉是中唐浩虛舟長慶二年（822）登第的應試之作，其賦以「致此無敵，故能先鳴」為韻，闡述「以靜制動，以逸待勞」的道理，可視為中唐律賦押韻的正格。

（二）宋人吳曾《能改齋漫錄》卷二〈事始〉條

吳曾云：「賦家者流，由漢晉歷隋唐之初，專以取士，止命以題，初無定韻。至開元二年，王邱員外知貢舉，試〈旗賦〉，始有八字韻腳，所謂『風日雲清、軍國清肅』。見偽蜀馮鑒所記《文體旨要》。」

（三）《舊五代史》卷九十三〈盧質傳〉

〈盧質傳〉云：「質以『後從諫則聖』為賦題，以『堯舜禹湯，傾心求過』為韻，舊例賦韻四平四側，質所出韻乃五平三側，由是大為識者所誚。」

（四）宋洪邁撰《容齋續筆》卷十三〈試賦用韻〉條

洪邁云：「自大和（823－835）以後，始以八韻為常。唐莊宗時嘗復試進士，翰林學士承旨盧質以『後從諫則聖』為賦

題，以『堯舜禹湯傾心求過』爲韻。舊例賦韻四平四側，質所出韻乃五平三側，大爲識者所誚。豈非是時已有定格乎？國朝太平興國三年九月，始詔自今廣文館及諸州府禮部試進士律賦，並以平側次用韻。其後又有不依次者，至今循之。」按：洪邁詳述唐代律賦韻例，條理清晰，但仍有小誤。其後，彭叔夏《文苑英華辨證》卷一對洪邁之失誤有所糾正。比如洪邁云：「自（文宗）太和以後，始以八韻爲常。」彭叔夏即云：「按《登科記》，太和六年試〈君子之聽音賦〉，以『審音合志鏗鏘』爲韻，猶是六韻，第二、第三篇皆七韻。今云太和後八韻爲常，未必然也。」彭叔夏又云：「其八韻則有四平四側者，今爲定格。」說明自中唐之後，律賦限韻逐漸向四平四仄發展，至宋代成爲定格。參見拙撰《雨村賦話校證》卷二第四十三條注[7]。

（五）宋人王楙《燕翼詒謀錄》

王楙云：「國初進士辭賦押韻不拘平仄次第，太平興國三年九月，始詔進士律賦平仄次第用韻；而考官所出，官韻必用四平四仄。辭賦自此齊整，讀之鏗鏘可聽矣。」[8]由此可見，四平四仄乃宋代官方規定的律賦押韻規則。

如果依從上述諸人的論說，在王勃時代出現四平四仄整齊押韻的律賦是很難想像的。這是王勃作〈釋迦佛賦〉的疑點之二。

三、王勃作〈釋迦佛賦〉的疑點之三

顯然，〈釋迦佛賦〉是《全唐文》編者新編入的王勃作

品，他們認定的依據何在呢？

　　查考書目著錄，宋人潛說友撰《咸淳臨安志》記載：「道誠，慧悟大師，錢塘人，居月輪山。天禧中，撰《釋氏要覽》三卷，又注王勃所撰〈釋迦成道記〉。」[9]又，明田汝成撰《西湖遊覽志餘》卷十四所載道誠事與此全同。又，康熙刊本《浙江通志》著錄：「《釋迦如來成道記》一卷，《百川書志》：唐太原王勃撰，錢塘慧悟大師道誠注。」[10]

　　今按：上述三家皆言王勃曾撰《釋迦如來成道記》，該文見載《全唐文》卷一八二、頁 1850。

　　阮元撰《古清涼傳二卷、廣清涼傳三卷、續清涼傳二卷提要》：

　　　　唐釋慧祥撰《古清涼傳》、宋釋延一撰《廣清涼傳》。《續清涼傳》，宋張商英、朱并所撰[11]。《廣》《續》二編，藏書家多未著錄，惟《古清涼傳》，見《宋史‧藝文志》。凡方域名勝及高僧靈跡，莫不詳載。延一收据故實，推廣祥《傳》，更記寺名勝跡以及靈異藥物，其中多涉及儒家，且有六朝人文，如晉釋支遁〈文殊像贊序〉，又殷晉安郡〈濟川贊〉，並世所希見，而遁〈序〉尤足補本集之所佚。若王勃《釋迦如來成道記》、〈釋迦佛賦〉，今《四傑集》、《文苑英華》俱無之。是編或以為金大定時寺中藏板，末附〈補陀傳〉〈峨嵋贊〉，乃元人所集，明釋又從而附綴之也。[12]

　　根據阮元所說，署名王勃的〈釋迦佛賦〉，先見於宋張商英、朱弁等合編的《續清涼傳》[13]。張商英、朱弁皆北宋知名

學者，如果王勃〈釋迦佛賦〉真是由張商英、朱弁採入，則可信度甚高。但是，仔細檢查該書，我們發現，張商英、朱弁其實只是各寫了一篇五臺山菩薩顯靈的傳記，附於《清涼傳》之後[14]，他倆並未承擔編書的任務。《續清涼傳》實際的編者是明朝的和尚。在該書所載王勃〈釋迦佛賦〉之前，有一篇文章敍述刊刻緣起：「大明天順六年正月初一日，京都大興隆寺提點脩廣徒弟慧、徒孫善實，發心募緣，率衆重刊〈釋迦賦〉、〈帝王崇教事跡〉、〈成道記〉、〈補陀傳〉、《清涼傳》，合部印施。」[15]這清楚表明，署名王勃的〈釋迦佛賦〉是由明朝僧人收入《續清涼傳》的。根據《全唐文》卷首材料可知，該書的纂修，經始於嘉慶十三年，編成於嘉慶十九年。當時朝廷曾開設全唐文館，由董誥領銜，知名學者阮元、徐松等參預其事。我們有理由相信，署名王勃的〈釋迦佛賦〉是由阮元從《續清涼傳》摘出，編入《全唐文》的。由於阮元錯誤地認定《續清涼傳》乃知名學者張商英、朱弁所編，所以將署名王勃的〈釋迦佛賦〉摘出編入《全唐文》。但是，最早確認王勃著作權的是明朝和尚，並非宋人，這就不無可疑。

上面三個疑點說明，王勃〈釋迦佛賦〉的著作權受到嚴峻的挑戰。下面，我們換一角度來探討王勃作此賦的可能性。

四、王勃作〈釋迦佛賦〉的可能性之一

既然《全唐文》收錄了王勃〈釋迦佛賦〉，而且材料可以查到出處，這就有了一定程度的可信性。因此，我們需要換一個角度，探討王勃作〈釋迦佛賦〉的可能性。首先看初唐能否產生八韻律賦。香港學者鄺健行先生認爲，「自大和以後，始

以八韻爲常」的說法並不準確，實際的情況是：「早在律賦始創的初唐，從現存的十三首作統計，八字韻腳的共十一首，當中包括劉知幾的試賦和可能模仿試賦的梁獻〈大閱賦〉。這麼看來，以八字爲韻早就接近常態或者就是常態。」[16]在《全唐文》和《文苑英華》中，可以檢查到約略可以指認爲初唐的八韻律賦有下列諸篇：

　　劉允濟〈天行健賦〉，以「天德以陽，故能行健」爲韻。(《全唐文》卷一六四、《文苑英華》卷一)

　　蘇珦〈懸法象魏賦〉，以「正月之吉，懸法象魏」爲韻。(《全唐文》卷二百、《文苑英華》卷六十七)

　　徐彥伯〈汾水新船賦〉，以「虛舟濟物，利涉大川」爲韻。(《全唐文》卷二六七、《文苑英華》卷一二二)

　　劉知幾〈京兆試慎所好賦〉，以「重譯獻珍，信非寶也」爲韻。(《全唐文》卷二七四、《文苑英華》卷九十二)

　　劉知幾〈韋弦賦〉，以「君子佩之，用規性情」爲韻。(《全唐文》卷二七四、《文苑英華》卷九十二)

　　封希顏〈六藝賦〉，以「移風易俗，安上理人」爲韻。(《全唐文》卷二八二、《文苑英華》卷六十一)

　　梁獻〈大閱賦〉，以「國崇武備，明習順時」爲韻。(《全唐文》卷二八二、《文苑英華》卷六十四)

　　胡璩〈大閱賦〉，以「國崇武備，明習順時」爲韻。(《全唐文》卷四○一、《文苑英華》卷六十四)

上述諸篇皆是八字韻腳，劉知幾的〈韋弦賦〉的韻腳「君

子佩之，用規性情」，也是以四平四仄，相間而行。我們知道，上述各賦的作者與時間也可能會有爭議，但如此多的八韻律賦作家作品至少可以證明，在初唐出現典型的八韻律賦不是完全沒有可能的事情。

五、王勃作〈釋迦佛賦〉的可能性之二

王勃具備寫作〈釋迦佛賦〉的佛學修養。

在王勃作品中，我們可以看到他的一些寫佛寺的詩作，如〈遊梵宇三覺寺〉：「香閣披青磴，琱臺控紫岑。葉齊山路狹，花積野壇深。蘿幌棲禪影，松門聽梵音，遽欣陪妙躅，延賞滌煩襟。」〈觀佛跡寺〉：「蓮座神容儼，松崖聖跡餘。年長金跡淺，地久石文疏。頽華臨曲磴，傾影赴前除。共嗟陵谷遠，俄視化城虛。」這些詩作表明王勃對佛寺建築與環境具有濃厚的興趣。我們還看到不少他為佛寺寫作的碑文，如〈彭州九隴縣龍懷寺碑〉寫道：「商榷宇宙，指麾權實。演群生而非其力，存庶品而非其有。千巒閉景，似居蓬艾之間；雙闕臨空，若在江湖之上。其釋迦之沖用乎？」〈梓州通泉縣惠普寺碑〉寫道：「若夫玄機默運，披睿烈於三精；素鍵潛融，肇神功於萬匯。則有靈期胖蠁，龜龍負河洛之圖；帝緒氤氳，賢哲舉乾坤之策。雖功懸日月，終植軌於寰中；業靜雲雷，未逃規於象外。爾其譯雉林之寶偈，詮鷲嶺之真圖。抽紫玉於禪山，朗玄珠於智水。不生不滅，光臨妙物之津；無去無來，潛發乘時之契。仗三明而獨運，施洽平分；據二諦而同歸，功超邃古。故能使三千法界，向風知袒席之師；百億大王，聞道失岩廊之貴。非釋迦之神化，其孰能與於此乎？」〈廣州寶莊嚴寺舍利

塔碑〉寫道:「況乎釋迦妙相,如來真骨。雖八萬四千之寶
塔,散在群方;而九十二道之靈虹,終聞間出。」這些碑文禮
讚釋迦佛之法力功德,與〈釋迦佛賦〉學理相通。更接近的是
那篇《釋迦如來成道記》寫道:

> 觀夫釋迦如來之垂跡也,淨法界身,本無出沒,大悲
> 願力,示現受生。洎兜率陀天,爲護明菩薩;降迦毗羅
> 國,號一切義成。金團天子選其家,白淨飯王爲其父。玉
> 象乘日,示來於大術胎中;金輪作王,創誕於無憂村下。
> 八十種隨形之妙好,粲若芬花;三十二大士之相儀,皎如
> 圓月。四方而各行七步,九水而共沐一身;現優曇花,作
> 獅子吼。言胎分之已盡,早證常身,爲度生以還來,今垂
> 化跡。於是還羈襁褓,示貌嬰兒。

試比較〈釋迦佛賦〉:

> 昔如來下兜率天,生中印土。降神而大地搖動(「降
> 神」,丁賦作「降身」),應跡而諸天擁護。九龍吐水,滿
> 身而花落紛紛;七寶祥雲,舉足而蓮生步步。

兩段文字在句法和用詞方面,顯然有近似之處。而《釋迦
如來成道記》有一段寫道:「勃叨生季世,獲奉真譚,維陸續
而以敍金言,在飄零而不逢玉相。見聞盡爾,宗致昭然。蓋委
遺文,不復備而言也。」可見其的確是王勃作品,無可懷疑。
這充分說明,王勃具備寫作〈釋迦佛賦〉的佛學修養。

六、王勃作〈釋迦佛賦〉的可能性之三

王勃具備寫作〈釋迦佛賦〉的賦學修養。

〈釋迦佛賦〉是一篇律賦，寫作律賦需要具備限韻、句法、平仄聲律等三個方面的修養。

首先說限韻。王勃的〈寒梧棲鳳賦〉，題下注明「以孤清夜月爲韻」。這是唐代最早的一篇題下注明限韻的律賦。儘管這篇賦只是四字韻腳，但可以證明王勃是能夠寫作限韻律賦的。又如卒於唐高宗上元三年（676）的蔣王李惲（唐太宗之子），其〈五色卿雲賦〉以題爲韻。說明初唐律賦限韻是可能的事情。

其次說句法。唐抄本《賦譜》起首便列出描述各種賦句的專門術語：「凡賦句有壯、緊、長、隔、漫、發、〔送〕，合織成，不可偏捨。」所謂壯，指三字句；所謂緊，指四字句；所謂長，指五字至九字句；所謂隔，指隔句對；所謂漫，指用在賦頭或賦尾的不對之句；所謂發，指各段開頭的發端之辭；所謂送，指用於煞尾的語氣詞。徐師曾《文體明辨‧序說》談到：「至於律賦，其變愈下，始於沈約四聲八病之拘，中於徐、庾隔句作對之陋，終於隋唐宋取士限韻之制。」徐氏的論斷頗有疏漏，其實，六朝駢賦中隔句對很少，唐代律賦始以隔句對爲其句法特色。鈴木虎雄早已觀察到這種現象，他在論述六朝駢賦時指出：「此期文章，駢文中主四六體，多用隔對；然賦於初則四字六字之單對爲多，隔對則否。至梁時曾入北周之庾信，始見賦中用四六隔對。以齊梁四六文之盛，謂於賦亦多四六對者，恐止想像之詞。」[17]然而，我們看到王勃賦中已

經嫻熟地運用隔句對，其〈寒梧棲鳳賦〉中的隔句對見下：

> 遊必有方，哂南飛之驚鵲；音能中呂，嗟入夜之啼烏。
> 之鳥也，將託其宿止；之人也，焉知乎此情？
> 雖璧沼可飲，更能適於醴泉；雖瓊林可棲，復相巡於竹榭。
> 若用之銜詔，冀宣命於軒階；若使之遊池，庶承恩於歲月。

王勃此賦以「孤清夜月」為限韻，在每一韻中，他都使用了一聯隔句對。這種情形與中晚唐律賦是一致的，與〈釋迦佛賦〉中使用七聯隔句對的頻率也是大致相同的。

第三，說平仄聲律。律賦之學是講究平仄的聲律之學，如果不懂賦句平仄聲律格式，則不能通過試官的考核。如《冊府元龜》卷六四二《貢舉部》品評舉子賦云：「盧價賦內『薄伐』字合使平聲字，今使側聲字，犯格。」清代賦論家徐斗光在《賦學仙丹‧律賦秘訣》曾舉王勃的〈滕王閣序〉為例，來分析律賦的平仄問題，其文云：

> 凡律賦中所論平仄，則可於歇斷讀處調度。若果為字字論之，〈滕王閣序〉，四六體也，其調協者，可一舉似之。如句有上截兩字，下截兩字者，上兩字用平平，則下兩字用仄仄；或上兩字用仄仄，則下兩字用平平。若「星分翼軫，地接衡廬」是也。或上兩字平仄，下兩字仄平；上兩字仄平，下兩字平仄。若「無路請纓，有懷投筆」是

也。然四字猶易，究不必拘拘若是之難，而至於概不能行也，要祇可於歇斷處調之。如「層巒聳翠，上出重霄」固也，而「飛閣流丹，下臨無地」，有不必逐字因類細講者，但求「閣」字「丹」字、「臨」字「地」字，仄平、平仄相協耳。故句有上三字下三字為兩截者，如「臨帝子之長洲，得仙人之舊館」，只講「子洲、人館」四字，「仄平、平仄」相協。「撫淩雲而自惜，奏流水以何慚」，只講「雲惜、水慚」四字「平仄、仄平」相協。「地勢極而南溟深，天柱高而北辰遠」，只講「極深、高遠」四字「仄平、平仄」相協是也。句有上兩字中兩字下兩字分三停者，如「響窮彭蠡之濱，聲斷衡陽之浦」，只講「窮蠡濱、斷陽浦」六字「平仄平、仄平仄」相調。且如已塗去兩字之六實字句「落霞孤鶩齊飛，秋水長天一色」，只講「霞鶩飛、水天色」六字「平仄平、仄平仄」相調是也。句有上兩字，中三字，下兩字，亦三停者，如「龍光射牛斗之墟，徐孺下陳蕃之榻」，只講「光斗墟、孺蕃榻」六字「平仄平、仄平仄」相調是也。他或三字句，僅講尾字；五字短句，有上二下三、上三下二者；長句，又有上三中二下二者，有上二中二下三者，有夾有語助不算者，且更有腰折者，法亦殊難縷述。觀《仙丹》之十賦，自可反隅。[18]

這一段論述之要旨在於闡明：律賦之調平仄與駢文調平仄原則上是一致的，仍然遵循一句之中，平仄相間；兩句之內，平仄相對之常規。把握的要點在於認識賦句的「可歇斷讀處」，乃是賦句之音步節奏點；如四字句的第二字第四字，五

字句的上二下三式或上三下二式，六字句的兩截式或三停式等，都是協調平仄的關鍵之處，不得背反。既然王勃能夠寫出聲律和諧的駢文〈滕王閣序〉，那麼，他寫出平仄聲律合格的律賦應該不成問題。

綜上所述，王勃具備寫作〈釋迦佛賦〉的充分條件，如果沒有署名丁暐仁的〈釋迦成道賦〉，那麼王勃〈釋迦佛賦〉的著作權可能就沒有爭議。學術史上的公案，需要當今學者作出合理的解釋。下面，我們就來探討丁暐仁作〈釋迦成道賦〉的可能性。

七、丁暐仁作〈釋迦成道賦〉的可能性之一

張金吾在《金文最》卷一丁暐仁〈釋迦成道賦〉後，加了一段小注：「謹從《欽定古今圖書集成》恭錄（《神異典・佛菩薩部》）。」這段小注說明，張金吾將〈釋迦成道賦〉列在丁暐仁名下，雖然出自類書，但畢竟也是其來有自。查《欽定古今圖書集成・博物彙編・神異典》卷八十九〈佛菩薩部・藝文一〉，金丁暐仁〈釋迦成道賦〉果然在錄，而且賦題下注明：「紹興二十年正月望日。」[19]說明張金吾收錄此賦確有所本。這是丁氏作此賦的可能性之一。但是《欽定古今圖書集成》是一部在清康熙年間由陳夢雷等初編，在雍正年間由蔣廷錫等奉敕重編的類書，由於這部類書編成的時間較晚，其中收錄的資料如果不能查到更早的出處，就必須審慎利用。況且，金朝的賦為什麼題下署南宋的年號？這也讓人百思不得其解。

八、丁暐仁作〈釋迦成道賦〉的可能性之二

　　金朝是一個科舉重視律賦的朝代，據《金史》卷五十一〈選舉一〉：「金承遼後，凡事欲軼遼世，故進士科目兼採唐宋之法而增損之，其及第出身視前代特重，而法亦密焉。……終金之代科目得人為盛。」「金設科皆因遼宋制，有詞賦、經義、策試、律科、經童之制。海陵天德三年罷策試科。世宗大定十一年創設女直進士科。初但試策，後增試論，所謂策論進士也。明昌初又設制舉宏詞科，以待非常之士，故金取士之目有七焉。其試詞賦、經義、策論中選者，謂之進士。」「凡諸進士舉人，由鄉至府，由府至省，及殿廷，凡四試皆中選，則官之。……凡詞賦進士試賦詩策論各一道。」

　　金朝律賦考試，頗重格法。據《金史·趙秉文傳》：「金自泰和大安以來，科舉之文，其弊益甚。蓋有司惟守格法，所取之文卑陋陳腐，苟合程度而已。稍涉奇峭，即遭黜落。於是文風大衰。貞祐初，秉文為省試，得李獻能賦，雖格律稍疏，而詞藻頗麗，擢為第一。舉人遂大喧噪，愬於臺省。以為趙公大壞文格，且作詩謗之，久之方息。俄而獻能復中宏詞，入翰林，而秉文竟以是得罪。」

　　《金史》卷九十〈丁暐仁〉本傳云：「丁暐仁，字藏用。大興府宛平人。曾祖奭，祖惟壽。父筠以吏補州縣，所至有治聲，其後致仕，杜門不出。鄉里有鬥訟者，不之官而就筠質焉。暐仁沖澹寡欲，讀書之外，無他好。遼季避難，雖間關道塗，未嘗釋卷。皇統二年，登進士第。調武清縣丞縣。經兵革後，無學校，暐仁召邑中俊秀子弟教之學，百姓欣然從之。調

磁州軍事判官。是時詔使廉察官吏，曄仁以廉攝守事，遷和川令。前令罷軟，不事事，群小越法干禁，無所憚。曄仁申明法禁，皆屏息或走入他縣以避之。有董佑者，最強悍，畏服曄仁，以刀斷指，誓終身不復犯法。凡租賦與百姓前爲期，率比他邑先辦。歷北京推官，再遷大理司直。以憂去官，尋起復。大定三年，除定武軍節度副使。而節度使同知皆闕。曄仁爲政無留訟，改大理丞，吏部員外郎，轉戶部郎中。於是賈少沖爲刑部郎中，上謂左丞相赫舍哩良弼曰：『少沖爲人柔緩，不稱刑部之職，其議易之。』乃以曄仁爲刑部郎中。坐尙蘊局官私用官芻違格，付大興府鞫問，解職。改祁州刺史。祁州爲定武支郡，士民聞曄仁之官，相率歡迎，界上相屬不絕。改同知西京留守事。首興學校，以明養士法。遷陝西西路轉運使。大定二十一年卒官。」金朝科擧考試用律賦，丁曄仁有進士登第的資歷，而且有「首興學校」之功，其能寫作律賦，自是意料中事。

九、丁曄仁作〈釋迦成道賦〉的可能性之三

〈釋迦成道賦〉與〈心靜天地之鑒賦〉之比較。

金朝律賦由於兵亂之故留存很少，目前能夠用來比較的只有趙秉文〈心靜天地之鑒賦〉一篇。趙賦云：

1 塵靜萬慮，心涵太空。廓聖賢之鑒別，際天地以融通。湛一意之虛凝，不膠於外；極兩間而照燭，盡在其中。

2 夫靜爲躁之君，心者形之主。無營則萬境俱達，有

蔽則纖毫莫覩。鑒明則塵垢之不止，心則喻如；心靜則天地之流通，鑒斯有取。

3 若乃宇有泰定，神無坐馳。是非不得以塵累，利害不能以物移。明則遠矣，鑒無近斯。艮以止之，鍵五基而不亂；復其見也，洞萬象以無遺。

4 由是照燭無疆，眇綿作炳。造化無以遁其跡，洪纖無以逃其影。良由體道之沖，宅心以靜。何思何慮，守一性之宮廷；不將不迎，納萬殊之光景。

5 今夫五色亂目，不見泰華之形；五音亂耳，不聞雷霆之聲。我是以神宇定兮，虛而不屈，心源淪兮，靜之徐清。天地不能外其照，日月不足況其明。不然曷以揚子著書，雲潛則神明可測；莊周抗論，謂虛則純白自生。

6 豈非心本一源，事周萬變。定而能慮，則慮乃有得；靜而後應，則應不能眩。今也守一真於不動之宅，閉六欲以不關之鍵。自然不慮而知，不窺而見。去智與故，始符顏子之齋；知德與言，終契孟軻之辨。

7 既而解物之懸，淵之又淵。滌玄覽於心地，開虛明於性天。故得其粗，則窮事物形名之理；悟其精，則得道德性命之傳矣。夫然後爲用智之權，救亂於未形；作研幾之妙，見吉於幾先。

8 別有不定不亂而心恒如，不皦不昧而用自在。以虛爲有對也，致虛極則無其對；以靜爲有待也，守靜極則絕其待。及其至也，寂然不足以名之，超入圓通之智海。（《滏水集》卷二）

趙秉文賦題下也沒有標注限韻，我們也可以根據各段押韻

的情況，把這篇賦的限韻推測出來，試列韻字如下：

空、通、<u>中</u>（平聲）

<u>主</u>、覩、取（上聲）

馳、移、<u>斯</u>、遺（平聲）

炳、影、<u>靜</u>、景（上聲）

聲、清、<u>明</u>、生（平聲）

變、眩、鍵、<u>見</u>、辨（去聲）

<u>淵</u>、天、傳、先（平聲）

在、待、<u>海</u>（上聲）

　　首先比較限韻。由上可見，〈心靜天地之鑒賦〉很有可能是以「中主斯靜，明見淵海」爲韻，完全遵守四平四仄，相間而行的規範。這種押韻方法與〈釋迦佛（成道）賦〉（以「隨步圖相，明滅聞跡」爲韻）是完全一致的。而王勃的〈寒梧棲鳳賦〉，題下注明「以孤清夜月爲韻」，只是四字韻腳。又，卒於唐高宗上元三年（676）的蔣王李惲（唐太宗之子），其〈五色卿雲賦〉以題爲韻，是五字韻腳。從限韻上來比較，〈釋迦佛（成道）賦〉產生在金朝的可能性比產生在初唐爲大。

　　其次比較句法。隔句對是律賦的句法特徵，總的規律是初盛唐律賦隔句對較少，一般一篇之中的隔句對在五聯以下。中唐以後，律賦中隔句對較多，一般在七聯以上，正如《賦譜》所說：「凡賦句有壯、緊、長、隔、漫、發、[送]，合織成，不可偏捨。」我們看〈釋迦佛（成道）賦〉共有七聯隔句對，除了末尾一韻外，每一韻都有一聯隔句對，這種情況遠較一般初盛唐律賦爲密。比較趙秉文〈心靜天地之鑒賦〉，使用隔句

對達到十聯以上。這就是說，趙賦不僅作到每韻一聯隔句對，而且有時一韻兩聯隔句對。不過，趙賦隔句對的句式變化較多，比〈釋迦佛（成道）賦〉在句法上顯得更爲精緻。如果把〈釋迦佛（成道）賦〉體認爲金朝初年的律賦，把〈心靜天地之鑒賦〉體認爲金朝後期的律賦，從句法方面是說得通的。

再次比較平仄聲律。律賦之學是講究平仄的聲律之學，如果不懂賦句平仄聲律格式，則不能通過試官的考核。如《冊府元龜》卷六四二〈貢舉部〉品評舉子賦云：「盧價賦內『薄伐』字合使平聲字，今使側聲字，犯格。」我們試比較〈釋迦佛（成道）賦〉和〈心靜天地之鑒賦〉在平仄聲律運用上的特點。

〈釋迦佛（成道）賦〉第三韻：

蓋以玉輦呈瑞，金輪啓圖。

囗囗｜｜－｜，－－｜－（「蓋以」兩字發語，不計平仄。下四字句，本當作平平仄仄對仄仄平平，茲因句式較短，只注意到末尾的「瑞」與「圖」字平仄相對；亦是平仄聲調運用粗疏之處。）

恩沾九有，行洽三無。

－－｜｜，－｜－－（四字句，平平仄仄對仄仄平平，二四爲節奏點，必須講究，首字可不拘。）

寶殿之龍顏大悅，春闈之鳳德何虞？

｜｜囗－－｜｜，－－囗｜｜－－（六字句，仄仄平平仄仄對平平仄仄平平。二四六字爲節奏點，平仄交替。「之」字爲助詞，不計平仄。）

方知灌頂之靈心，興王后嗣；必爲萬類之化主，作帝

中樞。

　　－－｜｜口－－，－－｜｜；｜｜＋＋口｜｜，｜｜

－－（六四隔句對，下聯「萬類」二字當平而仄，乃平仄

聲調運用粗疏之處。）

　　〈心靜天地之鑒賦〉第三韻：

　　是非不得以塵累，利害不能以物移。

　　｜－｜｜｜－｜，｜｜｜－｜｜－（七字句，二四七

字平仄交替。）

　　明則遠矣，鑒無近斯。

　　－｜｜｜，｜－｜－（四字句，上二四仄對下二四

平，此種句式非工對。）

　　艮以止之，鍵五基而不亂；復其見也，洞萬象以無

遺。

　　｜｜｜－，｜｜－－｜｜；｜－｜｜，｜｜｜｜－－

（四六隔句對，四字句的二四字、六字句的三六字是節奏

點，必須講究平仄交替，其他字可不拘。）

　　比較二賦的平仄聲律運用情況，發現它們基本上都遵循
「一簡之內，音韻盡殊；兩句之中，輕重悉異」[20]的平仄聲律
規定；兩賦都有個別地方運用平仄聲律粗疏之處，只要不是考
官嚴格要求的試賦，一般不害大體。律賦在平仄聲律運用上基
本遵循由粗而精的發展規律，中晚唐律賦比初唐精密；宋金律
賦比唐賦精密；清代乾隆年間的律賦就比前代更為精密了[21]。
從平仄聲律運用的情況來看，也可認定〈釋迦佛（成道）賦〉
與〈心靜天地之鑒賦〉是約略同時期的作品。

結　語

　　在上述九個部分的考證中，我們提出了王勃作〈釋迦佛賦〉的三個疑點，同時又提出了王勃作〈釋迦佛賦〉的三個可能性。其中最重要的證據是《續清涼傳》收錄王賦。《全唐文》收錄此賦可以查到出處，這就有一定的可信度；然而最早確認王勃著作權的是明朝和尚，並非宋人，這又不無可疑。我們還提出了丁暐仁作〈釋迦成道賦〉的三個可能性，其中最重要的證據是《欽定古籍圖書集成》收錄丁賦，然而晚出類書沒有旁證，其收錄資料的可靠性仍然不無可疑。綜上所述，根據現有的證據，我們仍然無法截然判定這篇賦到底是王勃的作品還是丁暐仁的作品。不過，學術研究中有時能夠提出問題可能比解決問題更爲重要，希望對此問題有興趣的學者在本文的基礎上繼續研究，作出可以稱爲定論的考辨成果。相信讀到本文的學者，在從事《新編全唐五代文》工作時，對是否剔除〈釋迦佛賦〉這篇作品，會作審慎的考慮；而從事《新編全金文》工作的學者，則可取署名王勃的〈釋迦佛賦〉來對丁暐仁的〈釋迦成道賦〉作校勘。學者在論述唐代佛學史、科舉史或律賦發展史時，如果沒有足以全面更新本文的新證據，建議不要輕易地舉王勃的〈釋迦佛賦〉作爲例證。

注　釋

- - - -

1 《四川師範大學學報增刊》，成都，1992 年。

2 郭維森、許結：《中國辭賦發展史》（南京：江蘇教育出版社，1996），

頁 378。

3 趙義山、李修生主編:《中國分體文學史‧散文卷》(上海古籍出版社,2001)頁 292。

4 《全唐文》(北京:中華書局影印本,1985)。

5 馬緒傳編:《全唐文篇名目錄及作者索引》(北京:中華書局,1985),頁碼誤作 1898,下〈春思賦〉索引頁碼同誤。

6 參見拙作:《唐抄本〈賦譜〉初探》,《四川師範大學學報》增刊第 7 輯,1993 年 9 月。

7 詹杭倫、沈時蓉校證:《雨村賦話校證》(臺灣:新文豐出版公司,1993)。

8 王梀:《燕翼詒謀錄》(北京:中華書局《唐宋史料筆記叢刊》本,1981)。

9 見《咸淳臨安志》(《四庫全書》本)卷七十。

10 見《浙江通志》(《四庫全書》本)卷二四六經籍六子部中釋藏。

11 朱井:據《續清涼傳》本書,當作「朱弁」,即《風月堂詩話》作者。

12 阮元:《揅經室外集》(《四部叢刊》本)卷二《四庫未收書目提要》。

13 查〈釋迦佛賦〉,見於《宛委別藏》(江蘇古籍出版社,1988 年影印本)第九十一冊《五臺山清涼傳》,頁 279-280,題下署名:大唐太原王勃撰。該書有金大定四年(1164)九月十七日姚孝錫所作〈重雕清涼傳序〉。

14 張商英所作即名〈續清涼傳〉,載上書頁 230-245;朱弁所作名〈臺山瑞應記〉,載上書頁 268-272。

15 出處見《續清涼傳》,頁 277。

16 見廖健行:《初唐題下限韻律賦形式的審查及引論》,載《科舉考試文體論稿》(臺北市:臺灣書店,1999),頁 48。

17 見《賦史大要‧賦中隔句對》(臺北:正中書局,1976)第二章,頁

107。

18 徐斗光：《賦學仙丹》〔柳深處草堂家塾藏版，清道光四年（1824）刻〕，前載塗一經〈序〉和作者〈自序〉。

19 宋高宗紹興二十年，為西元 1150 年，當金海陵王天德二年。

20 語出沈約：《宋書·謝靈運傳論》。

21 參見詹杭倫：《清代律賦平反論》（臺灣：《中國古典文學研究》第 2 期，1999），頁 19－36。

第五章

白居易的賦論與賦作

引　言

　　律賦這一種文體，原則上要設定限定性的題目，押韻有所限制，字數有所規定，還要求音韻和諧，對偶精巧，用典確切，論旨一貫，是一種極難創作的文學體式。學者作賦，需要具備廣博的才識，及對文字聲律的純熟掌握，再加上綜合性的創作才幹，才足以聚合成一篇有生命的賦篇，因此律賦之創作學養是要求極高的。設定題下「限韻標注」的賦篇，早在唐高宗永隆二年詔令「進士試『雜文』兩首，識文律者，然後並令試策」[1]之前即已出現，例如王勃以「孤清夜月」爲韻的〈寒梧棲鳳賦〉，又如李憕以題爲韻的〈五色卿雲賦〉，這兩篇賦作雖都與科舉無關[2]，卻都在賦中限韻，可見賦篇中之限韻並不單是爲科舉所設計的。事實上，律賦「限韻」的形式，應該是承自南朝貴遊活動中「限韻吟詠」的風氣而來[3]，今從《南史》卷五十五〈曹景宗傳〉中之記載，已可窺見其中之梗概，其云：

　　　　景宗累立軍功，（梁武帝）天監初徵爲右衛將軍。後破魏師凱旋，帝於華光殿飲宴連句，令左僕射沈約賦韻。景宗啟求賦詩，帝曰：「卿伎能甚多，人才英拔，何必止

在一詩？」景宗已醉，求作不已。召令約賦韻，時韻已
盡，惟餘「競」、「病」二字，景宗便操筆，斯須而成，其
辭曰：「去時兒女悲，歸來笳鼓競。借問行路人，何如霍
去病？」帝歎不已，約及朝賢驚嗟竟日。

在宴飲的貴遊活動中，參與吟詠者預先指定數字爲押韻
字，一群人再輪流從中選字作詩。依此方式沿用於賦篇之創
作，除規定押該韻字外，得另押與該韻字同韻部之字，便成了
律賦的限韻方式了。史料記載最早採取限韻考試的律賦，係作
於唐玄宗開元二年的李昂之〈旗賦〉[4]，限以「風日雲野，軍
國清肅」爲韻。

律賦能躋身於唐代文學之林，主要源於政府以之爲甄才選
人的管道。由於律賦之寫作需要具備廣博的才識及對聲律純熟
的掌握，兼具了才情與思想二者，極適合用於觀才取士，因此
自唐高宗令進士科加試「雜文」後，「賦」比「詩」更早成爲
考試項目[5]。及至中、晚唐，朝廷索性將進士科「雜文」一場
調至「帖經」之前，律賦顯然已成爲頭場把關的要衝[6]，《唐摭
言》甚至記載了黎逢、李程因律賦而榮登狀元的故事[7]，這使
得以賦取士真正走向「主司褒貶，實在詩賦，務求巧麗，以此
爲賢」[8]的風氣。讀書人以獲得「進士」出身爲榮[9]，熱中投考
須試「雜文」的進士科，所以律賦的閱讀與書寫人口也就隨之
增加，成爲唐代的主流文類之一。

律賦寫作最盛的時期，是白居易身處的中唐時代，即從代
宗大曆年間（766－779）至文宗大和年間（827－835）的六十
餘年，因此以白居易的作品來印證當時唐代律賦創作的實際情
況，是最直接且切當的。以下本文之重心，便試圖由創作理論

與作品分析兩方面著手，期能在討論之中呈現白居易的賦作在唐代文學中所具有之特色與價值。

一、白居易的賦作列表

白居易在《與元九書》中云：「十五六始知有進士，苦節讀書。二十以來，晝課賦，夜課書，間又課詩，不遑寢息矣。以至於口舌成瘡，手肘成胝。」爲了登第苦讀，將一天白晝之黃金時段全用於課賦之上，以至於口舌成瘡、手肘成胝，由此可見白氏在辭賦創作與學習上所下的苦心。白居易的賦作，多爲律賦。今見《白氏文集》詩賦類所收有十三篇，《文苑英華》所收有十五篇，《古今圖書集成》所收有十五篇，去其重複，現存者計有十六篇。以下筆者便依近人顧學頡所編之《白居易年譜簡編》[10]及作品之內容、性質與寫作動機，以表列之方式，歸整白居易的賦作：

題目	限韻	年代	創作原由
叔孫通定朝儀賦	制定朝儀上尊下肅	應試前	習作
荷珠賦	泣珠茲鮮瑩	應試前	習作
射中正鵠賦	諸侯立戒眾士知訓	貞元十五年	宣城應鄉試
傷遠行賦		貞元十五年	洛陽省親
洛川晴望賦	願拾青紫	貞元十五年	洛陽侍母期許及第
性習相近遠賦	君子之所慎焉	貞元十六年	長安應進士
求玄珠賦	元（玄）非智求珠以真得	貞元十六年	習作

漢高祖親斬白蛇賦	漢高皇帝親斬白蛇	貞元十九年	習作
泛渭賦		貞元二十年	徙家於渭水泛舟
大巧若拙賦	隨物成器巧在乎中	任官後	習作
雞距筆賦	中山兔毫作之尤妙	任官後	習作
黑龍飲渭水賦	出爲漢祥下飲渭水	任官後	習作
敢諫鼓賦	聖人來諫諍之道	任官後	習作
君子不器賦	用之則行無施不可	任官後	習作
賦賦	賦者古詩之流	任官後	讚美群臣奉敕而作
動靜交相養賦		長期任官感受	爲官進退之道

　　以上除了〈傷遠行賦〉〈泛渭賦〉及〈動靜交相養賦〉爲不守律賦限制之作外，其餘十三篇皆爲有明確限韻之律賦。德宗貞元十五年，白居易二十八歲。本年春，長兄幼文爲饒州浮梁縣主簿，居易自徐州，從行。母夫人陳氏嘗因憂憤自到，爲人所救未死。秋，居易從潯陽到宣城，應拔解（參加鄉試），試詩、賦各一篇（賦題爲〈射中正鵠賦〉）。主持拔解試的是當道觀察使崔衍。在宣城應試時，初識楊虞卿（居易妻之從父兄）。其時，居易家已自徐州搬到洛陽，所以宣城取解之後，就回到洛陽省親，有〈傷遠行賦〉，敍述跋涉山川的艱苦。不久，又到長安應進士試。依元稹的《白氏長慶集·序》中云：「貞元末進士尚馳競不尚文，就中六籍，尤擯落禮部侍郎，高郢始用經藝爲進退，樂天一舉擢上第，明年拔萃甲科，由是

〈性習相近遠〉〈求玄珠〉〈斬白蛇〉等賦，及百道判，新進士競相傳於京師矣」來看，〈求玄珠〉〈斬白蛇〉二賦與〈性習相近遠〉並舉，在當時一併成為士子應試的典範作品，可見其創作年代應與〈性習相近遠賦〉相近，極可能為白氏平日之習作。又貞元十九年，應吏部試的博學宏詞科考用的題目即是〈漢高祖斬白蛇〉，白居易雖然沒有參加這一年的博學宏詞科考，但在應同年由鄭珣瑜主持的書判拔萃科考中，即以第一名及第。唐代的博學宏詞科試詩賦，書判拔萃科考判文，〈漢高祖親斬白蛇〉可能就是白居易在貞元十九年應博學宏詞科考後，為了再次檢驗自己的創作能力，或者向宏詞科考及第者誇示自己之優越創作才華，而擇應試之題目所作之習作。〈泛渭賦〉作於貞元二十年，從該篇之序文可得知，當時白居易在先後中了高郢主持的進士科和鄭珣瑜主持的書判拔萃科之後，於貞元二十年春任校書郎之職，舉家遷至渭水北岸的下邽，過著閒適安逸的生活，並常於渭水中泛舟自娛。賦中充滿對於聖代平泰的歌頌，並讚美高、鄭二公輔政之績，表達出對高、鄭二人之眷顧與感謝。〈大巧若拙賦〉〈雞距筆賦〉〈黑龍飲渭水賦〉〈敢諫鼓賦〉〈君子不器賦〉等五篇，除了〈大巧若拙賦〉以「隨物成器巧在乎中」八字順序為韻外，其餘四篇皆不按順序押韻，這些作品與〈求玄珠賦〉及〈漢高祖親斬白蛇賦〉一樣，都應該是三十歲任官後平日的習作，以內容來看應該是白氏從進士科舉後至書判拔萃科制入第之前的作品。至於〈賦賦〉一篇，內容讚美了當時群臣奉敕的《賦集》，依儒家言志與諷諭之功能論述了賦的政治與教化之效用，末尾並稱頌了當朝天子的英明作為，其中隱含著宣揚自己善於作賦之文采及賦在促進仕宦上之作用，最後歸納出自己對於辭賦創作及功能的

見解，應是長期從事於賦作之後的心得總結。〈動靜交相養賦〉，是一篇深具哲理性之作品，論述了白居易以儒家與老莊思想爲基礎的人生觀。在該篇的自序中已然呈現出了他的寫作動機：「居易常見今之立身，從事者有失於動，有失於靜，斯由動靜俱不得，其時與理也，因述其所以，然用自儆導命。」若再參照於賦篇之內容來看，白居易在賦中總結了他在官場中觀察到的成敗之因，陳述了仕宦之人或因動（過於積極）或因靜（過於消極）而致失敗的教訓，進而論述了「動」「靜」須互補相用之理，並提出了在現實生活中必須得時（時機）得理（必然性）的準則，以此作爲自己生活的規誡。

　　白居易傳世的十六篇賦作中，除了〈傷遠行賦〉〈泛渭賦〉及〈動靜交相養賦〉三篇之外，其餘皆爲律賦之作。律賦作品占其賦作如此大之比例，除了科舉環境的影響外，更說明了他對於律賦的強烈關心與學養上的自信。在唐代律賦作家中，元稹、白居易被認爲是比較特殊的，李調元在《雨村賦話》中稱其：「馳騁才情，不拘繩尺，亦唯以元、白爲然。」「律賦多有四六，鮮有長句，破其拘攣，自元、白始。樂天清雄絕世，妙悟天然，投之所向，無不如志。」這些話顯然給白居易極高的評價，而且也確切地指出了白居易在律賦製作上的獨創性。

二、白居易的賦論

　　白居易不但留下爲數不少的賦作，且有明確的賦作理論傳世，〈賦賦〉一文便是一篇依「賦者古詩之流」爲韻，以律賦形式寫成的辭賦批評之作。考其辭賦批評之觀點，實應先於其

詩歌之理論而存在。同理反推，其有關詩歌的評論觀點，實源於其對賦學明確之認知。元稹《長慶集・序》：「十五志詩賦，二十七舉進士。貞元末進士尚馳競不尚文，就中六籍，尤擯落禮部侍郎，高郢始用經藝為進退，樂天一舉擢上第，明年拔萃甲科，由是〈性習相近遠〉、〈求玄珠〉、〈斬白蛇〉等賦，及百道判，新進士競相傳於京師矣。……而樂天〈秦中吟〉、〈賀雨〉、〈諷諭閒適〉等篇，時人罕能知者。」又據白居易《與元九書》中所云：「日者，又聞親友間說，禮、吏部舉選人，多以僕私試賦判，傳為準的。」由白氏自言與元稹之序相對照來看，白居易在當時是先以其賦作登第而名聞於京城的，這與後人對白氏之研究重在其詩歌之範疇，呈現出明顯的差異。當白氏以賦作聞名時，時人尚罕知其詩作，就此而論，白氏之賦論當在前，其對於賦作理論之認知當是影響其詩歌理論形成之基礎。

〈賦賦〉首段論述了辭賦之起源，其云：

> 賦者，古詩之流也。始草創於荀、宋，漸恢張於賈、馬。

「古詩之流」一語，乃是承繼了班固《兩都賦序》中的說法。白氏在賦篇首段的破題中提及此說，一方面歸溯了辭賦與詩歌間的關係，另一方面也開宗明義地道出了白氏對於辭賦在功能上之見解。〈賦賦〉云：「始草創於荀、宋，漸恢張於賈、馬」，此處白氏在論述賦體的緣起及其政治功用之時，僅認為賦乃「草創於荀況、宋玉，發展於賈誼、司馬相如」，而將屈原的楚辭作品排除於賦體之外，這樣的認知是著重在辭賦的政

治功利與諷諭的作用上，而排除了體物抒情的表象特徵。在
〈賦賦〉末，更充分強調了賦爲雅頌之列，並具有「潤色鴻業」
「發揮皇猷」的政治功利作用。考之入漢後的賦家，由早期的
縱橫家轉爲宮廷的言語侍從，在致力於角色轉化時，使得辭賦
有其新的風貌。他們「朝夕論思，日月獻納」，致力於語言藝
術的講求，雖然來路不同，各有所長，但大都以新詩人自許，
稟承《詩經》的傳統使命，多方吸取營養，從事「或以抒下情
而通諷諭，或宣上德而盡忠孝」的工作。從賦的作用來看，賦
的確承繼了《詩經》諷刺的傳統，班固於《兩都賦序》中云：
「大儒孫卿及楚臣屈原，離讒憂國，皆作賦以風，咸有惻隱古
詩之義。」在傳統賦家們的心目中，賦是古詩之流，亦雅頌之
亞，所以賦當然也就要溯源於詩了。此外白氏在〈賦賦〉中，
對於辭賦在文學上之功能亦作了明確的界定，其云：

> 雜用其體，亦不違乎《詩》，四始盡在，六藝無遺。
> 是謂藝文之警策，述作之元龜。

在排除了辭賦僅致力於抒情寫志的表象特徵後，白氏認爲
辭賦不僅含括了《詩經》中風、雅、頌、賦、比、興的四始與
六義之功能外，而且在諷諭之功能上還是「藝文之警策，述作
之元龜」。此點乃是白居易承繼和發展了漢代賦家的理論而
來，他重視文學的社會作用，主張「文章合爲時而著，歌詩合
爲事而作」，文學作品必須負起「補察時政」「泄導人情」「救
濟人病，裨補時闕」的政治使命（參見《與元九書》）；並在
《新樂府序》中提出「爲君爲臣爲民爲物爲事而作」的見解。
如是重視賦之政治功利與諷諭價值的觀點，白居易在《問文章

對策》中也有表述：

> 其古之為文者，上以備王教繫國風，下以存警戒通諷諭。故懲勸善惡之柄，執於文士褒貶之際焉；補察得失之端，操於詩人美刺之間焉。今褒貶之文，不覈實，則勸懲之義缺，美刺之詩，不稽政，則補察之義廢矣。雖雕章鏤句，將焉用之？臣又聞稂莠稗秕生於穀，反害於穀者也；淫詞麗藻生於文，反傷於文者也。故耘者耘稂莠稗秕，所以養穀也；王者刪淫詞麗藻，所以養文也。伏唯陛下，詔主文之司，諭養文之旨，俾詞賦合警戒諷諭者，雖質雖野，採而獎之；碑誄有虛美愧詞者，雖華雖麗，禁而絕之。若然，則為文者必當尚實，抑淫者誠宜去偽，小疵小弊，蕩然無遺矣。則何慮乎文章不與三代同風哉！

只要合於警戒諷諭，即使「雖質雖野」也應「採而獎之」，可見得白居易是把有無諷諭的內容，作為辭賦批評的首要標準。白居易論辭賦創作，強調美刺、諷諭之功能，即要求辭賦作家關注於現實社會，有感而發，作品必須顧及思想與內容，這對於賦學觀念當然是具有正面之積極意義。不足之處，主要是過高地評估了文學對政治、倫理的影響力，所謂「懲勸善惡之柄，執於文士褒貶之際，補察得失之端，操於詩人美刺之間」。所謂「雖質雖野」「採而獎之」，若援用於律賦之上，實是對於唐代朝廷課賦取士的制度和唐代律賦的價值、特徵，作了肯定性的說明。〈賦賦〉中說賦是「藝文之警策，述作之元龜」，律賦「義類錯綜，詞采舒布，文諧宮律，言中章句，華而不豔，美而有度」，又說其工其妙者，價值不減於漢大賦

之名作，可以凌轢風騷、超逸今古。所以朝廷大力提倡，文士自應積極製作。由此可知，白居易對於賦的創作是非常重視的，其溢美之情現於言表。

此外白居易在〈賦賦〉之中還提出了「立意爲先，能文爲主」的觀點。關於「立意」「能文」，清人王芑孫有這樣的評論：「白傅爲〈賦賦〉，以立意、能文並舉。夫文之能，能以意也，當以立意爲先。辭譎義貞，視其樞轄；意之不立，辭將安附？」[11]一篇賦作除了要有文采又富於聲律和諧之美外，應將謀篇命題的主題思想列爲創作時的優先考慮，所有的文藻與音律皆是依附於主題思想之下，少了此點其賦作便失去了生命性與價值意義。然清人施補華在〈擬白香山賦賦〉中，對於白居易偏重於「立意」「能文」而忽略「諷託之意」頗有微詞，文中列舉了李白、杜甫、韓愈、杜牧之作，卻以「樂天尙見未及此焉」譏之。但事實並非如此。由本文上述的討論可得知，白居易極爲重視賦作的「諷諭」功能，常寓諷諫於論事說理之中，故其所謂之「立意」，當是以「辭質而徑」「其言直而切」之標準所立「諷諫」之意，此點若細讀白氏賦作中之主旨便可以得到證實。雖然這樣的觀念是白居易承繼於「賦者古詩之流」之「美刺」「託諷」傳統而來的，但與其所任之官職與身分亦脫離不了直接之關聯。白氏於《與元九書》云：「身是諫官，手請諫紙，啓奏之外，有可以救濟人病，裨補時闕，而難於指言者，輒詠歌之，欲稍稍遞進聞於上。」在白居易一生的仕宦生涯中，最接近於政治權力核心之時，都與「諫諷」脫離不了關係。首先是年輕登第後所受的「左拾遺」之官，此職乃隸屬於門下省，爲一諫官，負責對皇帝之施政提出規諫，並富有薦舉人才的職能。早在永貞時（805），王叔文、韋執誼實行

政治革新，白居易便曾向韋氏上書，建議廣開言路，選拔人才，懲惡賞善，舉賢任能，以把握時機迅速改革。元和四年天下大旱，白居易見詔節未詳，即建言乞盡免江淮兩賦，以救流瘠，且多出宮人，即爲憲宗所採納。五年，改京兆府戶曹參軍，仍依舊充翰林學士，草擬詔書，參預國家機密。在秉持著儒家「兼濟」的理念下，他不怕得罪權貴近親，連續上書論事，如《奏請加德音中節目》、《論制科人狀》、《論于頔裴均狀》、《論和糴狀》、《奏閺鄉縣禁囚狀》等，都是關係國家治亂及人民生活的「諫諷」之作。就算在身爲太子官屬的左贊善待夫之任內，亦不減其「諫諷」風格，以上書追緝盜殺武元衡之事而遭貶謫之橫禍。其後在其入爲司門員外郎，以主客郎中知制的同時，因見穆宗好於畋游，特地獻上《續虞人箴》以諷諫。主客郎中，本爲執掌少數民族與國外使節接待之事，職務雖卑微，但在行文之中他絕不放棄「爲君爲臣爲民爲物爲事而作」的理想。就如同白氏在〈寄唐生〉詩中所說的：「我亦君之徒，鬱鬱何所爲。不能發聲哭，轉作樂府詩。篇篇無空文，句句必盡規。功高虞人箴，痛甚騷人辭。非求宮律高，不務文字奇。推歌生民病，願得天子知。」他一生秉持著中正諷諫之理念仕宦與爲文，難免會因此而得罪不少人，觀其《與元九書》中所言：「凡聞僕〈賀雨〉詩，而眾口籍籍，已謂非宜矣。聞僕〈哭孔戡〉詩，眾面脈脈，盡不悅矣。聞〈秦中吟〉，則權豪貴近者相目而變色矣。聞〈登樂遊原寄足下詩〉，則執政柄者扼腕矣。聞〈宿紫閣村〉詩，則握軍要者切齒矣」的陳述，便可知其堅持理念對當世之影響。綜觀上述之討論，白氏在〈賦賦〉中所謂之「立意」，當是以「辭質而徑」「其言直而切」之標準所立「諷諫」之意，這與姚鼐《古文辭類纂‧

辭賦類》序說中,「辭賦固當有韻,然古人亦有無韻者,以義在託諷,亦謂之賦」的看法不謀而合。就姚鼐的認知,有韻無韻與否並非賦體的絕對特徵之一,而賦的主要功能還是落在「託諷」之上,在這點認知上,白、姚二人雖遠隔幾百年,但見解卻是一致的。

三、白居易的賦作分析

(一)在思想內容上提倡諷諫

在諷諫這點上,白氏對於辭賦的看法是與其對詩歌之見解相一致的。他在《新樂府五十首》末篇〈采詩官〉中說:「采詩官,采詩聽歌導人言。言者無罪聞者戒,下流上通上下泰。……欲開壅蔽達人情,先向詩歌求諷刺。」他編集自己的詩歌,分為諷諭、閒適、感傷、雜律四類,其中最重視的就是諷諭詩。除了大力提倡「美刺興比」和寫作諷諭詩外,白氏在律賦之作品中亦不乏極力呈現諷諫功能之作品,〈敢諫鼓賦〉就是一篇以「聖人來諫諍之道」為韻所書寫的諷諫之作。以下將〈敢諫鼓賦〉轉引於下:

> 大矣哉,唐堯之為盛。鼓者,樂之器。諫者,君之命。鼓因諫設,發為治世之音;諫以鼓來,懸作經邦之柄。納其臣於忠信,致其君於明聖。將俾乎內外必聞,上下交正,然後為一人之慶。頤其旨,知君上之無私;酌其義,知臣下之勿欺。獻納者,於焉直節;諷議者,由是正辭。故謇謇匪躬,道之行也;囂囂不已,聲以發之。雖言

之無罪，而擊之有時。始也，土鼓增革，蕢桴改造。外揚音以應物，中含虛而體道。不窕不摦，由工人之作為；大鳴小鳴，隨諫者之擊考。若乃宸居謐靜，閶闔洞開。隱隱聞於天關，鼛鼛發於帝臺。既類夫坎其缶，宛丘之下；亦象乎殷其雷，南山之隈。音鏗鏘以鼞鞳，響容與以徘徊。徹於帝心，四聰之耳必達；納諸人聽，七諍之臣乃來。故用之於朝，朝無面從之患；行之於國，國無居下之訕。洋洋盈耳，幽贊逆耳之言；坎坎動心，明啟沃心之諫。且夫鼓之為用也，或備於樂懸，或施於戎政。以諧八音節奏，以明三軍號令。未若發揮謇諤，啟迪諫諍。聲聞於外，以彰我主聖臣良；道在其中，以表我上忠下敬。稽前典，敘彝倫。諫鼓既陳，諫聲乃臻。對善旌而俱懸，義之與比；將謗木而並出，德必有鄰。是以聞其音，則知有獻替之士；聆其響，豈獨思將帥之臣。嗟乎。捨之則聲寢，用之則氣振。雖諫諍之在鼓，終用舍而因人。

「敢諫鼓」語出《淮南子‧主術》「堯置敢諫鼓」的典故，古時明君為了聽到臣民的直諫而在宮廷外設置大鼓。欲求直諫者，只要打擊此鼓便能將其意見聞達於天子。白氏在此賦中以大鼓引出了諫言的重要性，循設大鼓、敢諫言、治國之本的理路依序陳說。設置諫鼓可以彌補朝政過失，一方面可廣開忠諫之路，另一方面亦可展現人君之器量與聖德。全文環繞在君識理、臣盡忠兩端發揮。表面上像是一篇詞句平實的說理作品，但據「雖言之無罪，而擊之有時」來看，它實際上是蘊含著豐富「諷諫」功能的賦作。「諫鼓既陳，諫聲乃臻。」為政者觀之，當可產生自我警覺之效。寓諷諫於說理之中，使言者無罪

而聞者足以戒，此正可印證白氏於《新樂府序》中所說「其辭質而徑，欲見之者易喻也。其言直而切，欲聞之者深誡也」的觀點。「辭質而徑」，指的是辭句質樸，不加文飾，表達直率，不繞彎子；「言直而切」，指的是直書其事，不作隱諱，切近事理，說盡說透。表面上「雖質雖野」，但因深含諷諭之功，故當「採而獎之」。

綜觀白居易之賦作，大都深富其所提出之諷諭的功能，如〈動靜交相養賦〉用「動靜」以諷人臣之進退取捨之道。〈大巧若拙賦〉巧妙地將選材制器的概念轉入了「善從政」與「能官人」的政事之中。〈君子不器賦〉為從政者提出了權變明通之則。〈求玄珠賦〉詠唱了自然無為的治國之理。〈泛渭賦〉在悠遊之中闡發了「賢致聖於無為，聖致賢於既濟」的賢聖相契之功。〈射中正鵠賦〉陳述了心正合禮的修身與取士標準。在其所有賦作之中，除了〈傷遠行賦〉屬於抒情之外，其餘的作品皆符合其所提之諷諭功能。

（二）在藝術形式上破除拘攣

依上述表列之歸納，白居易傳世的十六篇賦作，除了〈傷遠行賦〉〈泛渭賦〉及〈動靜交相養賦〉為不守律賦限制之作品外，其餘十三篇皆為有明確限韻之律賦。白居易身處的中唐時代，正是律賦創作的極盛時期，即從代宗大曆年間（766－779）至文宗大和年間（827－835）的六十餘年，因此以白居易的作品來印證當時唐代律賦創作的實際情況，是最直接且切當的。由於自唐高宗詔令進士科加試「雜文」後，「賦」已成為考試之重要項目之一。為了適應科舉考試的需要，士子們創作了大量的律賦作品，同時社會上也出現了一批指導律賦寫作

的賦格類著作，今唯一保存下來此類作品僅有《賦譜》一篇。
《賦譜》作於中唐時期，其用途乃為唐代應舉士子們提供寫作
律賦的格式和方法的考試指南，其中所引用的作品多為當時之
著名作家，而白居易之作品亦被援引於其中。由於時代與作品
的切合性，因此本文便援藉《賦譜》的理念，並規避了《賦
譜》中所引用的白居易之賦篇，以〈大巧若拙賦〉為例來分析
白居易賦作。茲先將〈大巧若拙賦〉之原文列於下：

> 巧之小者有為，可得而 閱 ；巧之大者無跡，不可得
> 而 知 。蓋取之於「巽」，受之以「隨」；動而有度，舉必
> 合 規 。故曰：大巧若拙，其義在 斯 。
>
> 爾乃[12]掄材於山木，審器於軌 物 [13]。將務乎心匠之忖
> 度，不在乎手澤之剪拂。故為棟者，任其自天而端；為
> 輪者，取其因地而 屈 。
>
> 其工也，於物無 情 ；其正也，於法有 程 。既遊藝而
> 功立，亦居肆而事 成 。大小存乎目擊，材無所棄；用舍
> 在於指顧，物莫能 爭 。
>
> 然後任道弘用，隨形制 器 。信無為而為，因所利而
> 利 。不凝滯於物，必簡易於 事 。豈朝疲而夕倦，庶日省
> 而月試；知大巧之有成，見庶物之無 棄 。然則比其義，
> 取其 類 [14]，亦猶善為政者，物得其宜；能官人者，才適其
> 位 。
>
> 嘉其尺度有則，繩墨無 撓 。工非剞劂，自得不矜之
> 能；器靡雕鏤，誰識無心之 巧 。
>
> 眾謂之拙，以其因物不 改 ；我謂之巧，以其成功不
> 宰 。不改故物全，不宰故功 倍 。遇以神也，郢匠[15]之術

攸同；合乎道焉，老氏之言斯在。

噫！舟車器異，杞梓材殊。罔栝柄以鑿，罔破圓為舳。必將考廣狹以分寸，定圓方以規模。則物不能以長短隱，材不能以曲直誣。可謂藝之要，道之樞[16]。是謂心之術也，豈慮手之傷乎！

且夫大明若蒙，大盈若沖[17]。是以大巧，棄其末工。則知巧在乎不違天真，非役神[18]於木人之內；巧在乎無忤物性[19]，非勞形[20]於棘刺[21]之中。若然者[22]，豈徒與般爾之輩[23]，騁伎而校功哉！

此篇賦作乃以「隨物成器，巧在乎中」八字順序為韻，各段的用韻情況如下：

第一段：闥知隨規斯，用的是「上平聲、支韻」。

第二段：物拂屈，用的是「入聲、物韻」。

第三段：情程成，「下平聲、清韻」。爭，「下平聲、耕韻」。此段清耕韻通用。

第四段：器棄，「去聲、實韻」。利類位，「去聲、至韻」。事，「去聲、志韻」。此段實至志韻通用。

第五段：撓巧，用的是「上聲、巧韻」。

第六段：改宰倍在，用的是「上聲、海韻」。

第七段：殊誣樞，「上平聲、虞韻」。舳模乎，「上平聲、模韻」。此段虞模韻通用。

第八段：沖工中功，用的是「上平聲、東韻」。

以上的分段標準，乃依《賦譜》中所提出的段落的結構之寫作原則為依據，其云：

　　凡賦體分段，各有所歸。但古賦或多或少，若〈登
樓〉三段，〈天臺〉四段是也。至今新體，分為四段：初
三四對，約三十字為頭；次三對，約四十字為項；次二百
字為腹；最末約四十字為尾。就腹中更分為五：初約四十
字為胸，次約四十字為上腹，次約四十字為中腹，次約四
十字為下腹，次約四十字為腰。都八段，段轉韻發語為常
體。……計首尾三百六十字左右。但官字有限，用意折衷
耳。近來官韻多勒八字，而賦體八段，宜乎一韻管一段，
則轉韻必待發語，遞相牽綴，實得其便。

　　就《賦譜》所述，一篇唐人應試的律賦作品，基本上最少
應有三百六十字，而〈大巧若拙賦〉全篇共計四百三十五字，
超過了《賦譜》指稱之數有七十五字之多。全篇之結構依照
「隨物成器，巧在乎中」八字韻腳的順序依次寫作，此乃詮釋
於題目「大巧若拙」之題意，完全符合了唐代科舉試賦的寫作
需求。此外，在《賦譜》中亦明確的提出了唐人在創作律賦時
之句式需求，其云：

　　　　凡賦句有壯、緊、長、隔、漫、發、送，合織成，不
可偏捨。

　　根據《賦譜》中所舉之例證，所謂之「壯」，指的是「水
流濕，火就燥」一類的三字對句；所謂之「緊」，指的是「方
以類聚，物以群分」一類的四字對句；所謂的「長」，指的是
每句五字至九字的對句；所謂的「隔」，指的是隔句對；所謂
之「漫」，指的是不能對偶的散句，一般用在結束賦篇的句子

上；所謂之「發」，指的是「原夫、是故、爾乃」之類的關聯詞語，經常置於段首；所謂之「送」，指的是「也、而已、哉」等用於終止句義的詞語。

觀白氏之〈大巧若拙賦〉，首先以「巧之小者有為，可得而闚；巧之大者無跡，不可得而知」的隔句對來破題，分別以闚與知隔句為韻。以「巧之大者」闡發了《老子》第四十五章及《莊子‧胠篋》中「大巧若拙」之本事。這種破題方式，有別於唐宋人試賦一般以兩個四字緊句點破題意的習慣[24]，而凸顯出「大巧無跡」的恢弘題旨，氣勢渾厚。綴之於「蓋」字「發語」之後的，緊跟著連用了六個「緊句」，不但引用了《易》中「巽」「隨」二卦之剛柔隨順之意為證，並且在聲律的節奏上一下子緊湊起來，其中卻又刻意以發語「故曰」暫時隔開，使得語氣在緊中帶鬆，於連綿中富於變化，最後歸結出「大巧若拙」之題意。全段共四十八字，以長句破題，在舒緩中簡要的概括題旨，用緊句連綴釋義，造成綿密氣勢，在「賦頭」之始，即已呈現出白居易在律賦創作上突破定格的巧構心思。

第二段在律賦結構上為「賦項」，計有四十七個字。《賦譜》云：「轉韻必待發語，遞相連綴，實得其便。」在結束「隨」韻承接「物」韻之中，白氏以「爾乃」之發語作巧妙的連結，引出兩個長句及一聯疏隔，說明工匠應以客觀自然無為態度去選材之重要性。「爾乃」，在發語中具有「提引」之屬性，置之於賦中常有承上啓下之功能，此處之意乃承繼於上文「大巧」而來，以選材為喻交代了巧匠欲達到自然無為境界，須在心靈上先作出隨物曲成的前置修養。

第三段為「賦胸」，計四十六個字。用了一個「疏隔」，一個長句，一聯上六下四的「重隔」。藉著「無情」「遊藝」的客

觀態度，陳述巧匠在服從自然法則的規範後，能遊刃有餘的選材，達到材無所棄、物莫能爭的境界。

　　接下來的是「上腹」，白氏共用了八十個字，是全篇中文字與句式最多的段落，概括了緊、長、隔的基本句型。段中共用了「然後」「然則」與「亦猶」三個發語，一個緊句，四個長句，一個壯句，一聯平隔。此處承繼著上段，將重心於選材落實到隨形製器的實踐功夫上，正面暢言無為不滯方能大巧有成的主旨。本來題意就此打住即可，但基於白氏在其〈賦賦〉之中所提到的「諷諭」功能，在「比其義，取其類」之後，巧妙地將選材製器的概念轉入了「善從政」與「能官人」的政事之中，希望人君亦能取法於大巧之精髓，在無為不滯之中使天下之物得其宜、才適其位。說理與諷諭，承接得無絲毫斧鑿之跡，真可謂巧也。

　　第五段是為「中腹」，白氏僅用三十個字，一個緊句及一聯輕隔，簡單的陳述巧匠取法無為、得自自然，輕易掌握尺度的無心之巧。在一段漫長的說理之後，以簡單的文義交代巧心妙用，一放一收之中，實能產生明確的收束功效。

　　第六段為「下腹」，共計五十個字。由破題、承題、說理之後，以人、我正反的夾述方式，復題反扣出了《老子》的本事。人所謂之拙，恰好是我所謂之巧，拙能使物全，巧則令功倍，神遇、因物、不改皆合於《老》《莊》之道。本段共用了兩個隔句對及一個長句來表述，先用一聯上四下六之輕隔，中以五字之長句舒緩，末再以一聯輕隔作結，隔中含長，使節奏迭宕，句式不至於呆板無味。

　　第七段以「噫」之發語為引，共用了六十八個字，是為「賦腰」。在一連串的隔句對之後，此處計有「噫」「必將」

「則」「可謂」四個發語，及一個緊句、四個長句中夾一壯句，為其構段。隔句對在此中未及出現，句式又為之一變。在文義上則反扣了「上腹」的「隨形制器」之功夫，指出了器物材質雖各有不同，但對於「藝之要、道之樞」的掌握，還是在於無為自然之心的運用，人為的柄鑿、圓觚等刻意的操作，都是對於材質本身的傷害，絕不會達到大巧之境界。

末段為「賦尾」，共用了六十六個字。以「且夫」之發語提引文義，以兩個緊句，一聯密隔及一個漫句作結。作為賦篇的結語，此處以巧匠能毫不眷戀地捨棄那無足輕重的人為技術為引，帶入了勞形無益役神無用，只須以「不違天真」「無枉物情」的自然無為之心，保存著材質本身的天然之性，便能隨物曲成達到魯班、王爾之輩的大巧之境。

綜觀白氏此篇賦作各段的句式結構，可歸納出下表：

段落	句式							用韻	韻部	字數
	壯	緊	長	隔	漫	發	送			
第一段		4	1	1		2		闋知隨規斯	上平聲支韻	48
第二段		2	1			2		物拂屈	入聲物韻	47
第三段			1			2		情程成爭	下平清耕同用	46
第四段	1	1	4	1		3		器棄利類位事	去聲寘至志同用	80
第五段		1		1		1		撓巧	上聲巧韻	30
第六段			1	2			2	改宰倍在	上聲海韻	50
第七段	1	1	4			4	2	殊諏樞觚模乎	上平聲虞模同用	68
第八段		2		1	1	2	1	沖工中功	上平聲東韻	66
總計	2	9	13	9	1	14	5	34 個韻字		435

　　全篇計四百三十五個字，已遠超過《賦譜》限定的字數範圍，加上音韻和諧、對偶精巧、用典確切、緊扣題旨等特色，實可見其豐富之學養。從律賦的格式來看，白居易此篇賦作，基本上符合《賦譜》中所規定的唐代律賦之範式，但在謀篇構段之中卻明顯有突破定格之處，例如：以隔句對作為破題，緊句之運用，長句與隔句對巧妙地穿插，發語綿密且靈活的運用等，都是其匠心獨運之例證。雖身處於唐代以律賦取士的高峰時代，白居易在其律賦的創作之中，除了展現其豐碩的才華與學養外，亦凸顯其在不變中求變的創作企圖。

　　在賦作中長聯隔對之運用早已見於王褒之〈洞簫賦〉，漸次蔚然成風以後，卻成為了唐以後律賦的重要特質之一。由上述的表列中可知，白氏在此篇賦作中突破定式的以隔句對破題，且長句之運用高達十三次之多，隔句對亦使用頻繁且變化多樣，此一特色確實為唐代律賦之創作造成影響。除此之外，唐代的律賦之創作在白居易手上開始朝向長篇發展，本文所舉之〈大巧若拙賦〉有四百三十五字，〈漢高祖親斬白蛇賦〉有四百九十六字，最長的〈雞距筆賦〉竟有五百四十八字之多，少於三百字的唯有〈落川望晴賦〉一篇，過半的賦篇皆高於四百字以上。唐代律賦初行之世，因有字數之限定，絕少有過四百字者。至白居易之賦作，始馳騁才情，不拘定式，乃有長篇極軌之作品問世，其〈雞距筆賦〉〈漢高祖親斬白蛇賦〉諸作，便是如此長篇律賦之傑構。清人李調元在《雨村賦話》中稱「律賦多有四六，鮮有長句，破其拘攣，自元、白始。」這些話顯然對於白氏在律賦製作上的獨創性，給予極高的評價。

結　語

　　白居易身處律賦寫作最盛的中唐時代，傳世的十六篇賦作中，除了〈傷遠行賦〉〈泛渭賦〉及〈動靜交相養賦〉三篇之外，其餘皆爲律賦之作。律賦作品占其賦作如此大之比例，除了科舉環境的影響外，更說明了他對於律賦的強烈關心與學養上的自信。

　　白居易不但留下爲數不少的賦作，且有明確的賦作理論傳世，考其辭賦批評之觀點，實應先於詩歌之理論而存在，其對於賦作理論之認知當是影響其詩歌理論形成之關鍵。「賦者古詩之流」之觀點，乃是承繼了班固《兩都賦序》中的說法。在論述賦體的緣起及其政治功用之時，僅認爲賦乃「草創於荀況、宋玉，發展於賈誼、司馬相如」，而將屈原的楚辭作品排除於賦體之外，這樣的認知是著重在辭賦的政治功利與諷諭的作用上，而排除了體物抒情的表象特徵，充分強調了賦爲雅頌之列，並具有「潤色鴻業」「發揮皇猷」的政治功利作用。在論述辭賦創作之時，他強調賦作中的美刺、諷諭之功能，即要求辭賦作家關注於現實社會，有感而發，作品必須兼及思想與內容性，這對於賦學觀念當然是具有正面之積極意義。

　　此外白居易在〈賦賦〉之中還提出了「立意爲先，能文爲主」的觀點，所謂之「立意」，當是以「辭質而徑」「其言直而切」之標準所立「諷諫」之意，這樣的觀念乃是承繼於「賦者古詩之流」之「美刺」「託諷」傳統而來的，並與其仕宦所居之官職有直接之關聯性。在其所有賦作之中，除了〈傷遠行賦〉屬於抒情之外，其餘的作品皆符合其所提之諷諭功能，尤

以〈敢諫鼓賦〉最具代表性。

　　本文由〈大巧若拙賦〉的分析中得知，白氏之作完全符合於唐代《賦譜》中規定之要求，且能在謀篇結構和句式上力求定格之突破。以隔句對作爲破題，緊句之連用，長句與隔句對巧妙地穿插，發語綿密且靈活的運用等，都是其匠心獨運之例證。雖身處於唐代以律賦取士的高峰時代，白居易在其律賦的創作之中，除了展現其豐碩的才華與學養外，亦凸顯其在不變中求變的創作企圖。尤其在長句與隔句的使用上，展現其頻繁且多樣之特色，使得律賦朝向長篇發展，其在創作上所呈現之獨創性，對於晚唐律賦之製作有實質性的影響。

注　釋

1　董誥等：《全唐文》（北京：中華書局，1996）第一冊，卷十三，〈嚴考試明經進士詔〉。

2　李曰剛：《辭賦流變史》（臺北：文津出版社，1987）。舉《新唐書》本傳推測「勃乃以對策得售，並非以能賦得售，則此賦之限韻，殆其自我作古，而非應試之規律。」（頁178）

3　關於這點，廖健行《初唐題下限韻律賦形式的審察及引論》有較詳細的論證及說明，請參閱《科舉考試文體論稿：律賦與八股文》（臺北：臺灣書店，1999），頁49-53。

4　徐松：《登科記考》卷二：「《永樂大典》賦字韻注云：『開元二年，王邱員外知貢舉，始有八字韻腳。是年試〈旗賦〉，以「風日雲野，軍國清肅」為韻。』」。

5　武后光宅二年（685）便有試〈高松賦〉的記錄。此後陸續試賦的有：玄宗開元元年（713）試「藉田賦」，開元二年（714）試「旗賦」，開

元四年（716）試「丹甑賦」，開元五年（717）試「止水賦」，開元七年（719）試「北斗城賦」，但最早的試詩記錄則在玄宗開元十二年（724）所試的「終南山望餘雲詩」。

6　天寶十一載，玄宗敕曰：「進士所試一大經及《爾雅》，帖既通而後試文、試賦各一篇，文通而後試策。」看來，終玄宗之世，依舊以雜文為次場。不過中唐以後，情況便改觀了。例如李觀為德宗貞元八年（792）進士，其於《帖經日上侍郎書》云：「昨者奉試〈明水賦〉、〈新柳詩〉，平生也，實非甚高。」足見雜文是在帖經的前一日考；而唐末牛希濟的《貢士論》亦明言：「天子制策，考其功業辭藝，謂之進士。……。大率以三場為試：初以詞賦，謂之雜文，復對所通經義，終以時務為策目。」

7　王定保：《唐摭言》卷五「以其人不稱才，試而後驚」條：「黎逢氣貌山野，及第年，初場後至，便於簾前設席。主司異之，誚其生疏，必謂文詞稱是，專令人伺之，句句來報。初聞云：『何人徘徊』，曰：『亦是常言』；既而將及數聯，莫不驚歎，遂擢為狀元。」又卷八「已落重收」條：「貞元中，李繆公先牓落矣。……於陵深不平，乃於故策子末續寫而斥其名氏，攜之以詣主文，從容紿之曰：『侍郎今者所試賦，奈何用舊題？』主文辭以非也。於陵曰：『不止題目向有人賦，次韻腳亦同。』主文大驚。於陵乃出程賦示之，主文讚賞不已，於陵曰：『當今場中若有此賦，侍郎何以待之？』主文曰：『無則已，有則非狀元不可。』於陵曰：『苟如此，侍郎已遺賢矣，乃李程所作。』亟命取程所納面對，不差一字。主文因而致謝於陵，於是請擢為狀元。」

8　趙匡〈舉選議〉，《全唐文》（北京：中華書局，1996）第四冊，卷三五五，頁3602。

9　《毗陵集》卷十一〈頓丘李公墓誌〉：「縉紳閎達之路惟文章」；杜佑《通典》卷十五〈選舉三〉：「開元以後，四海晏清，士無賢不肖，恥不

以文章達」；王定保：《唐摭言》卷一「散序進士」條：「搢紳雖位極人臣，不由進士者，終不為美」；《全唐文》卷五二〇梁肅〈李公墓志銘〉：「士有不由文學而進，談者所恥」。關於唐代重視進士科的情形，請參閱龔鵬程：《文化符號學》（臺北：臺灣學生書局，1992）第三卷第一章〈文學崇拜與中國社會：以唐代為例〉。

10　收錄於《四部刊要・白居易集》（臺北：漢京文化事業公司，1984 年 3月）附錄。

11　見王芑孫：《讀賦卮言・立意篇》〔《淵雅堂全集》本，清嘉慶九年（1804）〕。

12　《文苑英華》本作「若乃」，今據《四庫刊要・白居易集》改之。

13　《文苑英華》本作「掄材於山，審器於物」，今據《四庫刊要・白居易集》增之。

14　《文苑英華》與《全唐文》多了「豈朝疲而夕倦……取其類」一段，《四庫刊要・白居易集》則無此段，今據《文苑英華》與《全唐文》補之。

15　《四庫刊要・白居易集》作「郢人」。

16　《文苑英華》與《全唐文》多了「可謂藝之要，道之樞」一句，《四庫刊要・白居易集》則無此，今據《文苑英華》與《全唐文》補之。

17　《四庫刊要・白居易集》作「大盈若沖，大明若蒙」。

18　《四庫刊要・白居易集》「役神」作「勞形」。

19　《四庫刊要・白居易集》「性」作「情」。

20　《四庫刊要・白居易集》「勞形」作「役神」。

21　《文苑英華》「刺」作「猴」，今據《四庫刊要・白居易集》改之。

22　「若然者」《四庫刊要・白居易集》無此句，今據《文苑英華》增之。

23　般爾：指魯班與王爾，二人皆春秋戰國時代之巧匠。魯班，世人皆知；王爾見《韓非子・奸劫殺臣第十四》：「無規矩之法，繩墨之端，

雖王爾不能以成方圓。」

24 清浦銑:《復小齋賦話》卷上:「律賦最重破題。李表臣〈日五色賦〉,
人知之矣。……若黃御史滔〈秋色賦〉『白帝承乾,乾坤悄然』,能摹
題神;范文正公〈鑄箭戟為農器賦〉『兵者凶器,食為民天』,善使成
語,亦其亞也。」趙翼在《陔餘叢考》卷二十二論證「破題不始於八
股文」時亦云:「今八股起二句曰破題,然破題不始於八股也。李肇
《國史補》:李程試〈日五色賦〉,既出圍,楊於陵見其破題云『德動天
鑒,祥開日華』,許以必擢狀元。是唐人於作賦起處已曰破題。《劉貢
父詩話》:有闈士作〈清明象天賦〉破題云:『天道如何,仰之彌高。』
《瑩雪雜說》:俞陶作〈天之歷數在舜躬賦〉,破題云:『神聖相授,天
人會同。何謳歌不之堯子,蓋歷數在於聖躬。』」由以上資料之破題方
式可看出,唐宋人在創作律賦之時,是以兩個四字的「緊句」為點破
題意之主要方式。

第六章
宋代辭賦辨體論

引　言

　　宋代賦學研究中的兩個問題：一是有關宋代文體的評價存在著古今評價不同的差異，有必要加以辨析；二是宋代辭賦文體分類存在著相當混亂的情況，有必要加以釐清。這兩個問題，其實是相互關聯的。文賦評價的古今差異，關係到對宋賦價值的總體評價；而準確辨析體裁，則是宋賦研究的基本功。筆者曾在成功大學與廖國棟教授合作「宋代辭賦學研究」計劃，有不少研究生前來討論問學，我發現選擇宋代辭賦學爲論文題目的研究生，最大的困惑便是文賦的價值與體裁的辨析問題。有感於此，筆者乃將與研究生對話形成的基本觀點整理成本文。筆者對上述兩個問題的淺薄思考結果，可能不入某些專家的法眼，但是，相信對初涉宋代賦學的青年學子會有所幫助。

　　筆者認爲，造成宋代辭賦文體分類混亂的原因，追溯起來，應該要檢討明人徐師曾《文體明辨》的賦體分類。徐氏之分類來源於祝堯《古賦辨體》，但由於其對《古賦辨體》之誤讀，逐將賦體分爲古賦、俳賦、文賦、律賦四種。按照徐氏的分類法，人們需要在古賦、俳賦、律賦之外，來找文賦，這就給宋賦辨體造成很大的困惑。當今學者對徐氏分類不滿意，相繼提出「詩體賦」或「齊言賦」之分類新說，但未成定論。筆

者主張按照「約定俗成」的學術慣例，將辭賦分成騷體賦、文體賦、駢體賦、律體賦四種體裁。針對宋代辭賦之特點，再將每類賦體一分爲三，用列表和舉例的形式，予以清晰的說明。

一、「文賦」評價的古今差異

當代學者大都讚賞歐陽修倡導文賦的新變之功。鈴木虎雄《賦史大要》第六篇特立〈文賦時代〉一目，並以「散文風氣勢之有無」，作爲判定其是否爲文賦之標準[1]。張宏生在《文賦的形成及其時代內涵──兼論歐陽修的歷史作用》一文中指出：「文賦主要淵源於古賦，又吸取俳賦和律體的某些形式，相鄰文體如散文的一些方法，經綜合提升而成，散意和論理是其基本內涵。」[2]許結在《中國辭賦發展史》中指出：「從歐陽修辭賦創作實踐來看，他的文賦名篇〈秋聲賦〉已初步具備宋代辭賦卓越特色的三大藝術形態，即以文爲賦，擅長議論的審美特徵，平易曉暢、不事雕琢的審美風格和損悲自達、尚理造境的審美趣味。」[3]

與當代賦論家觀點不同，文體賦在歷史上屢屢受到賦評家的非議。元人祝堯評〈秋聲賦〉云：「此等賦，實自〈卜居〉、〈漁父〉篇來，迨宋玉賦〈風〉與〈大言〉、〈小言〉等，其體遂盛，然賦之本體猶存。及子雲〈長楊〉，純用議論說理，遂失賦本真。歐公專以此爲宗，其賦全是文體，以掃積代俳律之弊，然於《三百五篇》吟詠情性之流風遠矣。《後山談叢》云：『歐陽永叔不能賦。』其謂不能者，不能進士律體爾，抑不能風所謂賦邪！」[4]祝堯《古賦辨體・論宋體》又云：「至於賦，若以文體爲之，則專尚於理，而遂略於辭、昧於情矣。非

特此也，賦之本義，當直述其事，何嘗專以論理爲體邪？以論理爲體，則是一片之文，但押幾個韻爾，賦於何有？今觀〈秋聲〉、〈赤壁〉等賦，以文視之，誠非古今所及；若以賦論之，恐（教）坊雷大使舞劍，終非本色。」[5]明人徐師曾《文體明辨‧序說》云：「文體尙理而失於辭，故讀之者無詠歌之遺音，不可言麗矣。」[6]清人李調元《賦話》亦云：「〈秋聲〉、〈赤壁〉，宋賦之最擅名者，其原出於〈阿房〉、〈華山〉諸篇，而奇變遠弗之逮，殊覺剗而不留。陳後山所謂『一片之文，但押幾個韻者』耳。朱子亦云：『宋朝文章之勝前世，莫不推歐陽文忠公、南豐曾公，與眉山蘇公，相繼迭起，各以文擅名一世。獨於楚人之賦，有未數數然者。』蓋以文爲賦，則去風雅日遠也。」[7]由上述諸人的見解可以歸納出，他們認爲，賦這種文體需要採用直述其事的寫作方法，而且要尙辭、尙情，而不能以議論爲主，專尙於理。

　　造成文賦評價古今差異的原因，主要有兩點：一是在於古今學者關注的重點有所不同，二是在於宋代辭賦文體分類相當混亂。

　　古代賦論家關注的重點在於辨體，正如祝堯所說：「宋時名公，於文章必辨體，此誠古今的論。」[8]劉祁亦說：「文章各有體，本不可相犯欺，故古文不宜蹈襲前人成語，當以奇異自強，四六宜用前人成語，復不宜生澀求異，如散文不宜用詩家語，詩句不宜用散文言，律賦不宜犯散文言，散文不犯律賦語，皆判然各異，如雜用之，非惟失體，且梗目難通。然學者闇於識，多混亂交出，且互相詆誚，不自覺知此弊，雖一二名公不免也。」[9]

　　當代學者關注的重點則在於新變，正如錢鍾書所說：「名

家名篇，往往破體，而文體亦因以恢弘焉。」[10]然而，一種文體自有其基本質素，如果新變過頭，則毫無規範可言，令學者無從掌握，那樣的話，這種新變文體的生命就很可能是曇花一現了。陳韻竹在《歐陽修蘇軾辭賦之比較研究》一書中敏銳地指出：「由於文賦不講究形式，不限用官韻，句法長短參差，完全掙脫了一切束縛生命的羈勒，故較之形式板滯的律賦更爲生動活潑。然而，相反的，也正因爲毫無格式可以依循，故文章所著重的便完全在於內容，在於意境。作者若沒有卓越的才華，深厚的學涵，則無法駕控驅遣，故往往旁牽遠摭，片辭而衍半篇，此段不殊彼段，言之無物，或者筆力不堅整，氣勢不條貫，而流於粗野鄙俗，索然無味。」[11]因此，儘管〈秋聲〉〈赤壁〉新奇出色，炫人眼目，但後繼者殊感乏人。

不僅宋代文賦如同陳韻竹所云「毫無格式可以依循」，自然難以辨認，而且宋代其他的賦體也常常難以辨認體裁。如秦觀〈浮山堰賦〉，郭維森、許結認爲是「散體」，本書則定爲「騷體」，各人體認不同[12]。造成宋代辭賦文體分類混亂的原因，追溯起來，恐怕首先要埋怨宋人自己對賦體就沒有清晰的分類，宋人文集中所收賦體，一般僅以「古賦」、「律賦」加以區別，沒有細緻分類。某些宋人賦選中分類情況頗爲混亂，如范仲淹編有一部《賦林衡鑒》，該書已經失傳，據〈序〉言，其書的體例是按照分類編排，分成敍事、頌德、記功、贊序、緣情、明道、祖述、論理、詠物、述詠、引類、指事、析微、體物、假像、旁喻、紋體、總數、雙關、變態等二十類。其分類的依據何在？是按照題材分類，還是按照寫作方法分類？不得其詳[13]。其次，應該要追查到對今人影響最大的明人徐師曾《文體明辨》的賦體分類。今人辨析賦體，多引明人徐師曾

《文體明辨》爲據，「解鈴還需繫鈴人」，要辨析賦體，就需要檢討徐師曾《文體明辨》的賦體分類。

二、徐師曾《文體明辨》賦體分類之檢討

徐師曾《文體明辨・序說》敍述歷代賦體的發展演變，首先揭示賦的定義和「詩人之賦」：

> 按詩有六義，其二曰賦。所謂賦者，敷陳其事而直言之也。古者諸侯卿大夫交接鄰國，揖讓之時，必稱詩以喻意以別賢不肖而觀盛衰。如晉公子重耳之秦，秦穆公饗之，賦〈六月〉；魯文公如晉，晉襄公饗公，賦〈菁菁者莪〉；鄭穆公與魯文公宴於棐子家，賦〈鴻雁〉；魯穆叔如晉，見中行獻子，賦〈圻父〉之類。皆以吟詠性情，各從義類。故情形於辭，則麗而可觀；辭合於理，則則而可法。使讀之者有興起之妙趣，有詠歌之遺音。揚雄所謂「詩人之賦麗以則」者是也。此賦之本義也。

其次敍述屈賦和荀賦，即所謂「詞人之賦」：

> 春秋之後，聘問詠歌不行於列國，學詩之士逸在布衣，賢士大夫失志之賦作矣。即前所列《楚辭》是也。揚雄所謂「詞人之賦麗以淫」者，正指此也。然至今而觀，《楚辭》亦發乎情，而用以爲諷，實兼六義而時出之，辭雖太麗，而義尚可則，故朱子不敢直以「詞人之賦」目之，而雄之言如此，則已過矣。趙人荀況遊宦於楚，考其

時在屈原之前（羅根澤按：屈原生於西元前三四〇年，荀卿在前二三八年廢居蘭陵，屈早於荀，此言荀在屈前，誤），所作五賦，工巧深刻，純用隱語，若今人之揣謎，於詩六義，不啻天壤，君子蓋無取焉。

再次敍述漢賦，即所謂「古賦」：

> 兩漢而下，作者繼起，獨賈生以命世之才，俯就騷律，非一時諸人所及。它如相如長於敍事，而或昧於情。揚雄長於說理，而或略於辭。至於班固，辭理俱失。若是者何，凡以不發乎情耳。然〈上林〉〈甘泉〉，極其鋪張，終歸於諷諫，而風之義未泯；〈兩都〉等賦，極其炫耀，終折以法度，而雅頌之義未泯；〈長門〉〈自悼〉等賦，緣情發義，託物興詞，咸有和平從容之意，而比興之義未泯。故雖詞人之賦，而君子猶取焉，以其為古賦之流也。

再次敍述三國至宋朝的「俳賦」、「律賦」和「文賦」：

> 三國、兩晉以及六朝，再變而為俳，唐人又再變而為律，宋人又再變而為文。夫俳賦尚辭而失於情，故讀之者無興起之妙趣，不可以言則矣。文賦尚理而失於辭，故讀之者無詠歌之遺音，不可以言麗矣。至於律賦，其變愈下，始於沈約四聲八病之拘，中於徐、庾隔句作對之陋，終於隋唐宋取士限韻之制，但以音律諧協對偶精切為工，而情與辭皆置弗論。嗚呼，極矣！數代之習，乃令元人洗之，豈不痛哉！

最後將賦體分爲四種：

故今分爲四體：一曰古賦，二曰俳賦，三曰文賦，四曰律賦。[14]

　　徐氏的賦體分類說明儘管洋洋灑灑，但是並未能理清賦體分類的源流正變，反而造成了兩點混亂：一是徐氏所謂的「古賦」，包括三種賦體：賈誼的騷體賦，司馬相如、揚雄的文體大賦，〈長門〉、〈自悼〉之類文體抒情小賦，若混合不分，不免將騷體賦與文體賦混爲一談；二是文賦本來包含在古賦之中，但是按照徐氏的分類法，我們需要在古賦、俳賦、律賦之外，來找文賦，彷彿宋人的文賦是一種在前此賦體之外開創的一種全新的賦體。這就給宋賦辨體造成很大的困惑。考察起來，徐氏的這種分法，其實是對元人祝堯《古賦辨體》之誤讀。祝堯撰《古賦辨體》卷七〈唐體〉：「嘗觀唐人文集及《文苑英華》所載唐賦，無慮以千計，大抵律多而古少。夫古賦之體其變久矣，而況上之人選進士以律體，誘之以利祿耶？蓋俳體始於兩漢，律體始於齊梁，俳者律之根，律者俳之蔓。後山云：四六[15]之作始自徐庾，俳體卑矣而加以律，律體弱矣而加以四六，此唐以來進士賦體所由始也。」這一段話中出現了「古賦」、「俳體」、「律體」三個概念，爲徐師曾賦體分類所本。然而祝堯《古賦辨體》卷八〈宋體〉還說：「宋時名公於文章必辨體，此誠古今的論，然宋之古賦往往以文爲體，則未見其有辨其失者。」祝堯這段論述把所謂宋人以文爲體之賦列入古賦之中，徐師曾便視而不見，反而另外列出「文賦」的名稱。我們需要明白，祝堯其實是把俳賦和律體以前的賦體，統

稱古賦，這就像詩歌中有古體和近體的稱呼一樣。古賦實際上包含了俳體以前的騷賦和文賦，而不能與文賦並列。換言之，宋代的「文賦」有一條從先秦以來一直發展演變的脈絡，而不是一種在律賦之後突然出現的新賦體。

清代賦學家有鑒於此，另外採用了賦體「三分法」。清初陸葇編《歷朝賦格》十五卷，彙選歷代之賦，起自荀子、宋玉，下迄元明，先按照賦體總分爲三格：曰文體、曰騷體、曰駢體[16]。

林聯桂《見星廬賦話》繼承這種三分法[17]。首先指出「古賦之名始於唐，所以別乎律也」，接著區分古賦之體爲三種：

> 一曰文賦體。以其句櫛字比，藻飾音諧，而疏古之氣一往而深，有近乎文故也。

自周荀卿〈禮賦〉、宋玉〈風賦〉至唐杜牧〈阿房宮賦〉，以及宋元明以下之文體賦皆屬此類。

> 一曰騷賦體。夫子刪詩，楚獨無風。後數百年，屈子乃作〈離騷〉。騷者，詩之變，賦之祖也。後人尊之曰經，而效其體者，又未嘗不以爲賦。

從漢賈誼之〈旱雲賦〉至明陶望齡之〈述志賦〉、伍士隆之〈惜士不遇賦〉之類，皆屬此體。

> 一曰駢賦體。駢四儷六之謂也。此格自屈、宋、相如，略開其端，後遂有全用比偶者。浸淫於六朝，絢爛極

　　矣。唐人以後，聯四六，限八音，協韻諧聲，嚴於銖兩；
　　比如畫家之有界畫勾拈，不得專取潑墨淡遠爲能品也。

　　從漢枚乘〈忘憂館柳賦〉、班婕妤〈搗素賦〉，到唐李程
〈日五色賦〉，直至明陳子龍〈幽草賦〉之類，皆屬此體。此體
中實包括騈賦與律賦兩種賦體。

　　林書論賦體雖未明確地採用「律賦」的概念，但論及「唐
人騈體」與「古人騈體」用韻之差別：「唐人騈體，多以八韻
解題；後之試賦，率用此式，或八韻，或六七韻，或四五韻，
或以題爲韻，多寡不等；然有數韻，卻不能如律詩一韻到底
也。古人騈體，有全篇都用一韻者。」可見林書隱然以「唐人
騈體」之限韻者爲律體。但是，林書既論古賦與律體有別，謂
「猶之今人以八股爲時文，以傳記爲古文之意也」；然而「騈
體」又是本書所論「古賦三體」之一。這在邏輯上便有不能自
圓其說之處。雖然作者將律體合於騈體之中，其用意在於推尊
其體，且其書討論之重點是屬於騈賦體的清人館閣律賦，但在
表述上畢竟不夠清楚。

三、論「詩體賦」分類之不恰當

　　由於不滿徐師曾賦體分類，當代賦學研究者在賦體分類上
另有「詩體賦」之說，馬積高《賦史》按照賦的來源，將賦體
分爲騷體賦、文體賦、詩體賦。在文體賦中又依其形體特徵再
分爲逞辭大賦（兩漢）、騈體（南北朝）、律體（唐宋清）、新
文體（唐宋）[18]。曹明綱《賦學概論》則依賦與詩文關係之深
淺，首先將賦分成詩體賦與文體賦兩大類，然後在詩體賦中再

分騷體、詩賦、律體，在文體賦中再分辭賦、俳賦、文體[19]。馬積高將駢體、律體都納入文體之中，不便於辨析散體與駢體各自的特點。曹明綱將辭與騷分開，讓律體屬於詩體，俳賦屬於文體，也並不合理。這不僅因爲辭、騷一體，難以分割；而且律體就其本質來講，是一種限韻的駢體，沒有理由讓二者分屬詩、文兩體。最近，蔡梅枝完成碩士論文《唐代古文家賦研究》，把馬積高所謂的「詩體賦」另命名爲「齊言體」，並且列出了該體發展源流圖：

> 《詩經》（〈隰有萇楚〉、〈駉〉）──屈原（〈天問〉）──漢朝（劉安〈屏風賦〉四言、蔡邕〈蠶賦〉六言）──六朝（庾信〈愁賦〉、蕭愨〈春賦〉）──唐朝（柳宗元〈瓶賦〉四言、〈牛賦〉四言，楊師道〈聽歌管賦〉六言、韓愈〈感二鳥賦〉六言。[20]

蔡氏的命名固然頗有新意，但是仍然有兩個問題需要注意：一是「齊言體」稟承了「詩體賦」的分類，難以體現出賦體早已與詩劃境、蔚成大國的特徵；二是所謂的「齊言體」的賦，基本上可以分別派到騷體、駢體、文體中去，不必單獨分類。比如上舉六言的「齊言體」賦作，多數是騷體賦省略了「兮」字而構成，可以讓其回到騷體中去；又如上舉四言的「齊言體」賦作，如果對仗工穩者，可以列入駢體；如果基本不對，則可從屬於文體。至於個別模仿六朝、初唐小賦，夾雜五、七言詩句的賦作，一般屬於駢賦之特例，不必認定是賦體的詩化。

尹占華在《唐宋賦的詩化與散文化》[21]一文中，認爲唐宋

賦出現了一種「詩化」的現象，其結論也屬似是而非。尹氏說，賦的「詩化」主要表現在形式和格律兩個方面，賦形式上向詩學習主要體現在句式上。尹氏所舉的唐賦「詩化」之例，如敦煌遺書中有劉希夷〈死馬賦〉（見張錫厚《敦煌賦校理》）、高適〈雙六頭賦送李參軍〉（見王重民《敦煌古籍敍錄》）、劉長卿〈酒賦〉（見潘重規《敦煌賦校錄》）。前二篇通篇七言，亦詩亦賦，王重民遂將它們一併收入《補全唐詩》。〈酒賦〉幾乎通篇七言，間有三字句，或題作〈高興歌〉，與唐人歌行亦無異。其實任半塘《敦煌歌辭總編》早就加以說明：「所題〈高興歌〉三字爲此套歌辭之擬調名，蓋其辭之情調氣氛正『高興』一類。本辭並非賦體，『酒賦』二字，義爲賦酒，不說明其爲賦體。」本來，賦中自有四言、五言、六言、七言整齊的句式，詩中也有長短不齊、雜言交錯的句式，僅就句式的整齊與否，恐怕並不能說明賦的「詩化」的現象。

　　尹氏又指出，「唐宋賦借鑒詩的格律，則主要體現在律賦上」。尹氏其實未弄明白，律賦的平仄格律與律詩是大不一樣的。筆者曾經指出，從賦句平仄聲律的角度分析，律賦之平仄與駢體文相近，而與律詩之平仄不類[22]。清代賦論家徐斗光在《賦學仙丹・律賦秘訣》中曾引王勃的〈滕王閣序〉來講律賦的平仄，而五七言律詩的平仄節奏點與律賦是有所不同的。如五律之平平仄仄平，仄仄平平仄，其節奏點在二、四、五字之上；七律之平平仄仄平平仄，仄仄平平仄仄平，其節奏點在二、四、六、七字之上。而賦句之五言兩截句，節奏點在二、五字上，或三、五字上；賦句之七言三截句，節奏點在二、五、七字或二、四、七字之上。因此，由句子之平仄節奏點差異，可以區分出何爲賦句何爲詩句。這應該就是徐斗光在《賦

學仙丹‧賦學秘訣》中「論句法」所說的：「凡五字七字句法，不可數成詩體。」同時，還可以聯想到王茝孫在《讀賦卮言‧審體》中所說的「七言五言，最壞賦體」，在某種意義上恐怕也是告誡賦家，不要用五、七言詩句的平仄格律破壞賦句的平仄格律[23]。

綜論上述，「詩體賦」的分類並不恰當，唐宋律賦的格律是六朝駢文聲律的延伸發展，並不必把它看成是賦的「詩化」現象。

四、賦體的重新歸類

筆者主張按照「約定俗成」的學術慣例，不必要另立新名詞，只需要改造徐師曾的賦體分類，回歸祝堯的賦體分類，就可以把賦體做一個重新歸類。簡言之，辭賦可以分成騷體賦、文體賦、駢體賦、律體賦四種體裁，這四種體裁在歷朝歷代有著源遠流長的發展脈絡。用列表形式把賦體分類源流展示如下：

（一）賦體分類發展源流

騷體賦：先秦（屈賦）—漢朝（擬騷，下同）—六朝—唐朝—宋金—元明清
文體賦：先秦（屈原〈卜居〉、〈漁父〉、荀賦、宋玉）—漢代文體大賦—漢末文體小賦—六朝文體小賦—唐朝仿漢大賦、文體小賦—宋朝仿漢大賦、一般文體賦、歐蘇新文體賦—元明清文體賦
駢體賦：六朝—唐—宋—元明清
律體賦：唐—宋金—清

　　由上表可見，騷體賦從先秦到清代源流不斷，只是有屈原
楚辭體和後世擬騷體的區別；文體賦從先秦到清代也是源流不
斷的，不是到宋代才突然出現一種文體賦；駢體賦從六朝誕
生，其發展史一直貫通到清朝；律賦與科舉考試制度內容變化
相關聯，出現在唐朝、宋金和清朝三個時段。

　　以下再就宋代各體賦的特徵用列表和舉例的方式分別予以
說明。

（二）宋代騷體賦

　　宋代騷體賦不能一概論之，可以將其分成三種：其一、以
四言或六言為主，且有大量「兮」字的騷體；其二、基本上無
「兮」字，且句式整齊的騷體；其三、以「辭」為名，形同歌
行的騷體。列表如下：

通篇有大量「兮」字的騷體	基本上無「兮」字的騷體	以「辭」為名或以「篇」「操」之類為名的騷體
晁補之〈北渚亭賦〉	〈黃庭堅別友賦〉（送李次翁）	晁補之〈望渦流辭〉、黃庭堅〈明月篇贈張文潛〉

　　例如，晁補之是北宋擅長騷體的賦家，他的〈北渚亭賦〉
寫道：「登爽丘之故墟兮，睇岱宗之獨立。根旁礴而維坤兮，
支扶疏而走隙。」這就是一般有大量「兮」字騷體的典型句
式。至於某些文體賦中某一段有騷體句式者，不屬此例。

　　又如黃庭堅有〈別友賦〉（送李次翁）寫道：「曩聞義於孫

李，指尊選以見招。惜予行之舒舒，曰其夜以爲朝。予望道於箆垣，見萬物之富有。」這種句式就是蔡梅枝所謂的「齊言體」，其實顯而易見，在上句的末尾加一「兮」字，這種賦就與典型的騷體沒有區別。

再如，晁補之《雞肋集》卷三收有〈望渦流辭〉、〈追和陶淵明歸去來辭〉等十多篇以辭爲名的騷體賦作。黃庭堅《山谷集》卷一有〈楚辭七首〉，其中如〈明月篇〉（贈張文潛）寫道：「天地具美兮生此明月，升白虹兮貫朝日。工師告余曰斯不可以爲佩，棄捐櫝中兮三歲。不會霜露下兮百草休，抱此耿耿兮與日星遊。」〈龍眠操三章〉（贈李元中）寫道：「吾其行乎道，渺渺兮驂弱。石岩岩兮川橫，日月兮在上。風吹雨兮晝冥，吾其止乎。曲者如几，直者如矢。」這類作品雖然不以辭賦爲名，但讀來顯然是楚辭句調。

（三）宋代文體賦

宋代文體賦不能一概論之，可以將其分成三種：仿漢文體大賦，一般文體小賦，歐蘇式新體文體。列表如下：

仿漢文體大賦	一般文體小賦	歐蘇式新文體賦
張耒〈大禮慶成賦〉	張耒〈吳故城賦〉	張耒〈秋風賦〉、〈鳴蛙賦〉

例如：蘇門學士張耒有〈大禮慶成賦〉，這是一篇仿漢式的散體大賦。祝堯《古賦辨體》卷三〈子虛賦〉評語云：「此賦雖兩篇，實則一篇。賦之問答體，其原自〈卜居〉〈漁父〉篇來，厥後宋玉輩述之，至漢此體遂盛。此兩賦及〈兩都〉

〈二京〉〈三都〉等作皆然，蓋又別爲一體。首尾是文，中間乃賦。世傳既久，變而又變。其中間之賦以鋪張爲靡而專於辭者，則流爲齊梁唐初之俳體；其首尾之文以議論爲駛而專於理者，則流爲唐末及宋之文體。性情益遠，六義漸盡，賦體遂失。然此等鋪敍之賦，固將進士大夫於臺閣發其蘊而驗其用，非徒使之賦詠景物而已。須將此兩賦及揚子雲〈甘泉〉〈河東〉〈羽獵〉〈長楊〉，班孟堅〈兩都〉，潘安仁〈藉田〉，李太白〈明堂〉〈大獵〉〈圜丘〉，張文潛〈大禮慶成〉等賦並看。」這段話充分說明了張耒此賦與漢代以來散體大賦一脈相承的關係。

張耒另有二十多篇文體小賦，則與漢式大賦或歐蘇式新文體賦關係不大，因其在〈吳故城賦〉後有一段跋文：「予近讀曹植諸小賦，雖不能縝密工緻，悅可人意，而文氣疏俊，風致高遠，有漢賦餘韻。是可矜尚也，因擬之云。」[24]充分證明張耒的文體小賦自有所本，並不一定都是學歐蘇文體的。其他作家也有類似的文體小賦。

至於歐蘇式文體，則是以散文的方法寫賦，脫離了賦鋪敍和言情的本質特點，專門以說理議論爲主。歐蘇式文賦大約具有三個方面的特點：一是在句式上，不像駢賦或律賦那樣專講屬對的精密工切，雖間有偶句，但主要是由散體句式來表現，參差錯落，富於變化。二是在押韻上，沒有試賦那種限韻的束縛，在韻腳上沒有嚴格的講究，只是隨著行文的需要而靈活變化。三是在用詞上，但並不像傳統的漢代散體賦那樣著意於辭藻的修飾和鋪排，語言往往清新流暢，平易淺近。四是在表達方式上，往往注重說理議論。成功的範例，除了〈秋聲〉〈赤壁〉之外，有黃庭堅〈苦筍賦〉、張耒〈秋風賦〉、〈燔薪賦〉、

〈鳴蛙賦〉之類，差可比擬，其他則罕見其匹。

（四）宋代駢體賦

宋代駢體賦，具備前代駢體賦的一般特徵，如注重對偶、用典、聲律、辭藻等等，此外或篇幅短小，或與律賦相近，或與文賦相近。列表如下：

篇幅短小的駢賦	與律賦相近的駢賦	與文賦相近的駢賦
黃庭堅〈放目亭賦〉	米芾〈動靜交相養賦〉	黃庭堅〈劉明仲墨竹賦〉

如黃庭堅的〈放目亭賦〉寫道：「放心者，逐指而喪背；放口者，招尤而速累。自作訕訕，自增憒憒。登高臨遠，唯放目可以無悔。防心以守國之械，防口以摯瓶之智。以此放目焉，方丈尋常而見萬里之外。」全文短小精悍，對仗工穩。

又如米芾〈動靜交相養賦〉首段云：「天地有常道，萬物有常性。道不可以終靜，濟之以動；性不可以終動，養之以靜。養之則兩全而交利，不養之則兩傷而交病。故聖人取諸〈震〉以發身，受以〈復〉而知命。所以《莊子》曰智養恬、《易》曰蒙養正者也。」此段與律賦之破題並無二致。

再如黃庭堅〈劉明仲墨竹賦〉，全篇句式對偶基本工整，但又有「黃庭堅曰」、「蘇子曰」之類散句錯綜其間，彷彿是用散體文的結構來寫作駢賦，表現出駢體向文體過渡的態勢。

（五）宋代律賦

律賦最重要的特徵是韻腳限制。宋人王栐《燕翼詒謀錄》

說：「國初進士辭賦押韻不拘平仄次第，太平興國三年九月，始詔進士律賦平仄次第用韻；而考官所出，官韻必用四平四仄。辭賦自此齊整，讀之鏗鏘可聽矣。」[25]由此可見，宋代官方規定的律賦押韻規則比唐代更爲嚴整。不過，要完全熟悉和達到考試規定的押韻規範是有一個過程的，而且非考場所用的律賦，也不必嚴格實行四平四仄的押韻規範，加之由於傳抄版刻諸因素，部分律賦所限韻腳有脫落的現象，造成後人辨認賦體的困難。考慮到上述這些情況，也可以把宋代律賦分成三種，列表如下：

韻腳不規則的律賦	韻腳四平四仄的律賦	限韻脫落的律賦
范仲淹〈老人星賦〉、〈水車賦〉、〈臨川羨魚賦〉	范仲淹〈王者無外賦〉、〈聖人抱一爲天下式賦〉	范仲淹〈大禮與天地同節賦〉、〈製器尚象賦〉

范仲淹〈老人星賦〉，以「明星有爛，萬壽無疆」爲韻，乃平平仄仄，仄仄平平格式，沒有平仄相間而行，〈水車賦〉以「如歲大旱，汝爲霖雨」爲韻，乃平仄仄仄，仄平平仄格式；〈臨川羨魚賦〉以「嘉魚可致，何羨之有」爲韻，乃平平仄仄，平仄平仄，以上三篇屬於不拘平仄次第的類型。不過范氏大部分律賦都是符合規則的，如〈王者無外賦〉，以「王者天下，何外之有」爲韻，乃平仄平仄，平仄平仄格式。〈聖人抱一爲天下式賦〉，以「淳一敷教，天下爲式」爲韻[26]，乃平仄平仄，平仄平仄格式。另外，《御定歷代賦彙》所收〈大禮與天地同節賦〉、〈製器尚象賦〉兩篇，范仲淹本集失載，因而限韻原缺。根據范仲淹律賦押韻的慣例，一是八字韻腳是對賦

題意旨的疏解，二是基本上遵循四平四仄相間而行的格式，我們可以推斷出這兩篇律賦的限韻來。先看《製器尙象賦》：

第一韻：筌、先、焉
第二韻：聖、正、性
第三韻：端、安、觀
第四韻：長、象、往
第五韻：陳、因、倫
第六韻：弊、濟、製、際
第七韻：乎、殊、圖
第八韻：義、器、利

由上可見，〈製器尙象賦〉很有可能是以「先聖觀象，因製圖器」爲韻。

再看〈大禮與天地同節賦〉：

第一韻：詳、綱、常
第二韻：禮、體、啓
第三韻：維、私、虧、之
第四韻：泰、外、太
第五韻：筌、全、天、然、焉
第六韻：致、器、備、次、地
第七韻：通、同、窮
第八韻：節、列、設

由上可見，〈大禮與天地同節賦〉很有可能是以「常禮之

外，天地同節」爲韻。這樣，我們就將范仲淹律賦所失落的限韻盡可能恢復起來了。宋人律賦限韻失落的還有不少，都可以依照這種辦法把限韻查找出來，從而恢復其本來面目[27]。

結　語

宋代文體賦的評價存在著古今差異，造成評價差異的原因主要有兩點：一是古今學者關注的重點有所不同，古代賦論家關注的重點在於辨體，當代學者關注的重點則在於新變；二是宋代辭賦文體分類相當混亂。造成宋代辭賦文體分類混亂的原因，追溯起來，應該要檢討明人徐師曾《文體明辨》的賦體分類。徐氏之分類來源於祝堯《古賦辨體》，但由於其對《古賦辨體》之誤讀，遂將賦體分爲古賦、俳賦、文賦、律賦四種。按照徐氏的分類法，人們需要在古賦、俳賦、律賦之外，來找文賦，這就給宋賦辨體造成很大的困惑。當今學者對徐氏分類不滿意，相繼提出「詩體賦」或「齊言賦」之分類新說，但未成定論。筆者主張按照「約定俗成」的學術慣例，將辭賦分成騷體賦、文體賦、駢體賦、律體賦四種體裁。針對宋代辭賦之特點，再將每類體裁一分爲三，用列表和舉例的形式，予以清晰的說明。由於本文在撰稿時力求簡潔明瞭，因而每類標目往往只舉一兩篇賦作爲例，筆者另有《蘇門四學士辭賦體裁辨析》一文，可以視爲本文倡導辨體類目的具體展開。至於騷、文、駢、律四體賦類之間的流變關係，則須就整個賦史作歷時性之深入考察，亦需另文專題討論。也許本文的研究，只能夠使我們對宋代辭賦體裁的認識前進一小步；針對宋代賦學有關問題作詳盡闡釋的鴻篇大作，寄希望於將來。

注　釋

1 鈴木虎雄：《賦史大要》（臺北：正中書局，1976），頁 260。

2 張宏生：《文賦的形成及其時代內涵》，載《辭賦文學論集》（南京：江蘇教育出版社，1998），頁 607。

3 郭維森、許結：《中國辭賦發展史》（南京：江蘇教育出版社，1996），頁 553。

4 祝堯：《古賦辨體》（影印文淵閣《四庫全書》本）卷八。

5 祝堯：《古賦辨體》（影印文淵閣《四庫全書》本）卷八。

6 徐師曾：《文體明辨·序說》（北京：人民文學出版社，1998），頁 101。

7 此引陳後山語，當為祝堯語。參見詹杭倫、沈時蓉：《雨村賦話校證》（臺北：新文豐出版公司，1993）卷五，注 15。

8 祝堯：《古賦辨體》（影印文淵閣《四庫全書》本）卷八。

9 劉祁：《歸潛志》（影印文淵閣《四庫全書》本）卷十二。

10 錢鍾書：《管錐篇》（北京：書林出版公司，1990）第三冊，頁 890。

11 陳韻竹：《歐陽修蘇軾辭賦之比較研究》（臺北：文史哲出版社，1986），頁 78。

12 參見郭維森、許結：《中國辭賦發展史》，頁 581；本書第九章〈秦觀的賦論與賦作〉。又如遲文浚等主編《歷代賦辭典》（遼寧人民出版社，1992），把歐陽修的律賦〈藏珠於淵賦〉、〈大匠誨人以規矩賦〉，皆誤認為「文賦」，亦是顯例。見該書頁 518、頁 522。

13 參見《范文正公別集》（《四部叢刊》本）卷四《賦林衡鑒·序》。

14 徐師曾著、羅根澤校點：《文體明辨序說》（北京：人民文學出版社，1998），頁 100－101。

15 「六」字原作「律」，據下文改。

16 紀昀等：《四庫全書總目》卷一九四《歷朝賦格提要》：「是編彙選歷代
之賦，分爲三格：曰文賦，曰騷賦，曰駢賦。」《歷朝賦格》今通行者
爲《四庫全書存目叢書》本。

17 林氏所論賦體用語，多出自陸葇《歷代賦格・凡例》。

18 馬積高：《賦史》（上海：上海古籍出版社，1998 年 2 刷），頁 4－9。

19 曹明綱：《賦學概論》（上海：上海古籍出版社，1998），頁 59。

20 蔡梅枝：《唐代古文家賦研究》（國立中正大學中文系碩士論文，民國
89 學年度）第一章第四節之二〈賦體判定〉。

21 尹占華：《唐宋賦的詩化與散文化》，《西北師大學報》（社會科學版）
第 36 卷第 1 期，1999 年。

22 參見拙作〈清代律賦平仄論〉，臺灣：《中國古典文學研究》第 2 期，
1999 年。

23 〈王芑孫及其《讀賦卮言》敍論〉，載《第三屆國際賦學會議論文
集》，臺北：臺灣政治大學，1996 年。

24 張耒：《柯山集》（影印文淵閣《四庫全書》本）卷二。

25 王栐：《燕翼詒謀錄》（北京：中華書局《唐宋史料筆記叢刊》本，
1981）。

26 此賦押韻，《全宋文》在題下誤注爲「淳一數教，天下爲式」，與本賦
韻腳分布不合，茲據《四部叢刊》本改正。

27 據顧柔力《北宋文賦研究》（未刊稿）統計，《全宋文》中未標示八韻
韻腳，但實爲律賦者有：①釋延壽〈神棲安養賦〉、〈法華靈瑞賦〉、
〈華嚴感通〉、〈金剛證驗賦〉、〈觀音應現賦〉。②樂史〈鸞轉上林賦〉
。③宋太宗〈御製佛一賦〉、〈御製佛二賦〉、〈逍遙賦〉、〈周穆王宴瑤
池賦〉。④崔仁冀〈玉茗花賦〉。⑤王禹偁〈園陵大賦〉、〈三黜賦〉、
〈射宮選士賦〉。⑥田錫〈疊嶂樓賦〉、〈望京樓〉、〈積薪賦〉、〈籌筴

賦〉、〈春雲賦〉（以文形式作律賦）、〈菊花枕賦〉。⑦夏竦〈政猶水火賦〉。⑧胡宿〈黃離元吉賦〉、〈顏子不貳過〉。⑨張伯玉〈釣臺賦〉。⑩陳襄〈黃鍾養九德賦〉。⑪李山甫〈三夏享元侯賦〉。⑫劉敞〈孔子佩象環賦〉、〈御試戎祀國之大事賦〉等。

第七章
范仲淹的賦論與賦作

引 言

　　范仲淹（989－1052）是北宋著名的政治家，也是一位傑出的辭賦作家。李調元《雨村賦話》卷五評云：「宋初人之律賦最夥者，田、王、文、范、歐陽五公。黃州一往清泚，而諫議較琢磨，文正遊行自得，而潞公尤謹嚴，歐公佳處乃似箋表中語，乃免陳無己『以古為俳』之誚。故論宋朝律賦，當以表聖、寬夫為正則，元之、希文次之，永叔以降，皆橫騖別趨而偭唐人之規矩者也。」[1]認為范仲淹與田錫、王禹偁、文彥博、歐陽修等是宋初律賦作品最豐富的五位作家。查《四部叢刊》本《范文正公集》，卷一收〈明堂賦〉、〈秋香亭賦〉、〈靈烏賦〉等三篇；卷二十收〈老人星賦〉、〈老子猶龍賦〉、〈蒙以養正賦〉、〈禮儀為器賦〉、〈今樂猶古樂賦〉、〈省試自誠而明謂之性賦〉、〈金在熔賦〉、〈臨川羨魚賦〉、〈水車賦〉、〈用天下心為心賦〉等十篇。又查《范文正公別集》，卷二收〈堯舜率天下以仁賦〉、〈君以民為體賦〉、〈六官賦〉、〈鑄劍戟為農器賦〉、〈任官惟賢材賦〉、〈從諫如流賦〉、〈聖人大寶曰位賦〉、〈賢不家食賦〉、〈窮神知化賦〉、〈乾為金賦〉、〈王者無外賦〉等十一篇；卷三收〈易兼三材賦〉、〈淡交若水賦〉、〈養老乞言賦〉、〈得地千里不如一賢賦〉、〈體仁足以長人賦〉、〈陽禮教讓

賦〉、〈天驥呈才賦〉、〈稼穡惟寶賦〉、〈天道益謙賦〉、〈聖人抱一爲天下式賦〉、〈政在順民心賦〉、〈水火不相入而相資賦〉等十二篇。以上共計三十六篇。另外《四庫全書》本《歷代賦彙》收有本集之外的〈大禮與天地同節賦〉、〈製器尚象賦〉兩篇，和斷句〈薺賦〉一篇，缺收〈淡交若水賦〉。兩相合計，范仲淹總計存賦全篇三十八篇，斷句一篇。其中除正集卷一所收的三篇爲古賦之外，其他均爲律賦。

　　前此研究范仲淹賦作的主要有兩篇論文，一篇是洪順隆教授所作《范仲淹的賦與他的文學觀》[2]，另一篇是何佩雄教授所作《略論范仲淹的「治道」賦》[3]。這兩篇論文對於范仲淹賦中體現的文學觀和「治道」觀作了深入探討，但是范仲淹賦涉及的問題比較廣泛，諸如范仲淹的律賦理論、范仲淹賦的押韻與分類、范仲淹律賦的體裁格式、范仲淹賦作的評論，以及范仲淹賦與散文之間的相互影響等諸多問題，上兩篇論文並未展開討論。因此，本文另闢蹊徑，討論這些范仲淹賦學中的有關問題。

一、范仲淹的賦論檢閱

　　在《范文正公別集》卷四收錄有一篇有關范仲淹賦學理論的重要文章《賦林衡鑒·序》。《賦林衡鑒》是范仲淹編選的一部唐宋律賦選本，這部書大約選律賦一百餘首，分類編撰。此書在宋代頗爲流行，南宋鄭起潛在《上尚書省札子》中說：「起潛屢嘗備數考校，獲觀場屋之文，賦體多失其正。起潛初任吉州教官，嘗刊賦格，自《三元》、《衡鑒》、二李及乾淳以來諸老之作，參以近體，古今奇正，粹爲一編。總以五訣，分

爲八韻，至於一句，亦各有法，名曰《聲律關鍵》。」[4]其中所
謂的《衡鑒》，應當就是指范仲淹編選的《賦林衡鑒》而言。
可惜《賦林衡鑒》已經失傳，今人無從窺其全貌。好在該書的
〈序〉還保存下來，我們可以據以分析范仲淹的賦論思想。以
下就這篇〈序〉作分段分析：

> 人之心也，發而爲聲，聲之出也，形而爲言；聲成文
> 而音宣，言成文而詩作。聖人稽四始之正，筆而爲經；考
> 五聲之和，鼓以爲樂。是故言依聲而成象，聲依樂以宣
> 心。感於人神，穆於風俗，昭昭六義，賦實在焉。

這是起首的一段，談論賦的起源。其觀點來源於《禮記‧
樂記》和《詩大序》。認爲賦爲六義之一，具有「感於人神，
穆於風俗」的社會作用。

> 及乎大醇既醨，旁流斯激，風雅條散，故態屢遷，律
> 呂脈分，新聲間作。而士衡名之體物，聊舉於一端；子雲
> 語以雕蟲，蓋尊其六籍。降及近世，尤尚斯文。

這是第二段，談論歷史上對賦的定義和評價。認爲陸機關
於「賦體物而瀏亮」的說法只是談到一個方面，並不全面；而
揚雄關於「賦乃童子雕蟲篆刻，壯夫不爲」的說法，只是他自
己推重其經學著作的片面之辭，不必當真。近世（指唐宋）以
來，賦類文體特別受到推崇。

> 律體之興，盛於唐室。貽於代者，雅有存焉。可歌可

謠，以條以貫；或祖述王道，或褒贊國風，或研究物情，或規戒人事；煥然可警，鏘乎在聞。國家取士之科，緣於此道。九等斯辨，寸長必收。

這是第三段，談論律賦興盛於唐代，具有「或祖述王道，或褒贊國風，或研究物情，或規戒人事」等四個方面的重要功能，因而被國家規定爲科舉文體，發揮著爲國家掄才的重大作用。

其如好高者鄙而弗攻，幾有肴而不食；務近者攻而弗至，若以莛而撞鐘。作者幾稀，有司大患。雖炎炎其火，玉石可分；而滔滔者流，涇渭難見；曷嘗求備，且務廣收。故進者豈盡其才，而退者愈惑於命。臨川者鮮克結網，入林者謂可無虞。士斯不勤，文何以至？撰述者既昧於向趣，題品者復異其好尚。繩墨不進，曲直終非。

這是第四段，談論律賦文體由於「好高者鄙而弗攻、務近者攻而弗至」等原因，以致出現了衰落的局面；加之「撰述者既昧於向趣，題品者復異其好尙」的現象，導致缺乏公平合理的律賦評價體系。

仲淹少遊文場，嘗稟詞律，惜其未獲，竊已成名。近因餘閒，載加研玩，頗見規格，敢告友朋。其於句讀聲病，有今禮部之式焉。別析二十門，以分其體勢：敘昔人之事者，謂之敘事；頌聖人之德者，謂之頌德；書聖賢之勳者，謂之記功；陳邦國之體者，謂之贊序；緣古人之意

者，謂之緣情；明虛無之理者，謂之明道；發揮源流者，謂之祖述；商榷旨義者，謂之論理；指其物而詠者，謂之詠物；述其理而詠者，謂之述詠；類可以廣者，謂之引類，事非有隱者，謂之指事；究精微者，謂之析微；取比象者，謂之體物；強名之體者，謂之假象；兼舉其義者，謂之旁喻；敍其事而體者，謂之敍體；總其數而述者，謂之總數；兼明二物者，謂之雙關；詞有不羈者，謂之變態。區而辨之，律體大備。

這是第五段，談論自己對律賦素有研究，因此編成一部《賦林衡鑒》，其書按照分類編排的體例，分成敍事、頌德、記功、贊序、緣情、明道、祖述、論理、詠物、述詠、引類、指事、析微、體物、假象、旁喻、敍體、總數、雙關、變態等二十類，他分類的依據主要有二：一是按照題材分類，前十類大致如此；一是按照寫作方法分類，後十類大致如此。尤其值得注意的是他收錄了所謂「詞有不羈」的「變態」類，這一類作品也許是由律賦轉化為文賦的先兆。

然古今之作，莫可盡見；復當旅次，無所檢索。聊取其可舉者類之於門，門各有序，盡詳其旨。故不足者，以今人之作者附焉。略百餘首，以示一隅。使自求之，思過半矣。雖不能貽人之巧，以庶幾辨惑之端。名之曰《賦林衡鑒》，謂可權人之輕重，辨己之妍媸也。所舉之賦多在唐人。豈貴耳而賤目哉？庶乎文人之作，由有唐而復兩漢，由兩漢而復三代。斯文也既格乎雅頌之致，斯樂也，亦達乎韶夏之和。臣子之心，豈徒然耳！

這是第六段，聲明自己選賦以唐人賦爲主，並且指明其書命名爲《賦林衡鑑》的原由，在於用此書「權人之輕重，辨己之妍媸」，作爲律賦製作的準繩。

> 若國家千載特見，取人易方，登孝廉，舉方正，聘以伊尹之道，策以仲舒之文，求制禮作樂之才，尚經天緯地之業，於斯述也，委而不論，亦吾道之志歟！時天聖五年正月日，高平范仲淹序。

這是最後一段，說國家行政當局如果改革科舉之法，不考律賦，如果真正能夠作到「求制禮作樂之才，尚經天緯地之業」，那麼，就完全可以廢棄《賦林衡鑑》一書不用，那也是符合自己的初心本性的。

我們還注意到，這篇序文署年爲「天聖五年」，當西元一〇二七年，范仲淹時年三十九歲。據《范文公年譜》記載：此年「公寓南京應天府。按公《言行錄》云：時晏丞相殊爲留守，遂請公掌府學。公常宿學中，訓督學者，皆有法度，勤勞恭謹，以身先之。由是四方從學者輻輳，其後以文學有聲名於場屋朝廷者，多其所教也。」[5]由此可知，范仲淹編選《賦林衡鑑》一書的現實目的，有可能是作爲南京應天府學的教本。

二、范仲淹賦的押韻和分類

律賦是唐宋和清代科舉考試中使用的文體之一，其最顯著的特點就是題目之下加以限韻。清代賦論家王萇孫說：「官韻之設，所以注題目之解，示程序之意，杜抄襲之門，非以困人

而束縛之也。」[6]可見限韻的目的可以包括三個方面：一是解釋題目，二是立下行文的格式規範，三是爲了防止科場作弊和統一錄取標準。第一個方面不是必需的，因爲有的限韻有解題的作用，有的則與題目無關；第二、第三方面則是限韻應有的功用。由於韻腳的限制，考生必須戴著鐐銬跳舞，在有限的韻腳之下，盡量發揮才情，以營造出精緻遒美的篇章。首先讓我們回顧一下唐宋人記載的有關律賦押韻規定：

　　唐抄本《賦譜》云：「近來官韻多勒八字，而賦體八段，宜乎一韻管一段，則轉韻必待發語，遞相牽綴，實得其便，若〈木雞〉是也。」[7]〈木雞賦〉是中唐浩虛舟登第的應試之作，其賦以「致此無敵，故能先鳴」爲韻，闡述「以靜制動，以逸待勞」的道理，可視爲唐代律賦押韻的正格。唐人律賦官韻雖然多勒八字，但相對比較自由，尚未嚴格遵循四平四仄的規範。

　　這種情形到了五代時就更加嚴格了，《舊五代史》卷九十三〈盧質傳〉記載：「質以『後從諫則聖』爲賦題，以『堯舜禹湯，傾心求過』爲韻，舊例賦韻四平四側，質所出韻乃五平三側，由是大爲識者所誚。」按：此例又見《容齋續筆》卷十三〈試賦用韻〉條。

　　宋人王栐《燕翼詒謀錄》：「國初進士辭賦押韻不拘平仄次第，太平興國三年九月，始詔進士律賦平仄次第用韻；而考官所出，官韻必用四平四仄。辭賦自此齊整，讀之鏗鏘可聽矣。」[8]由此可見，宋代官方規定的律賦押韻規則比唐代更爲嚴整，必須嚴格遵循四平四仄的規範。

　　《四部叢刊》本的《范文正公集》所收律賦題下都標注有八字限韻，按照四平四仄的標準，本節擬檢驗范仲淹律賦的押

韻。

范仲淹的《賦林衡鑒》將律賦按照題材和寫作方式分成二十類，他自己的賦作，清人陳元龍編選的《御定歷代賦彙》收錄有三十八篇，分別收錄在以下各類：

（一）天象類（一篇）：

　　※〈老人星賦〉，以「明星有爛，萬壽無疆」爲韻，乃平平仄仄，仄仄平平格式。

（二）治道類（二十篇）：

　　〈聖人大寶曰位賦〉，以「仁德之守，光大君位」爲韻，乃平仄平仄，平仄平仄格式。

　　〈王者無外賦〉，以「王者天下，何外之有」爲韻，乃平仄平仄，平仄平仄格式。

　　〈聖人抱一爲天下式賦〉，以「淳一敷教，天下爲式」爲韻[9]，乃平仄平仄，平仄平仄格式。

　　〈堯舜率天下以仁賦〉，以「堯舜仁化，天下從矣」爲韻，乃平仄平仄，平仄平仄格式。

　　〈體仁足以長人賦〉，以「君體仁道，隨彼尊仰」爲韻，乃平仄平仄，平仄平仄格式。

　　〈君以民爲體賦〉，以「君育黎庶，如彼身體」爲韻，乃平仄平仄，平仄平仄格式。

　　〈用天下心爲心賦〉，以「人主當用天下心矣」爲韻，乃平仄平仄平仄平仄格式。

　　〈陽禮教讓賦〉，以「修射崇飲，民不爭矣」爲韻，乃平仄平仄，平仄平仄格式。

　　〈政在順民心賦〉，以「明主施政，能順民欲」爲韻，乃平仄平仄，平仄平仄格式。

〈任官惟賢材賦〉，以「分職求理，當任賢者」爲韻，乃平仄平仄，平仄平仄格式。

〈得地千里不如一賢賦〉，以「賢實邦本，何地能及」爲韻，乃平仄平仄，平平平仄格式。

〈六官賦〉，以「分職無曠，王道行矣」爲韻，乃平仄平仄，平仄平仄格式。

〈賢不家食賦〉，以「尊尚賢者，寧有家食」爲韻，乃平仄平仄，平仄平仄格式。

〈大禮與天地同節賦〉，限韻原缺。

〈禮義爲器賦〉，以「崇禮明義，斯以爲器」爲韻，乃平仄平仄，平仄平仄格式。

〈製器尚象賦〉，限韻原缺。

〈鑄劍戟爲農器賦〉，以「天下無事，兵器銷偃」爲韻，乃平仄平仄，平仄平仄格式。

〈從諫如流賦〉，以「王者從諫，如彼流水」爲韻，乃平仄平仄，平仄平仄格式。

〈乾爲金賦〉，以「剛健純粹，其象金也」爲韻，乃平仄平仄，平仄平仄格式。

〈金在熔賦〉，以「金在良冶，求鑄成器」爲韻，乃平仄平仄，平仄平仄格式。

（三）典禮類（一篇）：

〈養老乞言賦〉，以「求善言以資國之用」爲韻，乃平仄平仄平仄平仄格式。

（四）禎祥類（一篇）：

〈天驥呈才賦〉，以「君德通遠，天馬斯見」爲韻，乃平仄平仄，平仄平仄格式。

（五）文學類（一篇）：

〈易兼三材賦〉，以「通彼天地，人謂之易」爲韻，乃平仄平仄，平仄平仄格式。

（六）性道類（五篇附一篇）：

〈省試自誠而明謂之性賦〉，以「誠發爲德，彰彼天性」爲韻，乃平仄平仄，平仄平仄格式。

〈窮神知化賦〉，以「窮彼神道，然後知化」爲韻，乃平仄平仄，平仄平仄格式。

〈天道益謙賦〉，以「天道常益，謙損之義」爲韻，乃平仄平仄，平仄平仄格式。

〈蒙以養正賦〉，以「君子能以蒙養其正」爲韻，乃平仄平仄平仄平仄格式。

〈水火不相入而相資賦〉，以「其性相反，同濟於用」爲韻，乃平仄平仄，平仄平仄格式。

〈淡交若水賦〉，以「君子求友，恬淡爲上」爲韻，乃平仄平仄，平仄平仄格式。

（七）農桑類（二篇）：

〈稼穡惟寶賦〉，以「王者崇本，民食爲貴」爲韻，乃平仄平仄，平仄平仄格式。

※〈水車賦〉，以「如歲大旱，汝爲霖雨」爲韻，乃平仄仄仄，仄平平仄格式。

（八）宮殿類（一篇）：

〈明堂賦〉，古體賦，不限韻。

（九）室宇類（一篇）：

〈秋香亭賦〉，古體賦，不限韻。

（十）音樂類（一篇）：

〈今樂猶古樂賦〉，以「民庶同樂，今古何異」爲韻，乃平仄平仄，平仄平仄格式。

（十一）仙釋類（一篇）：

〈老子猶龍賦〉，以「玄聖之道，通變如此」爲韻，乃平仄平仄，平仄平仄格式。

（十二）鳥獸類（一篇）：

〈靈烏賦〉，古體賦，不限韻。

（十三）鱗蟲類（一篇）：

※〈臨川羨魚賦〉，以「嘉魚可致，何羨之有」爲韻，乃平平仄仄，平仄平仄格式。

（十四）草木類（一篇）：

〈薺賦〉（斷句）。

就分類來觀察，《御定歷代賦彙》的分類方法主要來源於類書，而范仲淹《賦林衡鑒》的分類，主要出自於揣摩寫作方法的需要，因此，兩書的賦作歸類方式是大不相同的。如果《賦林衡鑒》沒有失傳，把兩種書的賦作歸類方式作一詳細比對，恐怕是很有學術意味的事情。

另外，《范文正公別集》卷三有〈淡交若水賦〉一篇，《御定歷代賦彙》失收，按其內容，也許可以收入性道類。

就押韻來觀察，除了三篇古體賦之外，范仲淹的律賦一般都限八字韻腳；限韻的平仄分布，只有三篇呈現不規則狀態（即：〈老人星賦〉爲平平仄仄，仄仄平平；〈水車賦〉爲平仄仄仄，仄平平仄；〈臨川羨魚賦〉爲平平仄仄，平仄平仄），其他各篇都遵循四平四仄，相間而行的標準格式，這說明范仲淹的律賦製作，有著強烈的應對科舉考試意圖，而不單純是個人

的詠物言志之作。

另外，《御定歷代賦彙》所收〈大禮與天地同節賦〉、〈製器尙象賦〉兩篇，范仲淹本集失載，因而限韻原缺。根據范仲淹律賦押韻的慣例，一是八字韻腳是對賦題意旨的疏解，二是基本上遵循四平四仄相間而行的格式，我們可以推斷出這兩篇律賦的限韻。

先看《製器尙象賦》：

第一韻：筌、先、焉
第二韻：聖、正、性
第三韻：端、安、觀
第四韻：長、象、往
第五韻：陳、因、倫
第六韻：弊、濟、製、際
第七韻：乎、殊、圖
第八韻：義、器、利

由上可見，〈製器尙象賦〉很有可能是以「先聖觀象，因製乎器」爲韻。

再看〈大禮與天地同節賦〉：

第一韻：詳、綱、常
第二韻：禮、體、啓
第三韻：維、私、虧、之
第四韻：泰、外、太
第五韻：筌、全、天、然、焉

　　第六韻：致、器、備、次、地
　　第七韻：通、同、窮
　　第八韻：節、列、設

　　由上可見，〈大禮與天地同節賦〉很有可能是以「常理之外，天地同節」爲韻。這樣，我們就將范仲淹律賦所失落的限韻盡可能恢復起來了。

三、范仲淹律賦的結構分析

　　從前面對范仲淹賦論的分析中，我們已經知道，范仲淹編選《賦林衡鑒》一書是以唐人律賦爲範式的。由此我們推斷，范仲淹本人寫作律賦也應該符合唐人律賦的一般結構模式。近年由於唐抄本《賦譜》的發現，我們已經知道了唐人律賦的句式術語和結構方式，先看句式：

　　　凡賦句有壯、緊、長、隔、漫、發、送合織成，不可偏捨。[10]

　　所謂「壯」，指「水流濕，火就燥」一類三字對句；所謂「緊」，指「方以類聚，物以群分」之類四字對句；所謂「長」，指每句五字至九字的對句；所謂「隔」，指隔句對；所謂「漫」，指不用對偶的散句，通常用於賦篇結束部位；所謂「發」，指「原夫、稽其」之類由於段首的關聯詞語；所謂「送」，指「者、也」之類用於煞句的詞語。再看段落結構：

> 凡賦體分段，各有所歸。但古賦或多或少，若〈登
> 樓〉三段，〈天臺〉四段是也。至今新體，分爲四段：初
> 三四對，約三十字爲頭；次三對，約四十字爲項；次二百
> 字爲腹；最末約四十字爲尾。就腹中更分爲五：初約四十
> 字爲胸，次約四十字爲上腹，次約四十字爲中腹，次約四
> 十字爲下腹，次約四十字爲腰。都八段，段段轉韻發語爲
> 常體。11

這裡所謂的「古賦」是唐人對唐代以前賦體的稱謂，諸如
王粲的〈登樓賦〉、孫綽的〈遊天臺山賦〉都是古賦。所謂
「新體」是對唐代興盛的律賦的稱謂。律賦一般押八字韻腳，
在結構上與古賦有明顯的不同。從文章結構的自然意義段來
說，律賦可以分成頭、項、腹、尾四大段；從押韻來說，律賦
可以按照韻腳分成八段。《賦譜》描述律賦結構的方法，顯然
借鑒了中國傳統的「近取諸身」的思維模式12，讓人感到直觀
而親切。以下試以范仲淹的律賦名作〈金在熔賦〉爲例，檢驗
其與唐人律賦結構是否吻合，並用《賦譜》的句式術語標明句
法：

〈金在熔賦〉以「金在良冶，求鑄成器」爲韻，首段云：

> 天生至寶，時貴良金。在熔之姿可睹，從革之用將
> 臨。熠耀騰精，乍躍洪爐之內；縱橫成器，當隨哲匠之
> 心。

以上爲賦頭。押「金」字韻，三十字。包括一對緊句，一
對長句，一聯隔句對。賦頭部分爲律賦之破題，簡要地概括題

目大意。

　　觀其大冶既陳，滿嬴斯在。俄融融而委質，忽曄曄而揚彩。英華既發，雙南之價彌高；鼓鑄未停，百煉之功可待。

以上爲賦項。押「在」字韻，三十二字。「觀其」二字是發語，以下包括一對緊句，一對長句，一聯隔句對。賦項部分爲律賦之原始，交代大冶煉金的過程。

　　況乎六府會昌，我秉其鋼；九牧納貢，我稱其良。因烈火而變化，逐懿範而圓方。如今區別妍媸，願爲軒鑒；倘使削平禍亂，請就干將。

以上爲賦胸。押「良」字韻，四十字。「況乎」二字爲發語，以下爲一聯平隔，一對長句，一聯重隔。作者借金屬百煉成鋼而表明自己的心跡。

　　國之寶也，有如此者。欲至用於君子，故假手於良冶。時將禁售，夏王之鼎可成；君或好賢，越相之容必寫。

以上爲賦之上腹。押「冶」字韻，三十字。「國之寶也，有如此者」，是不講對偶的漫句。按照《賦譜》的規定，漫句一般用在賦之頭尾，而不用在項、腹的部位。范仲淹將漫句用在上腹部位，是對唐賦的一種改革。

是知金非工而弗用，工非金而何求。觀此熔金之義，得乎爲政之謀。君喻冶焉，自得化人之旨；民爲金也，克明從上之由。

以上爲賦之中腹。押「求」字韻，三十四字。「是知」二字爲發語，以下包括兩個長句對，一聯隔句對。正面寫出「君喻冶、民爲金」的主旨。

彼以披沙見尋，藏山是務。一則求之而未顯，一則棄之而弗顧。曷若動而愈出，既踴躍而求伸；用之則行，必周流而可鑄。

以上爲賦之下腹。押「鑄」字韻，三十八字。「彼以」二字爲發語。「一則求之而未顯，一則棄之而弗顧」爲散文句法，用在律賦中可以起到增強氣勢的作用。「曷若」二字亦爲發語，引起一聯隔句對。這一段採用正反夾寫的辦法，批評逃避遁世的隱士行爲。

美夫五行之粹，三品之英。昔麗水而隱晦，今躍冶而光亨。流形而不縮不盈，出乎其類；尚象而無小無大，動則有成。

以上爲賦之腰。押「成」字韻，四十四字。「美夫」二字爲發語，以下一對緊句，一對長句，一聯重隔。此段讚美士人踴躍入世，爲世所用。

　　士有鍛鍊誠明，範圍仁義。俟明君之大用，感良金而
自試。居聖人天地之爐，亦庶幾爲國器。

　　以上爲賦之尾。押「器」字韻，三十五字。「士有」二字
爲發語，以下一個緊句對，一個長句對，一個漫句作爲結束。
全賦共計三百四十二字，大致符合《賦譜》所規定的字數範
圍。從律賦的格式來看，范仲淹的這首律賦基本符合唐代《賦
譜》所規定的範式，只是在一些細微末節之處，范賦對《賦
譜》有所突破，例如：漫句用在賦腹部位、散文句式穿插其中
等等都是其例。〈金在熔賦〉的結構與范仲淹其他律賦的結構
基本一致，顯示出宋初律賦基本遵循唐賦格式，又在不變中求
變的態勢。

四、關於范仲淹賦作的評論

　　自宋迄清，不少學者對范仲淹賦作有所評論，匯聚疏解如
下，作爲讀范仲淹賦作之幫助。
　　1·〈金在熔賦〉
　　〈金在熔賦〉，見《范文正公集》卷二十、《歷代賦彙》卷
四十五、《全宋文》卷三六七。「金在熔」的本事，出自《漢
書·董仲舒傳》：「孔子曰：君子之德，風也；小人之德，草
也。草上之風，必偃。夫上之化下，下之從上，猶泥之在鈞，
唯甄者之所爲；金之在熔，唯冶者之所鑄。綏之斯倈，動之斯
和，此之謂也。」[13]宋人吳處厚《青箱雜記》評云：「范文正
公作〈金在熔賦〉云：『倘令區別妍媸，願爲軒鑒；倘使削平
禍亂，請就干將。』則公負將相器業、文武全才，亦見於此賦

矣。」[14]李調元《雨村賦話》卷五評云:「宋范仲淹〈金在熔賦〉云:『如令區別妍媸,願為軒鑒;倘使削平禍亂,請就干將。』文正生平,實不負此四語。此等題,須正寓夾寫。考江都本旨,言上之化下,如良冶之鑄金。文正借題抒寫,躍冶求試之意居多,而正題只一點便過。所謂以我御題,不為題縛之也。」浦銑《復小齋賦話》卷上評云:「范文正公〈金在熔賦〉『軒鑒、干將』一聯,將相器業、文武全才俱見於此。乃知遺山『文章寧復見為人』,而以潘黃門〈閒居賦〉實之,尤一偏之見也。」[15]葉適《習學記言序目》卷四十七《皇朝文鑒‧律賦》亦云:「漢以經義造士,唐以詞賦取人。方其假物喻理,聲諧字協,巧者趨之;經義之樸,閣筆而不能措。王安石深惡之,以為市井小人皆可以得之也。然及其廢賦而用經,流弊至今,斷題析字,破碎大道,反甚於賦。」律賦並非全是試院倉卒所為,宋人文集往往存律賦甚多,既有試前習作,也有為官後所作。葉適同書又云:「諸律賦皆場屋之技,於理道材品,非有所關。惟王曾、范仲淹有以自見,故當時相傳,有『得我之小者,散而為草木;得我之大者,聚而為山川;如令區別妍媸,願為軒鑒;倘使削平禍亂,請就干將』之句。而歐、蘇二賦,非舉場所作;蓋欲知昔時格律寬暇,人各以意為之,不拘礙也。」[16]這裡就指出了王、范二賦為舉場所為,仍可以表現自己的觀點;歐、蘇二賦,非舉場所為,更不拘格。

　　2‧〈臨川羨魚賦〉

　　〈臨川羨魚賦〉,見《范文正公集》卷二十、《歷代賦彙》卷一三七、《全宋文》卷三六七。「臨川羨魚」的典故出自《漢書‧董仲舒傳》:「臨川羨魚,不如退而結網。」李調元《雨村賦話》卷五評云:「宋范仲淹〈臨川羨魚賦〉中幅云:『惜以空

拳，眷乎頫首。止疢懷而肆目，自朵頤而爽口；幾悔恨於庖無，徒諷詠於南有。心乎愛矣，愧疏破浪之能；敏以求之，懼速馮河之咎。』虛處傳神，句句欲活，唐人無以過之，而前後尚嫌平懈。」

3・〈水車賦〉

〈水車賦〉，見《范文正公集》卷二十、《歷代賦彙》卷七十一、《全宋文》卷三六七。吳處厚《青箱雜記》卷十：「（范文正）公又為〈水車賦〉，其末云：『方今聖人在上，五日一風，十日一雨，則斯車也，吾其不取。』意味水車唯施於旱歲，歲不旱則無所施，則公之用捨進退亦見於此賦矣。蓋公在寶元、康定間，遇邊鄙震聳，則驟加進擢，及後晏靜，則置而不用，斯亦與水車何異？」[17]

4・〈用天下心為心賦〉

〈用天下心為心賦〉，見《范文正公集》卷二十、《歷代賦彙》卷四十一、《全宋文》卷三六七。李調元《雨村賦話》卷五：「宋范仲淹〈用天下心為心賦〉中一段云：『於是審民之好惡，查政之否臧。有疾苦必為之去，有災害必為之防。苟誠意行乎億姓，則風化行乎八荒。如天聽卑兮惟大，若水善下兮孰當。彼懼煩苛，我則崇簡易之道；彼患窮夭，我則修富壽之方。』此中大有經濟，不知費幾許學問，才得到此境界，勿以平易忽之。」

5・〈自誠而明謂之性賦〉

〈自誠而明謂之性賦〉，見《范文正公集》卷二十、《歷代賦彙》卷六十六、《全宋文》卷三六七。李調元《雨村賦話》卷五：「宋歐陽修〈魯秉周禮所以本賦〉云：『雖周公之才之美，不行於時；而文王之德之純，盡在於魯。』此聯屬對，傳

誦當時[18]。然『周公之才之美，申伯於藩於宣』，張燕公〈宋廣平遺愛碑頌〉已開之於前矣。范仲淹〈自誠而明謂之性賦〉云：『文王之德之純，既由天啓；周公之才之美，以自主知。』施之此題，更爲親切有味，似勝歐公。」

6.〈天道益謙賦〉

〈天道益謙賦〉，見《范文正公集》卷三，《歷代賦彙》卷六十七、《全宋文》卷三六八。李調元《雨村賦話》卷五：「范仲淹〈天道益謙賦〉云：『高者抑而下者舉，一氣無私；往者屈而來者信，萬靈何遁。』取材《老》《易》，儷語頗工。」

7.〈靈烏賦〉

〈靈烏賦〉，見《范文正公集》卷一、《歷代賦彙》卷一二九、《全宋文》卷三六七。葉夢得《石林燕語》云：「范文正公始以獻《百官圖》譏切呂申公，坐貶饒州。梅聖俞時官旁郡，作〈靈烏賦〉以寄。所謂『事將兆而獻忠，人反謂爾多凶』，蓋爲范公設也。故公亦作賦報之，有言『知我者謂吉之先，不知我者謂凶之類』。及公秉政，聖俞久困，意公必援己，而漠然無意，所薦乃孫明復、李泰伯。聖俞有違言，遂作〈後靈烏賦〉以責之，略云：『我昔憫汝之忠，作賦弔汝。今主人誤豐爾食，安汝巢，而爾不復啄叛臣之目，伺賊壘之去，反憎鴻鵠之不親，愛燕雀之來附。』意以其西師無成功。世頗以聖俞爲隘。」[19]

8.〈虀賦〉

〈虀賦〉，見《歷代賦彙補遺》卷十五。李調元《賦話》卷十：「《偶雋》：范希文仲淹少時作〈虀賦〉，其警句云：『陶家甕內，淹成碧綠青黃；措大口中，嚼出宮商角徵。』蓋親嘗世味，故得虀之妙處。」按：見《堯山堂偶雋》卷四。浦銑《復

小齋賦話》卷下稱：「范文正公有〈虀賦〉逸句云云，豈山寺斷虀塊粥時，偶爾俳諧耶。」宋釋文瑩《湘山野錄》：「慶曆中，范希文以資政殿學士判邠州，予中途上謁，翌日召食，時季郎中丁同席，范與丁同年進士也。因道：『舊日某修學時，最爲貧窶，與劉某同上長白山僧舍。惟煮粟米二合，作粥一器，經宿遂凝，以刀爲四塊。最晚取二塊，斷虀十數莖，入少鹽，煖而啗之，如此者三年。』」[20]

　　從以上諸家賦論賦話對范仲淹賦作的評論可以看出，後世評論家關注范賦主要集中在三個層面：一是探討本事，比如對〈靈烏賦〉、〈虀賦〉的評論，即屬此類；二是觀察用意，比如對〈金在熔賦〉、〈水車賦〉、〈用天下心爲心賦〉等的評論，即屬此類；三是賞析佳句，比如對〈自誠而明謂之性賦〉、〈天道益謙賦〉等的評論，即屬此類。

五、范仲淹「以賦爲文」略說

　　范仲淹由於早年於賦體文學用功甚大，因而在其他文體尤其記序文類寫作時，常常帶有賦體筆法，這一現象，早就引起了批評家的注意，略說如下：

1・〈岳陽樓記〉

范仲淹之名作〈岳陽樓記〉是否用賦體，自宋以來，便存在著爭議：

陳師道〈後山詩話〉說：「文正爲〈岳陽樓記〉，用對語說時景，世以爲奇。尹師魯讀之，曰：『傳奇體耳。』《傳奇》，唐人裴硎所著小說也。」[21]此說認爲〈岳陽樓記〉用「對語說時景」，是運用了小說擅長的誇飾筆法。當然，誇飾自然也是

賦體常用的表現手法。

明人孫緒《無用閒談》說：「范文正公〈岳陽樓記〉，或謂其用賦體，殆未深考也。此是學呂溫〈三堂記〉體制，如出一轍。〈三堂記〉謂寒燠溫涼，隨時異趣，而要之於不離軒冕而踐夷曠之域，不出戶庭而獲江海之心。極而至於身既安，思所以安人；性既適，思所以適物。不以自樂而忽鰥寡之苦，不以自逸而忘稼穡之勤。〈岳陽樓記〉謂晴陰憂樂，隨景異情。而要之於居廟廊則憂民，居江湖則憂君。極而至於先天下之憂而憂，後天下之樂而樂。但〈樓記〉宏遠超越，青出於藍矣。夫以文正千載人物，而乃肯學呂溫？亦見君子不以人廢言之盛心也。」[22]此說雖然否認〈岳陽樓記〉用賦體，但其透露出前此有人認爲〈岳陽樓記〉用賦體，說明〈岳陽樓記〉的體裁問題在明人之中便有爭議。

清初金聖歎評范仲淹〈岳陽樓記〉云：「中間悲喜二段，只是借來翻出後文憂樂耳，不然，便是賦體矣。一肚皮聖賢心地，聖賢學問，發而爲才子文章。」[23]金聖歎的論斷很值得注意，他實際上指出〈岳陽樓記〉首尾是文體，中間悲喜兩段是賦體。

金聖歎所揭示的〈岳陽樓記〉結構方式由來已久，元人祝堯在司馬遷〈子虛賦〉下評說：「首尾是文，中間乃賦。世傳既久，變而又變。其中間之賦，以鋪張爲靡而專於辭者，則流爲齊梁唐初之俳體，其首尾之文，以議論爲駛而專於理者，則流爲唐末及宋之文體。」[24]明人許學夷在引用祝堯這段話後加按語云：「古今賦體之變，此爲盡之。」[25]清人《四庫全書總目‧古賦辨體提要》亦評祝堯此語：「於正變源流，亦言之最確。」[26]由上述諸人的評說可以推斷，范仲淹〈岳陽樓記〉採

用了與司馬遷〈子虛賦〉類似的結構方式，即首尾是文，中間是賦。也許正是因爲〈岳陽樓記〉兼具賦與文這兩種文體的要素，因而才會引發自宋以來圍繞這篇作品辨體的爭議。

2·〈桐廬郡嚴先生祠堂記〉

這篇作品也是范仲淹的名作，文章不長，先引錄如下：

> 先生，漢光武之古人也，相尚以道。
>
> 及帝握赤符，乘六龍，得聖人之時，臣妾億兆，天下孰加焉？惟先生以德高之。
>
> 既而動星象，歸江湖，得聖人之清，泥途軒冕，天下孰加焉，惟光武以理下之。
>
> 在蠱之上九，衆方有爲，而獨不事王侯，高尚其事，先生以之。
>
> 在屯之初九，陽德方亨，而能以貴下賤，大得民也，光武以之。
>
> 蓋先生之心出乎日月之上，光武之器包乎天地之外。微先生不能成光武之大，微光武豈能遂先生之高哉！而使貪夫廉，懦夫立，是有大功於名教也。某守是邦，始構堂而奠焉。乃復其爲後者四家，以奉祠事。又從而歌曰：
>
> 雲山蒼蒼，江水泱泱；先生之風，山高水長。[27]

清人金聖歎評范仲淹〈嚴先生祠堂記〉，指出這篇文章的結構特色：「一起一結，中間整整相對，有發揮，有詠歎，有交互，此今日制義之所自出也。」[28]這種結構特色與〈岳陽樓記〉相仿，都是首尾乃單句散行之文，中間則如賦體般整整相對。或許有人會說，中間兩段是股對，與制義（八股文）近

似，而與賦體不類。其實，八股文的股對格式正是來源於律賦。

清代不少學者曾論及八股文之股對出自律賦。明末清初顧炎武（1613－1682）《日知錄‧試文格式》條云：「經義之文，流俗謂之八股，蓋始於成化以後。股者，對偶之名也。（中略）發端二句或三四句，謂之破題。大抵對句爲多，此宋人相傳之格（原注：本之唐人賦格。《集釋》引錢氏曰：宋季有魏天應《論學繩尺》一書，皆當時應舉文字，有破題、接題、小講、大講、入題、原題諸式，是論亦有破題）。」[29]顧氏之論，指出八股文之破題本之唐人賦格。他雖然未舉出具體實例，但是開啓了後人考證研究的大門，可謂功不可沒。

乾隆年間的李調元（1734－1802）即本此立說而加以發揮。李調元在《雨村賦話》卷三中寫道：「唐李程〈金受礪賦〉，雙起雙收，通篇純以機致勝，骨節通靈，清氣如拭，在唐賦中又是一格。毛秋晴（奇齡字）太史謂『制義源於排律』[30]，此種亦是濫觴。分合承接，蹊徑分明，穎悟人即可作制義讀。」[31]李調元在毛奇齡的啓發下，進而指出唐人律賦也是八股文的濫觴。在評論白居易〈動靜交相養賦〉時，李調元也指出：「通篇句陣整齊，兩兩相比。此調自樂天創之，後來制義分股之法，實濫觴於此種。」[32]股對是八股文的重要特徵之一，看來確實同律賦有淵源關係。

清代學者看到八股文之股對出自律賦的事實，但是他們沒有指出宋人文章（如〈嚴先生祠堂記〉之類）之中，其實股對也運用得非常純熟。或許我們可以說，就股對而言，唐人律賦影響了范仲淹等人之文章，范仲淹等人之文章又影響了明清的八股文。范氏之文在這種文體變遷中起到一種承前啓後的重要

作用。

結　語

通過上述五個方面對范仲淹賦論與賦作的研究，我們可以得出如下一些結論：

范仲淹的賦論以《賦林衡鑒・序》爲代表，這篇文章論及律賦可以發揮爲國家掄才的重大作用，主張對唐代律賦細心揣摩，提高律賦的創作水準，讓《賦林衡鑒》一書起到「權人之輕重，辨己之妍媸」的效用。

范仲淹律賦在押韻上基本遵循北宋科舉考試押韻規範，以四平四仄相間而行爲主要格式，比唐人律賦押韻方法更爲嚴謹。由范賦限韻觀察，可以證實律賦題下限韻的目的，一是解釋題目，二是立下行文的格式規範，三是爲了防止科場作弊和統一錄取標準。根據范賦題下限韻的慣例，可以將他的兩篇限韻失傳的律賦〈大禮與天地同節賦〉和〈製器尚象賦〉的題下限韻推測出來。

范仲淹律賦的結構基本符合唐代《賦譜》所規定的範式，只是在一些細微末節之處，范賦對《賦譜》有所突破，例如：漫句用在賦腹部位、散文句式穿插其中等等都是其例。〈金在熔賦〉的結構與范仲淹其他律賦的結構基本一致，顯示出宋初律賦基本遵循唐賦格式，又在不變中求變的態勢。

歷代賦論賦話對范仲淹賦作的評論主要集中在三個層面：一是探討本事，比如對〈靈烏賦〉、〈薺賦〉的評論，即屬此類；二是觀察用意，比如對〈金在熔賦〉、〈水車賦〉、〈用天下心爲心賦〉等的評論，即屬此類；三是賞析佳句，比如對〈自

誠而明謂之性賦〉、〈天道益謙賦〉等的評論，即屬此類。

范仲淹由於早年於賦體文學用功甚大，因而在其他文體尤其記序文類寫作時，常常帶有賦體筆法，採用了首尾是文，中間是賦的結構方式。這一現象，應該引起跨文類研究學者的高度重視。

注釋

1　田錫（表聖、諫議）存賦二十四首，載《全宋文》卷七十六、七十七。王禹偁（元之、黃州）存賦二十六首，載《全宋文》卷一三七、一三八。文彥博（寬夫、潞公）存賦十九首，在《全宋文》卷六四一、六四二。范仲淹（希文、文正）存賦三十八首，斷句一首，載《全宋文》卷三六七、三六八。歐陽修（永叔、歐公）存賦二十四首，載《全宋文》卷六六三。參見詹杭倫、沈時蓉：《雨村賦話校證》（臺北：新文豐出版公司，1993）卷五。

2　洪順隆：《范仲淹的賦與他的文學觀》，載其所著：《范仲淹賦評注》（臺北：國立編譯館，1996）卷首，又載於臺灣大學文學院編印：《范仲淹一千年誕辰國際學術研討會論文集》（三重市：久忠實業有限公司，1990）上冊。

3　何佩雄：《略論范仲淹的「治道」賦》，載於《范仲淹一千年誕辰國際學術研討會論文集》（三重市：久忠實業有限公司，1990）上冊。

4　鄭起潛：《上尚書省札子》，載《聲律關鍵》（《宛委別藏》本）卷首。

5　引自《范文正公集》（臺灣：商務印書館影印《四部叢刊》本），頁244。

6　見王芑孫：《讀賦卮言》〔《淵雅堂全集》本，嘉慶九年（1804）刊〕〈官韻例〉。

7 參見詹杭倫：《唐抄本〈賦譜〉初探》(《四川師範大學學報》增刊第 7 輯，1993 年 9 月)。

8 王栐：《燕翼詒謀錄》(北京：中華書局《唐宋史料筆記叢刊》本，1981)。

9 此賦押韻，《全宋文》在題下誤注爲「淳一數教，天下爲式」，與本賦韻腳分布不合，茲據《四部叢刊》本改正。

10 此篇《歷代賦彙》失收，據《范文正公別集》卷三補入此類。

11 引自張伯偉：《全唐五代詩格校考》(西安：陝西人民出版社，1996)，頁 533。

12 許慎：《說文解字》(臺北：世界書局，1961)。

13 班固：《漢書》(臺北：藝文印書館影印王先謙補注本)卷五十六〈董仲舒傳〉。

14 吳處厚：《青箱雜記》(北京：中華書局《叢書集成初編》本，1991)卷十。

15 浦銑：《復小齋賦話》，《賦話六種》本(香港：生活、讀書、新知三聯書店，1982)。

16 葉適：《習學記言》，《四庫全書》珍本(臺灣：商務印書館，1972)。

17 吳處厚：《青箱雜記》(北京：中華書局，1985)。

18 「傳誦」原作「傳謂」，據文意改正。

19 葉夢得《石林燕語》(北京：中華書局，1984)卷九。

20 引自江少虞：《皇朝類苑》(臺北：文海書局，1981)卷九。

21 陳師道：《後山詩話》，《叢書集成初編》本(北京：中華書局，1985)。

22 轉引自《中華大典‧宋遼金元文學分典》(南京：江蘇古籍出版社，1999)第一冊，頁 482。

23 金聖歎：《天下才子必讀書》(合肥：安徽文藝出版社，1992)。

24 祝堯：《古賦辨體》（臺灣：商務印書館影印《四庫全書》本）卷三〈兩漢體上〉司馬遷〈子虛賦〉評語。

25 許學夷：《詩源辨體》（北京：人民文學出版社，1987）。

26 四庫館臣：《四庫全書總目》卷一八八〈古賦辨體提要〉。

27 載《范文正公集》卷七。

28 金聖歎：《天下才子必讀書》（合肥：安徽文藝出版社，1992）。

29 顧炎武著、黃汝成集釋、秦克誠點校：《日知錄集釋》（湖南：岳麓書社，1994）卷十六，頁 94。

30 毛奇齡：《西河集》（臺灣：商務印書館影印《四庫全書》本）卷五十二〈唐人試帖序〉：「天下無散文而復其句重其語，兩疊其語言作對待者。惟唐人試士，改漢魏散詩而限以比語，有破題，有承題，有領比，有腹比，有後比，而後結以收之。六韻之首尾，即起結也；其中四韻，即八比也。然則試文之八比，視此也。」

31 參見詹杭倫、沈時蓉校證：《雨村賦話校證》（臺灣：新文豐出版公司，1993）卷三第六條注。案：李程〈金受礪賦〉起句：「惟礪也，有克鋼之美；惟金也，有利用之功」，是為雙起。結句「況今聖上欽明，英髦迭出。恭默思道，曷高宗之可侔；輔弼納忠，豈傅岩之攸匹。」是為雙收。八股文中有「兩扇立格」之法（參見《日知錄·試文格式》），其格式可由李程此賦得到啓發，此蓋李調元立說之本意。

32 參見《雨村賦話校證》卷二第十七條注。白居易〈動靜交相養賦〉之長對云：「所以動之為用，在氣為春，在鳥為飛，在舟為楫，在弩為機，不有動也，靜將疇依？所以靜之為用，在蟲為蟄，在水為止，在門為鍵，在輪為柅，不有靜也，動奚資始？」此種長對，與後來八股文的股對相似。

第八章
蘇軾律賦析論

引　言

　　浦銑《復小齋賦話》[1]卷上云：「東坡小賦極流麗，暢所欲言而韻自從之。所謂萬斛泉源，不擇地湧出者，亦可見其一斑。」說明蘇軾賦作顯現出行文流暢清麗，依律而不受限於律囿，文思鮮活靈動的美感。然而歷來研究蘇軾賦作者，大都著眼於其〈赤壁〉二賦，少數論及其借酒抒意的〈酒子賦〉、〈酒隱賦〉、〈中山松醪賦〉；或引物寄寓的〈鮨鼠賦〉等；至於律賦作品，主要留意其謫居海南之〈濁醪有妙理賦〉。對於蘇軾其他律賦作品的研究，則多作輕略式敍述，能依據其全部律賦作品，作結構性及特色分析者，尚未發現。本章擬就蘇軾律賦作品為探討中心，具體分析其賦作架構與特色，俾能更完整呈現蘇賦的辭賦作品全貌。

　　蘇軾現存賦篇，《蘇軾文集》（中華書局校點本）共計收入二十七篇。惟經楊勝寬整理統計，剔除為蘇過所作之〈颶風賦〉、〈思子臺賦〉兩篇，及〈快哉此風賦〉乃蘇軾守徐州時，與幕僚吳彥律、舒光文、鄭彥能等四人合作，未得列入個人專作之外；以賦為篇名者，共計二十四篇。楊勝寬更將《蘇軾詩集》中的〈清溪詞〉、〈黃泥阪詞〉、〈歸來引送王子立歸筠洲〉、〈山坡陀行〉及〈和陶歸去來兮詞〉等五篇，雖以〈詞〉

或〈行〉爲名，內容實乃神通乎寫志之旨，一併歸於賦類，故
其總計蘇軾賦作爲二十九篇（參見楊勝寬《蘇軾與蘇門人士文
學概觀》，四川文藝出版社，2001年）。

蘇軾現存賦作中，律賦計有：〈濁醪有妙理賦〉、〈延和殿
奏新樂賦〉、〈明君可與爲忠言賦〉、〈通其變使民不倦賦〉、〈三
法求民情賦〉及〈六事廉爲本賦〉等篇。另〈快哉此風賦〉在
「并引（序）」中已注明「時與吳彥律、舒堯文、鄭彥能各賦兩
韻，子瞻作第一、第五」，此賦既有限韻，當可將之亦視爲律
賦作品，然因非蘇軾個人專作，故不予列入討論。因此，本章
擬就其他六篇律賦作品作較爲詳盡的分析。

一、北宋律賦考試規則的變更

宋初孫何《論詩賦取士》云：「詩賦之制，非學優才高不
能當也。破巨題期於百中，押強韻示有餘地。驅駕典故，混然
無跡；引用經籍，若己有之。」因此「觀其命句，可以見學植
之深淺；即其構思，可以覘器業之大小。窮體物之妙，即緣情
之妙，識《春秋》之富贍，洞詩人之麗則，能從事於斯者，始
可言賦家者流。」[2]此段話清楚說明寫作律賦，非學優才高者
不能勝任；更說明律賦對於破題、限韻、用事、構思、體物說
理的要求，皆有極爲嚴格的規定。

北宋律賦限韻亦是自有定格，洪邁云：「唐以賦取士，而
韻數多寡，平側次敍，元無定格。……自大和以後，始以八韻
爲常。」[3]北宋初年律賦的押韻一般皆沿唐莊宗時之定格，以
八字韻腳爲限。宋人王栐《燕翼詒謀錄》云：「國初進士辭賦
押韻不拘平仄次第，太平興國三年九月，始詔進士律賦平仄次

第用韻；而考官所出，官韻必用四平四仄。辭賦自此齊整，讀之鏗鏘可聽矣。」[4]說明太平興國三年以後科舉考試律賦須按限韻依次而用，平仄相間。

因爲遷就限韻的規定，以致寫作律賦時，難以暢述其說。故吳納云：「唐宋取士限韻之制，但以音律協調、對偶精切爲工，而情與辭皆置弗論，嗚呼，極矣。」[5]爲了不受限於限韻規定，便有所謂「橫鶩別趨」者偶爾不遵守此種規定。李調元《賦話》卷五〈新話五〉討論唐宋律賦及宋代律賦的演變時說：「唐人篇幅謹嚴，字有定限。宋初作者，步武前賢，猶不敢失尺寸。……嗣後好爲恢廓，爭事冗長句，剽而不留，轉覺一覽易盡矣。」於是「大略國初諸子矩矱猶存，天聖、明道以來，專尙理趣，文采不贍」。並且將宋初諸子之賦作，判分爲「宋朝律賦當以表聖（田錫）、寬夫（文彥博）爲正則；元之（王禹偁）、希文（范仲淹）次之；永叔（歐陽修）而降，橫鶩別趨，而倍唐人之規矩者矣」。如蘇軾〈三法求民情賦〉中，八字韻腳本爲「王用三法，斷民得中」，但蘇軾實際撰寫時，卻更改字韻次序，而以「中斷民得，王用三法」爲序。

其次，一篇律賦的篇幅，亦有一定的字數限定。如依《賦譜》律賦正格的規定，一賦內計首尾三百六十字左右；官字有限，用意折衷。而賦中用於緊、長、隔的句數，則可有幾種情況較爲常見，茲引《賦譜》所載，表列如下：

律賦正格	壯	（緊）	（長句）	隔	漫	發
情況一	1（句數）	6、7	8、9	8	1	6、7
情況二	2、3	4、5、6	12、13	5、6、7	2、3	3、4、5
情況三	2、3 3 或無壯皆通	8、9	8、9 8、9	7、8	2、3 3	4、5

　　歸納上列規定，一篇律賦的文字約略以三百六十字爲正格。雖然全篇句型結構，可在合乎規定的範圍內，稍加調適，但一般隔句對以五到八聯較爲常見。也許因隔句對的字數較多，若依緊、長、隔的固定賦句形態依次爲文，則隔句對的句數勢必不得過多，以免字數太多。然而到北宋仁宗慶曆四年以後，卻有明顯更異。

　　北宋仁宗慶曆四年，歐陽修〈詳定貢舉條狀〉提出：「今先策論，則文辭者留心於治亂；簡其程式，則閎博者得以馳騁矣；問以大義，則執經者不專記誦矣。」諸臣亦紛陳奏議，仁宗終於慶曆四年（1044）三月下詔，放寬對律賦的寫作限制：「儒者通天地人之理，明古今治亂之源，可謂博矣。然學者不得騁其說，而有司務先聲病章句以拘牽之，則夫英俊奇偉之士何以奮焉？……此取士之甚弊，而學者自以爲患，議者屢以爲言。舊制用詞賦聲病偶切立爲考試，一字違忤，已在黜格。使博議之士臨文拘忌，俯就視檢，美文善意，鬱而不伸。」因此，特詔允「宜許仿唐體，使馳騁其間」[6]。

　　曾棗莊指出：「宋代律賦的句式富於變化，由唐至宋，律賦之法度漸密，對偶句式以四四、六六、四六、六四爲常式；四六、六四所用爲隔句對。但在仁宗朝以後，宋代律賦的句式多有突破這一常式者。」[7]

　　又依曾棗莊的歸納結果，北宋以仁宗朝前後爲分期依準，在仁宗以前，句式以四四、六六，或四六、六四隔句對爲定式；仁宗朝以後，句式便有極開放的改變，舉凡：三三、三五、三七、三三六、三三七、四四六、五二、五五、五六、六四、六五、七四、七六、八四、八六等句式[8]。再加上流水對及長聯句的變化，讓仁宗以後的律賦創作，有了更不受拘囿的

開創格局，歐陽修乃此段時期的代表大家，蘇軾則繼之，表現更加優異。

二、蘇軾文學主張與論賦觀點

蘇軾雖無專門的賦論著作，但在其策論、論政狀奏，以及與友朋論學、品鑒文章的書信往來中，仍可見其對賦的觀點。

首先，在看待賦的態度上，蘇軾相當肯定賦的存在價值。故在王安石改革科舉，不考律賦、改考三經新義及以策論取士後，蘇軾便指出此種考試的缺失；及此項措施對士子治學、與朝廷取吏未能盡得合適人才的偏誤。在《復改科賦》中，最能看出蘇軾對賦的肯定及對賦的重要觀點：

蘇軾先指出時人不重視詩賦，以致有「事吟哦者皆童子，為雕篆者非壯夫」的錯誤態度。例如王安石在《詳定試卷》其二中云：「童子常誇作賦工，暮年羞悔有揚雄。」諷刺作賦者皆為不成熟的童子，是故壯夫不屑為之。「壯夫不為」取自揚雄《法言・吾子》：「或曰：吾子少而好賦，不識有諸？曰：有諸。俄而曰：『此童子雕蟲篆刻，壯夫不為也。』」時人取揚雄之說，看輕賦作的價值。就此，蘇軾提出反駁：「所以不用孔門，惜揚雄之未達；其逢漢帝，嘉司馬之知微。」所謂「不用孔門」即在反對揚雄《法言》中曾說：「如孔丘之門用賦也，則賈誼升堂，相如入室矣。如其不用何！」揚雄認為賦乃是雕蟲小技，因此儒者不為。但蘇軾認為作賦極為重要，批評揚雄以為儒者不用賦，乃是其不明事理之故。並引司馬相如作〈諫獵疏〉諷諫漢武帝應戒淫獵；作〈大人賦〉勸阻漢武帝的好仙求道，嘉許「司馬之知微」，從而肯定賦作的諷勸作用。

　　賦作既然深具諷諫的社會意義，但寫作賦作，尤其寫作律賦，何以必須遵循一定的賦格規定？蘇軾指出：「彼文辭氾濫也，無所統紀；此聲律切當也，有所指歸。巧拙由一字之可見，美惡混千人而莫違。正方圓者必藉於繩墨，定櫽括者必在於樞機。」蘇軾認為因時文一味的追求華辭麗句，造成內容貧瘠，缺少取捨的評斷規矩；而木匠矯正方圓曲直必須借助繩墨櫽括，因此，寫作一篇好的賦作，亦須聲律切當，合乎規矩。律賦格式規定的目的正在於使一字而巧拙優劣互見，觀千篇文章也能高下立判，不致有取捨難定，而生偏頗或遺珠之憾。

　　至於賦作高下的評量機制，蘇軾的主張明顯可以看出係在唐人的基礎上立論，故曰：「採摭英華也，簇之如錦繡；較量輕重也，等之如錙銖。韻韻合璧，聯聯貫珠。」說明作賦的基本修養必須要採摭、吸取詩文中的精華，積累盈胸，始能發而為文；遣辭用句必須精思斟酌，韻腳恰當，駢偶連綿。至於作賦的形式，則必須是「字應周天之日兮，運而無積；句合一歲之月兮，終而復始」。指出科舉試賦全篇應求以三百六十字為限；試帖詩則必須合乎五言、六韻、十二句的要求。對於篇幅三百六十字的限制，蘇軾認為賦作篇幅過長或不足皆未見其美，蓋因「過之者成疣贅之患，不及者貽缺折之毀」。行文運筆，若靈思感動，於當行處能揮灑自如，亦須注意何時收筆，以取精鍊不雜之效。蘇軾在《答李方叔書》[9]中，對後學李方叔的古賦近詩給予極高評價，肯定其作乃「詞氣卓越，意趣不凡」。但亦提出李的詩賦作品「但微傷冗，後當稍收斂之」。即指出作品須注意避免繁雜、冗長的弊病。是知，賦作過長者容易流於過分雕飾；篇幅不足則易有意有未逮之憾。一篇佳賦，除了需要具備神來靈感、對事物、事理的觀察體驗，何時辭達

而止，適時收筆，以免傷冗，亦須用心思考。惟有遵循上述規範，賦作方能透析、通貫，臻至「曲盡古人之意，乃全天下之美」之境。

因此，蘇軾進而提出科舉再改革之議，建議宜恢復以詩賦取士的作法。《議學校貢舉狀》[10]云：「近世士人纂類經史，綴緝時務，謂之策括。待問條目，搜抉略盡，臨時剽竊，竄易首尾，以眩有司，有司未能辨也。且其為文也，無規矩準繩，故學之易成，無聲病對偶，故考之難精。以易學之士，付難考之吏，其弊有甚於詩賦者也。」故知，蘇軾看待詩賦的價值時，已跳脫為科考而為的現實考量，進一步肯定詩賦在學術養成過程的裨益。蘇軾認為士子不務聲病對偶，則學習雖易，但因缺乏規矩準繩的要求衡量，故赴考時難以符合取士的精準規範，故謂「考之難精」。復引《尚書》以證其說：「《書》曰：『敷奏以言，明試以功。』自古堯舜以來，進人何嘗不以言，試人何嘗不以功乎？」因此主張「試之以法言，取之以實學。博通經術者，雖樸不廢，稍涉浮誕者，雖工必黜」。此處論及文章的情采問題，「雖樸不廢」，旨在強調文章賦作以內容為勝，文采雖不華麗，仍可以內容補實之。但若內容浮誇貧乏者，則文采雖工，亦必黜而不錄。

其次，蘇軾強調賦作須兼具情采之美，認為文章當以內容情感為先，但並不棄文采，文采恰可增飾文章之美。故謂「近世士大夫，文章華靡者，莫如楊億，使楊億尚在，則忠清鯁亮之士，豈得以華靡少之。通經學古者，莫如孫復、石介，使孫復、石介尚在，則迂闊矯誕之士，又可施之於政事之間乎？」是知，蘇軾為文當重情采兩兼，其所反對者，乃在於矯誕浮誇、不實之文。《答謝民師書》中有云：「揚雄好為艱深之辭，

以文淺易之說；若正言之，則人人知之矣。此正所謂『雕蟲篆刻』者，其《太玄》、《法言》皆是類也，而獨悔於賦，何哉？終身雕篆而獨變其音節，便謂之『經』，可乎？屈原作《離騷經》，蓋風雅之再變者，雖與日月爭光可也，可以其似賦而謂之『雕蟲』乎？使賈誼見孔子升堂有餘矣；而乃以賦鄙之，至與司馬相如同科。雄之陋如此者甚衆。可與知者道，難與俗人言也。」

是知蘇軾所厭棄者，並不在於作品的音節等形式因素，而在於內容浮誇淺陋之文，故非關賦之文體。證諸其評揚雄、司馬相如之作，乃以艱深文飾其淺易；而肯定屈原、賈誼的賦作，乃風雅再變不朽之作，便是明證。

情采兼美既是寫好一篇文章，乃至一篇好的賦作的要件，但如何為之？蘇軾提出「文理自然」以及「辭達」兩項基本認知。《答謝民師書》[11]論及文章之道，乃是：「大略如行雲流水，初無定質，但常行於所當行，常止於所不可不止，文理自然，姿態橫生。孔子曰：『言之不文，行而不遠。』又曰：『辭，達而已矣。』夫言止於達意，即疑若不文，是大不然。求物之妙，如繫風捕影，能使是物了然於心者，蓋千萬人而不一遇也，而況能使了然於口與手者乎？是之謂辭達。辭至於能達，則文不可勝用矣。」蘇軾藉由對謝民師詩賦雜文的精研評讀，進一步提出自己的文學主張。先言文章的起止，在於當行當止之處，方能具有自然靈動的生氣，未可為文而造情，否則便有矯闊浮虛之嫌。在《自評文》（又名《文說》）中蘇軾自述為文時：「如萬斛泉源，不擇地而皆可出，在平地滔滔汨汨，雖一日千里無難。及與山石曲折，隨物賦形，而不可知也。所可知者，常行於所當行，常止於不可不止。」所謂「萬斛泉

源」，說明作文取材的豐富和文思的廣闊。對書寫對象又能詳盡鋪敘，表達詳盡透徹，充分掌握洞悉事理、駕馭語言的能力。

所謂「當行處」即在其應當暢達抒寫的地方，然此神來之筆的靈感，又要如何方能時時可得？蘇軾進而申論孔子「辭達」之說。認為創作過程中，能夠辭達方能盡情致意，方能當行則行，無所罣礙。但能暢然揮灑文思者，首先即必須先做好「辭達」的準備工作。此項準備工作端分為兩個階段：首先，「求物之妙」則必須能對外物先進行細微、用心的認識、觀察、體會，宛似「捕風繫影」、「隨物賦形」，能夠觀察入微，便能察覺常人知所不能覺之處，俾使得事物皆能「了然於心」者。其次，心中既有所感動、蓄積，發而為文，便涉及第二階段的訓練要求，亦即「能使了然於口與手者」。必須善用語言、文字，將心中的所思、所想，物象事理作詳細的傳達闡釋。故好的作品，取決於好的學養、細微的觀察、理解感受，再發而為文；否則，易成辭語浮豔、圖飾浮誇的文風，蘇軾指責當時科舉策論之文，乃是「為文也，無規矩準繩，故學之易成，無聲病對偶，故考之難精」。無嚴整之規範，又缺精確辭達的行文素養，以致「待問條目，搜抉略盡，臨時剽竊，竄易首尾，以眩有司」。如此所取得之才，與以詩賦取士者相比，蘇軾提出四項考量心得：「祖宗之世貢舉之法，與今為孰精？言語文章，與今為孰優？所得文武長才，與今為孰多？天下之事，與今為孰辦？較此四者，而長短之議決矣。」[12]朝廷未能以詩賦取士的缺失，蘇軾暢言其說。

最後，蘇軾再提出文章當以清新者最為難得。《答毛澤民七首》之一指出：「今時為文者至多，可喜者亦眾。然求如足

下閒暇自得，清美可口者，實少也。」且認爲文章好壞與否，自有公評，非一時一人所能左右。故云：「世間唯名實不可欺。文章如金玉，各有定價。先後進相汲引，因其言以信於世，則有之矣。至其品目高下，蓋付之眾口，絕非一夫所能抑揚。」故知，蘇軾認爲文章具有淡雅自得、清新動人的風格殊不易得；且認爲好文章猶如金石美玉，自有一定評價；作品的優劣高下，有客觀的評斷標準，絕非一人所能妄斷褒抑。而如何方見清新之作，以其《評陶韓柳詩》的看法可作參證：「所貴乎枯淡者，謂其外枯而中膏，似淡而實美。」並舉例云：「如人食蜜，中邊皆甜。」說明好作品若人食蜜，中邊皆甜，則味道如一，難分神妙之處，故表面似淡而深味之，則體會出一種真味道。故蘇軾所喜者，正如其在《書吳道子畫後》[13]中所提出的：「出新意於法度之中，寄妙理於豪放之外。」因此，蘇軾文章的章法、結構雖不拘一格，皆能展現出細緻暢達、和諧精妙的微情曲意。

然而，蘇軾雖有極豐富的文學創作理論和傳世不朽的詩詞文賦作品，但就其律賦作品考究之，所存者無多。尤其是蘇軾應科考之賦作，當時業已不見。《石林燕語》卷八：「蘇子瞻自在場屋，筆力豪騁，不能屈折於作賦。省試時，歐陽文忠公銳意欲革文弊，初未之識。梅聖俞作考官，得其《刑賞忠厚之至論》，以爲似孟子……亟以示文忠，大喜，往取其賦，則已爲他考官所落矣，即擢第二。」《蘇軾年譜》卷三亦云：「雜策〈休兵久矣而國益困〉有『自寶元以來』休兵十有餘年語。詩乃《詩集》卷四十八〈豐年有高廩〉，參注文所引〈江鄰幾雜誌〉；賦不見。」蓋因嘉祐二年，以翰林學士歐陽修知貢舉，梅堯臣充點檢試卷官。蘇軾「應省試，所撰《刑賞忠厚之至

論》無所藻飾，一反險怪艱澀之太學體。梅堯臣得之以薦，歐陽修喜置第二。省試時並作雜策五首、詩一首」[14]。依據《宋史》卷一五一〈選舉志〉載：「凡進士，試詩、賦、論一首，策五道。」又「三月辛巳（初五日），仁宗御崇政殿，試禮部奏名進士，又試特奏名。內出〈民監賦〉、〈鸞刀詩〉、〈重申異命論〉題」。而「蘇軾此次御試所作賦、詩已佚，論見《文集》卷二」[15]。是知蘇軾應貢舉所考之賦作，當時便未妥善保存，故現存蘇軾律賦作品，無法確認其中是否有應試之賦作。

三、蘇軾律賦作品分析

　　許結《中國賦學歷史與批評》指出：「北宋賦家以歐、蘇為魁首，觀二人所作，亦多微細題義。」此處歐、蘇，即指歐陽修、蘇軾二人。其又認為蘇軾諸作：「既無體國經野之目，亦鮮義尚光大之心。然其價值，正在以此觀身之微細，妙達人生至大至闊之境界。」[16]文中雖肯定蘇軾賦作具有妙達人生至大境界的格局，但對於蘇軾賦作所關注的焦點，許結則認為多微細題義，且缺乏體國經野、義尚光大之眼界、用心。但若以蘇軾現存七篇律賦觀之，許結的論斷值得商榷。諸如：〈明君可與為忠言賦〉、〈通其變使民不倦賦〉、〈六事廉為本賦〉、〈三法求民情賦〉，皆廣涉經國論政之道，且其議論氣勢尤勝。李調元《賦話》卷五謂之：「以策論手段施之帖括，縱橫排奡，仍以議論勝人。」是知，蘇軾論政之律賦作品，占其現存律賦作品多數。自來研究蘇軾賦作者，鮮少論及此類作品，故擬以上述四篇論政律賦，以及其晚年最膾炙人口的〈濁醪有妙理賦〉作為瞭解蘇軾賦作政論特色的例證。

　　本節擬依據唐抄本《賦譜》所載之律賦格式，分析蘇軾對律賦寫作的繼承和開新；並藉以釐出蘇軾律賦作品的特色。分析方式主要依據賦句正格分析（依緊、長、隔賦句排次，及句式分析）；其次，再依賦篇結構（破題、八字限韻、字數篇幅、駢散用法及鳳頭豬腹豹尾的布局結構）加以釐析之；最後歸納出蘇軾賦作的特色與評價。

　　1.〈明君可與為忠言賦〉，以「明則知遠，能受忠告」為韻：

　　　　臣不難諫，君先自明（緊句）。智既審乎情偽，言可竭其忠誠（長句）。虛己以求，覽群心於止水；昌言而告，恃至信於平衡（輕隔）。

　　以上為賦頭。押「明」字韻，四十字。包括一對緊句，一對長句，一聯隔句對，輕隔，符合緊、長、隔賦句定格。首段破題，簡要概括君主應虛心納諫的題目大意。

　　　　君子（提引）道大而不回，言出而為則（長句）。事父能孝，故可以事君；謀身必忠，而況於謀國（雜隔）。然而（提引）言之雖易，聽之實難；論者雖切，聞者多惑（平隔）。苟非（提引）開懷用善，若轉丸之易從；則（提引）投人以言，有按劍之莫測（輕隔）。

　　以上為賦項。押「則」字韻，七十一字。「君子」、「然而」、「苟非」、「則」皆為提引語。包括三聯隔句對，雜隔、平隔、輕隔。賦項發原始，說明勸諫實難的道理。

　　國有大議，人方異詞（緊句）。佞者莫能自直，昧者
有所不知（長句）。雖有智者，孰令聽之（漫句）？皎如
日月之照臨，罔有遁形之蔽；雖復藥石之瞑眩，曾何苦口
之疑（密隔）。

　　以上為賦胸。押「知」字韻，五十四字。包括一對緊句，
一對長句，一聯隔句對。「雖有智者，孰令聽之？」是不講對
偶的漫句；漫句應用在賦的頭尾，不用在項、胸、腹的部位，
此種嘗試與范仲淹的〈金在熔賦〉作法相同，有略開新局之
意。作者說明一事眾說紛紜，智者之見卻往往遭人忽視。

　　蓋（提引）疑言不聽，故確論必行；大功可成，故眾
患自遠（雜隔）。
　　上之人聞危言而不忌，下之士推赤心而無損（長
句）。豈微忠之能致，有至明而為本（長句）。是以（提
引）伊尹醜有夏而歸亳，大賢固擇所從；百里愚於虞而智
秦，一身非故相反（密隔）。

　　以上為賦之上腹。押「遠」字韻，七十九字。包括二對長
句，二聯隔句對。「蓋」、「是以」為提引語。此段說明賢明的
君主才能廣納忠諫，集賢於朝。

　　噫（起寓），言悅於目前者，不見跬步之外；論難於
耳順者，有以百年而興（平隔）。苟其（提引）聰明蔽於
嗜好，智慮溺於愛憎（長句），因其所喜而為善，雖有願
忠而孰能（散句）？心苟無邪，既坐瞻於百里；人思其

效，將或錫之十朋（輕隔）。

以上爲賦之中腹。押「能」字韻，七十三字。包括一對長句，「因其所喜而爲善，雖有願忠而孰能」爲散文句法，二聯隔句對，「噫」爲起寓、「苟其」爲提引語。此段認爲君若被個人愛憎蒙蔽，則是非難分，國無忠誠之臣。

　　彼非（提引）謂之賢而欲違，知其忠而莫受（長句）。目有眛則視白爲黑，心有蔽則以薄爲厚（長句）。遂使（提引）諛臣乘隙以匯進，智士知微而出走（長句）。仲尼不諫，懼將困於婦言；叔孫詭辭，畏不免於虎口（輕隔）。

以上爲賦之下腹。押「受」字韻，六十六字。包括三對長句，一聯隔句對，「彼非」、「遂使」皆爲提引語。此段以反正手法，引孔子和百里奚爲例，說明智士與諛臣的不同情性表現。

　　故明主（提引）審遜志之非道，知拂心之謂忠（長句）。不求耳目之便，每要社稷之功（長句）。有漢宣之賢，充國得盡破羌之計；有魏明之察，許允獲伸選吏之公（密隔）。

以上爲賦之腰。押「忠」字韻，五十三字。包括二對長句，一聯隔句對，「故明主」爲提引語。說明能納逆耳忠言者，便似漢宣帝、魏明帝之明君。

　　　　大哉（起寓）！事君之難，非忠何報（緊句）。雖曰
伸於知己，而無自辱於善道（散句）。《詩》不云乎，哲人
順德之行，可以受話言之告（漫句）。

　　以上為賦之尾。押「告」字韻，四十字。包括一對緊句，
「雖曰伸於知己，而無自辱於善道」為散文句式，並引《詩
經》為漫句作結。《賦譜》指出，「終漫一兩句，得全經為
佳。」且結尾能夠引用經書原句者為佳，俾使結尾因用典重的
引句而全篇更為有力。全篇總計五百六十字。

　　2.〈通其變使民不倦賦〉，以「通物之變，民用無倦」為
韻：

　　　　物不可久，勢將自窮（緊句）。欲民生而無倦，在世
變以能通（長句）。器當極弊之時，因而改作；眾得日新
之用，樂以移風（重隔）。

　　以上為賦頭。押「通」字韻，四十二字。包括一對緊句，
一對長句，一聯隔句對，符合緊、長、隔賦句定格。首段破
題，簡要概括世道變革的必要性之題目大意。

　　　　昔者（原始）世樸未分，民愚多屈（緊句）。有大人
卓爾以運智，使天下群然而勝物（長句）。凡可養生之
具，莫不便安；然亦有時而窮，使之弗鬱（重隔）。

　　以上為賦項。押「物」字韻，四十六字。包括一對緊句，
一對長句，一聯隔句對，符合緊、長、隔賦句定格。「昔者」

為原始語。此段說明實施變革的必要性與局限性。

下迄堯舜，上從軒羲（緊句）。作網罟以絕禽獸之害，服牛馬以紓手足之疲（長句）。田焉而盡百穀之利，市焉而交四方之宜（長句）。神農既沒，而舟楫以濟也；後聖有作，而弧矢以威之（輕隔）。至貴也，而衣裳之有法；至賤也，而臼杵之不遺（疏隔）。居穴告勞，易以屋廬之美；結繩既厭，改從書契之為（輕隔）。

以上為賦胸。押「之」字韻，一百字。包括一對緊句，二對長句，三聯隔句對。此段說明人類變革的歷程。

如地也，草木之有盛衰；如天也，日星之有晦見（疏隔）。皆利也，孰識其所以為利；皆變也，孰詰其所以制變（疏隔）。五材天生而並用，或革或因；百姓日用而不知，以歌以抃（雜隔）。

以上為賦之上腹。押「變」字韻，六十字。連續三聯隔句對。作者認為變革相當重要，但人人多安於常而忽略改變的重要。

豈不以（提引）俗狃其事，化難以神疾（緊句）。從古之多弊，俾由吾而一新（散句）。觀《易》之卦，則聖人之時可以見；觀卦之象，則君子之動可以循（輕隔）。備物致功，蓋適推移之用；樂生興事，故無急惰之民（輕隔）。

　　以上為賦之中腹。押「民」字韻，六十七字。包括一對緊句，一句散句，二聯隔句對，「豈不以」為提引語。此段主張事物應因時制宜，百功器物皆須合乎變化之需。

　　　　及夫（原始）古帝既遙，後王繼踵（緊句）。雖或不
縣於聖作，而皆有適於民用（長句）。以瓦屋，則無茅茨
之敝漏；以騎戰，則無車徒之錯綜（雜隔）。更皮弁以圜
法，周世所宜；易古篆以隸書，秦民咸共（重隔）。

　　以上為賦之下腹。押「用」字韻，六十五字。包括一對緊句，一對長句，二聯隔句對，符合《賦譜》定式，「及夫」為原始語。作者引各項發明，正面說明變革可以改善生活。

　　　　乃知（提引）制器者皆出於先聖，泥古者蓋生於俗儒
（長句）。昔之然今或以否，昔之有今或以無（長句）。將
何以（提引）鼓舞民志，周流化區（緊句）？王莽之復井
田，世滋以惑；房琯之用車戰，眾病其拘（重隔）。

　　以上為賦之腰。押「無」字韻，六十三字。包括二對長句，一對緊句，一聯隔句對，「乃知」、「將何以」皆為提引語。作者認為「師古以化今」乃荒謬主張。

　　　　是知（提引）作法何常，視民所便（緊句）。苟新令
之可復，雖舊章而必擅（長句）。神而化之，使民宜之，
夫何懈倦（漫句）！

以上為賦之尾。押「倦」字韻，三十四字。包括一對緊句，一對長句，以漫句作結，作者說明變革施法，必須適應百姓的需要，以此呼應全旨。

本賦全篇總計四百七十七字。李調元《賦話》卷五評此賦云：「宋蘇軾〈通其變使民不倦賦〉云：『制器者皆出於先聖，泥古者蓋生於腐儒。昔之然今或以否，昔之有今或以無。將何以鼓舞民志，周流化區？王莽之復井田，世滋以惑；房琯之用車戰，眾病其拘。』以策論手段施之帖括，縱橫排奡，仍以議論勝人，然才氣豪上，而率易處亦多，鮮有通篇完善者。」故「寓議論於排偶之中」「偶語而有單行之勢」皆蘇軾賦的特色。李調元指出蘇軾不為律賦之律所拘囿，縱橫排比，更以散文融於律賦的寫作，故讓句式得以更加靈活不拘。

3.〈六事廉為本賦〉，以「先聖之貴，廉也如此」為韻：

　　事有六者，本歸一焉（緊句）。各以廉而為首，蓋尚德以求全（長句）。官績條分，雖等差而立制；吏功旌別，皆清慎以居先（輕隔）。

以上為賦頭。押「先」字韻，四十字。包括一對緊句，一對長句，一聯隔句對，符合緊、長、隔賦句定格。首段破題，簡要概括為官六事，以廉為重的題目大意。

　　器爾眾才，由吾先聖（緊句）。人各有能，我官其任；人各有德，我目其行（平隔）。是故（提引）分為六事，悉本廉而作程；用吞庶官，俾屬節而為政（輕隔）。

　　以上為賦項。押「聖」字韻，四十六字。包括一對緊句，二聯隔句對。「是故」為提引語。此段指出人君應當依群臣之能力、德性任官，以六條規約來考察官績。

　　　善者善立事，能者能制宜（長句）。或靖恭而不懈，或正直而不隨（散句）。法則不失，辨別不疑（緊句）。第其課分，事區別矣；舉其要分，廉一貫之（平隔）。蔽吏治之否臧，必旌美效；為民極之介潔，斯作丕基（重隔）。所謂事者，各一人之攸能；所謂賢者，通眾賢之咸暨（輕隔）。

　　以上為賦胸。押「之」字韻，八十六字。包括一對緊句，一對長句，三聯隔句對。「或靖恭而不懈，或正直而不隨」，是散文句式。說明通過六事來評等官吏好壞，方能為國家振興大業。

　　　擬之網罟，先綱而後目；況之布帛，先經而後緯（輕隔）。於冢宰八法之末，厥執既分；在西京同大孝之科，於斯為貴（重隔）。

　　以上為賦之上腹。押「貴」字韻，四十字。連續使用二聯隔句對。此段說明事物皆有一定的規程，考察官吏是極重要的環節。

　　　乃知（提引）功廢於貪，行成於廉（緊句）。苟務瀆貨，都忘屬厭（緊句）。若是（提引）則善與能者為汙而

為濫，恭且正者為詖而為憸（長句）。法焉不能守節，辨焉不能明賢（長句）。故聖人（提引）惡彼敗官，雖百能而莫贖；上茲潔行，在六計以相兼（密隔）。

以上為賦之中腹。押「廉」字韻，七十六字。包括二對緊句，二對長句，一聯隔句對，「乃知」、「若是」、「故聖人」皆為提引語。作者認為貪婪是造成官吏的德性、功業敗毀的主要原因。

此蓋（提引）周公差次之，小宰分掌者（長句）。考課則以是黜陟，大比則以為用捨（長句）。彼（提引）六條四曰潔，晉法有所虧焉；四善二為清，唐制未之得也（密隔）。

以上為賦之下腹。押「也」字韻，四十九字。包括二對長句，一聯隔句對，「此蓋」為提引語。作者認為評等官吏廉貪的機制必須定時且具彈性運作，方能考評周延。

曷曰（提引）獨摽茲道，分貫其餘（緊句）？始於善而迄辨，皆以廉而為初（長句）。念厥德之至貴，故他功之莫如（長句）。譬夫（提引）五事冠於周家，聞之詩雅；九疇統之皇極，載自箕書（重隔）。

以上為賦之腰。押「如」字韻，五十六字。包括一對緊句，二對長句，一聯隔句對，「曷曰」、「譬夫」為提引語。說明廉潔為諸德之本的道理。

噫（起寓），績效皆煩，清名至美（緊句）。故先責其立操，然後褒其善理（長句）。是以（提引）古者之治，必簡而明，其術由此（漫句）。

以上爲賦之尾。押「此」字韻，三十五字。包括一對緊句，一對長句，「噫」爲起寓語，「是以」爲提引語，以漫句收尾。作者強調以廉爲本，呼應全篇。全篇總計四百二十八字。

蘇軾說明爲官者必須遵循六項自我考省的律規，即：端本、正志、知難、守法、畏天，而奉公廉潔則爲此六事的根本，當時蘇軾擔任中書舍人兼翰林學士，時約爲元祐初年。其後，復於元祐三年、元祐六年及元祐八年，分別擔任哲宗皇帝的侍讀，在進獻陸贄奏議之前，蘇軾曾上書哲宗《謝除兩職，守禮部尙書表》，在表中爲哲宗皇帝提出「六事」：一是慈「好生惡殺，不喜兵刑」；二是儉「約己省費，不傷民財」；三是勤「躬親庶政，不邇聲色」；四是慎「畏天法祖，不輕人言」；五是誠「推心待下，不用智數」；六是明「專信君子，不雜小人」。並以之爲治政的藥石，故劘切提醒哲宗：「若陛下聽而不受，受而不信，信而不行，如聞春禽之聲，秋蟲之鳴，過耳而已。」蘇軾以慈、儉、勤、慎、誠及明勸諫哲宗爲君應省之道，至於百官爲吏者，則更應引六事自省，以廉潔爲首善，應當靖恭而不懈，正直而不隨，庶免功業毀廢於貪婪，而冀能完成廉能之效。

4.〈三法求民情賦〉，本以「王用三法，斷民得中」爲韻，實際上用「中斷民得，王用三法」爲押韻次第：

民之枉直難其辯，王有刑罰從其公（長句）。用三法

而下究，求輿情而上通（長句）。司刺所專，精測淺深之
量；人心易曉，斷依獄訟之中（輕隔）。

以上爲賦頭。押「中」字韻，四十六字。包括二對長句，
一聯隔句對。首段破題，簡要概括君主以三法（即周朝三刺、
三宥、三赦的刑法）了解民情，秉公執法的題目大意。

　　民也（提引）性失而習姦邪，訟興而干獄犴（長
句）。殘而肌膚，不足使之畏；酷而憲令，不足制其亂
（輕隔）。故先王（提引）致忠義以核其實，悉聰明以神其
斷（長句）。蓋一成不可變，所以盡心於刑；此三法以求
民情，孰有不平之歎（漫句）？

以上爲賦項。押「斷」字韻，七十四字。二對長句，「民
也」、「故先王」皆爲提引語。包括一聯隔句對。「蓋一成不可
變，所以盡心於刑；此三法以求民情，孰有不平之歎？」是不
講對偶的漫句；漫句應用在賦的頭尾，不用在項、胸、腹的部
位，此種嘗試與范仲淹的〈金在熔賦〉作法相同，有略開新局
之意。此段說明嚴罰峻刑未必能讓犯法的百姓畏懼，惟有賢士
運聰明，以斷刑獄，方能收束人心。

　　若夫（提引）老幼之類，蠢愚之人（緊句）。或過失
而冒罪，或遺忘而無倫。或頑而不識，或冤而未伸（散
句）。一蹈禁網，利口不能肆其辯；一定刑辟，士師不得
私其仁（疏隔）。孰究枉弊，孰明僞真（緊）？刑宥舍以
盡公，與原其實；輕重中而制法，何濫於民（重隔）。

　　以上為賦之胸。押「民」字韻，八十二字。包括二對緊句，二聯隔句對。「若夫」為提引語，其中「或過失而冒罪，或遺忘而無倫。或頑而不識，或冤而未伸」，為散文句式。此段作者強調刑犯有各種因由，寬嚴如何取捨，惟有三法可以公正無私，求得真相。

　　　　雖入鉤金，未可謂之堅；雖入束矢，孰可然其直（疏隔）。召伯之明，猶死不能以意察；皋陶之賢，猶恐不能以情得（疏隔）。必也（提引）有秋官之聯，贊司寇之職（長句）。臣民以訊，讞國憲以何疑；寬恕其愆，斷人中而無惑（輕隔）。

　　以上為賦之上腹。押「得」字韻，七十一字。包括一對長句，三聯隔句對，「必也」為提引語。作者說明即使有召公、皋陶的賢能，亦須借助司法審訊，方不致迷亂誤判。

　　　　然則（提引）圜土之內，聽有獄正之良；棘木之下，議有九卿之詳（輕隔）。五辭以原其誠偽，五聲以觀其否臧（長句）。尚由（提引）哀矜而不喜，悼痛以如傷（長句）。三寬然後制邦辟，三舍然後施刑章（長句）。蓋念（提引）罰一非辜，則民情鬱而多怨；法一濫舉，則治道汩而不綱（疏隔）。故（提引）折獄致刑，本豐亨而御世；赦過宥罪，取解象以為王（輕隔）。

　　以上為賦之中腹。押「王」字韻，一百零六字。包括三對長句，三聯隔句對，「然則」為提引語。作者主張好的律法，

必須經過五聽、五聲的觀察，和三寬、三赦的裁量，以免錯判濫刑，引致民怨。

> 得非（提引）君示天下公，法與天下共（長句）？當赦則赦，姦不吾惠；可殺則殺，惡非汝縱（平隔）。議獄緩死，以《中孚》之意；明罰敕法，以《噬嗑》之用（疏隔）。彼呂侯作訓，赦者止五刑之疑；而《王制》有言，本此聽庶人之訟（雜隔）。

以上爲賦之下腹。押「用」字韻，六十八字。包括一對長句，三聯隔句對，「得非」爲提引語。此段強調參考先王定法的優點，根據《中孚》、《噬嗑》嚴明而有情的執法精神，以評議百姓的訴訟。

> 噫（起寓），刑德濟而陰陽合，生殺當而天地參（長句）。後世不此務，百姓無以堪（長句）。有苗之暴，以虐民者五；叔世之亂，以酷民者三（疏隔）。因嗟秦氏之峻刑，喪邦甚速；儻踵周家之故事，永世何慚（重隔）。

以上爲賦之腰。押「三」字韻，六十三字。包括二對長句，二聯隔句對，「噫」爲起寓語。此段引古證今，說明刑罰和恩德並用，生殺得當，方能和諧無怨。故三代混亂的衰世和嚴酷的暴秦皆因苛法酷刑而加速滅亡。

> 大哉（起寓）！唐之興三覆其刑，漢之起三章而法（長句）。皆除三代之酷暴，率定一時之檢押（長句）。然

其猶夷族之令而斷趾之刑，故不及前王之浹洽（漫句）。

以上爲賦之尾。押「法」字韻，五十字。包括二對長句，「大哉」爲起寓語，以漫句作結。作者肯定唐初和漢初謹慎執法，然仍有夷族和斷趾的酷刑，故仍不如古代聖王的寬仁，作者藉以再度強調治國用刑，必須依三法量刑之重要性。此賦爲蘇軾現存律賦作品中，篇幅最長者，總計五百六十字。

5.〈濁醪有妙理賦〉，以「神聖功用，無捷於酒」爲韻：

　　　酒勿嫌濁，人當取醇（緊句）。失憂心於昨夢，信妙理之疑神（長句）。渾盎盎以無聲，始從味入；杳冥冥其似道，徑得天真（重隔）。

以上爲賦頭。押「神」字韻，四十字。包括一對緊句，一對長句，一聯隔句對，符合緊、長、隔賦句定格。首段破題，簡要概括酒中有妙理，無邊無際、無聲無息，尤像天道的題目大意。

　　　伊人之生，以酒為命（漫句）。常因既醉之適，方識此心之正（長句）。稻米無知，豈解窮理；麴蘗有毒，安能發性（平隔）。乃知神物之自然，蓋與天工而相併（長句）。得時行道，我則師齊相之飲醇；遠害全身，我則學徐公之中聖（疏隔）。

以上爲賦項。押「聖」字韻，七十三字。包括一個漫句，二對長句，二聯隔句對。變化緊、長、隔賦句定格。作者認爲

醉中方能見出心的真誠，且不論行道或遠害，皆可藉酒行無爲或避害以求全生。

> 湛若秋露，穆如春風（緊句）。疑宿雲之解駁，漏朝日之瞰紅（長句）。初體粟之失去，旋眼花之掃空（長句）。酷愛孟生，知其中之有趣；猶嫌白老，不頌德而言功（輕隔）。

以上爲賦胸。押「功」字韻，五十二字。包括一對緊句，二對長句，一聯隔句對。此段說明自酒酣醉醒過程中，透悟酒中看人生的樂趣，引孟嘉說飲酒之樂，又嫌白居易空談酒功的無趣。

> 兀爾坐忘，浩然天縱（緊句）。如如不動而體無礙，了了常知而心不用（長句）。座中客滿，惟憂百榼之空；身後名輕，但覺一盃之重（輕隔）。

以上爲賦之上腹。押「用」字韻，四十四字。包括一對緊句，一對長句，一聯隔句對。符合緊、長、隔賦句定格。作者強調精神可以超脫肉體無所罣礙，聲名無足爲念，惟有杯中無酒最爲堪憂。

> 今夫（提引）明月之珠，不可以襦（緊句）。夜光之璧，不可以鋪（緊句）。芻豢飽我而不我覺，布帛煖我而不我娛（長句）。惟此君獨遊萬物之表，蓋天下不可一日而無（長句）。在醉常醒，孰是狂人之藥；得意忘味，始

知至道之腴（輕隔）。

以上爲賦之中腹。押「無」字韻，七十二字。包括二對緊
句，二對長句，一聯隔句對，「今夫」爲提引語。此段表明金
玉美食無法快意人生，僅有美酒可以令人超然物外，領略真理
的醇美。

又何必（提引）一石亦醉，罔問州閭；五斗解酲，不
問妻妾（平隔）。結靷廷中，觀廷尉之度量；脫靴殿上，
誇謫仙之敏捷（輕隔）。陽醉遍地，常陋王式之褊；鳴歌
仰天，每譏楊惲之狹（輕隔）。

以上爲賦之下腹。押「捷」字韻，五十八字。連續使用三
聯隔句對，「又何必」爲提引語。作者引張釋之、李白、王
式、楊惲，說明醉中行止，最能看出人的器量。

我欲眠而君且去，有客何嫌；人皆勸而我不聞，其誰
敢接（重隔）。殊不知（提引）人之齊聖，匪昏之如；古
者晤語，必旅之於（平隔）。獨醒者，汨羅之道也；屢舞
者，高陽之徒歟（雜隔）？惡蔣濟而射木人，又何狷淺；
殺王敦而取金印，亦自狂疏（密隔）。

以上爲賦之腰。押「於」字韻，七十九字。連續使用四聯
隔句對，「殊不知」爲提引語。此段作者以辯證手法，列舉酒
醉或獨醒，戒酒或醉後失控者的種種不是。

故我（提引）內全其天，外寓於酒（緊句）。濁者以飲吾僕，清者以酌吾友（長句）。吾方耕於渺莽之野，而汲於清泠之淵（長句），以釀此醪，然後舉窪樽而屬予口（漫句）。

以上爲賦之尾。押「酒」字韻，五十字。包括一對緊句，二對長句，以漫句結尾，「故我」爲提引語。作者強調內心清明，飲酒而心存無爲無求的曠達，力耕於野，釀酒自酌的無上真趣。

〈濁醪有妙理賦〉八字韻腳爲「神聖功用，無捷於酒」，賦題即取自杜甫〈晦日尋崔戢、李封〉詩句：「濁醪有妙理，庶用慰沈浮。」李調元《賦話》卷三云：「宋蘇軾〈濁醪有妙理賦〉云：『得時行道，我則師齊相之飲醇；遠害全身，我則學徐公之中聖。』窮達皆宜，才是妙理。通篇豪爽，而有雋致，真率而能細入，前無古人，後無來者。」

蘇軾能超脫人生窮達的考驗，藉酒說明其在人生升沈過程中醒悟的妙理，亦是一種曠世的放達，是其律賦作品中，唯一不以論政爲題，但仍暢述其理念的作品。

總觀蘇軾五篇律賦架構，可謂是在承襲中見開新創意，茲列舉其特色如下：

1. 蘇軾律賦基本架構，仍多遵循《賦譜》緊、長、隔的定式。但每篇賦作屬雜許多隔句對；且隔句對的句式，已然跳脫輕隔與重隔兩種常用句式。例如：

〈明君可以爲忠言賦〉使用四個輕隔，三個密隔，雜隔、平隔各兩個，全篇共用十一個隔句對。

〈同其變使民不倦賦〉使用四個輕隔，四個重隔，三個疏

隔，二個雜隔，全篇共用十三個隔句對。

〈六事廉爲本賦〉使用四個輕隔，四個重隔，密隔、疏隔各二個，雜隔一個、平隔三個，全篇共用十六個隔句對。

〈三法求民情賦〉使用五個輕隔，一個重隔，四個疏隔，全篇共用十個隔句對。

〈濁醪有妙理賦〉使用五個輕隔，二個重隔，密隔、疏隔、雜隔各一，平隔三個，全篇共用十三個隔句對。

蘇軾五篇律賦作品中，共使用六十三個隔句對，其中輕隔占二十二個，重隔十一個，逾占總數一半之強。由此可知，蘇軾律賦雖大量使用隔句對，以加強其鋪排氣勢之勝，但使用隔句對的句式，仍多以《賦譜》使用最多的輕隔、重隔爲主；但其他各種隔句對亦占相當比例。故可以看出，蘇軾律賦作品在遵循傳統過程中，仍企圖有開新氣象的嘗試。

2. 不依八字韻腳次序：如原來之八字韻腳爲「王用三法，斷民得中」爲：平仄平仄、仄平仄平。蘇軾改之爲：「中斷民得，王用三法」，將韻腳與平仄重新更替組合，變爲：平仄平仄，平仄平仄。

3. 蘇軾律賦作品中，引用散文句式的情形極少，故「引文入賦」的說法，不適合應用在蘇軾的律賦作品。如〈明君可以爲忠言賦〉、〈三法求民情賦〉各用二句散文句式外，其餘除去提引語外，皆未見散文句式。據此可證，蘇軾將律賦視作科舉考試的試賦用途，爲期能有統一標準之規範，故對律賦句式雖試圖開新，卻仍多遵循《賦譜》定式，此項推論，證諸其晚年所作〈濁醪有妙理賦〉，仍遵循一定譜式，可見一斑。

結　語

　　蘇軾由於肯定賦的諷諫價值，且認爲時文「文辭氾濫，無所統紀」，惟有「聲律切當，有所指歸」者，方見作品之巧拙高下，故極力主張科舉考試不應廢除詩賦取士的規定。爲了強化其主張，蘇軾藉由奏狀、著述或與朋友的書簡中，暢陳其說。因此，蘇軾雖無專篇的賦論，但其對賦的價值肯定和作賦觀點，卻能在其作品中清楚呈現。

　　蘇軾對於律賦的格式要求，基本上仍依循唐人《賦譜》的規範，即在篇幅字數上，符合「周天之日」約三百六十字的範圍，且須留意「疣贅之患」與「缺折之毀」的過與不及，正落實其所謂「常行於所當行，常止於所不可不止」的揮灑自如；在聲律上，則求「韻韻合璧，聯聯貫珠」的精巧用心。並力斥揚雄視作賦爲雕蟲篆刻的誤謬。蘇軾認爲壯夫之所以不爲的篇章，在於內容思想浮誇矯飾者，而非在文章的形式規範。尤其在以賦取士時，如果能有一定的聲律、篇幅等寫作限制，不啻是一種可以客觀衡量的標準，猶如繩墨之可丈量曲直，故律賦的具體規範，正可有助於在眾多作品中揀擇佳著，藉一字以判出巧拙。

　　透過對蘇軾律賦作品的分析，可以清楚反映其承續與開新的特色：首先，在字數方面，由於仁宗慶曆年間爲了「學者不得騁其說」、「聲病章句以拘牽」以及「一字違忤，已在黜格」的限制不便，爲免學者「臨文拘忌」，故特詔「許仿唐體，使馳騁其間」。此詔令仁宗後的律賦寫作，有了更具彈性的空間。因此，蘇軾〈復改科賦〉雖主張律賦字數約爲三百六十

字，但證諸其律賦作品：〈明君可與爲忠言賦〉計五百六十字、〈通其變使民不倦賦〉計四百七十七字、〈三法求民情賦〉計五百六十字、〈六事廉爲本賦〉計四百二十八字、〈濁醪有妙理賦〉計四百六十八字。可見蘇軾律賦作品的篇幅，隨著律賦寫作風尚的變更，不再受限於三百六十字的限制，加之靈活文思的伸展，有了更廣闊的馳騁空間。

在聲律限制上，其雖依韻卻不侷囿於韻腳的限制，故將〈三法求民情賦〉的八字韻腳更動先後次序，正所謂「橫騖別趨，而倨唐人之規矩者」，亦顯現出蘇軾在當時限制稍寬的律賦創作風尚中，企圖別出新局的嘗試。

但必須釐清者，蘇軾雖能以「橫騖別趨」的方式，略爲變化律賦的寫作，但其基本上仍恪遵唐人律賦的格式要求。例如，〈濁醪有妙理賦〉爲蘇軾謫居海南的晚年之作，分析該賦之平仄韻腳、用事，及依照緊、長、隔《賦譜》定式的鋪敍架構，皆遵循著《賦譜》的寫作定式。此外，歷來咸認蘇軾才華洋溢，詩詞文賦皆能揮灑出色，「以文入詞」、「以文入賦」更是一般都接受的說法。但依此說法，分析其律賦作品，卻發現在蘇軾五篇律賦作品中，鮮少使用散文句式。至於其將漫句用在賦胸部位，與范仲淹〈金在熔賦〉的作法相同，皆在律賦的結構上，企圖於不變中求取創新的一種嘗試。考查蘇軾律賦作品中引用散文句式的情形極少，故「引文入賦」的說法，不適合應用在對蘇軾律賦作品的評價中。

注 釋

1 浦銑《復小齋賦話》，乾隆五十三年（1788）復小齋刊本。

2 《寓簡》卷五引,《知不足齋叢書》本。

3 《容齋隨筆》卷十三,(上海:上海古籍出版社校點本,1978)。

4 王楙:《燕翼詒謀錄》,《唐宋史料筆記叢刊》本(北京:中華書局,1981)。

5 《文章辨體序說·賦》,(北京:人民文學出版社,1982)。

6 《宋史·志第一百十·選舉三》。

7 曾棗莊:《論宋代律賦》,《宋代文學研究叢刊》第 8 期,頁 286,2002 年 12 月。

8 同前注,頁 386。

9 《蘇東坡全集》,《中國學術名著·文學名著》,(臺北:世界書局,1969)第六集第十冊,卷五,頁 177。

10 同前注,《奏議集》,頁 398。

11 同注 10,卷十四,頁 621。

12 蘇軾:《議學校貢舉狀》。見曾棗莊等編:《全宋文》卷一八六七。

13 見《經進東坡文集事略》卷六十〈雜著〉,《中國學術名著,文學名著》第三集第九冊,頁 997。

14 《蘇軾年譜》,(北京:中華書局,1998)卷三,嘉祐二年丁酉(正月六日)條,頁 51。

15 同前注,頁 54。

16 許結:《中國賦學歷史與批評》,(南京:江蘇教育出版社,2001),頁 266。

第九章
秦觀的賦論與賦作

引 言

　　秦觀（1049－1100）是宋代以詞作著名的文學家，他的詩
文創作成就被詞名所掩，一般學者多關注他的詞作，較少注重
他的詩文。正如明人胡應麟所說：「秦少游當時自以詩文重，
今被樂府家推爲渠帥，世遂寡稱。」[1]其實秦觀在詩文方面也
有突出的成就，尤其在辭賦方面，秦觀不僅有辭賦創作，而且
有辭賦理論，應該引起辭賦研究學者的高度重視。今人徐培均
箋注的《淮海集》卷一收錄秦觀辭賦作品比較完備[2]，計有
〈浮山堰賦〉（騷體賦）、〈黃樓賦〉（騷體賦）、〈寄老庵賦〉（文
體賦）、〈湯泉賦〉（文體賦）、〈歎二鶴賦〉（文體賦）、〈郭子儀
單騎見虜賦〉（律體賦）等六篇作品。另有〈和淵明歸去來
辭〉一篇，以及一些賦體文，暫不列入討論範圍。秦觀之賦絕
對數量雖然不算多，但體式多樣，有騷賦體、文賦體、律賦
體；題材廣泛，有記遊之作，有詠物之作，有詠史之作。篇幅
雖然不大，但相當精緻耐讀。本文準備從律賦、騷賦、文賦等
三個方面，對秦觀的賦論和賦作作一番初步的研究。

一、律賦的理論與作品

秦觀「自少時用意作賦」，李廌《濟南先生師友談記》[3]載其論律賦文字十餘則，主要講律賦作法，涉及破題、結構、押韻、聲調、用事、煉句、遣辭等等，內容豐富，要言不煩。其後清人吳景旭《歷代詩話》、浦銑《歷代賦話》皆曾予以引錄，可見其頗受重視。李廌記載了他與秦觀討論律賦的對話：

> 廌謂少游曰：「比見東坡，言少游文章如美玉而無瑕，又琢磨之功殆未有出其右者。」少游曰：「某少時用意作賦，習慣已成，誠如所謂，點檢不破，不畏磨難。然自以華弱爲愧。邢和叔嘗曰：『子之文銖兩不差，非秤上秤來，乃筭子上筭來也。』」廌曰：「人之文章，闊遠者失之太疏，謹嚴者失之太弱。少游之文，辭雖華而氣古，事備而意高，如鐘鼎然，其體質規矩，資重而簡易，其刻畫篆文，則後之鑄師莫能彷彿。宜乎東坡稱之爲天下之奇才也。」
>
> 秦少游論賦至悉，曲盡其妙。蓋少時用心於賦，甚勤而專。常記前人所作一二篇，至今不忘也。

李廌與秦觀是好朋友，由這兩段話，可以知道他所記載的秦觀論賦文字，得自與秦觀的直接對話，是非常可靠的。清秦瀛重編《淮海先生年譜》載，熙寧五年（1072）壬子，秦觀時年二十四歲，「好讀兵家書，作〈單騎見虜賦〉」[4]。這首賦是詠史之作，詠歎的主角郭子儀，爲唐玄宗時朔方節度使，平

「安史之亂」，功居第一。唐代宗永泰初年，吐蕃、回紇分道來犯，郭子儀單騎入敵營見回紇大酋，說服回紇歸附，然後與回紇會軍，大破吐蕃。以一身繫時局安危幾二十年。累官至太尉、中書令，封汾陽王。新、舊《唐書》有傳。秦觀之賦專門詠歎郭子儀單騎見虜之壯舉。在秦觀的時代，北宋與契丹、西夏的關係十分緊張，而朝廷鑒於唐代藩鎮割據之禍，自太祖立國，杯酒釋武將兵權，純以文官領軍事，致使西北邊境不安。秦觀在策論文中提出：「西北二邊，宜各置統帥一人，用大臣材兼文武，可任天下之將者爲之。」[5]可見，秦觀對唐代郭子儀這樣文武雙全的大臣無限心儀嚮往，因此這首詠史賦作也就具有了借古諷今的現實意義。本文用秦觀的賦論與他的〈郭子儀單騎見虜賦〉對讀，以展現其賦的藝術特色。

（一）論律賦結構

李廌記載秦觀論律賦的結構云：

> 凡小賦如人之元首，而破題二句乃其眉，惟貴氣貌有以動人。故先擇事之至精至當者先用之，使觀之便知妙用。然後第二韻探原題意之所從來，不便用議論[6]。第三韻方立議論，明其旨趣。第四韻結斷其說，以明其題，意思全備。第五韻或引事，或反說。第七韻反說，或要終立義。第八韻卒章，尤要好意思爾。

這段文字論述律賦的結構，相當簡明清晰。只是從第五韻到第七韻之間顯然有缺漏。我懷疑第五韻應該是「實寫題之正面」，第六韻才是「或引事，或反說」。清人潘遵祁《唐律賦

鈔》收錄王藝齋《論律賦》，其言曰：「律賦第一段之第一聯猶制義之破題也，第二聯猶制義之承題也。或兩聯破題，而以第三聯承題者，題有詳略，詞有繁簡也。第一段籠起全題，尙留虛步，猶制義之起講也。第二段必敍明題之來歷，猶制義之下必承明上文也。第三段漸逼本位，而從前一層著筆，或用兩層夾出者，猶制義之起比也。第四段、第五段則實賦正面，猶制義之中比也。或將人物分賦者，則制義每股立柱法也。第六、第七段多用旁襯，或翻騰以醒題意，猶制義之後比也。第八段或詠歎，或頌揚，或從題中翻進一層，猶制義之結穴也。」[7]王氏用八股文章法與律賦對比立論，敍述律賦結構頗爲清晰。其論律賦之第四段、第五段「實賦正面，猶制義之中比」，可以旁證秦觀賦論之第五韻應該是「實寫題之正面」。下面我們用秦觀的理論來分析此賦的結構，首段云：

> 1.回紇入寇，汾陽出征。何單騎而見虜，蓋臨戎而示情。匹馬雄驅，方傳呼而免冑；諸羌嚇矚，俄下拜以投兵。

以上第一段，破題，先用一聯四字句寫背景，次用一聯六字句寫原因，再用一個四六隔句對寫結果。如同新聞的導語一般，已將「郭子儀單騎見虜」題目，破之無餘，取得先聲奪人的功效。

> 2.方其唐祚中微，胡塵內侮。承范陽猖獗之亂，值永泰因循之主。金繒不足以塞其貪嗜，鎧仗不足以止其攘取。雲屯三輔，但分諸將之兵；烏合萬群，難破重圍之

虜。

以上第二段，原題，詳細交代郭子儀單騎見虜的政治形勢
背景。

　　3. 子儀乃外弛嚴備，中輸至誠。氣干霄而直上，身按
轡而徐行。於是露刃者膽喪，控弦者骨驚。謂令公尚臨於
金甲，想可汗未厭於寰瀛。頓釋前憾，來尋舊盟。彼何人
斯，忽去幢幡之盛；果吾父也，敢論戈甲之精。

以上第三段，立議論，展現郭子儀敢於單騎見虜的英雄氣
概。

　　4. 豈非事方急則難有異謀，軍既孤則難拘常法。遭彼
虜之悍勍，屬我師之困乏。校之力則理必敗露，示以誠則
意當親狎。所以撤衛四環，去兵兩夾。雖鋒無鏌邪之銳，
而勢有泰山之壓。據鞍以出，若乘擒虎之驄；失仗而驚，
如棄華元之甲。

以上第四段，結斷其說，明確揭示郭子儀單騎見虜的題
旨。

　　5. 金石至堅也，以誠可動；天地至大也，以誠可聞。
矧爾熊羆之屬，困乎蛇豕之群。於是時也，將乘驕而必
敗，兵不戰則將焚。惟有明信，乃成茂勳。吐蕃由是而引
歸，師殲靈夏；僕固於焉而暴卒，禍息并汾。

以上第五段，寫題之正面。正面描述郭子儀單騎見虜的英姿和功勳。

6. 非不知猛虎無助也，受侮於狐狸；神龍失水也，見侵於螻蟻。曷爲鋒鏑之交下，遽遺紀綱而不以。蓋念至威無恃於張皇，大智不資於恢詭。遠同光武，輕行銅馬之營；近類曹成，獨造國良之壘。

以上第六段，引事。引歷史上光武帝和曹成事蹟作陪。寫郭子儀不是不知道單騎見虜的危險，但仍然決定以歷史上英雄人物爲榜樣，運用大智慧化解危機。

7. 向若怨結不解，禍連未央。養威嚴於將軍之幕，角技巧於勇士之場。攻且攻兮天變色，戰復戰兮星動芒。如此則雖驍雄而必弊，顧創病以何長？符秦誇南伐之師，坐投淝水；新室恃北來之衆，立潰昆陽。

以上第七段，反說。謂郭子儀如果不是單騎見虜，而是聽任一些好戰將領的擺布，則必然造成兵連禍結、民不聊生的慘狀。

8. 固知精擊刺者，非爲將之良；敢殺伐者，非用兵之至。況德善之身積，宜福祥之天畀。固中書二十四考焉，由此而致。

以上第八段，總結。謂真正的良將並非是只恃武功高強、

敢於殺伐的赳赳武夫，而應該是像郭子儀那樣智勇雙全，善於以德服人的儒將。這樣的儒將應該得到朝廷的獎賞和重用。

　　從以上的分析可以見出，用秦觀的結構理論來分析其賦的結構，完全合拍，可謂以秦還秦，絲絲入扣。

（二）論律賦押韻

　　李廌記載秦觀論律賦押韻云：

> 少游言：賦中工夫不厭仔細，先尋事以押官韻，及先作諸隔句。凡押官韻須是穩熟瀏亮，使人讀之不覺牽強，如和人詩不似和詩也。

　　秦觀的〈郭子儀單騎見虜賦〉，以「汾陽征虜，壓以至誠」爲韻。首段押「征」字韻，用「出征」二字，非常穩當。次段押「虜」字韻，「烏合萬群，難破重圍之虜」，用《新唐書・郭子儀傳》「虜衆數十倍，今力不敵」的句意，亦很工穩。三段押「誠」字韻，用郭子儀本傳「吾將示以至誠」的「至誠」二字，自然工穩無比。五段押「汾」字韻，這是本賦押韻的難點，因爲「汾」字只有地名或水名的含義，秦觀用「禍息并汾」押韻，與「師殲靈夏」對應，「并汾」即并州和汾州，將「汾」字落實在地名上，可謂用心良苦。六段押「以」字韻，這也是本賦押韻的難點，因爲律賦押韻難在虛字，清人余丙照在《賦學指南》中說：「押虛字最難穩貼，而又最易出色。若係官限，注意即在此處。或順押，或倒押，或活押，或實押。總要俱有來歷，出於自然，不得勉強湊合。」[8]本賦用「遽遺紀綱而不以」押韻，實際上是用「以」字代替「已」

字，採用了通假的押韻方法，屬於余丙照所說的「活押法」之例。第七段押「陽」字韻，「立潰昆陽」是用地名押韻，自然穩當。第八段押「致」字於句尾，用「導致」或「得致」的含義，亦非常工穩。宋人孫奕《履齋示兒編》曾讚美秦賦的押韻說：「昔秦少游〈郭子儀單騎見虜賦〉云：『茲蓋事方急則難有異謀，軍既孤則難拘常法。遭彼虜之悍勁，屬我師之困乏。校之力則理必敗露，示以誠則意當親狎。所以撤衛四環，去兵兩夾。雖鋒無鏌邪之銳，而勢有泰山之壓。據鞍以出，若乘擒虎之颺；失仗而驚，如棄華元之甲。』押險韻而意全如此，乃爲盡善。」[9]通檢秦觀此賦的押韻方法，可知其完全達到了他在賦論中提出的「穩熟瀏亮，使人讀之不覺牽強」的押韻標準。孫奕《履齋示兒編》又載秦觀一篇佚賦云：「協韻雖亦作字，不可重押。如秦少游〈君臣相正國之肥賦〉第五韻云：『因知正主而御邪臣者，難以存乎安強；正臣而事邪主者，不能浸乎明昌。美聖時之會聚，常直道以更相。蓋上下交孚兮，若從繩之糾畫；故民物阜蕃也，常飽德以康強。所以舜申后稷之忠，民或饑而可救。唐翔含羞之更，己雖瘠亦何傷。』係中魁選，有訟其重疊用韻者，遂殿舉，朝旨：今後詩賦如押『安強』，即不得押『康強』矣。蓋十陽韻中，『強』亦作『彊』故也。」[10]這說明，當時朝廷對試賦押韻要求很嚴格，秦觀換通假字押韻亦被視爲違規。這也許是〈君臣相正國之肥賦〉後來沒有收入《淮海集》的原因。

（三）論律賦用事

　　李廌記載秦觀論律賦用事云：

少游言：賦中用事，唯要處置。才見題便類聚事實，看緊慢分布在八韻中。若事多者，便須精擇其可用者用之，可以不用者棄之。不必惑於多愛，留之徒爲累耳。若事少者，須於合用者先占下，別處要用，不可那輟。

少游言：賦中用事，如天然全具，對屬親確者，固爲上；如長短不等，對屬不的者，須別自用其語而剪裁之，不可全傍古語而有疵病也。譬如以金爲器，一則無縫而甚陋，一則有縫而甚佳，然則與其無縫而陋，不若有縫而佳也。有縫而佳，且尤貴之，無縫而佳，則可知矣。

這兩段話，一則主張賦中用事要善於選擇，二則主張要善於剪裁。清人侯心齋在《律賦約言》中曾提到賦中用事的兩個要點，一是貴儲料：「平時多閱子史諸部，取其新麗可用，人人易曉者，分摘備用。杜韓詩句句有用，最宜熟讀。拈題後，就題之四面八方選料。正面之料原有限，妙於用比、用襯、用借、用附，便覺人苦干索，我獨有餘。」二是貴用筆：「賦之不能使典，筆不活也。昔人作〈腐草爲螢賦〉，苦無典。友人戲以『青青河畔草』及『囊螢』事語之，便成一聯云：『昔年河畔，曾叨君子之風；此日囊中，還照聖人之典。』遂成好句。何憂腹儉耶？故知賦能用筆，則善取風姿，熟事都成異彩。無筆而妄填，欲逞博，徒取厭耳。」[11]侯氏所論與秦觀之說可謂英雄所見略同。檢查本賦之用事，亦有善於選擇和善於剪裁的妙處。如「遠同光武，輕行銅馬之營；近類曹成，獨造國良之壘」一聯，上句用《後漢書・光武本紀》光武帝「自乘輕騎入銅馬營」之事，下句用韓愈《曹成王碑》曹成王李　單騎入敵營招降國良之事，可謂善於選材。又如「據鞍以出，若

乘擒虎之驄；失仗而驚，如棄華元之甲」一聯，上句用《北史・韓擒虎傳》「擒虎平陳之際，又乘青驄馬」之事，描寫郭子儀之英姿；下句用《左傳・宣公二年》華元「棄甲復來」之事，鋪寫回紇軍中將士之狼狽。「華元棄甲」事，本與招降無涉，用在回紇將士身上，只取丟盔棄甲之意，可謂善於剪裁。

（四）論律賦用字煉句

李廌記載秦觀論律賦用字煉句云：

> 少游言：賦中用字，直須主客分明，當取一君二民之義。如六字句中，兩字最緊，即須用四字為客，兩字為主。其為客者，必須協順賓從，成就其主。使於句中煥然明白，不可使主客紛然也。

> 少游言：賦中作用與雜文不同，雜文則事詞在人意氣變化，若作賦則惟貴煉句之功，鬥難、鬥巧、鬥新。借如一事，他人用之，不過如此；吾之所用，則雖與眾同，其語之巧，迥與眾別，然後為工也。

> 少游言：凡賦句全藉牽合而成。其初兩事甚不相伴，一言貫穿之，便可為吾所用。此煉句之功也。

以上三段話記載秦觀論律賦用字和煉句。後兩段話將煉句與用事關合在一起，前文已經涉及，此專論用事分賓主。南宋鄭起潛在《聲律關鍵》中亦曾談到認題需要分別賓主，如「天下國家本在身」一題，應當以「身」為主，以「天下國家」為賓；又如「人主和德天地應」一題，應當以「人主和德」為主，以「天地應」為賓[12]。秦觀則論賦句用字需要分別賓主，

如同詩句有「詩眼」之說一樣，賦句分賓主，乃宋人的獨得之秘。以秦觀本賦爲例，如「氣干霄而直上，身按轡而徐行」兩句，以「氣、身」二字爲主，其他字皆協順賓從，爲此二字服務。又如「至威無恃於張皇，大智不資於恢詭」兩句，以「至威、大智」四字爲主，其他字皆協順賓從，爲此四字服務。

（五）論律賦的聲律

李廌記載秦觀論律賦之聲律云：

> 少游言：賦家句脈自與雜文不同，雜文語句，或長或短，一在於人；至於賦則一言一字必要聲律，凡所言語，須當用意屈折斲磨，須令協於調格，然後用之。不協律，義理雖是，無益也。

律賦與律詩一樣，被稱爲聲律之學。南宋鄭起潛的律賦格式專書，命名爲《聲律關鍵》。可惜秦觀與鄭起潛雖然強調律賦聲律，但並未具體論及如何掌握賦句聲律。好在清人徐斗光在《賦學仙丹・律賦秘訣》[13]中論及把握律賦平仄的關鍵在於：「凡律賦中所論平仄，則可於歇斷讀處調度。」所謂「歇斷讀處」，即賦句音步節奏點重音所在之處。筆者曾經以此爲根據，分析過清代律賦的平仄[14]。茲再以此爲根據檢驗秦觀律賦的平仄聲律，看看是否合格，如：

> 匹馬雄驅，方傳呼而免胄；
> □仄□平，□□平□□仄；
> 諸羌嚇矚，俄下拜以投兵。

□平□仄，□□仄□□平。

這是四六隔句對，四字句的節奏點，在二字四字；六字句的節奏點，在三字六字，這兩句完全符合一句之內，平仄交替；兩句之中，平仄背反的平仄聲律規範。又如：

養威嚴於將軍之幕，角技巧於勇士之場。
□□平□□平□仄，□□仄□□仄□平。

這是一聯八字句，節奏點在三五八字上，賦句以平平仄，仄仄平交替對應，亦符合兩句之中平仄背反的格律規範。再如：

氣干霄而直上，身按轡而徐行。
□□平□□仄，□□仄□□平。

這是一聯六字句，節奏點在三六字上，賦句以平仄，仄平交替對應，亦符合平仄背反的規律。要之，用清人揭示的於賦句「歇斷讀處調度」平仄的規律檢驗，秦觀的律賦是基本符合平仄聲律規範的，實踐了他自己提出的「一言一字必要聲律」的高標準。

（六）對律賦的總體評價

秦觀在律賦製作上雖然下過很大功夫，講求法律，格律純熟，但他對律賦一體在總體評價上並不高，李廌記載秦觀論宋初賦史云：

少游言：今賦乃江左文章凋敝之餘風，非漢賦之比
也。國朝前輩多循唐格，文冗事迂。獨宋（祁）、范（仲
淹）、滕（元發）、鄭（獬）數公，得名於世。至於嘉祐
（1056－1063）之末，治平（1064－1067）之間，賦格始
備。廢二十餘年而復用，當時之風，未易得也已。

少游言賦之說雖工巧如此，要之是何等文字？鷹曰：
觀少游之說，正如填歌曲爾。少游曰：誠然。夫作曲雖文
章卓越，而不協於律，其聲不和。作賦何用好文章，只以
智巧釘餖爲偶儷而已。若論爲文，非可同日語也。朝廷用
此格以取人，而士欲合其格，不可奈何也。

這兩段話反映出秦觀關於律賦的認識非常清醒，第一，他
認爲律賦是六朝以來「江左文章凋敝」的產物，已經不能同漢
賦相提並論；第二，他認爲到宋仁宗嘉祐末年至英宗治平年
間，賦格始備，達到宋賦製作的盛期，這一時期也就是歐陽修
主盟文壇（1054-1067）的時期[15]，說明他對歐陽修改革文體
之功非常肯定；第三，宋神宗熙寧二年（1069）採用王安石建
議，進士廢除詩賦考試，到哲宗元祐元年（1086）採用御史劉
摯建議，恢復詩賦考試，這就是秦觀所說的「廢二十餘年而復
用」；第四，秦觀認爲，律賦從本質上說是一種科舉文體，與
作詞（填歌曲）一樣，講究文字技巧，與古文寫作，不可同日
而語。我們還注意到，秦瀛重編《淮海先生年譜》將〈郭子儀
單騎見虜賦〉繫於熙寧五年（1072），而這一年的進士已經不
考詩賦，秦觀時年二十四歲，而此賦之技巧已純熟如此。這說
明秦觀受歐陽修時期賦風影響，在二十餘歲已經全面掌握律賦
技巧。而李鷹記載與秦觀關於律賦的談話的時間，在元祐元年

（1086）科舉恢復考試詩賦之後，在科舉考試廢棄詩賦近二十年之後，秦觀仍然能夠如此清晰地闡發律賦寫作技巧，只能說明他對律賦這種文體用功很深。清人浦銑在《復小齋賦話》中說：「秦少游論律賦最精，見於李端叔《濟南先生師友談記》者凡十三則，觀其〈郭子儀單騎見虜〉一賦，洵琢磨之功深矣。」[16]因此，秦觀對律賦的批判雖然嚴厲，但其實是入室操戈之辭；與不懂律賦而妄加批評者不可同日而語。我們還注意到，秦觀並不反對科舉實行詩賦考試，而是認爲士子應當無可奈何地順應它。其中的原因，正如沈作哲在《寓簡》中說：「本朝以詞賦取士，雖曰雕蟲篆刻，而賦有極工者，往往寓意深遠，遣詞超詣，其得人亦多矣。自廢詩賦以後，無復有高妙之作。」[17]也如葉適在《皇朝文鑒·律賦》中說：「漢以經義造士，唐以詞賦取人。方其假物喻理，聲諧字協，巧者趨之；經義之樸，閣筆而不能措。王安石深惡之，以爲市井小人皆可以得之也。然及其廢賦而用經，流弊至今，斷題析字，破碎大道，反甚於賦。」[18]可見，任何一種考試內容都會有利有弊，運用詩賦考試的關鍵在於明白利弊所在，以便最大限度地趨利避害，而不在於徹底廢棄。

二、騷體賦的作品

騷體賦是後世文人仿屈、宋楚辭而作的賦。宋代的騷體賦也不少，晁補之把《楚辭》、《離騷》以後的仿作，編爲《續楚辭》二十卷、《變離騷》二十卷，使「緣其辭者存其義，乘其流者反其源」[19]。南宋朱熹也編有《楚辭後語》等騷體選本。可見宋人對騷體賦的重視。今存秦觀賦作中，有〈浮山堰賦〉

和〈黃樓賦〉兩篇爲騷體賦。〈浮山堰賦〉是秦觀二十一歲的作品,〈黃樓賦〉則是秦觀三十歲的作品,更爲成熟,所以我們的分析以〈黃樓賦〉爲主。

(一)〈黃樓賦〉的寫作背景

清秦瀛重編《淮海先生年譜》元豐元年(1078)戊午記載:「是時蘇公以治河功成,作黃樓。先生作〈黃樓賦〉以寄,公爲詩以謝。」[20]

秦觀《與蘇公先生簡》其二:「某頓首再拜。頃蒙不間鄙陋,令賦黃樓。自度不足以發揚壯觀之萬一,且迫於科舉,以故承命經營,彌久不獻。比緣杜門多暇,念嘉命不可以虛辱,輒冒不韙,撰成繕寫呈上。詞意蕪迫,無足觀覽,比之途歌野語,解顏一笑可也。又多不詳被水時事,恐有謬誤並太鄙惡處,皆望就垂改竄。庶幾觀者不至詆呵,以重門下之辱。」[21]

秦觀《與蘇公先生簡》其三:「寄上次〈黃樓賦〉,比以重違尊命,率然爲之。不意過有愛憐,將刻之石。又得南都著作所賦,但深愧畏也。」[22]

清李調元《雨村賦話》記載:蘇轍〈黃樓賦序〉:「熙寧十年七月,河決於澶淵,水及彭城。余兄子瞻適爲守,吏民爲備,故水至而民不恐。水既涸,請增築徐城,即城之東門爲大樓焉,堊以黃土,曰土實勝水,徐人相勸成之。乃作黃樓之賦。」東坡嘗曰:「子由之文實勝僕,而世俗不知,反以爲不如。蓋子由爲人不願人知,故其文似其爲人。及作〈黃樓賦〉,乃稍自震厲,若欲以警。憒憒者便以爲僕代作,此殆見吾善者機也。」[23]按:蘇轍〈黃樓賦並序〉,載《欒城集》卷十七;蘇軾語,見《東坡集》卷三十〈答張文潛書〉。

（二）〈黃樓賦〉分析

以下，我們來讀〈黃樓賦〉，賦前首先是一段引言：

> 太守蘇公守彭城之明年，既治河決之變，民以更生。
> 又因修繕其城，作黃樓於東門之上。以爲水受制於土，而
> 土之色黃，固取名焉。樓成，使其客高郵秦觀賦之。

這段引言簡要地介紹蘇軾守彭城建樓鎮水工程，交代自己受命作賦的原由。

以下是〈黃樓賦〉的正文：

> 惟黃樓之瑰瑋兮，冠雉堞之左方。挾光晷以橫出兮，
> 干雲氣而上征。既要眇以有度兮，又洞達而無旁。斥丹臒
> 而不御兮，爰取法乎中央。列千山而環峙兮，交二水而旁
> 奔。岡陵奮其攫拏兮，谿谷效其吐吞。覽形勢之四塞兮，
> 識諸雄之所存。意天作以遺公兮，慰平日之憂勤。

以上爲賦之首段，著重描寫黃樓的瑰瑋雄姿。黃樓的地理位置是建在城牆的左方，陪伴著朝陽橫空出世，裹挾著霓嵐高聳入雲。既建築精巧合乎法度，又視野開闊旁無遮攔。它不取世俗的紅妝，而以中央黃色作爲主色調。四周群山環抱，黃河、泗水交錯奔流，諸峰爭奇鬥勝，山谷雲蒸霞蔚。觀察徐州彭城的地理位置，實是古往今來養育英雄之地。因而秦觀猜想這是上天將黃樓賜給蘇公，以安慰蘇公勤政憂民的辛勞。近人林紓選評《淮海集》，以爲「『天作遺公』句，不是說樓，正以

此樓塞河患後始成，故接處即承起『河決』，其下慮異日之復
然，則文中鎖筆也」[24]。林氏一時或者別有所見，但我們認
爲，「天作遺公」句正是說樓，而不必曲解。

> 繄大河之初決兮，狂流漫而稽天。御扶搖以東下兮，
> 紛萬馬而爭前。象罔出而侮人兮，螭蜃過而垂涎。微精誠
> 之所貫兮，幾孤墉之不全。偷朝夕以昧遠兮，固前識之所
> 羞。慮異日之或然兮，復壓之以茲樓。

以上一段回顧河水氾濫之時的狂態。秦觀《與蘇公先生
簡》其二中曾經申明自己「多不詳被水時事，恐有謬誤」，所
以他在本段中採取避實就虛的筆法，前六句泛寫河水氾濫的猖
獗態勢；「微精誠」兩句，則讚美如果不是蘇公之精誠感天動
地，徐州孤城就有可能不得保全；「偷朝夕」以下四句，則寫
洪水退後，也不能苟且偷安，因而修建黃樓，以備今後之水
患。

> 時不可以驟得兮，姑從容而浮游。倘登臨之信美兮，
> 又何必乎故丘？觴酒醪以爲壽兮，旅肴核以爲儀。儼雲霄
> 以侍側兮，笑言樂而忘時。發哀彈以豪吹兮，飛鳥起而參
> 差。悵所思之遲暮兮，綴明月而成詞。

以上一段想像東坡登臨黃樓時的快樂心情。先言東坡抓住
時機，及時行樂。接著引王粲〈登樓賦〉「雖信美而非吾土
兮，曾何足以少留」，卻反用其意，謂既然此地信美，就不必
思念故鄉。以下接寫歡樂宴飲，如同仙人。酒酣之時，或吹彈

高歌，引得樓邊飛鳥翱翔；或思故人而寫詩填詞，綴集成明月般華美的詞章。

> 噫！變故之相詭兮，道傳馬而更馳。昔何負而遑遽兮，今何暇而遨嬉？豈造物之莫詔兮，惟元元之自貽。將苦逸之有數兮，疇工拙之能爲？譬哲人之知其故兮，蹈夷險而皆宜。視蚊虻之過前兮，曾不介乎心思。正余冠之崔嵬兮，服余佩之焜煌。從公於斯樓兮，聊裴回以徜徉。

以上爲結尾段，抒發感慨。先言天下事變化無常，在黃河決堤之時，太守忙亂不堪；在黃樓建成之時，太守則逍遙嬉戲。因而辭人得出一個重要的結論：上天並不會將人生之命運明白無誤地告示出來，要改良自身的境遇，全靠芸芸眾生自己之奮鬥努力；也許有人認爲人生的勞苦或逸樂是命中注定的，並不取決於人之工巧或愚笨；然而只有蘇公那樣的哲人，才能明白人生之奧妙，無論順境逆境都能處之泰然，履險境如履平地；蘇公胸懷寬廣，因而可以將朝廷中奸人之攻擊詆毀，視爲過眼蚊虻，並不介意掛懷。最後，秦觀表達自己願意追隨東坡，在黃樓徜徉的美好願望。

（三）有關〈黃樓賦〉的評價

蘇軾在得到秦觀寄來的〈黃樓賦〉後，非常高興，作了一首長詩回報，〈太虛以黃樓賦見寄，作詩爲謝〉寫道：

> 我坐黃樓上，欲作黃樓詩。忽得故人書，中有黃樓詞。黃樓高十丈，下建五丈旗。楚山以爲城，泗水以爲

池。我詩無傑句，萬景驕莫隨。夫子獨何妙，雨雹散雷椎。雄辭雜今古，中有屈宋姿。南山多磐石，清滑如流脂。朱臘爲摹刻，細妙分毫釐。佳處未易識，當有來者知。

　　明胡應麟《詩藪》云：「蘇長公極推秦太虛〈黃樓賦〉，謂屈宋遺風，固過許，然此賦頗得仲宣步驟，宋人殊不多見。」[25] 認爲蘇軾推舉秦賦「中有屈宋姿」，是推許太過，而只肯定秦賦達到了王粲〈登樓賦〉的水平。但胡氏之見，亦只是一家之言。蘇軾推舉秦賦有屈宋風範在文學史上早已傳爲佳話，如元人祝堯《古賦辨體》云：「子由〈黃樓賦〉，其漢賦之流歟；少游〈黃樓賦〉，其《楚辭》之流歟。」[26] 清人李調元《雨村詩話》卷十：「《秦觀傳》：見蘇軾於徐，爲賦黃樓，軾以爲有屈宋才。」[27] 清人王敬之〈友人書來言徐州古跡索寄題〉詩云：「坡仙提唱黃樓日，絕愛秦郎國士才。太守風流今未墜，魁山吹笛更誰來。」[28] 近人林紓選評《淮海集》云：「『哀彈豪吹』以下四語，真掇得宋玉之精華，自是才人極筆。」[29] 所以，我們可以說，〈黃樓賦〉是遠承屈宋、近接王粲的傑出作品。

三、文體賦的作品

（一）文賦評價的古今差異

　　文賦是宋代「以文爲賦」的產物。宋代文賦經歐陽修提倡而大行於世，但文賦在歷史上屢屢受到賦評家的非議。元人祝堯評〈秋聲賦〉云：「此等賦，實自〈卜居〉、〈漁父〉篇來，

迨宋玉賦〈風〉與〈大言〉、〈小言〉等，其體遂盛，然賦之本體猶存。及子雲〈長楊〉，純用議論說理，遂失賦本真。歐公專以此爲宗，其賦全是文體，以掃積代俳律之弊，然於《三百五篇》吟詠情性之流風遠矣。《後山談叢》云：『歐陽永叔不能賦。』其謂不能者，不能進士律賦爾，抑不能風所謂賦邪！」[30] 祝堯《古賦辨體・論宋體》又云：「至於賦，若以文體爲之，則專尙於理，而遂略於辭、昧於情矣。非特此也，賦之本義，當直述其事，何嘗專以論理爲體邪？以論理爲體，則是一片之文，但押幾個韻爾，賦於何有？今觀〈秋聲〉、〈赤壁〉等賦，以文視之，誠非古今所及；若以賦論之，恐（教）坊雷大使舞劍，終非本色。」[31] 明人徐師曾《文體明辨・敍說》云：「文賦尙理而失於辭，故讀之者無詠歌之遺音，不可言麗矣。」[32] 清人李調元《賦話》亦云：「〈秋聲〉、〈赤壁〉，宋賦之最擅名者，其原出於〈阿房〉、〈華山〉諸篇，而奇變遠弗之逮，殊覺剽而不留。陳後山所謂『一片之文，但押幾個韻者』耳。朱子亦云：『宋朝文章之勝前世，莫不推歐陽文忠公、南豐曾公，與眉山蘇公，相繼迭起，各以文擅名一世。獨於楚人之賦，有未數數然者。』蓋以文爲賦，則去風雅日遠也。」[33] 由上述諸人的見解可以歸納出，他們認爲，賦這種文體需要採用直述其事的寫作方法，而且要尙辭、尙情，而不能以議論爲主，專尙於理。

與前代賦論家不同，當代學者大都讚賞歐陽修倡導文賦的新變之功。鈴木虎雄《賦史大要》第六篇特立〈文賦時代〉一目，並以「散文風氣勢之有無」，作爲判定是否爲文賦之標準[34]。張宏生在《文賦的形成及其時代內涵——兼論歐陽修的歷史作用》一文中指出：「文賦主要淵源於古賦，又吸取俳賦

和律賦的某些形式，相鄰文體如散文的一些方法，經綜合提升而成，散意和論理是其基本內涵。」[35]許結在《中國辭賦發展史》中指出：「從歐陽修辭賦創作實踐來看，他的文賦名篇〈秋聲賦〉已初步具備宋代辭賦卓越特色的三大藝術形態，即以文爲賦，擅長議論的審美特徵，平易曉暢、不事雕琢的審美風格和損悲自達、尚理造境的審美趣味。」[36]

造成文賦評價古今差異的原因，主要在於古今學者關注的重點有所不同。古代賦論家關注的重點在於辨體，正如祝堯所說：「宋時名公，於文章必辨體，此誠古今的論。」[37]當代學者關注的重點則在於新變，正如錢鍾書所說：「名家名篇，往往破體，而文體亦因以恢弘焉。」[38]然而，一種文體自有其基本質素，如果新變過頭，則毫無規範可言，令學者無從掌握，那樣的話，這種新變文體的生命就很可能是曇花一現了。陳韻竹在《歐陽修蘇軾辭賦之比較研究》一書中敏銳地指出：「由於文賦不講究形式，不限用官韻，句法長短參差，完全掙脫了一切束縛生命的羈勒，故較之形式板滯的律賦更爲生動活潑。然而，相反的，也正因爲毫無格式可以依循，故文章所著重的便完全在於內容，在於意境。作者若沒有卓越的才華，深厚的學涵，則無法駕控驅遣，故往往旁牽遠撖，片辭而衍半篇，此段不殊彼段，言之無物，或者筆力不堅整，氣勢不條貫，而流於粗野鄙俗，索然無味。」[39]因此，儘管〈秋聲〉〈赤壁〉新奇出色，炫人眼目，但後繼者殊感乏人。秦觀則走上了另外一條道路。

（二）秦觀對文賦的認識

秦觀對文賦持什麼態度，是一個值得考量的問題。從《淮

海集》中的賦作來看，〈寄老庵賦〉、〈湯泉賦〉、〈歎二鶴賦〉都是文賦體裁，幾乎占他今存賦體作品的一半數量，這說明秦觀對文賦應該是肯定的，並且自身也有創作實踐。不過，宋元人卻認爲秦觀是一位擅長辨體的學者。陳師道《後山詩話》記載：「少游謂『〈醉翁亭記〉亦用賦體』。」[40]陳鵠《西塘集耆舊續聞》記載：「陳後山云：『退之作記，記其事爾，今之記乃論也。』少游謂『〈醉翁亭記〉亦用賦體』。余謂文忠公此〈記〉之作，語意新奇，一時膾炙人口，莫不傳誦，蓋用杜牧〈阿房賦〉體，遊戲於文者也，但以記號醉翁之故耳。」[41]二書所載「少游謂〈醉翁亭記〉亦用賦體」，祝堯在《古賦辨體》卷八中亦曾加以引用，並作爲「宋時名公於文章必辨體」的重要例證之一。如果肯定秦觀說過這個話，那就意味著秦觀認爲〈醉翁亭記〉是歐陽修「以賦爲文」的作品；或者換句話說，〈醉翁亭記〉的體裁，就是秦觀心目中的文賦體裁。在秦觀心目中，「記」體與「賦」體是有明顯區別的，比如他寫過一篇〈湯泉賦〉，然後又寫一篇〈遊湯泉記〉，二者的體裁便有顯著的不同。要之，秦觀對文賦的體裁是有所體認的，這種體認導致他的文賦創作路數與〈醉翁亭記〉相近，而與〈秋聲賦〉、〈赤壁賦〉稍有差別。值得注意的是，當時將〈醉翁亭記〉視爲賦體的不只秦觀一人，朱弁《曲洧舊聞》記載：「〈醉翁亭記〉初成，天下莫不傳誦，家至戶到。當時爲之紙貴。宋子京得其本，讀之數過，曰：只目爲〈醉翁亭賦〉，有何不可？」[42]既然宋祁和秦觀都把〈醉翁亭記〉視爲賦體，那麼，我們如果從結構上把秦觀的幾篇文賦與〈醉翁亭記〉作一番比較，應該可以大致歸納出秦觀文賦的結構模式。

（三）秦觀文賦的結構模式

經過將歐陽修〈醉翁亭記〉與秦觀三篇文賦作結構的比對，我們歸納出五段式結構模式：

1. 破題──〈醉翁亭記〉：環滁皆山也……醉翁亭也。

〈寄老庵賦〉：或問……唯唯。

〈湯泉賦〉：大江之濱……此何水也哉？

〈歎二鶴賦〉：廣陵郡宅之圃……若對客而永歎。

2. 原題──〈醉翁亭記〉：作亭者誰……得之心而寓之酒也。

〈寄老庵賦〉：寄老之區……物無癘疫。

〈湯泉賦〉：野老告余曰……酷悍之所激也。

〈歎二鶴賦〉：圃吏告予曰……惟此二鶴，與之周旋。

3. 鋪寫──〈醉翁亭記〉：若夫日出而林霏開……太守醉也。

〈寄老庵賦〉：其出遊也……塙然如槁木之廢。

〈湯泉賦〉：德有常仁……此又何其然也！

〈歎二鶴賦〉：居則俯仰於賓掾之後……頗超搖而自得。

4. 議論──〈醉翁亭記〉：已而夕陽在山……而不知太守之樂其樂也。

〈寄老庵賦〉：其遊也……世奚足以識之哉？

〈湯泉賦〉：吾聞天下之水……又有顯晦者焉。

〈歎二鶴賦〉：逮公之去……間一遇而嗟咨。

5. 結尾——〈醉翁亭記〉：醒能同其樂……廬陵歐陽
修也。

〈寄老庵賦〉：雖然……則僕也將負杖履而從之。

〈湯泉賦〉：野老昕然而笑……不知其他。

〈歎二鶴賦〉：余聞而歎曰……而支遁之可憐哉。

以上這種五段式模式，只是一種大致的區分，各段可以有
長有短，結構上的分段也不一定與文章的自然段統一。我們之
所以作這樣的劃分，只是爲了說明秦觀在文賦的結構上已經有
著某種格式化或定型化的傾向。這種五段式結構，首二段顯然
來自於秦觀對律賦結構的借鑒。唐抄本《賦譜》曾揭示律賦與
古賦首二段之不同結構云：「新賦（律賦）之體項者，古賦之
頭也。借如謝惠連〈雪賦〉云：『歲將暮，時既昏；寒風積，
愁雲繁。』是古賦頭，欲近雪，先敍時候物候也。（唐人）〈瑞
雪賦〉云：『聖有作兮德動天，雪爲瑞而表豐年。非君臣之合
契，豈感應之昭宣。若乃玄律將暮，曾冰正堅。』是新賦先近
瑞雪，項乃敍物類也。」[43]簡而言之，古賦是先原題，後破
題；律賦是先破題，再原題。第三部分的鋪寫，則來源於對漢
代散體賦的借鑒。第四部分的議論說理，則來源於對策論一類
文體的借鑒。最後一個部分，追求新奇巧妙，意在言外的結
尾，則是宋人自身在遊戲類小品雜文中的創造。

秦觀〈湯泉賦〉寫成後，曾得到蘇軾的首肯。蘇軾在〈湯
泉賦・跋文〉中說：「今惠濟之泉，獨爲三子者詠歎如此，豈
非所寄僻遠，不爲當途者所溷，而爲高人逸才與世異趣者之所
樂乎？或曰：『明皇之累，楊、李、祿山之汙，泉豈知汙
之？』然則幽遠僻陋之談，亦非泉所病也。泉固無所榮辱，特

以人意推之，可以爲抱器適用而不擇所處者之戒。」[44]看來蘇軾所取秦賦的，還是賦中抒發的泉有「顯晦」之理趣。

結　語

秦觀在蘇門學士之中，是一位文才敏捷，思路清晰，又謹守格法的作家。他在賦體文學方面，號稱本色當行，在律賦、騷賦、文賦三個領域都有傑出的成就。其律賦理論與作品，精巧細密，上承唐代律賦，下開淸代律賦，在律賦學史上具有承前啓後的重要地位。其騷賦作品以〈黃樓賦〉爲代表，遠承屈宋風姿，近接王粲〈登樓賦〉步驟，描寫言情說理，圓融深婉，達到了當時騷體賦創作的一流水準。在文賦創作方面，秦觀走著一條與歐陽修、蘇軾不同的道路，意圖爲文賦創作探索程式化、格式化定型的途徑。他爲文賦格式化所作的努力，目的在於維護賦體的本色與當行，而不是在走回頭路。如同「五四」以後新詩創作中的格律派作家一樣，他們爲新詩定型化所作的努力，目的在於促使新詩健康發展。無論他們成功與否，我們都應該珍重他們的努力成果，而不應該斥之爲保守倒退。

注　釋

1　胡應麟：《詩藪·雜編》（《古今詩話續編》本，臺北：廣文書局，1973）卷五。

2　徐培均：《淮海集箋注》（上海：上海古籍出版社，1994）。

3　李廌：《濟南先生師友談記》（《叢書集成初編》本，北京：中華書局，1985；又《叢書集成簡編》本，臺灣：商務印書館，1966）。兩本文字

微有不同，本文引錄，擇善而從。

4 秦鏞編、秦瀛重編：《淮海先生年譜》（北京：北京圖書館出版社，
    1999）。

5 秦觀：《將帥》，載徐培均：《淮海集箋注》卷十六，頁608。

6 「不」字原作「須」，據吳景旭《歷代詩話》（臺北：世界書局，
    1961）卷二十所引校改。

7 潘遵祁：《唐律賦鈔》（三松堂刊本，清道光二十八年，1848）卷首。

8 余丙照：《賦學指南》（書業德重刊增注本，光緒十九年，1893）卷一
    〈押韻法〉。

9 孫奕：《履齋示兒編》（《叢書集成初編》本，北京：中華書局，1985）
    卷八。

10 孫奕：《履齋示兒編》卷九。

11 侯心齋：《律賦約言》，引自程祥棟：《東湖草堂賦鈔》（清刊本）卷
    首。

12 鄭起潛：《聲律關鍵》（臺灣：商務印書館影印《宛委別藏》本）卷首
    〈五訣·認題〉。

13 徐斗光：《賦學仙丹》（柳深處草堂家塾藏版，清道光四年，1824），前
    載涂一經〈序〉和作者〈自序〉。

14 參見詹杭倫：《清代賦論研究》（臺灣：學生書局，2002）第八章〈清
    代律賦平仄論〉。

15 參見王水照主編：《歐陽修散文選集》（天津：百花文藝出版社，1995）
    〈前言〉，頁17。

16 浦銑：《復小齋賦話》（檇李叢書本，清望山仙館刊）卷上。

17 沈作喆：《寓簡》（《叢書集成初編》本，北京：中華書局，1985）卷
    五。

18 葉適：《習學記言序目》（臺灣：商務印書館，1972）卷四十七。

19　晁補之：《離騷新序上》，載《雞肋集》卷三十六。

20　秦鏞編、秦瀛重編：《淮海先生年譜》

21　徐培均：《淮海集箋注》卷三十，頁 986－987。

22　徐培均：《淮海集箋注》卷三十，頁 989。

23　參見詹杭倫、沈時蓉校注：《雨村賦話校證》（臺灣：新文豐出版公司，1993）卷十。

24　林紓：《林氏選評名家文集·淮海集》。

25　胡應麟：《詩藪》外編卷五。

26　祝堯：《古賦辨體》（《四庫全書》本）卷八。

27　此本《宋史》卷四四四〈秦觀本傳〉。

28　王敬之詩，轉引自《淮海集箋注》卷一。

29　林紓評語，轉引自《淮海集箋注》卷一。

30　祝堯：《古賦辨體》（《四庫全書》本）卷八。

31　祝堯：《古賦辨體》卷八。

32　徐師曾：《文體明辨·序說》（臺北：大安出版社，1998），頁 101。

33　此引陳後山語，或為祝堯語。參見詹杭倫、沈時蓉：《雨村賦話校證》卷五，注 15。

34　鈴木虎雄：《賦史大要》（臺北：正中書局，1976），頁 260。

35　張宏生：《文賦的形成及其時代內涵》，載《辭賦文學論集》（南京：江蘇教育出版社，1998），頁 607。

36　郭維森、許結：《中國辭賦發展史》（南京：江蘇教育出版社，1996），頁 553。

37　祝堯：《古賦辨體》卷八。

38　錢鍾書：《管錐篇》（北京：書林出版公司，1990）第三冊，頁 890。

39　陳韻竹：《歐陽修蘇軾辭賦之比較研究》（臺北：文史哲出版社，1986），頁 78。

40 陳師道:《後山詩話》(《歷代詩話》本,臺灣:漢京文化事業有限公司,1983),頁 309。

41 陳鵠:《西塘集耆舊續聞》(《叢書集成初編》本,北京:中華書局,1985)卷十。

42 朱弁:《曲洧舊聞》(《筆記小說大觀》本)卷四。

43 參見詹杭倫:《唐抄本〈賦譜〉新探》,載《四川師範大學學報增刊》第 7 期(1993)。

44 引自徐培均:《淮海集箋注》卷一附錄。

第十章
聲律關鍵校理

引　言

　　在中國賦學史上，賦格是著重探討律賦格式、作法和評價標準的著作。唐、宋和清代是中國歷史上採用律賦作爲科舉考試文體的三個時期，不少賦格著作應運而生，但大多數年久失傳。保存至今的賦格著作，唐代以唐抄本《賦譜》爲代表，宋代以鄭起潛《聲律關鍵》爲代表，清代以余丙照《賦學指南》爲代表。長期以來，由於資料難覓等原因，學術界對於賦學理論批評著作研究不多，尤其是賦格一類著作，更少有學者涉獵。即使是像何新文的《中國賦論史稿》[1]這種專門研究歷代賦論的著作，對《賦譜》、《聲律關鍵》、《賦學指南》之類現存的著作皆未能予以置評，這不能不說是一個遺憾。筆者從事這方面的研究，希望起到一點拾遺補缺的作用。

　　筆者前此曾發表《唐抄本〈賦譜〉初探》一文[2]，對唐代的賦格作了一些探討。唐五代賦格著作，見於《新唐書・藝文志》和《宋史・藝文志》著錄的，有張仲素《賦樞》三卷、范傳正《賦訣》一卷、浩虛舟《賦門》一卷、白行簡《賦要》一卷、紇干俞《賦格》一卷、和凝《賦格》一卷。這些著作今皆不存，惟有唐抄本《賦譜》一卷，由入唐求法的僧人帶回日本，保存至今。《賦譜》作於中唐時期，作者佚名。全文大約

二千五百字，可分爲三大部分：第一部分討論「賦句」的種類名稱，第二部分討論「賦體」段落結構以及押韻等問題，第三部分討論「賦題」，包括賦篇的審題構思以及用事修辭等問題。全文按照句→段→篇的順序，由小到大，從局部到整體地展開論述，構成一個有機的整體。《賦譜》在當時的主要用途是爲應舉士子提供寫作律賦的格式和方法；流傳到日本後，不僅爲日本文人寫作漢文辭賦提供指導，而且成爲日本僧人寫作駢文的借鑒；在今天，它則成爲我們解析唐代律賦的最佳鑰匙。

由於中國在元明兩代科舉廢棄律賦取士，講述律賦格法的著作在唐抄本《賦譜》、宋鄭起潛《聲律關鍵》之後，罕有製作與流傳。清代道光年間余丙照《賦學指南》一書，詳論律賦格法，可以視爲唐宋賦格著作的嗣響。律賦在唐代、宋代和清代都被列爲科舉考試文體，頗受古人的重視。今存的清代律賦就有一萬多篇，是一宗我們應該認真研究的文學遺產。筆者亦曾撰寫《清代賦格著作余丙照〈賦學指南〉考論》一文，對《賦學指南》一書的版本和內容特色作過一番考查[3]。

宋代的賦格著作，今存者爲《聲律關鍵》[4]。此書是繼唐抄本《賦譜》之後，今存的一部完整的賦格專書，對於研究唐宋律賦是一部非常重要的著作；只是未經整理，錯簡缺字情況嚴重；加之所引賦句，未能注明出處，故難以卒讀。亟須整理研究，重新刊布。二○○二年五月，我們申請到中華發展基金會研究計劃《宋代辭賦學研究》，得以在成功大學作兩個月的合作研究，於是決定將《聲律關鍵》一書整理出版，以適應研究唐宋以後賦學的迫切需要。

《聲律關鍵》爲南宋鄭起潛所撰。鄭起潛是宋末朝廷的一

位大臣，可是元人修撰《宋史》時，沒有爲他立傳。好在明人撰修的地方志《姑蘇志》中，爲其列有一小傳，讓我們可以大致瞭解他的生平。鄭起潛，字子升，吳縣（今江蘇蘇州）人。舉宋寧宗嘉定十六年（1223）進士。曾任吉州州學教授。宋理宗淳祐年間，官朝奉郎、秘書省著作郎、兼權考功郎官、兼權國子司業、兼史館檢討官、兼崇政殿說書。官至直學士、權兵部尚書。以事得罪，貶贛州而卒[5]。

《聲律關鍵》一書，爲鄭起潛任職吉州州學教官時所作，後經尚書省批准，作爲國子監教材。鄭起潛在《上尚書省札子》中說：「起潛屢嘗備數考校，獲觀場屋之文，賦體多失其正。起潛初任吉州教官，嘗刊賦格，自《三元》、《衡鑒》、二李及乾淳以來諸老之作，參以近體，古今奇正，粹爲一編。總以五訣，分爲八韻，至於一句，亦各有法，名曰《聲律關鍵》，建寧書肆亦自板行。欲望朝廷札下吉州，就學取上《聲律關鍵》印板，付國子監印造，分授諸齋誦習，庶還前輩典刑之舊。其於文治，不爲無補。」[6]可見《聲律關鍵》在當時是一部指導考生寫作律賦的教科書。

《聲律關鍵》在今天的價值，首先是幫助我們閱讀和欣賞律賦。《聲律關鍵》全書的結構是「總以五訣，分爲八韻」，即首列作賦五訣，一認題，二命意，三擇事，四琢句，五押韻；然後分八韻，詳細舉例說明律賦各段作法。根據《聲律關鍵》的指引，我們可以將一首律賦分句分韻解析開來，欣賞它細微末節的妙處，也可以將分韻編排的律賦按照八韻組合起來，總體觀察它的渾厚神韻。毫無疑問，它也是我們研究律賦和宋代科舉考試制度不可多得的資料和重要指南。

《聲律關鍵》在賦學文獻的整理彙編方面也有一定的作

用。鄭起潛此書所收錄的都是宋代律賦，而清人所編選的《歷代賦彙》，收錄宋代律賦尤其是南宋律賦甚少，今人彙編《全宋文》在收錄南宋律賦方面，也有文獻不足的困惑。而《聲律關鍵》收採全賦，雖然只有〈金城圖上方略〉一篇，但如果將其八韻分載之同題賦句集中，便可恢復數十篇律賦的大致面貌。

《聲律關鍵》一書今天可見的有三種抄本：一是臺北國家圖書館善本書室所藏舊抄本。二是一九三五年上海商務印書館影印《宛委別藏》本，今有臺灣商務印書館重印本，精裝一冊。三是臺北藝文印書館影印《叢書集成三編》本，線裝三冊。其實，經過比對，三種抄本內容形式無別，都出自同一底本。因此，整理本書，並無版本校勘的便利；必須另闢蹊徑，以識爲主，運用「理校法」來解決問題。

我們在校勘本書時，以臺灣商務印書館影印《宛委別藏》本爲底本，作了以下幾個方面的工作：

1. 糾正卷首〈五訣〉部分的錯簡，將影印本第四頁與第九頁相接，將第五頁至第八頁移至第十一頁之後。

2. 將句法部分的後置題目，移至賦句之前，以適應今人的閱讀習慣。

3. 將清人抄寫本書時，有意迴避的「胡、虜、夷狄、戎」等字空格，盡量以意補足，以利觀瞻[7]。

4. 根據前後所引同題賦句，改正訛脫衍倒，比如〈渾天儀〉賦題，有衍作〈渾天一儀〉者，有訛作〈渾天義〉者，則統一改爲〈渾天儀〉。

5. 根據律賦句式和押韻規律，改正錯字，補足缺字，盡量使賦句讀來怡然理順。

6. 某些無根據校改者，姑存其舊，但加上注腳，提示讀者注意；

7. 某些異體字，如「于」與「於」之類；或易錯字，如「毋」誤作「母」之類，一般逕行改正，而不一一注明。

8. 全部加上新式標點，書名用雙引號，賦篇用單引號，小標題換用不同字號，庶幾眉目清楚。

由於《全宋文》之類書籍尚未出齊，校點者無從核對本書所引錄的豐富賦句，因而本書的整理工作只能是初步的。校點者的意圖是將一本難以卒讀的手抄本古書整理成一本基本可以閱讀使用的賦學要籍，全面的整理和研究，則留待賦學界同仁的共同努力。

卷　首

淳祐元年正月陸日

尚書省札子

朝奉郎、秘書省著作郎、兼權考功郎官、兼權國子司業、兼□史館檢討官[8]、兼崇政殿說書鄭起潛札子

起潛猥以菲才，叨承優渥，攝貳成均，退愁忝竊，惟有究心課試，圖報萬分。起潛屢嘗備數考校，獲觀場屋之文，賦體多失其正。起潛初仕吉州教官，嘗刊《賦格》。自《三元》、《衡鑑》、二李，及乾淳以來諸老之作，參以近體，古今奇正，粹爲一編，總以五訣，分爲八韻，至於一句亦各有法，名曰《聲律關鍵》。建寧書肆亦自板行。欲望朝廷札下吉州，就學取上《聲律關鍵》印板，付國子監印造，分授諸齋誦習，庶還前輩典刑之舊。其於文治，不爲無補。伏候指揮除已札下吉州，

從所申事理施行，並札本官照會外，右札付國子監，照應施
行。準此。

五訣

一認題、二命意、三擇事、四琢句、五壓韻。

何謂認題？

凡見題目，先要識□其體不一[9]。各列於後，可以類推。

體物如〈文德帝王之利器〉、〈天子游六藝之囿〉，取物之義，非譬喻也。

譬喻如〈天形如倚蓋〉、〈高祖從諫若轉圜〉。

過所喻如〈人主之勢重萬鈞〉、〈聽言樂於琴瑟〉。

比方如〈玉比德〉、〈太祖比跡湯武〉。

鼎足如〈聖人聰明冠群倫〉、〈天子明堂聽朔〉，合分兩腳在上，一腳在下，不惟下腳寬疏好粧聯，第三韻亦不虛，第四韻承上生下，又得玲瓏。又如〈七制役簡刑清〉、〈聖人成天下之大順〉，卻當分一腳在上，兩腳在下。蓋有兩腳對說，及下兩腳一貫，不可分在上者。

兩腳如〈上聖垂仁義之統〉、〈聖王宣明典章〉，只當平截，但隔聯須叫應，第三韻引下意，第四韻承上意，庶得貫通。

獨腳如〈渾天儀〉、〈天爵〉，亦自分上下截，方可粧聯，及第三四韻立意。又如〈罷露臺〉，不可分上下截，只當總說。

藏頭如〈舜琴歌南風〉，藏孝意；〈聖人有金城〉，藏得人固國意；說出主意而不識題字為佳。

敘事如〈罷露臺〉、〈金城圖上方略〉，並敘出處本末。

方位如〈八蠟記四方〉、〈黃唐疆理南北〉，如四方、四海、四國之類，不以方位形容，則與天下賦無異。

篇卦如〈復見天地之心〉、〈天保以上治內〉。

數目如〈皇極之主敘九疇〉、〈回聞一以知十〉。

賓主如〈天下國家本在身〉、〈人主和德天地應〉。

本末如〈王道正（本）則百川理（末）〉、〈君人殷民（本）阜財（末）〉。

體用如〈文王發政（用）施仁（體）〉、〈治四海（用）在心（體）〉。

名義如〈天子曰辟雍〉、〈五帝名學曰成均〉。

脈絡如〈舜畏天而愛民〉、〈哲王建中陰陽和〉。

兩全如〈太宗功德兼隆〉、〈漢文武相配〉，不當分輕重。

交相必〈律曆更相治〉、〈官師相規〉。

大要如〈名器政之大節〉、〈八政以食爲首〉。

極至如〈聖人道之極〉、〈聖人人倫之至〉。

庶幾如〈孝文有刑錯之風〉、〈封事謗木之遺〉。

品藻如〈善政不如善教〉、〈孟氏功不在禹下〉。

反說如〈金湯非粟不守〉、〈聖王不以名加實〉。

輕虛如〈爲君難〉、〈才難〉，卻要著實。

重實如〈郊雍出寶璧玉器〉、〈政令如金石四時〉，卻要玲瓏。

頭輕腳重如〈惟辟福威玉食〉、〈舜日月照四時行〉¹⁰。

頭重腳輕如〈禮義廉恥謂四維〉、〈天下國家本在身〉，並要上下均平。

歌詠如〈取正於經定大號〉、〈功德鏤白玉之牒〉，不當反說。

何謂命意？

有一題之意，有一韻之意，有意方可措辭。一題之意，如〈漢網漏吞舟之魚〉，須說吞舟大魚尙且漏網，小者可知，便見

漢法如此寬大。如〈和□國之大計〉[11]，說中國爲生靈之故，從□□之和[12]，庶幾得體。如〈山海天地之藏〉，說天地爲民而藏，方合出處弗私屬於少府之意。如〈君人殷民阜財〉，說民既殷則財斯阜，方有本末；若並說則無意味。如〈聖人和同天人之際〉，若作交際說際字，則既交際何待和同？須作邊際，說天人在兩際，聖人和同於其間，方見聖人有功。然命意最不可鑿，只就題目推明。如題外添意，使客勝主，則又差矣。一韻之意，其爲格雖各不同，大概以接句有力爲佳。凡唐虞三代帝王聖人題目，及關於君德國體，只當正說，氣象自好；有用反說者，非也。每韻之意，各具於後。凡後三韻，大要有考究、有議論、有工夫、有意味，若就題字立意，固是正格；但收攞題字而繳結無味，亦非也。後三韻不當重迭用題字，自當相避，或暗用，或明用，或用上字，或用下字，前輩所作可見矣。

何謂擇事？

故事雖多，切題爲工。如〈高祖從諫若轉圜〉，高祖從諫事甚多，第五聯云「著始前陳，已反楚權之撓；足方後蹋，遽回齊國之封」，有轉圜意。如〈文帝愛民如赤子〉，文帝愛民事甚多，第五聯云「業欲相安，嬉戲有小兒之狀；刑爲頓馳，悲傷因少女之書」，有赤子意。如〈文帝以道德爲麗〉，文帝道德事甚多，第五聯云「苑囿無增，惟化民之專以；金繒不惜，與棄過以偕之」，有麗意。如此用事，可見精切。凡聖人題，合用唐虞三代事；帝者題，合用五帝事；王者題，合用三王事；帝王題；合用五帝三王事。雜用後世事者，非也。凡關君德國體題目，宜用古人好事，最爲得體。

何謂琢句？

前輩一聯兩句，便見器識。如〈有物混成賦〉云「得我之小者，散而爲草木；得我之大者，聚而爲山川」，知其有公輔器。如〈金在熔賦〉云「儻令分別妍蚩，願爲軒鑒；如使削平禍亂，請就干將」，知其出將入相。賦限三百六十字以上，豈可輕下語耶？造句不一，四六爲工，八字句尤典雅。前輩云長不如短，緩不如切，輕不如重；短句不足，故長言之，長句不過十一二字，須有意味，不覺其長；或有一句至十三四字者，非也。每韻長短相間，庶得鏗鏘。或有全韻迭用長句者，非也。迭字須全句及意貫，或有牽強虛撰者，非也。相關上下截體貼，須義理通；或有關字不關意者，非也。或用事，或貼字，或說意，須上下貫通，方成一句之義；或有上與下不相合者，非也。賦謂之聲律，取其可歌；或有平側不協者；又非也。又取其對偶親切停當，一意對兩意、雙字對隻字，謂之偏；輕字對重字、撰句對全句，謂之枯。古作多工於聯，近體多工於韻，意在作者一轉移耳。每韻起句、接句、繳句、散句、聯句，貴有精神、有力量，別具句法於後。前輩云題常則意新，意常則語新。不可苟也。

何謂壓韻？

前輩云如萬鈞之壓，言有力也。欲壓韻有力，須有來處。能賦者就韻生句，不能者就句牽韻。如〈聖人被褐懷玉賦〉短句云：「寶蓄忠信，麗藏道德。」如〈文德王之利器〉長句云：「人兵不戰也，孰非屈堯舜之化；技擊雖銳也，不足敵湯武之義。」如〈命義天下大戒〉聯云：「雖扼□庭[13]，終仗蘇君之節；儻逢畏道，願回玉氏之車。」[14]如〈聖人以百姓心爲心賦〉，第八韻結句云：「推是心以往，又將以萬物之心爲心，暨鳥獸魚鱉之咸若。」如此壓韻，不可移動，真可法也。

敘全篇

　　古賦多鋪敍出處本末，八韻貫通，雖不拘上下截體貼，而題字皆在其中，最見手段；但不善學者，流爲疏闊，全不著體，未免畫虎不成之患，不可不戒。

　　〈金城圖上方略〉「願至金城，圖上方略」[15]

　　玉陛遣將，金城進圖。條方略以俱上，信老成之莫踰。湟水雖遙，敢憚驅馳之力；皂囊所奏，備行攻守之謨。

　　在昔先零，背零神爵；弗念綏撫，敢萌侵略。於時宣帝，深懷邊瑣之憂；爰認漢廷，孰任將權之託。

　　充國乃曰事貴體國，目非畏王[16]。人用幾何，必親歷而後審；兵難隃度；況傳聞之未詳。欲上俾於廟籌，願馳至於西疆。自歎七十，余恐負臨邊之寄；請陳三計，用爲制虜之方[17]。

　　由是指天水以先驅，肅星昭而既至。條列兵冊，畫明地利。某漕當省，某騎當罷。彼亭可繕，彼橋可治。悉上奏篇，少酬素志。自隴西而往，願陛睫勿以爲憂；度夷狄何如[18]，屬老臣得專其事。

　　蓋謂兵出萬全，虜不足勝[19]。事貴一見，臣當請行。況鮮水不通，有昧地險；而罕開相援，難窮敵情。是必目擊夷狄之利害[20]，囊披北闕之忠誠。苟不殄虜[21]，有如此城。

　　雖降虜方七百人[22]，平定可期於期月；奈留田一十二事，從違尙半於公卿。況是時將軍數陳當擊之謀，郎將頗惑進兵之論。戰守未決，是非相涸。蓋明主可爲忠言，而愚臣不勝至願。

　　軍冊可任，僅聞上相之贊言；穀糴不登，猶抱中丞之遺恨。果而虎略制勝，夷狄革心[23]，篋中之圖畫無用，塞外之干戈不尋。振旅奏凱，安車賜金。孰云犬馬之齒衰，不知長策；

但見麒麟之象著，以頌徽音。

厥後武賢之罷事，至久而乃明；屬國之置謀，卒償於既往。自非獲遇於明聖，何以畢輸其忠讜。不然則戊申之至甲寅，奏報才七日焉，是圖也，難於從而不難於上。

第六七韻貫通

〈山海天地之藏〉自後世歸古者

後世藏利之所，反為擅利之資；義民之意，轉作取民之術。齊人鬻筴，而筦榷一啓；秦室冶鑄，而徵求百出。竭兩儀生聚之功，為有國富強之實。自西郡弛禁，園池各奉於封君；逮東郭上言，鹽鐵盡籠於公室。

抑不知儲者不豐，則用者必竭；取之無節，則繼之亦艱。故古者物雖惟錯，特任土以作貢；木不勝用，必以時而入山。蓋將公共於兆姓，抑以財成乎兩間。不見虞人雖掌於林，材姑存邦禁；王府儻餘於澤[24]，物亦為民頒。

敘末三韻

〈器以藏禮〉

皆所以遏絕僭差，檢防驕肆。奈王政之中鬱，忍邦儀之下墜。家父求車，而自販威重；大夫繡黼，而各持私意。譬猶狙衣服以無恥，況且鶴乘軒而有位。浸成隳廢之漸，寧復等差之義。以至武公強請，甚非天子之錫功；仲叔既從，所謂小人而乘器。

故仲尼閔周禮之函壞，筆麟經而力扶。謂名以假人，不復往咎；而信以守器，尚幾後圖。獨奈何道以命廢，德傷位無。以路祀郊，莫救魯侯之夫；於庭舞佾，空譏季氏之徒。

胡不思在昔日甚盛之時，雖小亦為之節。馬車之用也，猶四闌六閑之異；冕服之飭也，且七斿九旒之別。然則民志定而

禮行，其中不為虛設。

〈府兵寓農〉

蓋是制也，自西魏起之，已肇其端；迨後周行之，莫勝其弊。俱未若額置六百餘，而儼若環列；士合三千衆，而屹然森衛。自可以親介冑於羽書警召之日，負犁鋤於虎帳番休之際。非一朝倉卒之功，實萬世本根之計。且殊小白，作內政以寓農；允合周王，立井田而定制。

奈何開元以來，名變廣騎；天寶而後，奏停折衝。以奴隸役使兮，且殊於訓閱；以市井應募兮，何心於戰攻。豈知制欲復古，兵惟寓農。遂使諸衛更番，但見止充於壯士；新豐講武，第嗟不整於軍容。

乃知天下之事，實創立之為難；前人之法，惟繼承之是賴。要當謹守以勿失，毋至屢更而為害。然則唐兵三變而唐以衰，閱史嘗為之感慨。

句法
人名故事
〈上求文武如不及〉
民瘼不足憂也，憂匪任於龔黃；
邊境非所慮也，慮未登於方虎。
〈齊魯文學〉
雖兵於強項，而有不息之弦誦；
雖毒於狂嬴，而有不煨之禮樂。
〈子在齊聞韶〉
鐘鼓未襄也，孔子既得以美舜；
絲竹升聞也，共王又從而慕孔。
同上
后夔之典，常嗟曠世之久絕；
汶水之陽，不謂此音之尚在。
〈詐術〉
一權謀於管晏，而雪焰滋熾；
重功利於鞅斯，而狂瀾孰回。
〈善政不如善教〉
刑辟止奸也，不如畫象於上世；
刀筆為吏也，不若弦歌於武成。
〈明紀綱為萬世法〉
雖丙吉復生，而無暇於建策；
雖賈生復出，而不容於陳紀。
〈儒者通世務〉
臥龍諸葛也，乃職治之諸葛；
條事賓王也，即嗜學之賓王。

〈君子道法之總要〉
漢儒病道，而道豈病漢；
秦□負法，而法非負秦。
同上
理非病漢，由曲學之病漢；
法非負秦，以有司之負秦。
〈安邊在擇將〉
西域一也，何仇任尚而服班超；
先零一也，何叛辛易而降充國。
〈冠帶圜橋門〉
峩然來者，佩唐虞之講論；
束而立者，晞孔顏之步趨。
〈王者以民爲天〉
彼秦既虐刑，何益於燔燎；
使漢不窮兵，無煩於禱祀。
〈三都五經之鼓吹〉
自秦人灰冷，而文物重見；
由孔□音絕，而管弦再作。
〈清廟一唱而三歎〉
成以德盛，而盛不以匀；
舜以孝感，而感非以琴。
〈共已味道之腴〉
薇可采也，周粟爲可輕；
芝可茹也，漢祿何足貴。
〈上聖樸以皇質〉
損周之文，而用夏之忠；

斲秦之珋，而復漢之樸。

〈高祖從諫若轉圜〉

借箸於前，則刻印銷印；

躡足於後，則真王假王。

〈文章政化之黼黻〉

論思獻納，爾向爾褒；

潤色修飭，子產子羽。

〈朝夕論思〉

夜半前席，宣室六傳；

晝漏議政，延英宰臣。

〈節義天下大閑〉

約共驪於禹稷之塗，

限蹢躅於夷齊之地。

〈鈞陶之道在擇相〉

乃左乃右，惟旦與奭；

汝翼汝爲，非夔則皋。

〈聖道發育萬物〉

唐堯衣裳，而皇帝宮室；

神農來耜，而伏羲佃漁。

篇名卦象書語

〈謹獨〉

暗室屋漏，如十手十目之地；

菜羹瓜祭，猶九宵九獻之時。

〈在輿則見倚於衡〉

體壯之履，而順適於禮輵；

乘坤之載，而安行乎德車。
〈復會諸侯於東都〉
崧高之褒鄭，湛露之燕賓；
韓奕之命等，彤弓之錫賚。
〈君子莊敬日強〉
圓冠方履，即天地之臨我；
左經右史，若聖賢之在旁。
〈天邑〉
東澗西瀍，三十世之周業；
左殽右隴，四百年之漢基。
〈宣王復文武之竟土〉
內修政事，則天保以上之治；
外攘夷狄，則泰誓維揚之武。
〈大有受之以謙〉
盈虛偕極，而損以益繼；
消長無常，而否由泰占。
〈善日者王〉
麟趾之化，爲關雎之應；
騶虞之道，自鵲巢而積。
〈周人百畝而徹〉
大東方怒，而繼以楚茨；
稅畝不足，而益之兵甲。
〈道〉
會仿皇極，則無反無側；
散在中庸，則與行與知。
〈易與天地準〉

見心於復，而見情於壯；
觀感於咸，而觀聚於萃。
〈乾乘六龍以御天〉
五剛為夬，而二剛為臨；
三陽曰泰，而一陽曰復。
〈乾坤示人簡易〉
夬不書契，則孰治孰察；
離必罔罟，則以佃以漁。
〈天地以虛為德〉
滿則為屯，塞則為否；
益斯為謙，通斯為泰。

物象

〈戒謹〉
舟不覆於龍門，而覆於夷壑；
馬不蹶於羊腸，而蹶於坦塗。
〈刑賞忠厚之至〉
思如可予，必審庶以錫馬；
過若可宥，寧闊疏而漏魚。
〈樂則韶舞〉
亦有琴瑟，以文羽旄之飭；
非無鐘鼓，之聲管籥之音。
〈君以民為體〉
以教為粱肉，則善得以養；
以刑為藥石，則惡由以正。
〈王者有容天下之量〉

威雷霆，而不爲赫赫之怒；
明日月，而不貽察察之議。
〈明紀綱爲萬世法〉
禮維之設，而樂紀之張；
政繩之舉，而官聯之建。
〈日者人君之表〉
葵傾心，而華夏知向；
雪見晛，則姦邪孰侮。
〈天子以德爲車〉
爲輗軏，以審其賞罰；
謹衝勒，以張其綱紀。
〈孟明楚舟〉
火千旗，而四面風動；
雷萬鼓，而一道地裂。
〈文者貫道之器〉
詭然蛟龍，蔚然虎鳳；
浩若江漢，變若雷霆。
〈聖人致天下之大利〉
冬之必裘，夏之必葛；
水焉以舟，陸焉以車。
〈聖國之利器〉
斂其鍔，以清廉之節；
淬其鋒，以智勇之資。
〈智若禹之行水〉
不滌源，而滌性之垢；

不治水，而治口之害。

〈聖人以天下爲度〉

龍鳳之姿，天日之表；

乾坤其德，雨露其仁。

〈無赦之國刑必平〉

苟解雨不流於王澤，

則秋霜必慘於民膚。

〈天下之勢如持衡〉

毋鈞金輿羽之高下，

毋太山鴻毛之巨細[25]。

〈王者無外〉

性分乾坤之曠蕩，

仁恩雨露之霑濡。

迭字

〈備患〉

索衣裘者，豈在大寒之後；

綢牖戶者，必於未雨之時。

〈文帝以道德爲麗〉

臺榭不飭也，烏睹乎真飭；

帷帳無文也，誰窺乎至文。

〈車駕幸大學〉

不遊觀乎宮室，而遊觀禮義之地；

不驅馳乎苑囿，而驅馳道德之塗。

〈王者以民爲天〉

謂畏所不足畏也，猶懼失德；

苟慢其弗可慢也，豈爲善政。

〈舜同律度量衡〉

俗雖不齊也，自有可齊之理；

法苟不一也，孰非難一之民。

〈仁之爲器重〉

理蓋鮮能也，未有不能之理；

人雖莫舉也，誰不可舉之人。

〈五帝親事法宮〉

民雖愚也，愚者詐之兆；

政雖簡也，簡乃繁之基。

〈上策莫如自治〉

全吾可恃，而制彼難恃；

守吾有常，以待其不常。

〈天子學問至窈冥〉

德之至足者，常若不足；

勢之易疏者，實非可疏。

〈孝文身衣弋綈〉

觀感之情，從面不從言；

奢儉之原，在上非在下。

〈王者以民爲天〉

推其不愧，以寓於不作；

即其所事，以加於所使。

〈宣王側身修行〉

上帝之命，可畏不可安；

人主之德，易成亦易敗。

〈至誠盡人物之性〉

道生乎物也，亦散乎物；

道全於人也，亦裂於人。
〈什一去關市之徵〉
謂制所當取，猶不盡取；
況事之得已，豈容不已。
〈文帝止輦受言〉
其朝可緩，而聽不宜緩；
吾行當止，而諫難遽止。
〈乾元統天〉
象非攝於有而攝於無，
理不關諸體而關諸用。
〈天子和顏受諫〉
蓋好諫則有從諫之烈，
而和顏則有犯顏之士。
〈乾元萬物資始〉
得於無象，所以成象；
出於先天，乃能統天。
〈經術飭吏事〉
心乎經非口耳乎經，
儒其吏豈刀筆其吏。
〈王者以民爲天〉
勿恃綦貴，以貴忽賤；
勿謂至愚，其愚若神。
〈周人百畝而徹〉
窮民者反以自窮，
厚下者無爲獨厚。

狀意

〈封爵誓山河〉

謂朕提三尺也，蓋將為主稷之計；

而爾經百戰也，亦惟思富貴之圖。

〈孝文有大人之量〉

處眇身於天下，視若不足；

納萬物於吾心，乃知有容。

〈君子知稼穡之艱難〉

深居可處也，每念閭閻之念[26]。

備味可享也，常思穀粟之分。

同上

我處安佚，念勞者之不息；

我足肥甘，慮黎民之阻飢。

〈師直為壯〉

論勇怯者，莫若論是非之理；

較強弱者，寧如較曲直之分。

同上

勇怯形也，雖可以相勝；

是非理也，終難於自欺。

〈天子學問至鑿鑿〉

以爾伐條也，猶知道化之行；

以爾執柯也，尚悟中庸之旨。

〈六政咨故老〉

以其宿望也，繫天下之重輕；

以其高年也，熟生民之利病。

〈無赦之國刑必平〉

予欲其生也，故下令以更始；
爾幸其免也，或先時而事欺。
〈謹獨〉
無人之境，何殊於十目之視；
暗室之地，若通於四達之衢。
〈綿蕝儀〉
斯蕝也，薄物而用重；
是儀也，未形而患消。
〈堯舜立敢諫之鼓〉
目瞻其器，則思張膽以明目；
耳聞其聲，則欲犯顏而逆耳。

短句四句

矯首邱園，奮身岩野。氣凜秋霜，心明白水。
進豈千澤，退非中清。令總百里，守專一麾。
臣妾六合，鞭笞四夷。有屏前值，有垣外維。
金闕開曉，玉卮奉春。泥詔封日，鶴書覆雲。
智以愚守，明由晦藏。乃闢疆里，乃營稼穡。
避席問孝，過庭問學。雷未作解，雲猶在屯。
藏巧於拙，養明以昏。發瞽燭幽，判蒙釋瞽。
動秉巽斧，居防剝廬。去僞全樸，即純擒漓。
良耜有報，載芟有祈。舉貴抑賤，升尊降卑。
薪樵松桂，斧斤梧檀。玉不渝粹，金無變剛。
耳目群聖，胸襟六經。百化予柄，萬樞予職。
多不過侈，寡無太嗇。土苴天下，精神心術。
世道標準，人心關鍵。刑可措周，鼎無鑄鄭。
垤不鳴鸛，疇將拆龜。元老柱石，先生搢紳。

撻楚堅甲，挫齊扶擊。去國千里，在天一方。
宣室開漢，延英闡唐。碩犧太重，擁雞請輕。
基命宥密，紹庭上下。駕道馳德，躋皇軼帝。

繳句四字

皆不及也，猶其閟之。可運掌矣，不知手之。
不有理寓，其如樂何。始也按堵，俄而厚生。
如見其人，不回厥德。不殄彼冠，有如此城。
抑神矣夫，惟帝時克。凡此多變，無非樂從。
託以陶者，欲其器之。德不稱也，神其吐之。
雅者正也，神其聽之。一有邪念，百皆過行。
不有賢者，其能國乎。

五字

井天下之田，比民居之域。
郊焉而祭法，廟焉而樂章。
無者有之生，實以虛而敗。
學洞則疑泮，力膠而事之。
身汰則氣放，心舒而行荒。
魯衛之所分，邢茅之所附。
提萬里之封，制諸侯之命。
藏器以待時，躬耕而樂道。
夏葛兮多裘，婦桑兮男畝。
田食兮井飲，男粟兮女布。

六字

日月群心之蔽，雷霆一世之昏。
琴解薰風之慍，臺登春日之熙。
感鬼神兮幽眇，發金石兮鏗鏘。

身去國兮千里，心愛君兮咫尺。
蕙肴烝兮蘭籍，桂酒奠兮椒漿。
寓廦盈於好惡，寄聰明於聽視。
二頃洛陽之業，一犁江春之上。
仁廣堯天之大，法疏湯網之寬。
吹噓而霜雪變，叱咤而風塵弭。
仰法天之紫垣，俯據坤之寶勢。
清明三尺之約，疏闊九章之示。
小焉宮室車輿，大焉冠昏喪祭。
法三尺以雖具，獄一人而自亡。
器眾竅以使粹，衡萬欺而使平。
密勿填篪之應，雍容手足之親。
節斷崑崙之竹，灰飛緹室之葭。
列萬象於神觀，對八荒於性天。
鑿混沌之耳目，立高卑之形質。
開明覆載之先，委照希夷之境。
辭雖直而實詐，謀若臧而至疏。
日接晉蕃之馬，雲從乾造之龍。
基宥密於夙夜，緝光明於日月。
率乃祖之攸行，單厥心而肆靖。
事雖細以猶省，費豈多而不惜。
始出地以明晉，俄中天而照豐。
虹凝氣以輝潤，龍和顏而密邇。
浴暘穀兮朝升，山扶桑兮光吐。
鴻漸磐而衎衎，鹿鳴野以呦呦。
人情狃於久安，天下恬於無事。

七字

門庭萬里以咫尺，軒陛九天而尋丈。

搜求政治之得失，翦截眾言之殽亂。

勤求則語重九鼎，忽視則言輕一毛。

詩書焉迪乃耳目，號令焉敷予肺腑。

國焉而永念民瘼，軍焉而講求廟謨。

奔走乎邦甸侯衛，靈承乎祖考神祇。

激天之金鼓騰沸，蔽野之旌旗搖揚。

權高而北斗回柄，令出而南箕簸風。

咽喉萬古之形勢，蘿蔓百年之本支。

龍飛卓視於乾五，蔀發自殊於豐四。

無疆欲致於益說，勿幕必同於井收。

一歲用力於三日，百畝無飢於數口。

置搜而兆朕斯顯，寂聽而音容莫傳。

初至而吏士持漏，一入而軍門尚閉。

所傳者道德仁義，所隸者詩書禮樂。

介石必同於豫二，舍龜無效於頤初。

未明求文帝之衣，辨色撤周人之幕。

日中致所聚之貨，歲杪制有餘之用。

斂之不外於方寸，散則可周於八維。

明非在下以在上，馨不以物而以德。

聞非以耳而以心，知不在數而在理。

八字

〈禮樂〉

上天下澤禮所由起，

洊雷隨風樂之自然。

〈謹獨〉

人雖不知知者在我，

物若無見見之以心。

〈敬〉

於鄉恂恂於朝便便

在宮雝雝在廟肅肅

〈文武〉

養以膏粱攻以砭　，

鼓之雷霆潤之風雨。

〈聽納〉

臣言一介主勢萬鈞，

君尊九重外廷千里。

〈威德〉

刑以秋冬賞以春夏，

喜爲雨露怒爲霜雪。

〈君民〉

皇天眷命奄有四海，

百姓有過在予一人。

〈道〉

君子小人所履所視，

愚夫匹婦與行與知。

〈形勢〉

泰山四維屹若磐石，

金城千里高如建瓴。

〈謹微〉

勿謂其眇積之則長，

勿謂其微忽之則彰。
〈同體〉
以諸侯則皆我叔父，
以百姓則猶吾赤子。
〈無備〉
平居則屑屑而掊克，
有事則區區而振貸。
〈萬物〉
大而山川孰融而結，
細而草木孰別而區。
〈讚頌〉
崗陵其壽天保流詠，
日月其德東封有書。
〈見聖〉
日月出而爝火自熄，
雲霧披而青天共睹。
〈人望〉
入而相則拱揖致主，
出而將則笑談卻□。
〈太平〉
東郊作兮詠擊堯壤，
南風歌兮董□舜琴。
〈漢制〉
元朔號令地節品式，
建武制度永平禮儀。
〈漢文〉

日月獻納曰乘輿朔，
河漢黼黻非卿則雲。
〈德澤〉
行葦其仁天覆地載，
蓼蕭其澤海涵川泳。
〈化民〉
俗銷鍥薄還彼忠厚，
質易頑鈍歸之粹美。
〈節義〉
申生何忍死不敢愛，
子思非愚寇猶與居。
〈正心〉
蹶趨雖氣持以其志，
耳目皆官得之者思。
〈自然〉
結繩雖樸天下亦樸，
作會非疑民心反疑。
〈禮樂〉
射而觀德鄉飲百拜，
宴而升歌關雎一詩。
〈制度〉
一車之等篆縵墨棧，
一贄之微鶩羔雁雉。
〈寬猛〉
寬大之風寓在禁網，
恩厚之意藏於斧斤。

〈誠信〉

介焉動金石之無知，

微焉及豚魚之異類。

〈律曆〉

作譜如歆總論如向，

造尺若苟審音若京。

〈踰僭〉

樂工調馬鳴玉曳組，

孽妾富民履絲繡牆。

〈歸心〉

河北父老謳漢仁澤，

江東豪傑興劉義兵。

〈保[27]治〉

山附於地當戒於剝，

城復於隍反言於泰。

〈富教〉

理財之後繼以禁非，

易耨之餘從而申孝。

〈忠佞〉

背楚歸漢同此陳平，

佞隋忠唐均茲裴矩。

〈持勝〉

敗戎之功反以誘虢，

勝敵之幸祇爲驕楚。

〈兵〉

南軍北軍壯漢元氣，

謫戍調戍胎秦禍基。
〈君臣〉
熊卜渭濱文喜得望，
象求岩野說方佐商。
〈君臣〉
龍飛五位臣下利見，
虎拜萬年王休對揚。
〈夫人〉
歡呼聽詔魏博士卒，
踴躍爲兵公山草木。
〈混一〉
疆理聯屬周索戎索，
聲教包羅萊夷島夷。
〈形勢〉
金城湯池蟠薄萬里，
襟江帶湖混同一天。
〈人君〉
皇天眷祐歷數直主，
中土推戴衣冠正溥。

聲律關鍵卷一

修職郎吉州州學教授鄭起潛編

破題
凡好語點黜，關鍵字圈出。
八字包題

〈以孝事君則忠〉
家國雖異，以此因心之孝；
君親則同，移爲事上之忠。
〈書斷自唐虞〉
揖遜而治，書欲垂於軌範。
古今所無，序斷自於唐虞。
〈禹戮防風氏〉
天子居外，伊夏禹之行戮；
諸侯畢朝，以防風之有驕。
〈觀稼斂法〉
年有上下，即農田而觀稼；
稅分等夷，出斂法以隨時。
〈中國猶太陽〉
天地位奠，繫中國之常盛；
華夷分存，猶太陽之獨尊。

八字體面
〈圜丘象天〉
禮大必簡，蓋推尊於上帝；
邱圓自然，遂擬象於高天。
〈師居虎門司王朝〉
天拱龍位，命師氏以居左；
地嚴虎門，司王朝而獻言。
〈王者恩及行葦〉
王位天德，於行葦以猶及；
物蒙聖恩，見中心之所存。
〈冠帶圜橋門〉

冠帶多士，幸儒學之興也；

國家盛時，圜橋門而會之。

貼第一句

凡貼句皆有意。

〈東南萬物絜齊〉

天地設位，爰長養於萬物；

東南向陽，皆絜齊於一方。

〈有問無對責之疑〉

朝必建輔，顧予問以無對；

疑專奉君，責汝官之不勤。

〈時和事敍貨之源〉

德動一氣，致人事之咸敍；

和薰四時，宜貨源之益滋。

貼第二句

〈祭九河合爲一〉

河本同委，雖九名之互別；

禮難異儀，合一祭以誠宜。

〈知若禹行水〉

智本無事，若禹躬之所治；

人難任情，順水性以安行。

〈天子禁衛九重〉

貴極天子，設禁衛以萬計；

分嚴禮容，擁宸居而九重。

〈六律爲萬事根本〉

律以六制，萬有事機之眾；

理由數推，一資根本之爲。

〈良農不爲水旱輟耕〉
農有常業，雖水旱之變也；
天無定時，豈耕耘之已而。
〈聖人作而萬物睹〉
聖作於上，罄同宇之萬物；
統傳有宗，睹御天之六龍。

貼第三句

〈王者之法猶江河〉
法以示信，用爲防於海宇；
王非尚苛，爰取喻於江河。
〈聖人和同天人之際〉
明聖既作，位乎中而主宰；
天人默通，合其際以和同。
〈天道猶張弓〉
天職洪造，惟不偏於應物；
道存至公，遂取喻於張弓。
〈聖人之道猶日中〉
道在今古，公天下以立極；
統歸聖神，猶日中而示人。
〈君子仁民而愛物〉
君子出治，推是心而以往；
仁恩及民，愛諸物以惟均。
〈文章漱六藝[28]芳潤〉
學貫六藝，探根源而自古；
文兼眾長，漱芳潤以成章。

貼第四句

〈聖之治應如響〉

聖哲既作,曷如響之應也;

治平可知,蓋以神而化之。

〈忠臣之諫有五義〉

臣善進諫,雖爲義之有五;

心維盡忠,於愛君而則同。

〈太[29]平君子能持盈〉

君子高拱,能盡持盈之道;

皇家太平,以堅保治之誠。

〈禹任土作貢〉

土或有異,任其產以作貢;

禹明所因,不以無而強民。

〈舜日月照而四時行〉

人仰舜照,運四時而行化;

日兼月旋,本一德以皆天。

〈堯舜使民不倦〉

堯化鵠跡,何使民之不倦;

舜功莫窮,蓋因變以能通。

貼兩句

〈聞韶不知肉味〉(古)

舜德雖待,何奏金於異代;

韶音尚全,忽忘味於當年。

〈食爲刑錯之本〉

人苟足食,是謂錯刑之本;

心斯愛身,蓋多遠罪之名。

〈井田之法備一同〉
三代仁政，由一同而備法；
四方井田，垂萬世以開先。
〈六經之道同歸〉
一理簡易，顧其文之各異；
六經發揮，要諸道以同歸。
〈日月爲常〉
國重蔵事，象日月以爲飭；
常因辨名，表帝王之並明。
〈春日下寬大書〉
令以時布，宜此聖明之主；
春爲歲初，下夫寬大之書。
〈仁者樂山〉
不撓於物，何樂取山之靜；
所存者仁，蓋明率性之真。
〈王戴冕璪十二旒〉
王重戴冕，垂璪旒而十二；
制因法天，冠儀禮之三千。
〈金城圖上方略〉
玉陛遣將，條方略以俱上；
金城進圖，信老成之莫踰。
〈器以藏禮〉
器月於國，雖文爲之外示；
分明自王，實禮意之中藏。
〈漢斲琱爲樸〉
治莫隆漢，何斲琱而爲樸；

跡皆敗秦，蓋易暴以從仁。
貼三句
〈洛出書〉
聖作於世，書由洛以肇出；
祥開自天，道待人而後傳。
〈無逸圖〉
主德方進，當此太平之日；
臣忠願輸，獻夫無逸之圖。
四句分題
〈禮義廉恥謂四維〉
禮以辨等，貫廉恥於一致；
義能度宜，謂邦家之四維。
〈文帝愛民如赤子〉
民苦秦久，爰軫丹衷之愛；
文承漢初，殆深赤子之如。
〈聖王號令奉天時〉
號令宜謹，奉四時而自我；
聖王敢專，無一事以非天。
〈聖心天地之鑒〉
聖本淵懿，雖天地之奧也；
心常靖夷，以精神而鑒之。
布置難題
〈善政綱舉而網疏〉
君善圖乂，綱舉修明之憲；
政能在和，網疏嚴密之科。
〈三代稽古法度彰〉

德顯三代，稽古聖神之作；
制隆百王，躋時法度之彰。
〈九章五紀明曆法〉
九列章位，因神機之既啓；
五分紀名，見曆法之能明。
〈郊雍寶璧玉器〉
郊自雍舉，璧出寶藏之秘；
瑞因地彰，器兼玉潤之祥。
〈爲天下國家有九經〉
君有天下，化自一家而始；
躬持國維，經由九者之爲。
〈十八學士登瀛洲〉
十有八士，時並登於學館；
獨高眾流，身如在於瀛洲。
〈孝宣五日一聽事〉
求治於漢，事五日以一聽；
勵精者宜，躬萬機而獨專。
〈玉路建太常十二斿〉
五路首玉，十有二斿之飭；
太常建旗，一新萬乘之儀。
〈五百歲聖人出〉
聖不出世，時五歷於百歲；
歷由數新，天再生於一人。

一字包意

〈見道知王治之象〉
撲散太極，惟王明之見此；

道形上天，知治象之昭然。

〈大衍天地之樞〉

易著大衍，散在古今之用；

理關萬殊，誠爲天地之樞。

〈太宗以直言爲國華〉

唐祚光啓，以爾直言之益；

太宗孰加，爲吾有國之華。

〈英俊舒六藝之風〉

漢集英俊，雲合一時之盛；

教颺古初，風惟六藝之舒。

兩字包意

〈雲漢爲章於天〉

質判太赤，偉雲漢之在上；

象垂彼蒼，煥天躍而有章。

〈太宗以人爲鑒〉

唐室開治，心每防於物蔽；

太宗對時，鑒遂取於人爲。

〈以古爲鑒〉

治貴遠覽，爰探端於往古；

君宜載惟，以爲鑒於當時。

〈聖人道之極〉

聖人獨到，誠斯道之極也；

人其鮮知，本吾身而備之。

〈遷雄鳴漢〉

孔孟絕響，於太漢以間出；

遷雄有聲，爲當時之善鳴。

〈豐芑數世之仁〉

豐水有芑，萃在一時之用；

周家作人，流爲數世之仁。

第四句見本意

〈聖人被褐懷玉〉

德盛惟聖，緊被褐以懷玉；

美全在身，非以文而示人。

〈哲王厚下以立本〉

王既秉哲，何厚下以立本；

心先體仁，知保邦之在民。

切對

〈執法冠獬豸〉

邦有執法，擊豺狼於當路；

古稱要官，取獬豸以爲冠。

〈五星如連珠〉

星列五緯，在橫玉以載考；

歷明太初，視連珠而有如。

〈漢網漏吞舟之魚〉

法至秦密，鑒覆轍於失鹿；

網由漢疏，漏吞舟之巨魚。

〈股肱日月獻納〉

體貌禮重，務日月以獻納；

股肱職分，裨冕旒之見聞。

〈官師相規〉

邦治孰飭，欲在公之罔關；

官師是資，必隨事以相規。

〈孝文身衣弋綈〉

文德至儉，忘丹扆之爲貴；

身章自然，衣弋綈而率先。

〈文帝前席賈生〉

言接賈誼，方切凝旒之聽；

禮優孝文，遂忘前席之勤。

〈天下猶泰山四維〉

天下已固，凜淵水之一念；

聖人謹思，猶泰山而四維。

〈羲仲平秩東作〉

羲仲尼職，繫平秩之有道；

堯民即功，宜作興之東西。

〈辟雍水環如璧〉

京邑流化，水如璧之環也；

辟雍定規，士盍簪而泳之。

假對

〈舜歌南風天下治〉

風應夏律，爰導和於南面；

歌揚舜弦，自致治於敷天。

〈孟多獻民數〉

事以歲會，當冬月之孟也；

民由數知，謹秋官而獻之。

〈仲秋教治兵〉

事以時講，雖諸夏之偃武；

習因教成，必仲秋而治兵。

〈夏宗陳天下之謨〉

周典時學，爰述侯邦之職；
夏宗禮殊，以陳天下之謨。
挑幹題字
〈漢斲琱爲樸〉
秦弊云極，斲彼既琱之習；
漢興力除，反茲爲樸之初。
〈漢開獻書之路〉
道至秦雍，爰示廣開之路；
禁由漢除，以來未獻之書。
〈令郡國舉孝廉〉
化欲下究，俾郡國之應令；
賢宜急親，以孝廉而舉人。
〈民以食爲天〉
民得所養，咸養賑人之食；
命由以全，是爲生我之天。
〈七月陳王[30]業〉
蒼錄開國，宜七月之詩作；
豐功在民，以先王之業陳。
〈禹惜寸陰〉
德戀夏禹，念紛至之萬務；
治勤聖心，惜易流之寸陰。
〈天下國家本在身〉
天下雖廣，由家國以推本；
化原有因，在帝王之反身。
〈王者以民爲本〉
王所尤重，爰念惟艱之事；

民焉是先，以爲可敬之天。

〈酌民言則下天上施〉

君聽欲廣，上酌言而出治；
民情是先，下蒙施以如天。

〈王者代天爵人〉

王不自大，躬任代天之職；
道明所因，爵加有德之人。

〈文王詢於八虞〉

文所以聖，虛一己以博采；
賢無不親，至八虞而亦詢。

〈湯從諫如流〉

湯克懋德，樂聽難從之諫；
心常好謀，順如易決之流。

〈三十年之通制國用〉

年歷三十，制乃國中之用；
數稽始終，以其歲計之通。

〈史官權重宰相〉

紀錄攸繫，信矣史官之筆；
勸懲是先，重於宰相之權。

〈舜察邇言〉

舜有大智，至於耳以猶塞；
人無廢言，見所聞之必尊。

〈聽言之道以事觀〉

治本一道，在今日之躬聽；
言持兩端，以古人之事觀。

〈九府貨流於泉〉

府以九立，散於用以皆貨；
利無一遍，取其流而曰泉。
〈聖德垂周文之聽〉
聖有容德，欲天下之情達；
心存盛時，以周文之聽垂。
〈天子改容禮三公〉
天子綦貴，屈一己以加禮；
宸心益恭，爲三公而改容。
〈三拜受賢能之書〉
王重惟士，屈禮貌以受此；
書登以時，爲賢能而拜之。
〈聖主言問其臣〉
命令攸出，大聖主之無我；
安危所存，問賢臣而後言。
〈聖王育群生恢疆宇〉
天下勢合，群生靈而並育；
聖王運開，一疆宇以重恢。
〈周養老乞言〉
考古治盛，養在國之三老；
有周禮制，存乞興邦之一言[31]。
〈善政致和猶抱鼓〉
君政善盡，致和氣以自我；
天心默符，猶鼓聲之應抱。

不失重字

〈大學在明明德〉
書著大學，雖善端之均善；

道存至誠，在明德之先明。

〈仁人事親如事天〉

聖孝高古，知爲子之爲道；

仁人盡倫，如事天而事親。

省重字

〈舞節八音行八風〉

舞不徒作，節其音而有八；

氣皆默通，行乎風而亦同。

〈聖人以百姓心爲心〉

惟聖有作，以百姓之所欲；

恤民至深，爲一人之用心。

不失虛字

〈大禹祗承於帝〉

夏德雖戀，惟己私之弗徇；

禹心敢矜，於帝意以祗承。

〈天子祈求年於天宗〉

惟聖蔵事，祈方來之年穀；

先時爲農，於所祀之天宗。

四句意貫

〈賦者古詩之流〉

大雅雖遠，故辭賦之一藝；

遺風可求，蓋古詩之末流。

〈域中有四大〉

域未區別，自三才之矣位；

理皆混融，有四大以居中。

〈殷周井田制軍賦〉

田以井授，至殷周而備也；
法由古爲，制軍賦以因之。
〈聖人以仁守位〉
自昔開國，大聖人之體此；
以仁肇基，守天位以由之。
〈夔假韶以鳴〉
君幸有舜，爰假大韶之奏；
情難隱夔，以鳴盛治之時。

本出處意

〈受計甘泉〉
民事至重，計聿來於方國；
帝心急先，時因受於甘泉。
〈敬天安文王之道〉
文業攸致，宜後王之敬止；
天心匪私，即是道以安之。
〈山海天地之藏〉
山海雖衍，茲天地之藏也；
聖王敢私，通君民而用之。
〈夏歌朱明〉
樂奏夏律，款太乙以敬致；
禮嚴漢祠，歌朱明而對時。

本韻腳意

〈太宗得至治之體〉
唐治之至，得其體之大者；
太宗所基，本以身而致之。
〈王位設黼扆〉（王位設此，昭其能斷）

躬正五位，表宸衷之能斷
權歸一王，設黼扆以當陽。
添外字對題字，渾成
〈金華朝夕說書〉
帝學時敏，期朝夕以納海；
金華日居，命師儒而說書。
〈辟雍海流道德〉
儒學寖盛，積道德以日富；
辟雍聿修，自京師而海流。
〈王者財萬物以養民〉
王務兼愛，財萬物以有道；
利無不均，公一心而養民。
〈文帝受釐宣室〉
漢祀既葳，即宣室以恭己；
孝文益祗，受祠官之薦釐。
〈舜樂歌詠五常之言〉
言以理寅，凡歌詠之一意；
舜因樂揚，皆發明於五帝。
〈祈年籥豳雅〉
重本於國，即豳雅之所述；
祈年以詩，命籥章而載吹。

賦眼用虛字

〈禹見耕耦而式〉
禹善厚下，見耕者之維耦；
心常重農，宜式之而必恭。
〈民以君爲心〉

君善主宰，凡同然而聽命；
民歸統臨，皆視此以爲心。
〈仁人用國日明〉
國勢所繫，惟審此以時措；
仁人敢輕，斯用之而日明。

下字移上

〈鑒承明水於月〉
月著圓象，鑒有光而相望；
氣涵太淸，水隨取以爲明。
〈太宗功德兼隆〉
功德難並，惟太宗之有作；
古今所同，在唐室以兼隆。
〈文武父子而處〉
父子而處，其在鄘酆之地；
古今未聞，獨稱文武之君。
〈秋夕月〉
璧月澄夜，敬本宸衷之致；
金天正秋，時嚴夕祀之修。

第二句壓韻見意

〈宴居有師工之箴〉
聽政方暇，爰有師工之誦；
宴居亦欽，用爲朝夕之箴。
〈在輿則見倚於衡〉
處己以正，宜此行常之道；
在輿亦誠，倚於所見之衡。

第四句壓韻見意

〈龍左角爲天田〉

星有著象，惟角次之居左；

體均曰龍，爲天田而主農。

上實下虛，斡旋主意

〈舜畏天而愛民〉

惟舜御極，畏此難諶之命；

代天子民，見於博愛之仁。

全題字作一句破（或作第三句，或作第四句，皆要貼句有力）

〈人主和顏受諫〉

運啓真主，曷和顏而受諫；

朝容直臣，示舍己以從人。

〈聖人成天下之大順〉

妙斡道化，成天下之大順；

用全聖人，本吾心之至神。

〈功德鏤皇之牒〉

功德難並，鏤白玉之秘牒；

聖明具全，衍鴻休而歷年。

同上

功德全美，鏤白玉之牒也；

聖明盛時，傳皇家而寶之。

〈復見天地之心〉

復既反本，即此卦爻之體；

陽初盪陰，見夫天地之心。

〈什一去關市之徵〉

什一定賦，推此聖王之制；

重輕適平，去夫關市之徵。

〈節義天下大閑〉

節義尤重，曲盡人臣之道。

盛衰所關，大爲天下之閑。

〈禮其皇極之門〉

名重禮教，俾群心之知節；

體包道原，在皇極以爲門。

挑轉題字壓官韻

〈上聖垂仁義之統〉

上聖繼作，化被華夷之遠；

宏綱獨持，統由仁義之垂。

〈天子游六藝之囿〉

天子遠覽，軌務百王之繼；

聖言是求，胄惟六藝之游。

第一聯

體面

〈天子當陽〉

建皇極以爲君，下觀而化；

儼大明之在上，旁燭無疆。

〈王戴冕璪十二旒〉

寶據域中，首正端莊之飭；

玉參辰次，輝凝前後之延。

自在

〈天地和應五穀登〉

汎觀覆載之間，氣回溫厚；

果致豐昌之效，望慰藜蒸。

〈無逸圖〉

著在成書，每預防於耽樂；

寫爲永鑒，俾不離於須臾。

〈五典寶爲大訓〉

考帝者之遺書，咸知所貴；

作君人之丕式，愈久而彰。

〈采遺書以益闕文〉

搜久墜之簡編，必期大備；

補未全之典憲，用廣多聞。

叫應

〈退思補過〉（古）

亦既自公，適在休居之際；

永懷裨失，留爲進見之規。

〈榮辱之來象其德〉

動必繫於窮通，非天所降；

應皆隨於善惡，由爲而已。

〈堯舜性仁〉（古）

世陶極治之風，雖稽於古；

內蘊安行之德，蓋稟於天。

〈規圜生矩〉

觀順動之不窮，可求其故；

實折還之攸出，有肇於先。

〈樂莫盛於韶勺〉
載揚中正之音，孰臻其極；
若無紹成之意，獨擅其休。
〈事聖君無諫諍〉
幸承願治之王，不行過舉；
豈待犯顏之論，以沃多聞。
〈命將必本祖〉
往司軍師之權，宜難其任；
須揀勳門之後，蓋熟於兵。
〈八政以食爲首〉
秩然農用之疇，無非治要；
冠以厚生之務，式貴民天。

實貼

〈觀稼出斂法〉（古）
察地利於秋成，凶穰異數；
限國徵於歲入，厚薄從宜。
〈圜丘象天〉（古）
必在國陽，蟠宏基之高厚；
用將乾體，取大運之周旋。
〈舞節八音行八風〉
合樂以陳，寧有奪倫之奏；
隨方而應，式全從律之功。
〈五星如連珠〉
仰瞻同色之躔，靡差其應；
若貫生淵之寶，相比而居。
〈天子禁衛九重〉

履帝位之至尊，疇非星拱；
備君門之法伏，翕若雲從。
〈菁莪樂育材〉
託微草以興歌，載言其盛；
喜明時之養士，有類於斯。
〈東壁圖書之秘府〉
仰考二星，不紊常經之次；
俯司群籍，咸充邃宇之中
〈宵中星虛殷仲秋〉
刻既夜均，驗己方之有耀；
令隨序正，知顯氣之平分。
〈殷周井田制軍職〉
適此治安，九別封畿之畝；
從而經畫，兩全卒乘之規。
〈鳶飛魚躍上下寨〉
升潛鱗羽之微，感而後動；
俯仰氣形之憲，理實照然。
〈漢求文武如不及〉
六世承休，未副有為之願；
兩科取士，猶懷恐失之憂。
虛貼（須有出處，亦謂之暗貼）
〈祭九河合為一〉
沈事用修，眷洪流之既道；
靈源共報，寧徧祀之多為。
〈多士秉文之德〉
思皇奔走之臣，秩然咸在；

恪守清明之懿，翕若交修。
〈一日克己復禮〉
有能朝夕之間，盡忘乎我；
斯反性情之正，不失其真。
〈刑賞與天下畫一〉
執此政之堅，如深明所本；
共斯民而講，若各當其情。
〈春夏祈穀於上帝〉
候屆析因，預致用成之禱；
意期感恪，式嚴昭事之儀。
〈人主之勢重萬鈞〉
履帝位以何為，獨操可致；
壯皇威之所壓，茲實無倫。
〈清廟之瑟有遺音〉
頌首述於一章，備形以詠；
聲尚餘於三歎，寧止於斯。
〈國之紀綱在制度〉
將以經邦，曷畢張於條目；
從而推本，由自有於章程。
〈文王與天地合德〉
全夫不己之純，既臻甚盛；
揆以日生之大，足配無疆。
〈文王之典靖四方〉
烝哉丕顯之謨，允為儀式；
寧爾攸同之域，迄用平康。
〈國之紀綱在制度〉

張其欲治之經，豈無所寓；
節以有常之法，宜舉而行。
〈股肱日月獻納〉
良哉左右之臣，忠嘉是效；
因彼就將之頃，敷奏尤勤。
〈帝歌敕命惟時幾〉
恭以何爲，庸作治安之戒；
正而自度，在加順謹之思。
〈雲漢爲章於天〉
倬爾清暉，足見昭回之美；
炳夫圓極，自然華藻之彰。
〈堯有衢室之問〉
大哉天下之君，居忘自滿；
即彼道旁之舍，以便疇咨。
〈聽言宏接下之規〉
念聞善以樂從，招延有自；
在思恭而俯納，宏遠如斯。
輕貼（不著跡）
〈禮其皇極之門〉
伊定分之攸明，周旋必中；
實大中之所限，出入常存。
〈令名德之輿〉
眷聲聞之廣施，豈浮於實；
暢輝光而遠駕，益顯於時。
〈太宗以人爲鑒〉
資上聖以有臨，聰明不恃；

引群賢而自照，得失皆知。

全句貼

〈殷周之盛在安民〉

有天下以莫長，曷臻極治；

因人情之所欲，寖底多盤。

總貼（條目多，宜如此貼）

〈天下國家本在身〉

知所治之大端，豈無統會；

謹厥修於一己，庶盡持循。

〈三十年之通制國用〉

因必世之素儲，總而爲率；

裁有邦之經費，利則無窮。

〈三辰五星相經緯〉

運於上以推移，象皆環列；

因其躔而錯綜，文自中含。

〈大有剛健而文明〉

五居得位之尊，適當極盛；

四備應天之德，宜底元亨。

貼句有意

〈漢網漏吞舟之魚〉

屬大統之方興，首恢比禁；

雖洪鱗而亦縱，足想其餘。

〈有功名書太常〉

懋揚鴻烈之休，用嘉乃績；

識在龍章之首，以屬其餘。

〈哲王厚下以立本〉

稟上智以有臨，裕夫爾衆；
建丕基於不拔，培以深仁。
〈虞學興典謨之教〉
眷此上庠，後千齡而有作；
崇夫大訓，本一道以相承。

貼句有來處

〈以古爲鑒〉
即異代之已行，歷求其故；
斂清躬而坐照，莫近於斯。
〈忠恕違道不遠〉
合人己以爲公，渾然無間；
去本原而伊邇，由是而之。

下兩句意貫

〈封事謗木之遺〉
朋來抗疏之忠，魯無所隱；
遠想求箴之制，猶見於斯。
〈受計甘泉〉
適當會簿之登，敢稽所納；
雖處齋宮之秘，亦使之前。
〈山海天地之藏〉
大哉流峙之區，莫窮所出；
凡厥施生之利，咸畜於斯。
〈舜察邇言〉
恭一己以何爲，敢居何聖；
雖片辭而若近，猶審於斯。

下截倒貼（挑幹活法³²）

〈仁者樂山〉

根諸固有之心，守其在我；

仰止不移之體，樂以終身。

〈石渠論五經同異〉

闢邃閣以招延，不輕其選；

尼微言之離合，悉講於中。

〈堯舜使民不倦〉

盛帝相承，自得精微之妙；

群生無斁，悉歸運用之中。

鼎足題，分兩腳在上

〈金華朝夕說書〉

秘殿招延，屬此論思之暇；

遺編明白，得諸講肄之餘。

〈天子明當一聽朔〉

親屈君尊，就國陽而迭處；

歷聞時政，循月旦以為常。

獨腳題，分上下截

〈渾天儀〉³³

洪覆無端，曷測往來之運；

清臺有制，裁成內外之規。

善貼虛字

〈天保以上治內〉

形為下報之章，逆推其始；

凡曰自修之政，備述於斯。

反貼（不如正貼，亦非得已）

〈王道正直〉

理一本於修明，所行有要；

用兩亡於偏曲，愈久而彰。

〈春日下寬大書〉

木德方回，已兆發生之意；

王言誕播，悉令苛細之除。

虛字形容

〈日月為常〉（「模成」二字，便見是畫日月）

模成兩曜之文，其光不疚；

布作九旗之首，以揭而行。

〈七制之人可即戎〉

幸生仁義之朝，每思報效；

若有師徒之役，足備驅馳。

乃對

〈太宗明照侔日月〉

龍飛上聖之君，其光不疚；

象媲中天之耀，若揭而行。

〈聖人以仁守位〉

仰惟睿智之臨，心存博愛；

永保光明之履，勢實無倫。

過於所喻

〈聽言樂於琴瑟〉

眷茲鯁論之聞，適符所好；

較彼絲聲之奏，莫尚於斯。

雙字題用雙字貼（正格）

〈聖人和同天人之際〉

睿智有臨，獨運不言之妙；

混融罔間，兩全相與之功。

〈武宣潤色鴻業〉

纂承正統之傳，文由此盛；

粉澤丕圖之煥，治極其成。

〈王道會歸有極〉

修明至理之原，不偏所尚；

總入大中之域，罔蹈於非。

〈溫厚天地之仁氣〉

播以淳和，孰究一元之妙；

大哉覆育，潛薰萬宇之春。

〈獻替建太平之階〉

資爾納忠，能力陳次可否；

輔了立治，斯漸進於盈成。

〈張弛文武之道〉

深明操縱之方，不徧所尚；

寓在久長之理，其用如斯。

〈人主天下之儀表〉

據利勢之崇高，動無過舉；

爲綿區之法式，孰不胥然。

〈五帝有勸戒之器〉

德備聖神，猶切省躬之戒；

意存勉飭，具存宥坐之規。

〈典謨人主之軌範〉

究立治之本原，五篇具在；
闡爲君之則式，萬世無踰。

雙字題用單字貼（須有出處）

〈國家閒暇明政刑〉

適朝野之多娛，敢懷逸豫；
飭條章而具舉，庶保安榮。

〈治道貴清靜〉

總政理以圖成，深明所尙；
端震衷而勿擾，俾遂其宜。

〈寬柔南方之強〉

兩全以教之端，力非外假；
獨處當陽之地，威實中藏。

第一韻終

聲律關鍵卷二

第二韻

原韻

第二韻，謂之原韻，推原一題之意。古作必考究源流，近體多以意起。

自古原起

〈天地爲爐〉（古，體物）

自昔沖氣包元，真工授術。鑿混沌之耳目，立高卑之形質。五行運轉，迭扶元化之神；萬象紛紜，皆自爐而出[34]。

〈乘者君子之器〉（古）

昔者創物云初，製名之始。謂才之賢否，既已遠甚；則器

之貴賤，亦宜稱是。故其保乘，先致巧於國工；未始假人，獨推尊於君子。

〈天地之性人爲貴〉（古）

粵若太極肇判於兩儀，萬類咸資於一氣。謂得於稟賦者，各異於形質；有是中和者，特殊於品彙。盈宇宙之間皆物，厥性何分；受天地之中以生，惟人爲貴。

〈天以日月爲綱〉

混元肇判於有初，顯□實彰於臨下。雖萬象森羅，固已紛若；非兩耀錯行，孰爲主者。且天以機緘而運，煥有文乎；而度惟日月之常，以爲網也。

〈魁杓爲璣衡〉

自兩儀奠位以來，有列宿麗天之久。雖森羅於上各著其象，然運動之義獨形諸斗。魁之方杓之曲，類則惟彰；璣以轉衡以平，名斯有取。

〈衡助旋機齊七政〉

斷鼇立天極以來，列象繫斗綱之正。仰觀群度，不紊其次。中有端星，實專其柄。在圖籍可稽之數，五謂之衡；助旋機不及之功，七齊其政。

〈渾天儀〉

粵自顓曆創而始肇端倪，虞璣正而復存規式。茲法既泯，神機莫測。去古人遠矣，常嗟員覆之難名；以後世觀之，賴有渾儀之僅得。

〈漢唐曆本於律易〉

粵自（律）鳳鳴於製器之初，（易）象畫於先天之始。自然之數，各有攸寓；協用之紀，當由此起。故曆作於漢唐之世，審所由來；而法存於律易之中，本其以此。

〈三易經卦皆八〉

自混淪肇判之初，有通變不窮之易。雖隨時之用，或間於先後；而定體所存，豈容於損益。書傳自古三備，列以成文；卦實有經八皆，原於始畫。

〈詩三百思無邪〉

昔者情寓於聲詩，道公乎天下。民風流詠，雖若此之不一；人心正理，有隱然而存者。

〈雲漢爲章於天〉

粵自位奠高卑，氣分上下。麗乎輕清者，厥光自著；流乎重濁者，其文蓋寡。印觀雲漢，何其源之清乎；橫緯星躔，是爲天之章也。

〈詩正而葩〉

昔者王跡未熄之時，聲詩交作於下。發乎情者，皆出於忠厚；形之言者，豈流於鄙野。載所述[35]，有六義之旨焉；既正而葩，是一經之體也。

〈九扈爲九農正〉

昔者巢穴處而未適所安，耒耜興而始知其利。然民生猶懼有闕，蓋官制未臻其備。金天有作，一人爰審於開先；農扈肇分，九正乃聞於咸事。

〈人者天地之心〉

粵自氣判洪濛，位分上下。非靈乎萬物，有以用是；則塊然兩間，孰爲主者。稟此陰陽之正，其惟人乎；處之天地之中，是爲心也。

〈五行五常之形氣〉

若昔彝倫，造端太始。修飭於躬蓋有妙是，生成之數特其跡耳。參稽隱顯，以五行合五常；何謂氣形，有異名無異理。

古人原起

〈克己六經之所止〉

　昔聖人憐群心之昧於修爲，揭要道而指其趨向。欲其復此性於既失，是以著斯文於未喪。有能於一日之內，盡克其私；反觀諸六經之中，茲誠所上。

〈器以藏禮〉

　聖人念大分之未明，懼邪心之易啓。謂製一物者，不寓以一義；則有異等者，莫知其異體。器形而下，豈徒致用之文；意在其中，蓋有防民之禮。

〈車法三才六畫〉

　蓋聖人位兩儀覆載之間，得大易精微之旨。謂凡吾舉動要與理合，故寓彼馳驅亦因象擬。且一車備百功之巧，豈以虛文；由三才有六畫者存，法乎此理。

〈什一去關市之徵〉

　昔聖人愛民存忠厚之心，立法得經常之理。謂制所當取猶不盡取，況事之得已豈容不已。故什而稅一，用既足於君民；而利不可窮，徵悉蠲於關市。

〈殷周井田制軍賦〉

　昔先王當無事而爲有事之防，因養民而得用民之理。計夫授地既定所出，立武足兵皆由此起。且殷周定天下之後，備不敢忘；寓軍賦於井田之中，制因以此。

藏頭題，原主意

〈天地明察〉（藏孝意）

　蓋聞顯幽無難見之情，愛敬實當爲之事。惟反之一身，業業以不怠；則質之兩間，昭昭而無愧。嚴恭於上，惟王盡制聖盡倫；明察在躬，蓋父即天母即地。

〈星重暉〉（藏太子意）

春宮嚴七鄹之司，樂府播詩歌之盛。謂明以益明，由德性之素毓；則類以求類，若天躔之輝映。高高員極，有開星度之祥；皎皎重暉，式表皇儲之聖。

〈文武法禹湯以立政〉（藏任人意）

聞之朝多君子，果何事以不成；古我先王，以得賢而始盛。謂前乎委任者，亦既底義；則後之圖回者，盍之取正。思昔禹湯之致治，皆以任人；是宜文武之造邦，法而立政。

原出處

〈渾天儀〉

昔平子言天蓋審於三家，司曆獨專於一職。仰觀圓象，有所師法；俯定成制，從而推測。自古有渾天之說，是以與稽；於今立靈軌之儀，傳之罔極。

〈孟冬獻民數〉

昔周人因時嚴邦典之修，分職謹官聯之建。謂治本所繫，莫重於爾眾；故歲比來上，宜遵於常憲。是月也適孟冬之始，欽乃攸司；而民焉有成數之存，因而入獻。

〈樂則韶舞〉

粵自聖人之道，久以不傳；夫子之心，慨然深憫。謂其極治也，雖有作以難及；幸有餘音也，猶在人而未泯。樂爰參於異代，聲各有宜；舞曷取於大韶，善為獨盡。

〈清廟之瑟有遺音〉

考周人清廟之詩，述文後成功之美。方其未歌也，固寓意於至遠；及乎既奏也，豈隨身而遽止。發此詩中之蘊，可得聞乎；悠然瑟外之音，其有遺矣。

〈鎬京辟雍〉

　　昔武王方休牧野之干戈，已植宗周之根柢。謂王畿千里，
實繫群望；而學政一端，尤關大體。

〈受計甘泉〉

　　昔武皇治平承六世之休，富庶席累年之久。念民事所關，
若此甚重；凡乘輿所至，接之敢後。

自本身原起（凡人題頭，當自本身原起）

〈太宗得至治之體〉

　　跡其當四方綏定之餘，爲一代維持之地。惟立國之初，已
有定畫；故成效所形，允臻極致。嗟古人遠矣，孰之是體之大
全；惟太宗得之，果致當時之至治。

〈太宗乙夜觀書〉

　　粵從八載之興戎，方幸一時之稅駕。在常情喜治，日可自
肆；而帝意向學，夕猶未暇。朝之方罷，務徧覽群書；樂以忘
疲，不自知其乙夜。

〈文帝爲天下守財〉

　　方其掃秦風縱侈之餘，新漢治盈成之始。雖蓄積已豐，初
何待於節用；然生靈爲念，詎可專於奉己。故文也爲天下而
計，慮則甚深；以財爲非君上之私，守之而已。

〈太宗監前代爲元龜〉

　　昔太宗開基雖兆於應龍，覆轍尚懲於失鹿。念理亂無常，
易若反掌；而方策有證，了然在目。今予何監，玩前代於燕
間；能自得師，即當今之龜卜。

〈太皞以龍紀官〉

　　粵其肇三皇立德之基，屬百代正名之始。謂珍符之應，既
已昭若；則職位之分，烏能外此。雖太古鴻荒之未邃，文浸以
明；適當時龍瑞之有開，官因是紀。

〈子在齊聞韶〉

昔仲尼振木鐸於衰周，破說鈴諸子[36]。念揖遜之治，既遠於古；而善美之音，不聞於耳。況虞氏弗爲政也久，此道諸傳；而韶樂不圖至於斯，我心則喜。

〈文帝勞軍細柳〉

漢文帝憤□□之內侵，覬皇靈之外聳。謂分屯列戍，固將爲一旦之備；非加禮改容，何以鼓三軍之勇。昔上林講武，已忘天子之尊；今細柳勞軍，益借將軍之重。

〈文帝賜民田租〉

當其務本之意，方隆復業之民。尙寡念稽事惟艱，欲爾知勉；雖邦賦當取，在予寧捨。茲帝詔每爲農而下，思以導之；謂田租固惟上之供，賜之可也。

〈孟氏功不在禹下〉

昔者聖人拯一世於懷襄，君子破異端之聾瞽。均之爲民，興利除害；所以計效，視今猶古。中流砥柱，有資鳴道之孟軻；萬世宗盟，不下成功之大禹。

〈大有剛健而文明〉（以推原出處）

觀聖經爻畫之微，示世道亨通之極。離居上體，麗以繼昭；乾爲內卦，強而不息。茲剛健文明之謂，貴得其全；當富有盛大之時[37]，可無是德。

〈井德之地〉

蒙嘗玩易象以探端，參物情而求類。以水上乎木，蓋存不變之體；而行修於己，因得有常之義。井之所利大矣，當達其源；德焉自我充之，此爲之地。

〈君子以大壯順禮〉

愚嘗親易經垂象以示人，在卦體分乾而與震。剛處乎下，

易乙太暴;威動乎上,常多勇進。大者壯也,常情處此以自
矜;禮以體之,君子履之而思順。

〈七月陳王業〉

昔周公勤勞克盡於王家,志慮常存於天下。謂本支之茂,
其致有自;皆農桑之務,未嘗或捨。豳風首詠,爲此詩其知道
乎;王業歷陳,蓋民事不可緩也。

〈豐芑數世之仁〉

自王澤之積厚於周,而人才之盛歌於雅。蠢茲生殖,罔不
咸若;媲彼涵養,斯無窮者。故豐水寓一章之意,以芑言之
見;皇家垂數世之仁,其流遠也。

〈文帝思古名臣〉

昔文帝痛失策於和□[38],冀[39]得人而禦侮。我聞在昔,蓋
有賢將;恨不同時,以揚我武[40]。矧當制敵,深虞漢世之無
人;於是慨思,安得名臣之如古。

〈天保以上治內〉

考古人歌詠之興,見王政本原之在。謂化流自近,秩秩以
有序;則言發爲詩,班班而具載。故周室所興之治,靡事乎
他;即天保以上之詩,蓋先於內。

〈麟趾關雎之應〉

若昔言化而始周南,齊家以平天下。轉移習俗,率本情
感。反覆聲詩,各因類假。

〈泰畤紫壇八觚〉(雙反說)

昔武皇親承炎漢之圖,肇建雲陽之時。以謂不致其飭,則
莫彰禮敬之備;不辨其方,則曷示規模之美。敬拜神策,肅萬
乘以來臨;爰熙紫壇,分八觚而中峙。

〈金華朝夕說書〉

昔成帝右文之意方隆，向學之心特切。念屋壁之藏，歷數世以未著；豈經帷之講，可一時而暫輟。凡金華朝夕之頃，罔或不勤；即上世帝王之書，俾之入說。

〈詔天下以農桑〉

昔漢皇念積弊之未除，皆窮奢之所召。如將革趨末之習，果孰是道民之要。以眇躬保於民社，常切朕懷；課天下本於農桑，宜頒明詔。

〈周人百畝而徹〉

嘗觀滕公問爲政之方，孟子對取民之說。謂任土作貢，由夏而始；而借力爲助，自商而設。惟周也監二代已行之制，爰立其常；以一夫所受之田，遂爲之徹。

〈無逸圖〉

跡其明皇業盛於初年，宋璟慮形於異日。謂理亂之機，既不可測；艱難之訓，所宜具述。雖勵精爲治，時適際於開元；然居安慮危，圖遂陳於無逸。

〈公堂稱兕觥〉

嘗觀享禮之陳，深考豳詩之作。自於耜以來，惟切舉事；至滌場而後，始言爲樂。適茲農隙，已聞春酒之爲；升彼公堂，爰舉兕觥之酌。

〈圖功臣於凌煙〉

昔太宗規恢唐室之鴻圖，憑藉謀臣之豹略。一時功業雖燦，若以可觀；萬古氣象欲凜，然而如昨。分茅土疇爵邑，未愜予懷；昭勳得擬形容，命圖於閣。

〈堯舜使民不倦〉

原大易之攸興，自兩儀之未奠。非聖人獨妙於探索，則天下孰從而運轉。故堯之咨舜，本由是以相傳；雖民各有心，可

使之而不倦。

〈文王之典靖四方〉

觀明堂蒇祀之詩，寓蒼籙保邦之術。惟其有祖訓以持守，所以享治功之寧謐。立萬世常行之典，自我文王；致四方咸靖之休，至於今日。

〈書志取法經典〉

若昔孟堅紀大漢之龍興，陳壽述三方之鼎峙。凡勸懲因載籍之舊，以議論至聖人而止。名雖有異，述者志作者書；法匪自為，昔之經今之史。

自前代原起

〈石渠論五經同異〉

粵自秦火酷而慨吾道之衰，漢路開而喜遺書之獻。雖得諸脫簡者，稍稍以間出；然業於專門者，紛紛乎滋蔓。故宣帝憫五經之旨，至此異同；石渠延多士而來，俾之議論。

〈漢開獻書之路〉

士生秦世，不語詩書；天啓漢家，一新制度。念遺篇尚或有闕，在今日欲求必具。且先生多能言者，豈無未獻之書；宜聖上喟然歎之，開此旁招之路。

〈宣帝詔講五經同異〉

自全書不見於舊壁之藏，而吾道始裂於專門之議。雖存在人心者，固有至當；然習聞師說者，互持私意。

〈舒向金玉淵海〉

自秦而文士始拘，涉漢而儒風寖改。然得諸源流，積或未厚；故發為華藻，力多不逮。求其作者，獨舒向之文章；浩乎沛然，誠金玉之淵海。

〈高祖從諫若轉圜〉

粵自世非周道之夷，士至秦人而賤。上方齟齬以難合，下亦緘藏而自便。帝深監此，書來湊輻之英；諫必從之，迅若圜模之轉。

〈孝文身衣弋綈〉

嘗觀漢室之初隆，猶有秦人之舊染。謂習俗既成，難以遽革；而服飭雖末，尤宜自貶。時惟文帝，鑒覆轍於過奢；其在朕躬，衣弋綈而示儉。

〈車騎校獵上林〉

粵自都試罷而國備不修，武戈投而兵威寖懦。苟非嚴多狩以簡閱，何以鼓志之勇捷。至明帝念國家之事，莫重軍戎；而上林盛車騎之儀，爰親校獵。

〈周云成康〉

竊原夏商千百載而來，賢聖六七作而已。惟繼體守成，在昔未有；則頌德歌功，孰能捨此。考周之世甚盛箋以加於，若成與康可謂云耳已矣。

〈冠帶圜橋門〉

粵自兩都盛而文治漸興，三雍建而儒風寖起。逮顯宗行臨幸之禮，故漢世多來遊之士。

自後世原起

〈唐文崇雅黜浮〉

自正身不作於鈞韶，而末習第工於纂組。如將起八代之襄陋，可不示一時之去取。

〈三都五經之鼓吹〉

自詩立於變風之餘，而詞賦出於騷人之意。跡其聲律，既本於古作；參諸典籍，足宣於道秘。且三都於焉著述，豈事浮華；彼五經由是發揮，茲爲鼓吹。

〈文章與時高下〉

大道蠹而學無堅盟，微言絕而文無定價。風雅一變，競以相尙；好惡既殊，從而俱化。心精詞綺，各立意於新奇；世變風移，遂與時而高下。

〈離騷與日月爭光〉

粵自聲詩寢而無復古人之情性，文章變而遂有騷人之風骨。苟一時或得於精奧[41]，雖百代可從而汩沒。後乎盤詰，豈無可見之文辭；下逮離騷，有以爭光於日月。

〈漢世良吏爲盛〉

粵自藩屛之制不存，郡縣之官始置。惟責成於上者，專務苛政；故宣化於下者，孰稱善治。彼秦文深刻負秦，因見於有司；今漢世寬仁佐漢，宜多於良吏。

〈春秋信之符〉

粵自周道衰而是非惑乎人心，魯史成而善惡明乎天下。雖一時紀事若是其簡，然百世取法疑之者寡。原春秋之所由作，不亦信乎；等古今而莫能違，此其符也。

〈府兵得井田大意〉

自鄉遂之一虧，而兵民之異致。苟廢墜以還，能使復合；雖分畫未詳，特其少異。茲置兵以府，新唐室之宏規；而寓兵於農，得井田之大意。

〈封事謗木之遺〉

自盛帝之制不存，而小人之箴攸伏。雖密以言聞，視顯諫以或異；然均於忠告，尙流風之可復。事如可論，姑存今日之奏封；意則有遺，是亦後來之謗木。

有無字關意起

〈復見天地之心〉

物理無終息之機，元氣有不窮之變。故潛陽方動於微眇，而生意已從而運轉。剝爛也復反也，其道密旋；天生之地長之，是心可見。

〈聖人兼三才以御物〉

大造有不及之功，群象無自齊之理。使貫通此道不有所屬，則散殊爾類孰爲之。紀聖與三才而並立，兼而備之；物雖萬有之不同，御之可以。

〈聖皇握乾符闡坤珍〉

化工無終秘之機，君德有潛通之理。載觀上下，休瑞協應；不有明哲，主張孰是。

〈天子游六藝之囿〉

聞之一人無玩好之私，群籍有精華之富。燕閒之際，欲適其樂；名教之內，固宜深究。天子覽萬機之暇，靡事於田；宸心游六藝之中，強名曰囿。

〈朋龜盡天人之助〉

蓋聞聖人無自決之謀，天下有至公之理。惟旁稽眾論，皆已曲當；則相與一機，應之甚邇。方英俊馨朋龜之益，皇則受之；故天人開治象之符，助其盡此。

〈上策莫如自治〉

嘗聞聖人有常勝之謀，天下無幸成之事。謂在彼叛服者，皆不足較；而係吾強弱者，所當素備。顧當今之上策，豈在他求；有保國之常經，惟先自治。

〈王者以民爲天〉

嘗聞人君有自畏之心，天下無可輕之事。況元元之命尤不可忽，則翼翼之誠所當毋愧[42]。

順題起（正格）

〈大政諮古老〉（古）

夫惟兼收衆智之殊，博考萬機之大。謂觀其施設者，既踰於庶務之末；則與彼謀慮者，必索於常情之外。且大政則取謀尤謹，雖賴公卿；而老成則更事爲多，宜諮利害。

〈帝者因天地以致化〉

夫惟膺元工付託之權，任斯道綱維之寄。謂俯仰兩間，已具成理；故鼓動一世，何勞私智。雖帝者神而化也，獨運陶鈞；非人力強以致之，惟因天地。

〈鑑取明水於月〉（雙反說）

夫惟薦誠將舉於肇禋，用物皆存於至理。非潔其所享，則未足以告備；非得之自然，則曷嚴於反始。月爲陰象，有可訴之流光；鑑以銅爲，取所共之明水。

〈黃帝以雲紀〉

夫惟聰明獨妙於聖人，法則一循乎天理。謂符瑞之興，適啓其兆；凡名號之立，當從此始。聖如黃帝，每順帝以不忘；時有慶雲，故以雲而爲紀。

假彼明此

〈聖人受天性〉（古）

蓋聞人有哲而有愚，道有他而有正。利仁而行，則智者之事；造形而悟，則賢人之性[43]。應無窮之變化，惟聖爲能；有自得之聰明，受天所命。

〈聖人根中庸之正德〉

凡與貌以與形，皆有物而有則。小人反之，因戕賊以自棄；君子依之，亦勉強而後得。進退而不失者，莫若聖人；中庸其至矣乎，獨根正德。

〈朝有進善之旌〉

蓋聞上下之情，尤貴相通。尊卑之分，誠爲有間。不廣其聽者，既失之闇；無因而前者，又幾乎訕。故明主開敢言之路，何以導人；惟清朝有進善之旌，示其來諫。

〈聖人道之極〉

凡囿氣形，悉均物則。小人反是，易至他適；君子勉之，僅能自得。惟聖也非人可及，默會其元；故道焉爲世所尊，允臻其極。

正原

〈什一去關市之徵〉

蓋聞法有便於古今，用實通於上下。謂常賦之立，既取所當取；則遺利之入，宜捨其可捨。且邦之賦，什取一焉。故關不徵市不徵，去斯二者。

反原

〈王者代天爵人〉

蓋聞惟名與器，非人主之獨專；定位以德，在聖心之能[44]。苟惟任私意以予奪，寧不負彼蒼之付託。代天作子，足有執足有臨；爲官擇人，然後祿然後爵。

〈三十年之通制國用〉

蓋聞豐凶非可豫期，調度當爲常計。蓄積之素，不有所總；經久之需，將何以濟。即百萬井所耕之賦，時會其贏；以三十年之通而推，用由此制。

意起（長句）

〈夔假韶以鳴〉

情不可遏乃發之聲，人負所長寧緘於下。矧命而掌樂，責既在是；非託以傳世，知之蓋寡。且九官之佐於治，皆得而

鳴；而一夔所典者韶，茲因以假。

〈書契代結繩之政〉

嘗聞事之多變者，激於勢之所遭。昔以爲便者，施於今而或礙。既情僞之迭起，宜更張之有在。作夫書契，致載籍之無遺；頒自朝廷，於結繩而可代。

〈泰君子道長〉

蓋聞邪正不兩立，此盛則彼衰；時勢無終否，大來而小往。況熙朝適際於享運，宜善類各伸於素養。且泰象有太通之義，類則維彰；而君子當可爲之時，道因以長。

〈回聞一以知十〉

切原昧於外者，由蔽於中；識乎多者，亦基乎寡。惟能炳獨見於此性之內，故可會至理於片言之下。回也聞一而喻，無入不自得焉；於十必知，通類有如此者。

〈命義天下大戒〉

切原最難檢者，易縱之情；不可犯者，自然之理。苟垂是道之守，實負終身之恥。故茲命義，雖愚夫亦可以知；屹若防閑，信大戒無踰於此。

〈國之紀綱在制度〉

嘗聞政非徒善，有待而行；治不難立，患談其具。欲其小大之條舉，必也維持之法寓。作綱作紀，所期統理於國家；有本有原，其在修明於制度。

〈草茅言天下事〉

分有貴賤，而慮國則同；跡有親疏，而愛君則一。爵高憂深者，雖曲盡於忠讜；人微言輕者，亦與陳於得失。

〈堯舜兼天下之智〉

切原道大者忘物我之私，德盛者略尊卑之位。惟去己之獨

而罔有所持，則集衆所長而了無或累。仰惟堯舜，絕吾心自用之私；俯逮臣民，兼天下無窮之智。

〈聽言宏接下之規〉

蓋聞宅心於大，則無善不容；示人以狹，則所聞亦寡。惟君尊忘勢以樂與，庶臣子有懷而願寫。況當甚[45]，方汲汲以聽言；必有私規，示拳拳而接下。

〈聖主言問其臣〉

蓋聞一人之見，不如衆論之公；九重之命，實係四方之訓。儻非參酌以盡善，寧免設施之或紊。雖聖主有過人之德，言豈徇私；謂爾臣懷體國之忠，吾其必問。

〈股肱日月獻納〉

蓋聞養成君德，非一旦之功；建明國論，自大臣而始。凡有善以必告，顧何時而或已。

〈樸以皇質〉

嘗聞智極者法日益詳，文勝者僞從而出。苟因其弊而求救其弊，是制其一而復開其一。人情不美，孰還四海之淳；治道所先，宜本三皇之質。

〈哲王厚下以立本〉

蓋聞國於天地，豈無憑藉之資；君惟明聖，斯識深長之理。謂人之爲生，既有以相養；則我之造邦，隱然而足恃。且治本實以民而固，可不重歟；由哲王明厚下之方，乃能立此。

〈殷周之盛在安民〉

蓋聞利源在君上，尤貴阜通邦。本與人心，相爲終始。有如事育之不給，雖欲富強而難恃。

〈養民之本在六府〉

蓋聞民不自遂，必有待而生；天之所產，富無窮之取。然

得其全則爾眾由濟，缺其一則於人何補。養而無害，微一生不被其仁；本則如何，有六者以爲之府。

〈天子學問至芻蕘〉

嘗聞樂取者急於從人，自足者未能忘己。惟萬機之暇，亟聞大道之要；故片言而善，罔間匹夫之鄙。且學問貫百王之粹，視若歉然；雖芻蕘爲一介之微，俯而至此。

〈王拜受賢能之書〉

蓋聞九重綦貴，當存自牧之心；一介至微，實有可尊之理。矧掄材方謹於獻籍，則在我敢忘於屈已。念勢位莫隆於王者，拜豈徒然；謂賢能皆聚於鄉書，敬而受此。

〈敧器置坐側〉

天下之理，過則失中；治道之成，忽之必敗。稽諸物也，猶懼於太滿；揆之心也，敢忘於匪懈。式求古制，尚餘敧器之存；宜置坐隅，用示宸旒之戒。

〈無逸爲圖置內殿〉

聖明之意，固靡日以不勤；閒暇之時，恐此心之易變。儻起居不有以取盡，則玩好必生於自便。且君子所其無逸，著在成書；宜治朝以此爲圖，置之內殿。

〈洛出書〉

嘗原是道之秘，先天地而已存；斯文之闡，待聖明之有造。惟休祥由此以昭著，則大法燦然而可考。載瞻彼洛，蘊上天所畀之符；爰出其書，示萬世相傳之道。

〈帝祉施孫子〉

嘗聞國祚延洪，端由積累之功；天心眷顧，寧有終窮之理。佑於一德，既畀賚之甚至；啓我後人，益久長而不已。上帝錫聖明之祉，保佑命之；萬年施孫子之多，綿延若此。

〈行帝道而帝〉

大凡自暴者不可與言，有為者亦皆若是。況古今雖殊，而此理無間；苟勉強以至，則其歸一揆。帝之甚盛，有作不可及焉；道則同然，所行顧何如耳。

〈胡越一家〉（古）

原夫遠人之心，叛服不常；王者之治，始終惟一。苟不愛亦愛也，使之無間；則非親之親也，自然相密。生而胡越，不同俗不同風；歸我國家，於其居於其室。

〈人主之職論一相〉

蓋聞廟堂大計，非百辟之預知；國邦萬務，豈一人之能理。秉鈞之臣，既審所擇；為君之責，如斯而已。且人主無他職，事必有先焉；謂朝廷繫一相，臣所宜論此。

〈詩有六義一曰風〉

切原作經之意，至序者而後明；正始之道，乃化原之自出。形諸諷詠，感以甚速；所以聲歌，為之首述。惟詩為教，誦之三百以雖之；其義曰風，在彼六中而居一。

〈五行五常之形氣〉

蓋聞同去而異用者，變化不窮；發隱而見顯者，感通甚邇。凡著為庶證之驗，皆本自吾身而始。自胚渾[46]既剖，五行每應於五常；以形氣而言，一物實關乎一理。

〈乾元統天〉

象非攝於有而攝於無，理不形諸體而形諸用。仰觀圓覆，所以運動。意有酌德，為之錯綜。

意起（短句）

〈舜歌南風天下治〉

嘗謂志發言而為詩，樂與天而同意。惟聖德廣大，而因物

以見；則仁聲洋溢，而入人也易。南風載詠，至哉樂好之心；天下何為，同此泰和之治。

〈舜樂歌詠五常之言〉

蓋聞天理之樂不窮，治世之音甚政。矧熙朝動盪，蔑有他道；故雅奏揄揚，不離此性。茲大舜欲聞於大樂，豈在聲音；凡五常所寓之五言，悉從歌詠。

〈人君秉四海之維〉

蓋聞俗為遠近之難齊，君者權綱之所在。苟泛乎無統，不有以固結；則群然相靡，孰為之主宰[47]。載觀爾眾，無非上繫於一人；不秉是維，何以俯臨於四海。

〈規圜生矩〉

蓋聞物有所肇而後成形，或不同而相假。則知方體之具，實出旋模之下。且規者自古人而制，其惟圜乎；而矩焉盡天下之方，所由生也。

〈明王廣開忠直之路〉

切源群情自古以難通，偏聽在人而易惑。謂參之公論，則斯盡於容納；苟限以一塗，則類多於壅塞。有王者作德，靡恃於聰明；虛己以求路，廣開於忠直。

〈明主兼聽獨斷〉

嘗原君惟聽受之難，言有是非之判。謂人謀並進，固貴於延納；然己見不決，又幾於淆亂。惟此聰明之主，兼聽無遺；見於去取之間，獨行以斷。

〈人主天下之儀表〉

蓋聞民心無好惡之常，君德乃安危之兆。惟修為之正，一本躬率；則觀感而化，何勞戶曉。人主端九重之奧，罔忽幾微；天下由一身而推，是為儀表。

〈興邦由哲〉

蓋聞事幾萬變之無形，識者一談而立決。非智略不見，灼見微眇；何是非未定，已能昭徹。興邦有道，圖長治以久安；燭理伊誰，必既明而且哲。

〈周立九府圜法〉

常聞阜財固有於常經，創制尤難於始者。聚有此者，或未散於彼；積於上者，且弗流於下。惟周家分府庫之掌，則有九焉；得昔人立法度之良，此其圜也。

〈仁人用國日明〉

聞之機權特嘗試之謀，今古有不渝之理。惟此心暴白，以順而動；故大義彰著，雖終猶始。今聖君天啓好仁，無以尙之；使吾國日隆其明，可謂遠矣。

〈五帝有勸戒之器〉

蓋聞物理至盈而必虧，君得難成而易壞。非前後相承，託此以爲監；恐修省一念，有時而或懈。我聞在昔，莫如五帝之聖神；器設於前，庸示累朝之勸戒。

〈賜也何敢望回〉

切聞常情莫不好高，爲學尤宜自諒。況人之進道，自有於深淺；而己之方人，當觀其分量。女與回也孰愈，烏可不知；問曰賜也何如，誠非敢望。

〈漢言文景〉

古今多相繼之君，政治罕同稱之美。繫恭儉之德，魯衛有異；則讚誦之辭，固應無已。自周秦之既降，孰爲貴焉；惟文景之是言，吾有取耳。

〈善政不如善教〉

治效固有於淺深，君子詳爲之區別。揆諸人情，或畏或

愛；斷以公論，孰優孰劣。

〈中國猶太陽〉

名義自古以常尊，□□雖強而易弱[48]。茲正統之隆，眾所觀望；譬大明之下，誰非消鑠。且中國俯臨於萬國，尊則可知；視太陽獨長於眾陽，類成相若。

〈時和事紋貨之源〉

蓋聞財非自有於盈虧，用實相因於上下。惟天理人爲莫不咸若，則民生日用斯無窮者。時之和事之紋，有以利乎；食以足貨以通，茲其源也。

自當時原起

〈孟軻之傳得其宗〉

粵其邪說風行，斯文榛塞。雖著書立言也，舉當世以皆是；而統宗會元也，匪大賢而孰克。念堯舜文王之正，歷古無傳；由春秋戰國以還，惟軻獨得。

〈漢網漏吞舟之魚〉

當漢之肇新，順民心而更始。謂寧有所遺，而姑示以簡略；毋過於密，而適茲其姦軌。龍興開統，規洪遠以何如；魚漏吞舟，網闊疏而至此。

一正一反

〈文帝勞軍細柳〉

蓋聞士氣本無於盛衰，主勢實爲之輕重。無術以激之，則雖眾何用；推誠以接之，則咸百其勇。故文帝當習射上林之際，既盡躬臨；復勞軍細柳之營，俾承天寵。

以時事起

〈王戴冕璪十二旒〉

烝哉彌文昭萬乘之尊，縟典舉三年之祀。謂首容之莊，固

將與上帝以對越；非物采之備，何以聳萬民之瞻視。惟王戴尺六之冕，觀象而爲；於璪加十二之旒，因天以擬。

〈天子大采朝日〉

烝哉握符正乾位之綱照體離明之吉。謂陽在所宗也，敢忘藏事之敬；非文極乎盛也，曷顯推尊之實。天子盡小心之翼，思以奉時；皇家昭大采之儀，用而朝日。

〈親享太廟〉

君哉荷列聖之垂休，奄四方而繼照。謂禮所當尊，貴全報本之義；苟祭如不與，曷盡事神之要。起敬起孝，肆大享於先王；必躬必親，因祗承於太廟。

〈至治馨香〉

當其休嘉符明聖之興，聲教馨華夷之暨。緬惟千載，有此累治；播在兩間，莫非和氣。曰己安曰己治，至矣雖名；有其馨有其香，斯焉可謂。

問答

〈大明生於東〉

自鼇極之奠形，有烏輪之燭下。顧亙古窮今，雖見於赫若；而既夜復旦，孰爲之始者。圓覆炳大明之照，其有初乎；東方爲陽氣之先，所由生也。

〈圓機之士言九流〉

自夫大道支分，百家蜂起。人皆膠弱於私見，孰與講明其要旨。且學者別九流之用，若是紛然；有士焉達多變之機，迺能言此。

〈天子大計仰東南〉

泛觀地域之區分，孰是邦財之都會。惟民物之蕃，於此特盛；故公私所用，無乎不賴。雖天下皆吾之土宇，何利或遺；

而財計盡仰於東南，所資者大。

〈聖人道之極〉

氣判洪濛，民均物則。散諸群心，用固自若；揆以至理，孰爲先得。道名以大，在人皆莫之充；妙不可窮，惟聖允臻其極。

〈六府養民之本〉

泛觀蠢蠢之泯，孰是生生之理。非天產之資，無有或缺；則日用之原，殆將奚恃。

反起正接

〈四海之內皆兄弟〉

原物我之兩分，自藩籬之一啓。惟胸中全至大之見，故天下無不同之體。

〈國之紀綱在制度〉

嘗聞政非徒善，有待而行；治不難立，患無其具。欲其小大之條舉，必也維持之法寓。

正起反接

〈防範見禮教之至〉

蓋聞趨向之偏，固在下之常情；檢押之嚴，有齊民之深意。使其縱肆一不致謹，是於訓迪殆猶未備。

〈三代直道而行〉

泛觀稟賦之初，各具真淳之性。自上失其性而無以善俗，故下習於僞而莫能適正。惟三代有令王之作，是謂大同；無一民非直道而行，於斯爲盛。

體物（便帶託諺之字爲工）

〈孟荀羽翼六經〉

當其異端角立，而亂真邪說蜂生；而煽惑人心，風靡莫適

底止。吾道力微，孰能扶植。由春秋而歷戰國，競逐波流；惟孟荀之衛六經，獨爲羽翼。

〈公平職之衡〉

凡事貴處於當然，常情易偏於所倚。苟好惡任私而或失其正，則是非易位而舉垂乎理。故涖職以公平爲務，靡徇乎他；猶持衡無毫髮之私，孰欺乎此。

〈聖人陶成天下之化〉

蓋聞道有汙而有隆，民或仁而或鄙。非垂範一世者，克妙宰則；囿形兩間者，曷全粹美。繫天下各函於器質，孰使成之；惟聖人獨化於陶鈞，莫能外是。

〈辟雍海流道德〉

當其文風益煥於兩都，學制復新於千載。惟涵泳其中，得既不淺；故宣布於外，遠無弗逮。辟明也雍和也，爲教之源；道導之德得之，其流如海。

〈漢興詩始萌芽〉

不可抑者人之情，未嘗忘者天之理。雖紙上遺言，已俱腐於草木；然胸中全經，尙可傳於口耳。

〈人君管分之樞要〉

切原禮制所立，自開闢以固存；人生而群，豈防閑之可捨。苟操持之道或失其統，則陵僭之門將開於下。且君者乃吾民之主，統而治之；念分爲實天下之樞，管其要也。

〈氣者適善惡之馬〉

切原性不可以定名，人尤宜於審擇。御之以道，則可與語上；捨而之他，則非徒無益。所謂氣者，在智愚未始不同；其猶馬歟，故善惡惟其所適。

〈禮其皇極之門〉

蓋聞是中均稟於性初，此理罕全於天下。苟撙節之用，視以不急；則趨向之間，得之或寡。禮者自先王而制，厥有旨哉；人而惟皇極之由，茲為門也。

〈天子以仁義為準〉

蓋聞君心防徇己之偏，吾道乃律身之器。非執其兩端，有以作則；恐差之一毫，寧無過事。天子處至尊之極，當正表儀；吾身有為準者存，不離仁義。

〈漢致乎仁義之淵〉

自秦而王澤寖微，涉漢而恩波廣被。傳諸明聖，無非措世於累治；要厥源流，不出愛民之一意。致其平也，曰已治曰已安；不亦淵乎，以吾仁以吾義。

〈諫者救其源〉

臣哉言期投水之從，居惡下流之訕。謂禁於未發，則固易為力；苟遏於既萌，則不勝其患。有爾謀必宜入告，可謂愛君；救其源無使得開，斯為善諫。

〈舜日月照四時行〉

蓋聞聖心廣大，何者非天；元化周流，同然此德。凡而著見，有物皆燭；至於運動，其機不息。舜也何思何慮，天人一理以相通；或照或行，日月四時而偕極。

譬喻（體貼不著跡為佳）

〈文帝愛民如赤子〉

□□戈甫定之餘，正父老更生之始。苟涵養之功不極其至，則嚮慕之眾將□□□。文帝未遑他務，愛惟切於黎民；言舉斯心，視有如於赤子。

〈□道猶張弓〉[49]

物固有於盛衰，天奚移於取捨。凡其招損以得益，莫匪抑

高而舉下。斯道也運而無積，何以名之；譬弓之張者非他，謂其平也。

〈善問者如攻堅木〉

天下之事，夫豈終難；學者之患，莫如欲速。先明至易之倫理，自可漸通於節目。有善問者，豈無上達之心；近取譬焉，如治至堅之木。

〈聖哲之治應如響〉

切原九重之政，四海之營聞；百年之功，一朝而可復。有能示天下之儀表，寧不動時人之耳目。惟聖而且哲，深明出治之方；如響之從聲，式驗成功之速。

〈聖人之道猶日中〉

嘗聞百王相授，蓋有太原；萬世通行，不離正理。揭而在上，昭若易見；過此以往，殆將偏倚。聖之大即天之大，得所同然；道之中猶日之中，一而已矣。

〈制禮止刑猶防水〉

蓋聞民易溺於所趨，法雖嚴而難恃。非大分一立，使爾無犯；則流弊百出，何時而已。製禮乃措刑之具，有本有文；猶水焉由地而行，不防不止。

〈君子在制若鳳〉

蓋聞物無終隱，世與之盛衰；賢不苟出，道關於泰否。況溫乎其和，莫此為極；則朔而後集，豈容自已。且豹變其為君子，在治如何；猶鳳儀而覽德輝，遇時若此。

二事分原

〈七制役簡刑清〉

天下誰獨無奉上之心，人主烏可為殘民之計。不窮其力，則咸樂以聽；求逞於法，則將何以繼。

第二韻起句

〈聖人道之極〉

生天地之後，知天地之初；

為人物之主，盡人物之性。

〈聖王厚下以立本〉

相資不相病者，古之君民；

易安亦易危者，國於天地。

〈善政致和猶抱鼓〉

感召之機，至速而不留；

休咎之證，特隨其所取。

〈天子改容禮三公〉

天下未有如主勢之嚴，

古者自得待大臣之體。

〈大有剛健而文明〉

物理易虧於豐富之餘，

天下莫畏於治安之極。

〈聖人禮義以為器〉

人欲不能勝天理之真，

吾道可以去民心之累。

〈王道正直〉

人心皆知夫至理之趨，

天下莫大乎異端之惑。

〈君子能持盈守成〉

主意易驕於盛滿之餘，

弊端多起於紛更之後。

〈仁人用國日明〉

不容掩者天理之在人，
最可慮者民心之疑己。
〈聖上遠覽古今〉
君明如日月，見者必周；
世變若江河，流而忘返。
〈尊其所聞則高明〉
問學之道，貴在先誠；
言辭之末，莫非至理。
〈刑賞與天下畫一〉
予奪之柄，雖君所專；
善惡之公，自民而出。
〈君子而絜矩之道〉
物我雖異，無異者心；
精粗不同，所同者理。
〈聖人肆筆成書〉
發於外者必本於中，
有其華者必副其實。
〈唐文爲一王法〉
愛章若無預於典刑，
理義有自然之檢柙。
〈九兩繫邦國之民〉
人心不可強以聽從，
古者有自然之限制。
〈聖人向明節天下〉
人每流於多欲之私，
禮不可以一朝而舍。

〈修身在正其心〉
君子之律以甚嚴，
私欲之移人可畏。
〈朋龜盡天人之助〉
聖人無自決之謀，
天下有至公之理。
〈聖人有金城〉
強本者斯可折衝，
有人者乃能爲國。
〈修身則道立〉
九經舉爲治之端，
萬善自反躬而始。
〈堯湯備先具〉
豐凶非可諉諸天，
儲蓄當預爲之地。
〈泰和在唐虞成周〉
何代無風化之隆，
論治至帝而止[50]。
〈忠孝立身之階〉
有生莫重於綱常，
進善豈無其等級。
〈中夏爲喉舌〉
建萬國而宅地中，
以一身而君天下。
〈文德帝王之利器〉
善勝在於不爭，

上策莫如自治。
〈肅時雨若〉
能敬何事弗行，
惟天不言而信。
〈誠者政事之本〉
是理根於人心，
其用周乎天下。
〈爲人臣止於敬〉
人臣惟有一心，
天下初無二理。
〈道御之而王〉
富國要在富民，
任術莫如任理。
〈正秋萬物所說〉
四序所以推遷，
庶彙爲之伸屈。
〈行帝道而帝〉
治亂繫乎人心，
古今同此天下。
〈身爲度〉
德勝則物宗，
道隆而法寓。
〈堯言布天下〉
時古而道存，
人亡而書在。
〈五學成則民化〉

惟非教不成，

化自上而下。

〈道民之路在務本〉

民可使由，

習常相遠。

〈五行五常之形氣〉

感應有機，

修爲在己。

〈君子在治若鳳〉

理亂者時，

行藏在己。

第二韻中二句

〈儒術行則天下富〉

雖吾心正大，初無計利之念；

然此道功用，陰有裕民之實。

〈疑思問〉

雖至於詰難，若非自得之妙；

然無所發明，曷悟不窮之蘊。

〈禹惡旨酒好善言〉

謂人之同欲者，皆代德之具；

而我所深嗜者，乃沃心之美。

〈功德鏤白玉之牒〉

謂昭然全美，欲傳示於不朽[51]；

非刻諸至珍，恐揄揚之未足。

〈器以藏禮〉

謂制一物者，不寓以一意；

則有異等者，莫知其異體。

〈聖心萬物之鏡〉

謂湛乎□中者，匹累所見；

則紛乎吾前者，莫逃此性。

〈祈年歆豳雅〉[52]

凡見諸懇禱者，惟有歲之望；

故播在聲詩者，皆為農而設。

〈君人致帝者之用〉

有能一日而反上世之治，

雖遠千載而得聖人之統。

〈宥坐之器中則正〉

惟接於耳目者可以為戒，

故動於念慮者乃能自克。

〈政如農之有畔〉

且稽事甚微尚戒鹵莽，

矧治道至大詎容汗漫。

〈天子游六藝之囿〉

謂紛華外境人所易溺，

而名教樂地我其深究。

〈太平君子能持盈〉

謂百年積累至是極盛，

苟一旦驕溢若何永保。

〈聖人陶成天下之化〉

謂人無愚智皆可為善，

苟上有作興誰甘自棄。

〈九府貨流於泉〉

凡官之所掌，物物皆備；
獨錢之爲用，源源不乏。
〈周以宗強〉
凡繼承其後孰與共守，
蓋形勢以人隱然足恃。
〈文武之道同伏羲〉
混然一理，彼此互闡；
去之千載，源流可考。
〈王道正直〉
歷世以來雖若多變，
生民之用不離此極。
〈樂天者保天下〉
優游此心事質諸理，
安靜餘福民蒙其利。
〈文章神明之律呂〉
惟胸中泄造化之蘊，
故筆下有鏗鏘之調。
〈書志取法經典〉
凡勸懲因載籍之舊，
以議論至聖人而止。
〈張弛文武之道〉
凡設施無執一之見，
謂操舍亦隨時而已。
〈辟雍海流道德〉
水周於大三代故典，
鱗集其中四方善士。

〈粹而王〉

渾然天理之正，

此則聖人之事。

〈文武道同伏羲〉

述作一意，

源流千古。

〈成均五帝之學〉

教養一意，

源流百世。

〈大路般纓一就〉

凡禮皆簡，

至車亦質。

〈帝歌敕命惟時幾〉

無日不戒，

雖微亦敬。

〈易有太極〉

變動一理，

胚渾[53]大造

第二聯（再破題字，最要活法）

〈封爵誓山河〉

賞分茅土，幸君臣同享其安；

誓發山河，與天地相為無極。

〈子在齊聞韶〉

未遑反魯，正雅樂以無遺；

不謂在齊，有韶音之復作。

〈孟軻傳得其宗〉

念堯舜文王而下，歷世相傳；
由春秋戰國以來，惟軻獨得。
〈封事謗木之遺〉
我聞在昔，尙多謗木之公言；
及見於今，幸有群臣之封事。
〈白虎講經如石渠〉
眷言前代，是經嘗講於石渠；
其在當時，故事復行於白虎。
〈魯秉周禮〉
觀列國於寖強之後，久矣無周；
秉禮經於幾墜之餘，幸而有魯。
〈言合稷契謂之忠〉
幸唐虞親見，言無非道之陳；
使稷契復生，忠即此心之謂。
〈斂五福錫庶民〉
且五福本皆同得，奚斂之爲；
謂庶民不能自全，用敷乃錫。
〈漢斲琱爲樸〉
昔琱文未琢，父老久以苦秦；
今樸素已還，天下轉而爲漢。
〈功臣受山河之誓〉
昔塵清宇宙，群臣各迪有功；
今指受山河，千古無逾此誓。
〈周公陳王業艱難〉
且周業自艱難而致，所匪係輕；
恐王心以逸豫而忘，故陳以此。

〈大報天主日〉
將何以報，因祀帝以祀神。
恐瀆乎尊，不主天而主日。

〈歲寒知松柏〉
歲之莫矣，夫誰不挫於雪霜；
物已雕焉，至此乃知其松柏。

〈禮如松柏之有心〉
是木也稟雪霜之操，尚或有心；
況人焉生天地之間，豈宜廢禮。

〈辟雍海流道德〉
於樂辟雍之地，曰海者何；
蓋言德化之流，皆原於此。

〈安邊在良將胡祥〉
為今之計在安邊，非以擾邊；
庸簡厥良知任將，必先擇將。

〈設虛待賢〉
是虛若無關於聽治，法此者何；
謂賢焉欲進以無階，託茲以待。

〈唐制度紀綱永天命〉
念國家社稷，非人力所可維持；
有制度紀綱，與天命相為長遠。

〈文武之道同伏羲〉
明其道統，書洪範易卦爻；
同此心傳，昔伏羲今文武。

〈天子祈來年於天宗〉
況民資百穀，來年未卜其何如；

而天有三宗，今日預從而祈此。
〈文王視民如傷〉
　且周德莫如於文德，盛以蔑加；
　視民傷無異於己傷，愛之若此。
〈文王與天同功〉
　文之命受天之命，則有同歟；
　天之功即文之功，無間然矣。
〈溫厚天地之仁氣〉
　形爲溫厚，自胚渾太極而來；
　布在散殊，實天地至仁之氣。
〈三代禮樂達天下〉
　自帝者降而三代，漸適文明；
　由天子達於庶人，無非禮樂。
〈舜禹繼軌天下樸〉
　方禹承乎舜心之同，宜軌之同；
　雖帝隆而王今之樸，亦前之樸。
〈乾天下之至健〉
　且乾元之體已備，何以名之；
　即天下之健而言，此其至也。
〈聖人抱一天下式〉
　夫道一而已矣，抱自聖人；
　其民則而象之，式於天下。
〈王道正直〉
　且斯道所謂何道，有是經常；
　由前王以至後王，惟其正直。
〈湯以六事自責〉

且以湯之聖，宜無六事之可言；
然憂旱之深，必反一身而自責。

〈天子游六藝之囿〉

天子覽萬機之暇，靡事於田；
宸心游六藝之中，強名曰囿。

〈三王無私參天地〉

今古於三王之盛，無所私焉。
天地由一身而推，可以參矣。

〈人主天下之儀表〉

人主端九重之奧，罔忽幾微；
天下由一身而推，是爲儀表。

〈爲天下國家有九經〉

具天下國家之大，三者何先；
自上世帝王以來，九經而已。

〈納言喉舌之官〉

予欲有腹心之告，孰爲布宣；
爾實爲喉舌之官，宜司出納。

〈聖王主言問其臣〉

雖聖主有過人之德，言豈苟云；
謂爾臣懷體國之忠，吾其必問。

〈天子齋戒受諫〉

念齋戒有事神之禮，降而行之；
以諫諍有愛君之心，受焉若此。

〈文王追琢其章〉

凡周室瑰奇之士，器以使之；
非文王追琢其章，質而已矣。

〈七制之人可即戎〉

且戎事非一朝之習,克即者何;

以人心感七制而觀,預知其可。

〈聖人月以爲量〉

且日有萬機之務,孰可與權;

而月無一定之形,以斯爲量。

〈君人殷民阜財〉

惟君之計安乎天下,何慮之深;

以財焉皆出於吾民,惟殷乃阜。

〈儒在朝則美政〉

儒者在本朝之上,足以有爲;

政焉由所學而推,烏乎不美。

第二韻終

聲律關鍵卷三

第三韻

雖是貼上截,須引下意來,庶得貫通。

引下意(正格)

〈王者代天爵人〉

觀天符著受命,智兼錫王。造化之意,非私我以眷祐;威福之柄,實待予而主張。惟公器不從於私予,則此心無漸於上。當端處九重,思副皇穹之託;列爲五等,亦惟賢德之章。

〈王執鎭圭〉

誠以萬姓歸往,四方寵綏。謂司牧之任,皆上帝之所託;而毖祀之際,即此心而載祗。圭以執也,義因見其。

〈下車修庠序之教〉

暫輟朝列，出持郡麾。適五馬停驂之日，正兩輈解鞅之時。念臨軒而遣，既畀付之有在；則枉駕而來，豈本原之未知。教所當急，他奚暇為。華轂載臨，方入郊坼之始；黌堂加賁，一新黨術之儀。

〈有功者祭於大烝〉

以爾寇鄧勳著，禹皋績凝。爵高祿重報以未足，帛書鼎銘載之不勝。欲其昭示於後世，必也聿嚴於大烝。人若存兮，舊列未彰於不朽；物維多矣，先王復得於親承。

〈帝祉施孫子〉

時其臨下有赫，降康匪虛。介之雖繁，猶若未足；受之既多，亦非有餘。惟令後嗣之衍祉，是乃蒼穹之眷予。皇矣監臨簡簡，集日來之慶；貽諸繼嗣綿綿，皆川至之如。

〈聖人肆筆成書〉

誠以能出天縱，德常日新。以聰明之資，加帝王之學；故燕申之際，惟翰墨之親。睿既由於作聖，下何止於如神。本自誠明，正一心而在我。俄然揮染，傳千里以通人。

〈□色天性〉

雖曰器質多美，威儀不忒。然而體舒體伴，非是體之能爾；容肅容恭，豈其容之使然。是理妙矣，於中寓焉。

〈太宗霽威聽納〉

帝也神武夙著，治功獨隆。龍姿鳳表，見者興歎；神機天辯，聽焉不窮。不降訑訑之色，曷崇諤諤之風。

〈人主天下之儀表〉

觀夫子視兆姓，君臨八維。操富貴之柄，而動有所繫；握風俗之機，而觸無不隨。止所示者，下皆仰之。

〈漢興文武相配〉

鹿野競逐，鴻溝欲分。秦軍猶振，而秦檄未定；楚勢方張，而楚歌未聞。庸君處之，似可專武；獨帝於此，未嘗棄文。

形容

〈雲漢爲章於天〉

時其廣宇收籟，澄空霽雲；左界光轉，靈源派分。橫萬里之清淺，浸列星之糾紛。運於箕尾之間，其來也遠；監厥穹蒼之上，有炳其文。

〈大昕鼓以警眾〉

於時五漏甫息，銀潢漸移。黌堂風動而旦氣蔥鬱，壁水波澄而朝光陸離。念禮之攸行，此其時矣；則音之所召，是宜警其。夜已向晨，方淵淵而載奏；人皆起敬，自濟濟以攸宜。

〈退思補過〉（古）

方其罷對王所，言旋爾居。丹辰都俞之暇，岩廊啓沃之餘。雖燕休之間也，固已寧止；然弼諧之慮也，未嘗廢於。進務即功，方畢朝而歸[54]；靜謀籌闕，期造膝以來徐。

〈石渠論五經同異〉

地禁而近，文蕃以□。相輝乎未央之北，密次乎承明之廬。見所不見也，雖獲散亡之舊；疑以傳疑也，類皆掇拾之餘。伊欲聖真之統一，故形上意之勤渠。秘宇閟深，非侈一時之壯麗；儒臣辨析，庶還上世之全書。

〈車騎校獵上林〉

時也龍馭雷動，虎賁電趨。四牡既駕，六飛載驅。謂治安雖久也，不可以忘備；而遊畋非樂也，蓋因而選徒。覽駉鐵歷騶虞，奚因涖土；率百禽鳩靈囿，寧事盤於。

〈鑒取明水於月〉

徒觀夫湛若澄徹，成於範熔。內有至精之質，外無可遁之容。纖翳不留也，固沆瀣之易浹；空明所召也，宜高寒之類從。爰取自天之澤，以爲主祭之供。莫近於斯，實具告蠲之用；其來也遠，仰承輪潤之重。

〈渾天儀〉

參酌羲曆，源流舜璿。謂水包天外，隱若奩覆；而日行地中，有如轂旋。是宜觀象治器，以人驗天。蒼蒼無所止，即本由氣立；幾幾莫能違，也仰法乾圜。

〈多士秉文之德〉

侯甸環列，臣工序分。奉玉帛豆籩之敬，被雲龍藻火之文。方蒇祀之初，而慕德已切；宜奉職之際，而秉心益勤。雜遝眾賢，恪守肅雝之行；精明一意，允懷淵懿之君。

〈宵中星虛殷仲秋〉

納日職舉，授時令修。等百刻之分而即夜卜晝，觀二宿之輝而聯危及牛，維星焉[55]，既應於斯候；是月也，迺知於正秋。銅壺當浮箭之均，祥占水耀；玉律按素商之牛，氣協金揫。

〈星重暉〉

想夫密贊宸極，旁聯太微。昔下流華渚，而穹瑞協應；今前映明堂，而天顏不違。即乾象可推於君象，而德暉有驗於星暉。

〈蒼璧禮天〉

觀夫掌以宗伯，製於玉人。色蔥蒨兮，既取清明之質；形周旋兮，又符運轉之均。寓此盛禮，交乎爾神。徑九寸以裁儀，豈爲虛飾；僚重邱而蒇事，式薦明禋。

〈四圭有邸以祀天〉

觀夫瑞質孚緻，瑤光陸離。內環而周也，所以上法於洪覆；末銳而出也，所以默參於四時。即形而求，意在是矣；因物以報，神斯格之。中六寸以裁模，剡其旁角；合五精而葳祀，肅若威儀。

〈王戴冕璪十二旒〉

時則夙駕玉輅，載臨國陽。龍御詔服，駿奔佐王。前俛後仰，儼若在首；上元下朱，爛然有光。儻匪極宸旒之美，其何表天子之章。筓珥交輝，當日南而昭事；邃延備設，燦星彩以還相。

〈臨軒奏太和〉（古）

於時皇步高舉，天墀俯臨。羽翼衛士，鏗鏘樂音。

〈皇帝駕幸太學〉（古）

於是法駕飛龍，蜺旌蔽空。後擁太乙，先驅祝融。雲集千官之衛，塵清九陌之風。學也云幸，道焉聿崇。日轉天旋，暫屈聖神之御；雷行電邁，來遊教化之宮。

〈射以觀盛德〉

當其清廟蒇事，有司飭皮。援弓援矢，以轉其肆習之業；采蘩采蘋，以節其進退之儀。宜平日之行也，由斯時而見之。正鵠既棲，能審四鍭之挾；英華外發，庸知九德之施。

〈夏宗陳天下之謨〉

時其日永丹陛，風薰紫宸。宗伯詔禮，行人掌賓。鸞聲鏘鏘，玉帛萬國；龍顏穆穆，冕旒一人。念物見於南尚，無隱以不達；豈臣觀於王容，有懷而不陳。

〈宮室體象天地〉

炭業周寢，巍峩漢宮。下垣洞戶，乃左乃右；復道岩廊，

自西自東。

〈上廉遠地則堂高〉

穆穆清禁，巖巖赤墀。兩階之上，夐爾莫及；九級而下，遼乎甚卑。且地之相去，可謂遠矣；則堂之彌高，於斯見之。巍陛難攀，卓示方與之表；宏規益煥，增崇數仞之基。

〈延英講天下事〉

若乃前拱麟德，旁聯太清。畫漏肅銅壺之水，班聯環玉筍之英。謂正朝雖無事以不覽，然退處恐怠心之易生。凡有利病，於斯講明。

〈君臣相敕惟幾安〉

時也明直交際，都俞迭相。鳳御紫詔以責治，鶚之丹墀而抗章。凡至論之往復，無他辭之讚揚。惟曰治不可忽；微當預防。

〈天子臨軒冊刺史〉

漢殿不遠，堯階且前。申明事以諄勤之語，霽威顏於咫尺之天。

鋪敘（凡數目題以數敘，篇卦題以本篇卦語敘，方位題以方敘）

〈三王弋道德〉

相授一理，獨高百王。湯續禹兮，湯即商之禹；文繼湯兮，文迺周之湯。俱達弛張之術，洞明尊貴之方。忠而質，質而文，審乎樞要；斂而發，發而中，成彼安強。

〈三易經卦皆八〉

數則起一，義焉取三。夏商立法，至周而大備；乾坤之首，與易以相參。即常卦之不易，見真機之可探。

〈三辰五星相經緯〉

瑞彩輝映，祥光陸離。斗有魁杓兮，與日月以俱運；水與火土兮，聯木金而燦垂。凡茲軌度之分也，莫不森羅而布之。合以統合以行，斡旋有自；為之綱為之紀，總括無遺。

〈八政以食為首〉

曰貨曰紀，爾賓爾師。度地謹職，教民□司。詰姦慝以使禁，昭刑章而具垂。推食也利則大矣，表而出之。伊舉官指事之章，聿求其要；惟足國裕民之本，莫尚於斯。

〈正五事以承天心〉

繭座肅穆，岩廊邃淵。端其儀，則貌本道與[56]；形諸口，則在言前。明視聰聽兮，杜群邪之誘；澄心靜慮兮，捐一念之愆。惟務飭己，是為事天。恪次二之疇[57]，曾微小過；式廣奉三之德，克享純乾。

〈七制役簡刑清〉

逐鹿開跡，斷蛇肇基。文帝之仁，至武宣而益厚；光皇之澤，迨明章而愈滋。

〈四海想中興之美〉

漠北殊壤，越南異宜。地接流沙之遼邈，疆連出日之透迤。莫不遠者近者，瞻之仰之。拭目神州之克復，傾心王度之清夷。

〈八卦九章相表裏〉

龜籙呈寶，龍圖效祥。二十四爻布以成列，六十五字煥乎有章。

〈無逸圖〉

是書也懇懇拳拳，形於一篇。先相小人之稼穡，無遑今日之遊田。彼上聖之姿，猶罔敢忽；矧中材之主，云胡不然。於以永存於屏障，庶幾自附於韋弦。

〈良耜秋報社稷〉

是詩也辭則甚簡，意焉有遺。來瞻方爾，胡底比如之積；伊穧未幾，曷臻茂止之滋。委之數，則豈天時之適值；歸諸農，則非人力之能爲。必有相爾，從而報之。

又

是詩也簡短數語，溫純一章。託物而述，因聲以揚。挃之獲之，雖爾致力；盈止寧止，伊誰降康。皆神有冥冥之福，故詩言畟畟之良。

〈豐芑數世之仁〉

觀其詩雅美詠，皇玉盛時。託興攸同之地，寓言薄采之思。水何日注，流澤彌廣；草何日生，育材可知。其爲仁不勝用也，雖歷世猶將賴之。

〈天保以上治內〉

觀夫臣樂之美，賓歌燕嘉。逆而求之，則伐木而常棣；等而推之，則四牡以皇華。故自內而言悉具於此，舍是詩之外斷無以加。

又

蓋是詩也上下和樂，君臣歡嗟。俾厚俾穀，爾多爾湑。前乎伐木，則韡韡其棣；繼彼四牡，則皇皇者華。由工歌而歷考，即內治以深嘉。

〈菁莪樂育材〉

是詩也即物寓意，因辭見情。根萌彼阿，蓋方得於滋養；條暢在沚，有不窮之發生。蓋樂爾材之濟濟，何殊是草之菁菁。

〈麟趾關雎之應〉

九句載詠，三章具陳。由定至角，意不徒寓；自姓及族，

化誠有因。儻三百篇之首，不示其象；則十一詩之作，曷終以麟。永言公子之風，歎嗟不足；端本后妃之德，觀感惟均。

〈大有剛健而文明〉

雖曰中履五位，應來眾陽。自天之祐，而動罔不吉；順命之休，而善由是揚。然治罪難盛也，盛貴能久；而物必有盈也，盈烏可常。即卦觀象，在明與剛。人同物必歸，蓋取包容之義；天行時不息，益彰充實之光。

〈七月陳王業〉

備則可想，音猶有遺。君且愛日，民無廢時。火方流也，已謹授衣之候；歲日改也，預思舉趾之期。先頃刻之怠者，即聲歌而寫之。終爲頌始爲風，獨兼其體；祖有功宗有德，備見乎辭。

〈摹二京而賦三都〉

是賦也言漢非一，論秦者三。隴坻崤函，具鋪於左右；靈臺清籞，備錄於東南。

〈三都五經之鼓吹〉

誠以天險惟蜀，物華在吳。彼美有魏，亦隆大都。我乃首述二邦之制度，卒陳中士之規模。南金西產，靡不畢載；異土鄨宮，於茲具鋪。豈惟歸美於當世，抑亦發聲於聖謨。

〈周立九府圜法〉

當其大統既集，丕基肇開。總邦貨之本末，合官聯而剸裁。自太府而下，以至職幣；凡列司所掌，無非裕財。惟其互謹於出納，所以不窮於往來。

粵自分職，無非厚民；斂弛得序，平均之倫。其官於天地者，聯有七職；而屬在春秋者，列爲二臣。要皆立通法以無礙，將以導利權而使均。

〈九扈爲九農正〉

自春多而下，其辨各異；由桑棘而上，所稱不同。

〈五學成則民化〉

是學也南北殊制，東西異儀。首善於內，敬承者師。上親下貴，而有庠有序[58]；貴信貴德，而不誣不遺。其成化可謂備矣，則易俗夫何遠而。

〈三十年之通制國用〉

天道小變，星躔屢遷。以時考之，時邁十閏；以食計之，食餘九年。於此得通融之要，豈其昧盈縮之權。

〈方千里曰王畿〉

爾乃體國經野，建邦辨方。積百同之地，而區畫一定；盈一封之數，而井圖四旁。所以示邦畿之重，豈徒爲經畫之詳。

〈井〉

以其中正莫□，往來靡渝。至而未譎，切則何有；收而勿幕，吉斯乃孚。漏深虞於鮒射，泥□異於禽無。顧莫齊勿，利用甚博；所以養德，源流不殊。

〈萬億年敬天之休〉

當其接統而起，乘時有爲。謂皇穹垂裕，寧有終窮之理；而宸心欽若，盍存悠遠之思。十難得之期，而此念無已；百可致之日，而斯誠不虧。命靡常也，久而敬之。

〈十八學士登瀛洲〉

房杜謀斷，李蘇簡清。四領參軍之職，二充文學之名。於許而下，穎達元敬；盍勉而上，薛收德明。

〈六經之道久益明〉

禮著樂備，詩葩易奇。訓詁百篇，軌範昭示；褒貶一字，權衡不私。

〈五典寶爲大訓〉

茲典也意簡而古，辭純且溫。由顓昊以肇始，迄唐虞而並存。夷民節財，不外於日用；睦族修理，實關乎化原。以是爲訓，宜其可尊。

〈典謨人主之軌範〉

語簡而盡，文深以純。自稽古而下，秩秩大猷之闡；由賡歌以上，昭昭善政之陳。皆所以章緝熙於盛世，揭軌則於君人。

〈六詩以六德爲本〉

時也採自國史，職於太師。始以風兮，兼舉於興道；終於頌兮，錯陳乎訓辭。必學夫詩，則可以言也；不考諸德，則孰爲本之。

輕清

〈舜琴歌南風〉（古）

時其比屋熙乂，岩廊靜深。包我萬慮，寫於一琴。協天地以同趣，按絲桐而播音。作以敍情，適在無爲之日；薰兮入奏，永言至孝之心。

〈漢網漏吞舟之魚〉

公恕世積，寬仁肇基。井井約三之令，恢恢畫一之規。昔之過詳，今則從簡。大者既漏，小者可知。若是疏也，誰其犯之。方蛇分協應於一時，姑從其大；雖鯨吸可容於萬斛，猶縱於斯。

典重

〈周以宗強〉

天邑中奠，侯封外崇。大邦小邦，我所錫壤；伯父叔父，汝其懋功。鞏國勢以常勢，粹民風於大同。膺木德以當天，王

圖以永；法軫星而建屏，邦本其隆。

〈獮田祀祊〉（古）

諏厥剛日，應於仲秋。虞人萊野而儀備，司馬之民而職修。僕駕木路，王披黼裘。順殺氣以出獵，羅百禽而畢收。始致珥於虞中，可供豆實；因為壇於國外，以報神休。

〈寶玉展親〉

時則邦禮具餝，宸心致勤。或鼓以分唐，鉞以分晉。或瑴焉錫號，瓚焉錫文。凡茲侈備物於宗國，蓋以展至誠於我君。貴物兼陳此意，匪輕於天錫；中孚交暢寵光，爰逮於茅分。

〈三代禮樂達天下〉

瞽宗羽籥，東序干舞。既醉籩豆，依那磬聲。

文獻彬彬，夏道商道；風教洋洋，周南召南。

〈積貯天下之大命〉

時其菽粟水火，劍刀犢牛。耕耨兮九年之食，土穀兮六府之修。生有登臺之樂，老無轉壑之憂。

〈山海天地之藏〉

上下融結，高深混茫。巨鎮區分於星土，洪流派接於天潢。風氣所宜，土地所產；舟車之會，水陸之藏。載觀所萃之萬物，其可自豐於一王。繫坎流艮止之分，生之者眾；信乾羔坤珍之富，聚以其方。

〈天下大計仰東南〉

觀其撫有兆姓，尊臨普天。郊廟賓客，費固為幣；帛玩好 [59]，用非可捐。衣食縣官，百萬兵籍；廩祿公帑，數千吏員。非地宜有所出也，則國計將何取焉。歲費月需，公上有無窮之用；水浮陸運，江淮誠所出之淵。

〈天下之安猶泰山〉

　　禮樂朝野，車書幅員。人心國勢，磐固累世；祖功宗德，維持萬年。若取類而言也，蓋有山之義焉。

　　〈天下大器置諸安〉

　　皇天基祚，廣哉幅員。聲教包羅，文軌四海；祖宗創造，規模萬年。苟惟輕措於匪地，何以奠安於普天。

　　〈一賢制千里之難〉（古）

　　不世才略，無雙制能。空異北之群也，多士領袖；擅斗南之譽也，一時股肱。肅朝著以鵷立，絕姦邪之蝟興。

　　〈天下有道則見〉（古）

　　時其上正下順，內剛外柔。惟善是富，惟才是求。鴻漸磐而衎衎，鹿鳴野以呦呦。康時之蘊，是則宜發；報國之志，茲焉可酬。得不進以益譽，入而告猷。

　　〈國士無雙〉（古）

　　誠以氣蓋四海，胸吞萬夫；機梧藻鑒，風神玉壺。入而相，則拱揖致主；出而將，則笑談卻敵。

　　〈華髮為元龜〉（古）

　　霜髮鶴骨，冰髯檜身。元老柱石，先生縉紳。四世弼亮兮，盟府遺德；兩朝開濟兮，中原大臣。足可鈎深而致遠，為其溫故以知新。

　　〈聖心天地之鑒〉

　　宅志昭曠，儲精邃淵。靈臺瑩兮，塵慮莫擾；虛室白兮，德輝自全。列萬象於神觀，對八荒於性天。清其君正其官，寂無思也；觀於文察於理，罔不昭然。

藏頭題見主意

　　〈聖人有金城〉（凡藏頭發出本旨，賈誼正說，得人固國，金城特託言耳）

徒觀夫端拱黃屋，優游紫宸。磨礱庶士，俾各成就；砥礪群才，使皆作新。上既尚於名節，下孰非於藎臣。宜其固國有道，為城以人。

〈文王之典靖四方〉（說出我將祀文王主意）

思早受祉，比於克君。德也靡晦，式於不聞。有采薇之政，而首以天保；即關雎之化，而行乎汝墳。皆本此以立國，宜歌之而祀。文不亦懿不亦淵，所貽者遠；以無悔以無拂，爰集其勳。

〈孟氏功不在禹下〉（說出孟子闢異端之功，過於禹治水）

意曰正統湮微，說鈴競馳。非淪胥於楊墨，則濫入於秦儀。念曲學浸淫，尤甚橫流之變；而人心陷溺，豈勝昏墊之危。疏淪以還，為害若此。抵排其說，以身任之。有惻然救弊之心，所圖者大；豈較以告成之烈，猶處其卑。

用古人名

〈冠帶圜橋門〉

天拱明主，人親聖謨。峨然纓者，皆唐虞之講論；束而立者，盡孔顏之步趨。

〈封事謗木之遺〉

剴切交進，忠誠樂輸。列馬周之疏，而條舉利害；上劉向之書，而指陳佞諛。惟下情無有隱耳，豈古意不在茲乎。露奏公車，悉係當年之大體；風還交柱，僅存曩日之通衢。

〈有功見知則悅〉

義不辱國，忠存報君。璧還全趙，而秦敵莫禦；口伐可汗，而唐威遠聞。幸際非常之寵，誰嗟行役之勤。念周道之透遲，備嘗艱阻；若君王之記錄，寧不懽忻。

〈堯湯備先具〉（古）

雖甚盛德，適丁是時。固嘗命鯀也，然而久任以無效；不幸紹桀也，所以餘殃之未衰。疑其難至於濟衆，向乃克綏於宅師。在所積耳，於時保之。異世帝王，猶有遇災之懼；收功財力，孰憂悍患之遲。

〈夏宗陳天下之謨〉

塗山之會，乃禹舊服；沔水之朝，惟周舊都。

〈正臣進者治之表〉

爾其待詔金馬，依光玉除。直則劉蕡，忠則陸贄；賢如汲黯，純如仲舒。幸朝廷清明，皆若人也；故治效形見，此其本歟。

〈舉逸民天下歸心〉（古）

徒觀夫鳳詔招隱，鶴書訪賢。揚干旄之孑孑，賁束帛之戔戔。選於其衆兮[60]，虞仲夷逸；褒然爲首兮，朱張少連。並奮身於廊廟，咸晚跡於林泉。朝既無於幸位，民大悅於敷天。

〈載芟祈社稷〉

當其農以時率，聲隨氣和。謂徂隰徂畛也，雖曰人爲之已盡；然其苗其傑也，未知物意之如何。可不敢用昭告，乃賡載歌。侯以侯疆，方重籍田之始；是崇是秦，庶期年柔之多。

〈聖主言問其臣〉（見言不可輕，所以必問）

當其躬正五位，君臨八維。察政得失，審民慼思。謂絲綸之布，實公衆庶之觀聽；然樞機所發，亦兆國家之盛衰。言若是其幾也，善敢忘於擇其。誠明正性之獨全，謀無輕發；左右大夫之曰可，意豈容私。

〈無赦之國刑必平〉（古）

非不欲蕩滌瑕穢，哀矜老羸。俯取三章之約，遠稽五罰之疑。然而予欲其生也，故下令以更始；爾幸其免也，或先時而

肆欺。是則養成其過矣,曷若因嚴而化之。

〈孝宣務行寬大〉

政體洞究,下情必知。罰既必兮,恐無故以致濫;實已核兮,慮有時而召欺。與其過甚而馴致其察,孰若反觀而不忘所思。寬可尚矣,吾寧緩之。

〈祈年歆豳雅〉

擊鼓薦醴,豐盛潔粢。悃切為民之念,精專備物之儀。穀云中熟[61],猶異上熟;倉已千斯,且求萬斯。然非假歌詠之數語,何以達精誠於此時。雅者三也,神其聽之。

〈萬民利害為一書〉(古)

司馬頒職,皇華遣臣。若遠若近,以咨以詢。朝廷禁令,孰是傷化;郡國教條,曷為便民。寫以尺牘,□於一人。

〈文帝惜百金之費〉

觀其樸務躬履,化期俗醇。然即位累年,而財且告乏;減租幾詔,而民猶貧[62]。雖用度至微,若未害事;然循習無已,終將蠹民。

〈草澤令自舉〉(古)

朕以寶位至重,政條或疏。思得賢士,共安帝居。爾文武之智兮,或山而處;爾將相之器兮,或水而區。苟不乘時而詔彼,曷彰予德之加於。軫乃深裒,重懷材而抱道;使之自獻,庶釋僑以離蔬。

〈善問如攻堅木〉

爾乃避席而請,摳衣以咨。念以身受訓,固期萬境之俱化;然入道有序,夫豈一朝而盡知。我所以首取至明之理,形為所叩之辭。則彼難者,自將造其。

〈聖人陶成天下之化〉

　　蓋聖人任牧民之寄，爲善俗之謀。爾淳厚兮，吾責乃塞；爾澆薄兮，我心則憂。所以運化，於密使由。尊處巖廊，妙幹旋於工宰；大凝率土，無坏瓱之剛柔。

　　〈動人以行不以言〉

　　動爾萬俗，端予一身。我率正而孰敢不正，我興仁而誰爲不仁。軌轍當世，範模庶民。何以感人，固在表儀之正；自然胥效，豈煩詔令之申。

　　〈文帝罷露臺〉（獨腳題，反覆見意，不可分上下截）

　　大匠爰度，百金欲幾。繫君舉以既當，費國財而甚微。庶民翕爾以和會，睿意惻然而且違。謂天子九尺之堂，爲居以麗；若中人十家之產，妄用誠非。

　　說源流入題

　　〈日月爲常〉（先說用常之時，次說節服巾車所掌，然後漸引出題意。如便說日月，有何意）

　　乃若朝覲會同之際，師田祭祀之時。節服詔禮，巾車謹司。旂將揭以昭示，制豈容於苟爲。必取麗天之象，庸彰曳地之儀。璿極凝暉，炳居諸於晝夜；龍章作繪，博臨照於華夷。

　　〈鑄劍戟爲農器〉（先說時已息兵，則劍戟自然不用）（古）

　　時其波息鯨海，戈包虎皮。牛已閒於桃野，兵絕弄於潢池。雖干羽之舞，猶且不試；況劍戟之用，[63]所施。昔日提攜，出將軍之掌握；今朝熔範，作田者之鎡基。

　　〈取正於經定大號〉（先說太平之時，方舉此盛典）

　　時也遠近懽洽，邦家乂寧。舉盛典於華旦，萃洪儒於大廷。謂決以己見，則終莫盡於稱美；而質之古訓，則有可參之典刑。信推崇於殊號，宜斟酌於群經。披皇圖稽帝文，得其旨

要；揚鴻休膚寶冊，炳若丹青。

敘來歷

〈周公作無逸〉

意曰后稷經始，太王克君。文大其業，武成厥勳。凡今日盈成之治，皆昔時積累之勤。吾不以告，王將曷聞。言念前人，敢後經營之跡；著爲成列，無非儆戒之文。

〈文帝愛民如赤子〉

繼弦自代，疾懷在民。謂約法於高也，澤尙云淺；而息肩於惠也，情猶未親。我所以念元元之攸屬，視幼幼以惟均。化本躬行，莫匪慈祥之意；人方嬰慕，用全鞠育之仁。

〈樂則韶舞〉

意曰咸濩間出，英莖迭施。沿革殊制，抑揚異宜。然奏以象功也，若未大功之聖；用而飾治也，寧如極治之時。舞不尙此，樂奚以爲。

〈閉玉關謝西質〉（古）

且曰八表甚廣，一人獨尊。以高帝規摹也，身固困於冒頓。以孝武才略也，師方勤於大宛。況此方內始定，天民無存。不限往來之路，或開窺伺之原。鍵燉煌扼險之關，悉還其貢；杜蔥嶺輪平之使，不得其開。

〈清臺課曆疏密〉

高帝而降，元封以來。顓曆用而晦朔非是，太初起而陰陽稍該。爰推求於大紀，悉鈎校於靈臺。方雅候於上林，必居其所；俾參稽於眾治，咸得而裁。

假彼明此

〈春日下寬大書〉（借一說）

時也煖律方轉，青陽載熙。物於天地也，尙有生成之賴；

民之父母也，寧無恩澤之施。寫我至意，形於此時。凡懇惻之至者，皆寬大以行之。

〈舜歌南風天下治〉（借一說）

觀其薰殿恭己，桐音奏和。謂披是拂，是者物尚可養；況生我鞠，我者恩爲愈多。得不託以示孝，形而作歌。

〈皇極統三德五事〉（借一說）

當其天道發秘，洛書效祥。保以錫汝，建其有皇。以兩儀之表，猶有資於經緯；況群心之用，豈無待於維綱。視聽繼惟於中正，剛柔又得於平康。惟一惟精，孰是訓彝之要；次二次六，悉歸總攝之方。

〈出門如見大賓〉（借一說）

觀夫動貴循理，行毋越思。於暗室之中，己且無愧；豈履閾之外，誠焉或虧。

〈文武灼見俊心〉

爰自受命，至於仰成。八卦既演，九疇以明。於天地秘藏，猶有所見；豈人才賢否，或慮未精。

〈堯舜之盛有典謨〉（借兩說）

徒觀夫法既匪伏，爵惟襲堯。非無治世也，此號明昌之世；亦有熙朝也，此稱揖遜之朝。凡在簡編之載，詎同禮義之哨。

〈殷周之盛在安民〉（借兩說）

非無善治也，此號八百年之治；亦有賢君也，此稱六七作之君。

〈信而後諫〉（借兩說）

當其賢聖同運，明良際時。聚精神而胥會，披肝膽以無疑。巧言如簧也，不能使之變；謗書盈篋也，不能使之移。孚

既永若,道其直之。一德尊臨,已厚腹心之託;七臣在列,宜殫藥石之辭。

〈什一去關市之徵〉(借兩說)

粤其自貢而助,雨公及私。多寡中度,等羌適宜。非曰財有餘而棄以弗取,非曰用不足而求之靡遺。念中制之立,誠莫加此;捨常賦之外,將焉用之。蓋曰國用雖廣,民財有常。輕而取之,於國□關;過而斂之,在民或傷。是必多寡不失於桀貉,貢助亦參於夏商。

〈兼足天下在明〉(分借兩說)

大矣區宇,廣哉幅員。凡在混同之域,曷均生養之天。爲之賙救,則力雖給以難繼;加以補助,則惠若周而實偏。乃知足下之有要,必也正名而是先。

〈郊特牲〉(借兩說)

時也璧玉光燦,燔禋具交。非無席也,惟用稿以及稭;亦有器也,必貴陶而與匏。牲苟多於用犢,禮奚取於爲郊。

〈郊上質以章天德〉(借兩說)

當其鸞路款謁,龍顏肅祗。牲可備也,取用騂之制;壇可飾也,崇掃地之儀。禮以實副,貴惟素爲。信茲德產之致也,因彼天心而奉之。

〈黃帝以雲紀〉(借兩說)

聰敏不恃,神靈敢私。寶鼎作兮,猶寓象天之意;星曆起兮,尙先迎日之推。況雲瑞之應,固已昭若;則物名之紀,敢忘取斯。

〈成王有萬年之壽〉(借兩說)

觀其躬善繼統,時躋迓衡。微而木草,猶被於仁厚;幽而神祇,咸樂於盈成。是宜和極兩間之際,歡騰萬歲之聲。振秩

秩之德音，治臻於盛；享綿綿之睿筭，數極其盈。

〈齊魯文學皆天性〉

尚父遺烈，周公舊勳。適其國者，尚嗟周禮之盡在；至其地者，猶喜韶音之可聞。豈非餘澤固存於斯世，諸儒咸富於多文。

〈守邊當世之急務〉

時也烽燧屢警，羽書四馳。質之縉紳，則甘進五利（和）；聽之介胄，則徒誇六奇（戰）。思善後之謀，將奚先也；惟固守之說，誠為得之。

去彼取此

〈車駕幸太學〉

萬騎雲集，千官影趨。鸞聲動兮，肅穆群聽。龍旂舉兮，輝華九衢。不遊觀於宮室，而遊觀乎禮義之地；不驅馳乎苑囿，而驅馳乎道德之塗。帝乃視學，時惟重儒。

〈文帝以道德為麗〉

恭儉率下，寬仁作君。臺榭不飾，烏覘乎真飭；綈革無文，孰窺乎至文。

〈文帝罷露臺〉

樸若太儉，淡然不文。宮室可營也，常念閭閻之細；服御可增也，每思稼穡之勤。況中人之產，莫匪艱難而致；而一臺之費，寧為玩好之云。

〈君子知稼穡之艱難〉

德足惠下，道能善群。上為天之所子，下為民而作君。深宮可處也，每恤閭閻之細；備味可饗也，豈志穀粟之分。宜念艱難之業，庶圖久大之勳。

〈設虛待賢〉

蓋其治道攸繫，人言敢輕。餁不在嬴羽，而寓意於餁；聲所以鐘鼓，而導情者聲。示予虛己有以待，庶爾有懷而必傾。

〈文帝愛民如赤子〉

意若曰帝業雖固，人心未舒。帷帳之繡，孰與民煖於裘葛；苑囿之益，曷若民安於室廬。此所以振救於安全之域，撫摩於凋弊之餘。

意曰

〈詔賜田租之半〉（古）

意曰稼穡爾力，鎡鉏爾親。或春務方興，而省耕之政闕；或秋成未入，而追科之令頻。我得不音發大德，言行至仁。惟省上益下[64]，務因田而利民。

〈乘國如乘航〉

意曰眇若一己，廣哉四方。上焉天命之可畏，下則民情之靡常。事若無難，而有至難之理；時雖既濟，當為未濟之防。治欲安於奠枕，危當戒於乘航。

〈漢斲琱為樸〉

意曰大業甫定，餘風未淳。吏刻深也，孰是持平之吏；民詐巧也，殊非歸厚之民。儻公恕為心，不首於七制；是澆漓之後，復生於一秦。

〈漢求文武如不及〉

意曰朕以眇聽，躬承慶基。內焉有多闕之百度，外焉有未賓之四夷。苟或憚勞於搜拔，殆將孰任於安危。爾可用者，吾寧緩其。

〈高祖納善如不及〉

意曰敵國相持，安危未期。人傑適楚，則楚勢必振；謀臣歸漢，則漢邦可知。此以見善，常若不及。用人亦虞有遺計，

可采者吾皆聽其。

〈天心仁愛人君〉

天意若曰形色均賦，表儀者誰。立爾司牧，代予寵綏。然而處之富貴，而驕意易啓；重以休祥，則誇心必隨。欲寓監觀之意，莫如譴告之時。

〈太宗乙夜觀書〉

意曰監古得失，廣吾見聞。或日宴引名臣，難以文詠；或朝隙召儒生，質之典墳。然且日猶不足，夜以相繼。甲且未已，乙焉尙勤。

雖曰然而

〈刑賞忠厚之至〉

雖曰品式具在，條章炳如。然而適疑似難明之際，當依違未決之初。故恩如可予，則必蕃庶以錫馬；而過若可宥，則寧闊疏而漏魚。其德可謂至矣，斯仁豈徒近於。

〈漢股肱蕭曹〉

雖曰逐鹿開跡，斷蛇肇基。然大楚可蹙也，蹙以何道；而三秦未舉也，舉之者誰。匪賴規隨之力，未知勝負之期。所可寄者，豈容釋茲方干戈；五載之間，吾安所持伊手足。二人之力，汝翼而爲。

〈王者以民爲天〉

雖曰生殺我擅，權網我持。然邦本至重也，胡自以鞏固；而帝命靡常也，曷全於寵綏。所敬在此，於時保之。有臨足有容，靡恃崇高之勢；可近不可下，每懷寅畏之思。

〈舜同律度量衡〉

雖曰正以率下，信而遇民。然法度既彰，則慮啓他時之弊；而書契既作，則又非太古之淳。苟公平之制，不有以先

定；則變詐之態，易生於不均。

〈仁之爲器重〉（用古人名）

雖曰天性之稟，人心則均。然而堯舜大聖也，猶或病於濟眾；由求高弟也，尙不知其得仁。取彼難勝之器，戒夫輕舉之人。

〈宣王側身修行〉

雖曰小雅盛治，中興令王。然旱暵爲虐也，嗟天意之未解；而饑饉荐臻也，恐民生之或傷。儻非罪己以省過，何以反妖而致祥。

〈文帝勞軍細柳〉

雖曰恭儉爲本，寬仁有餘。然而驕尙形於尺牘，辱未償於嫚書；故金繒結好也，姑示權宜之舉；而戍壘分屯也，深期宿憤之攄。即轅門而至止，寫上意之溫如。

〈修身在正其心〉

雖曰幾杖寓誡，盤盂有箴。事飭以五，於言動以必謹；日省以三，無起居之不欽。要知修省有道，源流自心。

雖曰合爾萬善，萃予一身。然而孰非學也，或適乎正道他道；均是體也，或分乎大人小人。信一念存亡之異，乃終身趨舍之因。

〈殷周井田制軍賦〉

雖曰載祀云始，興王肇初。然而不弛備於治平之世，每訓民於耕墾之餘。土芒芒兮，九有均授；原膴膴兮，八家奠居。跡其疆理之若是，中有師徒之寓於。

不自足

〈朝有進善之旌〉

淵默聖德，蟬蜎帝居。智兼四海也，慮寸長之或失；門遠

萬里也，患忠言之易疏。我是以示此拳拳之意，寓諸孑孑之
旃。繡坐端居，降溫顏而穆若；嘉猷入告，睹析羽之翻如。
　〈國家閒暇明政刑〉
　　當其枕簟中夏，絳銷朔庭。世雖安逸也，每念於無逸；時
既敉寧也，尚憂於未寧。欲其勿替於基緒，可不又新於政刑。
三登曰太平，彌軫保邦之慮；四達而不悖，益彰出治之經。
　〈天子游六藝之囿〉
　　躬雖上聖而罔敢居聖，性稟生知而猶資學知。
　〈上酌民言〉
　　九五位正，半千運隆。智雖大也，務衆智之兼采；謀雖廣
也，必僉謀之與同。樂取諸人之善，益彰大道之公。足有臨足
有容，罔私所見；皆曰賢皆曰可，必取其中。
　〈舜同律度量衡〉
　　樸則已散，帝其有爲。俗雖可封也，淳者詐之始；民雖不
犯也，簡乃繁之基。故茲日用之要者，於以先時而正之。
　〈天子學問至羿蕘〉
　　明燭物表，德根性天。以帝王之資，而加緝熙之懿；釋堂
陛之嚴，而躬聽覽之專。善亦足矣，心常慊然。道冠古今，朝
見聞之愈博；論關廊廟，迨微賤以詳延。
　〈聖人能內外無患〉
　　誠以智慮超世，聰明冠群。不以國家閒暇而廢政刑之務，
不以邊隅安靜而忘封守之申。
　〈帝歌敕命惟時幾〉
　　是何極治冠古，大功在人。以雍熙之盛，而猶寓歎嗟之
意；以明良之會，而不忘藥石之陳。深念眇綿之作炳，相期夙
夜以惟寅。屬此允諧，寫誥誠丁寧之意；思其不易，察斯須芒

芻之因。

〈太宗導人使諫〉

時也得失兼訪，安危備詢。不以功德既隆，而無事可議；不以制度既立，而無言足陳。苟廣覽不極群下，則有過在予一人。

舉一隅

〈洪範天地之大法〉

是書也文兆龜負，數因象全。以皇極一位也，已存經緯之妙蘊；以五行一端也，亦具生成之自然[65]。況疇類之咸敘，豈元功之或偏。伊六十五字之文，孰非至理；凡萬有一千之策，莫秘真筌。

〈六律萬事根本〉

大樂職舉，伶倫制存。驗飛灰於緹室，吹斷竹於崑崙。乙太簇一宮，猶統人紀；以黃鐘一籥，且為物元。況六者之兼備，豈萬殊之不根。

意其然且

〈太平君子能持盈〉

時也四海奠枕，群方迓衡。鳧鷖奏兮，翕若來崇之祉；嘉魚詠兮，懽然相與之情。意其處己以自泰[66]，然且虛心而慮盈。

〈唐虞聖賢猶相戒〉

揖遜道盛，泰和俗淳。父堯子舜，而天拱明明之主；左皋右禹，而星聯濟濟之臣。意其享治以自暇，然且颺言而互陳。

尊題識輕重

〈和戎國之大計〉（凡中國與外邦非匹主張，題目不可不識輕重。此篇盡說戎來求和，無一句屈體，最為可法）

　　時也虜使通書詣於帝都，稱今日之臣妾，歸昔年之版圖。於是天旨聽兮，來不爾拒；邊備撤兮，我無爾虞。是計爲生靈而設，故患聞內外之無。□□[67]交親，戢彼三軍之武；車書混一，丕哉萬世之謨。

雄壯

〈節義天下大閑〉

　　望簪物表，動爲世師。事有不可奪，則抗[68]群議以固守；理有所當然，則排眾人而必爲。顧兩端有所執也，宜四海翕然從之。殉[69]國亡身，正一時之大分；揚淸激濁，立萬世之宏規。

第三聯（不當似第一聯）

〈李晟身佩安危〉

巨鎭強藩，方在陸梁之際；

太山累卵，係吾去就之中。

〈詔賜田租之半〉

頒細書一札之勤，敷予心腹；

減常賦十分之五，食我農人。

〈天下翹首望太平〉

戴白垂髫，仰龍德位天之象；

匪朝伊夕，歌鳧鷖在渚之詩。

〈鑄劍戟爲農器〉

昔日提攜，在將軍之掌握；

今[70]朝鎔範，作田者之鎡基。

〈三宥制刑〉

念茲死不復生，屢賜寬優之典；

或其罪不可赦，姑從輕重之權。

〈五路以玉爲飭〉

轂列輪駢，駕飛龍之耳耳；

珍浮瑞溢，表盛德之皇皇。

〈器以藏禮〉

合準繩規矩而成，昭其度也；

豈小大尊卑之別，不在茲乎。

〈□□[71]不可盟〉

雖來貢於廷琛，皆疑向化；

奈未乾於口血，難保無渝。

〈李郭相勉以忠義〉

想上堂執手之辭，言歸於好；

皆憂國愛君之意，罔有他腸。

〈孝宣務行寬大〉

昔任法審刑，以庶事因循之故；

今悉心更治，無一毫苛細之爲。

〈魯秉周禮〉

地據中都，蕞爾小諸侯之國；

制還往古，燦然大宗伯之義。

〈一日克己復禮〉

苟旦晝所存，罔惑人爲之僞；

則周旋皆中，悉還天畀之彝。

〈樂則韶舞〉

自黃帝以來，不特伶倫之制；

獨后夔所典，□□虞氏之心。

〈舜歌南風天下治〉

解慍阜財，方寫淵衷之樂；

耕田鑿井，已薰葉氣之多。

〈辭賦與古詩同義〉

想屈原繼作之初，尚存遺意；

自夫子既刪之後，豈曰無詩。

〈長安復見官軍〉

方嗟蜀道之徵鸞，不知所屆；

豈謂朔方之餘騎，而至於斯。

〈武坐周召之治〉

始也總干，有戟鬥用兵之象；

俄而□□，狀聖賢偃革之爲。

〈子房諸借箸[72]〉

誰爲陛下之謀，事將去矣；

願得食前之筋，臣請籌之。

〈化國之日舒以長〉

幸生堯舜之時，安居不擾；

如頓羲和之轡，久昭難移。

〈諫見忠臣之心〉

百奏丹青，可霽雷霆之怒；

寸誠暴白，有如天地之臨。

〈文帝思古名臣〉

前比和親，皆屢敬中行之咎；

赫然發憤，慕廉頗李牧之名。

第三韻終

聲律關鍵卷四

第四韻

雖貼下截，須承上截意，庶得貫通體貼，最要周備。

關合上下截（正格，關合貴渾成，不可牽強）

〈王者以民爲天〉

得非欲惡之情，可卜於從違；聰明之鑒，靡逃乎聽視。推其不愧，以寓以不怍；即其所事，以加於所使。信隱顯之同然，宜周旋之奉以。

〈見道知王治之象〉

因知六子建爻，已具形於六官；五行分爻，亦兆基於五事。驗其風雷，明號令之攸出；觀其雨露，識仁恩之所自。是皆見乃之謂象，豈或外此而求治。

〈封事謗木之遺〉

想夫繩愆有得於求愆，論治庶幾於通治。雖無顯刺，而默存正數之理；未至直書，而微寓箴規之意。以斯達諫者之至言，亦可踵治朝之盛事。

又（雖合上下說，亦品藻抑揚體）

因知奏於囊者，不若立於衢。詢諸朝者，不若求諸野。制且異矣，意猶古也。雖書非以板而言，皆切於政治；雖議不及民，而情亦通於上下。使其美意之尚遺，奚必虛文之是假。

〈吏良則法平〉

豈非無刻深之資，則必無鍛鍊之文；有寬厚之政，則斯有哀矜之意。刑若畫一，律寧析二。昭昭乎繩尺之無枉，坦坦乎江河之易避。

體物

〈文德帝王之利器〉

德非鼓仁義之口，而勇力不施；□非厲道德之威，而安強可致。人兵不戰也，孰非屈堯舜之化；技擊雖銳也，不足敵湯武之義。惟興成之主，一用此道；故懷畏之邦，舉無異志。想寬柔以教，何施金革之強；諒孝悌既修，可撻甲兵之利。

〈聖人陶成天下之化〉

有經籍之鈞，足以揉人心。有禮教之範，足以定民志。甄萬室以歸厚，坏群生而使粹。是宜久道以體常，抑且觀文而取賁。足以臨也，有可觀可度之儀；其在和乎，微不範不模之器。

〈天下大器置諸安〉

蓋謂經營締造，當念惟艱；憑籍扶持，莫先自治。必也躋以仁壽，挈之禮義。驅民生於衽枕之域，寄國祚於覆盂之地。措諸安毋措諸危，取其義非取其器。且坤輿奄此，接夫聖統之千；而震子主之，維若太山之四。

〈斗為帝車〉

是何映華蓋以上承，拱紫辰而密次[73]。攝提下正於輗軏，夫馺遙參於銜轡。揭推移不已之柄，取運動自然之義。良由曲輈示枸曲之三，方軫見魁方之四。氣回正序，左旋九道之間；閏有餘分，斜指兩辰之位。

〈賢人國家之利器〉（古）

挺奇草澤之間，耀穎岩廊之地。昔之窮也，固嘗蓄銳以待敵；今之達也，詎可藏鋒而避事。故我小而製錦兮，恢恢智刃之地；大而補袞兮，恪恪官箴之備。隱而未見，姑同囊穎之藏；動則有成，豈在詖刀之利。

〈舒向金玉淵海〉

是何中涵道德之光，外振聲容之粹。其儲蓄不露兮，測之而益遠；其珍藏有餘兮，酌之而不匱。蓋文之發越者，實出乎尋常。宜後之采撼者，莫窺其一二。言皆有補，蔚華采以相輝；浩不可量，信環奇之所萃。

〈辟雍海流道德〉

夫然學而至者，冠帶儒生；遊而觀者，珪璋君子。濟濟咸集，洋洋萃上。游夏淵源，渟蓄者眾；舒向金玉，蘊藏於是。曷取海以言之，蓋儲才之富矣。

〈以禮為羅〉（古）

肅肅然來免罝之武夫，烝烝然罩嘉魚之賢者。晁董公孫也，盡入於漢罔；稷契皋陶也，不遺於堯野。焉知賢者而舉之，有以禮為貴者。

〈太宗得至治之體〉

得非典具全兮，無一節之遺；道最盛兮，非小康而止。三省建官，相貫於脈絡；諸府置衛，有同於臂指。彰彰政治可謂盛哉，小小計畫安能致此。

〈天子游六藝之囿〉

想其樂師前驅，禮輿泣止。道窮爻象之奧，林覽春秋之旨。翱翔乎書之，峻宇之有訓；泮奐乎詩樂，靈臺之經始。蓋將追軌轍於前聖，抑亦破藩籬於諸子。雍容丹禁，心豈無所用哉；涉獵群經，樂亦在其中矣。

〈大漢政平仁義之淵〉

得非浮津而南，已從遮說之謀；渡河以北，亦務除苛之治。厚澤積累，群心漸漬。下已治兮，源於統下之日；人自安兮，深爾愛人之意。凡巍巍國勢之如斯，非淺淺君恩之所致。

賢哉六七作，相培植於治安；波及四百年，皆源流於愛利。

〈國者天下之大器〉（古）

茲蓋言其用，則亙古以窮今；語其量，則包天而括地。中
函冠帶之俗，外混車書之異。固非利於小用，遂託名於大器。

〈漢用大度爲符〉

不必觀星聚，而灞上已降；不必占雲物，而沛中樂附。敵
如可服，卜於仁義之一舉；民恐不王，肇自寬仁之有素。所以
爲符，惟觀其度。方自酈生之求見，已繫群心；非由聖母之以
彰，乃膺天祚。

〈漢股肱蕭曹〉

不以其起刀筆而亡奇，不以其持文墨而不武。扶義而西，
汝則力戰；舉兵而東，爾其坐撫。一撝而餉道卒辦，一蹴而敵
兵就虜。倘非託重任於膂力，何以收功於掌股。不見追亡方
至，頓寬失手之懷；掠地既多，重念被創之苦。

〈仁宅〉（古）

以守位，則九重萬世之安；以濟眾，則四海一堂之上。失
之者處傾宮，無以自保；得之者在陋巷，莫之能抗。宅此而
安，仁無以尚。理斯爲美，曾何終食之違；身或不能，遂有弗
居之曠。

〈漢網漏吞舟之魚〉

想夫汙莫容者，樂我寬洪；蕩而失者，賴於安養。沙上之
謀，宜舍之而不問；海島之逋，聽悠然而自往。苟多爲條目，
求以勝姦；是一或罣誤，無非觸網。掃茲毒螫，務從網舉之
疏；縱若長鯨，俾泳海涵之廣。

譬喻

〈文王視民如傷〉

想其見戍役之遣，而慮乃瘡痍；覘關市之譏，而恐其朘削。心亦憂止，夕常惕若。爾方載飢，寧我食之遑暇；爾且恐疚，豈無躬之逸樂。不聞有異於支體，但見相通於脈絡。顧予翼翼，雖云不識以不知；相彼元元，若恐胥戕而胥虐。

〈文帝愛民如赤子〉

觀夫罪不弩兮，使全生息之繁；兵無刃兮，俾遂體膚之愛。慮其號寒，則帛也爾賜；憂其失哺，則粟焉爾貸。無非若子之閔斯，足見養民之務在。雖禮文之事猶多缺，非所急先；而父母之心將何如，惟其康乂。

〈天下之安猶泰山〉

萬世帝王，累朝基址。旁環侯壤之錯落，俯視民岩之迤邐。皇皇周京，與兗鎮以並列；巍巍舜治，夾岱宗而羅峙。□守邦，何待於設險；有盤石，隱然而足恃。

〈下令如水之原〉（古）

茲蓋一命之出也，自波及於四方；一言之害也，自派□於千里。無反於既決之後，當謹於未施之始。苟失其源，何取於水。敷予腎腸心腹，審之在初；放之南北東西，本其如是。

〈君子之辨猶兵〉（古）

於是芟夷怪誕之流，剪撲紛爭之士。或闢路於既塞，或誅姦於已死。惡干時而惑眾，我且直之；譬伐罪以弔民，予非得已。

〈高祖從諫若轉圜〉

是何彼方造膝以請前，此已隨機而翕受。都既可遷，則即使命駕；侯或當封，則亟為置酒。心則匪石，虞無掣肘。仗劍以平天下，見善則遷；猶珠之走盤中，何難之有。

〈王者之法猶江河〉

是何無不測之誅，而濫於罔辜；無益深之律，而使之難避。明清三尺之約，疏闊九章之示。汝臨而懼，則毋蹈於死；汝望而畏，則勿流於偽。催吾君昭一定之典，斯天下無胥沈之累。大虞詔隄防之具，明以齊民；清班生律令之原，用而濟治。

〈聖人之道猶日中〉

豈不以揭為民極，初無反側之偏；著在人心，烏有晦冥之病。大而易知兮，照允協於豐大；正以不他兮，明式符於離正。苟非因類以求道，曷表建中之自聖。得其傳矣，昭昭彝訓之敷；仰以參諸，赫赫輝光之盛。

〈君子在治若鳳〉（用古人名）

想其樂道也，即樂德以來遊；想其乘時也，猶乘風而特起。朋集左右，翼分任使。蜚聲丹陛者，咸嗟賞以見謝；抗志青雲者，皆爭先而覲李。茲翱翔有取於嘉瑞，進退不輕於君子。

〈智若禹之行水〉

豈不以發於吾心，初匪強為；質諸古人，如其已試。井井為九土之別，循循乎八年之治。東西上下，皆隨可就之勢；委蛇曲折，不出所由之地。願其治水也，若不事水；猶之用智也，曷嘗有智。此聰明無作，運量一本於自然；彼氾濫橫流，疏導亦因其所利。

〈天形如倚蓋〉

西傾非墜也，立極無待於斷鼇；左行非遲也，牽日有同於旋蟻。傾美蔭以旁及，散仁風而遠被。斗柄高揭而自他有耀，星弓畢張而不離於紀。用殊入落之青，運取在南之紫。道則難名，形猶可擬。

〈高祖納善如不及〉

得非遲前籌之聽，則幾成六國之封；緩監門之說，則將失敖倉之守。所以踞洗輟洗兮，才食息頃；刻印銷印兮，直反覆手。人皆挾策以求用，我或拒人而則不。一聽關中之語，即命遷都；方聞沙上之謀，亟令置酒。

形容

〈鑒取明水於月〉

豈不以氣降自天，輝揚無際。蟾入河而餘潤旁及；魄山海而層陰下濟。於焉挹彼以注茲，於以奉盛而舉祭。朕三常保，雞彝修醴齊之共；天一所生，鵲殿瀉金波之麗。

〈鑒燧取水火於日月〉

方其夜景空澄（月），朝光洞徹。彼以象示，此因器設。元精相射兮（日），波穆穆以下委；真氣交融兮，光煌煌而不絕。非取乎明，曷昭其潔。金堅錫澤，剛柔合造化之工；魄盛輪重，輝潤接籩豆之列。

〈三朝受圖籍〉

想其賓臚傳命，而郎將司階；夏官獻數，而司空致地。欽承戶口之數，親覽封疆之計。莫不臣職修而國計上達，帝容儼而天光下被。統咸慶於歸一，志何勞於掌四。歲新正朔，講漢朝上壽之化；躬覽文書，有周府登民之意。

〈昆明池習水戰〉

想夫鼛鼓作兮聲喧天，旗幟舉兮虹捲浪。坐作進退，其令甚肅；出投縱橫，其威益壯。時宛在於水中，主其立於沼上。回還四十里，豈風濤多變之虞；來往數百艘，有攻取萬全之狀。

〈宮隅七雉〉（古）

莫不仰法天之紫垣，俯據坤之寶勢。立是隅也，蓋取乎嚴固；度以雉也，式彰乎崇麗。上轇轕其觚稜，旁連延於俾倪。維其高矣，壯天子之臺門；美哉輪焉，示諸侯之城制。

〈金華朝夕說書〉

想是時庭燎輝而風動經帷，禁漏殘而星環會弁。咨爾妙選，賜之清燕。講惟幾之戒，則黽勉以加益；玩無逸之辭，則進修而不倦。凡茲紀載之遺書，悉以推明於邃殿。

〈明堂朝諸侯〉（古）

於時庭燎交輝，雞鳴四起。率土玉帛，諸藩劍履。震鞭警兮雷霆，鏘佩聲兮官祉。爾圭各辨於公侯，爾璧乃分於男子。禮實盛哉，尊無過此。

〈車騎校獵上林〉

於是屬御郊陳，元戎野次。或周旋乎鴻德之所，或馳騖乎靈崑之地。一發而五犯畢獻，三驅而六禽羅致。庸大閱於師徒，故盛陳於兵騎。擁豹尾旄頭之衛，若是威嚴；臨驅劃虎落之區，閑其擊刺。

以其珍禽怪獸，悉囿於中；神雀麒麟，旁聯其地。翠蓋兮駕鳳輦，細草兮藉龍騎。始而戒圍，則三表分峙；繼而發矢，則五犯畢致。殆非事遊獵之娛，於以示激昂之意。六驌驦登金路，肅若威嚴；款牛首繞黃山，習其擊刺。

〈文帝勞軍細柳〉

自是霽如日之天威，屏若雲之環衛。初至而吏士持滿，一入而軍門尚閉。莫不持節以詔兮，俯從都尉之請；不拜而揖兮，益重將軍之勢。恩允洽於志[74]，禮用成於皇帝。雖單于俱棄細過，兵敢遽忘；今天子為動改容，士知自勵。

〈王戴冕璪十二旒〉

非謂貫以絲而徒侈多儀，飾以珍而祇爲觀美。物與禮稱，玉惟德比。風動繂聯兮，叶應風律；月浮瑞彩兮，順符月紀。取其意兼取其文，參以制實參以理。奠璧肅將於乾位，冠必正焉；垂珠倍取於坤爻，數無過此。

〈十八學士登瀛洲〉

豈非志氣雲飄，聲名日起。身遊紫府，而泚太白之筆；足躡丹墀，而謝王喬之履。

〈舜同律度量衡〉

一其不一之風，齊以可齊之理。因和聲而清濁以辨，由作服而短長有紀。惟修之谷，毋出小以入大；厥貢之金，豈輕此而重彼。

狀意

〈天子臨軒冊刺史〉

且曰四方列郡，茲乃股肱。百姓群黎，欲安田里。當勤力以供於爾職，勿待命以役吾赤子。朕今已悉言之，卿等宜無負此。斯時丹禁，豈惟綸命之寵光；他日政聲，當有璽書之褒美。

〈聖主言問其臣〉

寧不謂事求有濟也，奚必出於己謀；論欲其當也，又何嫌於異議。旒冕垂訪，縉紳獻智。詢之賢哲，可無中出之漸；雜以便嬖，寧免自私之累。將期制治於未形，當審發言之所自。有臨有容而有執，罔勿片辭；爰咨爰度以爰諏，必公眾志。

〈君子戒謹所不睹〉

蓋曰欺人不可欺天，畏物莫如畏己。幽冥之中，若日月之臨照；暗陋之際，有神明之顧視。苟外隆美名而內缺實行，是陰實小人而陽爲君子。

〈廣夏論唐虞之際〉

蓋曰治必極致，始有可言；時非粹古，予將安仰。勳華之盛，常嗟曠世之未復；典謨所載，幸有遺風之可想。臣謨但罄於啓沃，主意宜從而推廣。

〈人主天下之儀表〉

蓋曰修身不謹，何以律人；居上既莊，乃能臨下。視而動者（儀），咸適趨向；影而從者（表），罔垂取捨。自然可法以可則；何止猶甄而猶治。

〈取正於經定大號〉

蓋曰殊功偉績，視古以無慙；極美隆名，光前而愈盛。德稱其廣，則曰文曰武；道述其備，則謂仁謂聖。雖勤拳一意無所不至，非采摭群經殆難取正。考易直簡嚴之旨，典則昭垂；播輝煌赫奕之名，天人交慶。

〈諫者救其源〉（古）

蓋謂夫刻桶不已，則丹盈乃興；象著不已，則玉杯將出。欲不可縱，幾焉勿失。苟微源之一啓，豈片言之可必。蓋由來有漸基，必自於幾微，非曲為之防，勢將成於濫溢。

〈廉者樂無求〉（古）

是何一介雖細，而古人不求；萬鍾雖貴，而君子不苟。蓋心而知義，雖可取以猶慊；志苟無厭，於當辭而何有。今也雖曲肱飲水，而不改其樂；雖抱關擊柝，而不渝所守。願希子罕，輕宋玉以見辭；請效孟軻，鄙齊金而不受。

〈多士秉文之德〉

豈非因神事神，敬本中存；即心感心，美非外飾。其顯相兮在宮，猶想於肅肅；其對越兮事帝，聿懷於翼翼。如見其人，不回厥德。威儀咸備，造清廟以侍祠；聲色不形，體前王

之順則。

〈文帝止輦受害〉

帝意若曰警蹕雖肅於一人，堂陛若遠於千里。汲汲而接，尚憂俛首以不告；遲遲以拒，孰不畏威而遂已。此所以其朝可緩，而聽不宜緩；吾行當止，而諫難遽止。隨所至以受之，見其勤之若此。六飛無騁，必容袁盎之諫行；乘馬雖驚，敢沮釋之之議是。

〈上求文武如不及〉

思之切故望之也深，用之急故取之也力。金甌未覆，食不予暇；玉帳未充，席猶將側。聞其善，惟恐其不至；樂其至，又憂其弗亟。

〈守文為難〉（古）

誠以人情狃於久安，天下恬於無事。不期驕而驕志自啓，不期侈而侈心自至。禍多起於所忽，患乃生於無備。得不懍如馳難馭之馬，惕若奉易欹之器[75]。守成君子太平，雖詠於凫鷖；求助嗣王後患，敢忘於小毖。

鋪敘

〈石渠論五經同異〉

豈非詩一也，言多齊魯之分；書一也，文有古今之異。傳易禮者，雜施梁二戴之談；春秋者[76]，用公穀數家之議。統而辨之，無有定論；黨而伐之，各持私意。紛然殽亂之眾說，悉以討論於中秘。

〈克己六經之所上〉

豈非三百五篇，斷以無邪之言；六十四卦，首著存誠之旨。樂道其志，禮明所履。春秋一字，惟邪正之辨；訓誥百篇，自危微而始。蓋學雖博，而說則反約；道不遠，而求之在

邇。惟視聽言動之際，靡習乎非；觀簡嚴易直之辭，無先於此。

〈天地播五行於四時〉

是必爲木爲火也，即春夏以迭施；司金司水也，分秋冬而更主。因方而掌，則固有其次；與季俱旺，則更資乎土。將成歲序以有四，實係天才之生五。雖不言而化，必曰陰陽曰剛柔；凡錯用而成，故執權衡執規矩。

〈皇極之主敍九疇〉

由是五行與事也，曰次曰初；八政與紀也，或前或後。既俾之三德六而稽疑七，又使爾庶證八而嚮福九。信茲經世之疇，咨爾建中之後。尊居九五，允符龍德之中；數定始終，益闡龜文之負。

〈湯以六事自責〉

豈不曰宮室之營，婦謁之繁。苞苴之行，讒夫之熾。不然君政之失節，否則民生之未遂。再三言之，帝必我鑒；萬一有此，咎皆予致。責己也周，弭災所自。

〈六律爲萬事根本〉

茲蓋相推而變不窮，同出而名或異。畢乎一者，一自此始；盈乎數者，數由茲備。分爲四聲，肇君臣民物之象；散在五則，起度量權衡之義。其中寧有一本，此外斷無餘事。高下之音、清濁之體，協管雖殊；精微之變、幽隱之情，開端有自。

〈禦天下者正六官〉

豈不以治典而下，爻別其司；邦二而上，條分其目。體統或紊，綱維者孰。要在爾修厥職兮，聯事合治；爾師其屬兮，阜民倡牧。蓋事難偏舉，必欲歸一；故官雖眾建，惟先正六。

〈爲天下國家有九經〉（不著跡）

是經也井井乎紀陳，繩繩然制備。所修所勸，序列其七；以柔以懷，條分者二。凡多爲之目，何者非經；使一失其統，烏乎能治。出而御世，深明大學之先；推以作綱，允協箕疇之次。

〈宵雅肄三〉

想夫雍雍入學之化，濟濟受詩之士。嘉賓飲食，一唱以尤篤；使臣勞遣，再揚而未已。朝廷激厲，若是其至；膠庠講論，當從此始。

〈斗酌元氣運四時〉

豈非已寒則暑，既慘則舒；不及則均，太過則約。建寅建酉也，春秋但見其更迭；指丙指壬也，冬夏靡聞其差錯。蓋時惟觀氣之消長，而斗乃視時而斟酌。

〈忠臣之諫有五義〉

蓋其言在必行，理隨所取。戇苟難容，則降體以進；譎不可入，則真情以剖。初終期底於盡節，諷諭又詳於告後。若曰五無不備，情乃具達；一或未至，忠焉何有。論前陳於數百，敢謂遽從；策參取於二三，庶幾無負。

〈功臣受山河之誓〉

乃命通侯十八位之封，世爵百餘人之受。呂騎將兮，汝膺中水之寄；王將軍兮，汝荷高陵之守。彼流可涸，而江漢之績如舊；彼石可磨，而關隴之封不朽。縱令斯地之已改，亦指此心之無負。乾坤偉績，見當時論報之初；襟帶相期，自今日既盟之後。

敍來歷

〈七月陳王業〉

是何稼穡之教，自后稷以始基；田功久即，至文王而善
述。世愛卜於三十，君豈惟於六七。由其積累也，鵲乃有巢；
念此恩勤也，鴞無毀室。勉思乃祖之攸訓，無若後王之則逸。
亨葵所詠，知樸厚之猶存；如瓞之緜，信本原之自出。

〈正秋萬物之所〉

彼其鍾陽德以發生，經異風之披拂。循至沈磒，始宣湮
鬱。機動籟鳴者，咸躍於性分；和薰氣鼓者，各全其伸屈。惟
陰中妙曲就之功，則天下無不成之物。

摘題字起

〈天敘有典〉

是典也不以契之敷，而五教始親；不以禹之興，而彝倫方
敘。尊卑長幼，非自外以矯飾；仁義禮智，由厥初之賦予。

〈文以氣為主〉

是氣也胸襟宇宙，而浩若不窮；呼吸風雲，而爛然可覯。
雄邁之節，可鞭撻於屈宋；渾厚之質，足馳驅於李杜。自見綽
然而有餘，又豈泛乎而無主。必可觀者，飄飄之才思凌雲；誰
其口之，挺挺之英風有古。

〈天道至教〉

是教也非諄諄然命之以言，非屑屑然誨之以事。日星森
布，無非面命之旨；風霆震厲，莫匪耳提之意。

〈聽言宏接下之規〉

是規也有轉圜之易，而動與周旋；無執方之見，而居懷固
必。立意廣大，推誠欵密；量恢宇宙，來則不拒。分略堂陛，
待之如一。惟其示無我之公，所以盡聽言之實。且樂夫忠告，
謀異達於巽聰；宜廣此聖圖，禮愈加於晉日。

以爾

〈天子學問至芻蕘〉

以爾處利害之外，則率意以言；在隱約之中，則究心於理。將裨旒冕之聽，奚間薪蒸之子。有言可采，不以微而廢；有善可詢，不以下而恥。何併謀合智之甚廣，蓋尊德樂道之如是。

以爾伐條也，猶知道化之行；以爾執柯也，尙悟中庸之義。談非帝王，彼尙知哂；語關廊廟，吾寧敢棄。毋拘爵祿，則言也必直；毋局利害，則知焉亦至。

〈孝文將相皆舊臣〉

爾其山河之誓，猶存茅土之封。昔受事高及惠，功著竹帛；誅呂安劉，身親甲胄。艱難既見於備嘗，圖任敢忘於惟舊。

〈命將在公卿〉

以爾位列六官，職參四輔。比閭族黨州卿也，素所統治；五兩卒旅軍師也，必能鎮撫。是用釋袞衣而親靺鞈，舍羔續而提枹鼓。將得其人，功高於古。師千夫百夫之長，整我熊羆；求西面北面之臣，作予心膂。

〈命將求本祖〉

以爾觀烈未衰，餘風甚壯。不惟軍政之熟曉，抑且士風之夙嚮。是故赫赫周命，先皇父之名家，區區楚邦，亦項燕之世將。

〈大政諮故老〉

以其宿望也，繫天下之重輕；以其高年也，熟民間之利害。精詳典故之議，練達古今之正。既資遠慮以深謀，況有前言而往行。義符穆誓，詢黃髮則罔愆；言協盤庚，圖舊人共而

政。

〈黃帝以雲紀〉

以夫瑞彩旁羅，祥光四被。載觀精祲之象，默悟因成之義。莫不取而名官，則有雲衛之設；象而作樂，則見雲門之備。何繩繩井井而有紀，由鬱鬱紛紛之所致。制以齊類以一，靡徇乎私；夏曰晉春曰青，特詳其事。

〈令郡國舉孝廉〉（用古人名）

以爾行肩曾閔，而重月旦之評；節輩夷齊，而為邦人之式。將令舉一以百勸，豈止拔十而五得。復其身兮，既用美俗；試以職兮，式彰好德。良由行著於一鄉，所以名聞於上國。仿周室賓興之選，無使遐遺；偕漢人計吏而來，遂從明陟。

〈聖王宣明典章〉（用古人名句典）

爾有功則紀之於常，爾宜罪則刑之於世。此意暴白，夫人瞻視。約漢之三，諭及父老；建周之六，布諸都鄙。聖心斷斷以無他，邦法昭昭而至此。

用事（實題當用）

〈子在齊聞韶〉

是何祉招角招，挹之而諧和；擊石拊石，聆之而善美。豈子元來奔，而盛典已具；抑師摯所適，而遺音可理。惟千載之下，寥寥而間作；故一朝之遇，欣欣而有喜。想當年稅駕，使不羨於公西；諒他日誨人，舞可傳於顏子。

〈春秋信之符〉

是何勸懲一本於當然，予奪不疑其私徇。鄭不由茲，徒論於交質；楚既無此，謾勞於執訊。故言言具載於簡牘，而斷斷允同於符印。具文見意，蓋將亡上下之經；彰往考來，何異達

門關之信。

虛題實貼

〈為君難〉（題只為說君難，不指何事為難，故歷舉實事證之）

茲蓋審所畏於若不足畏之中，致其憂於未必可憂之始。重於保民，則每謹毋輕之戒；嚴於奉天，則當念靡常之理。或拳拳乎務稽之事，或汲汲乎知人之旨。誠每事以思之，見其難之若此。雖居得致，握乾符闡坤珍；凜不皇安，履虎尾涉淵水。

〈大禮必簡〉（歷舉禮物從簡）

是何誠著燔柴，敬存掃地。精嚴稿秸之席，蠲潔陶匏之器。車旗之制，質而不文；圭幣之化，誠而去偽。蓋存翼翼之小心，不在紛紛之多事。路惟一就，本商質之素存；效用特牲，豈周文之未備。

俎可熟也，腥有於魚[77]；壇可飾也，掃或因乎地。反於古，而尚稿秸之席；尊其樸，而貴陶匏之器。是皆德產之微，庸見禮經之至。

〈才難〉（古）

固嘗弓旌廣岩穴之招，玉帛盛邱園之委。居北海者，何未見於歸往；臥東山者，何未聞於興起。信知奇士之希身，夫豈大臣之不以。觀漢高之諸將，三傑不如；改周武之亂臣，九人而已。

實題虛貼不著跡

〈唐虞畫象民不犯〉

死或可輕，恥為難受。君不見之，則飭躬而修行；小人覷此，則回心而束首。相期仁壽之域，不負文明之後。

〈堯舜立敢諫之鼓〉

建諸衢室，所以表文下之情；設諸總章，所以示取人之樂。鰥寡有辭，咸得敷奏；困窮無告，亦以踴躍。鼓不徒爲，意誠有託。

〈善政致和猶枹鼓〉

欲而必從者，上帝之心；應焉如響者，聖人之治。未有感之，而其效不著；未有擊之，而其聲不至。即其相與之速，表此至和之致。

〈朝有進善之旌〉

得非彰四達之風聲，動萬夫之瞻視。立是名者，所以寓求諫之實；見是物者，亦以知示人之旨。方欣駭目於悠悠，孰肯甘心於唯唯。

藏頭題，見主意

〈聖人有金城〉（主意在用人固國）

故得衛社稷者，森若內環；守封疆者，屹然外峙。閑以節義，維之廉恥。不模不範，而固莫加斯；匪版匪築，而堅毋易此。所以河朔二十四郡，真卿之守何如；并州一十六年，李勣之賢遠矣。

〈大聲非特雷霆〉（主意在文章）

茲蓋匪陰陽相薄而成，以文辭之精而假。不震於天，而震其說於群籍之內；不奮於地，而奮其音於百世之下。語之莫能載焉，作者弗可及也。惟此渾渾而顯顯，叩之則鳴；自然隱隱以佽佽，和之者寡。

明理

〈不出戶知天下〉

茲蓋真性湛兮，如空未雲；萬境融兮，釋冰爲水。故細而事物也，悉渾涵於獨見；大而宇宙也，亦昭徹於一指。固非疾

而速行而至，自可觀所由視所以。

〈誠者合內外之道〉

茲蓋負陰抱陽者，同胚渾元氣之初；賦象流形者，其造化一門而出。癢疴疾痛，舉切於吾休；樊牆比鄰，不分於爾室。能反而求，其歸則一。

〈形色天性〉

豈非一身之內，一理具存；四體所生，四端固有。聰明非自能也，由此德之達；威化曷有則也，本此中之受。渾然萬善之充足，寧復一毫之矯揉。

〈致中和天地位〉

得非即道而觀，則無道外之機緘；盡性而言，則有性中之物則。學力所到，化工可測。

假彼明此

〈寶玉展親〉

意謂大邦小邦，皆我藩維；伯父叔父，舉吾族屬。封以金路，禮則未備；錫之土由，意猶不足。倘非異瑞之寵，曷表誠心之篤。我是以分金寶，畀之美玉。禮惟異數，爰頒分器之珍奇；信本由中，式寵本支之似續。

〈民數登天府〉

蓋曰爾為貴也，我所尊崇；爾可近也，吾寧鄙棄。處之王府，殆猶鈞石之一等；置之外府，未免幣竇之同類。乃躋守藏之中，庸示重民之意。凡曰群黎，百姓皆聚此書；可無三世，二胥以司其事。

〈冠帶圜橋門〉

由是儼盛服以朋來，環清池而輝映。前瞻靈臺，蹌蹌而接武；左顧明堂，雍雍而起敬。沐聖德以浹洽，味道真而涵泳。

被先王之法服，于于而來；會天子之儒宮，洋洋甚盛。

〈股肱日月獻納〉

蓋其往來於懷，願罄忠嘉；漸漬所言，無非蹇諤。德謹夕誨，諫思晝度。非必在雲臺，而力進忠計；不待開東觀，而指陳遠略。苟斯須或怠於忠告，是委寄有慙於汝作。

反起正接

〈天子不求邊功〉（古）

非不能起三輔弛刑之徒，發六郡良家之子。使之獻囚，則遠效泮水；命以獲醜，則爰同采芑。然子號父呼，效死於百戰；釁結兵連，勞民於萬里。致眾志之如斯，縱榮名而何以。苗如未率，願希虞帝之舞干；淮或不庭，何用召公之於理。

〈宣王側身修行〉

非謂嚴拜俛於郊宮，葳犯之初；謹言動於圭璧，告處之始。敬不在物，咎皆由己。任賢使能，慮臺德之不見；謹微接下，恐此誠之或弛。蓋正乎下所以承乎上，應於彼則必修於此。旱胡太甚，不我助不我虞；德恐有慚，毋遑息毋遑止。

〈漢文惜百金之費〉

非不知十家之產，產亦不可輕；一臺之直，直何必計。然而用或不已，後將何繼。寧較於錙銖，謂吾德之太儉；無糜以歲月，致侈心之亡藝。屢形惻若之念，所謂仁哉之帝。

〈事聖君無諫諍〉

非不能排闥獻忠，伏蒲抗議。恭陳金鑒之錄，逕造玉階之地。然而仰瞻丹扆，舉動皆正；縱玉一言，指陳何事。則知木亦徒設，鼓爲虛置。

吾非

〈人主兼行將相事〉（見不是奪臣下之權，得出脫法）

吾非區區帷幄，而恃一己之所長；吾非瑣瑣鈞衡，而奪爾臣之所主。欲激三軍，則親講戰陣；欲安四夷，則親爲鎮撫。

〈敧器置坐側〉

吾非備夫物以陳化，吾非取其形而觀美。取以其易溢也，然存持滿之戒；因其適正也，自有守中之理。宜乎旁對龍顏，近聯黼扆。

雖曰

〈聖人畏無難〉（古）

雖曰聞暇既及於是時，太平已薰於葉氣。非所當慮，而何以過慮；若不足畏，而胡爲深畏。蓋惟不忘亂不忘危，所以長守富長守貴。聰明時憲，有惟幾成務之能；祗敬日嚴，在制治保邦之末。

〈封事謗木之遺〉

雖曰緘縢之秘，孰與昌言；敷陳之密，殊非顯刺。然揆其救失，實髣髴於書失；槪其論治，殆源流於通治。是雖未盡於廣謀，要亦庶幾於盛事。

〈規圜生矩〉

雖曰方員或異其形，動靜各隨所主。方運而無跡也，象固未見；及折而必中也，義因以取。不由物外以求端，烏識規中之有矩。始也裁模於旋運，允類盤珠；終焉肇象於端方，蓋殊膠柱。

〈受計甘泉〉

雖曰淵淵乎閒館之靚深，崇崇乎瑤臺之壯麗。不以嚴禱祀而輕彼民政，不以備遊幸而忽於邦計。奏於明庭，適副注想；納於前殿，豈容壅滯。隨所至以皆受，見其勤之不替。念二千石會稽之數，方急聽聞；豈十九里周匝之宮，第專齋祭。

獨腳題（總上下截說）

〈無聲樂〉

是樂也應非枹鼓[78]，而有善政之和；吹非塤箎，而惟斯民之庸。季札觀之，盛美莫覯；師曠聽之，遺音何有。和以爲貴，聞之則不。

〈渾天儀〉

是儀也制備四方，形餘一丈。闔戶傳箭，輪轉占象。南北極兮，視景之長短；黃赤道兮，驗辰之來往。即是觀天，應焉如響。具成體於太虛之表，端若運車；寫圓模於密室之中，視猶指掌。

不以

〈中宗嚴恭畏天命〉

不以福既錫，而玩意之或萌；不以變既銷，而懼心之輒弛。享國之時，永惟保國之道；治民之際，獨得顯民之理。謂其萌一念之怠忽，恐或替昔時之顧諟。兢兢修行，中存儼恪之誠；慄慄持心，慮在時幾之始。

〈漢數路得人〉

不以牧羊而廢卜式之才，不以飲馬而遺日磾之行。若皋若朔，則進之於文學；如舒如洪，則來之於方正。

未有

〈鑄劍戟爲農器〉（古）

未有太平而養不戰之兵，未有偃武而藏無用之器。當銷擊刺之具，用作耕耘之備。陶氏治氏，毋肆其巧；大田甫田，各蒙其利。魚麗貫陣，化爲來耜之民；細柳屯營，變作耕桑之地。

〈人上天下之儀表〉

豈非嚬笑之頃，已繫於從違；好惡之形，遂分於趨舍。未有視於此而不動於彼，亦有正於上而不隨於下。施爲咸屬於瞻視，舉措詎形於苟且。雖富無倫貴無敵，躬履九重；惟唱則和先則隨，化形諸夏。

想其

〈孝文清靜富邦家〉

想其富國也，不由入粟之時；想其益下也，不自減租之始。內無侈用，則京師收經腐之效；外不疲民，則戶口有歲增之理。

〈太皞以龍紀官〉

想其仰觀雲氣之成交，俯驗河圖之薦祉。職以象布，名因瑞起。春秋多夏，鱗集左右；白墨赤青，翼分任使。皆紀述於自然，由察觀其所以。

用終始昔今

〈革已日乃孚〉

迨其弊源既絕之餘，政體已明之日。始憂其害者，終享其利；昔憚其勞者，今蒙其逸。自然上無厲己之謗，下無用情之實。

〈性習相近遠〉

得非動靜不可同觀，真僞豈容兩立。昔無間斷者，今隔尋丈；向絕差殊者，茲分等級。所謂異者人不異者天，同乎性不同乎習。舉相似也，初非決水之分；一不察焉，奚啻伐柯之執。

以之

〈華髮爲元龜〉（古）

由是稽訪古今，考咎藏否。以之占人，則吉凶見於得失；

以之斷國，則福禍明於倚伏[79]。監同前代之為，寶異諸侯之以。欲其無過，敢忘秦誓之詢茲；可以前知，肯效羲經之舍爾。

〈禮義廉恥謂四維〉

寧不由總提萬化之攸基，統攝群心之自始。以之挈國，則國有常度；以之立人，則人無亂豈。不修則壞，不植則僵。必其危可安，其覆可起。維以名之，民誰越此。顧其定制，豈一目而正諸；以此為坊，如泰山之安矣。

〈清廟之瑟有遺音〉

一彈而變以成文，再鼓而洋乎盈耳。發越真趣，揄揚盛美。以之歌功也，歌有盡而功不容盡；以之頌德也，頌雖已而德猶未已。人若存兮，音有遺□矣。

〈乾為君〉（旁眆）

茲蓋以之專斷，則行健以統天；以之無為，則不言而利下。子分震索之象，臣役坤行之馬。蕩乎無能，名焉大哉。其為君也，畫必先於八卦，表而出之；體獨具於群陽，尊為貴者。

湊數

〈九扈為九農正〉

茲蓋定品秩以交修，別井疆而分正。三者備矣，何止六府；一以貫之，豈惟八政。物宜必盡於取象，農事乃詳於布令。

〈天子禁衛九重〉

故得羽林之眾，迭布於後先；鶡冠之夫，旁周乎左右。其分屯也，截然井法之立；其環侍也，燦若龜疇之負。次踰宮伯之八，賓協鴻臚之九。蹺蹺熊羆之士，足壯吾威；巍巍虎豹之

關，各嚴所守。

〈泰疇紫壇八觚〉

茲蓋炳光華於積土之封，燦文采於禮神之址。因方而夑，則路已倍於四達；即體而觀，則數幾參於九軌。自然通玢蠻於上下，豈特仿方圓於太紫。

〈孝宣五日一聽事〉

月方畢而六覽封章，旬已周而再明吏治。從甲至癸，兩親庶政之覽；由朝達暮，備悉章之意。勤勤天聽之咫尺，歷歷下民之情偽。

〈文德洽四圍〉

隴西未平，懷先王博濟之方；陛北未寧，為百姓息肩之地。山東觀德，已聞扶杖之老；河南從化，亦有謹身之吏。仁所視以如一，域何拘於有四。

〈人主之勢重萬鈞〉

自然挈萬國以繩聯，環千官而星拱。雖百齊人之舉，而莫措其力；雖十烏獲之任，而難施其勇。表一人勢位之隆，致庶俗觀瞻之聳。

〈園廛二十而一〉

得非輕重隨宜，肥磽辨地。有其入者，寧嫌多取之雪；無所出者，俾樂寬徵之易。茲所以因百分而定五數之斂，合萬有而收半千之利。載觀任土之法，三歎便民之意。

順講

〈器以藏禮〉

綦賤則其用愈微，至尊則其儀益厚。疑似必謹，重輕無苟。一就三就，不可以卑而替；五命七命，不可以虛而受。茲大分之所寄，謂繁文而則不。或乘或服，雖存日用之間；有殺

有豐，實具天常之守。

〈王者財萬物以養民〉

自是貨無貴而重賤而輕，利不嗇於此豐於彼。農安播種，而粟盈露外之積；商戀交易，而財溢日中之市。使物有而壅，勢或偏重；是生無以養，民將何恃。始稽謙象，施由君子之平；終協頤時，及有聖人之以。

茲蓋因天時而與之消息盈虛，度地產而爲之通融彼此。權其貴賤，則本末不病於農賈；制其豐凶，則俯仰各安於父子。苟惟委物於自然，雖欲蓋人即何以。御之有道，俾皆暴暴於邱山；生以不傷，孰不熙熙於田里。

〈聖心天地之鑒〉

由是開明覆載之先，委照希微之境。陰陽莫測，而我固昭徹；造化無形，而吾能觀省。旁輝智燭之耀，中發天光之炳。惟精惟一，屏事物之紛紜；不將不迎，見方圓之動靜。

〈漢數路得人〉

由是朝廷設文學之科，郡國舉孝廉之士。相材將略，隨所有以區別；儒術吏治，因其長而器使。莫不指帝闕以來茲，趨王塗而至止。倘非寬路眾之求，何以萃名臣之美。由西都之興六七十載，卓爾可稱；自平津而下二十餘人，翕然在是。

典重

〈山海天地之藏〉

洒若會稽金錫，而幽澤魚鹽；華陽璆鐵，而荊河絺紵。材所生兮，茲實饒衍；寶不愛兮，孰窮積貯。要當導利於上下，是謂能權其取予。梯航萬里，富古今日用之原；衣食群生，大覆載珍儲之所。

〈天下大計仰東南〉

豈不以銅山鹽海，利市四方；水陂稻田，食資數歲。毛羽齒革，砮丹砥礪。爲地四十九州，而租賦可倚；漕粟七百萬石，而舟車相繼。雖其他徵賦之入，未足贍國家之計。

〈周之士也貴〉

故得金玉其相，樸樸人才；圭璋其聞，卷阿君子。素絲皆正直之節，黻黼盡敏膚之士。

輕清

〈導民之路在務本〉

寧不由一夫不耕或受之飢，卒歲無竭將安所措。必也田食兮井飲，男粟兮女布。毋惰遊而輕棄乃職，毋未作而不安其素。苟或他適，皆非急務。

〈粹而王〉

誦其詩兮溫以和，讀其書兮渾而灝。文之爲文，純以顯德；禹之爲禹，精而傳道。

先實後虛（先提起實字，下卻幹旋虛字玲瓏）

〈三十年之通制國用〉

大而乘輿服御之供，小則稟稍匭頒之給。凡厥邦計，量其歲入。寧使之有餘，餘以爲羨；毋費焉或過，過將不及。生財素得於源流，成數畫稽於三十。

〈天子游六藝之囿〉

以其禮園之富，書圃之繫；易奇之粹，詩葩之美。英萃古樂，林深魯史。可不飾吾珍駕，而休息其所；整我德車，而覽觀乎此。

〈昭回之光飭萬物〉

大而嶽瀆之有形，細而根荄之無識。入吾歌詠者，榮若藻繪；被我形容者，宛同粉飾。良由運造化於心匠，鼓陽和於筆

力。發於宸思，大一人追琢之章；散在寰瀛，類五彩彰施之
色。

〈智者創物〉（舉述者，則創者可知）

大焉爲甲兵城郭之方，小焉爲宮室舟車之利。函人矢人，
嗣我遺法；梟氏治氏，相吾故智。凡今百姓之日用，舉出一人
之新意。

假合（無實事，當用此活法）

〈五帝有勸戒之器〉

莫不監其滿覆，而爲自滿之防；觀其中正，而悟執中之
理 [80]。一取諸物，兩存其義。懋哉懋哉，修以無缺；敬之敬
之，守而不墜。非誠心有寓於厥鑒，何歷代俱存於此器。踵上
古遺風之樸，敢曰已安；驗當時注水之形，毋輕所視。

〈禹惜寸陰〉

且以過門不入也，何自弊於精神；當饋屢起也，何靡遑於
朝夕。蓋事功所致，繫乎念慮之頃；而歲月之計，亦自斯須而
積。辰必懼於去速，日惟思於加益。幾茲形兢業之懷，所以重
居諸之惜。拯民於溺，既平洪水之滔天；無日而忘，猶恐白駒
之過隙。

比方

〈玉比德〉

得非光外著兮，式表於潤身；璞內抱兮，庸彰於足已。動
容之盛，其節皆中；精粹之純，無瑕可指。宜乎德與物稱，美
因類比。爲環爲玦，豈徒誇朝采之奇；取物取身，於以見日新
之美。

〈庶民惟星〉

豈不以在天在地，交列於兩間；聚舍聚廬，實同於一致。

俯以視皁，仰而取類。製其溝封，即封域皆有之分；載於版圖，乃圖籍可知之類。有能參錯以並觀，斯見眾多之為至。

庶幾

〈孝文有刑錯之風〉

茲蓋網非不用也，特使之疏；獄非盡死也，但稀其數。犯者寡，而虛囹之俗在；過恥言，而畫衣之意寓。風聲猶見於有餘，手足孰云於無錯。厚德可侔於天地，翕遍於民；極功若較之帝王，僅存其故。

〈府兵得井田大意〉

想其六十而免也，參稽乎國野之徵；三百為團也，髣髴乎軍師之職。其他節目，未必盡合；所謂規模，是為僅得。使意為或至於古則，兵也豈無於蠹國。此隊有正火有長，非泝是名；彼通為成邑為邱，庶幾遺式。

〈漢文雅頌之亞〉

非曰茂德之舞，盡如盛德之容；法言之書，遂謂正言之冠。可以為次，庶幾共貫。郊祀數章，與清廟以間列；賢臣一篇，繼烝民而參讚。凡文章可亞於中古，意雅頌尚遺於大漢。

大要

〈名器政之大節〉

豈非法守非不多，無先分守之嚴；典章非不繫，莫重身章之示。司徒以齊，是抑其末；夏官所掌，又皆其次。雜舉其凡，亦政之節；先立乎大，曰名與器。

〈守邊當世之急務〉

豈不謂異時遠討，今則非宜；前日議和，蚤為失計。亟欲強本，莫如自衛。孰非王事也，當明先後之序；亦有他策也，要匪安危之繫。惟能故守於邊土，自可折衝於當世。

〈八政以食爲首〉

蓋以於耜擧趾，乃風化之由；衣帛食肉，誠王道之始。謂之寶，則端繫輕重；喻以命，則實關生死。冠王政以爲先，粒蒸民而在是。

叫應

〈良耜秋報社稷〉（說報字有意）

以其昆蟲毋作，胡感而然；水旱不興，伊誰之使。神降福以簡簡，忝如墉而薿薿。適萬寶之成，而可無珪幣之獻；因五穀之旣，而寧缺粢盛之祀。詠爰繼於浴禮，刺奚興於覃耜。當百室既盈之際，是用作歌；展太牢以祀之誠，敢忘反始。

配合

〈文武之道同伏羲〉

蓋是道也千百年間相與流通，二三聖人迭爲宗主。自太極而有皇極，由上古以通中古。可重則重，豈求參畫卦之八；當建則建，豈強合虛中之五。無非發是理之機緘，故曰自伏羲而文武。景光大烈，出而正一統之傳；發微闡幽，上以繼三皇之祖。

〈求賢堯舜之用心〉

是心也當宵旰而夢想不忘，越宇宙而精神默契。思之如渴，乃憂其未得之始；待以不及，即務在急親之際。同乎所用之一心，是亦後來之二帝。君子每勤於樂與，恐有遺才；天王若較於何如，允符盛世。

交相

〈律曆更相治〉

得非因候之至，而參考天文；即象之觀，而遞推歲序。用不徧廢，法常並舉。氣應甤賓，則日必驗於東井；辰會壽星，

則管亦諧於南呂。悉令順軌以無差，折見循環之相與。

〈唐虞聖賢猶相戒〉

以其道適正道，固無待於前陳；功底極功，似不勞於屢省。帝曰考績，臣言思如。乃方申[81]，繼陳謹乃之奏；欽哉甫播，旋有念哉之請。凡都俞具寫於典謨，見警誨不忘於俄頃。

〈詩禮春秋相表裏〉

由是別而為三，經固不同；會而為一，理皆有敍。襃表兮美刺之由出，權衡兮等差之並舉。以導名分，而名辨復著；以刑正邪，而邪思無所。理既兼貫，用誠相焉。

〈八卦九章相表裏〉

蓋以莫詳於終，則孰原其初，莫為之前，則曷開其後。有為有守也，即震艮之動靜；或正或悔也，亦雨暘之休咎。虛中或契於建中，次九諒同於用九。顧一致之如是，謂殊塗而則不。靈文昭著，肇開萬代之祥；至理同歸，如出一人之手。

〈河圖洛書相經緯〉

分焉二十四爻，數焉六十五字。太極皇極兮，道並昭著；虛一初一兮，數皆顯示。莫可偏廢，固宜兼備。其來遠矣，表告靈呈寶之符；由是觀之，見共貫同條之義。

〈官師相規〉

蓋曰小大之職，雖曰爾殊；仁義之言，敢忘相與。我躬弗逮兮，明以告我；汝過欲聞兮，居吾語汝。行有失以隨救，政無偏而不舉。英豪並逮，用裨厥後之明明；箴戒交陳，但見於時之語語。

毋曰不在其位則其政不謀，無愧於己則於人無待。汝愆予告兮，愆欲汝正；予過汝言兮，過思予改。苟規誨之意不存，則師穆之風安在。

品藻

〈史篇莫善於倉頡〉

孰非書體也，此存不易之形；孰非心畫也，此寓多奇之旨。六爻象形，自古鮮儷；二體垂模，於今可紀。信凡列於字學，諒莫精於倉史。伊漢世謬蟲之類，亦各有章；視古人科斗之文，殆難掠美。

〈史官權重宰相〉（古）

非謂執簡之卑，莫如執政之尊；秉筆之輕，不若秉鈞之重。斧鉞一字，嚴甚誅罰；竹帛片言，榮加爵寵。亦知相位獨擅操制[82]；未必人心如斯畏悚。念典刑凜凜，不刊東觀之藏；豈威望岩岩，特起南山之礔。

豈不以運動樞機也，效止於一時；述載典墳也，法貽於千載。追繩既往之咎，兼著未形之罪。論其勢雖力小而位下，較其能則事殊而功倍。宜爾重柄，專於元宰。褒貶一字，眷執簡之誠難；龜鑒百王，諒秉鈞而莫逮。

此三長庀職，實關萬世之抑揚；彼八柄詔王，不過一時之榮辱。

〈聽言樂於琴瑟〉

蓋其五聲之發，雖曰可觀；一奏之餘，固為無補。其悅耳兮較逆耳以奚若，其養心兮視沃心而孰愈。欲真樂之常存，惟群言而是主。且讜論嘉謨之進，每切欣聞；縱朱弦疏越之調，亦何足取。

〈賜也何敢望回〉

意曰同所舉而所得，不如均所聞而所知。或寡言詩可也，未能觀復於易象；從政可也，敢冀歸仁於天下。回乎其庶幾乎，賜也非所及也。

〈孟氏功不在禹下〉

蓋其思濟數語，尤切於庶民；援溺一念，愈深於由己。雖立言垂教，若無疏導之績；然拒詖息邪，何慊平成之始。非吾道力障其狂瀾，是戰國重罹於洪水。人曰孟軻，今之姒氏。主盟正學，於予豈好辯哉；勳業在人，與吾無間然矣。

極至

〈聖人道之極〉

茲蓋行與時兮，知至至知終終；峻於天兮，其淵淵其浩浩。仁義均是，端此全仁義之實；君臣同是，敬此盡君臣之道。莫匪極致，詎容跡考。

同是天理，窮理誠難；均此人倫，盡倫蓋寡。必夫子而始全忠恕之一貫，必虞帝而乃盡君臣之二者。茲其有異乎人，所以推尊於下。

第四聯

〈聽鼓鼙思將帥之臣〉

側聆雅奏，異再衰三竭之餘[83]；

帳念元戎，日月萬死一生之地。

〈望之雅意在本朝〉

諫宮補郡吏，蓋將分千里之憂；

天子有諍臣，其可去九重之上。

〈朝有進善之旌〉

世雖極治，猶不忘樂石之規；

志在昌言，豈特罷羽旄之美。

〈河洛出圖書〉

埋光鏟彩，幾百年天地之藏；

星寶告靈，數十字鬼神之秘。

〈得地千里不如一賢〉
秦商於而齊即墨，非我之求；
傳岩野而呂渭濱，是吾所寶。
〈禮如松柏之有心〉
以誠爲貴，百年之戴履何慚；
若歲大寒，千古之枝柯不改。
〈性習相近遠〉
人生而靜，誰非鳧鶴之自然；
情動於中，是謂馬牛之不及。
〈宣王復文武之境〉
南征北伐，薄興儼狁之師；
東澗四瀍，不改山川之觀。
〈武帝上嘉唐虞〉
雖云號令，有同三代之風；
所恨泰和，不在元封之際。
〈文帝愛民如赤子〉
方春和而牧皆育，爰省其憂；
苟冬暖而兒號寒，伊誰之責？
〈詩書戒成王〉
雅言所述，歷稱自昔之先王；
此意無他，庸警太平之君子。
〈舜歌南風天下治〉
惟時被紞，播一詠於清微；
以此垂裳，陶八荒仿純雅。
〈求良吏不可責文舉〉
當時龔黃之輩，以盡承宣；

縱無游夏之科，未傷治化。

〈有功見知則悅〉

昔我往矣，實勤肅肅之徵；

惟帝念哉，深愜區區之意，

〈太學賢士之關〉

夏曰校商曰序，有以異乎；

顏之子閔之孫，在其中矣。

〈封事謗木之道〉

一封來上，咸欣唐甌之投；

三歎以還，緬想虞廷之置。

四韻終

聲律關鍵卷五

第五韻

敷演詳講本題之意，如難疑他意，皆非正格。

推演題意

〈天子學問至夤羹〉

大抵德之至足者，常若不足；勢之甚疏者，實非可疏。道所寓以隨有，智豈容於自居。況片言之微，足以補進修之末；而不得之慮，亦能裨講論之餘。我是以暨章茅之賤者，屈體貌以勤如。道若可師，聘迫有莘之野；講如足就，顧先諸葛之廬。

〈宣王側身修行〉

豈不以宮廷雖奧，而穹壤之無間；心術至微，而神明之在前。求諸君德，苟有毫釐之媿；驗天戒戒[84]，殆猶影響之然。

矧茲災變之苟至，意者修爲之或愆。故眷顧欲隆於帝命，而憂勤怠於周宣。

〈刑賞與天下畫一〉

愚知夫法本無定，而理則素定；人固可欺，而心難自欺。矧可生可殺，雖君之職；而或命或討，乃天所爲。是必功之等也，付以司勳之掌；法之平也，歸於廷尉之持。雖云二柄之我出，必使衆心之共知。

〈君子謀道不謀食〉

大抵悅以口者，不若悅心之美；樂於外者，寧如樂內之真。如資深居安，默契於至理；雖曲肱飲水，何歉於吾身。茲所以食毋暇於日昃，養且殊於小人。志若宣尼，豈七日絕糧之慍；樂於顏子，甘一瓢陋巷之貧。

〈聖主言問其臣〉

大抵治忽無形也，或自一言之所召；是非有理也，忝以衆賢而可知。苟朝令暮改任意以爲決，則君唱臣和造端之必虧。惟此不以分嚴於上而弗與下接，不以言發乎己而或忘爾資。有可問者，吾寧已而。命欲作於商宗，必求諸說；訓未敷周武[85]，當訪於箕。

〈孝宣務行寬大〉（傳字起）

大抵振已弱之勢者，嚴固貴於專尚；恃一己之嚴者，患反生於所偏。儻此心深爲之慮，則其弊將有甚於前。此所以意欲上稱，恩期下宣。寧聽其欺謾，謂吾見之不及；毋過於考察，意其情之或然。寬有可以相濟，務敢忘於急先。豈不見五鳳詔頒，禁政苛而勿失；黃龍令下，戒吏酷以爲賢。

〈七制役簡刑清〉（接句轉意）

大抵治非成於始而成於善繼，法不貴其盡而貴其有遺。況

惻怛之懷，在累世以惟一；則煩擾之政，豈於民而或施。息肩方爾，繼以減卒；約法未幾，從而定箠。臨以御以，作之述之。疏網息民，始有寬仁之主；平徭緩獄，終聞愷悌之資。

〈封事謗木之遺〉

切謂夫晦己之過者，豈如彰己之有過；懼人之知者，孰若祈人之盡知。奈何古意浸遠，疑情日滋。使縱言無忌而反慮於形跡，寧抗辭弗露而獲陳其便宜。寬洪博大，固有間矣；劌切勤拳，庶猶見之。宜爾鄭公，兼著欲聞之語；如何吳氏，直形今比之辭。

〈周立九府圜法〉

大抵財雖君所有也，非可獨擅；法為民而立也，當存大公。使官府出納，不分職迭掌；則財資本末，殆有時而或窮。今也並列眾職，疇分庶工。寓法意於彼此相通之際，均民財於盈虛不一之中。

〈乘國如乘航〉

天下大物也，輕用則必敗；治本多變也，難全而易虧。儻豢安養逸，恬不知畏；是涉險冒危，聽其所之。必也前覆後戒，左吾右支。毋令沈溺以不返，抑使重輕之得宜。未得眾情，當鑒宣公之猶水；苟明經制，何憂賈誼之亡維。

〈刑賞忠厚之至〉

大抵天下之法，固一定以不易；聖人之心，有若私而實公。儻於法之疑，不以權而相濟；則此心之仁，殆有時而或窮。

〈舜歌南風天下治〉

大抵君民之分，勢若萬里；宇宙之內，性均一天。三尺絲桐也，在我者既有感耳；百年父母也，為下者烏能恝然。

〈復見天地之心〉

請言夫化工何有於顯晦，氣序實爲之變遷。方柔勝乎剛，則此意隱矣；及靜極而動，則其機曉然。況三微得子以始兆，萬有非陽而不宣。茲變化代興之意，見生成不息之天。

〈君子知稼穡之艱難〉

大抵論君民之勢，則雖若有間；語上下之情，則曾何異宜。我處安佚兮，念勞者之弗息；我足肥甘兮，思黎民之阻飢。況農事不可緩也，宜嗣王其監於茲。豳風七月之詩，力陳所致；無逸一篇之義，首及先知。

〈廣夏論唐虞之際〉

大抵聖心恬淡，則不惑於□好；帝學高遠，則每思於盛時。況精一之傳，此日親授；而揖遜之美，於今可追。伊欲參稽於治道，是宜詳論於經帷。可謂盛矣，庶幾及之。

〈天子齋戒受諫〉

吾知夫欲盡理明者，見利害以不惑；神凝氣定者，於聽從而不疑。今也疏瀹萬慮，澄清百爲。儆戒自無虞之日，齋明如盛服之時。凡有告者，虛而受之。所以詢彼八虞，尙想文王之肅肅；咨於四嶽，益彰虞舜之夔夔。

〈上聖垂仁義之統〉

吾知夫道足以高世，則己大而物小；善足以服人，則上行而下隨。今也廣克特繫於方寸，丕冒可周於八維。兆民信之也，或資於經理；四夷慕之也，盡屬於羈縻。無不該也，孰能外之。得若高皇，自彼結人心之日；集如周武，本於置天下之時。

〈延英講天下事〉（接句轉意）

故嘗謂事緒不一端，有利與害；君必無兩用，不動則嬉。

況賢人正論，易間於門庭；而宦官女子，每移於宮闈之私。故我不以萬乘至尊，而軫生靈之念；不以九重至邃，而惟田里之思。事有不可緩者，卿等其悉陳之。

〈受計甘泉〉（接句轉意）

大抵關國體之重者，當以時上；急民瘼之聞者，豈容地拘。雖逆犛之室，非奏課之當受；然愛民之意，與敬神而則俱。故此侯國方來於會計，朕心敢怠於斯須。因所上者，從而受於。

體物（體物與譬喻不同，譬喻則措一物似一物，體物則暗體題字，不可如譬喻題對說）

〈君以民為體〉

因知隔形骸者，未免黨偏之累；合人己者，曾何物我之私。況民風舒慘，視上意之好惡；輿情上背，亦國體之安危。是必刑靡聞於刺骨，恩深至於淪肌。均所愛也，於時保之。所以寧吾瘠而天下肥，論激明皇之語；雖爾傷而朕躬痛，詔形唐武之辭。

〈聖人陶成天下之化〉

大抵民生萬類，若器之別；人主一身，猶甄所為。使鼓之舞之，不自我出；是窾者槷者，聽其自為。今也風播於巽，火重以離。雖器質之良，誰獨無是；亦薰陶之教，神而使之。

〈漢網漏吞舟之魚〉

大抵詳於作法者，至微而不貸；寬以與民者，雖大而有遺。念為漢淵，歐嘗密於曩日；則救秦轍，涸宜疏於此時。茲所以綱目甚簡，滌章靡滋。辯士可烹也，且弗忍[86]；匈奴可餌也，寧或餌施。察或至於過甚，所何由而得其。志明約法之初，特稱其有；傳述破觚之制，因號而為。

〈納言喉舌之官〉

大抵國體之重，視一體以相若；王官之建，即五官而可推。關節或壅，身且告病；志意未孚，君當致思。是必遴選忠良之佐，恪恭夙夜之司。儻畢達其情，無所蔽也；則近取諸身，舉皆似之。所以職謹聽宣，舜舉咨龍之典；德無吐茹，周歌命甫之詩。

譬喻（對講）

〈賞罰無私如天地〉（對起）

大抵王者於人，善惡付之公議；化工於物，生殺本乎自然。賞慶刑威，何有於我；春榮秋悴，各安所天。

大抵造物之理，非有意於育物；攬權之主，初何心於用權。慘舒之運，厥有常數；黜陟之際，亦其自然。俾知愚賢否，皆當於分；如榮悴燥濕，各安所天。

〈文帝愛民如赤子〉（題字對起）

大抵親之愛子也，莫切於初生之始；君之愛民也，尤先於新集之餘。保抱弗勤，則易失所養；撫摩不至，則孰安厥居。故帝也憫此時之凋瘵，盡吾意之勤渠。恩所及者，情何異於。業使相安嬉戲，有小兒之狀；刑為頓弛悲傷，因少女之書。

〈聖人之道猶日中〉（題字對起）

大抵日嚴中天，斯顯照臨之正；道至聖人，始無偏陂之私。跂而未及者，若方升之略；求於過高者，如已昃之時。信理出於公，斷莫能易；猶象正於午，不容少移。可謂中矣，疇非仰之。若晝有經，本虞帝惟精之執；自朝以至，見周文適正之為。

〈善問如攻堅木〉（對起）

蓋曰木有至堅，而無不可攻之理；學非易進，而有必可盡

之時。順其脈理，則節可得而解矣；循其次序，則道豈聞於遠而。知此而問，善哉所為。

〈得賢如南山之有基〉（對起）

豈不以山成於累土，固以其址；國立於兩間，扶之者賢。未有勢不壯而巨鎮安矣，未有士不用而洪圖屹然。

藏頭（說出主意又切題字）

〈堯舜使民不倦〉（藏易意）

大抵人情於久則易玩，易道乃神之所為。居巢未厭，則棟宇何取；衣皮當變，則衣裳以垂。故凡日用之不息，蓋使民由而莫知。

〈聖人有金城〉（藏得人固國意）

吾知夫強弱之勢也，責在群下；藩屏於國也，始為正臣。今也宗廟社稷，而率願效力；輔翼扞御，而舉皆得人。既已推忠而衛上，豈勞設險以臨民。所以并州資李勣之賢，敵難窺伺；河朔獲真卿之守，師自逡巡。

以題字講

〈閔雨有志乎民〉

大抵歲之豐歉，惟雨是仰；君之憂樂，與民則均。民望歲兮，所以望雨；君念雨兮，乃其念民。今也雷未作解，雲猶在屯。能軫如傷之視，斯彰博愛之仁。

〈太宗得至治之體〉

大抵世非無治也，極其至以罕見；治各有體也，顧所得之何如。或純粹於唐虞之際，或駁雜於秦漢之餘。

〈修身在正其心〉

身者我之累也，難以自檢；心者形之君也，貴乎謹思。使心為形役，蕩不知返；是身非我有，況能善持。

此類接

〈星重暉〉

吾知夫聖以明繼，象因類推。離雨雷洧，於模寫以未盡；日光月重，尚揄揚而有遺。惟此鶴禁清兮，璿極之澄霽；龍德茂兮，珠光之陸離。可謂明矣而遠矣，惟其有之而似之。

〈宵中星虛殷仲秋〉

大抵曆與象以惟一，時因文而可推。永而火，則仲夏乃應；短而昂，則仲冬以知。矧今也元鳥司分，晷刻齊等。天黿騰耀，輝光陸離。宜西顥之正矣，見離方之炳而。

接句敍古者後世

〈庶言同則繹〉

大抵言弗當乎理，則同異何擇；斷必主於獨，則是非悉知。故詢事考言，古人首重於明試；而說人讚己，後世寧甘於自欺。我是以審論道之經，而論匪苟；合張聽政之繩，而非徇私。使中若亂絲，蔑有所主；則同如濟水，亦奚以爲。獄亦罔兼文後，繼聞於田宅；人雖謀及武王，不憚於敷時。

〈社日卜來歲之稼〉

大抵苔神既至，爰有望神之意；茲歲雖稔，得無繼歲之思。何後世徒舉祭於凶荒之日，而古人每預祈於揫斂之時。詩方載詠於良耜，事已悉占於肆師。向承嘉祐，室既盈止；今卜春疇，神其聽之。

接句敍來歷

〈車騎校獵上林〉

帝意若曰因時習武，乃可以強國；弛兵撤備，若何而訓民。雖期門舊制，久矣不講；班春故事，今焉可遵。此所以禁御是狩，帝尊必親。象鑣嚴而馬自按節，天戈指而獸無犯塵。

非軍容於此以素習，則士氣曷爲之一伸。不見平子寓詞，武節美西園之閱；孟堅奏賦，師屯嘉中囿之陳。

〈金城圖上方略〉

蓋謂兵出萬全，虜不足勝；事貴一見，臣當請行。況鮮水不通，有昧地險；而罕開相援，難窮敵情。是必目擊西羌之利害，襄披北闕之忠誠。苟不殄寇，有如此城。雖降虜萬七百人，平定可期於期月；奈留田一十二事，從違尚半於公卿。

〈宣王復文武之竟土〉

天道好還，茲衆望之攸繫；祖業至重，非聖君而莫傳。嘗嗟小雅，盡廢於勵；不意後代，復興自宣。岐陽如故，鼓可再勒；洛邑猶舊，鼎何用遷。凡而今日之疆理，莫匪昔時之土田。武成常武安有異義，漢廣江漢可爲一篇。想雲漢昭回，再睹若臨之日月；諒崧高峻極，重瞻所過之山川。

〈漢開獻書之路〉

大抵道以適治也，道在則治舉；書以載道也，書亡而道衰。況夫煨燼之厄，幾至泯絕；簡策所傳，豈無闕疑。故表章之務，不忘於累世；而搜揚之意，屢見於當時。自然于于而來矣，孰肯望望而去之。豈特送官，悉上壁中之古；又將遣使，殆求天下之遺。

接句暗用事

〈舜察天文以審己〉

大抵天之垂象也，雖厥意之有在；聖之奉天也，顧其德之何如。蓋景星慶雲，未必福我；而烈風雷雨，疇非儆予。安得不考常度於疾除之次，謹厥身於修省之餘。

〈湯立賢無方〉

大抵君取人才也，非以地而擇；才滿天下也，惟所用之

宜。版築漁鹽，皆有遺逸；山林草澤，豈無俊奇。

〈太皥以龍紀官〉

豈不以事之始創，非私意之能立；祥不徒致，皆天心之所爲。律肇鳴鳳，疇因負龜[87]。況工以人代，將詔於來世；而圖自河出，適符於是時。象蓋德應，制宜類推。大抵符瑞之來，固待人而後著；聖神之治，必承天之所爲。雲不應則事曷可紀，鳳既鳴則曆由是推。矧乃聖通神明之秘，而皇天降眷顧之宜。繄五色成章，祥有如此；則一代紀官，予寧捨之。

〈人主天下之儀表〉

大抵人情匪異也，蓋有感而必應。上意所向也，雖未形而已知。心何關於國，而心正國治；躬無與於俗，而躬行俗移。蓋我有造端之謹[88]，故爾民皆徯志之丕。率之以則[89]，仁足爲表；範之以禮，則禮猶有儀。刑若文王，作乃四方之式；正如湯[90]，奄夫九有之師。

〈天子游六藝之圃〉

大抵志玩於物而志必易喪，樂存乎理而樂常與俱。況威儀二千，皆羽旄管籥之美；而聲詩三百，有禽蟲草木之殊。得不涵泳群經之奧，盤遊之念之無。蓋人之所好者，第上游畋之地；而我之所樂者，亦惟禮義之區。圃有如此，心常典於。想夫孝文並置於五經，增之無所；文後既重於六畫，小亦宜乎。

大抵聖訓精微，理隨寓以皆得；君心恬淡，樂在中而可知。山水之觀，寧如無逸之爲戒；車馬之好，豈若求招之有詩。

〈師直爲壯〉

大抵勇怯形也，雖可以相勝；是非理也，終難於自欺。蓋事歸於正，則褐寬不可以勢侵；愧發於中，則猛士亦爲之氣

衰。

〈刑賞與天下畫一〉

請言夫長民者當有齊民之政，用法者貴無撓法之情。使蒼頭可赦，則罪有幸免；如繁纓可取，則賞何太輕。是必重戒橫恩之得，深虞約束之更。俾天下咸定於一，而斯民以直而行。

〈風雨霜露無非教〉

大抵王志有象，隨見皆著；天道至教，有開必先。一霜隕之，謹可垂麟筆之戒；一風行之，命可爲龜畫之傳。凡吹噓凝潤，所至時若；信告誠諄復，其機曉然。顧將四者以示教，惟恐一毫之有愆。

〈聖人畏無難〉

大抵禍福於人而倚伏，盛衰與世以推移。開元之治，而浸以天寶之亂；庭燎之美，而繼之沔水之規。故盤遊適所以求禍，而盈成尤貴於能持。履霜念堅冰之至，桃蟲信飛鳥之維。儻矜是日之安也，並與前功而棄之。

〈鑒燧取明水火於日月〉

愚知夫氣以形召，物因類推。霜何與於鐘也，霜隕而鐘應；黍何關於律也，黍生於律吹。況爲數本生於天地，而取象皆同乎坎離。苟陰符夫遂，或不觔此；雖潔粢豐盛，又何用之。既極感通之妙，斯明精一之惟。

〈禹卑宮以昭教化〉

請言夫防民於近古者，庶可復古；救弊於已漓者，殆將益漓。汙樽爲禮，而雕俎猶甚；士鼓爲樂，而朱干亦隨。矧茲宮室之成制，已肇規模於曩時。一啓尙文之漸，寧無作俑之嗤。人所難盡，禹能永惟。

〈回聞一以知十〉

大抵理不難見也，人則無見；見實易窮也，理奚有窮。故告往知來者，未得於切磋之外；而舉隅不反者，尚遲於憤悱之中。惟是致而格物，乃能原始以要終。人所難到，回能默通。吾與弗如，言可稽於孔子；聞猶未達，論何取於揚雄。

〈堯試臣以職〉

帝意若曰用人之初，在別於賢否；臨事之際，方觀其設施。令色孔壬者，察其色以難辨；靜言庸違者，或以言而事欺。我乃采重，予若績思。汝熙由其已用，因是以大用；課以所爲，庸知其未爲。有所試也，敢忘察其。雖師錫曰虞，尚有歷難之任；既僉言舉鯀，姑從可以之辭。

〈議盡天下之心〉

大抵辭有限而事則無極，情無已而言多有遺。六太息而猶恨其他之闕，三對策而尚懷靡竟之疑。惟此有論有難，孰尊孰卑。寫憂國愛君之志，爲遊談聚議之辭。懷欲吐者，慮皆竭其。矢厥謀謨萬國，致姚虞之得；稽諸卿庶三千，見周德之惟。

〈天地和應五穀登〉

大抵氣之垂順，皆君德之所召；物之豐歉，惟化工之是資。風反於郊，禾乃大熟[91]；暖生於穀，黍然後滋。今也元化妙沖融之運，百嘉臻蕃殖之宜。高下兩間，若有異也；精誠一意，自然感而。

〈山海天地之藏〉

大抵隨寓以隨者，造物之生意；可公不可私者，君人之利權。名山不封，蓋與民共；澤梁無禁，曾非已專。信萬寶蘊藏之地，皆群黎養育之天。苟爲焚竭以太甚，夫豈生成之本然。未多左氏之言，國之寶也；當考戴經之訓，藏所興焉。

〈文章政化之黼黻〉（纏字起）

吾知夫文非小技也，豈於治以無與；治有全美也，必以文而後彰。一獲麟之歌，尚炳於漢；一平淮之雅，且光有唐。矧此蔚若經世，煥乎有章。斧藻其德兮，燦德輝於為冕；粉飭其治兮，昭治具於垂裳。孰謂圖回而經理，不資揚厲以鋪張。

〈舜察邇言〉

大抵言雖至微，或於理以有得；君惟不察，易以常而見遺。狂夫之議，雖明聖以必擇；庶人之謀，有公卿之未知。今也箴存立木，人所易見；采及負薪，謀非甚奇。固非屑屑以如是，恐以平平而失其。

接句用事（一韻有此等句，便有骨力，前輩謂之賦骨）

〈善日者王〉

大抵願志之主，戒在欲速；圖大之君，貴乎有常。宣無庭燎，則亦如厲；湯不盤銘，其何有商。必也基宥密於夙夜，緝光明於就將。期以積年之久，底乎有道之長。昊食不遑，文德果興於百里；寸陰是惜，禹功遂祖於三王。

〈黃帝以雲紀〉

大抵事以瑞如後著，人非天而不因。圖不授羲，則八卦孰畫；書不畀禹，則九疇孰陳。況雲成之祖方，有類其事；而帝之順天，默通以神。事苟不紀，祥徒爾臻。

〈有功祭於大烝〉

吾知夫臣之立功也，意豈祈報；國之示報也，禮宜益隆。商惟大享，乃不掩善；周匪元祀，如何記功。茲所以嚴薦獻於狩田之後，新儀容於宗廟之中。昭一時之異數，極萬代以無窮。

吾知夫臣之愛君也，自無時而或已；君之敬臣也，當謹終

而若初。念漢食可惟（善點化），此意素重；豈魏鑒一亡，其情遂疏。茲所以極其享於芬芳之列，想其來於獻酢之餘。禮苟缺，此情奚。

〈禮義廉恥謂四維〉（此五字句之好者也，後來多不逮，不如前截）

愚知夫治道有根本，則保國爲甚易；人心知理義，則愛君終不衰。節惟固守，魯難犯[92]；利或交徵，梁胡不危。惟此設而遇臣，則臣也有守；張而行令，則令爲莫移。苟此道不有存者，雖一日豈能安之。

〈淸廟一倡而三歎〉

以是知備器非樂，動人在心。故口以德盛而盛不以勺，舜以孝感而感非以琴。惟無聲之妙，姑託有聲之下；雖所歎之屢，莫形永歎之深。

〈人主之勢重萬鈞〉

大抵國體所繫，要在本強而支弱；天下之患，莫大勢齊而力均。必鎮如九鼎，乃可強趨；使輕若一毛，不難舉秦。

〈知者樂〉

大抵心主乎靜也，本非物之能感；人有所蔽也，始宅心而自疑。東西不分，則殆有楊朱之泣；黑白未辨，則徒爲墨翟之悲。今也至則能斷，用而不遺。察倫明物，可謂遠矣；反本澄源，是誠樂斯。

〈顯宗圖功臣於雲臺〉

大抵臣子立功也，初豈祈報；人主報功也，久而益思。形圖周勃者，念彼安劉之日；像著范蠡者，追於去越之時。況此前朝之恢復，實資列將之驅馳。風雲故老，有不刊之績業；冠冕遺貌，存可想之威儀。示弗忘也，從而錄其。

〈更治民以考功〉

大抵毀譽之來，有所試而始見；賢否之辨，要其終而後明。故即墨之謗，難掩大夫之善政；而陳濤之敗，乃知房琯之虛名。續欲詳究，任宜薦更。

〈多助之至天下順〉

請言夫古今有正理，動則丕應；遠近雖殊勢，情何間然。十夫予翼，豈三監之能叛；群策吾屈，宜孤嬴之必顛。今也勇略輻湊，材猷茹連。在朝在野，均爾衛上；悉主悉臣，同乎戴天。所以人各贊講，三輔喜迎於光武；祐因生佐，諸侯復會於周宣。

〈明主可爲忠言〉

吾知夫國以身許，何論而非可；君不我知，雖忠而亦疑。叔孫何見詆於秦而忠於漢，裴矩何意直於唐而佞於隋。蓋君德晦明，苟或一判；則言路通塞，始分兩歧。

〈仁人用國日明〉

吾故曰興衰萬變，惟義不泯；誠爲兩端，要終可知。衷甲誑宋，智術窮矣；縞素聲楚，神人鑒之。況堂堂大國，扶義而舉；豈區區詭計，罔民可爲。有善用者，其如示斯。置若武王，世仰有光之伐；施如文后，人瞻於鑠之師。

〈籲俊尊上帝〉

大抵才之生世也，蓋不徒爾；君之事天也，決非偶然。以申伯則降於崧高之嶽，以傅說則騎於箕宿之躔。惟茲俊傑以在位，是謂嚴恭而奉天。想夫商野營求，夢敢輕於賚弼；周行任使，佑益重於生賢。

〈君子道法之總要〉

大抵理必要終，則能極其至；事不揣本，則曷明所因。故

經非病漢也，以曲學之病漢；法非負秦也，以有司之負秦。欲識所操之要，皆存能治之人。六曲欲存，必周公而後備；九疇未敍，得箕子以攸陳。

〈王道正直〉

大抵道行於世，每窮千古以不泯；聖管乎道，惟慮一毫之或私。大而且直，帝所謂盛；譎以不正，霸如彼卑。茲所以刑政備而有枉必措，禮樂盛而無邪爾思。是皆直在中矣，夫豈偏其反而。適若文王節儉，著召南之化；遵如周武平康，形洪範之彝。

意若曰

〈車騎校獵上林〉

帝意若曰搜田有常禮也，貴在農務之隙；盤游非盛德也，祇為講武之因。況投戈息馬，已久君戰；而順時行狩，亦非擾民。茲所以和鸞謹兮，肅山靈之護野；旌旄舉兮，訝華蓋之承辰。事所宜講，兵非苟陳。

〈宣帝詔講五經同異〉

帝意若曰經可泯於秦，而難泯者理；經雖存於漢，而所存者書。況章句之流，溺彼拘攣之習；而言語之禍，甚於灰燼之餘。

反接

〈命義天下大戒〉

大抵仁義禮智，我所固有；君臣父子，人誰獨無。儻各分干越，不顧尊親之本；則俯仰愧怍，豈勝斧鉞之誅。是必全其行於曾閔之域，置其身於禹稷之塗。守莫大此，犯之可乎。

〈履德之基〉

大抵踐履之學，當講貫於平日；進修之效，實權輿於此

時。儻積得百年，容有纖毫之累；是為山九仞，終於一簣之虧。必也思虎尾之不咥，戒牂羊之或羸。斯懿行之攸積，信丕基之實維。

接句，一正一反

〈一日克己復禮〉

豈不以人惟有私也，此天理之由蔽；學欲反本也，在私心之盡除。汩而忘返，縱沒世以無見；洞然能覺，雖俄頃而有餘。烏可梏亡於旦晝，所宜力戒於居諸。是禮本同然也，非誠孰能與於[93]。

〈忠恕違道不遠〉

吾知夫道非遠人也，散在群心之用；人之求道也，實原一念之微。故小見自私，則廣大難致；而至公無蔽，則中庸可依。苟能成己以成物，夫豈曰夷而曰希。自造淵源之妙，初無咫尺之違。方省身交友之時，參乎曰唯；無伐善施勞之事，回也其幾。

〈士尚志〉

望道過高者，必沮於自畏；克己弗至者，每難於力行。彼進寸退尺，豈足共學；苟人十己千，何憂不明。必也鵬搏萬里，不與俗慮；壁立千仞，弗為物傾。定所向於高明之地，監此心於悠久之誠。洪毅如參，造一唯傳心之妙；直剛若孟，無萬鍾加我之榮。

〈智若禹之行水〉

大凡物有定勢，仍巧則拙；事有成說，容心必虧。循夫天理，則源源而不亂；雜以人偽，則汩汩以奚為。

雙反接

〈至誠為能盡性〉

　　吾知夫理同乎三極也，率則爲道；人均有一天也，敗之者
情。夜息晝亡，交喪於逐物；醉來夢往，自戕其有生。惟此常
久不已，而日月臨照；乾健不息，而陰陽運行。人不異我，心
惟盡誠。反身而樂莫大焉，即孟子養存之妙；贊化而可以參
矣，皆子思已物之成。

　　〈聖人道之極〉

　　言之曰道之在人，何問愚智；人之進道，豈無等夷。居之
安者，僅曰自得；舍而他者，又幾背馳。惟此識造物表，行爲
世師。備而全美本具足，大以盡倫[94]無或虧。理固難致，聖焉
實惟。蔑以加於，本虞帝執中之旨；謂其至矣，由文王適正之
爲。

　　〈王者財萬物以養民〉

　　大抵天能生物也，非自可以製物；物本利民也，或有時而
病民。蓋殄而用之，固匪乾坤之意；若滯而積之，又非父母之
仁。

　　〈孝宣五日一聽事〉

　　事之與日也，有幾微之積；君之視事也，明勞逸之宜。緩
而泛泛，則甘於自怠；求之察察，則適以爲疲。苟匪取中之
制，曷彰出治之規。歷此五日，總夫百爲。功若有光，得漢祖
朝未央之際；治如不過，鄙唐宗視太極之時。

　　〈正秋萬物之所說〉

　　大抵物以秋成也，喜生意之咸遂；秋得氣正也，斯化工之
不虧。蓋時方流火，猶有鬱蒸之意；而候屆肅霜，又爲剝落之
期。今也虛適宵見，斗隨酉移。肅肅之陰，曲成而在是；生生
之衆，何樂以如之。

　　〈功德鏤白玉之牒〉

大抵恢洪之休，將昭示於萬世；繁縟之典，豈徒誇於一時。彼勒之鼎彝，是特粗爾；播之詩歌，烏能盡之。必也取寶帙以編刻，煥奎章而具垂。蓋聖君顯設，有此徽美；則臣子論述，敢爲溢辭。想寶訓有書，備著堯文之運；謀鎮藏於府，式照武烈之丕。

〈有功銘書太常〉

大抵建非常之業者，美不容揜；崇莫大之報者，物非苟陳。賜之山川，徒厚爾祿；賜以車服，第華爾身。必使盛烈高標於九仞，英名昭映於三辰。即茲旌顯，自足激衆；其他寵異，皆非厲臣。

品藻

〈周云成康〉

大抵治不難致也，難於相仍之治；名不難得也，難於益顯之名。賢如夏啓，或承之無度；聖若殷湯，或繼之而不明。俱未若沖人德大於嗣服，小子功嘉於仰成。獨此並出，同躋太平。

〈史官權重宰相〉

大抵官職相維，小不可以加大；權衡所繫，尊亦難於抗卑。太尉以兵重，相曰等耳；御史以言重，相猶憚之。豈微若簡編之職，乃尊乎鼎鼐之司。蓋賞刊八柄，威止一代；而榮辱隻字，法行異時。事孰爲大，權然後知。不然何以敬德求材，爰起高遷之請；高談掌計，獨稱最上之辭。

第五韻起句（有議論有體面，不要與第二韻起意重）

〈命義天下大戒〉

莫之致而致者，難以人而勝；

所宜爲而爲者，不擇利而趨。

〈太極運三辰五星〉

流行一理，雖窮千古以不泯；

參錯萬變，不在兩間之已陳。

〈十志廣八書〉

作古有後先也，先者後之法；

載事有詳略也，略乃詳之基。

〈欹器置坐側〉

因事以為戒者，事久而跡泯；

託物以明理者，物存而意隨。

〈大抵禹承於帝〉

與人以天下者，期他日之無負；

宅尊於人上者，在忽心之舉無。

〈聽言宏接下之規〉

淺心狹量，易忽於卑微之論；

英雄義氣，常伸於寬大之時。

〈君子謹其獨〉

天下之理，無隱以不顯；

君子之行，雖晦而益彰。

〈高祖從諫若轉圜〉

燭理不盡，已立則多礙；

宅心於大，物來而益虛。

〈號令鼓舞萬民〉

迫而動者，不若感而動；

使之隨者，不若悅而隨。

〈聖人肆筆成書〉

刻繪之工也，欲就而莫就；

造化之巧也，不生而自生。

〈天道下濟而光明〉

位之極盛者，亢則有悔；

勢之過高者，卑而後彰。

〈什一去關市之征〉

民孰無賦也，弊起賦民之重；

法孰不立也，患生立法之詳。

〈離騷兼國風小雅〉

文與時異，豈有意於求合；

情由中出，故發言而亦同。

〈聖人一視同仁〉

宅心無礙，則物我一轍；

燭理未盡，則公私兩歧。

〈堯考中星正四時〉

聖人因所見以推所難見，

造物以無形而託之有形。

〈夏道未瀆辭〉

自然之應，非施信之能感；

相孚之妙，至忘言而後知。

〈王者財萬物以養民〉

天生地長，本隨取以隨足；

國用民利，非自贏而自虧。

〈聽言樂於琴瑟〉

聲之在人也，隨感以隨泯；

言之當理也，愈窮而愈深。

〈郊雍出寶璧玉器〉

熙事之成，天地必鑒；

希世之寶，鬼神所司。

〈聖哲之治應如響〉

聳動天下，必曰明主；

興起人心，其惟盛時。

〈孝文身衣弋綈〉

宮廷雖奧也，動則民聽；

服色雖微也，實關化風。

〈舜琴歌南風〉

琴求以意，不求乎形器；

舜樂在孝，非樂於弦歌。

第五聯（正要體題，謂之正聯。或人名，或故事，或注疏上下文，或經語，並須隱實親功）

〈三王弋道德〉

周矢既張，莫匪斯民之直；

商機屢省，無非乃儉之圖。

〈唐取人之路多〉

萃彼京師，何止來遊之張鎬；

興子逆旅，又聞徒步之賓至。

〈太宗求士如渴〉

肯令獨酌之馬周，尚為逆旅；

必得如流之杜氏，始濟當時。

〈以禮為翼〉

周制已行，何假十夫之獻；

漢儀既定，無煩四皓之成[95]。

〈春秋信之符〉

深稽班固之言，取其斷事；
切陋穀梁之論，尙曰傳疑。
〈國者天下之大器〉
長子主之，固異掣瓶之守；
貴臣近此，靡容投鼠之傷。
〈遊聖門難爲言〉
若對孟軻，但有憮然之歎；
如逢孔子，敢興率爾之辭。
〈多士秉文之德〉
昔濟濟其儀，常播以寧之詠；
今雖雖以相，載歌於穆之詩。
〈文帝勞軍細柳〉
昔未獲其人，拊髀遠思於民將；
今敢輕其事，式車宜至於中營。
〈八政以食爲首〉
豈不懋遷禹，特遲於暨播；
固將柔遠舜，尤急於惟時。
〈文帝止輦受言〉
論將方勤，過必遲於即舍；
勞兵未許，入姑緩於軍門。
〈湯立賢無方〉
敢云居薛之俾，不登於虓；
縱曰耕莘之賤，亦聘乎伊。
〈漢求文武如不及〉
未論朔方，嗟已形於見晚；
方聞詞賦，恨幾失於同時。

〈伊尹天民之先覺〉
當太甲之未明，作書以訓；
雖成湯之至聖，亦舉而臣。
〈辟雍海流道德〉
想學在中央，宜爾學川之必至；
謀觀者萬計，亦如觀水之難爲。
〈民之於仁甚水火〉
心既不違，雖一瓢而可樂；
事非下德，則六府以奚爲。
〈不出戶知天下〉
堯屋雖居，自見四方之灼；
舜堂不下，果聞庶物之明。
〈不窺牖見天道〉
堯屋深居，晦朔應兩階之莢；
舜衣垂視，日星符七政之璿。
〈去惡如去草〉
舜德什聞，遂舉有苗之竄。
湯徵大定，奚興自葛之師。
〈求賢如渴〉
周伯卜畋，想賣漿於呂望；
漢皇覽賦，慕沽酒於相如。
〈聞韶不知肉味〉
率獸揚音，肯顧餒豚之品；
儀鳳度曲，寧思耕雉之嘗。
〈樂調四時和〉
周召告成，感嘉禾之合穎；

虞韶盡美，格靈鳳之來儀。

〈文帝以道德爲麗〉

苑囿無增，惟化民之專以；

金繒不惜，與棄過以偕之。

第五韻終

聲律關鍵卷六

第六韻

古者

〈周立九府圜法〉

蓋昔者聚貨於市，創自包犧；阜財以時，始於舜帝。或定厥貢於有夏之日，或知其源於興商之世。雖裕民之本在古皆有，而分職之詳惟周可繼。法不有於相通，用何由而罔滯。孟堅志此利，亦取於流泉；師古注茲官，亦稱於掌幣。

〈聖德一日萬慮〉

蓋古者昧爽櫛冠而平旦視朝，日晝訪問而夜分修令。方且刻銘以陳，又新之德；作歌以敕；惟幾之命。蓋謂凡百無失志，治乃可保；有一弗謹，事將難正。

〈聖人□天下以禮樂〉

蓋古者汙樽杯飲，豈知簠簋之儀；簣桴土鼓，未識笙竽之意。然聖人居此以深慮，謂民俗趨文之將至。故其導之五禮，以禁其欲；教之六樂，以閑其志。儻非挈斯人於限制之中，是則速天下於澆漓之地。

〈君子之柄明德威〉

昔者生民，混然同域。於是奉聰明睿智之主，司廢置殺生

之職。非尊之以權，而惟上為便；亦望之以公，而與民立極。可不俯加臨照之意，默有總持之力。

〈器以藏禮〉

蓋昔者許以繁纓，而仲尼惜其所司；招以皮冠，而孟子嘉其不至。若曰名器既輕，則孰知天下之大戒；品節僅存，則有猶先王之遺意。重其義故重其物，愛其禮非愛其器。

〈人主天下之儀表〉

故古者準繩規矩，無左右之或踰；几杖盤盂，亦戒銘之具寫。疏屏以規乃缺失，欹器以防其滿假。若曰凡百皆善，庶幾範俗於醇厚；有一未正，寧不導民於邪侈。欲其則而象之，蓋以尊為貴者。

當時

〈漢斲琱為樸〉

當是時文帝非不聖，而稽古未遑；曹參非不賢，而畫規徒守。雖云因陋，而大美猶在；孰與求工，而舊章亡有。儻樸略之破碎，將文為之矯揉。尚本純素，以崇寬厚。彼賈生之好，紛改讓矜必割之刀；董氏之論，更張第諭不雕之朽。

〈春秋信之符〉

蓋是時權謀相尚而遑恤於庶民，名分侵誤而孰知於守器。責以包茅者，始因侵蔡之舉；假以垂棘者，終逞襲虞之志。是皆利以忘義，欺而濟事。使聖人不載於遺經，則來者曷明其大義。想當年秉筆，深明考偽之由；何異日說經，恐有失真之意。

〈文王日昃不暇食〉

當是時瘠而罔訴者，尚有困窮；餒而無告者，寧無老弱。調飢興肆伐之歎，載渴起采薇之作。彼方仰俯以甚切，此敢安

居而獨樂。時不再來，已寧過薄。豈惟問膳，莫亦見於如之；抑且重爻，夕尤明於惕若。

〈漢興民視聽〉

況是時按劍之爭，未覿朝儀；取帚之習，第聞詬語。小哉蛙見之孫述，陋矣孤鳴之張楚。嗟爾民昏瞶，曾不自覺；非我漢興起，殆將孰焉。

〈孝文身衣弋綈〉

況是時赭衣兮尚虧緩獄之仁，采繢兮未絕和戎之幣。方思百姓之憂苦，奚暇一身之侈麗。寧躬自衣皂，而覬以易俗；毋色必尚黃，而輕於改制。幣頓革於嬴室，儉有加於高帝。

〈孟氏功不在禹下〉

故是時以過門不入，而排許子之言；以為墾自私，而小白圭之治。溺慨想於由已，智欲行於無事。凡議論所及，既以自許；使仁義獲施，亦能大庇。惜也事殊，非其功異。

〈春秋一字踰華袞〉

當是時秦侈錦文，楚誇翠被。然而秦以狄書，衣雖貴以奚龐；楚以荊名，被雖榮而有愧。與其彰飾於外物，孰若襃崇於片字。

〈金華朝夕說書〉（成帝時）

當是時求書之詔，既違於陳農；校書之職，復勤於劉向。雖斯文浸備，無所或缺；苟大義不明，又烏足尚。安得不窮日夜以講論，御燕間而咨訪。想上稽舜帝，知命汝以納言；諒下考高祖，得輔臺而置相。

〈禹卑宮昭教化〉（不自足）

當是時食宜玉食也，惟菲食之安；車可金車也，且鈞車之取。日用至微，無非簡素之為尚；宸心過計，尤謂端萌之未

杜。所以制不用於九尺；勢頓忘於邃宇。謂一時觀美，若未害事；然萬世流弊，實關作古。以此軫慮，其斯爲禹。未能廢禮，略存世室之堂筵；既曰敷文，謾訑兩階之干羽。

平日

〈三拜受賢能之書〉

乃若春秋讀法，則書於閭胥；歲時校比，則書於黨正。始自敬敏，成於德行。凡平日參巧，若是其審；則一旦來上，奈何不敬。

〈君子在治若鳳〉

況鳳也鳴朝陽兮，言足爲於國華；瑞朝廷兮，文足昭於王度。翔乎千仞，德也可致；凌彼九霄，忠焉是寓。凡平時趨向，動與之合；矧一旦掀翥，或殊所遇。

〈晉晝日三接〉

因知幣不三聘，則在伊尹以難招；盧不三顧，於孔明而莫得[96]。彼未進之初，猶且務於延訪；況既見之後，可不加於謙抑。

用故事經語引證

〈聖皇握乾符闡坤珍〉

抑嘗謂湮緜界姒，同此洛書；去商歸周，均茲天命。蓋無以發之，彼終愛其寶；有以主之，乃順成其慶。倘非顯造化之祥，何以表聖明之盛。如是則毋煩祝讚，泰元期神策之休；不假詞章，富媼播蕃釐之詠。

〈共己味道之腴〉

噫！薇可采也，周粟爲可輕；芝足茹也，漢祿何足貴。蓋涵養既深，自有樂地；而哺啜是圖，未爲真味。苟非行己也恭，毋乃蹈道則未。如其復禮，豈能腆顏氏之儒；有以誠身，

自可養孟軻之氣。

〈爲君難〉（暗用事）

是何泰和之朝，而怠荒之語力陳；盈成之世，而艱難之書具寫。蓋謹於保國者，固主德之當盡；而恭於責君者，又臣忠之不捨。在治安之際，且有憂之信。舉動之頃，無非難也。憂夫覆溺，審乘國於乘航；慮及奔馳，察馭民於馭馬。

〈郊上質以章天德〉（經語）

且夫西鄰之禴，不在物而在誠；南澗之蘋，非以文而以實。彼致力於神，猶匪徇末；矧報本於天，敢忘貴質。是必席也稿稭，牲焉繭栗。其誠該兮，庸表於責信；其純一兮，式彰於得一。豈不見昭如商后，車惟木輅之乘；配若周王，服取大裘之吉。

〈以忠報國不顧身〉（人名故事）（古）

是何王尊胡爲，而叱馭長驅；穰苴胡爲，而援袍不顧。蓋邦家之事，比遺體而孰重；而社稷之靈，賴忘身而後因。故我盡孜孜奉國之爲，效蹇蹇匪躬之故。漢玉已出，有赴死之紀生；劉氏既安，無自全之晁錯。

〈王者以民爲天〉（故事）

噫！成王胡爲拜民數之書，夏禹胡爲式耦耕之者。得非志既篤於寅畏，勢俱忘於滿假。信知理一而分殊，毋曰君尊而民下。同舜帝行堯之道，拱而視之；誚威公因仲之言，仰而觀也。

〈聖人畏無難〉

其有陳艱難於兵寢刑措之時，爲痛哭於貫朽粟紅之世。蓋古今常有意外之變，而君子不爲目前之計。是必消患於醞釀之始，絕禍於胚胎之際。楚雖可勝，暇如有於魯侯；吳或已平，

慮尙勞於武帝。

〈高祖納善若不及〉

不握其髮，何遽至於失賢；不倒其屣，亦奚傷於待士。蓋知諤諤之可用，是以皇皇而至此。

〈書契代結繩之政〉

請言夫網罟未設，則機孰啓於佃漁；宮室既興，則人豈甘於巢穴。惟飲食逸居而心或無用，非操符挾券則信可以結。當是時難爲上古之治，故斯文不可一朝而缺。俾堯舜以來之盛，得載典謨；如胥庭向上之風，難形筆舌。

〈取正於經定大號〉

而況見於功德者，表裏於詩書；形於詔冊者，源流於典誥。凡吾君言動，無非成憲之合；豈盛名讚美，敢越前經之奧。此或未明，他何以報。無使韓公著論，未滿人稱；肯令陸贄獻言，徒崇美號。

〈文帝致天下英士〉

至如改容而見將軍也，非瀆於尊君；拊髀而思良將也，非忘於臣下。蓋敬於已用，則必非闊略於未用；追於往者，則深冀激昂於來者。

〈高祖以爵祿勵世〉

人徒見淮陰之去項歸劉，九江之渡河歸帝。則曰蕭相之挽隋，何所說不思。裂土一分，已堅杖劍之志；設壇一拜，遂決推鋒之計。想其平日之韜藏，正待此時之淬勵。

〈禮刑相爲表裏〉

且夫秩宗何掌，而預彼折刑；法家何斯，而俾之藏禮。豈古人或紊次分職，蓋治術相關而同體。防其謾意，則玩意孰萌；道以畏心，則恥心自啓。

〈明德惟馨〉

胡不觀腥何所聞，而腥聞於天；臭何所歆，而臭歆於帝。而況秉清明純一之行，寓動容周旋之際。善克彰兮，猶無共器之混；言必有兮，蘭協同心之契。商其或穢，彰聞寧見於自天；苗罔有香，遏絕抑令於無世。

〈禮義養人之本〉

曾國之膰，何遽移夫子之心；武王之粟，何不易伯夷之志。蓋食我所重重，莫急於禮；生我所欲欲，莫先於義。

〈國以義為利〉

孟子之梁，何憂乎上下之徵；宋輕之楚，何切於父兄之事。若曰惟義之懷，則行王之效可必；以利而交，則危國之機立至。

〈善計天下紀綱〉

且以齊未必亡也，管子為之寒心；漢非不安也，賈誼為之流涕。蓋國為未張，斯乃滅雲之兆；經制未立，曷固治安之勢。治道貴溯本以窮源，儒者豈私憂而過計。

〈安邊在良將〉

嘗評之西域一也，何仇任尚而服班超；先零一也，何叛辛湯而降充國。蓋繫乎主將之賢否，毋諉曰虜情之反側。乃知僥勇者，祇乘隙以生事；養威持重者，終服人而以德。

〈聖化風俗之樞機〉

且夫風一也，何福於魏而奢於曹；俗一也，何靡於商而樸於夏。非斯民遽異於習尚，蓋上政實關於趨舍。是必驅而之善，無不入於軌物；動之以德，豈特猶於甄治。有以倡之，無難化者。

〈王者財萬物以養民〉

是何虞書六符，必待孔修；箕疇八政，首嚴農用。蓋無以修之，則貨至於偏聚；而有以用此，則利乃通於公共。則知養非以物，是棄其生長；財不自王，孰權其操縱。

〈善政不如善教〉

夫何金錢之賞，可以愧漢吏之受賕；干羽之化，可以弭苗民之逆命。蓋免於無恥，寧如有恥以且格；而強之使從，豈若自從於不令。

〈君子以大壯順樸〉

且夫拔劍雖勇也，何懼乎緜蔓之習儀；方城雖固也，何屈於包茅之問罪。蓋不足恃者，力之易折；而莫能奪者，理之所在。故此時雖既盛，而謙以自牧；行無不慊，而心寧有餒。壯實若斯，吾其謹乃。子玉失治兵之法，烏得謂剛；仲由昧爲國之方，宜其無悔。

順講

〈命義天下大戒〉

故得人心知懼，而無假刑誅；法守素嚴，而靡勞告誡。專封不告者，誰犯葵邱之禁；相率以養者，俱守南陔之戒。死生靡見於或渝，夙夜益聞於匪懈。體知所愛，已回王氏之車；威不敢違，亦下齊侯之拜。

〈上策莫如自治〉

茲蓋知己而後知彼者，其慮長；事外而不事內者，其勢逆。政體既明，則世祖之關可閉；戶口已虛，則武皇之地徒闢。乃知治國之遠猷，自是過人之碩畫。如條章未具，請觀杜牧之罪言；若表餌難施，何取賈生之陳策。

〈復見天地之心〉

因知時之肅殺，乃所以生；物之終窮，又從而始。今也仁

猶蟄伏以未露，氣至歸藏而欲止。念十月爲坤也，已極其變；非一索得震也，亦幾乎已。意在斯乎，視其所以。將使積爲剛壯，四爻發正大之情；進作泰亨，三畫闢交通之始。

形容

〈虞箴戒田〉

觀夫子子旌旄，騑騑車馬。蕩滌原藪，絡籠山野。荊州起鳥而梁野驅獸，風伯淸塵而雨師泛灑。我則植旗致珥於其中，王乃震武耀靈於其下。勇氣無銳於斯，極觀無如此者。是故遊畋之性，不禁其有亂乎；頓挫之辭，既聞足以戒也。

〈君以民爲體〉

又況有德教有粱肉，以淪彼肌膚；有賞罰有藥石，以瘳其疾苦。詩書焉迪乃耳目，號令焉敷於肺腑。是皆無彼己之分，於以見寬仁之主。軫如傷之視，施仁既協於文王；懷由己之思，明德又符於大禹。

〈聖人陶成天下之化〉

又況運工宰之道，道設而神存；發鼓舞之令，令行而風靡。範之以禮，而舉無僭侈之俗；甄之在和，而兩得剛柔之理。凡漸摩陶染，爲化不一；亦變化成就，其機在是。董子著在鈞之論，上以是從；揚雄形有器之言，人皆可使。

〈賢人國之利器〉

茲蓋有學校漸摩兮，與之陶成；有爵祿砥礪兮，使之勉飭。在外閫則批折患難，立中朝則剪除姦慝。動每濟世，功期利國。良由上聖之善任，遂得百官之效職。邦有史魚之矢，直道以行；邑皆言偃之刀，聲歌不息。

〈聖哲之治應如響〉

良以夫號發而鼓爾萬民；言出而傳諸千里。謳歌之歸，欣

躍啓聖；雅頌之作，歡呼盈耳。聽之足以聳動，聞者從而興
起。何響如之，至神若此。詔頒雷厲，音遠暢於四馳；里表風
聲，世寧更於三紀。

歸功

〈日者人君之表〉（古）

宜乎發蔀燭幽，判蒙釋瞽。葵傾心而華夏知向，雪見睍而
姦邪孰侮。豐亨廣照，時稱尙大之王；離德方興，世仰繼明之
主。

〈復會諸侯於東都〉（古）

故得規聞沔水之湯湯，美播鸞聲之噦噦。崧高之褒兮，配
湛露之燕賞；韓奕之命兮，等彤兮之錫賫。眷舊業之增光，暢
丕圖之克再。奠茲周祀，可賡清廟之章；思彼禹功，不愧塗山
之會。

〈知者樂〉

寧不謂古今之變而人物之繁，天地之大而鬼神之秘。人皆
昏昏而莫之其一，此獨昭昭而能畢其事。宜爾休而爾遊，自不
怍而不愧。從容濠上，乃知莊叟之若愚；憔悴江濱，孰謂屈原
之如智。

〈蘇武歸漢〉（古）

至此脫虎口以全生，仰龍顏而就列。落髦殆盡，而漢郎猶
在；白髮何多，而□塵未絕。十九年遘阨不屈，孰援孤蹤；二
千石重祿雖優，未酬壯節。

難疑（難、疑不同，並要結處有力）

〈求良吏不可責文學〉（古）

是何儒雅飾吏，而吏事可觀；春秋斷獄，而獄情自覺。蓋
念治人之本，惟此汲汲；非謂文士之中，皆其齪齪。儻全通務

之能，愈見收功之卓。然而未能達政，雖誦詩亦奚以爲；既曰有民，豈讀書然後爲學。

〈天子不求邊功〉（古）

雖然以文王之聖，嘗肆伐於崇墉；以宣后之賢，且濯征於徐國。蓋當用不用，則是曰忘戰；而得已不已，則固能累德。故我開宏天下之度，休息生民之力。遂使捧觴都護，罷屯鄯善之西；抵掌將軍，絕意伊吾之北。

〈文帝愛民如赤子〉

雖然定篲至死也，法若太苛；犯蹕欲誅也，意何少戾。蓋梗樸不弛，斯無敗子之失；而姑息太過，是特愛人之細。無所不用其情，茲其所以爲帝。化形扶杖，更於癃老之願觀；俗易借耡，毋復少年之流涕。

〈大昕鼓以警眾〉（古）

議者謂禮以時講也，何取於昕；敬本心形也，曷資於器。蓋真誠之念常起於夙寤，而感召之機亦由於聲致。宜乎先眾耳以聳動，表一人之臨視。

〈詔郡國舉賢良〉（古）

勿謂貢舉之法，制自祖宗；詞科之應，皆其儒雅。然張尋丈之網，則垂天之翼難取；設蝸蠅之餌，則吞舟之魚或捨。苟茲文徒牆壁之掛，恐高士困林泉之下。當如世祖，令求方正之人；更效孝宣，俾選直言之者。

〈八政以食爲首〉

或謂信以立也，食雖去以何傷；禮爲重也，食雖輕而奚病。然念農桑勸，則忠信之道乃著；倉廩實，則禮節之風始盛。苟不務本，奚其爲政。如云所重，詎容喪祭之加；若論阻飢，敢後教刑之命。

〈正秋萬物之所說〉

勿謂夫葉落兮氣悲，蟄坏兮殺盛。蟪蛄不知，而何有元化；蒲柳先凋，而莫全正性。彼一物失所，未爲造化之累；而萬品告成，由得陰陽之正。肯令宋玉倘嗟，草木之悲；抑使幽人咸詠，稻粱之慶。

〈周立九府圜法〉

或者謂財本裕民，制宜同俗。何天府所藏，特守國之正寶；何玉府所職，第掌王之金玉。殊不知貨財之物，與玩好以共守；民穀之數，亦受藏而俱錄。蓋將通四海之利，豈止供一人之欲。自太公製此金刀，寶利以無窮；何景后更之錢幣，重輕而不足。

〈文王重易六爻〉

是何黃帝弧矢，蓋取諸睽；神農耒耜，先求諸益。意自昔以大備，豈於今而重畫。殊不知象雖未形，而理固已具；聖不繼作，而隱何以索。載觀重後之垂文，須信畫前之有意。

〈上廉遠地則堂高〉

勿謂禹門不入也，宮室惟卑；堯階至陋也，茅茨不剪。蓋一時之治，雖儉素之可尚；而萬世之分，宜等衰之必辨。

〈文王爲大雅始〉

議夫聲詩之作，既始於七章；書禮所述，宜乎一理。何說命之後，始載西伯；何月令之終，方云世子。彼皆雜舉其事，此則推原其始。

〈天子試士於射宮〉

毋曰射者技也，豈禮之能；知文而武也，實儒之所恥。天山仁貴，即進士之仁貴；矍圃夫子，乃多能之夫子。欲其精察於賢能，孰謂不由於弓矢。

〈漢網漏吞舟之魚〉

是何菹醢彭越，弗宥以恩；逮捕貫高，且疑其叛。蓋牴觸於中，皆所自取；如宕跌於外，未嘗不逭。初無意於罔民，宜除煩而興漢。

〈文王與天地合德〉

或謂天不爭也，何事伐崇；地主靜也，胡爲遏莒。彼皆自棄於戴履，予豈來分於爾汝。盍知四方臨照，罔不徧覆；庶類蕃殖，疇非得所。若參造化以並觀，皆即斯心而是舉。

〈孟軻勇於義〉

或者謂宿於晝也，濡滯以無謀；沮於臧也，阸窮而不遂。跡且尤困，勇何足議。殊不知常情處此，不挫則辱；自軻視之，愈輕而肆。所謂能者天，不能者人；詘其身，不詘其義。

〈聖人道之極〉

抑嘗疑事父之孝子，曰未能濟眾之仁堯。其猶病以周公或難盡於智，以大禹且弗優於聖。蓋至足常若不足，故既盛愈躋其盛。儻全茲和順，豈容禮樂之去身；如致乃高明，亦本中庸之率性。

垂後世

〈渾天儀〉[97]

厥後一行置之凝暉，景詢創之暗室。或鑄於錢氏之器，或推自淳風之術。凡此規畫，皆吾祖述。輪有天輪兮，七百餘宿以布上；規有月規兮，十九分度而之七。故得室中以唱，合符占候至之星；廡下而觀，應法驗西行之日。

〈合宮調元氣〉

果而天應瑞雲，地零膏露。河圖出而祥物駢集，庭草生而靈根萃聚。凡今焉上格於和氣皆向者，下通於言路則知群。情

無壅而天意隨感，一室微而元功昭布。

〈文王孫子百世〉

又況有道曾孫，太平君子。廣文之聲，繼志尤善；覯文之光，卜年未已。凡今焉嗣統以不替，皆向者垂休而至此。

吾非

〈仁之爲器重〉

吾非立論太高，而置斯道於無傳；語人以難，而啓群心之自沮。且舜之聖也，於博施以猶病；張之賢也，尙並爲之難與。蓋善端所抱，雖云此性之皆得；自人僞一開，鮮矣斯心之克擧。所以行者莫能致也，義兼述於戴經。言之得無訒乎；訓亦垂於魯語。

〈大德必得壽〉（古）

吾非浮海求仙也，爲武帝之遊；服藥長生也，有唐宗之惑。不求諸外而永福於內，不必於天而必吾之德。惟其日新於湯銘，抑使民躋於堯域。如是則千二百歲，已同成子之終身；七十五年，寧羨中宗之享國。

〈文帝馳射上林〉

吾非大苑囿以爲弋獵之娛，吾非飭臺池以極遊觀之麗。蓋轉無用爲有用，神聖之深意；而防將然於未然者，國家之遠計。

撮題字講（或形容或辯論）

〈乾坤易之門〉（古）

茲門也規模於三古聖人之工，開闔於太極兩儀之始。樞幹大衍，晶環河水。屋成尙大之豐，基立剛中之履。耽耽乎大壯之棟宇，穆穆乎家人之父子。非確然而隤然，孰主是而維是。釋如王弼，第云自戶之開；擬若揚雄，未免向牆之視。

〈聖人有金城〉

是城也寶不惟物，所寶惟賢；險不在勢，其險在德。既莫能灌以智伯之水，又不可下以食其之軾。有裴度兮護我北門，有申伯兮藩予南國。英威屹若以可畏，外侮窺之而莫得。儻高皇重士，奚煩劉敬之建安；使秦始用儒，何用蒙恬之築北。

〈大聲非特雷霆〉

是聲也隱天地之宮商，秘神明之律呂。以木鐸鼓舞乎號令之表，以金口發揚乎始終之序。非徒動之而莫疾，雖欲聽之而無所。

〈周公一飯三吐哺〉（辨題字起）

吁！飯未必一也，見頃刻之不違；吐何用三也，示勤渠之若此。儻非好善以忘勢，殆恐驕人而失士。我是用享膏粱之甘，則茅思泰茹之拔；嗜珍奇之美，則養念鼎亨之以。惟吾身之奉，視之蔑如。故庶羞之輟，特餘事耳。志惟善繼，食無文后之遑；道本相傳，饋有夏王之起。

〈孝文有刑措之風〉（辨在繳句）

抑聞之君子之論，當致謹於毫釐；異代之政，固難求於全備。矧此謂之已措，則尚存四百餘獄之斷；概以不及，則且致二十三年之治。不託以風，曷明其意。

〈仁之爲器重〉（辨起）

謂仁爲難耶，皆吾分之當然；謂仁爲易耶，得其門而或寡。蓋處以忽心，則羽無必舉之理；奮以強力，則鼎有能扛之者。欲其任重而若輕，要在常操而勿捨。彼力雖有取，夷吾未免於小哉；聖且不知，子貢謾疑於何也。

〈封事謗木之遺〉（辨在繳句）

君子之論，當謹於毫釐；異代之制，必求其趨向。矧此謂

恣其所陳，則非揚於五達之地；謂隱而不言，則又幾於庶人之謗。僅予之遺，斯明其當。

〈洛出書〉（辨起）

議夫孰非水也，何必洛之宜；孰非瑞也，何必書之取。蓋洛惟土中，中固可以均界；而書曰皇極，極尤宜於會有。宜在天無私予之心，而此道屬執中之後。眷顧彌深，秘藏則不。

〈三代河洛出圖書〉（辨起）

圖本授羲，何有三王；書惟界姒，何關二代。蓋方其創見，謂之異以特紀；繼是薦，臻視爲常而不載。矧世雖異而德同，豈寶有時而地愛。

〈建路鼓於寢門〉（辨起）

或者謂鼓政有六，何路鼓之必存；門禁有五，何侵門而乃建。蓋取其大則，音本易達；況置於內則，勢非絕遠。無朝之頃，或憚聽政。有不平之鳴，於茲聲怨。

〈殷周井田制軍賦〉（考異）

抑嘗稽歷代典章，考當時之法度。何因民制兵，周禮備載；而立官設眾，殷書未具。豈知高宗伐荊，必於此以袞旅；文王治岐，亦由茲而定賦。苟能即是制而觀，孰謂非以農而寓。

〈孟冬獻民數〉（辨在繳句）

愚嘗締觀姬曰一之書，因考周家之政。六官皆官也，何特重於刑典；四時皆時也，何獨嚴於孟冬。蓋會計之登，惟在歲杪；而獄訟之掌，尤關民命。宜天時甫屆於六陰，故戶口聿稽於兆姓。

引類迭用

〈鑒燧取水火於日月〉（假彼尊此）

非無蕭炳其鄉，罄和於鹵濯。或假於潢潦，或陳於薪樗[98]。然用於人者，慮其或褻；而得諸天者，薦之必受。想夫熔作金盤之液，光際層霄；散為玉燭之陽，和薰九有。

〈寶玉展親〉（假彼明此）

且夫明以文章，亦有旌旗；俾之徵伐，非無弓矢。樂焉大呂姑洗，官則宗人祝史。又何必寶以示信，玉而致美。蓋念其藩國也，即鎮國之類；其維城也，亦連城之比。於以用之，亦惟展此

〈親享太廟〉（假彼尊此）

有太祝兮，主爾禱祠；有宗伯兮，先予省眠。圭幣則諸侯之助，籩豆則有司之事。惟齊明祭祀，親率己以；故離肅辟公，各共爾位。豈不見當年耕藉，粢盛躬秉來之勞；此日入門，體薦效牽牲之義。

〈觀漏水以分晝夜〉（假彼尊此）

豈無璿曆以定人時，亦有土圭以致日晷。然年歲多歷，則或致差舛；風雨如晦，則如何瞻視。儻云取正於卯酉，無若相生於金水。

〈萬民利害為一書〉

司馬之版數，僅及於人民；司空之圖掌，惟關於輿地。彼遠近多寡，不過末節；而懽欣愁歎，尤關大事。烏可不盡意不盡言，所謂如是害如是利。儻事關農畝，進亦與於百官；如稱及賢能，獻已先於群吏。

〈聖人格言為元龜〉

豈無舊德之龜也，可備咨詢；亦有謀臣之龜也，足資計畫。蓋卜於賢不若卜於聖，驗於今豈如驗於昔。

〈取士詢鄉曲之譽〉

　　且夫論選亦有司徒，薦賢豈無百執。蓋左右曰可，未如國人之可；卿士謀及，不若庶人之及。

〈法令人之隄防〉

　　非無教爲隄防也，足以閑邪；政爲隄防也，以之率正。然非刑何以弼教，徒善奚其爲政。是宜章則約漢，鼎無鑄鄭。於以防川險之心，於以制水湍之性。

〈見賢思齊〉（假彼明此）

　　彼有去相如之遠，而切慕於相如；生顏子之後，而仰晞於顏子。出於傳聞，猶務與合；德之親見，云胡不以。是宜利行勉行，成功則一也；彼人予人，有爲而若是。一覿紫芝之眉宇，卓爾在前；庶幾端木之肩牆，進而不已。

〈堯煥乎有文章〉

　　且夫輩如太宗也，猶有煥然之文；嘉如武帝也，尚見煥然之令。彼後世幾之，尚見於丕著；自當時言之，足之其甚盛。

〈無聲樂〉（假彼尊此）

　　彼有弦雖無而猶有於琴，鐘曰啞而未離於器。孰若我無聲乃聲之妙，不樂之樂爲樂之至。即其鼓舞之神，託以揄揚之意。想夫九官相遜，無煩韶舞之諧；萬國咸寧，何假咸池之備。

〈黃帝以雲紀〉

　　至如取諸隨則，服乃馬牛；取諸暌則，利諸弧矢。彼象隱於卦，尚勤探賾之妙；此祥著於天，敢後命名之理。

〈冠帶圜橋門〉

　　至如羽林冠鶡也，猶欲簉於縉紳；□□帶犀也，且願陪於禮樂。矧明時素被於教養，而德意屢沾於優渥。固宜來觀上國之光，仰冀先知之意。未多正觀八千，徒詫於授經；固異本初

三萬，譿聞於遊學。

〈仁者樂山〉（假彼尊此）

厥有徜徉盤谷之居，嘯詠西山之景。櫩桂北嶽，茹芝商嶺。徒知物外之爲樂，烏識性中之有靜。一真不鑿，即純龐固有之天；萬象自全，有廣大高明之境。

〈吳公治平第一〉

彼朱邑第一也，猶聞於北海之邦；黃霸第一也，亦見於潁川之治。然罕見爲奇者，寧如創見之爲；盛屢書爲美者，豈若特書爲至。惟其克著於成效，所以獨高於良吏。若至璽書之寵，豈後其褒；如逢金秩之增，必先其賜。

〈什一去關市之徵〉（假彼明此）

至夫禁弛澤梁，布蠲夫里。利民之意，惟恐不厚；徵商之法，豈容自始。是必道御取予，政權斂弛。貪無碩鼠之太重，損若攘雞之速已。且異漢增賦筭，搜爰及於城門；唐變租庸，弊復滋於宮市。

〈忠臣之諫有五義〉（假少明多）

且以中說陳七義，而諫列於終；國風序六義，而諫言所主。彼泛然立說，僅得其一；此見於進言，特詳以五。矧惟君聽之難必，正賴臣謀之悉吐。再三其說，毋謂太瀆；萬一或從，豈云小補。

〈大禮必簡〉（假小明大）

其或百拜何爲，獨盛於賓；三獻何義，而特行於社。蓋此禮之大，彼禮之小；故彼儀以多，此儀以寡。文不在茲，素爲貴者。

敘前代來歷

〈七制役簡刑清〉

蓋曰君非虞舜，孰不窮民；治匪成周，誰其止辟。三王而降，方嗟浸失於古意；兩漢以來，猶幸有存於遺澤。成爰減於十二，獄僅存於數百。

〈石渠論五經同異〉

亦知夫在孝文，則置博士之官；至武帝，則建藏書之府。彼一時先務雖以崇尚，而百氏雜說未聞去取。果將傳示於來世，可不辨明於邃宇。訛因正於豕三，缺亦存於夏五。講而稽合，異時曾賦於西都；會以考詳，故事復行於白虎。

〈英俊舒六藝之風〉

若昔篋記亡三，舊誇襲六。心潛帷下之董，口授濟南之伏。然巫蠱以前，經尚道熄；迨準輸之議，教方古復。遠揚聖訓之溫溫，力振文風之郁郁。儻淫巫可戒，十愆亦想於具言；如樸略猶存，八索寧誇於能讀。

〈成王以周召爲師傅〉

思昔武訪商箕，文師尚父。家法相傳，皆有賴於模範；孺子何知，敢不親於弼輔。密邇正人，所昔皆善；養或聖德，不爲無補。

〈殷周井田制軍賦〉

非不知萬區之畫，始於黃帝之時；一旅之眾，見於少康之世。雖規摹已肇於昔，然疆土未詳其制。惟此公私田畝之兼足，眾寡夫家之必計。俾自給於供億，豈外求於守衛。

敘前代之失

〈七制役簡刑清〉

豈不以道微姬末，而侵失典刑；人厭嬴秦，而未蒙德澤。五流有宥，而變成渭水之慘；三日用力，而轉作長城之役。得不文書益務於簡省，宮室毋爲於增益。非徒追王制之風，亦以

壽吾民之脈。邊無牧馬，豈惟減賦之什三；網且漏魚；奚上斷刑之數百。

〈封事謗木之遺〉

竊歎夫鼓不立而諫路莫通，旌不設而善箴炙伏。古人美意，既掃地以殆盡；臣子有言，庶遺風之可復。旁來列辟之封事，是亦後王之謗木。毋煩防口，至於周室之監；寧使非今，加以秦人之族。

反題

〈聖人能內外無患〉（古）

向非當無事之時，預為有事之防；思未危之日，常若至危之在。五教既敷也，復懲猾夏之侮；四夷既懲也，尤飭保邦之誨。則何以致內外之咸寧，措邇遐之丕乂。且異秦城漠北，變聞大澤之間；魯伐顓臾，憂在蕭牆之內。

〈守□當世之急務〉

非不能兵接雁門，師張狐口。鼓行寒邊幕之膽，長嘯繫氈裘之□。雖云在我以操縱，然亦相時之可不。蓋當攻不攻，類失柔弱；而可守不守，又徒紛糾。

〈君子所其無逸〉

又況便嬖讒佞，取媚者易投；聲色玩好，交攻而未已。或耽樂之日多，戒懼之日少；或黽勉之念消，而怠荒之念起。謂吾身於此一不察焉，則君心易搖轉而他矣。乃知翼翼之誠意，其在乾乾之君子。

〈王者財萬物以養民〉

向使井地不授，孰知制祿之平；裡布不施，孰遂為民氓之願。貨滯兮商病，糴賤兮農困。則何以飢食渴飲，夫耕婦販。惟古人開相望之道，故爾眾蔑不均之怒。

〈得志澤加於民〉

非不能退居北海之濱，高臥東山之側。然念天之愛民也，故生我以輔贊；我之得君也，宜推誠而報塞。入司臺柄，則收濟旱之效；出典輔藩，則稱承流之職。惟儒效之盛行，俾民生之各得。沛作真卿之雨，歡動群心；施為傳說之霖，恩覆萬國。

〈書斷自唐虞〉

向若刪定之際，自無高世之明；予奪之間，未免後人之議。於泛然數篇，莫得其要領；則後乎千載，孰知其盛事。惟其剪裁以在我，乃見傳流之有自。

〈仁之為器重〉（反起正接）

吾非立論太高，而置是道於無傳；吾非語人以難，而肇群心之自沮。以舜之聖也，且博施之猶病；以張之賢也，尚並為之難與。蓋善端所抱，雖云此性之皆得；自偽一膠，鮮矣斯心之克舉。所以行者莫能致也，義兼述於戴經；言之得無訒乎，訓亦垂於魯語。

〈黃帝班示文章〉

吾非過為粉飾，啓末俗之趨文；吾非樂於紛更，私一人之用智。蓋亦居野處，已存宮室之理；羽衣皮服，自有衮裘之意。

〈周家忠厚成福祿〉

吾非蘄於受祿，而始務於宜民；吾非必於介福，而遂豐於肆祀。蓋君心所存，本無覬效之念；而世德既久，自有得天之理。

全韻

〈獻替建太平之階〉（一是一非）

抑嘗考曰功曰道，爭議是非；或繫或和，互言利害。方眾論之不一，在宸心之默會。奈安國之謀，屈於武帝；而鄭公之疏，從於唐太。遂使化猶未廣，謾云斯路之臻；效欲必成，不出所行之外。

〈修身則道立〉（考經）

抑嘗究《大學》之本原，探《中庸》之淵浩。何尊賢懷諸侯終始兼舉，何治國平天下後先可考。蓋不覩不聞，首嚴謹獨之戒；而如琢如磨，曲盡自修之道。豈不見極興遜興仁之效[99]，機有所先；推盡人物之誠，端由此造。

〈人君正心正朝廷〉（皆非）

噫！《大學》之道，以誠爲先；《春秋》之文，自貴者始。奈何武皇惟多欲之累，唐太有好功之喜。東朝何所，而容轅下之議；庭何地[100]，而使樂工之齒。所以然哉，誰之咎矣。以至仁施徒外，尙難容禁闥之臣；愍德內多，猶莫掩閨門之恥。

〈舜歌南風天下治〉（皆非）

厥有披襟以當大王之雄，擊筑而寫故鄉之志。未離小己之爲智，烏識太平之所自。謂楚人安得有此，非與民同；令沛邑習而和之，不幾兒戲。

〈賞罰無私如天地〉（皆是）

彼孝宣之璽書，以獎夫課最之優；文帝之金錢，以愧夫賄財之受。政聲或減，則恩必靳於相國；輿議靡容，則刑豈私於元舅。雖云自我而出，然亦何心之有。遂使當時議此，聖推允塞之克；後裔述茲，得取能侔之厚。

第六聯

〈八政以食爲首〉

如云所重，詎容喪祭之加；
若論阻飢，敢後教刑之命。
〈責難於君謂之恭〉
如令俾後，肯云伊尹之愧予；
若論敬王，未許齊人之如我。
〈高祖舉秦如鴻毛〉
秋毫毋犯，久懷父老之心；
羽檄一馳，已據全關之地。
〈天子臨軒冊刺史〉
汝其敬往，宣眷旨之勤渠；
朕實不忘，記屏間之姓字。
〈萬民利害為一書將見〉
儻事關農畝，進亦與於百官；
如稱及賢能，獻己先於群吏。
〈太宗護民如子〉
重夫刺史，異當年乳保之恩；
置彼學官，示此日義方之教。
〈溫厚之氣盛東南〉
故得山河毓秀，果宜帝者之定都；
故得雲霧呈祥，曾使當年之望氣。
〈事聖君無諫諍〉
但聞列位，競揚宣后之休；
不見忠臣，復蹈比干之死。
〈退思補過〉（古）
房雖告病，嘗諫伐於唐宗；
良實居家，亦定儲於漢祖。

〈輿議稱太平〉
如云好善，未饒文武之前；
若論措刑，不在成康之下。
〈中興日月可冀〉
鬼方必克，豈遲商后之三年；
玁狁自平，何待宣王之六月。
〈舒向金玉淵海〉
想流傳自孔，理兼貫於始終；
諒波及於唐，文亦稱於良美。
〈孝文身衣弋綈〉
推而範俗，蕭無僮者之爲；
用以齊家，衣蔑夫人之曳。
〈太宗功德兼隆〉
未能忘武，府兵益重於關中；
儻欲崇儒，文縮復恢於殿左。
〈六經以禮樂爲急〉
縱不修文學，亦先綿蕞之儀；
如有意表章，敢後詩歌之作。
〈臣以安社稷爲悅〉
蕭規已就，何妨曹相之酣醇；
晉捷既聞，不覺謝安之屐折。
〈舜闢四門〉
嘉謨悉告，由禹皋見而知之；
讒說自消，雖共鯀不能塞也。
〈用國義立而王〉
等而上也，仰參帝者之由仁；

抑又次焉，俯笑伯圖之假義。
〈堯舜之盛有典謨〉
　一丹傳而得禹，則尙可貽；
　千餘歲而有文，謨猶丕顯。
〈周人百畝而徹〉
　一開阡陌，詎聞秦俗之聊生；
　再變租庸，隨見唐民之告竭。
〈辭賦與古詩同義〉
　尙餘賈馬，且知諷諫之可爲；
　雖後成康，未信頌聲之已寢。
〈雲行雨施天下平〉
　雖發飛揚之詠，第欲安劉；
　縱懷喜閔之心，未忘私魯。
〈王位設醹辰〉
　想衣裳而御下，聯繡緻之文；
　諒祭祀以陳前，映王巾之列。
〈漢網漏吞舟之魚〉
　想刑淸而簡毀，無頳尾之嗟；
　諒民一以寧治，蔑小鮮之亂。
〈宣王內修政事〉
　集鰥寡於鴻雁，得其所焉；
　譬□□於蚤虻，驅之而已。
〈什一去關市之征〉
　竊小攘雞之喻，請以輕之；
　固殊碩鼠之貪，刺其重也。
〈王者以民爲天〉

數或登於周甫，拜而受之；
卓如底於虞朝，拱而視也。
〈以禮爲翼〉
駕群鷺序，朝已振於威儀；
鳥哺雁行，人自申於孝悌。
第六韻終

聲律關鍵卷七

第七韻
古者
〈聖道發育萬物〉

抑嘗究太極肇分之際，觀生民始立之功。唐堯衣裳而黃帝宮室，神農耒耜而伏羲佃漁。雖乃心之攸創，捨此道以何如。不惟陶鑄於萬室，抑亦周流於六虛。布爲行葦之仁，旁加草木；推作中孚之信，徧及豚魚。

〈聖人以易心〉

抑嘗探道奧於先天之始，求聖公於體易之初。夬未書契，則曷忘於詐僞；雖不罔罟，則孰曉於佃漁。濟民之具，尙取諸卦；導民之性，豈離此書。俾群疑之□也，顧一洗以何如。遂令秦火莫焚，蓋見淵源之遠；漢儒能準，亦皆波及之餘。

〈天下國家之本在身〉

故古者盛服端處，正臣親身[101]。規矩準繩[102]，左右是取；盤盂几杖，誠銘必陳。誠知理亂之攸出，深懼操持之未純。奈後世求民之切而緩於求己，責躬之薄而厚於責人。皆有常言，歎謾形於孟子；不能自治，諫徒切於平津。

〈取正於經定大號〉

蓋昔者神農之稱，實因於耕稼；包犧之名，蓋始於佃漁。或因土德之為瑞，或以地名之所居。伊文籍始生，猶且取此；況謨訓具在，豈容忽諸。是宜參考有自，揄揚匪虛。佐彼光明，推抑陳於子厚；騰其英茂，藝更襲於杞妃。

古者後世

〈什一去關市之征〉

蓋昔者掌之非無人也，不以牟其利；譏之非無法也，止以防其姦。奈何周制既墜，古風不還。慢經界而田賦已紊，競龍斷而民生愈艱。遂令惟在食租，卜式貽譏於坐列；取其禦暴，孟軻深歎於為關。

〈仁人正誼不謀利〉

噫！三代而上出於正性，五伯以來無非假仁。齊威何心也，貴楚之失職；晉文何意也，納一工而示民。義未臻於一羽，利已重於千鈞。不然何以伐衛侵曹，專逞戰攻之力；斡山煮海，一從掊克之臣。

〈儒以經術飭吏事〉

噫！三代而上，任學合而為一；兩漢而下，儒吏分而不同。故奉三尺者，無取於言道；而貫群經者，自稱其少功。必欲跡古人之道，固宜心載籍之中。因其文教，為風教之粉飭；推其學業，極事業以磨礲。且異夫晁錯得君，反用申韓之術；曹參治國，謾誇黃孝之風。

〈文德帝王之利器〉

抑嘗論上世以來，文武之道則一；三代而降，軍國之權始分。喜功好大者，徒自困於鋒鏑；專德尚柔者，或勸施於斧斤。豈識帝王之尚，曾何本末之紛。所以太宗言海內之綏，不

專以武；孔子論遠人之服，首曰修文。

〈王者以民爲基〉

是基也三代而上，深得相維之要；中古而降，莫明所本之因。慮聞海內，而疆謨開漢；力窮閫左，而城徒築秦。豈識維持於洪祚，要先培殖於斯民。獨不見業由大禹之爲，尤資固本；命自成王之宥，亦在宜人。

〈法令人之隄防〉

抑嘗謂上世以來，道勝而法泯；三代而降，法滋而道暌。慘刻若斯而更變若鞅[103]，輕重如湯而高下如犁。豈識古人之忠厚，自忘民俗之昏迷。所以政本不剛，悉人成湯之截；刑期無用，孰蹈虞舜之隄。

〈聖人一視同仁〉

抑聞之王者大一統，當示寬容之量；海內爲一家，何分疆域之嚴。其奈後世，第修小嫌。或南徵閩越以遣助，或□□□□而使恬。見若是小，愛何以兼。當有以交鄰，姑結金繒之好；使從之如市，何勞襟項之霑。

〈渾天儀〉

蓋是器也，創於舊則羲仲和叔；造以圓則鮮於下閎。雖立制之從古，逮鑄銅而自衡。奈何或銀錯以求巧，或木爲而妄更。意則祇異，術其曷精。色加宋氏之三，謾殊其用；游置唐人之四，徒詫其成。

〈聖德開太平之器〉

是路也天開地闢，坦若常在；帝驟王馳，效焉甚明。三代由之，遂躋世於熙洽；五伯塞之，第驅民於戰爭。間或武帝願治，太宗致平。奈其德之尤歉，僅厥功之小成。謾勤董氏之言，治由茲適；空激鄭公之論，道勸其行。

〈天子游六藝之圃〉

吾故曰昔帝今王，同此一道；天理人欲，判然兩途。奈何書林不閱，而溺志上林之獵；文苑不觀，而甘心春苑之娛。句能尊經，未必至此；以是爲圃，其諸異乎。盍知爲沼之章，故能樂此；不念即田之訓，而且盤於。

後世

〈什一去關市之征〉

惜夫井田廢而善政日泯，賦籍去而民生孔艱。法更於魯，甚至於履畝；商在於鄭，或輕於請環。上失其□，人滋以姦。宜賢者之有感，悼古風之不還。是以有若興嗟，盍反足民之徹；孟軻發歎，切思禁暴之關。

〈樂則韶舞〉

故夫子嗟聖治之遼邈，慨餘音之寂寥。佾舞陳而季氏何僭，女樂歸而魯君不朝。聲未離於亂雅，意孰知於韶堯。幸而因顏淵發問之初，遂言放鄭；適齊國感懷之日，又喜聞韶。

〈聖主言問其臣〉

自後世任臣者，或以過抑；恃己者，失之自尊。朝廷萬務，幾若簡忽；公卿百職，莫從討論。事決於燕私之密，令刑於更改之煩。不曰語默攸繫，興喪所存。猶幸賈生，嘗切愚忠之對；奈何晁錯，反爲親事之言。

〈養民之本先六府〉

自後世增金徒木，無復王化；鑿山煮海，第爲利謀。典籍焚而灰歎秦冷，戶口耗而粟徙漢搜。不曰世所永賴，用無不周。雖天理未始或熄，而君政莫明所修。盍思夫豳什七八章，皆古者重農之；意繫辭十三卦，乃昔人致利之由。

〈殷周井田制軍賦〉

惜夫先王良法，日就湮沒；後世私意，時乎變遷。始壞於宣公之履畝，再殄於瀛氏之開阡。甚而羽林飛騎，兵也冗甚；司農少卿，財何匱焉。非其有昧於軍政，意者莫明於井田。嗟搜粟何爲鄙下，樂雄材之武；幸留屯猶便嘉中，興倅德之宣。

〈名器政之大節〉

自後侍中左蟬而怙寵，關內爛羊而冒名。不惟將軍，告且易醉；甚至樂工，玉猶濫鳴。政之大者，轉以爲小；者所重者 104 用之反輕。又安得德以懋官，優克敷於湯后；功惟命袞，丕乃立於周成。

〈設虛待賢〉

是虛也隋用三十六而正士益屏，唐增七十二而忠言浸疏。蓋古者以此爲招言之具，而後世用之於宴樂之餘。間若夢想賢士，則光武留意；尊顯賢士，則高皇有書。雖好謀之意，僅有存者；視刻銘之事，抑何意於。

〈善旌謗木通治道〉

後之世情不下，達意非古。同監謗未已，且重以族謗之法；納善不聞，況追乎拜善之風。彼有事欲言，尙不可得；況寓物導諫，使之自通。

〈聖人道之極〉

獨奈何異端浸以鼓唱，正理幾於斁淪。溺清虛者，惟佛與老；尙慘刻者，匪韓則申。孰盡常行之用，孰存索至之神。念道原未闡於斯世，幸天意既有開於聖人。奚施可臻此歟，異武帝欲聞之要；所行顧何如耳，小太宗既效之仁。

〈禦天下者正六官〉

奈後世官夫定制，名徒美官。驃騎置將軍而第逞遠略，驂乘寵近習未寢開弊端。間若世祖建六曹之職，唐宗分六典之

官。員雖僅存，意則已失。要且未執，禦焉亦難。盍考夫設以佐王，斯得馭民之統；命非咨汝，曷彰臨下之寬。

〈渾天儀〉

惜夫世歷而久，制馴以輕。改用鐵儀，法以非正；惕爲木儀，意焉盡更。間若宋有錢氏，吳資葛衡。雖參舊說以爲用，然未踰時而不行。陋仲壬掘地之言，敢從而駁；幸晉史用銅之體，猶得其精。

〈仁人用國日明〉

自任智之多變，而宅心之未純。潛師於晉，□甲於楚。誘邊者漢，愚民者秦。彼雜乎智術，可暫以一勝；此仗乎名義，雖久而益伸。幸而璽至河西，咸歎光皇之見；道通沐若，盡聞武帝之仁。

〈哲王厚下以立本〉

後世予民之意太薄，爲國之謀有餘。恩及禽獸，齊既惛甚；視若草菅，秦何昧歟。所以欲其反本，則孟軻仁義之說；譏其背本，則賈生痛哭之書。澤不下及，治難古如。竹木有徵，漸致勵階之梗；舟車亦箠，終令戶口之虛。

〈王之紀綱在制度〉

奈之何治統失而事委於徒法，彝憲壞而弊紛於自私。賈生言疏闊，由偫儗之寖失；陸贄述馳舉，以屏兼之日滋。嗟古人經畫，既不及於修復；而儒者議論，又莫聞於設施。本則舛矣，政其殆而。漢果總權，宜有再傳之遵奉；唐能爲法，果令後日之扶持。

〈舜用中於民〉

彼有所尚者，忠未幾而變質；所持者，猛無何而復寬。求以便俗，俗莫能便；急於安民，民滋不安。由其執之而不要，

是以用之而愈難。胡不考古之盛，即虞以觀。本時中之一道，無政術之多端。想夫美化光前，繼康衡之堯詠；遺風流俗，爲民極於周官。

〈王建路鼓於寢門〉

嘗慨靈鼉雖建，而秦禁辨尊卑之勢；驛馬亦擊，而漢廷分內外之臣。故秦事咸陽門，留者三日；上書金馬門，召於一旬。外廷且難至，何有路寢；下僚猶爾隔，況乎細民。

〈聖人之道猶日中〉

獨奈何狂者有佞行之悔，拘日惟執一之猶。孝莊夫之吳，則高曠是慕；申韓尙乎晦，則卑汙以求。非彼爲始見，盡殊吾道；持過與不及，卒歸未流。使其折衷於大聖，何至昏迷於晚周。誰能執以用民，出彼姚虞之照；所幸傳之在下，暴乎夫子之秋。

奈之何翳於春秋而晦於戰國，敝於漢唐而蝕於暴秦。若佛若老，曰韓曰申。非偏見以眩俗，則邪辭之瞀民。豈異端或害於吾道，亦叔世不生於聖人。然群心之用，在群目以無異；彼眾說之小，視眾星而則均。

〈聖賢在位風雨時〉

獨奈何聖王不作，莫甚春秋之世；天變屢興，或形列國之篇。歌南風歌北風，而歎以不兢；書閔雨書喜雨，而幸其有年。是非適至之災異，抑亦未逢於聖賢。

〈三品成九州之賦〉

目夫世不如古，法難適平；碩鼠太重，攘雞請輕。甚至舟車之筭，濫加關市之徵。於三品之義，恬不之察；則九州之賦，若何以成。

〈周道其直如知〉

自夫世變於澆漓之後，道暌於渙散之餘。人恐不傷，而流入申韓之慘；思莫能矯，而甘爲黃老之虛。且未委曲難行兮周之禮，聱牙難考兮周之書。然太公至正，道自若也；而反直爲曲，誰之責歟。安得役困於譚，不起大東之刺；所幸風遺於衛，尚能有道之如。

〈禮之用和爲貴〉

惜夫王制浸以非，古人心乖而不知。極饋輒拜，使己勞甚；昧死後請，貴人過奇。燕飲則司過職糾，祭祀則酌金罰多；非以和濟，其如禮何甚而。責善則離，安有家人之唯諾；誹謗者族，況求廊之賡歌。

〈四始詩之至〉

自先王之澤軒，而文不復粹；詩人之語異，而道因口漓。五言肇於蘇李之手，八病興於沈謝之時。雖所謂賢人君子之作，有不及小夫賤隸之爲[105]。

〈堯舜遇民信〉

後世短劑長質，欲示信而信不足；束矢鈞金，欲防詐而詐將益紛。鄭質何益，柯盟亦勤。與其情合於暌違之日，孰若心亡乎爾汝之分。

〈夏宗陳天下之謨〉

乃若五月朝王所，持列國之作誓；六月如京師，何陪臣之不恭。會鄭伯會齊侯，私自聘問；盟翟泉盟雞澤，第圖戰攻。謀非天下，徒己利之非計；時雖夏月，豈古人之日宗。王不能尊，何取衣裳之會；言無所奏，有愆車服之庸。

〈八臘記四方〉

竊歎夫古者重農，故重國饗；後世爲禮，止爲故常。臘祭講漢，壇祠學唐。然年之上下，不以此察；事之記載，將何所

詳。盍思藏祀之有地，正欲因時而辨方。有如旱紀乾封，寧不愧喜書之筆；甚至貧無口分，豈皇歌豐報之章。

聖人以是

〈北斗七正之樞機〉[106]

聖人以是端帝座以天下拱，率民星而影隨。有師尹之日兮，各稽所掌；有卿士之月兮，咸欽乃司。彼公職布治，固有其屬；而舉綱撮樞，責之者誰。於是資爾尚書，尤謹國家之任；賴乎宰輔，亦嚴管籥之為。

〈國者天下之大器〉

王者以是動秉巽斧，居防剩廬。化解不調之瑟，智先未覆之車。器莫大者，吾能保諸。且異秦室邊微，輕若鴻毛之舉；漢邦寖弱，分為鼎足之居。

〈乘國如乘航〉

故聖人動貴持守，居懷戰兢。謹此臨民之索，張其聽政之繩。楫以烝徒而眾力交濟，維以禮義而仁心足憑。務令邦本之益壯，烏有亂階之可乘。成甫知艱，水尚思於攸濟；文王不暇，岸亦見於先登。

〈風雨霜露無非教〉

故聖人仁風翔於渙號之日，教雨敷於解作之時。澤廣蓼蕭之及，繁無正月之悲。若曰天不忘予，既隨寓以皆教；予或負天，又曷承其所為。當謹面稽首之若，孰云天遠之維。

〈華髮為元龜〉

王者以是靈秋加禮，安車示恩。起皓首於逃漢，來白頭於鈞碚。又何必三千歲兮，藏骨楚國；七十筴兮，刳腸宋元。妙簡人望，研深化源。當務乞言，持謹周人之養；毋煩蔽志，第勞舜帝之昆。

以時事起

〈聖王言問其臣〉

又況離照繼明之始，鼎亨疑命之新。四夷傾耳以聽命，萬姓屬心而載仁。言未出口，則猶賴相規之益；令或反汗，則孰非胥動之人。所繫甚重，靡言不詢。動絕戲辭，書無愧於左史；刑爲溫詔，代更假於詞臣。

〈天下國家之本在身〉

竊嘗謂化之基者，蓋自后德；倫之至者，莫如聖人。是我以正關雎之始，而推以風下；問龍樓之寢，而篤於事親。端本深宮之奧[107]，示儀率土之濱。將見度自我爲，奚患塗人之不禹；化惟躬以，斷無薄俗之猶秦。

〈聽言宏接下之規〉

乃若國中之是未定，堂上之謀迭興。同己必容，異己必斥。徇情易好，怫情易憎。苟投柄莫容，嗟爾論之難售；是揉方以合，何其規之未宏。抑令報以璽書，反覆決屯田之議；問而釐過，從容嘉論將之能。

垂後世

〈孝文身衣弋綈〉

厥後身衣大練者，光皇之儉；身衣澣衣者，明帝之賢。蓋貽厥孫謀，既以比始；彼守爲家法，宜其不然。

〈八政以食爲首〉

抑嘗考無逸之義，觀七月之章。知小人之勞，而在所當急；致王業之艱，而戒其不忘。是皆仰述於洪範，以昭垂於後王。備具既先，當務見帝堯之急；力田爲念，草儀豈文帝之遑。

〈洛出書〉

是書也箕子陳之，範所由作；劉向傳之，論因以興。然肇端之始，非由畀付之有自；則繼世而下，烏識源流之所承。想經緯相為，瑞協榮河之秘；諒輝華交錯，光符東壁之騰。

〈周以宗強〉

乃今知國勢無常，有憑藉以能久；親恩促持，究始終而後知。繼而後世，尊周者誰。齊不得魯，安有蔡邱之會；楚嘗弱周，所資城濮之師。由封建初意，慮已審矣；歷盛衰者變，國終賴之。所恨夾輔無人，或者有慝於盟府；本根自伐，不思猶近於諸姬。

〈周過其歷〉

惜夫中世以後，皇綱寢墮；然且諸侯尊王，盟舉首止。大夫憂國，歌形忝離。雖王業隆盛，非復曩日；而民心感慕，曾何已時。得非累世之餘澤，猶足扶周於既衰。

歎後世

〈廣夏論唐虞之際〉

自後世恃己崇高，而弗接於群下；溺意晏安，而自怡於一堂。古治不談，視以迂闊；講席雖設，祇為故常。間若宣室，開漢延英。闡唐縱或形於議論，亦弗反於明昌。訪問俯臨，盍想當年之衢室；賡歌想戒，宜思者昔日之岩廊。

〈民數登於天府〉

自後世尊卑闊絕，而君門已遠於萬里；廉陛森嚴，而主勢獨尊於一室。稽其夫家，無復古先之意；著之版籍，第為賦役之常。夫豈知登有其所，禮行自王。幸蕭相國之收圖書，僅聞於漢；如宇文融之括戶口，何補於唐。

〈三年耕必有一年之食〉

噫！豐登凶歉，在上古以有備；本末源流，何後人之不

知。莊二十八年，國且罄於儲委；漢四十餘歲，積猶缺於公私。惟民食所重，視爲緩矣；則天變之求，將何禦之。遂使大無麥禾告糴，貽仲尼之貶；務多財粟毆農，陳賈誼之辭。

〈封事謗木之遺〉

噫！古人誠實，立是名而不諱；後世猜忌，拒其言而莫容。服有誹而慘甚監謗，草亦焚而密於副封。此其盡失於美意，況於僅追於古蹤。尙緘溫室之言，敢因兮諫；縱設梁函之具，莫喻繩徒。

〈君子納言而敏行〉（古）

嗟夫末世忘古，小儒祖虛；墨翟搖吻，惠施著書。聖讀而庸行者多矣，鳳鳴而贅翰者有諸。辭則勝矣，行奚敏於。若紓絮之三千，禦多未盡可；雖詭辭之數萬，於道爲何如[108]。

題外立意（凡題外立意，須高題目一著）

〈君臣如天地〉（忘勢）

百聖人念人紀之必正，即易爻而具陳。方其未明也，爰首乾坤之序；及其既定也，復明否泰之因。蓋當忘勢以接下，無或以君而忽臣。

〈太宗威行如雷霆〉（聽納）

雖然攘卻之功，不可闕[109]；聽納之際，威非所行。儻或厲辭色以詎諫，無乃當閉藏而發聲。惟帝也受以和顏兮，罔敢傲物；接以溫言兮，使皆盡情。必當擊而後奮，所以久而愈盈。不然何以導之使言，盛怒鄭生之霽；慮其有失，逆鱗杜氏之嬰。

〈人主和顏受諫〉（決釋）

抑又聞臣不難於獻替也，難於忠邪之辨；君不難於聽覽也，難於決釋之初。儻[110]逢吉兮，徒切叨墀之諫；付王鳳

兮，謾刑讒幄之書。辭雖直而實詐，謀若臧而至疏。言有傷者，君宜鑒於。始焉恕息雷霆，既樂謀猷之告；終也明開日月，庶令姦佞之除。

〈載芟祈社稷〉（人事）

抑又聞幽冥無形也，神則必享；田畯不服也，神如之何。由王伯而下，務以相勉；自耕饁之外，勤而匪他。以是祈於稷社，庶毋愧於聲歌。

〈堯舜之盛有典謨〉

抑又聞煥然可述者，治跡之攸著；冥焉獨運者，聖心之莫窺。故精一之傳，自有深旨；而吁咈之外，曾無費辭。理不明是，書焉取斯。與其釋至萬言[111]，未達若稽之旨；孰若明乎一道，深求相授之詩。

〈舉逸民天下歸心〉（雖逸民不出，天下亦歸心）

其或適富春者，樂於漁鈞；登西山者，甘於蕨薇。以物外而自樂，非民心之所依。故聖人不強其去取，而天下豈一於從違。是以四皓忘劉，人亦高皇之慕；七賢棄晉，時終武帝之歸。

報復

〈天地萬物父母〉

抑嘗謂草木方體也，寧有膚傷之患；葵藿傾心也，何殊嬰慕之如。蓋生育之恩，利固溥矣；故愛戴之心，物皆有諸。如是則宇宙不殊，即此庭闈之內；萌芽畢出，亦其幼穉之初。

〈漢股肱蕭曹〉

因知行封而次，我本無間；置衛而守，人徒自疑。謂執珪猶卑，而隆加進之爵；謂賜履未寵，而略趨拜之儀。蓋運用其力，爲任已重；則愛養其體，於情亦宜。

〈斂福錫庶民〉

抑又聞錫福於民，享福必厚；戴君之恩，報君亦如。故崗陵其壽，天保流詠；日月其德，東封有書。或播書康於賡歌之始，或祈天命於奉幣之初。凡今焉，歸美之若是；皆尙者，錫民而至於。更令良相受體，箓指千秋之永；封人有請，富刑三祝之餘。

非不能

〈固封守以康四海〉

非不能舉晉國之辭，以敗楚於泌；修魯邦之好，而會戎於潛。然念威以兵革，則虎狼之害滋甚；賂以玉帛，則犬羊之欲無厭。凡已安而已治，在有翼而有嚴。不擇人而守邊，遽聞隋喪；徒開關而延敵，無救秦兼。

〈山澤有廊廟之志〉

非不知非其位者，不可預於政事；食其祿者，始分憂於廟堂。蓋大倫之義，豈君臣之可廢；至忠之心，在畎畝以無忘。雖未就荒於蔣徑。然已馳心於舜廊。且異五斗爲勞，栗里歸來於陶氏；一竿寓樂，桐江終老於嚴光。

〈漢股肱蕭曹〉

非不知捍禦之託，信布可委；籌謀之任，良平足勝。然筋力或虧，則縱爪牙而奚用；臂指不運，則雖心服以奚能。

全韻

〈朝廷群士之楷模〉（待人）

抑又聞風化所繫，雖在於表著；紀綱之正，實自於官僚。唐登李勉，而嚴肅宗之闕；漢用申屠，而正文帝之朝。惟彈劾於中者，公議不屈；則觀感於下者，邪心自消。肯使鄧通怠慢，肆小人之戲；寧容崇嗣笑譁，形大將之驕。

〈哲王厚下以立本〉

抑嘗考強明如德宗，而別庫之財羨；多欲若武帝，而大農之積虛。間架有徵，至竹與木；山海有賦，迨舟及車。何掊克吾民，忍自豐殖；蓋淸明天性，浸非古初。本既莫及，治將曷如。宜固柢深根，歎激宣公之疏；何垂基建極，美形兒氏之書。

〈論秀升學曰俊士〉

至如郡舉其秀也，漢重授經之始；卿貢其秀也，唐嚴鼓篋之初。奈何羽林何材，紛若雜處；高麗何種，雜然驟居。彼學之序，既已紊矣；則士之名，曾何重於。縱太常弟子之云；何爲得此；雖國子諸生之號，果何稱歟。

〈節義天下大閑〉

抑嘗何番在唐也，事有可紀；王蠋居齊也，行尤足賢。涇原之變方興，而正色愈厲；樂毅之師適至，而微軀已捐。節無愧於貫日，義不同於戴天。遂令六館之震驚，敢云從泚；果致諸城之堅守，莫肯歸燕。

〈禮其皇極之門〉

惜乎人僞滋起，禮端寖隳。僭若夷吾也，權譎是徇；絕如莊叟也，虛無自欺。一則去道愈遠，而卒迷於定向；一則求道太過，而遂入於他歧。皆不及也，猶其閉之。反玷不知，何怪當時之塞；倚牆無取，固宜後世之麾。

反本

〈正五事以承天心〉

況夫聰明天生也，卓冠群倫之上；智慮天開也，灼知萬事之初。鍾以至和，則儼天顏而穆若；付之大美，則敷天語以溫如。我乃因其予者，還以事於。當加君子之思，周疑皆中；更

體格王之正，錯綜無餘。

〈王者代天爵人〉

又況賢佐之生，天所佑我；良弼之得，帝其賚予。儻舉褒崇之典，詎忘眷顧之初。惟官任其才，則庶位無曠；苟爵及於惡，則吾心慊如。若然則紀鳥龍雲水之官，一存定制；分春夏秋冬之職，各有常居。

〈功臣受山河之誓〉

亦嘗齊距我以濁河之浪，秦誇吾以泰華之山。向非韓信，孰半渡以決水；若匪張良，誰設疑而破關。昔汝元勳，當此誓以無愧；今予各賞，是忘臣之克艱。

〈有功銘書太常〉

況是時垂於帛者，期復興也；掛以斾者，冀清闕庭。或搴旗克敵於南越，或拔幟用奇於井陘。彼群才宣力，尚假此以自見；豈盛世錄勳，不即茲而著銘。宜乎掀揭宇宙，輝煌日用。使載在漢輿，奚必繪雲臺之像；如建於唐輅，毋煩圖煙閣之形。

推原平日

〈閔雨有志乎民〉

抑又聞志在心也，因接而後見；君於民也，豈有時而或疏。惟豐穰之歲，各相忘於無事；而旱乾之日，乃深憂而有餘。雨不時若，志因見於。文不能憂，誚見穀梁之傳；僖惟又喜，事詳魯史之書。

〈宣王側身修行〉

抑又聞誠之在君也，特因事而後見；君之敬天也，豈有時而或疏。使平日操修，行或有歉；雖一旦驚懼，文徒爾虛。惟此規誨之切，常見於內修之始；兢業之念，重形於既旱之餘。

非存誠之有素，欲弭變以何如。始資百僻之小心，尚勤補闕；終使萬民之得所，各何安居。

〈食足貨通教化成〉（原始）

且夫交易未幾，而不倦之意見；出入方爾，而相友之風必隨。或陳物於市，則有息爭之俗；或勤力於耕，則皆遜畔之思。方徒事之初，此化已寓；及既富之後，其成可知。

收功

〈日月為常〉

是用弧以張首，冕而導前。新制作於盛代，揭儀刑於普天。宜乎帝極端中，而光亦大矣；民心在下，而望之儼然。載以治兵，孰不影從於王命；書而紀績，又將風動於官聯。

〈大昕鼓以警眾〉

既而鳳輦至止，龍顏穆如。近其光者，萃鼓篋八千之眾；視其儀者，蔼圜橋億萬之餘。即先師而款謁，表上意之勤渠。遂使瞽矇於樂，盛奏公之日；更令國老登歌，同合樂之初。

〈周以龍興〉

蓋是時也，虎賁兮禦事，鷹揚兮戾天。肆逆鱗之志者，夷齊之義；輪夾日之功者，周召之賢。蓋聖人在上，則多士謁若；而神龍驤首，則浮雲滃然。所以遺老既開，遂脫海濱之跡；非熊已去，空餘渭水之湮。

〈聖王執要成政體〉

寧不由有無勳以作心膂，有執政以為股肱。耳目兮，御史之分任；喉舌兮，尚書之奉承。爾既亮功而宣力，予惟拱手以成能。委任若明皇，信有君人之見；躬親如宣帝，謾形審理之稱。

〈在輿見其倚於衡〉

寧不由適謹氣馬，行惟德輿。駟不及舌，則言必審乃；車
戒匹輓，則信寧廢諸。惟其存此念於操修之際，是以會至理於
舉選之餘。將令蠻貊之可行，敬焉益篤；如使毫釐之未盡，紳
豈無書。

〈人如登春臺〉

豈非下寬大之書，而務在得眾；議振貸之詔，而急於養
民。凡在薰陶之內，悉歸生養之仁。國吾國兮，與眾以皆樂；
臺非臺兮，無時而不春。毀固異於文公，謾云變古；築且殊於
魯國，徒見勞神。

〈上策莫如自治〉

是知財不必輦於邊，而後見其富；兵不必耀於敵，而後謂
之強。全吾可恃，以制彼難恃；守吾有常，以待其不常。果斯
謀之克審，捨此策以奚長。不然何以方舞羽干，勝誓師於夏
禹；於攘夷狄，獨修政於宣王。

〈山澤有廊廟之志〉

自此功名之會，在所必赴；經綸之手，烏能久閒。李勃因
唐而來，徒於少室；謝安遇晉而起，自於東山。有此治安之
策，在吾指顧之間。將見伯國功成，范蠡復太湖之往；儲君位
定，夏黃又商嶺之還。

〈聖人被褐懷玉〉

然而清明在躬而神氣輝映，和順積中而英華自隨。令聞彰
兮，爛若至璋之醉；廣譽著兮，燦然文繡之施。蓋存諸內則外
自著也，有其實則華斯副之。是則美暢在中，奚待羔裘之飾；
德純與比，何須環珮之為。

〈善問如攻堅木〉

迨夫學力造而意泯於默喻，心匠運而巧藏於不傳。會萬有

以洞若，釋群疑於渙然。蓋昔以爲難者，皆已盡化；而今之所
見者，無非大全。良由問極其善，理明所先。在言語之科，所
恨宰予之雕朽；請視聽之目，乃知顏子之鑽堅。

〈君子習容觀玉聲〉

夫然後入侍丹禁，進趨九重。容仰容俯，一絕欺君之慢；
珮垂珮委，曲全事上之恭。由未朝之先，能即物以警省；故既
見之後，自中禮以從容。是則結以近君，光映交垂之藻；服而
承祭，輝聯所禮之綜。

〈宣帝勵精更始〉

果而黃霸精於力，而宣布猶謹；師曠精於識，而姦邪且
知。甚而勤事，亦見水吏；至於奉法，尙聞有司。何吏治相
承，若是興起；蓋主意所尙，不難轉移。

〈仁政自經界始〉

夫然法□漸復，人心悅親。告其政者，至有踵門之許；聞
其政者，亦來負米之陳。彼小試於時，猶隨所以見效；使大復
其致，豈如斯之謂仁。

自謙

〈聖智譬巧力〉

然而聖則豈敢，智焉不居。蓋技雖兩能，守貴以掘；道雖
兼備，而有若虛。

〈人主之勢重萬鈞〉

竊意夫履尊崇之極，則物易以絕；襲貴盛之餘，則臣非可
親。然且堂階闊略，而屈己從諫；體貌謙沖，而推誠予人。推
下情樂附於庶政，故重執愈隆於一身。無使尾輕，歎激持衡之
主；豈令德薄，議興問鼎之臣。

〈天子游六藝之囿〉[112]

　　然而從容博覽，帝學高矣；謙沖退處，聖心慊然。方且公
卿講論，延以禁坐；師誦前後，列之細旃。俾發董生之藻者，
日對文陞；而董班氏之香者，風清近聯。學有餘地，樂全此
天。更令莢萃蘭臺，晉陪高論；豈但珍藏芸閣，富遺輯編。

引類

〈堯舜之盛有典謨〉

　　況夫岩廊之上，形賡歌之詠；康衢之間，興立極之謠。彼
治之在人，猶稱頭以不已；況書已載事，宜光華之愈昭。

〈光武還漢朝之輕法〉

　　至如官名可易也，亦復前朝之法；田租可耕也，尚如舊制
之頒。無損於治者，猶慮輕變；苟關於民者，孰云未還。

〈明王廣開忠直之路〉

　　非無獻替之臣，列居於省戶；亦有風憲之官，持立於南
臺。使位於朝列者，始得抗議；則職非言貴者，其誰肯來。孰
若近來槐棘，遠辭草萊。丕闡至公之路，庶彰大度之恢。肯令
敢諫之劉蕡，無因而達；寧使至言之賈氏，猶欲其開。

〈石渠論五經之同異〉

　　非無天祿也，號校讐之所；亦有金馬也，名著作之庭。然
百孔千瘡，徒費於修補；片言隻字，莫存於典刑。苟匪破群言
之堅白，其何炳留意於丹青。獨不見多進以儒，班固有嘉於講
藝；特優其事，蔡邕亦美於通經。

〈華封人祝堯〉

　　至如謹於衢者，猶播立民之詠；耕於野者，尚聞擊壤之
歌。彼田夫野叟，猶有云爾；況守臣服職，將如之何。得不俯
竭誠心之悃，仰其聖筭之多。

〈聖道發育萬物〉

　　且夫行葦之仁，加諸草木；中乎之信，及於豚魚。彼得其一端，尚育焉而不害；此備其全體，斯綽然而有餘。

〈春夏祈穀於上帝〉

　　而況勞農之命，猶舉於夏；耕藉之典，亦行自春。雖人事所當修者，既已順序；然天運所難必者，敢忘肇禋。祀豈徼福，意皆爲民。

〈明德惟馨〉

　　非無明水元酒，豐盛潔粢。用灌其鬯，載燔以脂。若曰誠本由於一己，享無事於多儀。德不稱也，神其吐之。

用故事經語引證

〈君子以禮樂相示〉

　　嘗考夫列國交際，兩君會同。揖遜而入，介酬既通。乃立賓相，乃備享燕。或賡假樂，或歌草蟲。有所謂精微之意，隱然於酬酢之中；欲知文子之多辭，惟觀折俎；一享衛人而失賦，不拜彤弓。

〈禮豈教於微眇〉

　　雖然當九尺也，與七尺以非遠；席三重也，視再重而曷如。所爭至小，而明分實大；相去幾何，而辨明有餘。信禮經可謂重矣，在君子皆當謹於。

〈漢屈群策〉

　　至如齊王之請，勢固甚迫；鴻門之會，信焉弗憑。以韓之勇，而不敢聽於武涉；以項之暴，而不忍從於范增。是皆氣足以召臣下之內服，威足以戢姦雄之外陵。孰有謀而不爲之心腹，孰有力而不爲之股肱。

〈父子之道天性〉

　　是何高祖明達，而嫡庶之議莫定。太宗神聖，而溫清之儀

或疏。方人欲交攻，未免所蔽；迨天理一悟，復還厥初。道本自若，清因感於。果而商皓計行，爲輔喜從遊之宴；馬周言進，願還感視善之書。

〈太宗導人使諫〉

以世南之忠也，因隋之舊德；以裴矩之佞也，爲唐之直臣。蓋無以率之，縱義士以鉗口；苟有以倡之，雖懦夫而逆鱗。

〈文帝敬賢如大賓〉

厥後光武於嚴光也，第講故人之禮；孝章於張酺也，亦修子弟之勤。是皆重草茅之賤，曾何拘堂陛之分。凡賢士得尊於我漢，由家法實傳於孝文。

〈天道不言而善應〉

成王胡爲，而致大風之變；宋景胡爲，而臻熒惑之移。雖影響未始以相接，而休咎悉關於所爲。

〈爲人臣止於敬〉

以是知鞠公門者，豈曰虛禮；式路馬者，非事徒文。凡此誠意，無非愛君。隨所寓以知止，見其心之不分。不然何以石慶居家，常若上前之謹；齊侯受胙，不忘下拜之勤。

〈君子戒謹所不睹〉

噫！在廟而心肅者，以邇神之側；過位而色勃者，以敬君之尊。然倦倦畎畝，何往不見；洋洋左右，何幽不存。既難逃於幽隱者，當自飭於晨昏。所以仲兮使民，每如承於大祭；邊生過夜，亦下楫於君門。

〈命義天下大戒〉

至如諱語之風，幸脫於秦文之峻；僞增之詐，或逃於漢網之疏。夫豈知清議所臨，愧甚於芒刺；汗簡之載，戮過於刑

書。且曰父曰君，胡可欺也；而無義無命，又安取諸。人所畏者，我其守於。揭作節閒，蓋自忠誠之激；刑爲禮範，亦惟溫凊之餘。

〈相觀而善之謂摩〉

彼易言麗澤也，何貴於共習；詩歌伐木也，奚取於相須。觀所彼長，足以見我之所短；以己所得，以益人之所無。相告相示，有如此者；如切如磋，又何遠乎。

〈朝有進善之旌〉

且曰木非立信，而信著於徙木；臺非得士，而士來於築臺。況此上表宸衷之樂，下彰賢路之開。不惟收衆夫之效，又將輕千里而來。如是則百辟影從，覺觀光之日近；群方風動，喜論事以回天。

〈君子謹其獨〉

且夫如入虛如有者，果何所有；不顯亦臨者，曷爲之臨。蓋人雖不知，而知之以我；物雖無見，而見之在心。縱耳目有所不及，而起居未嘗不□。豈不見季女思齊，尙不忘於牖下；武夫□肅，猶未輟於中林。

〈漢斲琱爲樸〉

抑又聞周勃少文，則舉以爲用；嗇夫利口，則抑而不從。或取弋綈之示儉，或譏刻鏤之傷農。凡立正任人，一歸於簡樸；故移風易俗，坐格於醇醴。堯運可承，尙想采椽之制；周史宜損，何施丹雘之容。

形容

〈麟趾關睢之應〉

竊意夫秘宇肅穆，深居燕閒。於此躬執婦道，恪遵禮嫺。茲閨闈森嚴，示以動容之正；況子孫衆多，習於觀望之間。故

雖資稟之本厚，然亦儀刑之所關。亦猶教冑姚虞，刑端由於嬌汭；敘倫夏后，興蓋自於塗山。

〈聖王置諫臣防逸豫〉

豈不以秘宇從容之所，內朝宴樂之餘。聲色兮可樂可玩，便嬖兮與遊與居。當此之時，不有言者；是縱其心，將誰制於。

辨題字

〈仁之爲器重〉

論之曰以爲仁易耶，固匪近用；以仁爲難耶，實藏此身。理蓋鮮能也，未有不能之理；人雖莫舉也，孰非可舉之人，惟念茲釋茲，而無往不在；故安行利行，而其成則均。是知求道之非遠，所患操心之未純。切戒夫力止求功，無取夷吾之假；勇雖過我，不知子路之仁。

〈吳公治平第一〉

以公爲愛人耶，號不聞於父母；以公爲富民耶，歌莫形於袴襦。既乏功能之顯，曷彰治效之殊。蓋美之成者，名固未有；吏之循者，稱焉則無。傑出於漢，時惟有吳。縱令班固之著書，難爲其傳；雖有文翁之繼踵，莫與之俱。

難疑（接句有力）

〈太宗護民如子〉

勿謂死罪之斷也，恩或未足；囚徒之決也，愛爲有虧。然念治家之術，鞭不可馳；敗子之道，父由大慈。

〈孝文愛十家之產〉

或曰復晉陽之租，胡不吝於三歲；興細柳之師，胡不惜於千金。蓋利及生民也，費雖多而惠傳；樂在朕躬也，用雖微而害深。

〈書斷自唐虞〉

是何魯語之末，乃有堯曰之第；荀書既畢，方聞堯問之章。誰知聖賢之深，意見始終不忘。昌黎得此於大原，首稱堯舜；司馬尚牽於多愛，泛紀黃唐。

〈德化民應如草〉

雖然懋如禹也，宜無遠之弗屆；昭如湯也，宜爾民之自隨。苗胡爲而猶待於剪伐，葛胡爲而至於誅夷。豈以德感人，有不足者；抑其種非類，鋤而去之。

〈高祖以爵祿勵世〉

謂爵祿不足勵耶，曷慰於趙將；謂爵祿果足勵耶，莫御於張良。蓋天下之士，富貴俱於欲；而物外之人，功名兩相忘[113]。

〈文武制勝其道一〉

議曰武弁之夫，猶嫉於文吏；鄉飲之禮，難施於亂軍。蓋上世以來，文武之道同出；由中古以降，軍國之權始分。

〈孝宣務行寬大〉

難者曰有功之臣，不可以無後；議能之制，當施行在官。驕蹇常情也，功何至於志霍；僭差微眚也，法何爲而及韓。蓋向時之事，或略而不問；則今日之政，欲行而復難。儻令有罪，不誅烏乎能化；惟是禁邪，勿縱所以爲寬。

〈詩書述虞夏之際〉

是何都俞數語，帝典具載；授受一事，聲詩絕無。歌南山歌梁山，第曰維禹；有大雅有小雅，未嘗述虞。殊不知經六而道同，文則互見；號殊而聖一，跡奚可拘。想夫當日賡歌，奚異九歌之敍；異時有典，曾何二典之殊。

〈文帝以仁義爲準〉

人皆曰□□背約也，信不必結；侯國過制也，恩何用推。
蓋邪正在人，帝未暇問；猶曲直自物，準當不移。

〈三代兵寢刑錯〉

謂之措也，胡爲而有三千之辟；謂之寢也，胡爲而有什一
之徵。蓋當用而用，不以爲濫；苟得已而已，未嘗復行。

〈詩三百思無邪〉

或曰小弁既怨矣，於義何取；考槃雖樂矣，於君有遺。殊
不知過大不怨，是失愛親之義；獨寐寤言，豈非憂國之辭。初
意雖殊，終有厚意；刺詩且爾，況乎美詩。

〈自今以始歲其有〉

雖曰九載之水也，爲患已久；七年之旱也，其憂亦深。然
而道其常烏可道其變，驗於古不若驗於今。同德既安於海內，
降康宜格於天心。

〈器以藏禮〉

勿謂禮形於著者，特名數之末耳；禮極其至者，豈玉帛之
云乎。蓋錡非信而信存於錡釜，盤盂非德而德見於盤盂。

〈堯舜行德民仁壽〉

或謂人皆壽而所殛惟鯀，世皆仁而其頑者苗。蓋相生相
養，均蒙賜於大造；彼自暴自棄，亦何傷於治朝。

〈取士考素行之原〉

嘗疑之一夢何足憑，而已相於築野；一卜何足據，而遽登
之後車。殊不知踐履形於二三篇之命，操修見於八十載之餘。
是因積行而考耳，毋謂一時而取於。

反己

〈寶玉展親〉

夫然故睦宗之義，上也既篤；受君之賜，心焉愈恭。玉葉

輝兮，麟趾之厚；寶祚固兮，太牙之宗。龜鼎襲基圖之汆，圭
璋振聞望之永。藩不替於玉室，錫豈惟於附庸。又何止路以分
封，制特殊於用象；旂而辨等，畫有取於交龍。

〈洛出書〉

抑又聞書以薦祉也，帝既有屬；德以應天也，君宜克承。
故五行當紱，則首著惟修之政；而皇極懋建，則界全允執之
能。由夫天不虛予，而聖不虛受；故道焉永傳，而命焉永膺。
想源也有先，見曩日達河之自；諒慶焉餘衍，資後人定鼎之
興。

〈人主之勢重萬鈞〉

雖然國不自強也，視勢而軒輊；勢無常重也，自我之權
輿。名分苟正，則鼎何至於峙立；綱紀或廢，則器亦徒於擁
虛。理實明甚，君宜鑒於。不然何以賈生明置器之安，亦取上
廉之遠；陸贄論審推之本，必先列府之居。

〈王位設黼扆〉

雖然物設於外，則固不遠；君位於中，見宜獨超。英銳有
餘，則德與物稱；優游不斷，則文徒外昭。況萬機尤貴於剚
決，而異議易從而動搖。斷不自我，政胡有條。毋煩大將，授
茲坐致□□之服；不假繡衣，持此自令姦宄之消。

〈敧器置坐側〉

雖然理有可鑒，則固不遠；意不在是，視之若遺。是必防
其覆水，則志深慮於滿假；忌其投鼠，則分素明於等夷。當始
終而鑒此，無朝夕以違斯。

〈麗澤兌〉

常求之卦之體難以物喻，卦之義未嘗跡拘。兩澤之說，六
爻則無。僅曰忘勞忘死，民說而勸；有喜有慶，志和且孚。水

哉水哉，亦直寄耳；象云象云，豈無意正。所以文后重茲，總述利亨之意[114]；宣尼翼此，兼言講習之娛。

〈君子所其無逸〉

抑嘗考周室泰和之始，成王持守之[115]。君已善治，臣猶有書。乃若曰以勞而享國者，告以當勉；以逸而從樂者，戒其勿如。王果始終而監此意也，得丁寧之力歟。遂使天命是祗，威不忘於時保；田功攸即，問有及於新畬。

〈功德鏤白玉之牒〉

抑嘗考唐室中葉，憲宗遠圖。雷厲之勳，讚美有未；日升之號，鋪長可無，愈乃入秦，臣非敢諛。謂刻玉為牒，典已云舊；宜鏤德與功，久而不渝。當躋開元復舉泥金之事故，毋如麟德誇謾封岱之珍符。

〈聽言宏接下之規〉

何德宗偏言以多忌，強明而自矜。怒蕭復則形輕己之誚，疑公輔則有賣直之稱。贄乃人對，規宜益宏。謂廣納則諫者迭至，騁辨則疑心易乘。獨奈何偏任延齡，莫誤姦邪之狀；喜容盧杞，反保忠正之能。

貶

〈太宗功德兼隆〉

雖然德不可恃也，恐至於喪德；功不可矜也，或失之貪功。奈何立浮圖兮玩志外鶩，伐遼水兮甘心遠攻。漸誘於愛，寖臻厥終。凡此未純，固莫逭春秋之責；使其不替，尚庶幾舜禹之風。

〈太宗保三鑑〉

惜乎溺志飛仙之役，甘心遼水之攻。窮奢之濫，蹈秦轍以弗鑒；喜功之蔽，視房謀而不從。凡此為防，已失初意；使其

反照，得無愧容。

〈延英講天下事〉

奈何方銳振作，未幾變遷。閱月而賜對，而宰相猶隔；三殿不召見，而諫官具員。帝之勤政，此怠矣[116]；古者論道，恐其不然。嗟昔日常參，尚引七人之見；何後來轉對，止聞兩省之延。

〈武帝喜唐虞樂商周〉

獨奈何初年之英氣何銳，晚節之躬行不加。仁義流風，變作誅行之慘；茅茨美化，轉爲宮室之奢。近而殷周，猶且外樂；邈若唐虞，況能嘉[117]。既兵革屢加，有慚羽干之率服；雖文章可述，終慚盤誥之螯牙。

第七聯（多收功狀景，第七聯不當似第六聯，第六聯不當似第五聯）

〈堯以是傳之舜〉

吁咈都俞，深造一言之表；

緒餘土苴，空存二典之書。

〈天下有道則見〉

觀光玉殿之中，如依皎日；

脫跡衡門之下，空鎖閒雲。

〈禹惜寸陰〉

嗟九載之弗成，方勤底績；

何十旬之不反，有愧貽謀。

〈孟冬之月日在尾〉

下爲南至之長，復經牛斗；

上接西城之秩，已歷房心。

〈借宅種竹〉

來時而暫，飭新居雖為草創；

去後而還，遺舊主便是棠陰。

〈見道之主治之象〉（用當時事）

三臺之色未齊，願留神於上相；

東井之星已聚，宜屬意於長安。

〈高祖從諫若轉圜〉

寧使後人，徒獎汗輪之直；

苟傳遺烈，復躬止輦之勞。

〈堯湯備先具〉

移粟雖勤，只在離荒之後；

富民亦可，惜非虛耗之前。

〈諫諍國之寶〉

雖鑒取銅為，寧若未忘之魏徵；

縱壁陳垂棘，其如不用於之奇。

〈王者必世而後仁〉

愧我七年，民但聞於醇厚；

加之十載，圄遂見於空虛。

〈孟氏功不在禹下〉

彼為窟為巢，猶可避九年之水；

苟無君無父，其何安一日之居。

〈君子行有防表〉

鄉黨一篇，盡夫子步趨之法；

太平六典，皆周公制度之文。

〈五百歲而聖人出〉

由漢以來，獨文皇之未有；

自堯而降，惟湯后之聞知。

〈朝廷國爵則上齒〉

李愬同時，難冠老成之度；

曹參共列，敢先舊史之蕭。

〈設庠序以化於邑〉

肯令陶柳之五株，浪誇彭澤；

何必潘花之滿縣，虛美河陽。

〈元首股肱明一體〉

宣履至尊，十一畫功臣之像；

文無倒置，二三資執政之肱。

〈成王爲天下綱紀〉

張作禮羅，八百國會同之盛；

疏爲刑網，四十年囹圄之虛。

〈文帝愛民如赤子〉

賜農田半租，權不聞於爲父；

弁□□細過，親猶及於其鄰。

〈大明生於東〉（用當時事）

將見天瑞，應重光啓青宮於國左；

將見天輝，符仰照瞻紫蓋於江東。

第七韻終

聲律關鍵卷八

第八韻

此韻是一篇結尾，最要動人，尤見筆力。前輩云如人上梯，一級高一級。

題外立意（下一轉語，高題目一著）

〈爲君難〉（臣）

抑又聞圖難之事，雖本於宸衷；責難之恭，實資於群下。十漸形魏徵之戒，七月賴周公之寫。故論爲君而以臣繼之，其意深有存者。

〈責難於君謂之恭〉（君）

雖然叔孫之禮，豈曰虛文；釋之之論，寧無長策。奈何度無所能者，高祖之自小；令今可行者，孝文之不釋。以是知有能言之臣，而未有能聽之君，何以如流而受責。

〈權衡其道如砥〉（心）

雖然物理蓋本公存，仁道易爲私拂。輕重其心者，得肆意以厚薄；高下其手者，或用情於佃屈。愚將權衡之外，而揆之以心，於其道不於其物。

〈光武開心見誠〉（術）

至如勞書數問，何未免於過疑；遣使人質，何不誠於相待。蓋情以與人，雖此素欲，然幾不先恐，其後悔此。光武於開心見誠之中，有駕馭英雄之術在。

〈聽言樂於琴瑟〉（審擇）

噫！直如弦者，固在優容；巧如簧者，亦當審訂。故樂常惡於亂雅，人必先於遠□。不然則漢史之贊高皇，何以曰好謀而能聽。

〈唐有虎臣爲牙距〉（駕馭）

雖然勇猛之士，固不可無；駕馭之術，尤宜素有。此隄防一隙，則自遺其害；彼咆哮四出，則伊誰之咎。然則人君之用虎臣也，以養虎之道待之，斯曰明明之後。

〈七制之人可即戎〉（未嘗起戎）

然而玉關力閉，無事戰爭；金幣屢遣，於圖休息。輟烽燧

於亭候，嚴銅符於郡檄。要之人雖可即戎，而七制未嘗以甲冑起戎，所以不即戎而人自即。

〈明堂和天人〉（天人自和）

斷之曰相與之妙，非可名言；自然之應，不容力假。居何關於月令，而令得其所祀；無預於民孝，而孝知於下。然則不求有以和，天人自和，此古者明堂之意也。

〈今郡國舉孝廉〉

抑嘗聞匡章非不孝，爲通國之皆稱；仲子惡能廉，以門人而見取。苟求之毀譽，以此充賦；則施之風教，殆將何補。然則郡國舉之，又當有以察之，其在明明之主。

〈爵祿以養德〉（自養）

其或德之儉者，退爲自辟之謀；德之經者，卓有不回之行。故寧甘於采薇，而不食周粟；寧晦於鈞灘，而不貪漢聘。之人也又得於自養，而爵祿不以入其心，其心也不待文王之聖。

〈天下猶泰山而四維〉（過慮）

不安之患，常起於極安；莫大之功，尤防於自大。山附於地，當戒於剝；城復於隍，反言於泰。是知天下雖固，而聖人常以累丘爲心，億萬斯年而永賴。

〈漢世良吏爲盛〉

雖然卓行著於唐，亦泯於唐；清節倡於漢，復虧於漢。故吏之循者，稱則無有；而名之盛者，實因以散。不然三代而上，何不聞良吏之治焉，當想遺風而三歎。

〈倫制兩盡天下極〉（有餘不盡）

道非人而莫行，人以極而爲準。奈何義重於陵，反過於薄；法備嬴李，卒流於忍。嗚呼！是知倫制之極，而不知所以

極焉，安得有餘而不盡。

〈養士猶琢玉〉（良玉不琢）

雖然懷國家之寶者，固為世之重輕；抱帝王之器者，無與時而泊長。屈原如堅節，寧逐於楚變；而蜀狀之珍道，不為於漢枉。雖玉貴乎琢，而良玉有不琢者存。士當明於自養。

〈詩書禮樂以造士〉（待教）

雖然皋陶之德，乃生於典謨未作之前；周公之才，不在於禮制盛行之日。既非由夔典之教，又豈必周庠之出。此豪傑之士雖無文王猶興，不待教之四術。

〈三王之道若循環〉（譏諸儒）

抑聞之法不貳而自可舉行，統出一而何容改作。質之日用，與尚質以奚異；忠之世積，較用忠而亦若。吾乃知三王本無所尚，而何有循環之說焉，毋乃漢儒之鑿。

〈天子膺萬民之貢珍〉（節儉）

斷之曰貢者中國之常輸，珍者遠人之畢獻。勿謂其貢有常，而他斂莫及；勿以其珍為異，而侈心滋蔓。此東都一賦，所以終之節儉焉，庶保基圖於億萬。

〈古有采詩之官〉（人心之詩）

夫豈知重其官所以重其民，質諸心不專質諸口。民間纖悉，得自訪問；意外吟詠，皆其塵垢。不然徒采其詩而不采人心之詩，又何必傷今之無而思古之有。

〈祈年歆閟雅〉（人事）

雖然時和歲豐，既可格於幽明；夫耕婦饁，又何勤於田野。雖天時於此叶應，意人力不能無假。如其農功不修，徒委之祈年，則歆閟於徒然者。

〈仁義公恕統天下〉（不可以統言）

抑又聞區區制民，寧如以道而臨民；汲汲御下，寧若無心而待下。先王之治，惟篤意以自盡；後世於民，務羈縻而不捨。然則仁義公恕，烏可以統言，蓋幸漢也亦傷漢也。

〈規矩方圓之至〉（從容中道）

雖然己以繩度，度則非真；誠以閒存，存焉亦寡。苟操修之間，動於理會；則器刑之末，又奚外假。以是知規矩之至，特爲不方不圓者設焉，非爲從容而中者。

〈虞夏視天民之阜〉（覺天民）

抑又聞厚而不困也，雖極於蕃滋；富而非教也，易流於邪侈。因其利用，而正德自我；慮其飽食，而民倫下夫。惟視天明而復有以覺民，天此其所以爲虞夏。

〈文帝身衣弋綈〉（性儉）

抑評之綈繒宜用而或不克終，綈苧可好而或難化下。豈上有所爲恬不我應；意儉非其性勞徒外假。不然何以王通三歎其難行，必文帝之心可也。

〈聖人一視而同仁〉（又有等差）

雖然照臨固大造之無私，分義非一朝之可舍。故朕虞後播穀之命，而天保先采薇之雅。此聖人於同然之中，又有等差，否則墨家之愛也。

〈木鐸振文教〉（人心之鐸）

抑聞之聲聞固有出於鼓鐘，子和豈苟從於鳴鶴。由風教在人，久矣素浹；故聲音入耳，觸之隨作。未若有夏以前，無可振之器；亦無不振之文，但鼓人心之鐸。

〈禹從諫以輔德〉（無可諫）

吾又知不自足，其足固謂之謙；無可言，而言亦譏乎訕。故典謨數篇，告誡奚有；而都俞一意，君臣無間。是知禹之心

求以輔德，而禹之德不容輔焉，雖從諫而實無可諫。

〈三代河洛出圖書〉（在德）

胡不觀以夏之始，邑亦何居；以周之末，都猶洛在。何吾或歎於已矣，何帝不聞於界乃。則知向者圖書之出以三代，而不以河洛焉。德有興襄，地何更改。

〈泰君子道長〉（不可終泰）

雖然勢已盛而易隳，治既成而難保。勿以休期既應，而遽忘往復之戒；勿以憸人已退，而不謹登庸之道。此繫辭所以有物不可終泰之言，人主所宜辨早。

〈仁者樂山〉

抑又聞體雖有常，而用則不窮；靜本固存，而動無或撓。形於生植，乃山之性；見於愛利，仰仁之效。此能定之中，又有能應者，存夫豈佚遊之樂。

〈大皞以龍紀官〉

雖然居今復古者，立法之難；捨名求實者，用人之大。孔明高臥而正統攸繫，仁傑夾飛而中興有賴。後之制官者，誠有取於非龍之龍，自可致昇平之太。

歎後世

〈周人百畝而徹〉

惜夫大東方怨而繼以楚茨，稅畝不足而益之邱甲。遂令王澤之斬，無復民心之洽。何後世不究所由來，徒罪商君之變法。

〈愛民立簡易之法〉

噫！秦廢井田，魯作邱甲。一時從事於紛擾，百姓不知其困乏。吾是以之古之賢君，未嘗立法以取民，乃為愛民立法。

〈萬民利害為一書〉（古）

其後漢循天下，而責以六條；唐省風俗，而教之五術。綸綍丁寧，此意尤重；道路迎送，其來不一。然反命之日，竟無一書以告於王，所謂虛名而忘實。

〈四維張則君令行〉

厥復遇臣之禮，壞矣不修；守國之度，誰其加飭。雖踰侈有禁，難革於臣下；縱孝廉有詔，莫來於郡國。甚至壅遏不行，乃有留令廢令，不從令之罰焉，胡不開民生之物則。

〈文景黎民醇厚〉

雖然一世涵養爲數世之資，前人增益乃後人之幸。奈何富庶之風，遽變於虛耗；薄惡之俗，已殊於清淨。惜乎醇厚在民未幾，而武帝繼之，故盛於文景亦止於文景。

〈文帝惜百金之費〉

惜乎恭儉一改，而肆己自私；耗散百出，而於民孰爲。箪至舟車，已違惜產之訓；役起通天，寧顧罷臺之意。嗚呼，文帝錙銖積之，而武帝泥沙用之，安得不一富而一匱。

〈春朝受四海圖籍〉

其或漢增口賦而不貸纖毫，唐別戶丁而徒勞分畫。彼規利之，皆借是以聚斂[118]；故委民於數，聽自爲之損益。嗚呼！以古者敬民之具而爲後世戕民之舉焉，害反生於圖籍。

〈大人格君心之非〉

甚哉世無孟軻，孰識敬王；臣不姬旦，誰能佑辟。武好神仙，或者役以迂誕；秦任刑罰，乃有勸其督責。是之知斯仁者，皆逢君之惡焉，況復非君之格。

〈封事謗木之遺〉

惜夫臣言固盡於忠嘉，主意莫加於崇獎。一奏雖切，而貶隨及於韓愈；十上雖勤，而用弗專於劉向。若是者縱有封事之

秘，而且不能容，況欲如曩時之道謗。

昔者善旌謗木，並設於朝；市議道謗，爭言於下。求信不一意而足，於人無寸長之捨。後世獨有一封事，猶使人有不盡之情，是其遺亦無存者。

〈禹拜昌言〉

古人盛德，尤懷謙抑之心；後世庸君，類有驕矜之患。材略未爲雄，已疏斥於戇直；強明何足恃，反追仇於忠諫。嗚呼！德未至於禹，而已懷滿假之心，視禹烏乎無間。

〈禹卑宮昭教化〉

雖然預防思患，居君德之當然；由厚趨薄，奈民風之愈下。不惟漢世廣爲千萬之門戶，方至商邦已侈遊觀之臺榭。嗚呼！以禹之樸，且不能遏後世之趨，何況以文而昭化。

〈合宮調元氣〉

厥後卻子昂之請，而正論不容；從玉帶之圖，而虛文爲貴。虐政滋多，無復善政；乖氣相乘，動傷和氣。彼於合宮之制，猶不知皇帝之緒餘，況復調元之謂。

〈食足貨通教化成〉

厥後造白金造皮幣，而用度已虛；書邱甲書稅畝，而取民太過。甚而箕會之重斂，況復酒鹽之有課。以至化而明教不格之詔，無日而不下，焉識源流於食貨。

〈周以宗強〉

故仲尼形褒貶之辭，爲周室正尊卑之義。王人雖微，必居列國之上；周正不行，猶王春之次[119]。是時也姬姓數十國，正所望以強周，反不若《春秋》之一字。

古者

〈王建路鼓於寢門〉

然昔者衢室清問而鰥寡有辭；王廷咸造而箴言肯顧。徵而田畯之至喜，外則道人之徇路。是知古者君民無一毫間隔之情，是古持爲虛具。

古者後世

〈明主務民農桑〉

思昔八口無飢也，必受以一夫之田；七十衣帛也，必植以五畝之內。惟平時生養既有常產，則一旦勉勵不爲徒愛。吾觀後世，無可耕可桑之地，而有勸告之虛文，胡不復井田於三代。

〈夙夜畏天之威〉

噫！古人警省無威，常若有威；後世怠忽可畏，又將不畏。星既孛矣，報德何意；歲已旱矣，軫懷奚謂。彼夙夜素無謹畏之心，甚者以天災爲諱。

〈帝王之難在持盈〉

抑嘗慨古人極治，常有隱憂；後世苟安，已爲至樂。不曰彼且過慮予當何若，是皆治未及盈而至已先盈，所以企古風而終莫。

今日

〈書自斷唐虞〉

盛矣哉，謳歌朝覲，惟君子之歸；謙沖退託，自聖心之斷。舉希闊之典於曠代，顯述作之風於一旦。使夫子復出而見之，當如何而稱讚。

〈固封守以康四海〉

方今上游地控於江淮，勁卒雲屯於廬壽。東而武牢滑臺也，既已科適；西而秦川隴右也，又嚴封守。行將復境土而四海一家，仰明明之我後。

〈天下大計仰東南〉

抑嘗謂地不愛寶，豈今有而昔無；夫果何心，或南多而北曠。蓋山川改觀，何物之不盛；而帝王都會，實民之所仰。意者天其雄東南駐蹕之地，以為恢夏之資慰。

〈今日臣民之望〉

是何閩浙至唐，始言其地之饒；荊揚在禹，亦謂厥田之下。蓋天運轉移，今盛而昔否；故地利遷徙，南多而北寡。況厥今立國江左，而民物愈繁，非古東南北也。

〈舜歌南風天下治〉

異哉！君民無異心也，理皆得於同然；今古殊時，治不難於並進。萬世而下，有能嗣遺響於未絕；一奏之餘，自可納群情於大順。愚也何幸，長養於南風之中，獲吾身之見舜。

時事

〈人主天下之儀表〉

其或踰侈有禁而民益驕奢，戒敕有詔而吏猶苟且。豈責之於下，恬我應[120]；蓋威不由中，徒勞外假。孰若明明穆穆，端儀表於一堂，仰方今之王者。

〈閔雨有志乎民〉

抑又聞列肆有弘羊，歲禱旱以始難；決獄得真卿，天應時而甚敏。蓋斂怨者賦也，貴薄不貴厚；而傷和者刑也，可遺不可盡。今日適因未雨，而戒飭乎二事焉，尤見吾皇之仁閔。

出處

〈天下大器置諸安〉（出賈誼〈治安策〉）

雖然居安慮危，在主德之當；然愛君憂國，亦臣忠而是。賴以孝文之世，固無投鼠之患；而賈生之策，猶戒覆車之害。然則天下無可畏之患，而儒者逆為可畏之言。器於安，欲有

大。

〈木鐸振文教〉（出處夫子為木鐸注）

粵自是器無傳，斯文孰託。羽干之化，去古以益遠；鐃鐸之音，無時而不作。故天生夫子於文教幾墜之時，又為木鐸。

〈三代直道而行〉（出處《論語》孔子曰）

故夫子緬思中古之盛時，深閔西周之未造。論其民則倦倦所譽之試，言其志則眷眷為公之道。蓋至於道終不可行，而後不得已，寓其筆於春秋，風欲還於渾灝。

〈陽居大夏至歲功〉（出處董仲舒策）

噫！古人之治，初匪任刑；漢家之制，類皆雜霸。法令更而民日益困，督責煩而吏無少暇。如儒者惜夫，以警其君於即位之初，深有取乎陽之居夏。

〈王受民數圖國用〉（出〈司寇〉）

抑又聞君民之上下，惟在通融；財賦刑獄，實相表裡。以周家六卿，職若異者[121]。獨司寇一官，掌之何以。蓋國用出於民，而民賦定於刑，體統相充之如此。

尊題

〈聖人陶成天下之化〉

斷之曰天覆地載，畀於初不全於終；父生師教，得於此或遺於彼。惟大鈞之下，蔑有棄物；故率土之濱，疇非起士。然則成天地父師所不及之功，非至聖孰能與此。

〈聖人之道極〉

然而論天之極者，巍然居高；察地之極者，隤乎處下。清寧之理，蓋本同得；運用之機，未嘗或捨。故曰觀天地則見聖人，初無異者。

〈文王帝順之則〉

評之曰有生同得於往初，是理每虞於矜私。徇疇均天錫也，何敍於禹而汨於鯀；仁天賦也，何假於威而性於舜。要知方寸之中，皆自有帝則者存，惟文王而能順。

〈上策莫如自治〉

噫！發有無之辨者，漢取嚴尤；詳中下之議者，唐稱劉祝。事徒及於制外，策未明於得上。愚嘗合數子之說而並論之，獨以自治之言為當。

噫！人才欲辨於等倫，公論自存於品第。子房以字著，蓋人傑之特出；霍光以氏顯，亦功臣之鮮儷。然則吾不名稱而獨以公稱，足見推尊於當世。

〈聖人能內外無患〉

聞之曰隋不混一，則未必再世而亡；漢不富庶，則何有末年之病。念所愛之溺易忘於可戒，故必衰之漸每藏於極盛。此范文子所謂內外無患之能必歸之聖。

引證（用故事經語引證）

〈禮義廉恥謂四維〉

夫豈知人有不畏漢法，而畏綿蕝之儀；士有不甘周粟，而甘采薇之食。蓋強以吾勢者，若可服而易厭；而著之人心者，雖愈久而不忒。夫以四維之論，乃發於伯者之時，況復堂堂之大國。

〈百姓可以德勝〉

噫！楚劫以兵未幾而楚亡，秦驅以刑未幾而秦禍。恩不及彼，人誰信我。使其不勝以力而勝之以德焉，何為不可。

〈載芟祈社稷〉

噫！大宗舉是，而文本之頌陳；晉武行之，而潘生之賦寫。伊成周之世，事有可想。置於夏禹之宮，功無自滿；諒在

周王之辰，盈貴能持。

〈鑒取明水於月〉

抑又聞誠未至，則於酒醴以徒潔；信苟著，則雖橫汙而有餘。伊於施此制於照臨之下，可不照其明於對日之初。是必其貴新也，我則純一而不雜；其尚忠也，我則齊莊而以居。明既合矣，物因取於。想儀物肅陳，職交修於夫燧。奈規摹既廢，制莫考於方諸。

〈五路以玉為飭〉

是用位其中者，達潤身之本；御其上者，懷潔己之思。驗華轂之轉兮，悟圭璋之智；聽和鸞之奏兮，全條理之宜。

反題

〈為治不至多言〉（古）

向使論有誇於流俗，辯惟逞於傾河。語立政則或因或革，曰禦戎則可攻可和。言者如此，用之若何。

〈孟氏功不在禹下〉

向使詖行不拒，異端浸淫。如是則彝倫復斁，恐疏瀹之效泯；習俗相夷，比懷襄之患深。雖斯民平治以自古，賴吾道擔持而至今。

〈人君正心正朝廷〉

是知溺一私心，必啓倖臣之戲；存一懦心，終難朋黨之消。慍心一萌，則興居無節於齊國；怠心一熾，則灑掃尤難於晉昭。由始之不謹，必累於末；綱既不舉，若何有條。豈知仁以存之在有道，仁之序禮而制此，謹無失禮之朝。

〈唐虞流化仿茅茨〉（反起正接）

吾非矯枉過正，而咈民之所欲；因陋就簡，而俾民之不挑。蓋作法於涼，而其弊猶甚；況示民以侈，而其風不澆。

〈五行五常之形氣〉

向若仁寓於貌，而貌且未肅；智主乎聽，而聽猶或偏。言不義與，心非信堅。則金穰土豐，安保常證；木飢水毀，未知有年。此形氣之說驗矣，而造化之功著焉。想昔者，生材以兆彼降材之日；諒今焉，得性亦發於有性之天。

〈出處〉

法故後代之君，禮因有假。彼宣王不修千畝之籍，而貽虢公之諫焉，胡不念載芟之詩也。

〈智者創物〉

雖然璿宮鹿臺，實基於茨茅；翠被豹舄，亦原乎冕黻。凡締造於前者，惟質是尚；而變制於後者，其文愈蔚。故作俑之智，反為不仁，此古人所以不輕於創物。

〈長世以道德為藩〉

抑嘗考孟子之論，無取於城郭之堅；吳起之對，不貴於山河之寶。恃險孰與於修德，多助蓋由於得道。有大物者，能審擇而用之，足固基圖而永保。

〈天道猶張弓〉[122]

雖然欲抑者，未必不揚；將取者，時乎固與。故敗戎之功，反以誘號；而勝敵之幸，祇為驕楚。人而知道，夫張弛若是；其不常敢，萌心於過舉。

〈樂知者〉

斷知曰或得或失兮，殆若亡羊；或禍或福兮，其如失馬。惟蚩蚩有生而知之不審，故茫茫終日而樂之者寡。然則大學之道能盡，而必先之以明德焉，其深明乎此者，

〈仁政自經界始〉

抑又聞平原君家，賦不肯輸；南陽帝鄉，田多失實。蓋未

易泯者，良法美意；而莫難制者，強宗巨室。今之主經界之議者，儻致察於斯焉，斷斷行仁之可必。

反己（凡儀文制度等題當發此意）

〈五路以玉爲飾〉

雖然飾於瓚也，流美在中；飾於佩也，動思致曲。文華不備，固國典之有愧；溫厚不稱，亦吾身之未足。誠能觀大車之載，而參比德之義焉，勉我王之如玉。

〈日月爲常〉

雖然禮不徒行，君宜對越。藻色未彰，固有國之愧；光輝不稱，亦吾身之闕。必也因常之義而明德以將之，庶仰符於日月。

〈天子大采朝日〉

雖然禮不徒行，意誠有在。當陽之道，宜盡於一己；燭物之明，欲周於四海。故易之豐，謂王宜日中照天下焉，豈徒彰於物采。

〈王祀天大裘而冕〉

又聞言天德者，雖不飾之是先；論君心者，以至誠而爲大。禹惟亹亹，則何慚惡服之制美；舜既夔夔，則無愧觀象而作會。必也精神對越，而不徒取其質焉，又當求於禮文之外。

〈以度教節民知足〉

雖然上之教也，使由而必使知；人之情也，能節而不能絕。防閑不備，固國典之愧；表率未善，亦吾躬之缺。然則教民以度，又在以身爲度焉，所以一群心而知節。

〈辟雍與靈臺同符〉

噫！人心視昔，何有淳澆；學者思古，宜深觀覽。一臺何爲，而有以示化；庶民何知，而潛然自感。使遊辟雍之地者，

猶不如靈臺之民，得爲無憾。

自謙

〈高明博厚配天地〉

雖然強而自任，則失也豈無；亢之或過，則悔斯必有。故責之薄者，躬必自反；而聞之多者，約而有守。此天之聽卑而地之惡盈，亦見其高明博厚。

〈事聖君無諫諍〉

然而聖君無過也，焉用忠規；言路或塞也，猶防後患。故我鼓立於朝，益張諫者之氣；鐸徇於路，用警官師之慢。嗚呼，古人以是而存心，尙安有可諫而不諫。

辨訛

〈孟冬之月日在尾〉

噫！元氣轉而自有機緘，定序差而常基毫髮。辰星當究於迭運，度數豈容於少越。此高允所以知五星聚東井之非，在尾蓋推於十月。

〈九州之志謂九邱〉

是書也雖所述之甚詳，奈其傳之不久。意煨燼之餘，所闕非一；豈刊定之際，持刪其九。彼序書者，乃謂述職方以除九邱，果聖人之意不。

〈兩三日以往爲霖〉

雖然質之公羊，異持紀於九年；稽諸穀梁，變止云於八日。今也削其電而反不之載，贅以霖而又垂於實。彼杜徵南不曰傳誤而曰經誤焉，益滋其失。

〈衡助旋機齊七政〉

雖然在璿齊七政，虞典昭垂；謂機齊七政，遷書具著。文既俱異，歲將安據。當知夫旋機者以星言，而璿機者以器言，

均有待玉衡之助。

〈養民之本在六府〉

雖然府非藏名也，藏者上富而下貧；本非末比也，末者商益而農損。每嗟此意之久鬱，安得後人而盍反。故夫六府之說，不發於後世；徵斂之日，而發於古人。平成之時，尤見養民之有本。

難疑（全在繳結上說）

〈善政致和猶抱鼓〉

至如雍熙之世，水尙相乃；寧輯之朝，旱猶未勉。豈人事有所未盡，抑天數時乎或舛。以是知不應者其變，而應者其常，和蓋由於政善。

〈舉逸民天下歸心〉

雖然英俊進則可以強本朝，真儒用則可以調天下。何允服於衆志，乃獨歸於隱者。蓋舉而至逸民，則無不舉焉，此聖人有爲而言也。

〈舜爲法於天下〉

斷之曰民心罔有弗從，帝治無乎不治。何鯀之斁，弗迪於彝訓；何苗之頑，或踰於檢押。茲非帝之德有負天下焉，彼自負聖人之法。

〈天下有道則見〉

難之曰孟子以梁惠王爲不仁，孔子以衞靈公爲無道。遄適其國，以攄所抱。是皆應聘而來，然其去亦未嘗不早。

〈聖人守位曰仁〉

抑嘗疑古人踐履也，蓋出於無心；世祚久遠也，皆付之有命。如其計效於得國，何以安行而爲聖。然而讀易者，又當知有憂天下後世之心，深戒不仁之病。

〈高祖懷天地之量〉

是何雲夢之縛，不赦於韓侯；淮南之逆，不容於黥布。吾非無宇宙之量，彼自觸雷霆之怒。蓋至忍之中，有至仁者存，所以見高皇之度。

〈五行五常之形氣〉

抑嘗論洚水儆予，豈堯智之或虧；流金爲變，非湯仁之未稱。蓋聖心固無不備之德，而天數自有適然之應。君人者惟無以五行之不常而易其常，則咎證適爲休證。

〈殷周井田制軍賦〉

抑嘗疑地官之職，辨上地之士人。司馬之法出，乘車於百井。計其什伍，若是甚備；至於征行，抑何太省。嗚呼！古人役民之事少而愛民之意多，益見生民之幸。

抑嘗考地屬之始終，見周官之綱領。何井田成法，載諸典以甚至；何軍賦一事，求其詳而特省。蓋聖慮後世必有慢其經界，而爲邱甲者出焉，所以不詳於賦而詳於井。

〈周制畿內用貢法〉

抑疑之太宰職貢也，第專侯國之貨財；懷方掌貢也，惟及遠民之逆送。胡爲萬物之獻，反略王城之衆。獨不見大禹之別九州，惟堯都之無貢。

〈黃帝以雲紀〉

雖然垂之天也，凡所以皆詳；施之人也，何所爲而非事。何於傳之中，特舉其一；而命之外，未聞其備。學者當觀郯子之言，特以答問官之意。

〈春秋信之符〉

若乃夏之闕其月也，辭不妄加；郭之亡其名也，意無私徇。以一事之疑，猶略不載；則全經所述，疇非可信。乃知二

百四十年之事，斷自於《春秋》，信有如於符印。

〈漢唐曆本於律易〉

抑嘗疑子駿之譜，參易象以統元；揚雄之法，擬《易經》而豈歷。豈陽律之制，徒以器寓；而神蓍之妙，出乎天錫。蓋律亡於漢，而易獨以全經存，宜後人之準的。

〈形色天性〉

抑又疑形謂之天，則身豈待修；色謂之天，則容何必正。蓋強懋後能，特賢者之事；而周疑皆中，乃聖人之盛。不然則五霸之假湯武之身，何以不及堯舜之性。

推廣

〈清廟一倡而三歎〉

抑又聞盛德不可形容，大樂猶難莫寫。被諸管弦，此特粗耳；見之稱頌，亦其小者。極而至於上天，無聲無臭之間，此文王所以爲文也。

〈虞書數舜之功〉

抑又聞治之粗者，雖可名言；德之大者，實難模繪。故筆舌所記，舉皆糟粕之末；而心術之妙，或出形容之外。然則舜之功可數，而有不可數者存，此舜所以爲大。

〈善政致和猶桴鼓〉

雖然至治無象也，乃治之神；大音希聲也，實音之善。故藏於冥寞者，皆用己之寓；而見於響答者，持諸人之顯。夫惟合同之妙，有非抱鼓所可形容，見化工之不淺。

〈獻替建太平之階〉

雖然治之未進也，當明致治之攸；基邦之既安也，必念保邦之所。以叢脞之戒，不以雍熙而少替；持守之規，敢謂盈成而遽止。故獻替尤不可忽於太平之時，豈持階太平而已。

〈聖賢時人之耳目〉

胡不觀讀周公《儀禮》者，猶知盛典之存；聞孔堂絲竹者，尚想正音之雅。彼見於後世，猶存奮發之念；況得於當時，曷有昏迷之者。是知聖賢之道，將與天地相爲始終，豈持一時而止也。

〈聖人肆筆成書〉

筆非囷筆也，假筆以成文；書非泥書也，因書而見信。不緣有象之物，曷顯無名之聖。至於兼忘乎二者之間，則窮理盡性以至於命。

〈明德惟馨〉

然而德惟無稱，德乃莫加；治惟無象，治斯焉至。故言其明者，第彰臨下之赫；取馨者，但寓感神之意。及其如上天之載，而聲臭莫明，又不可以窺其秘。

〈聖人以百姓心爲心〉

皇乎哉！仁天蕩蕩以含洪，德澤洋洋而溥博。非惟老吾老以幼吾幼，抑亦憂民憂而樂民樂。然則推是以往，又將以萬物之心爲心，曁鳥獸魚鼈之咸若。

〈元者善之長〉

至如經嚴麟筆，而文變於一年；律轉鳳鳴，而統先於三者。蓋開物成務，而道既悉備；則立辭命意，而義因類假。此元之爲大，愈用而愈不窮，所謂善之長也。

〈多助之至天下順〉

異哉！魚躍而我乃濟師，璽出而神因勸進。長江波濤，壯武騎之挫魏；八公草木，輔銳兵之強晉。及其至也，不惟人助之，而天亦助之，天下烏乎而不順。

報復

〈君以民爲天〉

以是知上之待下也，既已盡誠；下之事上也，宜無不敬。一言之發，則咸曰天語；一口之彰，則舉云天命。豈知君以民爲天，而民以君爲天，足以見君民之盛。

〈君以民爲體〉

雖然君之兼愛也，惻怛有加；民之懷惠也，歡忻具寫。惟視猶赤子，無剝膚於上；則載如元首，皆同心於下。此《大學》論親民之道，而有心廣體胖之言，亦此意也。

〈文帝愛民如赤子〉

異哉！莫大之恩，信未易忘；難報之德，不容自釋。心結四百年也，各致終身之慕；刑措數十載也，無犯嚴君之責。夫惟文帝愛民而民亦愛之，益見推心之赤。

〈天子父天母地〉

抑聞之君之俯仰也，既盡其誠；民之視效也，亦尊於此。故聰明仰戴於元後，而豈弟樂歸於君子。是知聖人以父母事天，而民亦以父母事聖，人理同一揆。

〈子在齊聞韶〉

異哉！德因樂以難忘，樂感人而易動。鐘鼓未衰也，孔子既得以送舜；絲竹升聞也，共王又從而慕孔。愚何幸躬覩授受之道，而獲聆中正之音，豈羨漢庭之策董。

〈文景循古節儉〉

雖然帝之儉也，惟昔之稽；後之法也，亦帝之取。綈繒之樸，尚形長慶之間；宮室之諫，有感初元之主。故曰文景循古節儉，而後世復文景之循，迭爲今古。

〈周之士也貴〉

雖然儒在下也，固侯君而尊；君居上也，亦以儒而貴。故辭玉於秦，適以重魯；而眩珠於齊，反將輕魏。然則士以周貴，而周豈無貴於士乎？此楊子所以有器寶待人之謂。

總會

〈克己六經之所上〉

抑嘗究講習於聖明門，得指歸於問目。參之三省，而道誤所貫；回無貳過，而禮因以復。此《論語》所以為喉，衿一而統六。

〈禮義廉恥謂四維〉

惟然人能好禮，恥所由生；心不知義，廉奚自出。蓋道本渾而離則散，塗雖殊而歸則一。則柳宗元所謂見其二維而未見其四維，學者毋譏其失。

〈威武文德之輔助〉

雖然嚴而服者，豈服如柔之自然；迫而從者，未若悅從之為愈。諸侯不畏兵革而畏衣裳之會，三苗不聽誓命而聽羽干之舞。乃知古人文德之中，自有不怒不殺之神，夫豈外求於威武。

〈舜同律度量衡〉（詳本略末）

抑又疑備器之用，非一可虧；作樂之命，曷詳且篤。諧八音兮既重於汝典，聞五聲兮復言於予欲。蓋律者度量衡由之以生，所用尤關於民俗。

〈伏羲始畫八卦〉

說者謂宮室之制，取壯而為；書契之興，由夬以察。意觀象之初，所取非一；何命卦之名，持言其八。夫豈知三畫之中而六十四卦皆具焉[123]，實道原之管轄。

旁通

〈皇極經緯天地〉

是極也在麟經爲權衡之書，於羲易居二五之位。箕子陳之，而演《洪範》之訓；孔伋傳之，而著《中庸》之義。惟六經垂訓而不外乎斯，所以統其心於天地。

〈乾天下之至健〉

是健也，剛而不陷爲需，陽而在下爲泰。散之大蓄，則篤實以正；寓之同人，則文明以會。信夫物皆具一乾，而不能以盡乾，此所以獨稱其大。

推原

〈孝宣信威北敵〉（得人）

雖然周非召虎，則玁狁誰徵；唐有子儀，則回紇自去。惟得人而共治，始信威而還著。此孝宣以四方賓服，而畫象氣麒麟，深念股肱之助。

〈摹二京而賦三都〉（出於五經）

雖然二子之賦，同此規模；五篇之義，孰爲脈絡。桑木草麻，盡雅頌之歌詠；宮室車輿，皆禮樂之制作。不然三都二京，爲五經之鼓吹焉，何以並稱於孫綽。

〈宣王復文武之竟土〉

抑自夫命侯則北國來寧，任召虎則淮夷率服。然而乃祖名公，維文后之翰；尙時韓國，政武王之穆。推原至此，而後知宣王任使之意，無異於造周之初，竟土烏乎而不復。

要終

〈春夏祈穀於上帝〉

夫然望之切，則應之必然；祈之勤，則報之亦重。氣致祥也，既格於合穎；道有相也，復降於嘉重。吾乃知古之噫嘻，

豐年之詠，相爲始終，見王者周旋之奉。

雖然勤祈當種植之初，圖報必收成之假。故祭於秋也，載取良耜；而享於冬也，復行大蠟。則知噫嘻豐年之什，蓋益相爲始終，豈特祀嚴於春夏。

〈詩書戒成王〉

是何假樂之詩，載歌顯德之章；周官之書，備著綏民之旨。非公意勤渠，有以爲訓；則王心怠忽，胡能臻此。嗚呼，始也公以詩書戒王；而終也又以詩書美之。則是戒也，乃其爲美。

貶（亦非得已，不可輕貶）

〈文帝馳射上林〉

獨恨猿臂之將，以數奇而不封；騎射之守，因一言而遷。舍豈群才不用於邊閫，故乘方之反親於戎馬。嗚呼，使文帝移射獵之勞，而任賢使能，則吉日車攻之意也。

〈功臣受山河之誓〉

豈意夫盟爾同而心則不同，功與共而位難焉共。九江猶在，布萌背約之念；大梁如故，越肆姦謀之縱。噫！封爵之誓，縱子忘之；山川鬼神，其忘之乎。此開國戒小人之勿用。

〈太宗乙夜觀書〉

正觀之治，皆以勤成；末年之弊，類因驕失。日昃夜艾，無復終始；晨出夕返，流爲遊逸。於時也梏亡於人欲，而夜氣不存，復何分於甲乙。

〈高祖能用三傑〉

惜乎或肆誅夷，或遭縲紲。幸而辟穀而去，獲遂保身之哲。使其於三子而善始善終，又所謂百王之傑。

〈封爵誓山河〉

惜夫耳言猶在，而遽戮於韓彭；口血未乾，而遂夷於梁楚。江山如舊而國已變，狗兔雖冤而訴無所。然則高祖之誓，其果然乎，殆爲虛語。

〈丹扆六箴〉

斷之曰謗木未設，舜豈他求；沔水已規，宣無不戒。蓋誠動於內，雖非物以有警；儆畏迫於物，將愈久而易壞。嗚呼，使唐宗之是扆也，常如降詔之初，端不負文饒之進誠。

用故事經語結（最有力，古作多如此）

〈儒術行則天下富〉

上方準絕盛典之文，排擯諸家之陋。修大禹之功敍，法周公之井授。晏然頤神於几席之間，不待封侯而民富。

〈乘者君子之器〉

必使微不僭尊，貴無逼下。苟無解象之醜，安用賁口之舍。如其不然，孔子謂盜之招也。

〈道在邇〉

噫！以指喻指，則猶未之非；執柯伐柯，而尚疑其遠。苟養心皆達於固有，則率性敢忘於自反。然後取之左右逢其源，蓋由知本。

〈示樸爲天下先〉（結有意但句稍長）

雖然緼衣韋帶也，非不儉於吾身；帝服后飭也，曷未更於天下。蓋正人以己者，雖曰上聖；然必後世仁則，乃稱王者。彼洛陽今年少，毋乃太早乎？反曰可爲，長太息者，此也。

〈漢用三傑〉

得士則昌，非賢罔共。龍顏之主既啓，鼎足之臣可重。宜乎項氏之所以亡，有一范增而不能用。

〈說詩解頤〉

　　然而經貴行道，何被諛讒；詩本無邪，曷虧忠節。蓋所學僅止於口耳，故所感惟勝於頰舌。吾請誦荀子之言，善爲詩者不說。

〈以禮爲翼〉

　　聖人以是戒桑扈之無文，念相鼠之有體。行之宗廟，則離離而肅肅；升之朝廷，則蹌蹌而濟濟。不然何以垂象於天，以翼星而配禮。

〈大音希聲〉

　　竹簡載兮，韓莊遂致於紛爭；土鼓興兮，鄭衛斯聞於代有。自一唱之疣贅，致百家之分剖。宜乎夫子之言，深歎三緘之口。

第八韻終

注　釋

1　何新文：《中國賦論史稿》（北京：開明出版社，1993）。

2　參見詹杭倫：《唐抄本〈賦譜〉初探》（成都：《四川師大學報增刊》第7期，1993）。《賦譜》今有校注本，載張伯偉：《全唐五代詩格校考》（陝西：人民教育出版社，1996）附錄。

3　該文曾經在漳州舉行的第五屆國際賦學會議宣讀，刊載於《成功大學中文學報》2002年第10期。

4　鄭起潛：《聲律關鍵》，《宛委別藏》本（臺北：商務印書館，1981）。

5　明王鏊等：《姑蘇志》（臺灣學生書局影印國立中央圖書館藏本，1965）卷五十一：「鄭起潛，字子升。父時發，閩縣人，遊學吳中，寓居天心橋，生起潛。起潛篤志力學，長通《易》。寧宗朝登甲第。累遷崇政殿說書，侍讀、侍講，爲大禮執綏官，除禮部侍郎，遷中書起居

舍人。轉直學士,權兵部尚書。貶贛州。起潛好浮圖說,以端午日坐
逝。有旨歸葬陽山。」又據范成大:《吳郡志》(北京中華書局《叢書
集成初編》本,1985)卷二十八〈進士題名〉載:「嘉定十六年蔣重珍
榜,鄭起潛,上舍甲科。」

6 鄭起潛:《上尚書省札子》,載《聲律關鍵》卷首。

7 據《四庫全書總目》卷首刊載乾隆四十二年十一月十四日諭旨,清人
刻書、抄書時,常將「夷狄」等字改寫或者空格。蓋清朝統治者乃是
以少數民族入主中原,刻書抄書者唯恐觸犯忌諱,故盡量迴避也。這
種情況甚至引起乾隆皇帝的關注,足見十分嚴重。

8 缺字疑爲「國」字。

9 缺字疑爲「得」字。

10 原書錯簡,原第四頁改接第九頁至十一頁。

11 缺字疑爲「戎」字。

12 缺字疑爲「夷狄」二字。

13 缺字疑爲「虜」字。

14 「玉」字疑當作「王」字,謂昭君也。

15 以下押韻字之著重號,爲校點者所加。

16 「王」字原缺,以韻補。

17 「虜」字原缺,蓋清人迴避空格,今補足。

18 「夷狄」二字原缺,蓋清人迴避空格,今補足。

19 「虜」字原缺,亦清人迴避空格,今補足。

20 「夷狄」二字原缺,亦清人迴避空格,今補足。

21 「虜」字原缺,亦清人迴避空格,今補足。

22 「虜」字原缺,亦清人迴避空格,今補足。

23 「夷狄」二字原缺,亦清人迴避空格,今補足。

24 「王」字原作「玉」,以意改。

25　「毋」字原作「母」，以意改。

26　上「念」字或當作「懷」字，以與下「念」字避複。

27　「保」字原訛作水旁，據下文「皇家太平，以堅保治之誠」改正。

28　「藝」下原衍「方」字，據下文刪。

29　「太」字原誤作「大」，據下文改。

30　「王」字原作「玉」字，據下文改。

31　「存」字疑是衍文。

32　「活」字原作「浩」字，以意改。

33　賦題原作「渾天一儀」，據本書他處所引賦題刪「一」字。

34　本句似有奪字，可於「爐」上補一「洪」字，以與上文相對。

35　本句似有奪字，或可於「載」下補一「籍」字，以與下文相對。

36　本句疑有奪字，可於「鈴」下補「於」字，以與上句相對。

37　「大之」二字原倒置，茲移正，以與上文相應。

38　缺字當是「戎」字。

39　「冀」字原作「異」，據文意改正。

40　「揚」字原作「楊」，據文意改正。

41　「奧」字原訛作「粵」，據文意改。

42　「毋」字原訛作「母」，據文意改。

43　「性」字原作「惟」，據上下押韻改。

44　「能」字下疑有缺字，或可補一「宣」字，以與上文「獨專」相對。

45　此句疑有奪文。

46　「渾」字原作「月」旁，按「胚渾」出郭璞〈江賦〉，據改。

47　「孰」字原訛作「熟」，以文意改正。

48　缺字蓋為「戎狄」二字。

49　題目缺字當為「天」字。

50　此句缺一字，或可於「帝」下補一「王」字。

51　「朽」字原訛作「朽」，據文意改。

52　「歛」字原訛作「會」，據文意改。

53　「渾」字原作「月」旁，按「胚渾」出郭璞〈江賦〉，據改。

54　此句似缺一字。

55　「焉」下原衍一「焉」字，茲刪。

56　此句疑衍一字。

57　此句疑奪一字。

58　「庠有」二字原缺，據上下文補。

59　此句似缺一字。

60　「今」字原誤作「方」，據下文改。

61　「熟」字原作「執」，據下文兩「斯」字改

62　「貧」字原作「其」，據上下韻字改。

63　此處缺二字。

64　此句缺一虛字。

65　「亦」字原缺，據對句補足。

66　「己」字原作「巳」，以意改。

67　缺字疑是「夷狄」二字。

68　原字模糊不清，以意補。

69　原字模糊不清，以意補。

70　「今」字原誤作「金」，以意改。

71　缺字疑是「夷狄」二字。

72　「箸」原作「著」，以意改。

73　「辰」字原作「震」，以意改。

74　此句缺一字。

75　「歆」字原誤作「歌」字，以意改。

76　此句缺一字。

77　此句有缺字。

78　「枹」原誤作「抱」，以意改。

79　「福禍」原作「福開」，今改之，以與上句「吉凶」相對。

80　此句「理」字原缺，以意補足。

81　此句缺一字。

82　「擅」字原誤作「檀」，以意改。

83　此句缺一字。

84　此句或當作「驗之天戒」，以與上文「求諸君德」相對。

85　此句缺一虛字。

86　此句似缺一字。

87　「龜、況」二字原互倒，今以意乙正。

88　此句衍一「蓋」字，今刪。

89　此句衍一「率」字，今刪。

90　此句缺一字。

91　「熟」字原作「埶」，以意改。

92　此句似缺一字。

93　「埶」字原作「熟」，以意改。

94　此處原衍一「倫」字，據句式刪。

95　「皓」原作「浩」，以意改。

96　句首似乎缺一虛字。

97　「儀」原作「義」，以意改。

98　此句首衍一「潦」字。

99　此句疑衍「興仁」之「興」字。

100　此句似缺一字。

101　「身」字原缺，以韻補。

102　「規」字原缺，以意補。

103 上「若」字原缺，據句式補足。

104 此句首「者」字疑有誤。

105 「夫」字原作「失」，以意改。

106 此賦題原在賦文之後，依全書通例提前。

107 「奧」字原作「澳」，以意改。

108 「爲」字原缺，據音節補足。

109 此句首似缺一字。

110 「儻」字原作「黨」，以意改。

111 「與」字原作「焉」，蓋涉上句而誤，以意改。

112 「囿」原作「有」，據他韻所引改正。

113 「忘」字原作「志」，以韻改。「相」字以意補。

114 原衍「之意」二字，據句式刪。

115 此句似缺一字。

116 此句似缺一字。

117 此句似缺一字。

118 「借」字原作「惜」，以意改。

119 此句似缺一字。

120 此句似缺一字。

121 此下衍一「者」字，據句式刪。

122 賦題「猶」字原誤作「由」，據前引賦題校改。

123 「夫」字原作「夬」字，以意改。

第十一章

論《雨村賦話》對《律賦衡裁》的沿襲與創新

引　言

　　在中國賦論史上，「賦話」一詞出現很早，最早出現在宋代，王銍《四六話・序》云：「詩話、文話、賦話各別見。」[1]不過，以「賦話」爲名的專書卻沒有像詩話、詞話、文話那樣早早地呈現在世人面前。儘管唐代有《賦譜》、宋代有《聲律關鍵》那樣成熟的賦格專書，但是以賦話爲名的專書卻出現在清代，乾隆年間，四川學者李調元撰《雨村賦話》十卷，這部書是中國賦話的開山之作，也是流傳最廣、影響最大的一部賦話類著作，在賦學研究上有著極其重要的價值，因而得到學術界極大的重視。李調元的《賦話》，是《中國大百科全書・文學卷》介紹的唯一賦話專著[2]。當代賦學家要研治律賦，也不得不利用《雨村賦話》。比如鈴木虎雄《賦史大要》、李曰剛先生的《辭賦流變史》、馬積高先生的《賦史》、郭維森、許結的《中國辭賦發展史》，其中論及唐、宋律賦的章節，基本上都是依據《雨村賦話》寫成的。

　　筆者在一九九二年出席在香港召開的「第二屆國際辭賦學研討會」時，曾發表《李調元和他的雨村賦話》一文[3]，嗣後編撰成《雨村賦話校證》一書，於一九九三年由臺灣新文豐出

版公司出版。拙著有幸得到臺灣辭賦學界較多關注，近年筆者在臺灣看到有專門研究李調元《賦話》和清代賦話的碩士論文、博士論文、升等論文發表，對拙著中的觀點、材料多所採用。對這種局面，作為始作俑者，筆者一方面感到欣慰，另一方面也有所擔心。主要擔心的是，學術是不斷發展的，筆者原來掌握的材料不一定充分，看法也不一定正確，後學者如果不加修正直接採用，恐怕會出現以訛傳訛的狀況。因此，有必要把筆者對《雨村賦話》與《律賦衡裁》一書關係的新看法報告如下：

一、《雨村賦話》對《律賦衡裁》的沿襲

筆者早先在《李調元和他的雨村賦話》一文中認為：

> 《雨村賦話・新話》部分的評論資料，來源於兩個方面。據李調元《雨村賦話・序》云：「因於敝篋中見杭郡湯稼堂前輩刻有《律賦衡裁》一書，頗先得我心。爰出予少時芸窗所藝習者，並列案頭，以日與諸生相指示。時用紙條摘錄其最典麗者各數聯以教之，使知法；而又間以稼堂所評騭者拈出之，以定其歸。」這說明此書是湯稼堂《律賦衡裁》與李調元少時所學二者的結合體。筆者根據《律賦必以集》所載《律賦衡裁・餘論》作了一個統計，《雨村賦話・新話》一至六卷共二百一十五則，其中出自《律賦衡裁・餘論》者為四十一則，所占比例不到五分之一；且二者結合相當緊密，不用原書核對，便無從分辨。因此，可以認為來自《律賦衡裁》的評論資料已完全融合

在《雨村賦話》之中，可以作為李調元本人的觀點或其贊
同的觀點來予以評述。

上述觀點只是筆者未曾見到《律賦衡裁》原書以前的看
法。筆者在作《雨村賦話校證》一書時，曾經多方查找《律賦
衡裁》一書，但當時只發現原杭州大學圖書館線裝書目有著
錄，託人在該圖書館裡卻找不到書，說是在文化大革命中損失
了；後來筆者只是在顧蒓編選的《律賦必以集》中發現了轉引
的《律賦衡裁‧餘論》，可以用來與《雨村賦話》作比對；因
此，產生失誤在所難免。

筆者近在北京圖書館見到《律賦衡裁》一部，封面署《歷
朝賦衡裁注釋》，太史湯稼堂先生鑒定，仁和周辰吉、周生山
編次，杭州蔣佩朝考典，瀛經堂藏版。書內中縫上端皆署「律
賦衡裁」四字，卷首稱「律賦衡裁卷一」，下署「仁和湯聘評
騭，錢塘周嘉猷、周鈐搜輯，仁和湯三省復審」。顯然正是李
調元所指的那部書。《律賦衡裁》卷首有《例言》，卷尾有《餘
論》，中間分「天時、地理、人事、物類、別錄」五類選載唐
宋律賦和六朝小賦，每首賦後有一段《尾評》。《例言》、《餘
論》和《尾評》三部分皆為李調元《雨村賦話》所採錄，構成
其《新話》部分之主要內容。因此，需要重新評估《律賦衡
裁》對《雨村賦話》的重大影響。

（一）《律賦衡裁》編者湯聘生平小考

《律賦衡裁》卷首載周雷《序》云：

　　賦者，古詩之流亞，六藝之附庸。昉乎荀宋，始造椎

輪；亦越揚馬，先驅別派。楚風競扇，率以瑰麗為宗；漢制稱先，亦擅雄奇之目。靡不鞭霆走電，驂風乘虯；抽擢肺肝，洞駭心目。迨潘陸以降，漸就平夷；江鮑而還，益工聲偶。粵在三唐，厥有八韻，揆其體制，亦有取焉。

昔者，平子賦《都》，給筆札者數年；太沖研《京》，搜故實者十稔。故能牢籠百態，搖劈群言。既微博以逞奇，亦積遲而造險。若乃扃闈相士，限晷程材，臨以主文，處之席舍。雜文並試，則兼擅為難；一昔（夕）為期，則覃精莫及。鴻筆麗藻，且思躓於巧遲；諷說輇材，益心憚乎迫束。才多者氾濫而無紀，體弱者臠卷而不盡。奚決取捨於一朝，辨妍媸於寸目哉？

是則韻由官賦，字以數稽。削墨而引繩，除繁而就簡，題本癖書，尤徵博洽；篇多儷句，悉費鉗錘。左驂右驚，固偏引而必敗；始蛇終虯，亦衰竭之可虞。遂使斫鼆之才，範其馳驅；窶乞之流，礪其唇吻。音辭韶令，微響叶乎笙簧；步武雍容，雅度中乎齊夏。故取清妃白，雖見哂文豪；戛玉鏘金，益有聲文苑。人文極盛於唐宋，炳厥鴻規；功令莫肅於聖朝，沿斯茂制。誠以體駢則藻密，旨約則慮精。橫驚則難稽，兼綜則易核也。

余同年友稼堂湯先生，旬宣休暇，漱滌藝文，度支餘閒，漁獵墳籍。爰與二三儒彥，家門俊英，討律賦之源流，作士林之矩矱。簡求珠玉，羅異寶以畢陳。別曰淄澠，引清波其若鏡。駢羅千載，吐論縱橫。貫串百家，搜才綺密。於以齊蹤南楚，方響西京。則誠雅頌之截羹，騷選之儷泛也夫。

乾隆庚辰（二十五年，1760）仲夏之月

同里年弟周雷謹序

　　從這篇序文可知，《律賦衡裁》乃湯稼堂集合「二三儒彥，家門俊英」而作，其編撰目的在於「討律賦之源流，作士林之矩矱」，此書之編成刊布時間大約是乾隆二十五年。考察目錄書，筆者發現清人丁丙的《善本書室藏書志》中有《儀象法纂·提要》，其中提到湯稼堂：

　　　　《儀象法纂》一卷，明抄本，湯稼堂藏書。光祿大夫吏部尚書兼侍讀上護軍武功郡開國侯臣蘇頌上……（書）成於紹聖初，殆《遂初堂書目》與《宋藝文志》所稱《紹聖儀象法要》一卷是也。今四庫著錄《新儀象法要》三卷，乃元祐間重修、乾道壬辰施元之刻於三衢、錢曾影寫之本，雖圖說增多，中有元之據別本補入者，轉不若此之初進本矣。有湯聘印。聘字莘來，號稼堂，仁和人，乾隆丙辰（元年，1736）進士。

　　從這則提要中，我們可以瞭解到湯聘的字、號、籍貫和登第時間。

　　再查清人傳記，筆者發現由臺灣東方學會編印的《國史列傳·滿漢大臣傳》卷五十五有湯聘的傳記，但這篇傳記引用了許多湯聘的奏疏和皇帝的批覆，文繁難以全部轉錄，故僅摘錄與其生平仕履相關的記載如下：

　　　　湯聘，浙江仁和人，乾隆元年進士。分吏部，補考功司主事。薦擢郎中。十年十月，授陝西道監察御史。十二

年二月，充翻譯鄉試內簾監試。十三年，轉刑科掌印給事中。十五年六月，充陝西鄉試正考官。八月，提督江西學政。十八年，授湖南辰沅永靖道。十九年正月，特擢湖南布政使。二十年二月，丁父憂；二十二年五月，服闋。命以布政使銜署陝西按察使，未赴任，授江西布政使。二十六年八月，授湖北巡撫。二十八年五月，經刑部指駁，以狥庇盜犯罪革職，罰修孝感縣城堤。二十九年十月，工竣，授湖南按察使。三十年三月，擢西安布政使。十一月，再擢湖北巡撫。三十一年二月，調雲南巡撫。以邊隆事知情不報得罪，朝審擬斬；乾隆帝以湯聘本一庸懦書生，軍旅非其所嫻，改為緩決，於三十四年三月卒於獄中。

　　就此傳記可知，湯聘卒於乾隆三十四年（1769）。湯聘一生雖然晚年得罪，其實可算一介循吏，並且在官位上頗關心民生疾苦。如乾隆二十二年（1757），時任陝西道監察御史的湯聘在《請禁囤當米穀疏》中指出：「近聞民間典當，競有收當米穀一事，子息甚輕，招來甚眾，囤積甚多。在典商不過多中射利，而奸商刁販，遂恃有典鋪通融，無不乘賤收買。」[4]這段話，生動地描述了商業資本和高利貸資本彼此結合、共牟其利的景況。本傳未載其生年，若以其三十歲中進士推斷，湯聘大約享年六十餘歲。意其在乾隆十五年有「提督江西學政」經歷，於是產生「討律賦之源流，作士林之矩矱」的念頭，加之二十年至二十二年，丁憂在家，富有餘暇，故有編纂《律賦衡裁》之舉。

（二）《雨村賦話》對《律賦衡裁・例言》的採錄

湯聘《律賦衡裁》卷首有八則例言，暢論律賦發展源流，並交代此書編寫體例，李調元《雨村賦話》曾加以採錄，有的照錄原文，有的有所改寫，下面先引錄湯書原文，再用李書進行比對：

1. 律賦之興，肇自梁陳，而盛於唐宋。唐代舉進士者，先貼一大經及《爾雅》。經通而後試雜文，文通而後試策。雜文則詩一、賦一，及論贊諸體也。進士選集有格限，未至者試文三篇，謂之宏詞。其選尤重，且得美仕。而天寶十一載以後，制科取士亦兼詩賦命題。賦皆拘限聲律，率以八韻，間有三韻至七韻者。自五代迄兩宋，選舉相承。金起北陲，亦沼厥制。迨元人易以古賦，而律賦寖微。逮乎有明，殆成絕響。國家昌明古學，作者嗣興，巨製鴻篇，包唐轢宋，律賦於是乎稱絕盛矣。

倫按：此條湯聘敍述律賦與歷朝科舉考試之關係，頗為明晰；而李調元可能以為是時人常識，故未加採錄。

2. 宋承唐舊，徐鉉等集唐人及宋初律賦為《賦苑》二百卷。《英華》纂輯，率本是書。厥後，李魯有《賦選》五卷，楊翱有《典麗賦》六十四卷，又唐仲友有《後典麗賦》四十卷，馬偁有《賦門魚鑰》五卷，類皆蒐羅試帖，以為應舉之資。元明之世，寖廢不行。故諸書日就朽蠹，無一存者。亦越我朝，復崇斯制。海昌陳文簡公，奉敕編纂《賦彙》，最稱該備。而王修倩、顧茂倫諸君，間有採

掇，大率原本《英華》。茲集取裁，頗為矜慎，正變略
具，華實兼收。故取陸平原《文賦》中語，以為編目。

倫按：此條中的材料，為李調元《雨村賦話・序》所取
資。然而原文有一些錯誤，如「徐鉉」當作「徐鍇」。《宋史》
卷一六二《藝文志》載：「徐鍇《賦苑》二百卷。」《崇文總
目》卷五同。《宋史》卷四四一《徐鉉傳》附載徐鍇所著書亦
有《賦苑》。又如馬偁有《賦門魚鑰》「五卷」，當作「十五
卷」。陳振孫《直齋書錄解題》卷三十三：「《賦門魚鑰》十五
卷，編集唐蔣防而下至本朝宋祁諸家律賦格訣。」《文獻通
考・經籍考》、《宋史・藝文志》所載卷數悉同。李調元在引述
以上資料時，未加檢查考證，直接採用，造成以訛傳訛的結
果。我以前在作《雨村賦話校證》時，曾以為這是李調元「記
憶偶誤」。因為李調元與明代四川學者楊慎相類，自恃記問淹
博，著述每憑腹笥，才氣橫溢，信筆所之，往往造成差誤。現
在看來，主要是一個輕信前人，未能複核引錄資料的問題。

3. 唐初進士，試於考功，尤重帖經、試策，亦有易以
箴論表贊，而不試詩賦之時，專攻律賦者尚少。大曆、貞
元之際，風氣漸開。至大和八年，雜文專用詩賦，而專門
名家之學，欒然競出矣。李程、王起，最擅時名，蔣防、
謝觀，如驂之靳。大都以清新典雅為宗。其旁騖別趨而不
受羈束者，則元白也（賈餗之工整，林滋之靜細，王棨之
鮮新，黃滔之生雋，皆能自樹一幟，蹀躞文壇。而陸龜蒙
以沈博絕麗之詞，獨開奧突，居然為有唐一代之殿）。下
逮周繇、徐寅輩，刻酷鍛煉，真氣盡漓，而國祚亦移矣。

抽其芬芳，振其金石，琅琅可誦，不下百篇。斯律體之正宗，詞場之鴻寶也。

倫按：此條李調元摘錄爲《新話》卷一第十四條，但「賈餗」至「陸龜蒙」一段失錄，這導致後人據《雨村賦話》描述唐代律賦發展史時造成脫節之弊。

　　4. 宋人律賦篇什最富者，王元之、田表聖及文、范、歐陽三公，他如宋景文、陳述古、孔常父、毅父、蘇子容之流，集中不過一二首。蘇文忠較多於諸公，山谷、太虛僅有存者。靖康、建炎之際，則李忠定一人而已。南遷江表，不改舊章。賦中佳句，尚有一二聯散見別集者，而試帖皆湮沒無聞矣。大略國初諸子，矩矱猶存，天聖明道以來，專尚理趣，文采不贍。揆諸「麗則」之旨，固當俯讓唐賢；而氣盛於辭，汪洋恣肆，亦能上掩前哲，自鑄偉詞。宣和兩朝，都為四卷，事以類從，便於省覽。

倫按：此條李調元摘錄爲《新話》卷五第二十條，成爲後人據以描述宋代律賦發展史的主要參考。「自鑄偉辭」以下，乃湯聘自述其書編纂體例，故雨村未錄。

　　5. 金自大定建元，頗重進士。歷年所命詩賦題及壯頭名氏，徐夢莘《三朝北盟彙編》記載甚詳，而賦罕有流傳者。元承金制，賦不限韻。觀楊廉夫集中所附試帖，元之賦體可知矣。大率平衍樸遫，不足觀覽。律賦至元中息矣。有明館閣課試，率由學士命題，未有定式。於是八韻

之作歇絕者幾四百年。自鄶無譏，姑從闕略。

倫按：此條李調元引作《新話》卷六第一條，常爲後人觀察金、元律賦試賦變化所取資。然而，「金自大定建元」當作「金自大定改元」，徐夢莘《三朝北盟彙編》中亦無金朝「歷年所命詩賦題及壯頭名氏」。雨村錄此而不加考證，亦以訛傳訛也。

6. 國家文治覃敷，英儒輩出。我皇上金聲玉振，兼綜而條貫之。飛纓影組之士，挨藻天廷。炳焉與三代同風矣。鍾黃門岱峰《同館課選》，沈宗伯歸愚《和聲集》，固已家置一編，奉爲丹鼎，故斷自前朝，先河後海，俾學者知所津逮焉。

倫按：此條乃湯聘自述其前選清代律賦者已經有鍾岱峰編選《同館課選》（一名《同館課藝》）、沈德潛編選《和聲集》，所以他自己編選這部賦選以前朝爲斷限。李調元編寫《雨村賦話》未涉及清朝，故未採錄此條。

7. 揚馬之賦，語皆單行。班張則間有儷句。如「周以龍興，秦以虎視」、「聲與風遊，澤從雲翔」等語是也。下逮魏晉，不失厥初。鮑照、江淹，權輿已肇。永明、天鑒之際，吳均、沈約諸人，音節諧和，屬對密切，而古意漸遠。庾子山沿其時尚，引而伸之，無語不工，無句不偶，激齊梁之餘波，開隋唐之先躅，古變爲律，子山其樞紐也。故自隱侯以迄開府，略存數首，以志濫觴。自唐以

降，其有體俳辭儷而不合八韻格律者，亦附見於此編，為別錄一卷。

倫按：此條李調元摘錄為《新話》卷一第三條，僅將「子山其樞紐也」改為「子山實開其先」。「故自隱侯」以下為湯聘自述體例，故未錄。後人常引此條為駢賦演變為律賦之例證。然而湯聘所舉賦句，實有差誤。如「聲與風遊，澤從雲翔」出張衡〈東京賦〉，「遊」、「翔」二字誤倒，當據《昭明文選》改正。李調元徵引時未能校改，留下遺憾。

8. 賦詩有斷章之意，論詩者亦有摘句之圖。蓋一篇之中，玉石雜糅，棄置則菁英可惜，甄採則瑕病未除。不得不掇礫搴糧，略存去取。爰仿殷璠、高仲武之例，撮其佳語，別加論列。又恐雜而不貫，復以己意錯綜其間。鉤心鬥角之奇，選聲徵色之巧，雖非完什，悉屬妍辭。亦文囿漁獵之資，藝苑笙簧之佐云爾。

倫按：此條李調元採錄為《新話》卷一第一條。並加以改寫，說詳下。

（三）《雨村賦話》對《律賦衡裁》正文的採錄

《律賦衡裁》是一部按照題材分類的律賦選本，卷一至卷四按照天時、地理、人事、物類分為四卷，卷五《別錄》則收錄六朝「古變為律」的作品與唐以後不甚合律的作品。所選每首賦後湯聘都寫有一段尾評。這些尾評皆為李調元所採錄，為省篇幅，僅列目如次：

《律賦衡裁》卷一《天時》類

唐·賈餗〈日月如和璧賦〉（以天地交泰，日月貞明爲韻）尾評。倫按：此條李調元錄爲《新話》卷二第二條。

唐·李程〈日五色賦〉（以日麗九華，聖符土德爲韻）尾評。倫按：此條李調元錄爲《新話》卷二第三條。

唐·鄭錫〈日中有王字賦〉（以題爲韻次用）尾評。倫按：此條李調元錄爲《新話》卷二第四條。

唐·闕名〈慶雲抱日賦〉（以雲日暉映，精彩相耀爲韻）尾評。倫按：此條李調元錄爲《新話》卷二第五條。

唐·蔣防〈姮娥奔月賦〉（以一升天中，永棄塵俗爲韻）尾評。倫按：此條李調元錄爲《新話》卷二第六條。

唐·盧肇〈天河賦〉（以太空色際，寧見浮槎爲韻）尾評。倫按：此條李調元錄爲《新話》卷二第七條。

唐·王損之〈曙觀秋河賦〉（以寥天曉清，景耀昭晰爲韻）尾評。倫按：此條李調元錄爲《新話》卷二第七條，與盧肇賦合論。

唐·元稹〈郊天日五色祥雲賦〉（以題爲韻）尾評。倫按：此條李調元錄爲《新話》卷二第八條。

唐·侯喜〈秋雲似羅賦〉（以蘭亦堪採爲韻）尾評。倫按：此條李調元錄爲《新話》卷二第九條。

唐·陳章〈風不鳴條賦〉（以天下和平則如此爲韻）尾評。倫按：此條李調元錄爲《新話》卷二第十條。

唐·王棨〈涼風至賦〉（以律變新秋，肅然遂起爲韻）尾評。倫按：此條李調元錄爲《新話》卷二第十一條。

唐·林滋〈小雪賦〉尾評。倫按：此條李調元錄爲《新話》卷二第十二條。

唐・王棨〈江南春賦〉尾評。倫按：此條李調元錄爲《新話》卷二第十三條。

唐・黃滔〈秋色賦〉尾評。倫按：此條李調元錄爲《新話》卷二第十四條。

宋・蘇頌〈曆者天地之大紀賦〉（以聖人以通天地之數爲韻）尾評。倫按：此條李調元錄爲《新話》卷五第十四條。

唐・顧況〈黃鍾宮爲律本賦〉（以究極中和，是爲天統爲韻）尾評。倫按：此條李調元錄爲《新話》卷三第三十四條。

唐・蕭穎士〈至日圓丘祀昊天上帝賦〉（以題爲韻）尾評。倫按：此條李調元錄爲《新話》卷二第二十四條。

《律賦衡裁》卷二《地理》類

唐・黃滔〈融結爲河嶽賦〉尾評。倫按：此條李調元錄爲《新話》卷二第二十五條。

唐・丁春澤〈日觀賦〉（以斜對杳冥，中霄見日爲韻）尾評。倫按：此條李調元錄爲《新話》卷二第二十六條。

唐・喻餗〈仙掌賦〉（以指掌極贍，峩然秋碧爲韻）尾評。倫按：此條李調元錄爲《新話》卷二第二十七條。

唐・王棨〈芙蓉峰賦〉（以風勢孤異，前望似之爲韻）尾評。倫按：此條李調元錄爲《新話》卷二第二十八條。

唐・周鍼〈登吳嶽賦〉（以崇巒險固，永鎮西疆爲韻）尾評。倫按：此條李調元錄爲《新話》卷二第二十九條。

唐・周鍼〈海門山賦〉（以峭立如門，終古無易爲韻）尾評。倫按：此條李調元錄爲《新話》卷二第二十九條，與上條〈登吳嶽賦〉合論。

唐・陳山甫〈禹鑿龍門賦〉（以利濟生人，功存聖德爲韻）尾評。倫按：此條李調元錄爲《新話》卷二第三十條。

唐・王棨〈曲江池賦〉（以城中人日，同集池上為韻）尾評。倫按：此條李調元錄為《新話》卷二第三十一條。

唐・林滋〈揚冰賦〉（以海上沙前，光耀清景為韻）尾評。倫按：此條李調元錄為《新話》卷二第三十二條。

唐・李子卿〈駕幸九成宮賦〉（以順時出豫，觀風展義為韻）尾評。倫按：此條李調元錄為《新話》卷二第三十三條。

唐・闕名〈望春宮賦〉（以春望郊野，順時布和為韻）尾評。倫按：此條李調元錄為《新話》卷二第三十四條。

唐・鄭瀆〈吹笛樓賦〉（以時平故事，有吹笛樓為韻）尾評。倫按：此條李調元錄為《新話》卷二第三十五條。

唐・黃滔〈館娃宮賦〉尾評。倫按：此條李調元錄為《新話》卷二第三十六條。

唐・王棨〈墨池賦〉（以臨池學書，水變成墨為韻）尾評。倫按：此條李調元錄為《新話》卷二第三十六條。

《律賦衡裁》卷三《人事》類

唐・鄭錫〈正月一日含元殿觀百獸率舞賦〉尾評。倫按：此條李調元錄為《新話》卷四第一條。

唐・陸贄〈冬至日陪位聽太和樂賦〉（以文德光宅，天敬萬壽為韻）尾評。倫按：此條李調元錄為《新話》卷四第二條。

唐・石貫〈藉田賦〉（以復收墜典，以期農祥為韻）尾評。倫按：此條李調元錄為《新話》卷三第三十三條。

唐・李君房〈獻繭賦〉（將以給宗廟之服為韻）尾評。倫按：此條李調元錄為《新話》卷四第二十三條，與石貫〈藉田賦〉合論。

唐・裴度〈鑄劍戟為農器賦〉（以天下無事，務農息兵為

韻）尾評。倫按：此條李調元錄爲《新話》卷四第二十四條，

唐・劉禹錫〈平權衡賦〉（以晝夜平分，鈞銖取則爲韻）尾評。倫按：此條李調元錄爲《新話》卷四第二十五條。

宋・歐陽修〈藏珠於淵賦〉尾評。倫按：此條李調元錄爲《新話》卷五第十一條。

唐・元稹〈觀兵部馬射賦〉（以藝成而動，舉必有功爲韻）尾評。倫按：此條李調元錄爲《新話》卷三第七條。

宋・范仲淹〈用天下心爲心賦〉尾評。倫按：此條李調元錄爲《新話》卷五第八條。

宋・歐陽修〈畏天者保其國賦〉（以祇畏天道，能保其國爲韻）尾評。倫按：此條李調元錄爲《新話》卷五第十三條。

宋・蘇軾〈明君可與爲忠言賦〉（以明則知遠，能順忠告爲韻）尾評。倫按：此條李調元錄爲《新話》卷五第十八條。

唐・謝觀〈周公朝諸侯於明堂賦〉（以九向埃序，外方同心爲韻）尾評。倫按：此條李調元錄爲《新話》卷四第四條。

唐・白敏中〈息夫人不言賦〉（以此人不言，其意安在爲韻）尾評。倫按：此條李調元錄爲《新話》卷四第五條。

唐・浩虛舟〈行不由徑賦〉（以處心行道，有如此焉爲韻）尾評。倫按：此條李調元錄爲《新話》卷四第六條。

唐・宋言〈漁父辭劍賦〉（以濟人之急，取利誠非爲韻）尾評。倫按：此條李調元錄爲《新話》卷四第六條。

五代・梁嵩〈倚門望子賦〉尾評。倫按：此條李調元錄爲《新話》卷四第三十三條。

唐・宋言〈學雞鳴度關賦〉尾評。倫按：此條李調元錄爲《新話》卷四第九條。

唐・賈餗〈莊周夢爲蝴蝶賦〉（以昔者莊周夢爲蝴蝶爲

韻）尾評。倫按：此條李調元錄爲《新話》卷四第十條。

　唐・白居易〈漢高祖斬白蛇賦〉（以漢高皇帝親斬白蛇爲韻）尾評。倫按：此條李調元錄爲《新話》卷四第十一條。

　唐・王棨〈沛父老留漢高祖賦〉（以願止前驅，得申深意爲韻）尾評。倫按：此條李調元錄爲《新話》卷四第十三條。

　唐・王起〈宣尼宅聞金屬絲竹之聲賦〉（以聖德千祀，發於五音爲韻）尾評。倫按：此條李調元錄爲《新話》卷四第十四條。

　唐・康僚〈漢高帝重見李夫人賦〉（以神仙異術，變化通靈爲韻）尾評。倫按：此條李調元錄爲《新話》卷四第十五條。

　唐・李遠〈題橋賦〉（以望在雲霄，居然有異爲韻）尾評。倫按：此條李調元錄爲《新話》卷四第十九條。

　宋・李綱〈折欄旌直臣賦〉尾評。倫按：此條李調元錄爲《新話》卷四第二十一條。

　唐・黃滔〈漢宮人誦洞簫賦賦〉（以清韻獨新宮娥諷誦爲韻）尾評。倫按：此條李調元錄爲《新話》卷四第八條。

　唐・闕名〈鶴歸華表賦〉（以去家千載今始歸爲韻）尾評。倫按：此條李調元錄爲《新話》卷四第二十條。

　唐・王損之〈飲馬投錢賦〉（以好善馳名，叶乎前志爲韻）尾評。倫按：此條李調元錄爲《新話》卷四第二十一條。

　唐・蔣防〈螢光照字賦〉（以能勵躬，必大成爲韻）尾評。倫按：此條李調元錄爲《新話》卷四第二十一條。

　宋・秦觀〈郭子儀單騎見虜賦〉尾評。倫按：此條李調元錄爲《新話》卷五第十九條。

　唐・黃滔〈明皇回駕經馬嵬賦〉（以程及曉留，芳魂顧跡

為韻）尾評。倫按：此條李調元錄為《新話》卷四第十六條。

唐‧黃滔〈送君南浦賦〉（以越空綿目，傷妾是君為韻）尾評。倫按：此條李調元錄為《新話》卷四第十七條。

《律賦衡裁》卷四《物類》

唐‧王棨〈一賦〉（以為文首出，得數之先為韻）尾評。倫按：此條李調元錄為《新話》卷三第一條。

唐‧韓愈〈明水賦〉（以元化無宰，至精感通為韻）尾評。倫按：此條李調元錄為《新話》卷三第二條。

唐‧王起〈庭燎賦〉（以早設王庭，輝映群辟為韻）尾評。倫按：此條李調元錄為《新話》卷三第三條。

唐‧柳宗元〈披沙揀金賦〉（以求寶之道，同乎選才為韻）尾評。倫按：此條李調元錄為《新話》卷三第四條。

唐‧白行簡〈金躍求為鏌鋣賦〉（以大冶無私，祥金乃躍為韻）尾評。倫按：此條李調元錄為《新話》卷三第五條。

唐‧李程〈金受礪賦〉（以聖無全功，必資輔佐為韻）尾評。倫按：此條李調元錄為《新話》卷三第六條。

宋‧范仲淹〈金在熔賦〉（以金在良冶，求助成器為韻）尾評。倫按：此條李調元錄為《新話》卷六第九條。

唐‧賈餗〈太阿如秋水賦〉（以如彼秋水容色為韻）尾評。倫按：此條李調元錄為《新話》卷三第八條。

唐‧元稹〈鎮圭賦〉（以王者端拱，四維鎮寧為韻）尾評。倫按：此條李調元錄為《新話》卷三第九條。

唐‧王起〈蒲輪賦〉（以安車禮賢者為韻）尾評。倫按：此條李調元錄為《新話》卷三第十條。

唐‧鄭錫〈長樂鐘賦〉（以長樂鐘賦一首為韻）尾評。倫按：此條李調元錄為《新話》卷三第十一條。

唐‧白居易〈雞距筆賦〉（以中山兔毫，作之尤妙爲韻）尾評。倫按：此條李調元錄爲《新話》卷三第十二條。

唐‧吳融〈古瓦硯賦〉尾評。倫按：此條李調元錄爲《新話》卷三第十三條。

唐‧陸環〈曲水栖賦〉（以曲水同醉，樂如之何爲韻）尾評。倫按：此條李調元錄爲《新話》卷三第十四條。

宋‧蘇軾〈濁醪有妙理賦〉（以神聖功用，無捷於酒爲韻）尾評。倫按：此條李調元錄爲《新話》卷三第十五條。按照《雨村賦話》以作者時代爲序之體例，此條本當移置卷五。爲何將蘇軾賦作混雜在唐人之中，筆者在作《雨村賦話校證》時百思不得其解，現在明白是照抄《律賦衡裁》的緣故。

唐‧陳章〈水輪賦〉（以汲引之道，成於運輪爲韻）尾評。倫按：此條李調元錄爲《新話》卷三第十六條。

唐‧浩虛舟〈盆池賦〉（以積水盈器，如望深池爲韻）尾評。倫按：此條李調元錄爲《新話》卷三第十七條。

唐‧張莒〈紫宸殿前櫻桃樹賦〉（以日月所照榮華先發爲韻）尾評。倫按：此條李調元錄爲《新話》卷三第十八條。

唐‧崔鎮〈尚書省梧桐賦〉（以托根得地，藏器待時爲韻）尾評。倫按：此條李調元錄爲《新話》卷三第十九條。

唐‧溫岐〈再生檜賦〉尾評。倫按：此條李調元錄爲《新話》卷三第二十條。

唐‧白居易〈荷珠賦〉（以棄珠之鮮瑩爲韻）尾評。倫按：此條李調元錄爲《新話》卷三第二十一條。

唐‧陸龜蒙〈書帶草賦〉尾評。倫按：此條李調元錄爲《新話》卷三第二十二條。

唐‧白居易〈黑龍飲渭水賦〉（以出爲漢祥，下飲渭水爲

韻）尾評。倫按：此條李調元錄爲《新話》卷三第二十三條。

唐・王起〈蜃樓賦〉（以海旁蜃氣象樓臺爲韻）尾評。倫按：此條李調元錄爲《新話》卷三第二十四條。

唐・王損之〈汗血馬賦〉（以絕足方馳，流汗如珠爲韻）尾評。倫按：此條李調元錄爲《新話》卷三第二十五條。

唐・王維〈白鸚鵡賦〉（以容日上海，孤飛色媚爲韻）尾評。倫按：此條李調元錄爲《新話》卷三第二十六條。

唐・皇甫湜〈鶴處雞群賦〉尾評。倫按：此條李調元錄爲《新話》卷三第二十七條。

唐・謝觀〈越裳獻白雉賦〉（以周德方興，遠夷入貢爲韻）尾評。倫按：此條李調元錄爲《新話》卷三第二十八條。

唐・張仲素〈反舌無聲賦〉（以氣感聲盡，取以候時爲韻）尾評。倫按：此條李調元錄爲《新話》卷三第二十九條。

唐・王棨〈延州獻白鵲賦〉（以聖德遐及，靈禽表祥爲韻）尾評。倫按：此條李調元錄爲《新話》卷三第三十條。

宋・田錫〈雁陣賦〉（以葉落南翔，雲飛水宿爲韻）。

宋・文彥博〈鴻漸於陸賦〉（以鴻在於陸，爲世儀表爲韻）。

唐・李遠〈蟬蛻賦〉（以變化逢時，飛鳴有日爲韻）尾評。倫按：此條李調元錄爲《新話》卷三第三十五條。

唐・陳硎〈螳螂拒轍賦〉（以怒臂當車，生不知量爲韻）尾評。倫按：此條李調元錄爲《新話》卷三第三十六條。

唐・陳章〈腐草爲螢賦〉（以積腐有光，可名爲螢爲韻）尾評。倫按：此條李調元錄爲《新話》卷三第三十七條。

《律賦衡裁》卷五《別錄》

梁・沈約〈高松賦〉尾評。倫按：此條李調元錄爲《新

話》卷一第十二條。

梁‧沈約〈桐賦〉尾評。倫按：此條李調元錄爲《新話》卷一第十三條。

梁‧吳均〈入（八）公山賦〉尾評。倫按：此條李調元錄爲《新話》卷一第九條。「八」字原誤作「入」，可據《雨村賦話》所引錄校改。

陳‧張正見〈石賦〉尾評。倫按：此條李調元錄爲《新話》卷一第十條。

周‧庾信〈三月三日華林園馬射賦〉（有序）〈小園賦〉（有序）尾評。倫按：此條李調元錄爲《新話》卷一第四條。

唐‧許敬宗〈麥秋賦〉尾評。倫按：此條李調元錄爲《新話》卷一第十九條。

唐‧許敬宗〈掖庭山賦〉尾評。倫按：此條李調元錄爲《新話》卷一第十九條，與上條〈麥秋賦〉合論。

唐‧王勃〈九成宮東臺山池賦〉尾評。倫按：此條李調元錄爲《新話》卷一第二十條。

唐‧楊炯〈浮漚賦〉尾評。倫按：此條李調元錄爲《新話》卷一第二十一條。

唐‧張說〈奉和聖制喜雨賦〉尾評。倫按：此條李調元錄爲《新話》卷一第十七條。另外，《律賦衡裁‧餘論》亦有論此賦之條目，則錄爲《新話》卷四第三條。

唐‧張說〈蜀江春日文君濯錦賦〉尾評。倫按：此條李調元錄爲《新話》卷一第十八條。

唐‧鄭遙〈初月賦〉尾評。倫按：此條李調元錄爲《新話》卷三第三十二條。

唐‧王泠然〈新潭賦〉尾評。倫按：此條李調元錄爲《新

話》卷二第十五條。

　　唐・闕名〈七夕賦〉尾評。倫按：此條李調元錄爲《新話》卷二第十六條。

　　唐・闕名〈駕幸芙蓉園賦〉尾評。倫按：此條李調元錄爲《新話》卷二第十六條，與〈七夕賦〉合論。

　　唐・白居易〈動靜交相養賦〉尾評。倫按：此條李調元錄爲《新話》卷二第十七條。

　　唐・劉允濟〈明堂賦〉尾評。倫按：此條李調元錄爲《新話》卷二第十八條。

　　唐・賈餗〈蜘蛛賦〉尾評。倫按：此條李調元錄爲《新話》卷二第十九條。

　　唐・楊譽〈紙鳶賦〉尾評。倫按：此條李調元錄爲《新話》卷二第二十條。

　　唐・陸龜蒙〈采藥賦〉尾評。倫按：此條李調元錄爲《新話》卷二第二十一條。

　　唐・陸龜蒙〈中酒賦〉尾評。倫按：此條李調元錄爲《新話》卷二第二十二條。

　　唐・司空圖〈春愁賦〉尾評。倫按：此條李調元錄爲《新話》卷二第二十三條。

　　宋・歐陽修〈黃楊樹子賦〉（有序）尾評。倫按：此條李調元錄爲《新話》卷五第十五條。

　　宋・蘇軾〈老饕賦〉尾評。倫按：此條李調元錄爲《新話》卷五第十六條。

　　元・趙孟頫〈修竹賦〉尾評。倫按：此條李調元錄爲《新話》卷六第二條。

（四）《雨村賦話》對《律賦衡裁·餘論》的採錄

湯聘《律賦衡裁》卷六載《餘論》四十八則，多爲其後辭賦選本所採錄。筆者所知除《雨村賦話》之外，尚有數家採錄：

清嘉慶年間，雲南學政顧蓴（1765－1832）編選《律賦必以集》卷首選載湯稼堂《律賦衡裁·餘論》四十一則，加有少量批語。《律賦必以集》今知有三種刻本，以嘉慶十八年（1813）雲南刻本爲最早。

清同治年間，四川新繁縣令程祥棟編選《東湖草堂賦鈔》四集，卷首選載四家賦論，一爲湯稼堂《律賦衡裁·餘論》，二爲吳錫麒《論律賦》，三爲浦銑《復小齋賦話》，四爲侯心齋《律賦約言》。

據許結《歷代賦集與賦學批評》一文披露，潘世恩編《律賦正宗》採錄《律賦衡裁·餘論》十則，楊泗孫增輯《唐律賦抄》採錄十則，兩錄略異，多出兩則，皆爲李調元《賦話》所錄，僅文字略有增減[5]。

筆者在作《雨村賦話校證》時，曾加以對比，發現顧蓴《律賦必以集》所採《律賦衡裁·餘論》四十一條，皆爲李調元《雨村賦話》收錄，僅據原書，知顧氏所採不全，《律賦衡裁·餘論》四十八條，當全部被《雨村賦話》採錄。

綜上所述，《律賦衡裁·例言》八條，《雨村賦話·新話》採錄六條；卷一《天時》類三十一條、卷二《地理》類十四條、卷三《人事》類三十一條、卷四《物類》三十五條、卷五《別錄》二十六條、卷六《餘論》四十八條，皆爲《雨村賦話·新話》所採錄。以上合計共達一百九十一條。根據筆者統

計，《雨村賦話・新話》一至六卷共計二百一十五條，只有區區二十餘條可能由李調元自撰，其餘全都採錄自《律賦衡裁》！比對的結果是令人吃驚的，如果按照今人的標準，《雨村賦話》有可能會被判定是一部「抄襲」的著作。即使我們承認《舊話》四卷是李調元本人纂輯的資料，那麼，《新話》部分仍未免「抄襲」之嫌，儘管這是李調元在《序言》中已經加以申明的公開抄襲。然而，歷史常常會開學術的玩笑，李調元這部疑似抄襲的《雨村賦話》名揚天下，而湯聘的原創著作《律賦衡裁》卻湮埋不彰。學術的公理何在呢？其實，平心靜氣思考，書籍的傳與不傳，除了所謂「幸與不幸」的命運因素之外，還同李調元開創賦話著作的體例，以及精心編排，及時出版很有關係。

二、《雨村賦話》對《律賦衡裁》的創新

（一）《雨村賦話》是賦學史上第一部以「賦話」命名的專書

考察賦學史，賦的評論伴隨著賦的創作而興起，形成了源遠流長的傳統。但是，在唐以前，只有零星的談賦言論（如司馬相如、揚雄論賦），或單篇論文（如劉勰《文心雕龍・詮賦》），沒有專書。根據目錄書的記載，中晚唐至宋初，產生了一大批《賦格》、《賦訣》、《賦要》、《賦樞》、《賦門》之類的著作，但這些書大都已失傳，今人莫究其詳。唯有唐鈔《賦譜》一卷，尚存日本，詳見拙文《唐鈔本〈賦譜〉初探》[6]。宋人文集、筆記中有大量的論賦資料，如王禹偁《律賦序》，載

《小畜集》卷二；范仲淹《賦林衡鑒序》，載《范文正公別集》卷四；以及秦觀論賦，載李廌《師友談記》；洪邁論韻，載《容齋續筆》卷十三，等等，意見都非常精彩，可惜還不是系統的專書。只有鄭起潛《聲律關鍵》（《宛委別藏》本），作爲賦格著作，可以繼軌《賦譜》。元代祝堯的《古賦辨體》，是一部重要的賦學專書，不過它仍屬賦選性質，難以視爲賦話。明代吳訥《文章辨體》、徐師曾《文體明辨》，以及王世貞《藝苑卮言》、胡應麟《詩藪》等書中，都有相對集中的論賦、話賦文字，只是尙未能獨立成專書。清初吳景旭《歷代詩話》八十卷，其中丙集九卷皆論賦，只是多屬考訂文字，且未獨立成書。彭元瑞《宋四六話》沿用宋人王銍《四六話》「詩話、文話、賦話各別見」[7]的體例，於卷十專載其輯錄的宋人筆記中的賦話，且附注出處，極便讀者。孫梅的《四六叢話》中，也有占相當比重的賦話內容，故孫福清《復小齋賦話·跋》稱；「文之有話，始於劉舍人之《文心雕龍》；詩之有話，始於鍾記室之《詩品》；下至四六話、詞話、曲話，話日出而不窮，從未有話及賦者。有之，自近人孫梅始。」從文學批評論著中話賦文字日漸增多的趨勢來看，到了清代乾隆年間，一部專門的賦話著作已經呼之欲出了，李調元的《雨村賦話》便應運而生。除了賦學批評自身發展的需要之外，導致《雨村賦話》的產生，還有一個關鍵的促進因素，那就是科舉考試的需要。正如顧南雅《律賦必以集·序》所云：「我朝承前明之制，取士以制義，而仍不廢詩賦。自庶吉士散館、翰詹大考，以及學政試生童，俱用之。其體固不拘一格，而要之以律爲宜。蓋律者，法也。有對偶、有聲病。古賦可以僞爲，而律非富於涉獵揣摩有素者，不能爲也。」[8]又如陶福履《常談》所云：「國朝

專為翰林供奉文字、庶吉士月課散館、翰詹大考皆試賦，外如博學鴻詞及召試，亦試賦，而學政試生員亦用詩賦。」[9]因此，律賦作為考試文體的重要性儘管在八股文之下，但也是重要的考試文體之一。李調元在《雨村賦話・序》中曾談到他這部書的產生經過，明確聲明這部書是他「視學粵東」期間，「歲試月課之餘」的一個副產品，足見《雨村賦話》的產生與科舉試賦有著密切的聯繫。

　　以上筆者論述了《雨村賦話》的產生不是一個偶然的、孤立的事件，而是賦學發展和社會需要的結果。在這樣的背景下，必然會有其他的賦學家也在編著賦話，其中最著名的是浦銑（字柳愚）所輯《歷代賦話》正續集二十八卷。浦銑此書體例與李調元《雨村賦話》後四卷《舊話》部分相仿，而搜採更博，規模更大。書前有浦銑《自序》、《後序》和袁枚、孫士毅、楊宗岱三人之《序》。浦銑《自序》署「乾隆閼逢涒灘」，當乾隆二十九年，說明其書初稿編撰時間甚早。但其《後序》又說：「一則觀書不多，一則無力付梓，迄今一紀。」說明其初稿成後，一面不斷修訂補充，一面等待有力者經濟資助。袁《序》稱：「柳愚先生創賦話一書。」是其以為浦書為賦話的首創之作。楊《序》稱其得見浦書之「乙稿（即修訂稿）」。按袁《序》、楊《序》署年為「戊申」，當乾隆五十三年（1788）；孫《序》署年為「乾隆強圉協洽」，當乾隆五十二年（1787）；是其書最後完成在孫《序》之前，刻印出版在袁《序》楊《序》之後。又據浦銑《後序》，稱其書刊刻完成在「辛丑出門」之後八年之八月中秋。按：辛丑乃乾隆四十六年，後八年即戊申，當乾隆五十三年，與袁《序》、楊《序》署年合。今上海古籍出版社影印《歷代賦話》署為乾隆五十五年初刻本，未知

何據。而李調元《雨村賦話·序》署年爲「乾隆四十三年」（1778），當早於蒲書約十年光景面世。又袁枚與李調元雖先後同館，但袁枚居吳，李調元居蜀，天各一方，無由謀面。直到嘉慶元年（1796），才互通書信，互贈著作（詳《雨村賦話》卷十六）。此前袁枚未能見到《雨村賦話》，故序蒲銑書時，有「創爲賦話」之論，無足怪也。其他賦話作家，如王菼孫（1755－1817），行輩更晚於蒲銑。因此，我們完全可以認定《雨村賦話》爲我國第一部正式出版的賦話專書。

（二）《雨村賦話》奠定了賦話這種文學批評樣式的體制格局

  《雨村賦話》分成《新話》、《舊話》兩個部分。《新話》六卷，從漢至明代賦作中「攝其佳語」，加以評騭。蒲銑的《律賦衡裁·例言》第八條原文云：「賦詩有斷章之意，論詩者亦有摘句之圖。蓋一篇之中，玉石雜糅，棄置則菁英可惜，甄采則瑕病未除。不得不掇礫搴糧，略存去取。爰仿殷璠、高仲武之例，攝其佳語，別加論列。又恐雜而不貫，復以己意錯綜其間。鉤心鬥角之奇，選聲徵色之巧，雖非完什，悉屬妍辭。亦文圃漁獵之資，藝苑笙簧之佐云爾。」李調元採錄爲《新話》卷一第一條，並加以改寫，成爲：「論詩有摘句之圖，選賦亦有斷章之意。蓋一篇之中，玉石雜糅，棄置則菁英可惜，甄采則瑕病未除。不得不掇礫搴糧，略存去取。爰仿殷璠、高仲武之例，攝其佳語，悉屬妍辭。亦文圃漁獵之資，藝苑笙簧之佐云爾。」這樣改寫是有特殊意義的，蓋湯聘原句「賦詩有斷章之意」，語本《左傳·襄公二十八年》：「宗不余辟，余獨爲辟之？賦詩斷章，余取所求焉，惡識宗？」原指截取《詩經》中

某篇詩的某一章，以表達己意。只取所需，而不顧原詩的意思。而李調元改寫爲「選賦亦有斷章之意」，明確聲言自己的賦話著作採用與詩話一樣摘句品評的方式，採用一種摘句品評的辦法，爲此書確立了與一般賦選不同的體制。這是從賦選著作向賦話著作轉變的關鍵所在。

《舊話》四卷，從歷代正史、雜史、筆記、詩話、文話、別集、總集、賦選、類書中，探錄賦家軼事、賦作本事、賦壇佳話，間附考辨。《舊話》按時代編排，卷七爲漢、魏，包括陸機、劉勰等各家論賦；卷八涉及晉、宋、齊、梁、陳、隋及北朝賦家；卷九爲唐五代；卷十爲宋、金、元、明。編次得法，井然有序，歷代重要賦家大都網羅其中，可謂洋洋大觀。《舊話》與《新話》互相配合，前後呼應，《新話》見其賦作，《舊話》見其本事，二者共同反映出我國歷朝賦學概況，形成縱橫交錯的宏偉格局。

總之，《雨村賦話》確立了賦話記載本事、考辨疑誤、探析源流、品評賦作、講解作法等項主要內容，影響了有清一代賦話著作的大量產生。比如浦銑的兩種賦話著作，其《復小齋賦話》以品評律賦爲主，不少意見很精到，相當於《雨村賦話》的《新話》部分，但是編排尚屬隨筆漫錄式，不如《新話》井然有序。浦氏的另一著作《歷代賦話》，則相當於《雨村賦話》的《舊話》部分，而且規模更大、搜採更博、考證更詳，具有「述而兼作」的特色（詳孫士毅《歷代賦話·序》），只可惜流傳未廣，鮮爲人知。王蒼孫也有兩種賦話著作，其《讀賦卮言》是賦學專論，雖然篇幅不大，但理論價值較高。其《古賦識小錄》八卷，則兼及賦選和評論。另外，孫奎有《春暉園賦苑卮言》二卷[10]，上卷輯錄賦家生平、賦作本事，

下卷評論賦作，闡述作賦之旨，體例與《雨村賦話》相類。其實，仔細比對，恐怕是對《雨村賦話》的沿襲。

三、《春暉園賦話》對《雨村賦話》的沿襲

孫奎（？－1806），字敦五，號斗泉，通州（今江蘇南通）人。少工詩賦，以優貢入太學，但久試不第，乾隆中兩次召試均列二等。遂閉戶著書，舌耕養親，布衣終生。著有《春暉園集》、《春暉園賦鈔》、《春暉園賦話》等。生平略見王繼祖等修《直隸通州志・文苑傳》[11]，以及李道南《春暉園賦鈔・序》和胡長齡《春暉園賦苑巵言・序》。

《春暉園賦話》又名《春暉園賦苑巵言》，爲作者遺稿，據孫奎弟子胡長齡《序》云：「余幼時嘗從先生學爲詩賦。先生試輒冠軍，而卒不得一第，以優貢入太學。歲壬戌（1802），予奉諱南歸，先生已老且病矣，猶朝夕過從，譚藝若往時。乙丑（1805）服闋赴都，明年先生遂下世。予婦爲經紀其喪，復擎其嗣孫來粵，出所著《賦苑巵言》相示。把卷黯然，蓋即向時尊酒論文，口譚而筆錄之者。因付剞劂，以廣流傳。」按此序署嘉慶庚午年（1810），此書初刊當在此時。

此書二卷，上卷一百二十二條，多記述歷代賦事；下卷一百一十三條，多賞析唐宋賦句。當代賦論家如葉幼明《辭賦通論》[12]、許結《論清代的賦學批評》都對此書評價頗高。

其實經比對，此書約三分之二條目皆摘抄自李調元《雨村賦話》，甚至李書之錯誤亦照樣抄錄。如卷上辨析張衡〈天象賦〉爲僞作條，李氏原書即誤「殷馗」爲「殷堪」，而此書亦照錄爲「殷堪」。又如卷下「許渾詩、李遠賦」條，李氏原書

即誤以「求古」爲許渾之號、「丁卯」爲李遠之號，而此書亦照樣張冠李戴。

此書摘抄李書，一律刪去原書出處，字句也有少量的修改。有改對的，如李書卷九〈腐草爲螢賦〉條，誤引俗書《一夕話》以爲是唐時之事；而此書改爲宋人黃致一事。考施德操《北窗炙輠錄》，知此書所改是正確的。也有改錯的，如李書卷一引無名氏〈仁壽鏡賦〉，此書改爲張說賦，乃毫無根據之臆改。

此書作者也偶有所見，如卷上一條云：「孟堅之〈兩都〉、張平子之〈兩京〉及〈南都賦〉，皆原本〈子虛〉、〈上林〉加以充拓，喬皇偉麗，爲一代巨制；又杜篤字季雅，有〈論都賦〉一首，淵源揚、馬，亦見採於范史。」此條指出大賦之間的承接關係，稍有見地。

總之，《春暉園賦話》本是一部作者主要摘錄李調元《雨村賦話》而編寫的賦學講義，並無多少獨立特出的學術見解，實在難以承擔當今學術界過高的評價。

四、《雨村賦話》版本的新說明

成復旺教授認爲：「《賦話》乾隆間瀹雅齋校刻本只有《新話》，故爲六卷。後編入《函海》時加入《舊話》，合成十卷。《叢書集成》本又據《函海》本排印。」[13]

筆者認爲對此還可作進一步探討，據筆者所知，《雨村賦話》共有七種版本：1.乾隆四十四年廣東刊本。2.乾隆末年《函海》萬卷樓刊本。3.嘉慶十四年李鼎元重校《函海》本。4.道光五年李朝夔補刊《函海》本。5.光緒七年瀹雅齋重刊

單行本。6. 光緒八年廣漢鍾登甲樂道齋重刊《函海》本。7.
《叢書集成初編》排印本。以下即對此作一簡要說明：

《雨村賦話》自序於乾隆四十三年六月，書成之後，當即
付梓。李調元晚年自訂年譜《童山自記》於乾隆四十四年下著
錄：「是年，《賦話》十二卷成。」後來，清光緒間刊印的《皇
朝續文獻通考》亦著錄：「李調元《賦話》十二卷。」因此，
這個廣東刊本有可能是個《新話》、《舊話》各六卷的十二卷
本。李調元出任廣東學政，爲獨當一面之朝廷大員，刻書乃輕
而易舉之事，觀其在《雨村賦話》卷十六中聲稱：「余視學廣
東時，刻其（袁枚）詩五卷，以示諸生。」既然《雨村賦話》
亦爲訓導諸生而作，焉有不刻足本之理？如果這個十二卷本屬
實，那麼就應當是在收入《函海》時，將後六卷《舊話》合成
了四卷。但是，筆者在比較《函海》各本時，對此產生了疑
問，又有了一個新的看法。乾隆本《函海》中《雨村賦話》的
字體與其前後各書均不同，《雨村賦話》爲楷體，其他各書則
爲仿宋體。這就完全有可能是李調元自廣東離任時，將書板帶
回來，其後合併入《函海》中。如果真是這樣的話，那麼就有
可能是李調元的《賦話》稿本爲十二卷，在廣東淪雅齋初刻
時，便將後六卷《舊話》合併成了四卷，合併的原因大概是便
於按朝代分段，今《舊話》各卷的篇幅明顯大於《新話》各卷
（《新話》各卷爲四十則左右，《舊話》各卷爲一百則左右），便
是曾經拼合的明證。當然，這一推論是否正確，尚有待於廣東
刊《雨村賦話》足本的發現。

李調元《函海·總序》撰於乾隆四十九年十二月初六，
《函海》編刻竣工，也當在此時。但《函海》乾隆甲辰本目錄
注明：「《賦話》嗣補。」因此，《賦話》在乾隆末年始收入

《函海》萬卷樓本。其後嘉慶本、道光本中的《雨村賦話》，皆
是同一板刻的翻印。乾隆本是每半頁九行，行二十字；單魚
尾，白口；板框高約十八點五公分，寬約二十六點五公分。封
面爲黃底，署「雨村賦話」四個大字，各頁中縫上頂格有「賦
話」二字。嘉慶本、道光本與乾隆本只有板刻漫漶程度不等的
差別。

　　光緒七年夏瀹雅齋重刊本。此本爲單行十卷足本，版框高
十八公分，寬十二公分，正文爲刊刻整齊的仿宋體，每半葉九
行，行二十字，版心下有「瀹雅齋校刊」字樣。此本無字跡漫
漶，可據以補足乾隆《函海》本的一些缺字；但乾隆本的誤
字，此本大都相沿未改，而且新增刊刻誤字，如卷一「殷堪識
曹公」即誤作「設堪識曹公」，故僅有少量的校勘價值。

　　光緒八年廣漢鍾登甲樂道齋刊本。此本爲叢書本，與乾隆
本相較，有五點不同：一是字體換成整部叢書統一的仿宋體，
二是板框縮小爲高十四公分，寬二十一點二公分，三是每半頁
十行，行二十字，四是雙魚尾，中縫上有「賦話」二字，下有
「二十九函」字樣，五是封面正面僅署有「賦話」二字，背面
有「光緒壬午年鋟於樂道齋」字樣。

　　《叢書集成初編》本爲排印本。《叢書百部提要》「函海」
條稱：「道光五年，其子朝夔重修補刊，於是復爲完璧。」[14]
由此可知，《叢書集成初編》本是據道光本排印出版。

　　綜上所述，《雨村賦話》現存七種版本，實際上可以歸併
爲四種不同的版本：即乾隆《函海》本（嘉慶本、道光本皆此
本之翻印），光緒年間兩種重刻本，《叢書集成初編》排印道光
本。乾隆本爲今存最善之足本，因此，整理《雨村賦話》應當
選擇乾隆本爲底本。光緒重刻本、叢書集成本在重新校刻、排

印的過程中，補充了原本板刻漫漶不清之處，並改正了個別明顯的錯字；但重刻、重排本對原本的錯誤，不僅大多數相沿未改，而且在校刻、排印之中，又新增加了一些錯字，故重刻、重排本只可用來對底本作輔助性參校，不可用作底本，也不可用作主要的校勘依據。

李調元晚年曾計劃對《雨村賦話》有所修訂增補，其《雨村詩話》記載：「仁和姚申甫（成烈），乾隆乙丑進士，由吏部郎歷官廣西中臣。余視學嶺南，公爲方伯。時余方撰《賦話》，公亟稱之，曰：『再得廣搜古今賦事，便成大著作矣。』至今未盡此志，每憶其言，未嘗不以爲恨也。」[15]

結　語

以上，我們既考察《雨村賦話》對《律賦衡裁》的沿襲與創新，又考察了《春暉園賦苑卮言》對《雨村賦話》的沿襲，還對《雨村賦話》的版本作出進一步的說明，希望能對拙著《雨村賦話校證》有所修正補充。最後，擬對《雨村賦話》的整理研究和利用提出幾點意見。

其一、既然我們已經知道《雨村賦話》在上有對《律賦衡裁》的沿襲關係，在下又有被《春暉園賦話》沿襲的關係，因此，有必要將《雨村賦話》與《律賦衡裁》和《春暉園賦話》進行對比分析，看看在摘錄和改寫中到底有多少是各位賦論家本人的建樹，從而對賦論賦話發展史作出正確恰當的描述。

其二、《雨村賦話》在摘錄《律賦衡裁》時，一方面對賦家作品按照時代先後重新編排，調整了次序；另一方面又盡量保留了原書按照題材分類的特色。明白這一點是很重要的，因

爲按照時代編排與按照題材分類各有優勢，時代順序可以展示賦作發展變化的歷史，分類則有助於平面比較賦作處理題材的表現方法。我們發現《雨村賦話》卷二幾乎全錄自《律賦衡裁》卷二《地理》類，這就有助於我們把研究賦學理論批評與研究律賦作品結合起來，可根據賦論家的提示去研讀《文苑英華》《全唐文》中所保留的地理類辭賦作品。這是研究《雨村賦話》與《律賦衡裁》關係得到的新收穫。

　　其三、《雨村賦話》的版本並不複雜，各版本之間的文字差異也不是很大，所以進行版本校對並非整理《雨村賦話》應該採用的主要方法。《雨村賦話》產生的時代距今並不十分久遠，李調元所引用的大多數資料，今天仍能看到原書。因此，整理《雨村賦話》的主要方法應該是，一一複檢原書，徹底糾正訛、脫、衍、倒；同時，對李調元所引用的二手、三手資料，盡可能地追溯原始出處，並注明原書篇卷，以提高《雨村賦話》的品質，增強其利用價值，讓它在當今的賦學研究中起到更好的作用。筆者《雨村賦話校證》作了一些這方面的工作，但還不盡完善，有再加修訂的必要。

注　釋 ▪▪▪▪

1　王銍：《四六話‧序》，叢書集成初編本。

2　見《中國大百科全書‧文學卷》，頁 164〈賦話〉條。

3　載《新亞學術集刊》1994 年第 13 期（香港：新亞書院版），頁 335－347。

4　《皇清奏議》卷三十，乾隆十二年，湯聘〈請禁當米穀疏〉。

5　許結：《歷代賦集與賦學批評》，《南京大學學報》2001 年第 6 期，頁

36 注 1.

6 詹杭倫：《唐鈔本〈賦譜〉初探》，《四川師範大學學報》增刊第 7 期，
   1993 年。

7 王銍：《四六話・序》，叢書集成初編本。

8 顧南雅：《律賦必以集》，清嘉慶二十五年（1820）廣東菊坡精舍重刻
   本。

9 陶福履：《常談》，清光緒十六年（1890）刻本，又臺灣商務印書館
   《叢書集成簡編》影印《豫章叢書》本。

10 孫奎：《春暉園賦苑卮言》，嘉慶庚午（1810）廣東刻本，道光丙申
   （1836）書有堂刊本。《清史稿・藝文志補編》、《販書偶記》著錄。《販
   書偶記》稱有「道光丙子孫長紀校刊本」，按道光無「丙子」，當是
   「丙申」之誤。

11 王繼祖等：《直隸通州志》（臺灣：學生書局 1968 年）。

12 葉幼明：《辭賦通論》（湖南教育出版社，1991 年）。

13 見《中國大百科全書・文學卷》，頁 164《賦話》條。

14 見北京：中華書局版《叢書集成初編目錄》。

15 見《雨村詩話》（清嘉慶刻十六卷本）卷十一。

引用書目

1. 《五臺山清涼傳》,《宛委別藏》本,南京:江蘇古籍出版社影印,1988 年。

2. 【日】岡村繁著,《唐代文藝論》,上海:上海古籍出版社,2002 年。

3. 【日】鈴木虎雄著,《賦史大要》,臺北:正中書局,1967 年。

4. 中國古典文學研究會編:《中國古典文學研究》,臺北:學生書局,1999 年。

5. 尹占華:《律賦論稿》,成都:巴蜀書社,2001 年。

6. 元・脫脫等編:《宋史》,北京:中華書局,1987 年。

7. 何沛雄等:《中國歷代賦選》〈唐宋卷〉,南京:江蘇教育出版社,1996 年。

8. 王栐:《燕翼詒謀錄》,北京:中華書局《唐宋史料筆記叢刊》本,1981 年。

9. 白居易:《白居易集》,臺北:漢京文化事業公司,1984 年。

10. 何玉蘭:《宋人賦論及作品散論》,成都:巴蜀書社,2002 年。

11. 何新文:《中國賦論史稿》,北京:開明出版社,1993 年。

12. 何新文：《辭賦散論》，北京：東方出版社，2000 年。

13. 李昉等編：《文苑英華》，臺北：大化書局，1985 年。

14. 李暉：《歷代賦譯釋》，哈爾濱：黑龍江人民出版社，1984 年。

15. 沈翼機等：《浙江通志》，臺北：商務印書館影印《四庫全書》本。

16. 阮元：《揅經室外集》，《四部叢刊》本。

17. 林語堂：《蘇東坡傳》，臺北：遠景出版公司，1997 年。

18. 洪順隆：《辭賦論叢》，臺北：文津出版社，2000 年。

19. 唐玲玲、周偉民：《蘇軾思想研究》，臺北：文史哲出版社，1996 年。

20. 孫民：《東坡賦譯注》，成都：巴蜀書社，1995 年。

21. 徐斗光：《賦學仙丹》，清道光四年刻本。

22. 徐師曾：《文體明辨・序說》，北京：人民文學出版社，1998 年。

23. 祝堯：《古賦辨體》，臺北：商務印書館，影印《四庫全書》本。

24. 馬緒傳編：《全唐文篇名目錄及作者索引》，北京：中華書局，1985 年。

25. 馬積高：《賦史》，上海：上海古籍出版社，1987 年。

26. 馬積高：《歷代辭賦研究史料概述》，北京：中華書局，2001 年。

27. 高明等編：《蘇軾》（上、中、下），台北：錦繡出版社，1992 年。

28. 張金吾編：《金文最》，臺北：成文書局，1967 年。

29. 曹明綱：《賦學概論》，上海：上海古籍出版社，1998

年。

30. 許結、郭維森:《中國辭賦發展史》,南京:江蘇教育出版社,1996 年。

31. 許結:《中國賦學歷史與批評》,南京:江蘇教育出版社,2001 年。

32. 郭預衡等編:《中華名賦集成》〈唐宋元明清卷〉,北京:中國工人出版社,2000 年。

33. 郭維森、許結:《中國辭賦發展史》,南京:江蘇教育出版社,1996 年。

34. 陳元龍等編:《歷代賦彙》,臺北:世界書局,1988 年。

35. 陳夢雷等,《古今圖書集成》,清雍正六年銅活字印本,臺北:文星書局影本,1964 年。

36. 曾棗莊等編:《全宋文》,成都:巴蜀書社,1988 年。

37. 楊家駱等編:《經進東坡文集事略》,臺北:世界書局,1960 年。

38. 楊家駱等編:《蘇東坡全集》,臺北:世界書局,1969 年。

39. 董浩等編:《全唐文》,上海:上海古籍出版社,1990 年。

40. 詹杭倫、沈時蓉校證:《雨村賦話校證》,臺北:新文豐出版公司,1993 年。

41. 詹杭倫:《清代律賦新論》,北京:燕山出版社,2002 年。

42. 詹杭倫:《清代賦論研究》,臺北:學生書局,2002 年。

43. 詹杭倫:《唐宋賦學新探》,逢甲大學博士班課程講義,2003 年 9 月。

44. 臧雲浦等：《歷代官制、兵制、科舉制表釋》，南京：江蘇古籍出版社，1991 年。

45. 潛說友等：《咸淳臨安志》，臺北：商務印書館影印《四庫全書》本。

46. 遲文浚等編：《歷代賦辭典》，遼寧人民出版社，1995年。

47. 簡宗梧：《賦與駢文》，臺北：臺灣書店，1999 年。

48. 鄺健行：《科舉考試文體論稿》，臺北：臺灣書店，1999年。

國家圖書館出版品預行編目資料

唐宋賦學新探／詹杭倫、李立信、廖國棟著. --
初版 -- 臺北市：萬卷樓，2005[民 94]
　　面；　　　公分
　參考書目：面
　ISBN 957－739－512－0 (平裝)
　1. 辭賦－歷史－唐（618-907）　2. 辭賦－歷
史－宋（960-1279）　3. 辭賦－評論

820.9204　　　　　　　　　　　93022061

唐宋賦學新探

著　　　者：詹杭倫、李立信、廖國棟

發 行 人：許素真

出 版 者：萬卷樓圖書股份有限公司

　　　　　臺北市羅斯福路二段 41 號 6 樓之 3

　　　　　電話(02)23216565‧23952992

　　　　　傳真(02)23944113

　　　　　劃撥帳號 15624015

出版登記證：新聞局局版臺業字第 5655 號

網　　　址：http://www.wanjuan.com.tw

E－mail　：wanjuan@tpts5.seed.net.tw

承 印 廠 商：晟齊實業有限公司

定　　　價：500 元

出 版 日 期：2005 年 3 月初版

ISBN 957－739－512－0